MARY O'HARA / STURMWIND – FLICKAS SOHN

MARY O'HARA

# Sturmwind – Flickas Sohn

VERLEGT BEI
KAISER

Titel der amerikanischen Originalausgabe: „Thunderhead“
Übersetzt von Hansi Bochow-Blüthgen


Berechtigte Ausgabe für den Neuen Kaiser Verlag, Hans Kaiser, Klagenfurt
mit Genehmigung der Verlag Ullstein GmbH., Frankfurt — Berlin
 Schutzumschlag: Volkmar Reiter
unter Verwendung eines Fotos von Artreference, Reproduktion: Schlick KG., Graz
Druck: Wulfenia, Feldkirchen, Kärnten
Bindearbeit: Kaiser, Klagenfurt

## *Flickas erstes Fohlen*

Zornig stieß das Fohlen gegen die festen Wände aus Fleisch, die es gefangen hielten. Es wollte nicht geboren werden. Das heftige Zusammenpressen dieser Wände seines Hauses, das immer ganz unerwartet kam, störte sein langes, friedliches Wachstum und versetzte es in Wut, so daß es sich auseinanderfaltete und wieder und wieder um sich trat.

Es wollte keine Veränderung. Hier war ruhevolles Dunkel – nichts, was ihm quälend in die Augen stach. Hier war Sicherheit – nicht denkbar, daß Böses es hier erreichen könnte. Hier war Nahrung, ohne daß es sich anstrengte oder auch nur darum wußte. Hier war das weichste, schwimmende Lager, das jeden Stoß auffing. Hier war Wärme, die unverändert blieb. Hier war – auch das fühlte es irgendwie unklar – Liebe und Schutz am Herzen seiner Mutter. Es wollte nicht geboren werden. Zweimal schon hatte es die Wehen mißachtet, und seine Mutter hatte sich darein ergeben und es weiter ausgetragen. Sie war die hübsche Rotfuchsstute Flicka, die dem jungen Ken McLaughlin vom Gänseland-Gestüt gehörte. Sie war geduldig und ohne sich viel zu bewegen auf der Stallweide gleich hinter der Umzäunung geblieben. Und allen vom Gestüt – Rob und Nell McLaughlin, ihren Söhnen Howard und Ken sowie Gus und Tim, den Angestellten – war es zur Gewohnheit geworden, sie jeden Tag einmal zu besuchen. Sie stand geduldig da, wurde immer dicker, und ihr heiteres, lebhaftes Wesen schlug in dumpfes Brüten um. Wenn irgend jemand ihrer Hinterhand zu nahe kam, schlug sie aus.

Auch Besucher, die aufs Gestüt kamen, gingen hinaus, um sie in Augenschein zu nehmen. Einer sagte zu Nell: „Das ist die riesigste Stute, die ich je gesehen habe."

„Sie ist gar nicht so riesig", sagte Nell. „Nas kommt nur von dem Fohlen, das im Frühjahr zur Welt kommen sollte. Und nun ist es fast schon Zeit, daß die Jungen wieder nach Laramie in die Schule zurück müssen – und sie hat noch immer nicht gefohlt."

Alle waren sich darüber einig, daß so etwas hie und da mal einer Stute passierte, und jeder wußte auch von einem solchen Fall zu berichten. Man war sehr neugierig, was das wohl für ein Fohlen geben würde, sicherlich ein prächtiges Tier, groß, stark und gut entwickelt.

Die Stute lag nun am Boden. Sosehr auch das Fohlen seinen Willen durchzusetzen versuchte – es war doch machtlos. Die furchtbaren Wellen kamen in regelmäßigen Zwischenräumen immer wieder, und es wurde hierhin und dorthin gedreht, als seien kluge Hände am Werk, bis es dalag wie ein Taucher, mit ausgestreckten Vorderbeinen, auf denen sein kleiner Kopf ruhte. Dann empfand es zum erstenmal Schmerz und würde gekämpft und gestoßen haben, wenn es nur gekonnt hätte, aber es war wie in einem

Schraubstock eingespannt und vermochte sich nicht zu bewegen. Der Druck von allen Seiten wurde heftiger – dann kam das Gefühl der Bewegung durch einen engen Gang und ein plötzlicher Schock, als es hinausglitt auf die Erde.

Einen Augenblick noch war es durch die dünne Haut, in die es ganz eingehüllt war, vor Licht und Luft geschützt, dann kam die Stute auf die Füße, drehte sich eilig um und streifte mit Zähnen und Zunge die Membran herunter. Das Fohlen begann zu atmen.

Von diesem Augenblick an war alles, was es spürte, Schmerz, denn das Atmen tat seinen Lungen weh, und als es die Augen öffnete, blendeten sie stechende Lichtblitze. Dann kam das Entsetzen, als auf sein Trommelfell krachender Donner einhämmerte, und es quiekste erstickt und versuchte aufzustehen. Eisiger Regen goß wie aus Schleusen vom Himmel hernieder. Der harte Boden, auf dem es lag, war überflutet.

Seine Mutter leckte es unablässig. Das wärmte und brachte das Blut an die Oberfläche seines Körpers. Es sehnte sich dichter in ihre Nähe und mühte sich aufzustehen, hatte aber noch nicht Kraft genug.

Am Himmel droben gab es keine Gnade. Dort tobten mehrere Gewitter, die aus dem Flachland herauf zu diesen Gipfeln der felsigen Gebirgsscheide von Wyoming gezogen waren. Machtvoll kämpften da ganze Gruppen purpurner Wetterwolken, die sich gegeneinanderwarfen, daß ihre Detonationen die Erde erschütterten. Unerträglich hell schossen breite Lichtbänder vom Himmel herab zur Erde.

Aber es gab Erbarmen für das Fohlen ganz in der Nähe, und das wußte es. Seine schwachen Versuche, aufzustehen, wurden heftiger. Die leckende Zunge seiner Mutter machte ihm Mut. Seine Sehnsucht, die Wärme und den Schutz ihres Körpers zu erreichen, wurde ungestümes Verlangen – es mußte, mußte einfach zu ihr gelangen.

Und so hatte das Fohlen, lange ehe der Sturm sich legte, sich auf die Füße stellen können. Die Zitze, heiß und geschwollen, war in seinem Maul. Es hatte Sicherheit gefunden, und um der Gefahr und Angst willen, die es kurz zuvor durchmachen mußte, waren seine Sinne geschärft. Wärme und Milch waren mehr als Nahrung – sie waren Entzückung.

Ken McLaughlin war auf der Jagd nach seiner Stute.

Ein magerer zwölfjähriger Junge mit einem braunen Haarschopf, der ihm weich über die tiefblauen Augen fiel, die immer leicht verschattet und verträumt blickten, so stand er da und starrte auf die Stelle an der Umzäunung, wo Flicka hätte stehen müssen, und er konnte es kaum fassen, daß sie leer war; denn in diesem ganzen letzten Monat, seit er sie nicht mehr ritt, war er täglich mehr als einmal hier draußen gewesen, um nachzusehen, ob sie schon gefohlt habe – und nie war sie weit von der Futterkrippe gewesen. Noch diesen Nachmittag hatte er sie neben der Abflußrinne aus dem Frischwassertrog gesehen; jetzt aber war sie nirgends zu entdecken.

Ken wußte also genau, daß ihre Zeit gekommen war, und sein Herz klopfte schneller. Wie alle Tiere in Freiheit hatte sie sich irgendwo verborgen, um ihr Fohlen zur Welt zu bringen, ohne daß jemand Zeuge ihrer Wehen und Schmerzen und ihres Triumphes werden konnte.

Während der Junge unschlüssig dastand und sein Blick forschend den Kiefernwald überflog, der die Koppel begrenzte, arbeiteten seine Gedanken. Wohin wäre er wohl gegangen, wenn er Flicka gewesen wäre und sich hätte verbergen wollen? Und schon wandte er sich dem Wald zu. Nicht sehr dicht und frei von Unterholz, überzogen die Kiefern den Felsbuckel der Stallweide, die sich dort im Norden zum Hirschgraben hinuntersenkte, einem Flüßchen, das hier die natürliche Grenze bildete. Der Abhang war stellenweise so steil, daß niedere, von verkrüppelten Kiefern überwucherte Klippen entstanden, die an der Bergwand selbst Höhlen bildeten. Ken und Howard kannten jeden Fußbreit dieser Felsterrassen. Zu Fuß und zu Pferde waren sie umhergestreift, so daß auch Flicka und Highboy – ihre Reitpferde – sie kannten und an die steilen Pfade gewöhnt waren, die sie auf den Schenkeln rutschend hinuntergleiten mußten, während die Jungen sich wie die Affen auf ihrem Rücken festklammerten, oder die sie vorsichtig erkletterten, wobei sich die Jungen vorm Abgleiten nur bewahrten, indem sie ihre Hände in die Pferdemähne krampften.

Auf irgendeiner dieser schmalen Felsspalten oder Buchten konnte Flicka sein, oder sie hatte sich in irgendeiner der kleinen Schluchten versteckt, die am Fuße der Klippen lagen. Sie kannte sie alle.

Ken schoß auf den Wald zu. Eben hatte es zu regnen begonnen. Der Junge warf einen unbekümmerten Blick zum Himmel und nahm die warnenden Vorzeichen nicht zur Kenntnis, die er sah. Er meinte, es würde nichts weiter als ein Schauer werden, vor dem ihm die Bäume Schutz geben würden – und er begann seine Suche.

Dann und wann blieb er stehen und rief nach ihr: „Flicka! Flicka!“ Und er lauschte in jener seltsamen Spannung, die jeder empfindet, der ruft und ohne Antwort bleibt.

An diesen Septemberabenden hielt sich das Tageslicht bis nach acht Uhr, aber heute herrschte bereits trübe Dämmerung, und unter manchen Baumgruppen gab es schon ganz finstere Löcher, daß Ken minutenlang hineinstarren mußte, ehe er sicher sein konnte, daß sich nichts Lebendiges darin verbarg.

Wie Gewehrfeuer knatterte der Regen plötzlich auf den Boden, und gleich darauf hörte Ken das wohlbekannte langgezogene Donnergrollen am Himmel droben; der Wind fuhr auf. Eine dunkle Wolkenmasse senkte sich auf die Erde, barst auseinander und ließ wahre Sturzfluten herniederströmen. Blitze zuckten, und der Donner krachte.

Beim Überqueren einer offenen Senke traf es den Jungen mit voller Wucht, so daß er sich unter einen simsartigen Felsvorsprung duckte. In seinem Schutze hockte mit gespitzten Löffeln ein kleines Kaninchen. Als Ken keuchend hereingeschossen kam, schoß das

Kaninchen erschrocken hinaus, und der Junge setzte sich nieder, legte die Arme um die hochgezogenen Knie und betrachtete so mit einem gleichsam triumphierenden Lächeln auf seinem schmalen, lebendigen Gesicht das Schauspiel des Unwetters draußen.

Solche Wasserfluten kamen herunter, daß der Boden in Kürze durchtränkt war. Zwischen den Bäumen schüttete es in Strömen und spritzte klatschend über die Klippen hinweg. Ein richtiges Flüßchen kam unter Kens schützenden Felsen geschossen, so daß er im Nu unter Wasser saß und durch und durch naß wurde. Prustend und lachend rollte er sich heraus und rieb sich das Wasser aus den Augen. Da er nun kaum noch nasser werden konnte, beschloß er, das Unwetter zu mißachten und seine Suche nach Flicka fortzusetzen.

Entweder war es der Wind selbst, der kälter wurde, oder der Regen wurde zu Hagel oder Schnee, denn sein feuchter Pullover lag wie ein Eispanzer auf seiner Haut, als er hierhin und dorthin unter den Bäumen umhertappte. Schneestürme waren hier oben nicht selten, und ihm schien einer im Anzug zu sein. Auf der Höhe schneite es an einem Tag, und am nächsten war es wieder wie im Sommer.

Ken fand Flicka in einer kleinen Senke, die zu Füßen einer Klippe von der schmalen Windung eines Pfades eingeschnitten worden war. Sie stand unter einem überhängenden Baum – aber das vermochte sie nur wenig vor dem Regen zu schützen. Als er das Fohlen erblickte, blieb er fassungslos stehen. Nie zuvor war auf dem Gänseland-Gestüt ein weißes Fohlen zur Welt gekommen. Er konnte es fast nicht glauben. Er hatte auf einmal einen trockenen Kloß in der Kehle. Flicka – Flickas Fohlen – ihr erstes! Und nicht lediglich blaß, sondern *weiß!* Ein Rückschlag in der Ahnenreihe! Es war ein Schock für ihn.

Er rief vorsichtig ihren Namen. Sie wandte den Kopf; er trat auf sie zu.

Ängstlich blickte sie auf ihr Fohlen. Auch Ken starrte in der zunehmenden Dunkelheit darauf nieder. Weiß und schmal, den Kopf vom peitschenden Regen gebeugt, an seine Mutter gelehnt – es sah aus, als ob es jeden Augenblick umfallen könnte.

Flicka stieß ein leises, schnaufendes Wiehern aus. Ken konnte verstehen, was sie sagte, und wußte, daß ihr kalt und elend war und bange um ihr Fohlen. Sie sollten beide jetzt in der Scheune sein, und Flicka müßte einen ordentlichen Eimer voll Mischfutter bekommen. Er überlegte, ob ihr das Fohlen wohl den schmalen, gewundenen Pfad hinauf folgen würde, und er redete der Stute gut zu, den Aufstieg zu versuchen.

Sie wollte sich nicht in Bewegung setzen. Ken schlang seinen Gürtel um ihren Hals und führte sie aufwärts. Das Kleine versuchte mit unsicher schwankenden Schritten hinterherzulaufen, brachte es jedoch nicht fertig. Flicka wandte sich um und sah, wie es stehenblieb. Sie scheute. Ken ließ den Gürtel von ihrem Nacken gleiten, und sie lief zum Fohlen zurück und leckte es.

Irgendwie mußte man das Fohlen den Weg hinaufkriegen. Ken überlegte, ob er es hochziehen oder -tragen könnte. Howard und er hatten oft, wenn sie beim Schulen der Jungfohlen – eine ihrer Pflichten während der Sommerferien – mit ihnen rangen, beide Arme um sie geschlungen und in die Luft gehoben. Howard hatte einmal ein solch kleines Vieh mit nachschleppenden Spindelbeinen ein Stück herumgeschleppt. Dies hier aber war ein ungewöhnlich großes Fohlen – Ken glaubte nicht, daß er es schaffen würde.

Er legte die Hand auf Flickas Hals und näherte sich dem Fohlen seitlich unter beruhigendem Zureden: „So, so, Kerlchen – ich tu' dir ja nichts – hab keine Angst – schon gut, Flicka – wie werd' ich denn deinem Baby was tun – das weißt du doch ganz genau –"

Die Stute war erregt und ängstlich, und das Fohlen quiekte, als Kens Hand seinen Nacken berührte, und wollte sich ihm entwinden. Ken schlang beide Arme um den nassen und schlüpfrigen Körper, hielt auch ganz fest – aber Hochheben war doch noch etwas ganz anderes. Ken redete weiter auf Flicka ein, die nervös wieherte, und spannte alle seine Kräfte an. Auf einmal hatte er einen kleinen strampelnden und kämpfenden Teufel im Arm, und das Fohlen entblößte seine vier Babyzähne und biß ihn in den Arm.

Ken ließ es fallen. Flicka wirbelte sofort herum und stellte sich schützend darüber. Leise schimpfend faßte Ken nach seinem Arm, den die Fohlenzähne gezwickt hatten. Ihm war klar, daß er Hilfe holen mußte. Er sprang in großen Sätzen den Pfad empor.

Gus und Tim hatten unmittelbar nach dem Abwasch des Abendbrotgeschirrs den Überlandbus genommen und waren zum sonnabendlichen Tanzvergnügen in Summervales Scheune nach Tie Siding gefahren. Kens Eltern waren in der Stadt zum Abendessen bei Oberst Harris. Außer Howard und ihm war niemand auf dem Gestüt, und er hatte die ganze Verantwortung, weil Flicka ja seine Stute war. Und dann das kleine Fohlen – gerade dieses Fohlen! Beim Gedanken an alles, was von ihm abhing, flogen Kens Füße noch schneller dahin, und seine Augen, scharf und klug geworden durch sein Leben auf der Farm, maßen Himmel und Wolken, um das Unwetter richtig einschätzen zu können.

Der Wind schlug um, drehte jetzt nach Osten, und – ja, es kam so wie er vermutet hatte. Jeder Tropfen hatte Inhalt, einen Kern aus Schmelzmasse, der Regen ging in Schnee über. Er schlug ihm ins Gesicht, daß er fast nichts mehr sehen konnte. Auch der Wind änderte seine Weise; er erhob ein klagendes Geheul, als er die Äste der Kiefern peitschte.

Aber Ken fror nicht. Die Erregung wärmte und beflügelte ihn. Er erreichte die Koppel, rannte durch den Hohlweg auf das Haus zu und platzte in die warme Küche hinein, in der Howard, der an der Kräftigung seiner Muskeln interessiert war, mit eintöniger Stimme etwas aus einer »Herkules"-Broschüre vor sich hin las.

„Flickas Fohlen ist da! Du mußt mir helfen, es herzubringen. Es ist hinten auf der Stallweide. Ganz an der roten Klippe – wo wir beide immer 'rauf und 'runter reiten –"

Ken hielt inne, um Atem zu schöpfen, und Howard starrte ihn an. Howard nahm sich immer viel Zeit. Er schaute wieder auf die Seite, die aufgeschlagen vor ihm auf dem Tische lag, und las noch zu Ende: „Ich werde Ihr ganzes Leben ändern – Ihr Erfolg hängt von Ihrem kraftvoll entwickelten Körper ab . . .“

„Los, Howard! Komm schon!“

Howard schlug die Broschüre zu und erhob sich aus seinem Stuhl. „Läuft es denn nicht hinter Flicka her nach oben?“

„Das kann es nicht. Es ist zu steil. Es hat's versucht, aber es schafft es nicht.“

»Was sollen wir denn da machen?“ sagte Howard. „Es könnte eingehen, wenn es bei diesem Wetter die ganze Nacht über draußen bleibt.“

„Wir werden es tragen!“ rief Ken voller Ungeduld. „Mach schon! Deshalb bin ich ja gekommen, um dich zu holen. Wir müssen . . .“

Ken rannte auf die Tür zu, aber Howard schrie: „He! Warte mal! Du bist ja naß zum Auswringen: Erst ziehst du dich um.“

„Ach, dazu ist jetzt keine Zeit“, rief Ken von der Türschwelle. „Komm bloß – und *wenn* ich schon naß bin . . .“

Howard ging in aller Ruhe an den Tisch zurück. „Kommt nicht in Frage. Wenn du dich nicht umziehst, gehe ich nicht. Ich laß mich nicht dafür anschnauzen, wenn du wieder 'ne Lungenentzündung kriegst.“

Ken sah ihn wie ein Verzweifelter an. Howard meinte, was er sagte; er setzte sich doch tatsächlich hin und begann wieder den wulstigen Körper des Magazin-Herkules zu studieren.

Ken stürzte mitten ins Zimmer und begann, seine Sachen herunterzureißen. Er ließ sie einfach auf einem Haufen liegen und sauste nackt aus der Tür. Howard hörte seine bloßen Füße die Treppe hinauftappen. Gleich darauf stürmte er wieder herunter mit einem Arm voll trockener Sachen und einem Badetuch. Vor dem Herd stehend, rieb er sich trocken, zog Pullover, Hosen, Stiefel an – und war fertig. Ihr Ölzeug hing neben der Verandatür.

Die beiden Jungen rannten durch den Hohlweg. Als sie zu den Ställen kamen, zögerte Ken. „Der tritt nämlich nach allen Seiten wie ein richtiger kleiner Teufel“, überlegte er; „vielleicht müssen wir ihn fesseln.“ Er bog in das Stallgebäude ein.

„Bring eine Laterne mit!“ rief ihm Howard nach, und Ken tauchte schon wieder auf – mit zwei Halfterstricken, Halfter und Leitriemen für Flicka und der Stallaterne.

Die Temperatur sank schnell. Kens Gesicht glühte und brannte von der inneren Hitze und der äußeren stechenden Kälte, ohne daß er dessen gewahr wurde. Er konnte an nichts anderes als an das weiße Fohlen denken – *weiß!*

Sie schlidderten den steilen Pfad hinunter, der mehr wie ein Bachbett aussah, das sich der Regen in den Hang gewaschen hatte, und fanden Stute und Fohlen noch genauso, wie Ken sie verlassen hatte.

„Weiß!" rief Howard verwundert und blieb ebenso angewurzelt stehen, wie Ken es getan hatte.

„Komm schon", sagte Ken ungeduldig.

Dazu erzogen, Tiere niemals zu erschrecken, verlangsamten sie jetzt ihre Schritte und sprachen beruhigend und freundlich auf die Stute ein, um ihr Vertrauen zu gewinnen. Schrecken und Angst lagen in deren Blick. Aber als Ken neben ihren Kopf trat, preßte sie ihr Maul an seine Brust mit dieser zarten Geste, die sie nur für ihn hatte, und bedeutete ihm damit, daß sie ihm traue und sich auf ihn verlasse. Und er hielt sie umfaßt und erzählte ihr, daß er gekommen sei, sie zu ihrem warmen Lager im Stall zu bringen – sie und ihr Fohlen –, und daß dem niemand etwas zuleide tun würde.

Ken streifte ihr den Halfter über und ließ den Riemen schleppen. Dann versuchten die beiden Jungen, das Fohlen zu fassen, aber es quiekte, biß und schien ein Dutzend Beine zu haben, mit denen es um sich schlug.

Auf einmal glitt Howard aus und saß auf der Erde. Auch das Fohlen verlor das Gleichgewicht und fiel, so daß Flicka nervös herumfuhr und sich daneben stellte. Ken warf sich über das kleine Tier.

„Los, Howard", sagte er in möglichst ruhigem Ton; „während ich auf ihm liege, bindest du ihm die Hinterbeine zusammen. Geht das?"

Howard brachte es fertig; dann rollte Ken sich herum, und beide fesselten die Vorderbeine und standen keuchend auf, während Flicka ängstlich schnaufend auf den hingestreckten Körper ihres quiekenden Fohlens blickte.

„Den können wir nie im Leben den Pfad hochschleppen", meinte Howard, während er die Laterne anzündete. „Der wiegt ja zwei Zentner – noch nie habe ich ein so strammes Hengstfohlen gesehen. Und was der Kerl für Kraft hat!"

„Hat er allerdings", bestätigte Ken stolz, „muß ja auch so sein, schließlich ist er zwei Monate länger da drin gewesen – nur immer wachsen und fressen –! Paß auf, Howard, wir werden ihn Flicka aufpacken. Sie wird ihn tragen müssen."

„Er wird 'runterfallen", gab Howard zu bedenken.

„Ich reite mit und halte ihn fest – du kannst sie am Zügel führen."

„Wie sollen wir ihn denn hinaufkriegen?"

„Heben."

Howard hing die Laterne an einen Ast, und die beiden Jungen umfaßten das widerspenstige Fohlen und hievten es mühsam auf den Rücken seiner Mutter.

Flicka beobachtete sie mit zurückgewandtem Kopf, schien aber im gleichen Augenblick, da sie ihr Fohlen auf ihrem Widerrist spürte, zu wissen, worum es ging. Sie wurde ruhig, obgleich sie ihre Kopfhaltung nicht änderte, um zu sehen, was die Jungen als nächstes tun würden.

„Hilf mir 'rauf", keuchte Ken, der an ihre Flanke gelehnt das

Fohlen in seiner Lage hielt. Und Howard legte die offene Hand auf sein gebogenes Knie, so daß Ken sich hinter dem Fohlen hinaufschwingen konnte.

„Kannst du es halten?“ fragte Howard.

„Ja, ich glaube schon.“ Ken beugte sich über das Fohlen nach vorn und krallte sich in Flickas Mähne.

Howard griff nach der Laterne, hob Flickas Zügel auf und ging los.

Flicka wußte jetzt genau, was sie zu tun hatte. So mühte sich die kleine Prozession auf gewundenem Pfad den Felshang hinauf. Gelegentlich hielten sie inne, um Atem zu schöpfen, und Howard hob die Laterne höher, damit sie im Wirbel des Schnees, der ihnen entgegenschlug, den richtigen Weg fanden.

Wie ein Mehlsack lag das Fohlen quer über Flickas Rücken.

Der erste Teil des Weges war am schlimmsten. Als sie ihn bezwungen hatten, befanden sie sich auf ebenem Gelände und kamen den Ställen rasch näher. Flicka wieherte hellauf vor Freude, als der vertraute Geruch ihre Nüstern traf. Und als sie in ihrem Stall stand und die Jungen das Fohlen losgebunden und auf die Erde hatten gleiten lassen, stellte sie sich darüber, beroch und beleckte es und stieß das dunkle, weichschnaubende Gewieher aus, mit dem eine Stute ihr Junges beruhigt. Das Fohlen kämpfte sich auf die Füße, stakste unsicher umher, schüttelte sich und machte sich auf die Suche nach der Zitze. Als es statt dessen den Hüftknochen erwischte, biß es wütend zu und schlug aus vor Zorn.

„Sieh dir das an!“ rief Howard. „So ein niederträchtiger kleiner Teufel!“

Ken sagte nichts, sondern beobachtete besorgt, bis das Fohlen endlich die Zitze gefunden hatte.

„Bleib du hier, Howard, ja?“ sagte Ken. „Ich will ’rübergehen und ihr ein bißchen Mischfutter zurechtmachen. Du könntest ihr vielleicht inzwischen frisches Stroh geben.“

„Ich werde sie abreiben“, erbot sich Howard großmütig, und als Ken aus dem Stall ging, griff er sich einen trockenen Sack und rubbelte ihr Rücken, Flanken und Hals, die tropfnaß waren.

Eine halbe Stunde später standen Mutterstute und Fohlen zufrieden, trocken und behaglich auf einem dicken Strohlager, mit einem Eimer voll Mischfutter für Flicka in der Krippe.

„Nun ist sie in Ordnung“, sagte Howard von der Stalltür her. „Komm jetzt.“

Ken tat lässig und ungezwungen. „Ich möchte nur noch warten, bis sie gefressen hat. Geh schon immer ’rüber. Ich bleibe nicht lange.“

Howard zauderte noch mit einem Blick auf den jüngeren Bruder, wie er dort, fast unter dem Kopf der Mutterstute, gegen das Gestell der Futterkrippe lehnte. „Schön – ich gehe. Ich werde ein bißchen heißen Kakao machen. Willst du auch?“ Howard hatte Geschick dafür, Kakao zu kochen, Eier in der Pfanne mit einem Schwung zu wenden und seiner Mutter beim Kochen an die Hand zu gehen.

„Klar“, sagte Ken. „So 'ne Frage.“ Aber er blieb an der Krippe hocken, ohne den Blick von seiner Stute zu wenden, und Howard ging hinaus und machte die Stalltür hinter sich zu.

### *Das Fohlen ist weiß!*

Ken lauschte Howards verklingenden Schritten. Er hörte das Knarren des Koppelgatters, das geöffnet und wieder geschlossen wurde. Jetzt waren sie allein miteinander, die Stute, das Fohlen und er. Im Stall nichts als angenehme Ruhe und der Geruch von Heu und Pferden.

Ken setzte sich auf das Krippengestell dicht neben die Stelle, wo er den Eimer Futter hineingeschüttet hatte, und die Stute tauchte ihr Maul tief hinein, schnappte hungrig und hob dann malmend den Kopf, die langen Ohren schräg nach vorn gespitzt, und blickte Ken an. Sie hatte sanfte goldbraune Augen, mit einem Ausdruck wacher Aufnahmebereitschaft. Ken hatte den intelligenten Kopf kaum einen Fußbreit vor sich. Er strich ihr die flachsfarbene Stirnlocke glatt, die ihr zwischen den Augen hing, und murmelte hin und wieder ihren Namen. Sie schwang den Kopf herum, um auf ihr schlafendes Fohlen zu blicken. Die an einem Eckpfosten aufgehängte Laterne erhellte den Stall nur halb.

Auch Ken blickte auf das Fohlen nieder. Jetzt, da er es sicher im Stall hatte, ergriffen Überraschung und Sorge ihn wieder, die er bei seinem ersten Anblick gefühlt hatte. Was das für ein Getue werden würde! Ein weißes Fohlen von Flicka! Ein weißes Fohlen auf dem Gänseland-Gestüt, wo jeder doch Banner kannte, den mächtigen goldbraunen Fuchshengst, Vater sämtlicher Fohlen eines jeden Jahres.

Kens Besorgnis hing mit einer Reihe unglückseliger Vorfälle der letzten Jahre zusammen, in denen er und die Abstammungsgeschichte gewisser Pferde eine Rolle gespielt hatten. Diese Kette von Ereignissen führte direkt zu jenem kleinen weißen Fohlen, das da so unschuldig auf dem sauberen Stroh lag, und hatte lange zuvor begonnen, als ein wilder Hengst aus der weiten Prärie, seiner weißen Farbe wegen der Albino genannt, eine Stute vom Gänseland-Gestüt gestohlen hatte. Sie war ein Vollblut, Gipsy, eine der ersten Zuchtstuten von Rob McLaughlin. Er hatte sie als Kadett in West Point gekauft und als Polopferd geritten. Als er sein Examen gemacht und dann seinen Abschied genommen hatte, um sich fortan der Pferdezucht zu widmen, waren es drei, die gen Westen gezogen kamen und sich auf dem Gänseland-Gestüt niederließen: Rob McLaughlin, Nell, seine junge Frau aus Neu-England, und die schwarze Stute Gipsy. Rob kaufte noch andere Stuten und schuf sich einen Zuchtstamm. Und dann, an einem Frühlingstag, verschwand Gipsy.

McLaughlins Farm war nicht die einzige in dieser Gegend von Wyoming, von der eine Stute verschwand. Es ging bald das Gerücht von einem weißen Hengst – „einem mächtigen, bösartigen Teufel, aber was für einem Vieh“ –, der sich früher in den Ebenen von Montana herumgetrieben hatte, während einer Dürre dann über die Grenze gewechselt war und in der freien Wildbahn von Wyoming eine Stutenschar um sich gesammelt hatte, die er den Farmen stahl, indem er Zäune niedertrampelte und mit anderen Hengsten kämpfte oder sie sogar tötete.

Er herrschte so sechs Jahre lang. Dann taten sich eine Anzahl Farmer zusammen, veranstalteten eine Treibjagd und fingen den Albino mit seinen Stuten, auf deren Schenkeln sich die Brandzeichen aus allen Gegenden des Landes fanden.

Gipsy vom Gänseland-Gestüt war dabei, mit vier bildhübschen Fohlen. Rob McLaughlin war begeistert von ihrem Aussehen, ihrer Schnelligkeit und ihrer Eigenart, nahm sie mit nach Hause und hatte das Gefühl, daß Gipsys Liebesabenteuer seiner Polozucht wertvolle Eigenschaften zuführen könnte.

Aber er entdeckte, daß es unmöglich war, die Fohlen zu zähmen und zuzureiten. Obwohl die Fohlen von Banner, dem Zuchthengst des Gestüts, angeleitet wurden, dem damals kein Pferd an Intelligenz und Manieren gleichkam, bewiesen sie weiterhin, daß sie Sprößlinge aus vogelfreiem Geschlecht waren.

Er erklärte es seinen Jungen. „Fohlen lernen von ihren Müttern. Sie machen ihnen alles nach. Deshalb ist es praktisch ausgeschlossen, ein gutartiges Fohlen von einer schlechten Stute zu ziehen. Die Fohlen sind von Geburt an verdorben. Das ist die Regel. Natürlich gibt es Ausnahmen – wir haben selbst unter unseren Pferden ein paar überraschende Ausnahmen. Und da haben wir nun Gipsy, die am besten erzogene Stute der ganzen Welt – mit einem ganzen Bündel wilder Fohlen, die einfach nicht zu zähmen sind.“

„Kommt das davon, weil sie zwischen dem Rudel wilder Pferde geboren und aufgewachsen sind?“ fragte Howard.

„Das kommt von der Überlegenheit des Hengstes“, gab Rob voller Ingrimm zurück. „Seine Wildheit überwiegt gegenüber all ihrer Sanftmut und der ihrer langen Reihe aristokratischer Vorfahren. Was für ein Kerl!“

Aber all das waren alte Geschichten für Howard und Ken. Sie waren auf dem Gänseland-Gestüt aufgewachsen, vertraut mit allen Gesprächen und Betrachtungen über die nahezu sagenhafte Persönlichkeit, den Albino, und waren Zeuge der Kämpfe ihres Vaters gegen die wilde Brut gewesen, die durch Gipsy Eingang in seine Zucht gefunden hatte.

Nicht ganz solange war es her, daß Ken persönlich mit in dies ganze Durcheinander verwickelt wurde. An einem Tag vor etwas mehr als drei Jahren hatte er mit Gus auf einer Wiese gearbeitet und war dort auf ein neugeborenes Fohlen und seine Mutter gestoßen.

„Sieh doch die kleine Flicka!“ hatte der schwedische Vorarbeiter ausgerufen.

„Was heißt Flicka, Gus?“ fragte Ken.

„Das heißt auf schwedisch ‚kleines Mädchen'", erklärte Gus.

Und als Rob McLaughlin ein Jahr später zu Ken sagte, er könne sich irgendeines der bis zu einem Jahr alten Fohlen vom Gestüt aussuchen, wählte Ken eben dies isabellfarbene Stutfohlen und nannte es Flicka.

Flicka war von Banner und Rocket. Und Rocket war, nach der übereinstimmenden Ansicht aller, die wildeste aus jener Nachkommenschaft, die Gipsy von ihrem Aufenthalt bei dem Albino mit heimgebracht hatte.

Rob McLaughlin war außer sich. „Ich hatte gehofft, du würdest eine kluge Wahl treffen, Junge", sagte er. „Du weißt, was ich von Rocket halte, von dieser ganzen Blutlinie – es ist die schlechteste, die ich überhaupt habe. Keins dieser Tiere ist richtig bei Verstand. Die Stuten sind Teufelinnen und die Hengste Räuber und Landstreicher. Ich hätte mir die ganze Brut vom Halse geschafft, wenn sie nicht so verdammt schnell wären, daß ich mich in den Gedanken verrannt habe, eines Tages könnte doch mal eine sanftere zwischen der Bande sein, aus der ein Rennpferd würde. Aber Flicka wird das nicht sein."

Doch Ken hatte sich in sie verliebt und konnte sie nicht aufgeben.

In jenem Sommer folgte ein bedrückendes Unheil dem anderen. Ebenso wild wie ihre bösartige schwarze Mutter, kämpfte Flicka wie von Sinnen, als sie mit dem Lasso gefangen und in den Pferch gebracht wurde. Als sie auf keine andere Weise entkommen konnte, wagte sie einen selbstmörderischen Sprung in den hohen Stacheldrahtzaun, der zu wochenlanger Kränklichkeit wegen der infizierten Schnittwunden führte, bis McLaughlin Befehl gab, sie am nächsten Morgen zu erschießen, um sie von ihrem Elend zu erlösen. Ken verbrachte diese letzte Nacht bei ihr; halb im Bach hockend, wo sie fiebernd niedergefallen war, hielt er ihren Kopf in seinen Armen. Gus hatte am Morgen nach ihnen gesucht und den vor Kälte und Erschöpfung hilflosen Ken ins Haus hinaufgetragen.

Das war die Ursache von Kens langwährender und schwerer Lungenentzündung; das Fohlen hatte sich während seiner Krankheit in einer fast wunderbaren Weise wieder erholt.

Am Ende des Sommers erlebte Ken einen Triumph, der alles wieder gutmachte. Das Fohlen liebte Ken bald so zärtlich, daß er zu seinem Vater sagen konnte: „Sie ist ganz zahm geworden, nicht, Papa?"

Und Rob McLaughlin erwiderte mit weicherer Stimme als sonst: „Zahm wie ein Kätzchen, mein Junge."

Und nun stand sie hier im Stall, eine stämmige Dreijährige, fügsam, sanft, großartig geschult, und ließ ihren feuchten Blick vertrauensvoll auf dem Gesicht ihres jungen Herrn ruhen.

Aber das Fohlen! Diese alles überwiegende Erbmasse, von der Rob McLaughlin gesprochen hatte! Nach all der Mühe, die sich Rob gegeben hatte, seine Zucht von dem verhaßten Blut des Albinos zu säubern, kam es nun hier doch wieder zum Vorschein. Dieses Fohlen sah nicht aus wie seine Mutter, nicht wie sein Vater, nicht wie irgendeins der anderen Pferde auf dem Gestüt. Es sah nur einem ähnlich – dem Albino. Es war fast, als hätte man den Albino selbst hier im Stall! Steckten die Kraft und grausame Wildheit jenes großartigen Räubers schon in der rosigweiß geäderten Babyhaut dort? Der Gedanke ließ Ken erschauern.

Flicka hatte ihr Gemenge aufgefressen. Ken hob den Eimer herunter und trat an das Scheunentor. Er ließ die obere Hälfte aufschwingen und blickte hinaus. Es hatte aufgehört zu schneien. Der Wind war umgesprungen und blies das Wetter wieder nach Osten zurück, woher es gekommen war. Oben am Himmel waren ein Aufruhr fliehender Wolken und große, glänzende Sterne, die ganz nahe schienen.

Ken verschränkte die Arme über der unteren Türhälfte und lehnte sich gedankenversunken darüber.

Da gab es noch andere Schattenbilder, die hineinverwoben waren in den Traumdunst, der dieses Fohlen wie Prophezeiungen eines Wahrsagers umschwebte.

Jenes Wort, das Rob McLaughlin damals so ganz nebenher in Kens Gedankenstrom hatte fallen lassen: Rennpferd ...

Rennpferd. Natürlich konnte das nicht Flicka sein, wegen der verdickten Sehne, die noch von der Entzündung stammte. Warum aber eigentlich nicht ein Fohlen von Flicka? Mit einer sanften und lenkbaren Mutter, die ihm Manieren beibrachte, mit der Kraft und Schnelligkeit, die sich auf alle in der Albino-Linie vererbte – warum nicht? Nell war die erste gewesen, die eine solche Andeutung machte. Seitdem war das Ken nicht aus dem Kopf gegangen.

Ken wandte sich vom Tor weg und ließ seine Hand an Flickas rechtem Hinterbein hinuntergleiten. Er war dran schuld – an dieser verdickten Sehne –, weil er sie für sich hatte einfangen lassen.

„Aber du bist nicht traurig drüber, Flicka, nicht?" flüsterte er, an ihren Kopf herantretend, „denn jetzt hast du ja mich ..."

Ganz still und zufrieden, lehnte sie ihren Kopf gegen ihn.

Das Fohlen – das zukünftige kleine Rennpferd – lag mit krummem Rücken in tiefem Schlaf, so daß Füße und Nase sich berührten wie bei einem Windhund. Vielleicht träumte es von seiner großen Zukunft – wenn es das Gestüt von Schulden und Mißerfolg erlösen, Nell mit Juwelen überhäufen und seinen jungen Besitzer zum Helden machen würde ...

Ken beugte sich zu ihm nieder. Sein Name – was für einen Namen sollte es bekommen? Irgendeinen, der alles zusammenfaßte, was es war und werden könnte. Ken fiel nichts ein, was gut genug war. Seine Mutter würde ihm einen Namen geben – wahrscheinlich im selben Augenblick, in dem sie es zum erstenmal zu sehen bekam. Das war so ihre Art. Irgendwelche Worte sprangen ihr über die Lippen, und aus ihnen fand sich dann der Name. Das würde morgen früh geschehen.

Ken nahm die Laterne, warf noch einen letzten Blick zurück und verließ dann die Scheune, sorgfältig die Tür hinter sich schließend.

Er rannte durch den Hohlweg.

Vor dem weiträumigen steinernen Farmhaus streckte sich eine weite Wiese, die von seiner Mutter „der Anger" genannt wurde, nach den sauberen kleinen Rasenplätzen in den kleinen Orten Neu-Englands, wo sie ihre Kindheit verlebt hatte. Jetzt lag eine dünne Schneedecke darüber. Ken rannte quer darüber hinweg ins Haus und die warme Küche, wo er das Ölzeug ablegte und den heißen Kakao trank, den Howard inzwischen gekocht hatte.

Und während sie so einander gegenübersaßen, gab es eine jener zänkischen, unverständlichen und völlig verdrehten Diskussionen, aus denen erwachsene Zuhörer schließen, daß Jungenshirne und ihre Art zu reden auch nicht das geringste mit Vernunft oder Logik zu tun haben.

## *Ken behält seine Geheimnisse für sich*

„Versprich!"

„Laß mich los!"

„Er gehört doch mir."

„Aber meine Zunge gehört dir nicht."

„Verspr . . .", wollte Ken loslegen.

„Pst – pst!" zischte Howard wütend. „Wenn du Mutter aufweckst . . ." Er drehte und wendete sich, um Kens Beine abzustreifen, die seinen Leib umklammert hielten. „'runter von meinem Rücken, verflixt noch mal."

„Versprich mir, daß du nichts sagst!"

Ohne einen Laut von sich zu geben, versuchte Howard voller Wut krampfhaft Kens Arme loszureißen, die um seinen Hals lagen. Mit puterroten Gesichtern rollten und stießen sich die Jungen auf dem Fußboden von Howards Zimmer herum.

„Versprichst du's?"

„Still!" warnte Howard.

Aber Ken wußte genau, was er wollte. Wenn sein Vater den Krach hörte und herausbekam, daß es deswegen war, weil Howard nicht versprechen wollte, von Kens Fohlen nichts zu erzählen, bis er selbst die Möglichkeit dazu gehabt hatte, würde der eins auf den Hut kriegen.

„Versprich mir's! Versprich! Versprich!"

„Also schön, ich versprech' es dir. 'runter von meinem Buckel."

Ken lockerte Arme und Beine, und die Jungen lösten sich voneinander. Während ihre Gesichter wieder eine normale Färbung annahmen, brachten sie in schönstem Einvernehmen ihre zerzausten Sachen in Ordnung, strichen sich glättend über die Haare, liefen auf Zehenspitzen die Treppe hinunter und sprangen in den jungen Tag hinaus.

Auf dem Weg zu den Ställen und dem Fohlen blieben sie beim Anblick zweier fremder Autos hinter dem Hause stehen. Besucher! Gäste, die von der gestrigen Abendgesellschaft von den Eltern mit auf das Gestüt gebracht worden waren. Sie erkannten die Wagen. Der blaue gehörte Oberst Morton Harris, einem alten Klassenkameraden ihres Vaters aus West Point, der jetzt Artillerieoberst in Fort Francis Warren war. Der graue gehörte Charles Sargent, dem millionenschweren Pferdezüchter und Besitzer des berühmten Hengstes Appalachin, der ein Rennen nach dem anderen gewann. Sargent hatte sein Gestüt kaum vierzig Kilometer entfernt vom Gänseland.

„Charley Sargent und Mort Harris", stellte Howard vergnügt fest. „Prima. Brauchen wir heute nicht in die Kirche."

Aber Ken starrte gedankenverloren auf die Wagen. Charley Sargent, hoch aufgeschossen und dünn wie eine Bohnenstange, in seinen engen Jodhpurs – immer zu Neckereien und Späßen aufgelegt –, der mit seinem schmalen, braungebrannten Gesicht unter dem breitrandigen Trapperhut wie ein alt gewordener Gary Cooper aussah – es war stets vergnüglich, wenn Charley Sargent zu Besuch kam, und vielleicht würde er über Rennpferde sprechen. Kens Herz tat ein paar rasche, aufgeregte Schläge. Er wollte versuchen, alles über Rennpferde herauszukriegen, was nur irgend ging. Und Appalachian, dieser stolze Rapphengst – der ...

„Los, komm!" sagte Howard und lief zur Scheune.

Ken schlenderte hinterher, in Überlegungen versunken, wie sich die Anwesenheit der Gäste auf seine große Überraschung auswirken könnte. Sollte er es beim Frühstück erzählen? Er mußte es so einrichten, daß gleich der erste Eindruck günstig war. Sie sollten so stolz und froh darüber sein wie er, daß es weiß war. Aber das war noch nicht alles. Er mußte sich so benehmen, daß keiner, selbst sein Vater nicht, auf den Verdacht käme, er habe irgend etwas zu verbergen. Das würde schwer werden. Ein ganz gewöhnliches Geheimnis zu bewahren, war schon schwer genug – schwerer noch, wenn man sich deswegen ein ganz kleines bißchen schuldbewußt fühlte.

Als sie zur Koppel kamen, sahen sie, daß Flicka und ihr Fohlen draußen waren, um die erste Morgensonne zu genießen. Gus und Tim beobachteten sie dabei erstaunt und amüsiert.

Ken stürzte auf Gus zu und packte ihn am Arm. „Erzähl's niemandem, Gus! Sie wissen noch nichts davon. Ich möcht' sie überraschen – versprich es mir!"

„Hättest mich glatt mit 'nem alten Lappen erschlagen können, Kennie", sagte der alte Schwede mit einem schwerfälligen Lachen. „Aber Schimmel bedeuten Glück, sagt man."

„Noch nie habe ich so ein Fohlen hier auf dem Gestüt erlebt", gab Tim seinerseits dazu. „Was wird der Rittmeister sagen?"

„Erzähl's ihm nicht, bevor ich die Gelegenheit dazu gehabt habe", bat Ken hartnäckig. „Versprecht es mir, ja?"

„Klar. Das kannst du ihnen selber erzählen, Kennie", sagte Gus. „Ist ja deine Stute und ja wohl auch dein Fohlen, denk' ich."

Ken öffnete das Scheunentor und rief Flicka herein. Das Fohlen folgte ihr nicht, sondern blieb blinzelnd im Sonnenschein stehen.

Gus und Tim scheuchten es vorsichtig hinterher. Ken brachte beide in den hintersten Stallverschlag, wo Howard und er sie noch eine Weile beobachteten.

Aber Ken lagen jetzt wichtige Dinge auf der Seele, und so rannte er kurz darauf zum Hause zurück. Seine Mutter war dabei, das Frühstück zurechtzumachen, und der Vater rasierte sich.

Ken drückte sich an die Badezimmertür und rief leise: „Papa!"

„Hallo!"

„Du, Papa – kannst du mir mal was sagen?"

„Kommt drauf an."

„Also – wenn du genug Geld hättest, was für Zäune würdest du dann fürs Gestüt haben wollen?"

„Also – wenn ich genug Geld hätte, würde ich jeden Fußbreit Stacheldraht 'rausreißen und Zäune aus Holz machen lassen. Ordentliche, solide Pfosten in etwa drei Meter Abstand und einszwanzig hoch. Schon ein einziger Querbalken oben drauf würde genügen, die Pferde drinzuhalten – natürlich nur, wenn sie solide genug sind, daß sie sie nicht mit dem Hinterteil einfach herunterscheuern können."

„Würde das viel kosten, Papa?"

„Die Pfosten kann man aus dem staatlichen Revier umsonst kriegen, aber das Zurichten und Transportieren würde Geld kosten – für die Arbeit. Ich hätte nicht Zeit genug, es selber zu machen."

„Und wenn es auch eine Masse Geld kostet, Papa. Darauf käm' es nicht an."

Robs Antwort wurde von den Lauten verschluckt, die so zum Rasieren gehören, und dann begann er plötzlich mit seinem liebsten Badezimmergesang:

„K-K-K-K-Käthie! Bildschöne Kä-äthie . . ."

Allem Anschein nach schenkte er den wichtigen Neuigkeiten keine sonderliche Beachtung.

Plötzlich flog die Tür auf, und er kam herausgeschritten, in Reithosen, Stiefeln, Unterhemd – strahlend guter Laune. Sein schwarzes Haar war zerzaust, seine Augen leuchtend blau, und seine weißen Zähne blitzten. Beinahe wäre er mit Ken zusammengestoßen, und der Junge empfand wieder den überwältigenden Eindruck der Persönlichkeit seines Vaters. Als noch eben die geschlossene Tür zwischen ihnen lag, war das nicht ganz so bezwingend gewesen.

„Auf dich warten werd' ich a-han der Küchentür!" schmetterte Rob, während er mit dröhnenden Schritten den Gang hinunter zu seinem Zimmer ging. Am Treppenabsatz blieb er stehen, schaute über das Geländer und rief schallend: „He, ihr Burschen! Mort! Charley! Schlaft ihr noch? Die Eierkuchen sind gleich fertig!"

Von der Terrasse vorm Haus erklang der Antwortruf: „Wir haben dich ja bereits um Längen geschlagen!", und Rob verschwand eiligst in sein Zimmer, um sich fertig anzuziehen.

Draußen ließen sich Nell und ihre beiden Gäste, wie dies auf dem Gänseland-Gestüt üblich war, von den Possen irgendeines Sortiments von Viechern amüsieren. Chaps, der schwarze Spaniel, und Kim, der schottische Schäferhund, tobten miteinander über den Anger, als sei es ein genügender Grund für überschwengliche Freude, über Nacht eingesperrt und nun wieder freigelassen zu sein.

Jede Spur von Schnee war verschwunden. An allen Ecken und Enden brachen sich die blitzenden Sonnenstrahlen in sämtlichen Regenbogenfarben. Ein ungestümer Wind beugte die Kiefern und zerrte an Nells blauem Leinenkleid.

„Was meinen Sie zu dem?" rief sie Oberst Harris zu, der unweit des Brunnenbeckens stand und Robs Gespannpferde prüfend betrachtete, zwei gewaltige Braune. „Das ist Big Joe, den Sie gerade ansehen", fuhr sie fort, „Robs ganzer Stolz."

„Ich möchte meinen", erwiderte der Oberst in seiner gepflegten und präzisen Ausdrucksweise, während er seine Brille abnahm und die Gläser putzte, „daß dies ein reinrassiger Percheron ist, einssechzig hoch und an die dreizehnhundert Pfund schwer."

„Stimmt ziemlich genau", sagte Nell und hob ihre Katze Pauly vom Boden auf, die maunzend neben ihr aufgetaucht war. Pauly, eine schildpattbraune Angorakatze mit krummgewölbtem Rücken, schmalen topasfarbenen Augen und einem verführerischen Gesichtchen, legte eine Pfote um Nells Hals, blieb so hängen und suchte ihr den Mund zu lecken.

Nell tippte ihr auf die winzige sichelförmige korallenrote Zunge und lachte.

Charley Sargents langaufgeschossene Gestalt beugte sich ein wenig zu ihr nieder. „Sie sehen wieder mal ganz reizend aus heute morgen – wo haben Sie nur diese rosigen Wangen her?"

„Sie scheinen zu vergessen, daß ich als Sklavin am Küchenherd gewerkt habe, um das Frühstück für – Moment mal – fünf Mannsleut' fertig zu kriegen ..." Sie kuschelte ihr Gesicht in Paulys weichen braunen Pelz. Charley Sargent brachte sie immer in Verlegenheit mit seinen bewundernden Blicken und der Art, ihr den Hof zu machen. Ihm gegenüber fühlte sie sich stets wie achtzehn.

„Was ist das doch heute wieder für ein Tag!" rief sie aus. „Wer könnte noch glauben, daß es gestern abend geschneit hat! So echt Wyoming!" Sie blickte zum Himmel auf. Da segelten Elstern und Regenpfeifer und Hühnerhabichte mit schräggestellten Flügeln im Blau, und ab und zu, wenn der Wind sich drehte, brachte er einen Hauch von Schneeruch aus dem Süden, vom Niemalssommer-Land.

„Gestern abend", sagte Charley, noch immer leicht über sie gebeugt, „war das eine mächtig nette Gesellschaft. Aber ich traue mich gar nicht, Rob gegenüberzutreten. Er hat mich schon beschimpft, weil ich zuviel mit Ihnen tanzte."

„Dieser andere", rief Oberst Harris herüber, „ist nicht reinrassig, nicht wahr?"

„Nein", gab Nell zurück und lief über die Verandastufen zu ihm hinunter. „Das ist unser alter Tommy, der beste Erzieher für unsere widerspenstigsten Gäule. Sobald Rob einen dabei hat, dem man das

Feuer erst einmal richtig austreiben muß, schirrt er ihn neben Tommy ein."

Während sie so plauderte, mußte sie daran denken, wie wütend Rob gestern abend gewesen war, als Charley Sargent sie beim Walzer immer schneller herumgewirbelt hatte, bis ihr langes blaues Kleid weit um ihre Füße schwang wie der Rock eines tanzenden Derwisches. Trotzdem – Spaß hatte es gemacht.

Auch der Oberst betrachtete Nell mit sichtlichem Wohlgefallen. Er wahrte die Formen peinlich genau. „Sie scheinen Katzen gern zu haben."

„Allerdings. Sehr. Jedenfalls diese Katze."

„Mehr als Hunde?"

„Ich habe mir das mit den Katzen und Hunden mal ganz genau überlegt. Hunde sind wie Kinder, die man lieb haben muß. Katzen jedoch sind absolut erwachsen."

„Wie steht es dann aber mit der dort drüben? Sie sieht nicht gerade besonders erwachsen aus."

„Ach, die gelbe da? Das ist Matilda. Sie ist zwar noch ein Kätzchen, aber doch schon allerhand! Sie ist Paulys Tochter – hätten Sie gar nicht gedacht, nicht wahr?"

„Nein. Bestimmt nicht."

„Nun – es passierte, nachdem Pauly mal einen fremden Besucher hatte. Eine magere, hochbeinige, große Stadtkatze – ganz anders als unsere Kater –, die Sorte sieht eher wie ein Wiesel aus. Er war gelb. Gewöhnlich hat sie einen Wurf von vier oder fünfen, aber diesmal erschien nur ein einziges Jungtier und war schon gleich enorm. Offensichtlich beanspruchte es alle Nahrung, die sonst viere bekommen hätten, und entwickelte sich zu einer wahren Tigerin. Sie ergriff Besitz von Pauly, der gesamten Ranch und allem, was darauf lebt und webt. Sie hat jede Ritze im Haus untersucht, die Schuppen, die Dächer, die Schornsteine, und man konnte zusehen, wie sie wuchs. Rob erzählt unseren Bekannten immer, sie brauchten sich nicht zu wundern, wenn sie bei uns ein Pferd übers Dach galoppieren hörten – das sei nur Matilda."

Matilda begann in diesem Augenblick sich für den Percheron zu interessieren, der seinen Durst am Brunnenbecken gelöscht hatte und jetzt auf das Blumenbeet losspazierte.

Nell suchte ihn wegzuscheuchen. Er schenkte dem keine Beachtung. Sie klatschte in die Hände und stampfte mit dem Fuß auf: „Bleib dort weg, Big Joe!"

Big Joe wich keinen Zentimeter.

Matilda nahm die Sache in die Hand. Kampfeslüstern schoß sie auf Big Joe zu, nicht allzu nahe 'ran – eben nur bis dicht vor seine Nasenspitze –, und zog sich dann eilig wieder auf anderthalb Meter Entfernung zurück.

„Was ist denn da los?" erkundigte sich Rob, der aus der Haustür trat.

Charley Sargent lachte. „Dieser kleine gelbe Deibel bringt dem Percheron bei, wo er hingehört! Schau dir das an!"

Matilda spielte ihre Rolle weiter. Sie warf sich vor Big Joe auf den Rücken und langte verspielt mit ihren kleinen Pfoten immer wieder, mal hier-, mal dorthin, nach einem Kiesel.

„Siehst du das?" blinzelte sie zu dem großen Vieh hinauf, das erstaunt und fasziniert auf sie hinuntersah, „siehst du das? Wenn du so ein Kiesel wärst, würde ich einfach so mit dir machen!" Sie patschte ihn von der einen auf die andere Seite. Sie jagte ihm nach, wenn er davontrudelte, warf sich über ihn und rollte mit ihm herum. Sie biß drauf. Und zum Schluß zeigte sie ihm noch ihre besondere Verachtung, als sie sich wieder auf den Rücken kullern ließ, das Steinchen in den Vorderpfoten hielt und es plötzlich zerkrümelte.

Ihr Publikum brüllte vor Lachen.

„Seht euch Big Joe an!" rief Rob. „Seht nur das Gesicht!"

Der Percheron war hypnotisiert. Seine Augen hingen an jeder Bewegung dieses gelben Pelzbällchens. Versuchsweise streckte er seine Nase vor und schnüffelte, dann nahm er ein Bein vor. Matilda drehte sich einmal um sich selbst, huschte auf die Pergola, war mit einem weiteren Satz auf dem Dach und galoppierte donnernd davon.

Das Frühstück war geräuschvoll. Es gab Eierkuchen, dünn und bräunlich zart mit kleinen, knusprigen Rändern. Einen ganzen Haufen, heiß aus dem Ofen geholt, wo Nell sie zurechtgestellt hatte. Eine Schale mit braunem Zucker stand auf dem Tisch und ein Kännchen mit Ahornsirup. Zu ihrem Eierkuchen liebte Nell am meisten erhitzte, flüssig gemachte Marmelade.

„Donnerwetter, das muß ich auch mal probieren!" rief Charley und griff nach dem Kännchen.

Die ganze Zeit über war Ken der Gedanke an sein Fohlen nicht aus dem Sinn gekommen. Selbst während er die anderen beobachtete und ihnen zuhörte, suchte er sich ganz genau zurechtzulegen, wie er davon erzählen sollte. Die Art, wie er es bei seinem Vater versucht hatte, hatte nichts Rechtes ergeben. Ken wollte auch mit seiner Mutter über alle die Dinge sprechen, die sie sich dann kaufen sollte, wenn sein Fohlen auf der Rennbahn Geld einbringen würde. Schöne Kleider und solche Samtdinger mit Pelz darauf, wie sie die Frau vom General trug – damit alle das Fohlen gleich beim ersten Anblick lieb hatten wegen allem, was es für sie tun würde.

Aber wie dies vergnügliche Frühstück immer weiter ging, von Grapefruit und Eierkuchen zu Würstchen und Kannen voll Kaffee mit dicker gelblicher Guernsey-Sahne, und Rob wieder und wieder etwas aus der Küche holte und Howard hochgetürmte Teller herein- und hinaustrug, kam Ken zu der Überzeugung, daß jetzt nicht die rechte Zeit sei, zu sprechen. Sie würden gar nicht weiter hinhören – höchstens so nebenher sagen: „Ach, ein neues Fohlen? Flicka hat also endlich gefohlt? Sehr schön – gib mir doch mal den Sirup 'rüber, ja?" Es wurden ja schließlich so viele Fohlen geboren auf dem Gänseland-Gestüt.

Ein Auto kam angefahren und hielt hinterm Haus. Als Rob eben aus der Küche hereintrat, bemerkte Oberst Harris zu ihm: „Wahrscheinlich ist das mein Wachtmeister und der Bursche mit meiner Stute."

„Wozu denn?" fragte Nell.

Rob erklärte: „Mort möchte sein Rennpferd von Banner decken lassen; daher habe ich ihm geraten, sie heute herzuschicken."

„Ein bißchen spät fürs Decken, nicht?"

„Ja", sagte Harris, „das wohl. Ich glaubte auch, sie sei schon gedeckt, aber das stimmte nicht. Wir werden es noch einmal versuchen."

„Warum willst du sie denn nicht von einem anständigen Hengst decken lassen?" meinte Charley. „Du scheinst dir der Tatsache nicht bewußt zu sein, daß mein Appalachian der großartigste Deckhengst in der Geschichte der Rennpferdzucht ist, was?"

„Aber überlege doch einmal, was du als Deckgeld verlangst", erwiderte der Oberst. „Zweihundertfünfzig Dollars! Das kann sich ein armer Soldat nicht leisten."

„Was ich verlange und was ich kriege, ist noch nicht dasselbe", brummte Charley, während er sich eine Zigarette drehte und anzündete.

„Lauf hinaus, Ken", befahl sein Vater, „und sag dem Wachtmeister, er soll gleich zu den Ställen fahren und die Stute in die kleine Ostkoppel bringen. Sie kann dort warten, bis ich Banner hereingeholt habe."

„Fein!" rief Howard. „Banner hereinholen!"

Ken ging hinaus und sah einen Wagen mit Anhänger stehen, zwei Männer in Uniform auf den vorderen Sitzen und eine in Decken gehüllte Stute im Anhänger. Er richtete die Botschaft aus und kehrte ins Eßzimmer zurück.

„Außerdem", hörte er Oberst Harris sagen, „ist dein Appalachian so verwöhnt und verhätschelt und umhegt wie ein Filmstar mit seiner besonderen Weide und Wiese und Futter und Ställen für jedes Wetter und jede Jahreszeit – er braucht ja überhaupt nicht mehr nachzudenken. Das Denken machen andere für ihn."

„Verhätschelt!" brauste Charley empört auf. „So verhätschelt, daß er einen Sieger nach dem andern hervorbringt! Gutsherr, der 1934 in Tia Juana gewonnen hat! Spinnaker, der im letzten Jahr das Handikap in Santa Anita gewonnen hat, und die zweijährige Stute Coquette ..."

„Weiß ich, weiß ich alles", erwiderte Oberst Harris. „Er ist ein großartiger Deckhengst für Rennpferde. Aber dieser zähe Bursche hier von Rob, der Banner, das ist genau das, was ich für mein Geld haben will: muß selber denken, sorgt bei Wind und Wetter draußen in ungebundener Freiheit für seine Stuten, weiß aus meilenweiter Entfernung genau, was Rob denkt und tut, lebt wie ein Raubritter da oben in den Bergen mit seinem Harem ..."

„Übrigens Raubritter", unterbrach ihn Rob; „erinnert ihr euch noch an diesen Hengst, den man den Albino nannte? Da habt ihr wirklich so einen Raubritter – der herrschte wie ein König, für den brauchte wahrhaftig keiner zu denken! Der raubte, plünderte und stahl sich zusammen, was er nur wollte ..."

„Was ist eigentlich aus ihm geworden?" erkundigte sich Oberst Harris. „Ich habe seit Jahren nichts mehr von ihm gehört."

„Ich möchte wetten, daß er sich, kraftstrotzend und böse wie eh und je, irgendwo herumtreibt mit einem ganzen Rudel von Stuten, die er sich im ganzen Lande herum aufgegriffen hat", sagte Rob. „Und zwar die allerschönsten! Der wußte genau, welche er haben wollte. Wir hatten ihn doch mal in einer Koppel."

„Schade, daß keiner Grips genug hatte, ihn zu halten", meinte Charley. „Wenn ich dabei gewesen wäre ..."

„Wenn du dabei gewesen wärst", wiederholte Rob ironisch, „dann wärst du vielleicht von ihm umgerannt und fast umgebracht worden – und nicht ich."

„Umgerannt hat er dich?"

„Es passiert doch wirklich nicht oft, daß ein Pferd einen Menschen angreift, aber der ist gegen mich losgegangen. Wir hatten ihn in der Koppel, mitsamt seinem Rudel von Stuten, unter denen auch meine Gipsy war und ihre vier Fohlen. Er wollte die Stuten nicht freigeben – trieb sie immer wieder zusammen, umkreiste sie unausgesetzt, drängte sie einmal in diese und dann wieder in jene Richtung, bis er merkte, daß er geschlagen war –, sie waren gefangen und würden hier nicht wieder 'rauskönnen. Da faßte er den Entschluß, wenigstens sich selber zu retten. Er raste direkt auf eine Zaunstelle zu, der oberste Querbalken krachte, und er war im Außengang. Ich war abgesessen – ich hatte so ein Gefühl, daß er den Außenzaun ebenso durchbrechen könnte, und rannte vor, um ihn abzufangen. Ihr wißt ja selber, daß man ein Pferd, wenn man ihm in den Weg springt und dabei ordentlich mit den Armen fuchtelt, neun von zehnmal ablenken kann. Crosby kam schon in vollem Galopp lassoschwingend angeritten. Aber da rannte mich der Albino glattweg nieder. Er konnte den Außenzaun nicht überspringen, aber er ging einfach dagegen an und zersplitterte ihn restlos. Und mein Gott – wie der davontobte! Wir konnten bloß noch dastehen und der Staubwolke nachblicken!"

„Hat er dich verletzt?" erkundigte sich Oberst Harris. Rob beugte sich vornüber und teilte sich das schwarze Haar an seiner linken Schläfenseite, so daß eine kurze weiße Narbe sichtbar wurde. „Ich duckte mich im letzten Augenblick beiseite, aber er ließ mir ein kleines Andenken – mit einem seiner Vorderhufe."

„O je", machte Ken.

„Und nie werd' ich den Blick aus seinen Augen vergessen", fuhr Rob fort. „Ich sah es dicht vor mir – allzu dicht – dies böse Auge."

„Wie war das Auge denn, Papa?"

„Wie bei Rocket. Erinnerst du dich an die schnelle schwarze Stute von mir, Charley, die du beinah mal gekauft hättest?"

„Du meinst die, die ich gekauft hatte und die du beinah geliefert hättest", verbesserte Charley.

Rob grinste und wandte sich erklärend an Mort Harris. „Er hat damals die Stute für fünfhundert Dollars unter der Bedingung von mir gekauft, daß ich sie ihm heil und gesund abliefern würde. Sie war ein Teufel, eine von den Stutenfohlen Gipsys von dem Albino – und sie hatte genau dasselbe wilde und bösartig blickende Auge mit dem weißen Ring. Also schön, ich kriegte sie glücklich auf den Lastwagen, aber als wir drüben auf der Landstraße unter meinem Gestütsschild durchfuhren, bäumte sie sich auf und rammte sich dabei den Schädel ein."

„Papa", fragte Ken, „wenn der Albino doch ganz und gar weiß gewesen ist, wie konntest du denn da sehen, daß er einen weißen Ring ums Auge hatte?"

„Bei einem Pferd sind die Pupillen sehr groß – für gewöhnlich füllen sie den Raum zwischen den Lidern völlig aus. Wenn ein weißer Ring drum zu sehen ist, kommt das daher, weil die Lider zu weit aufgerissen sind, so daß man etwas vom weißen Augenball sieht, was ihm diesen wilden und verrückten Ausdruck gibt – und es sind auch immer niederträchtige Biester. Keiner kann Pferde mit einem weißen Augenring leiden."

„Und du hast doch auch von meinem Mohikaner gehört", erinnerte Charley wieder mit lauter Stimme, „aus der Heimlichen von Appalachian – der hat vor zwei Jahren in Saginaw Falls einfach alles gewonnen, was es da zu gewinnen gab! Ich kann dir nur eins sagen, Mort, Appalachian . . ."

Mort Harris hob abwehrend die Hand. „Charley, ich brauche kein Rennpferd. Ich habe nicht die Absicht, vorm Feinde Reißaus zu nehmen. Ich möchte ein Pferd wie das von Rob, das die Berge und die Höhenluft gewöhnt ist. Ich brauche Ausdauer, gute Lungen und Mut in jeder Lage. Wenn ich losreite, möchte ich genau wissen, daß es mich sicher wieder heimbringen wird. Es muß absolut zuverlässig sein, unter jeglicher Bedingung. Außerdem ist Appalachian schwarz. Und ich will einen Fuchs."

„Und den wirst du von Banner kriegen", sagte Rob. „Sie schlagen ihm alle nach. Ab und zu mal kriege ich ein Rappfohlen – seine Mutter war nämlich eine schwarze Araberstute, El Kantara –, aber meistens sind's Füchse, eines wie das andere, einander ähnlich wie Erbsen in einer Schüssel."

Howard und Ken sahen sich bei diesen Worten unwillkürlich an, Ken etwas bestürzt und aus der Fassung gebracht, und Howard mit allerlei phantastischen Grimassen der Besorgnis und Anteilnahme. Er bewegte die Lippen zu einem lautlosen „Wann wirst du's erzählen?", und Ken gab wütend und ebenso lautlos zurück: „Halt's Maul!"

Die Jungen spürten den Blick ihrer Mutter auf sich und unterließen ihr Gesichterschneiden.

Ken versank in heftiges Grübeln. Dieser Vormittag würde aufregende Erlebnisse in Mengen bringen. Banner hereinholen. Die Stute des Obersten decken lassen. Er begann sich Sorgen zu machen. Die Ereignisse verwickelten sich doch immer in einer solchen Weise um einen herum, daß dann oft alles ganz falsch herauskam. Vielleicht würde es besser sein, wenn er seine Überraschung aufhob, bis all diese anderen Geschichten vorbei waren.

Rob fuhr fort: „Und du hast ganz recht, daß du lieber einen Rotfuchs haben willst, Mort. Ein Rotfuchs ist am schwierigsten zu zähmen und zuzureiten; wenn man's geschafft hat, dann hat man aber auch ein Pferd." Er schob seinen Stuhl zurück. „Wollt ihr beiden mit mir 'rausreiten, um Banner und die Stuten 'reinzuholen?"

„Die Stuten?" wiederholte Harris. „Warum denn die Stuten hereinholen? Wir wollen doch bloß Banner."

Rob blickte ihn mit einem seltsam ironischen Aufblitzen seiner Augen an und Charley Sargent belehrte ihn in lässigem Tonfall: „Du verstehst wirklich gar nichts von unseren Wildpferden hier draußen im Westen, Mort. Die sind so verdammt anhänglich. Nimm bloß diesen Banner – den zähen Burschen, von dem du so großartig dahergeredet hast. Tja, dem würde so ungefähr das Herz brechen, wenn man ihn von seinem Harem trennte. Das würde der gute Rob ja auch nicht übers Herz bringen, was Rob?"

Harris grinste. „Na, schön – selbstverständlich. Ich verbringe ja meine Tage sowieso ausschließlich im Sattel, und nun, wo ich mal ein bißchen Urlaub zur Erholung habe, scheint es ja unbedingt nötig, daß ich noch ein bißchen mehr reite. Hoffentlich könnt ihr mir ein gutes Reitpferd geben."

Rob wandte sich an Howard. „Welche Pferde haben wir jetzt in der Koppel, Howard?"

„Taggert und ein paar Wallache – Bronze, Shorty, Highboy . . ."

„Lauf hinüber, Howard, und bestelle Gus, daß er Taggert, Bronze und Shorty satteln soll."

Eine halbe Stunde später waren sie in der Koppel, fertig zum Aufsitzen. Charley Sargent, wie immer in seinen langen, engen Reithosen mit dem breitrandigen Trapperhut, und der Oberst und Rob gleich tadellos in Breeches und hohen Stiefeln.

„Ihr könnt wählen", sagte Rob großmütig.

„Welches reitest du?" erkundigte sich Charley mißtrauisch.

„Die Braune da, Taggert – du kannst sie haben –, aber was die für einen Gang hat, so etwas hast du noch nicht erlebt."

Sargent nahm seinen breiten Hut vom Kopf und kratzte sich nachdenklich den Schädel. „Sieht ja ausgesprochen elegant aus – und ich bin dir auch wirklich dankbar. Aber eine Stute – nein, ich glaube, ich glaube, ich werde doch lieber einen von den Wallachen nehmen. Nimm du die Stute, Harris . . ."

„Was für ein prächtiges Tier", sagte der Oberst, der sie eingehend betrachtete. „Gut, dann werde ich also diese stattliche Stute nehmen."

Er schwang sich hinauf und setzte sich im Sattel zurecht.

Charley bestieg Shorty und Rob Bronze, und dann ritten die drei zur Koppel hinaus.

## *Was ist mit Rob?*

Nell war an der Ecke neben dem alten Pferdestall und suchte nach Pilzen. Im Frühling hatte sie dort Melde gepflückt, frisches junges Grün, das feingehackt und mit Salz und Pfeffer, etwas Knoblauch und Sahne gekocht, köstlicher schmeckte als irgendein Spinat. Es wuchs überall dort, wo Schafe gewesen waren. Sie hatten jetzt Schafe auf dem Gestüt. Rob hatte einige Weiden verpachtet, und hier war im Frühjahr der Pferch gewesen, ein viereckiges Stück Boden, kahlgerupft und mit einer Drahtumzäunung. Wenn die Schafe darin waren, hingen Laternen an allen vier Ecken, um die Präriewölfe abzuschrecken; jetzt aber waren die Schafe hinauf an den rückwärtigen Berghang getrieben, und das Gras im Pferch war wieder nachgewachsen. Pilze gab es dort meist in Mengen, und ihr Korb füllte sich rasch.

Als sie wieder in der Küche war, bereitete sie die Füllung für die Enten. Vier Stück. Sie war froh, daß sie ein paar von den Jungtieren so gut gebrauchen konnte – mit ihren sechs Monaten jetzt waren sie doch viel zarter als später. Die vier kleinen gelben Körper lagen auf dem Ablaufbrett des Spültisches. Tim hatte sie gerupft, aber sie mußte sie sich doch noch einmal ansehen. Mit der Spitze eines scharfen Messers zog sie die Stoppeln heraus.

Sie schälte die Kartoffeln, ließ Wasser darüberlaufen und stellte sie zurecht, wobei sie vor sich hinmurmelte: „Essen für zwei Uhr." Sie hatte eine Menge zu tun und beeilte sich bei ihrer Küchenarbeit, so daß ihre braunen Sandalen leicht und behende über den grüngestrichenen Fußboden flogen.

Pauly saß mitten in der Küche, von wo aus sie durch bloßes Kopfdrehen Nell fortwährend im Auge behalten konnte. Ab und zu wurde sie davon selber so schwindlig, daß sie mit einem kleinen Plumps seitlich überkippte. Dann sammelte sie sich mit einem verdutzten Schütteln ihres kleinen Kopfes, nahm ihren alten Platz wieder ein und setzte ihre anbetende Bewunderung fort. Ständig hingen ihre Blicke an Nells Gesicht, sie schnurrte und tappte mit ihren Pfötchen auf dem hölzernen Boden. Sie wartete auf den Augenblick, da Nell im vorübergehen sich plötzlich niederbeugen und sie mit einem schnellen Griff hochschwingen würde, um sie dicht vor ihrem Gesicht ein bißchen durchzuschütteln, mit ihr zu reden, sie einen Augenblick an sich zu drücken und dann wieder niederzusetzen und mit der Arbeit fortzufahren. Pauly wußte genau, wann diese Augenblicke kamen, und wenn Nell in ihre Nähe kam, lief sie schon auf sie zu, stellte sich auf die Hinterbeine und hob ihr die Vorderpfoten mit kleinen Freudenlauten entgegen.

Nell blickte auf die Uhr und überlegte, wo die drei Männer wohl sein würden. Sobald sie nur an Rob dachte, konnte sie ihn im Geiste vor sich sehen und spürte ihn zuweilen beinahe körperlich in seiner kraftvollen Art. So sah sie ihn jetzt mit erhobenem Kopf und leicht zusammengezogenen Brauen dahinreiten. Plötzlich empfand sie Mitleid mit ihm und Angst. Das Leben hier draußen war so gefährlich für alle – Felsklippen und hohe Berge, Pferde, Wetter ... Sie riß sich zusammen, ihre Lippen schlossen sich fester. Das Glück hängt oft an einem seidenen Faden.

Sie ging zum Brunnenhaus mit einer gelben Schüssel und einem Schöpflöffel, nahm den Deckel von der Kanne, die in dem flachen Trog unter fließendem Wasser stand, und schöpfte Sahne aus. So viel an die Pilze, so viel für die bayerische Aprikosencreme – ging viel leichter und schneller als Eiscreme und schmeckte genausogut. Als sie aus dem kühlen Raum heraustrat, blieb sie einen Augenblick stehen und ließ ihre Augen über die blaue Bergkette der fernen Wasserscheide bis hinunter zu den bräunlichen Wiesenhängen in der Nähe gleiten. Alle Mühsal ihres Lebens auf dem Gestüt wurde wettgemacht durch die Schönheit der Natur ringsum. Sie war die allgegenwärtige, harmonische Begleitmusik, die man sich, wann immer man wollte, einschalten und von der man sich trösten lassen konnte.

Ein zauberhafter Farbstrich überquerte den Sonnenglast über dem Anger – eine Meise mit dem metallischen Schimmer ihrer blauen Flügel. Sie ließ sich auf die Spitze einer der Baumwollpappeln nieder, die sich leicht im Winde wiegten. Nell mußte unwillkürlich lächeln bei dem Anblick.

Wieder wandte sie den Kopf zur Schlucht hinüber und lauschte. Der Wind kam von den Ställen her. Er hätte den Klang einer Stimme zu ihr getragen, einen Ruf von Rob, das Bellen eines Hundes, Pferdegewieher – aber da war nichts. Sie ging zum Haus hinüber.

Als das Essen bis auf das Braten der Enten vorbereitet war, setzte sie sich seitlich auf einen Stuhl am Fenster, legte ihre verschränkten Arme auf die Rückenlehne, ließ ihren Kopf darauf niedersinken und ruhte sich aus. Pauly schmiegte sich an ihre Seite.

Sie mußte daran denken, wie Rob heute morgen, als er vom Tisch aufgestanden war, einen Augenblick seine Hand auf ihren Kopf gelegt hatte, mit einer leichten Berührung, daß nicht eine Strähne ihrer braunglänzenden, dichten Haarkappe verschoben wurde. Sie wußte, was diese Liebkosung bedeuten sollte. Ihm war es schrecklich, wenn er sie all ihrer vielen Arbeit überlassen wußte, und er machte sich Vorwürfe deswegen. Immer war diese versteckte Zärtlichkeit, die er für sie empfand, hinter all seinem Lärmen und Poltern. Aber sie kam nicht mehr so oft zum Vorschein wie früher.

Sie hob den Kopf und blickte über den Anger. Noch immer das vom Winde klargefegte Blau des Himmels mit dem schwebenden und Kreise ziehenden Hühnerhabicht. Eine Reihe rotgolden leuchtender Pferde zog langsam durch die Kiefern gegenüber. Die Sonne lag auf ihren schimmernden Leibern. Sie waren wie ein blitzender goldener Querbalken, über den hie und da Schattenbänder liefen.

Sie ließ den Kopf sinken und lauschte wieder. Noch immer kein Laut von den Ställen her.

Rob – war er in Ordnung, klar in sich selbst? Klar über sein Leben? Klar in seiner Einstellung zu ihr?

Da war das eine, worüber er sich unaufhörlich Sorgen machte – ob er recht daran getan hatte, sie hierher in den Westen zu bringen, fort von allem und jedem, mit dem sie aufgewachsen war.

Erst neulich hatten sie wieder davon gesprochen, nachdem die Jungens ins Bett gegangen waren. Als er die Pfeife aus dem Mund nahm und der Rauch in Kreisen seinen gutgeformten dunklen Kopf umschwelte, sagte er plötzlich: „Ich hätte dich nicht mitnehmen sollen."

Als sie aufblickte, sah sie hinter ihm, über den Anger hinweg, die zackigen Umrisse der dunklen Kiefern gegen den sanft verschwimmenden, sternbesäten Abendhimmel. „Warum denn nicht?"

„Das Leben hier bringt allerhand mit sich, was nicht ganz leicht zu ertragen ist, nicht?"

„Mir scheint, daß das im Leben überall das gleiche ist."

„Aber hier ist es doch geradezu primitiv."

Nell erwiderte verträumt: „Ich weiß noch genau: wenn wir für die Wintermonate nach Kalifornien fuhren, über die weiten Ebenen hinweg, saß ich immer am Fenster im Zug und schaute auf das unbewohnte Land, wo nur hie und da mal am Horizont ein jämmerlich zusammengedrängter Gebäudehaufen auftauchte – lauter schiefe Mauern, so daß es aussah, als ob sie jeden Augenblick einstürzen müßten –, meist dicht an irgendeine Windmühle gelehnt. Und ich hatte dann ein scheußliches Gefühl – eine Art Verzweiflung – bei dem Gedanken, daß irgend jemand ein solches Leben führen mußte, nichts als Wind und Öde und maßlose meilenweite Ferne, und mittendrin nichts als ein krummer, baufälliger Bretterhaufen. Ein Heim! Diese Verlassenheit! Ich konnte es fast schmecken und riechen – in meinem Pullmanwagen am Fenster! Und jetzt – bin ich hier! Und nun weiß ich, daß höchstwahrscheinlich manche von diesen Baulichkeiten der Angelpunkt einer Ranch von zwei- bis zehntausend Acker waren und daß mitten in diesem Durcheinander von Koppeln und Zäunen und Außengebäuden und schiefen Wänden ein wirkliches Haus stand, wettergeschützt und gemütlich drinnen, voll behaglicher Möbel, mit bullernden Öfen im Winter, einer Riesenfamilie mit einer Horde Kindern, alten Leuten, Männern in schweren Stiefeln, Lärm, gutem Essen und fröhlicher Laune. Sie sind überhaupt nicht einsam und verlassen."

Rob war tiefbekümmert. „Es ist doch aber nicht eine einzige Wand schief auf unserer Ranch."

„Aber Rob, ich habe doch nicht *unser* Heim damit gemeint. Das ist wunderschön. Du hast es mir so wunderschön gemacht. Ich könnte gar kein entzückenderes Heim haben."

„Ehrlich?"

„Das weißt du doch selber."

Er paffte eine Weile schweigend vor sich hin. „Und trotzdem, Nell – es hätte doch ebensogut im Osten sein können. Wirst du jemals hier wirklich zu Hause sein?"

„Rob, wenn du von zu Hause und den Deinen fortgehst – von dem Ort, wo du deine Kindheit verbracht hast –, wirst du dein Leben lang danach Heimweh haben und nie wieder das, was man eine Heimat nennt. Du kannst vielleicht einen schöneren Ort finden, eine Art zu leben, die dir besser gefällt, aber das Gefühl der Heimat ist dir entrissen, und du wirst ihm dein Leben lang nachjagen. Das müßtest du doch ebenso spüren wie ich."

Aus einem tiefen Schweigen kam seine Antwort. „Stimmt. Und das macht mich ja manchmal so verzweifelt."

„Und darum ..." sie hatte sich zu ihm hinübergebeugt und ihre Hand in die seine geschoben. „Hier – dies – deine Hand, das ist meine Heimat."

Er hatte sie mit heftigem Druck um ihre Hand geschlossen.

Robs Hände. Große Hände mit kantigen Fingern; die Adern standen prall und fest heraus, daß man an das Blut denken mußte, das hindurchfloß, und an den schlagenden Puls. Trotz ihrer Größe und Härte waren es wohlgebildete Hände, bedeutende Hände, die ein Bildhauer wählen würde, sie eine Fackel tragen zu lassen. Hände, von denen ein Pferd sich wünschte, daß sie seine Zügel führen. In ihrer Vorstellung sah sie sie plötzlich losgelöst von Rob selbst. Zwei kleine Gestalten, die sich allein und nach eigenem Willen und Denken bewegten, immer beschäftigt: Werkzeuge tragend oder Metallteile, irgendwelche Schrauben oder Teilchen einer Maschine, Lederstücke oder Draht, beim Bau der Terrasse, um die sie eine niedrige Steinmauer errichteten, beim Pflanzen der Blumenrabatte dicht davor, beim Mauern des steinernen Brunnenbeckens mitten auf dem Anger, beim Pflanzen und Wässern der Baumwollpappeln ...

Wieder sprach er zu ihr aus dem Dunkel, aber sie war so tief in Gedanken versunken, nichts anderes spürend als den Druck seiner Hand und den vertrauten Tabakgeruch seiner Nähe, daß sie sich nur schwer wieder zurechtfand.

„Aber die Jungen, Nell."

„Ja?"

„Dies hier ist doch ihre Heimat."

„O ja!"

„Ob sie aber bleiben werden? Oder von dannen ziehen, wie wir es getan haben? Und dann genauso heimatlos sind?"

Sie beteuerte leidenschaftlich: „Ihr ganzes Leben lang werden sie das nicht vergessen, diesen Himmel und die Stürme und die Regenbogen und Gewitter und zuckenden Blitze."

„Eben. Wir sind in der Stadt geboren und aufgewachsen – und ihr entflohen. Hierher. Bei unsern Jungen wird es umgekehrt sein."

„So ist es doch heutzutage mit allen Menschen."

Sie hatten darüber nachgesonnen, wie erst der Pulsschlag der Poesie die Natur zum wahren Leben erweckt. Hier auf der Ranch lebte man mit der Schönheit der nackten Erde. In den Städten hat man die Natur in eine Hülle gesteckt, man kann ihre Wärme nicht mehr fühlen, ihr Blut; man glaubt beinah nicht mehr, daß sie wahrhaft lebendig ist. In den Städten kann man sich wirklich ganz und gar verlassen vorkommen.

Eine Stunde hatten sie so im Gespräch gesessen, Hand in Hand, die Wärme des andern spürend, eine Stunde des Naheseins, des Einklangs und Verstehens. Solche Stunden wurden immer seltener.

Das beunruhigte Nell. Warum war das so? Weil Rob Tag für Tag zu kämpfen hatte. Gegen Pferde, Menschen, Wetter, die Elemente – und den Kontoauszug seiner Bank. Meistens trug er einen Panzer aus Trotz und Dickköpfigkeit. Dahinter schossen dann die wütenden Blicke hervor und das Anschreien und das scharfe Herumkommandieren mit allen – oft auch mit ihr. Warum? Wiederum: der Kontoauszug.

Sie haßte den bloßen Gedanken daran. Sie beugte sich näher zum Fenster und blickte hinaus, einen Schwarm kleiner Vögel mit den Augen verfolgend, die sich über dem Anger hoch hinauf in die Luft schwangen. Die Sonne bestrahlte die Unterseite ihrer Körper, so daß sie wie silberne Schmetterlinge aussahen.

Kontoauszug! Seit langem war sie zu dem Schluß gekommen, daß Pferdezucht sich niemals bezahlt machte. Warum sah Rob das nicht? Und sie wagte es nicht, auch nur eine Andeutung zu machen. War das feige von ihr? Wäre es ihre Pflicht als seine Frau? Aber Rob – er würde es nicht hinnehmen können. Rob nicht. Genau wie Kennie verrannte er sich in eine Sache und konnte sie dann nicht aufgeben. Das war kindisch, im Grunde genommen. Ein erwachsener Mensch sollte beweglicher sein – seine Meinung überprüfen und ändern, seine Pläne wechseln können. Rob aber nicht. – O nein, Rob niemals.

Ja. Es war unmöglich, daß sich die Pferde bezahlt machten. Das Gestüt war viel zu weit entfernt vom eigentlichen Markt. Und die Käufer gingen nach der Größe. Nur mit enormen Ausgaben konnte man richtig große Drei- und Vierjährige hier in Wyoming aufziehen, wegen der harten Winter, dem Mangel an Personal, an Ausrüstung, Gebäuden, Obdach. Und was war das, was der Mann von der Steuer einmal zu Rob gesagt hatte? Kein Viehzüchter in Wyoming verdiente Geld außer den „Snob-Züchtern", die ihre anständige Ranch als Ferienplatz für Snobs mißbrauchten!

Wertvolle, reinrassige Pferde aufziehen – das machten die Einheimischen hierzulande eben nicht. Es war mehr ein Land für – mal sehen – was war hier lohnend . . .? Die Eisenbahn, und Schafzucht und Rinder – wenn der Markt gut war – und ein bißchen Bergbau. Kleine Züchter hatten ein paar Ochsen, schlachteten selbst und verhökerten das Fleisch gleich in den nächsten größeren Städten, und dann fingen sie sich auch mal wilde Mustangs, die sie zuritten und dann verkauften.

Zwei Dinge gab es, denen Nell nicht ins Auge zu sehen vermochte. Dem Bankrott und der absoluten Mittellosigkeit, auf die sie zuzusteuern schienen. Und Robs Verzweiflung. Denn die würde kommen. Wenn eines kam, folgte das andere unweigerlich nach. Jetzt schon war von einem Tag zum andern mehr Schärfe in seiner

Stimme, mehr Bitterkeit lag um seinen Mund. Immer weniger von der Weichheit und dem Humor, der sie beide so lang jung und glücklich hatte sein lassen. Was tat eine Frau, wenn das alles erlosch – was nur? Ach, Rob . . . Wieder legte sie den Kopf auf die Stuhllehne. Sie hatte dem allem schon so oft ins Auge zu sehen versucht und sich angewöhnt, es immer wieder einfach beiseite zu schieben und an anderes zu denken.

Da war all die Schönheit ringsum, in der sie lebte. Die weite Prärie, die stillen blauen Tage, die Unendlichkeit des Raumes – Ellbogenfreiheit und weit mehr als das. Denk an die Jungen. Glücklich. Gesund. Wachsend an Körperkraft, Intelligenz und Charakter.

Und denk an jenen Abend damals – die Stunde innigen Beisammenseins, der Vertrautheit mit Rob – und an den heutigen Morgen, als seine Hand im Vorübergehen einen Augenblick auf ihrem Kopf lag und so vieles damit sagte.

Auf ihrem Küchenstuhl sitzend, hob sie unwillkürlich die Hand und strich ihr Haar an jener Stelle glatt, als müsse sie dort seiner Hand begegnen.

An der Glastür zur Veranda verlangte Matilda mit hartnäckigem Miauen Einlaß.

Pauly sah zu Nell auf. „Sollen wir sie 'reinlassen?"

Nell ging zur Tür, machte auf, und Matilda kam strahlend hereingaloppiert, eingehüllt in einen penetranten Skunksgestank.

Weder Geschrei noch Händeklatschen, weder Verfolgung noch ein geschwungener Besen brachten sie dazu, hinauszugehen. Sie sprang auf das Kissen auf Nells Stuhl, saß dort und leckte sich mit wollüstigem Behagen den Geruch vom Fell.

Nell zeigte ihr einen Keks. Matilda liebte Butterkekse über alles. Sie machte einen Satz danach, aber Nell war schneller, sie rannte hinaus und sorgte zunächst dafür, daß die Tür hinter ihnen beiden sicher geschlossen war. Dann beugte sie sich nieder und hielt ihr den Keks hin. Matilda konnte sich wirklich nie wie eine Dame benehmen. Sie stellte sich auf die Hinterbeine, boxte den Keks mit beiden Pfoten, schlug ihn Nell aus der Hand, stürzte sich darauf und entfloh.

## *Es soll Sturmwind heißen*

Banner hob die Nase in den Wind.

Die Stuten grasten mit den Fohlen in einer schüsselartigen Mulde des Hochlands, während der Hengst dicht über ihnen das frische Rohrgras am Rande einer langgezogenen Furche im Gestein rupfte. Plötzlich warf er den Kopf hoch, ganz Aufmerksamkeit, den massigen rotgoldenen Körper gesammelt und bereit, der Beunruhigung entgegenzutreten, die Beine gegen die Unebenheiten des felsigen Bodens gestemmt, den rötlichen Schweif und die Mähne im Winde flatternd.

Wenige Sekunden verhielt er so reglos, dann setzte er sich in

Bewegung. In raschem Trab umkreiste er die Stuten, den Kopf hochhaltend, um mit zitternden Nüstern den Geruch einfangen zu können. Er kam hin und wieder – nur eben als leiseste Andeutung ...

Er fegte in immer weiteren Kreisen dahin, die Nase noch höher gereckt, Augen und Ohren wild und begierig.

Die Kuppe des Berges hinter ihm krönte schroffer Felsbruch. Auf Meilen in der Runde war dies der höchste Punkt. Von hier aus vermochte sein weitreichendes Auge noch den fernsten Fleck zu erspähen, der sich bewegte, und sein unwahrscheinlich scharfer Geruchssinn konnte jede Nuance von alledem, was ihm der Wind zutrug, erkennen und unterscheiden. Ohne Schnelligkeit oder Gangart zu ändern, lief er den steilen Hang hinauf, müheloses Spiel der langen, glatten Muskeln unter dem schimmernden Fell.

Er stand auf dem Gipfel, die Vorderbeine auf die höchsten Felsbrocken gestemmt, der Körper schräg abfallend. Er warf den Kopf hoch und schwang ihn hier- und dorthin, aber er fand den Geruch nicht. Wieder ging es hinunter, und er begann erneut zu kreisen, die Nase in die Luft gereckt, während der buschige Schweif hochauf seine Schenkel umwehte. Auf ihn hernieder senkte sich der tiefblaue Himmel, über den die dicken weißen Kumuluswolken dahineilten, als müßten sie sich zwischen Himmel und Erde mühsam durchquetschen.

Friedlich grasten die Stuten und Fohlen.

Sehenswert sind die Kopfbewegungen eines witternden Hengstes; nicht einen Augenblick hält er still, schwingt ihn hier- und dorthin, reckt ihn hoch und höher, läßt die geblähten, vibrierenden Nüstern sogar direkt zum Himmel emporweisen. In raschem und mühelosem Trab oder kurzem Galopp zieht er ständig in Kreisen über die Erde dahin, so daß ihm kein Fußbreit des Geruchsfeldes entgeht.

Endlich erwischte Banner bei einem seiner weiten Kreise den unverkennbaren Geruch seines Herrn, hielt an, warf sich herum und trabte auf die herankommenden Reiter zu, wenn auch in einem weitumfassenden Bogen sich von hinten nähernd, so daß Rob, der seine Blicke nach allen Seiten schweifen ließ, weil er wohl wußte, was er zu erwarten hatte, plötzlich entdeckte, daß der Hengst ihren Spuren folgte, vorsichtig und in einem nun gesetzteren, federnden Trab, den Blick stetig auf die Gruppe vor ihm gerichtet.

Er war voll Fragen und suchte bei Rob die Antwort zu erspähen. Was war los? Sollte er die Stuten einbringen? Sollte das Rudel auf eine andere Weide gebracht werden? Oder handelte es sich um nichts anderes als eine Vorführung?

Die Reiter zogen die Zügel an und wandten ihm ihre Pferde entgegen. Sargent und Harris hatten ihn beide bereits bei früheren Gelegenheiten gesehen, doch mußte man unweigerlich einen erregenden Reiz empfinden, und jede Miene mußte sich aufhellen, wenn dieses intelligente Tier so herankam, mit gespitzten Ohren und prüfender Neugier die Gruppe musternd.

Rob hatte oft darüber nachgedacht, woher der Hengst seine Gedanken las. Vielleicht aus dem Schwung und der Haltung, in der er ritt. Eingehende Beobachtungen dürften ergeben, wie der Körper ständig, durch hundert kleine Abweichungen der Bewegung, Gedanken und Absichten erraten läßt. Oder möglicherweise auch durch die Richtung seiner Blicke. Bis zu einem gewissen Grade natürlich auch durch seine Worte, den Ton seiner Stimme und bestimmte Zeichen.

„Sieh dir das an!“ rief Charley Sargent aus. „Dieser Mordskerl!“

„Das ist schon ein Pferd“, sagte Harris. „Taucht einfach hinter uns auf . . .“ Rob sagte: „Seine Stuten hat er wahrscheinlich irgendwo dort hinten.“ Er deutete rückwärts über seine Schulter. „Kein Hafer für dich heute, Alter . . .“ Banner wußte das bereits. Nie gab es Hafer, wenn sein Herr ihn zu Pferde besuchte – nur wenn er mit dem Auto kam. Rob fuhr fort: „Wo ist die Familie?“ und drehte sich langsam im Sattel, bis er eine Meile entfernt das Rudel der Stuten entdeckte. Er gab seinem Pferd leicht die Sporen.

„Da sind sie! Willst du sie dir ansehen, Mort?“

„Selbstverständlich.“

Sie kanterten über die dazwischenliegende Hügelkette, den Hengst hinter sich, der Halbkreise um sie beschrieb, sich nahe herandrängte und jedes der Pferde beschnüffelte.

Als sie unweit der Stuten ihre Pferde zügelten, warf sich Charleys Wallach zu Banner herum, und beide begrüßen sich – halb quiekend und halb schnaubend. Beide bäumten sich auf, und plötzlich hatte Charley Schwierigkeiten, im Sitz zu bleiben, weil die beiden eine Kabbelei miteinander begannen, sich mit den Vorderbeinen schlugen und über die Köpfe hinweg einer nach dem Hals des andern zu schnappen versuchte.

„Die sind alte Freunde“, grinste Rob.

Charley lehnte sich seitwärts aus dem Sattel und scheuchte den Hengst mit einer heftigen Armbewegung. „Mach, daß du wegkommst, du Vieh!“

Banner machte einen großen Satz und sprang aus dem Weg, kehrte jedoch gleich darauf wieder zurück und beschnupperte diesmal die Stute, die Harris ritt, schlich sich an ihre Seite und drängte an sie heran. Auf einmal schnappte er nach ihr.

Oberst Harris lenkte sie zur Seite und brüllte den Hengst an. Banner beschrieb einen Kreis und kam mit gesenktem Kopf, den er schlangengleich durch das Gras gleiten ließ, wieder zurück. Rob und Charley zogen grinsend die Zügel ihrer Pferde straffer und beobachteten.

Die Stute empfing Befehle von zwei verschiedenen Seiten. Von ihrem Reiter, der sie mit Gewalt zurückhielt und ihr befahl, die Spielerei mit dem Hengst zu lassen und stillzustehen – von Banner, dessen einziger Ausfall eben ihr zur Genüge deutlich gemacht hatte, was er wollte, und der dem jetzt noch Nachdruck verlieh, indem er sie in die Hinterbeine zwickte.

Hilflos und erschrocken gehorchte sie dem Hengst. Vergebens

zerrte Oberst Harris an den Zügeln. Eine Sekunde drauf hatte Banner sie bereits zum Galopp gezwungen, der sie mitten hinein in das Rudel der Zuchtstuten führte. Rob und Charley folgten langsamer mit einem breiten Grinsen auf den Gesichtern.

„Sollte man doch wirklich nicht denken, daß ein Mensch, der sein ganzes Leben im Sattel zugebracht hat, noch zu einem neuen Reitererlebnis würde kommen können – sieht mir aber so aus, als ob das unserm Mort derzeit bevorsteht“, meinte Sargent vergnügt. „Bin ich bloß froh, daß ich nicht auf der Stute sitze!“

Taggert und ihr Reiter waren in dem Rudel Stuten verschwunden, die sich zusammenrotteten, als Banner den Befehl gab. Mit gesenktem Kopf, zähnefletschend und die Mähne tief über die Augen fliegend, umkreiste er sie in wildem Tempo.

Rob nahm seine Pfeife aus der Tasche und setzte sie an die Lippen. Der Hengst und die Stuten blieben augenblicklich stehen und sahen zu ihm hinüber. Rob wendete und begann, ruhig zum Gestüt zurückzutraben. Er hielt einen Arm hoch. „Los, Banner! Bring sie ein!“

Rob ging nun in Galopp über, und Charley folgte ihm dichtauf.

Der Hengst schwenkte um und begann, seine Stuten anzutreiben.

Rob spornte sein Pferd zu noch schärferer Gangart an und meinte: „Ich möchte eigentlich vorneweg reiten!“

Aber das war ausgeschlossen. Sie hatten den Grund des Berghangs noch lange nicht erreicht, als das Rudel mit dem hoffnungslos in ihrer Mitte gefangenen Harris, angetrieben von Banner, sie bereits überholt hatte, über Gräben setzend, Höhen im Fluge querend, schroffe Hänge hinunterrutschend, eines das andere bedrängend. Das Rudel war wie besessen von einem wilden Vergnügen. Ausschlagend und bockend brachen sie dazwischen einmal seitlich aus. Die Leitstute behauptete ihren Platz mit vorgestrecktem Hals, eifersüchtig jede andere beiseite drängend, die ihr bedrohlich nahe kam. Die Fohlen waren jetzt alle drei oder vier Monate alt und schon bei vielen solchen Rennen mitgelaufen. Sie waren flink und trittsicher, übersprangen Vertiefungen, warfen die Köpfe und quiekten verspielt.

Rob und Charley erhaschten einen Blick auf Harris' bleiches Gesicht und den Klang eines einzigen, höchst unfeinen Fluchwortes, als er an ihnen vorüberpreschte. Weit zurückgelehnt, wie bei einem Hindernisrennen, sorgte er nur dafür, im Sattel zu bleiben und den Knieschluß nicht zu verlieren, während er den Oberkörper geschmeidig jeweils rechts und links pendeln ließ. Jede Führung oder Kontrolle über sein Reitpferd stand außer Frage, und er versuchte das auch gar nicht – er behielt nur die Zügel in der Hand und ließ die Stute laufen.

Charley Sargent lachte in sich hinein. „Selbst ein Artillerist dürfte nicht oft an einer solchen Attacke teilnehmen.“

Die Stuten verschwanden hinter der Kammlinie einer Erhebung, und danach sahen Rob und Charley noch einige Augenblicke nichts anderes als eine Staubwolke über dem Berghang.

Howard und Ken hatten die Gatter zur Weide schon offen. Die Stuten kannten den Weg. Als Banner sie dicht davor hatte, verlangsamte er seine Gangart. Sie nahmen die Biegung. Kurz darauf brachen der Wachtmeister und der Bursche des Obersten in begeisterte Flüche aus, mit denen sie ihre Bewunderung und ihr Erstaunen über den Anblick ausdrücken wollten, wie der rote Hengst das Rudel seiner Stuten und Fohlen im fliegenden Galopp über die Weide hinweg in die Koppel brachte.

Gus schloß die Gatter.

Erst jetzt entdeckten die beiden Soldaten ihren Obersten inmitten des Rudels. Er war eben beim Absteigen und rückte seinen Hut mit einer leicht zitternden Hand gerade. Sein Gesicht war schneebleich. Gus nahm ihm den Zügel der Stute ab.

„Das war ein Ritt!“ bemerkte er, sich abputzend, denn er war voller Staub, Schaumflocken und Sandklümpchen. Der Bursche trat grüßend auf ihn zu.

„Wo ist meine Stute?“ fragte Harris.

Er hätte sich die Frage sparen können, denn Banner donnerte bereits hochaufgebäumt gegen das Gatter zur Ostkoppel.

Die Leute öffneten das Gatter, und Banner stürmte hinein.

Charley und Rob kamen mit unschuldigen Gesichtern zur Koppel heruntergeritten, und der Oberst kam ihnen mit unbeweglichem Gesicht, nachdenklich wie immer, entgegen, die Brille peinlich genau auf der Nase.

„Du hast uns etwas zugeschrien, als du an uns vorbeikamst“, sagte Rob. „Ich konnte es leider nicht ganz richtig verstehen.“

Der Oberst grinste. „Vielleicht hast du's nicht richtig gehört – um so besser. Aber du hast schon genau gewußt, was ich meinte. Immerhin, jetzt ist alles vorbei und vergeben und vergessen – vergeben und vergessen.“ Er wandte sich grinsend ab. „War schon ein Erlebnis. Ich möchte es gar nicht missen.“

„Ist jetzt ein schönes Gefühl für dich, Mort, was?“, meinte Charley, „daß du nun wieder hier auf der Koppel stehst, sicher und gesund auf den eigenen zwei Beinen, die Sonne scheint, das Mittagessen im Anzuge ...“

„Mittagessen scheint in mehr als einer Weise im Anzuge zu sein, wenn man so deinem Aussehen nach urteilt“, grinste Rob.

„Ich muß wohl am Steuer eingeschlafen gewesen sein, als ich mir von euch beiden die Stute aufdrängen ließ.“

Ken und Howard kamen angaloppiert und warfen sich von ihren Pferden. Der Wachtmeister und der Bursche hüllten die Stute bereits wieder in ihre Decken, und Banner wurde von Tim zu seinen eigenen Stuten zurückgeführt.

Gus und Tim füllten die Futtertröge, die dicht neben dem Koppelzaun auf dem Boden standen, mit Hafer, und die Stuten und Fohlen begannen zu fressen. Da ein Schnappen, hier ein Ausschlagen, dann ein Geschubse. Rob überwachte die Fütterung, seine schneidende Stimme dämpfte alle Unruhe. Banners Haferanteil – einen reichlichen halben Eimer voll – hatte er selbst in der Hand, und der Hengst steckte jedesmal vorsichtig seinen Kopf hinein, über den Rand hinweg dabei Rob ins Gesicht blickend, zog ihn dann wieder zurück und zermalmte die Körner, wobei er den Kopf zwischendurch beobachtend den Stuten zuwandte, um dann wieder in den Eimer zu tauchen und erneut ein Maul voll zu nehmen. Er mußte seinem Instinkt förmlich Gewalt antun, jedesmal Augen und Nase – von denen ja die Sicherheit seiner Stuten abhing – so gänzlich zu verdecken, und zitterte am ganzen Körper. Nur sein Zutrauen zu Rob machte es überhaupt möglich.

Schließlich ließ Rob den Eimer sinken und gab Tim den Auftrag, das Gatter zu öffnen. „Das ist alles", sagte er zu Banner, „mehr gibt es nicht." Er hob langsam die Arme und ging so auf die Stuten los, sie gleichsam vor sich her schiebend.

„Bring sie zurück, Banner", befahl er dem Hengst.

Langsam trieb das Rudel durch das Gatter hinaus und begann das saftige Gras am Rande des Flüßchens zu rupfen.

„Was werden sie jetzt tun?" fragte Harris.

„Sie werden noch eine Weile um die Koppel herumlungern, grasen und an Hafer denken. Dann werden sie auf der andern Seite der Weide an das Landstraßengatter kommen. Das ist offen. Sie werden hinausspazieren und dann wieder hinauf auf die Höhe ziehen. Banner wird sie beieinanderhalten. Tim, du paßt auf. Wenn sie alle zum Landstraßengatter hinaus sind, machst du hinter ihnen zu."

„Ja, Sir."

Ken sah seine Mutter kommen. Jetzt ist die richtige Zeit, dachte er – alles vorüber und allesamt hier beieinander ...

Die Männer umstanden den Anhänger, wo die Stute des Obersten verladen wurde. Der Wachtmeister und der Bursche setzten sich wieder auf die Vordersitze und fuhren mit ihr davon.

Einen Augenblick sah man ihnen noch nach.

„Papa", sagte Ken.

„Und, mein Sohn?"

„Ich habe eine Überraschung für dich."

„Tatsächlich?"

„Ich hab's mir aufgespart seit gestern abend."

Alle drehten sich nach ihm um. Endlich hatte er die gewünschte Aufmerksamkeit. „Im Stall drin", fuhr er fort. „Komm und sieh dir's an." Er packte seinen Vater am Arm und drängte ihn durch das Koppelgatter.

Plötzlich hatte Rob es erraten. „Doch nicht etwa Flickas Fohlen?" fragte er.

Ken nickte strahlend, und seine blauen Augen blitzten vor Aufregung. „Hm – m!"

Rob wandte sich erklärend an die anderen. „Kens Reitstute hätte schon im Frühling werfen sollen. Und dann hat sie bis in den Sommer hier auf der Weide 'rumgesessen und auf das Ereignis gewartet, schließlich aufgeblasen wie ein Luftballon. Es muß an die vierzehn Monate sein ..."

„Wartet hier!“ sagte Ken aufgeregt, als alle auf der Koppel standen. „Ich werde sie ’rausbringen. Sie sind im Stall.“

Im nächsten Augenblick ging die Stalltür auf, und Flicka kam herausgetrottet. Dann kam eine ganze Weile nichts. Flicka drehte sich um, blickte zurück und wieherte. Noch immer nichts. Endlich war ein wütender Quiekser zu hören, und Ken erschien, das weiße Fohlen vor sich hinausschiebend.

Absolutes Stillschweigen grüßte diese Erscheinung. Robs Unterkiefer sackte herunter. Die Augen traten ihm aus dem Kopf.

Nell war die erste, die sprach. „Aber Kennie“, rief sie, „ein weißes Fohlen!“

Charley Sargent fand die Sprache wieder und blickte voller Vergnügen Rob an. „Ich nehme an, daß dies ein Beispiel für Banners Zuverlässigkeit als Zuchthengst ist. Ich erinnere mich, daß du sagtest, ein Rotfuchs nach dem andern – einander ähnlich wie Erbsen in einer Schüssel ...“ Er wandte sich an Harris und meinte bedauernd: „Mir tut ja dein Pech wirklich von Herzen leid, Mort – deine Stute ...“

Harris stieß ein Geheul aus, drehte sich um und sah in die Richtung, in der Wagen und Anhänger verschwunden waren, dann griff er sich an den Kopf und tat so, als ob er sich die Haare raufe.

Ken sah sich in einem jener marternden Augenblicke des Lebens gefangen, da er überspannte Hoffnungen und tiefe Verzweiflung irgendwie kraft sehnlichen Wunsches miteinander in Einklang zu bringen hatte. Außerdem strengte er all seinen Witz an, irgend etwas zu finden, was ihnen klarmachen würde, daß dies ein freudiges Ereignis sei. Er wartete gespannt auf irgend etwas, was seine Mutter sagen würde, weil aus ihren ersten Sätzen der Name des Fohlens entstehen würde. Außerdem mußte er noch sein schuldiges Geheimnis wahren.

„Ist er nicht eine Schönheit?“ rief er beseligt. „Und ein Schimmel bringt doch Glück. Das weiß doch jeder!“

Robs Miene zuckte. Er nahm seinen Hut ab und wischte sich über die Stirn. „Mein Gott, Ken ...“, begann er, aber was sollte er schon sagen? Flicka wieherte nach ihrem Kind. Es fing an, auf sie zuzulaufen, sah Highboy mit lose über den Pfosten geworfenem Zügel am Zaun stehen und rannte statt dessen auf ihn zu und versuchte zu saugen. Amüsiert stießen die Zuschauer einen Ruf ungläubigen Staunens aus. Ärgerlich trat Highboy zur Seite, ein Stück fort vom Fohlen, wandte sich und stieß es leicht mit dem Kopf. Klagend blieb das Fohlen stehen, lief dann zu Zigarette und versuchte an ihr zu saugen. Flicka rief vergeblich nach ihm. Als es einmal an seiner Mutter vorüberkam, schien es den Unterschied von den anderen Pferden nicht zu erkennen.

Auf Nells Gesicht malte sich Entsetzen. „Aber – es kennt ja seine eigene Mutter nicht!“

Das Fohlen sauste auf der Koppel umher.

„Ein Schimmel bringt Glück“, wiederholte Ken verzweifelt. „Gus hat das gesagt. Das weiß auch jeder.“

Rob fand endlich seine Stimme. „Ein Rückschlag!“ rief er voller Abscheu.

Er sah Ken an – mit einem jener vernichtenden Blicke, denen Ken nicht standzuhalten vermochte. Irgendwie war das sein Fehler.

Nell betrachtete das Fohlen eingehend. Es sah nicht aus wie die Gänseland-Fohlen sonst. Ein neugeborenes reinrassiges Fohlen ist senkrecht gebaut; sein kleiner Rücken so kurz, daß alle vier Beine darunter eine dichte Gruppe zu bilden scheinen – und der Hals setzt diese senkrechte Linie fort, die bis hinauf zu dem fragend erhobenen Köpfchen verläuft, das an ein Seepferdchen erinnert. Dies Fohlen jedoch war bereits nach der Waagrechten gebaut wie ein ausgewachsenes Pferd. Es sah abstoßend frühreif und fertig aus mit seinem schweren Nacken, der in einem breiten, wulstigen Kopf endete, dem großen Maul mit den dicken, ziemlich schlaffen Lippen, den kurzen, ungleichen Beinen.

„O weh“, rief sie betroffen aus, „das ist ja ein Kobold!“

Ken schoß das Blut zu Kopf, daß ihn ein Schwindel packte. Er trat an den Koppelzaun und griff nach dem Geländer, um sich aufrecht zu halten.

Alle schwiegen einen Moment lang.

*Kobold.* Sie hatte ihm den Namen gegeben.

„Kobold“, schrie Howard los, „Kobold, Kobold, Kobold!“

Aber Ken gab sich noch nicht geschlagen. Er wandte sich seiner Mutter zu. Er würde so tun, als sei dies nur so ein Wort gewesen. Er würde so tun, als hätte sie ihm noch keinen Namen gegeben.

„Mutter, würdest du dir einen Namen für ihn ausdenken?“ flehte er. „Irgend etwas darüber, daß er weiß ist – und – und – daß er ein wunderbares Rennpferd werden wird . . .“

„Rennpferd!“ klang's ihm im Chor entgegen.

Plötzliche Glut überflammte Kens Gesicht. Er blickte zu seinem Vater auf. „Du hast gesagt, es könnte mal ein zahmes unter dem Haufen sein, da würdest du dann aber ein Rennpferd haben! Und Flicka ist zahm geworden. Ich hab' sie gezähmt. Zahm wie ein Kätzchen. Du hast das selber gesagt. Und dann konnte sie kein Rennpferd werden wegen ihrem kranken Bein, und da sollte eben an ihrer Stelle dann ihr Fohlen eins werden. Und nun ist es da. Und ist ein Hengstfohlen. Und ist groß und kräftig. Und hat ihr Blut und ihre Schnelligkeit. Und die Schnelligkeit und das Feuer aller Albino-Fohlen. Und seine Mutter wird ihm Manieren beibringen, weil sie gezähmt ist, und dann kann es eben zugeritten und als Rennpferd trainiert werden – es wird gar nicht so schwer zu behandeln sein, auch wenn es ein weißes Fell vom Albino geerbt hat!“

„Der Albino war sein Urgroßvater“, erklärte Nell Sargent.

„Und Banner sein Vater“, gab Sargent gedehnt zurück.

„Wie steht das denn nun mit Robs Zuchttheorien einer einzigen guten Blutlinie? Er hat Flicka wieder zurück mit ihrem eigenen Vater gekreuzt, und nun seht mal, was draus geworden ist!“

Aber Rob schaute auf seinen jüngsten Sohn, der mit glühendem Gesicht und blitzenden Augen dastand und für sein Fohlen kämpfte! Und der Zorn wich aus seinem Herzen und machte einer stummen Zustimmung Platz. *Gut so, mein Junge!*

„Gib ihm einen Namen", bettelte Ken verzweifelt beharrlich. „Gib ihm einen Namen, der für ein großes Siegerpferd paßt. Und man muß auch draus sehen, daß es weiß ist."

„Bauernkäse!" spottete Howard kreischend und hopste gleich darauf geziert herum. „Sahnenbaiser!"

„Haremsperle", setzte Sargent den Scherz fort.

„Muh-Kuh!" schrie wieder Howard und galoppierte tapsig in der Koppel herum.

„Halt einer doch den Burschen fest, sonst hört er überhaupt nicht wieder auf", sagte Rob und suchte Howard zu erwischen.

Howard duckte sich, fiel aber dabei Sargent in die Arme, der ihn packte und ihm den Mund zuhielt.

Nell hatte noch nichts gesagt. Ken ließ kein Auge von ihr. „Mutter", drängte er, „los, Mutter . . ."

Sargent ließ Howard frei, der nach einem Blick auf seinen Vater sich dahin entschied, daß er weit genug gegangen war.

Nell tat das Herz weh. Sie betrachtete das Fohlen – seine Widerspenstigkeit, den störrischen Kopf, seine Blödheit – nicht einmal seine eigene Mutter zu kennen und an jedem Pferd, das in Sicht war, das Saugen zu versuchen – und seinen Zorn – es rannte mit gesenktem Kopf und mit der Hinterhachse ausschlagend durch die Koppel –, es schien haßgeladen.

„Mutter!" mahnte Ken eindringlich.

„Sieh es dir an", sagte sie ganz ruhig. „Wir werden es Sturmwind nennen, Ken – und der Name dürfte für jedes Rennpferd schön genug sein."

Keiner sagte ein Wort. Die Stille war wie ein kühler Schatten an einem heißen, staubigen Tag.

Ken stand ganz still, er spürte eine Schwäche in den Knien – der Name war so wunderbar. Sturmwind! Er wandte den Kopf ab, damit die anderen sein Gesicht nicht sehen konnten. Sturmwind! Das würde sein Fohlen zum Siegerruhm tragen. Wie könnte ein Pferd versagen mit solch einem Namen?

Das Fohlen, das noch immer bockend und blökend auf der Koppel hier- und dorthin schoß, kam auf die Menschengruppe neben dem Zaun zu. Es hatte keine Angst vor ihnen. Ein gewöhnliches Fohlen würde eine Wendung gemacht haben, aber Oberst Harris konnte es am Halse packen, wurde gebissen und ließ los.

Nell streckte die Hand aus. Das Fohlen lehnte sich schief gegen sie, und einen Augenblick lang war sein Gesicht versteckt und Dunkelheit ringsum – jenes willkommene und vertraute Dunkel all der langen Monate im Leib seiner Mutter. Es drängte sich dichter heran und stand ganz still.

Ein seltsames Gefühl überkam Nell. Es war so häßlich, und sie hatte ihm einen gefährlichen Namen gegeben, und alle hatten sie über das Tier gelacht; hier aber wandte es sich nun an sie. Eine Welle hilfsbereiten Mitleids überkam sie. Sie legte ihm die Hand auf den Nacken und streichelte es. Leise keuchend, mit auf und ab schwellenden Flanken, die dicken, kurzen Beinchen komisch schräg nach außen gestemmt, stand es fest an sie gelehnt, seine Augen vor der Welt und vor den Menschen verschließend.

## *Appalachians Sohn*

Sie gingen hinüber zum Essen.

Als Rob das Menü durch eine Flasche Burgunder ergänzte, unterließ selbst Charley Sargent weitere kluge Reden über das weiße Fohlen und widmete seine Aufmerksamkeit den gebratenen Enten und Pilzen mit Sahnesoße.

Ken war im siebenten Himmel. Schließlich war alles noch gut gegangen – besser, als er zu hoffen gewagt hatte. *Sturmwind!* Was für ein Name! Und sein Vater hatte Howard den Mund gestopft, damit er sich nicht weiter über ihn lustig machte. Er blickte zu seinem Vater hinüber und fand dessen durchdringende blaue Augen höchst nachdenklich auf sich gerichtet.

Dieser Blick jagte ein unangenehmes Kribbeln durch seinen ganzen Körper. Es war der Blick, mit dem sein Vater alles aus ihm herauszuholen vermochte: was er getan hatte, wo er gewesen war, ja, sogar was er gedacht hatte. Es gab Zeiten, da Ken seine Geheimnisse zu wahren versuchte; aber er fand heraus, daß ihm das nicht das geringste nützte, wenn sein Vater ihn tatsächlich ins Verhör nahm.

Ken schlug die Augen nieder und beschäftigte sich intensiv mit seiner Entenkeule. Er nahm sie in die Hand und knabberte dran, seine Mutter mit einem Blick um Erlaubnis dazu bittend. Das half, sein Gesicht zu verstecken, aber seine Wangen glühten, und sein Vater sah ihn noch immer an. Er wollte nicht zurückblicken. Er war fest dazu entschlossen, es nicht zu tun. Er hielt sich davon zurück, bis ihm vor Anstrengung und Seelenqual alles weh tat. Dann schaute er auf. Sein Blick begegnete dem des Vaters. Und in der nächsten Sekunde zeigte sich ein leises Lächeln auf dem Gesicht seines Vaters, als habe er gefunden, was er suchte.

Danach sah sein Vater ihn überhaupt nicht mehr an.

Oberst Harris fragte: „Ich möchte nur gern wissen, warum du alle Stuten eingebracht hast, nur weil du Banner brauchtest? Einzig dazu, mir diesen Walkürenritt zu verschaffen? In diesem Fall meinen besten Dank. Ich möchte dies Erlebnis nicht missen. Es ging nur noch um eine Kleinigkeit, und Taggert und ich wären glatt in die Lüfte entschwebt. Ich hörte bereits die Musik dazu."

Rob lachte und sagte: „Howard, erkläre du Oberst Harris, warum wir die Stuten mit Banner zusammen hereingeholt haben."

Howard fand es schwierig, eine derart einfache Frage zu beantworten. „Weil er ohne sie nicht gekommen wäre, Sir."

„Soll das heißen", fragte Harris erstaunt, „daß du diesen Hengst nirgends hinbringen kannst ohne seine sämtlichen Stuten?"

„Seine sämtlichen Stuten und seine sämtlichen Fohlen", gab Rob mit ruhiger Stimme zurück. „Zwanzig Stuten, auch eine mehr oder weniger, und zwanzig Fohlen. Das ist seine Familie. Wohin immer er geht, gehen einundvierzig von ihnen mit."

„Sehen Sie", meinte Howard, „woher sollte er denn auch schließlich wissen, wenn er allein weggeht, ob er sie jemals wiedersieht? Wer sollte sie dann beschützen? Er hat die Verantwortung für sie, also muß er sie eben mitnehmen."

„Und wenn ihr eine von den Stuten wollt?"

„Dann bringen wir sie alle herein", sagte Rob, „behalten die Stute auf der Koppel – dann weiß Banner sie in Sicherheit, versorgt und für ihn aufgehoben – und treiben die andern wieder davon."

Ken trug auch zur folgenden Unterhaltung nichts bei. Er lag auf der Lauer, einzig darauf erpicht, die Mahlzeit so schnell wie möglich hinter sich zu bringen.

Als es endlich soweit war und seine Mutter eine große Kanne Kaffee gekocht und sie mit den Tassen zusammen auf ein Tablett gestellt hatte, das nur noch auf die Terrasse gebracht werden mußte, war er schon auf dem Sprung, zu den Ställen hinüberzulaufen. Aber die Stimme seines Vaters rief ihn zurück.

„Bleib mal noch in der Gegend, Ken – ich brauche dich möglicherweise."

Ken setzte sich in die äußerste Ecke der niedrigen Steinmauer, die um die Terrasse lief, hatte die Beine über der Blumenrabatte baumeln und den Rücken der Gruppe auf der Terrasse zugekehrt. Sie ließen sich um einen niedrigen Holztisch nieder und schenkten den Kaffee ein.

Ken saß oft so da, wenn seine Eltern Gäste hatten. Man konnte alles hören, was gesprochen wurde, falls das Zuhören lohnte, und wenn nicht, so gab es genug zu beobachten auf dem Anger und drüben in den Kiefern auf dem Felsen oder am Himmel oben. Heute prickelte ihm der Rücken, der seinem Vater zugewandt war, aber er versuchte, nicht daran zu denken, was kommen würde, und sich auf etwas anderes zu konzentrieren.

Da unten beim Brunnenbecken war eine dicke Drossel eifrig beschäftigt, einen Wurm zu erwischen. Sie saß über seinem Loch, ein Ohr der Erde zugeneigt – lauschend (wie Ken sich's immer vorstellte), ob die Bewegungen des Wurms ihr durch irgendein Rascheln oder Quietschen seine genaue Position verrieten. Dann das plötzliche Hineinstoßen des Schnabels, und nun kommt er wieder heraus und hat einen Zipfel des Wurms gepackt, und die Drossel trippelt zurück, zieht – der Wurm dehnt sich wie aus Gummi. Ken war atemlos gespannt! Vier Zentimeter Wurm – sechs –, immer noch weiter geht die Drossel zurück – die Spannung war unerträglich ...

„Und nun", hörte er die muntere Stimme seines Vaters, „soll Ken uns noch etwas erzählen. Er wird uns jetzt einmal berichten, wer eigentlich der Vater von diesem weißen Fohlen drüben auf der Koppel ist."

Ken hatte geglaubt, darauf vorbereitet zu sein, aber es kam trotzdem als Schock, und ein unangenehmes Gefühl übermannte ihn. Er fand keine Worte. Seine Gedanken verschwanden in einem Nebel.

„Der Vater?" rief Harris erstaunt. „Wieso, was heißt denn das? Ich dachte, Banner sei der Vater eurer Fohlen."

„Nicht von diesem", grinste Rob. „Deine Stute ist ganz außer Gefahr, Mort. Du wirst ein prächtiges kleines Fuchsfohlen kriegen – das klappt todsicher bei Banner –, wenn sie im nächsten Sommer fohlt. Ich sagte doch, Banner schlägt immer durch. Rotfüchse. Wie Erbsen in einer Schüssel."

„Hallo!" rief Charley aus. „Du suchst dich zu drücken. Bloß weil dir jetzt ein Rückschlag passiert ist, willst du ihn einfach nicht anerkennen! Das hätte ich nicht von dir gedacht, Rob!"

„Also los, Ken", sagte Rob, „wer ist der Vater von dem kleinen Kobold da draußen?"

Ohne sich umzudrehen, wies Ken mit einem leichten Zucken von Kopf und Ellbogen in Richtung auf Charley Sargent. „Von ihm der große schwarze Hengst!"

„Wer?"

„Mr. Sargents Hengst."

„Quatsch!" schrie Sargent auf, und dann: „Läßt du dir immer solche faustdicken Lügen auftischen, Rob? Oder baut er sich gerne Luftschlösser?"

Rob war ebenso erstaunt wie die anderen. „Appalachian, Ken?"

„Ja, Sir."

„Aber der kennt ja Appalachian überhaupt nicht", rief Sargent. „Ken – hast du ihn jemals gesehen? Er ist niemals von meinem Gestüt heruntergekommen, und das ist über dreißig Kilometer von hier."

Ken erwiderte: „Es ist der große schwarze Hengst mit drei weißen Fesseln und einem weißen Sternfleck zwischen den Augen. Er läuft in der kleinen Grabenecke bei der Zitterpappel und der Holunderhecke 'rum, wo der Zaun über die Eisenbahnlinie geht. Über dreißig Kilometer, wenn man die Landstraße nimmt, aber nur etwa dreizehn direkt durchs Gelände. Man braucht nur durch ein Gatter und dann den Querbalken von Ihrem Wildzaun 'runterzunehmen."

Es folgte eine verblüffte Stille. Doch dann, als Kens Worte ihm erst richtig aufgegangen waren, sprang Charley Sargent vom Stuhl hoch. Sein schmales, braungebranntes Gesicht war nun auf einmal sehr ernst; sein breiter Hut war etwas schiefgerutscht; er hatte eine steile Falte zwischen den Brauen.

„Ich glaube es nicht! Das kann doch nicht sein! Was denn – dieser kleine Bastard da oben ein Sohn von Appalachian!" Mit zwei großen Schritten war er bei Ken, packte ihn an den Schultern und riß ihn hoch. „Hier wird sich verteidigt." Er setzte den Jungen an den niedrigen Holztisch, so daß er allen ins Gesicht sah.

Ken war ziemlich blaß, aber seine dunkelblauen Augen wichen dem Blick seines Vaters nicht aus.

„Los, Ken", sagte Rob, „laß deine Geschichte hören. Ich werde dir den Anfang abnehmen. Im Frühling vorigen Jahres beschlossen wir, Flicka decken zu lassen."

„Nein, Sir, das war im Herbst vorher. Um den Erntedanktag herum. Mutter und du, ihr sagtet alle beide, daß wir Flicka decken lassen wollten, sobald sie alt genug sei und wir ein Fohlen von ihr haben könnten."

„Stimmt. Ich erinnere mich jetzt. Howard und du, ihr kamt damals zum Erntedanktag übers Wochenende aus der Schule her."

„Ja. Und als wir wieder zur Schule zurückfuhren, habe ich nachher den ganzen Winter lang darüber nachgedacht. Und als ich dann zu den Osterferien wiederkam, weißt du noch, da hast du mir erlaubt, bei Flicka mit der Arbeit anzufangen und sie ein bißchen zuzureiten, weil sie genau zwei Jahre alt war und kräftig und gut gewachsen. Und du hast gesagt, ich wäre leicht genug, so daß ich ihrem Rücken nicht weh tun würde. Und ich habe sie erst einmal an Decke und Gurt gewöhnt und fing dann mit dem Reiten an. Und erinnerst du dich noch, wie du mich während der Ferien einmal mit in die Stadt genommen hast und wir Mr. Sargent trafen und im Berghotel mit ihm gegessen haben? Und da erzählte er von seinem Hengst Appalachian. Und er protz – ich meine, er redete in den höchsten Tönen von ihm. Und dann fing er an, mit all den Fohlen zu – ich meine, sie zu loben, die von ihm abstammten ..."

Ken machte eine Pause und sah seinen Vater fragend an. Rob grinste. „Jaja, ich erinnere mich. Er lobte in einem fort. Das ist eine Angewohnheit von ihm."

Harris lachte, und Sargents Hand zwickte Kens Schulter ein bißchen heftiger als nötig, wozu er bemerkte: „Fahr fort in deiner Geschichte, junger Mann."

„Na ja, also – als ich nach den Osterferien wieder in der Schule war, dachte ich immerzu an Appalachian."

Rob ächzte. „Und wenn Ken einmal über etwas nachzudenken beginnt, das laßt euch gesagt sein, hat er ein äußerst eingleisiges Hirn."

„Als ich im Juni nach Hause kam", berichtete Ken unverdrossen, „habe ich eben weiter daran gedacht. Ich bin ein paarmal auf Zigarette hinübergeritten, um mir Appalachian anzusehen."

„Hol's der Teufel!" meinte Charley. „Na und ..." mit einer gewissen Neugier, „was meintest du von ihm?"

„Oh", Kens Ton hob sich zur Begeisterung, „genau dasselbe, was Sie meinen. Ich stimme Ihren stolzen Lobreden auf ihn vollauf zu."

„Danke dir, mein Sohn!"

„Und wie ging's weiter, Ken?" fragte Rob.

„Nun ja, das war so um die Zeit, als Flicka gedeckt werden mußte. Und du hast mir gesagt, daß ich mich selber darum kümmern sollte."

Rob zog die Brauen zusammen und blickte in die Ferne, als

suchte er sich zu erinnern. Nell nickte. „Das weiß ich noch, Rob. Du hattest gerade Banner und die Zuchtstuten hinauf auf die Sattelhöhe gebracht. Wir hatten nur noch die Reitstuten unten – Flicka und Taggert. Und du hast zu Ken gesagt, daß er die Verantwortung dafür habe, und wenn es mit ihr soweit wäre, solle er sie zum Hengst bringen."

Rob nickte. „Ich erinnere mich. Weiter, Ken."

Ken kämpfte mit den nächsten Sätzen. „Ja also, siehst du, ich hatte doch nun immerzu an Appalachian gedacht, weil wir doch wollten, daß Flickas Fohlen ein Rennpferd würde, und Banner ist doch nun mal keins. Und als ich an all das dachte, was Mr. Sargent über ihn erzählt hatte und über jedes Fohlen, das er von ihm gezogen hatte – also da – ja, da ..."

„Na?" trieb ihn Charley zum Weitersprechen.

„Ja, als sie dann eben roßig wurde, bin ich eines Tages einfach hinübergeritten – ich habe fast einen ganzen Tag dafür gebraucht – und habe sie zu Appalachian auf die Weide gelassen – und als sie gedeckt war, bin ich wieder nach Hause geritten. Das ist alles."

Als Ken seinen Bericht beendet hatte, herrschte einen Augenblick Schweigen. Plötzlich brach Harris in Lachen aus. Howard starrte seinen jüngeren Bruder offenen Mundes in ehrfürchtiger Bewunderung an. Das Kunststück an sich dabei war nichts gegenüber der Tatsache, daß er es über ein Jahr hatte geheimhalten können. Das war eine Eigenschaft, um die ihn Howard beneidete – Ungewöhnliches zu tun und es dann für sich behalten zu können.

Rob sagte: „Du bist den ganzen langen Weg von sechsundzwanzig Kilometern auf deiner Stute geritten?"

„Ja, Sir. Ab und zu bin ich abgestiegen und habe sie ausruhen lassen. Du hast sie mich damals reiten lassen, weil du sagtest, sie sei so viel gewachsen und ich gar nicht."

Das stimmte. Ken war noch immer kaum größer als mit zehn Jahren.

Rob überlegte weiter. „Du mußt also so ziemlich den ganzen Tag fortgewesen sein. Ich kann mich nicht daran erinnern."

Ken sagte: „Das war an einem Tag, als Mutter und du in der Stadt wart. Und ihr seid zum Mittagessen drin geblieben und erst am Spätnachmittag wiedergekommen." Seinen größten Schlag hatte sich Ken bis zum Schluß aufgehoben. „Übrigens kann ich es dir beweisen, Papa", schloß er.

„Wie denn?"

Ken erhob sich von seinem Zeugenstand und verschwand ins Haus. Man hörte seine Schritte die Treppe hinaufgehen. Er kam wieder mit einem gefalteten, zerknitterten und verschmutzten Zettel in der Hand. Er überreichte ihn Rob, der ihn, sich geschlagen gebend, entgegennahm, schweigend las und dann an Charley weitergab.

Sargent starrte lange darauf nieder und las dann langsam buchstabierend vor: „FLICKA, VON APPALACHIAN GEDECKT, 28. Juni mittags zwölf Uhr dreißig."

Sargent schmiß den Zettel hin, sprang auf die Füße und schrie: „Ich glaub's nicht!" Dann sprang er mit einem Satz über die Blumenrabatte, drehte sich um und ging mit Riesenschritten zur Koppel.

„Das hätte ich nie für möglich gehalten", sagte Rob. „Ich wäre nicht im Traum auf Appalachian verfallen. Daß es Banner nicht gewesen war, wußte ich. Ich hatte geglaubt, der Albino wäre wieder mal irgendwo in der Gegend aufgetaucht und hätte die Stute erwischt – oder daß Ken mal wieder zu viel nachgedacht haben könnte und irgendeinen verrückten Plan ausgeheckt hätte, um sie ihm hinzubringen."

Charley kam mit großen Schritten wieder zurück. „Gib mir 'n Schnaps, Rob – wenn das wahr ist, dann ist das ein bitterer Schlag für mich."

„Wahr ist es unbedingt", erklärte Harris. „Ich habe Ken genau beobachtet beim Erzählen. Sein Gesicht war offen und ehrlich, und die Geschichte ist's ebenfalls."

Charley kippte den Inhalt des Glases, das Rob ihm gegeben hatte, und hielt es ihm gleich wieder hin, als dieser inzwischen auch die anderen Gläser vollschenkte.

„Hoffentlich wirst du dich nun deswegen nicht dem Trunk ergeben, Charley", bemerkte Harris trocken. „Reiß dich zusammen! In wie vielen Familien müssen Fehltritte geheimgehalten werden!"

„Wir werden nichts verraten, Charley", lachte Rob auf.

Charley hörte sie nicht einmal. Er warf seinen Hut vor sich auf den Tisch und fuhr sich geistesabwesend durchs Haar. „Vielleicht hat es nicht geklappt", rief er plötzlich aus. „Vielleicht ist sie später noch mal im Sommer von einem andern Hengst gedeckt worden. Das wird's sein!" sagte er ganz aufgeregt. „Ihr habt ja auch gesagt, daß das Fohlen Monate später kam, als ihr erwartet hattet!"

Aber Ken schüttelte den Kopf. „Sie ist niemals wieder draußen gewesen. Es war dies nämlich der erste Sommer, wo ich ordentlich was mit ihr anfangen oder sie überhaupt reiten konnte. Sie war gerade zweijährig. Und ich hatte sie den ganzen Sommer über im Stall drüben oder auf der Hausweide, damit sie richtig zugeritten sein sollte, bis ich im Herbst wieder in die Schule mußte. Und es waren auch gar keine andern Hengste da."

Nell nickte. „Das stimmt. Sie war den ganzen Sommer in Bewegung. Ken hat sie ungefähr ständig neben sich gehabt, außer in der Küche."

„Ich *hatte* sie doch auch in der Küche, Mutter! Erinnerst du dich nicht, wie du den Hafereimer in die Abwasch gestellt hattest und ich sie 'reinrief und sie auch anspaziert kam, überall herumging, alles prüfte und beroch und dann ihren Hafer am Abwasch fraß?"

„Hör mal, Ken", sagte Rob, „bist du dir eigentlich klar darüber, daß du diese Dienstleistung gestohlen hast? Du hast doch gehört, was Mr. Sargent bei Tisch sagte – daß die Deckgebühren seines Appalachian 250 Dollars betragen."

Ken sank der Unterkiefer herab vor Schreck. Auf alles andere war er vorbereitet gewesen, aber das ... Immer geriet er in irgendwelche Geldgeschichten. Er gab keine Antwort, sondern wandte sich Charley Sargent mit einem Gesicht zu, wie zum Galgen verurteilt.

„Ich hab' dir doch schon immer gesagt, Ken", hielt ihm sein Vater noch stärker unter die Nase, „daß du mich jedesmal Geld kostest, wenn du dich auch nur einmal herumdrehst."

„Geld kostest?"

„Na ja – du schuldest das Geld doch meinem Charley hier und kannst es nicht bezahlen, oder?"

„Nein, Sir."

„Irgend jemand muß es dann eben zahlen."

„Aber nein doch!" rief Charley aus. „Wenn das das Fohlen von Appalachian ist, dann schuldet ihr mir gar nichts. Im Gegenteil, ich bin Ken eine Abbitte schuldig. Und der netten kleinen Stute auch."

Ken konnte wieder Atem holen und sah zu seinem Vater hinüber, ob von seiner Seite noch irgendeine Strafe zu erwarten war.

„Wenn Mr. Sargent dir die Schuld erläßt, Ken, habe ich nichts weiter dazu zu sagen."

„Da kommt ja der Kobold!" rief Howard.

Gus hatte die Pferde aus dem Stallauslauf auf die Weide geführt, und Flicka und ihr Fohlen kamen mit Taggert und den Wallachen zum Saufen an das runde Brunnenbecken in der Mitte des Angers.

Die drei Männer und die Jungen gingen hinunter, um sie sich dabei genauer zu betrachten.

„Du wirst dem ins Auge sehen müssen, Charley, es ist ein absoluter Rückschlag. Rückschlag über Flicka auf den Albino. Und das Blut von deinem Hengst war nicht stark genug, um das ihre zu überwiegen."

„Von meinem Hengst!" stöhnte Charley. „Es ist ja nicht sein Blut allein, sondern das von sechzig Generationen großartigster Rennpferde – und die Stute von Ken ist stärker als alle und schlägt zurück auf diesen wilden Mustang!"

Das Fohlen lief, wie gewöhnlich, nicht seiner Mutter nach, sondern streunte hier- und dorthin, wie es ihm gefiel. Flicka wandte den Kopf nach ihm, wieherte leicht und tauchte dann die Schnauze in das Brunnenbecken zum Trinken.

„Das ist wirklich eine bildschöne Stute", sagte Charley, versunken in die Betrachtung von Flickas glänzendem, goldrotem Fell, ihrem dichten flachshellen Schweif und der Mähne, und der Sanftmut und Klugheit ihrer goldenen Augen, die auf ihn gerichtet waren. Sie schlürfte das kühle Wasser, das ihr in Strömen aus dem Maul rann, und drehte wieder den Kopf herum zu ihrem Fohlen.

„Papa", kam es kläglich über Kens Lippen, „ist es denn wirklich – so scheußlich?"

Rob zögerte. „Tja, Ken, daß sein Bau besonders gut wäre, dürfte wohl keiner behaupten. Es ist wie ein erwachsenes Pferd geformt, noch dazu wie ein halbes Wildpferd. Es wird sich erheblich ändern müssen."

„Aber das wird es doch, Papa! Es wird sich ja auswachsen!"

„An manchen Stellen wird sich's auswachsen müssen und an anderen zusammenziehen. Dieser Knubbelkopf!"

Ken sah sich den Kopf an. Er war bestimmt zu groß. Und er sah auch entsetzlich dickköpfig aus.

„He, du Bursche!" sprach Charley das Fohlen an und wandte sich dann zu Ken. „Also, gewonnen, Ken. Ich glaube dir deine Geschichte. Dein Kobold ist von meinem Appalachian, und wenn du die entsprechenden Papiere haben willst, kannst du sie kriegen."

„Ich kann nur halbe Papiere für ihn haben, Sir, weil Flicka nur einen halben eingetragenen Zuchtstamm hat."

„Du solltest überhaupt keine Papiere bekommen für dies ergaunerte Decken, Ken", meinte sein Vater.

„Darüber will ich hinwegsehen", sagte Charley. „Bist du dir übrigens klar darüber, Rob, daß dieser kleine Kobold Appalachian zum Vater hat, Banner zum Großvater und den Albino zum Urgroßvater? Da sollte er doch bis zum Platzen dynamitgeladen sein."

Harris bemerkte leicht spöttisch: „Und der mächtigste von allen ist der Albino."

Matilda kam aus dem Haus geschossen. Sie ging auf das Fohlen los, das mit steifgepreizten Beinen und etwas hängendem Kopf dastand. Es stupste nur mit der Nase nach ihr, ohne von der Stelle zu weichen. Matilda warf sich mit einem Schwung zur Seite, sprang auf den Rand des Brunnenbeckens, rannte einmal herum bis kurz vor Flickas Nase und sprang wieder hinunter. Highboy schwenkte sein triefendes Maul über das Gras und machte einen Schritt auf die Katze zu. Sie duckte sich ganz zusammen, hob ein Pfötchen und tapste ihm damit rasch eins über die Nase; als er dann noch etwas näher kam, schoß sie davon, kletterte am Stamm einer jungen Baumwollpappel hoch und hängte sich an einen der Äste, so daß der lange gelbe Schwanz und eine ihrer Krallen herunterbaumelten – auf eine Chance lauernd. Sturmwind hatte interessiert zugesehen.

Rob war noch immer beim Überlegen. „Vielleicht ist mit deinem Hengst gar nicht so viel los", gab er zu bedenken. „Ich nehme doch an, daß alle diese Sieger, mit denen du so geprotzt hast – ehem, entschuldige: ich hätte natürlich sagen müssen: die du so gelobt hast (ein guter Ausdruck, Ken), daß sie also reinrassige Stuten als Mütter hatten?"

„Na ja, natürlich."

„Vielleicht kamen dann die großen Rennsiege durch die Mütter und nicht von Appalachian."

„Noch ein paar solche Bemerkungen, und ich gehe nach Hause und erschieße ihn!"

„Trink noch einen, Charley!" sagte Oberst Harris. „Und beruhige dich. Hast du jemals ‚Drei Mann in einem Boot' gelesen? Also – ist eben jetzt *dein* Hemd – das ist der einzige Unterschied. Ein Gutes ist daran", er trank einen Schluck, „Banner wäre reingewaschen".

Ken stand in den Anblick seines Fohlens versunken. Seine Zuversicht war nach und nach geschwunden unter den vielen geringschätzigen Bemerkungen, die er hatte mitanhören müssen. Der Name Kobold war hängengeblieben – nicht der andere. Sogar er nannte ihn jetzt in Gedanken so – wo war der wunderbare Name hin und all sein Stolz und sein Triumph?

Das Fohlen drehte sich um und sah ihn an. Die Pupille war schwarz. Lidrand und Augenbrauen waren gleichfalls dunkel. Zwischen Pupille und Lidern zeigte sich der Ring des weißen Augapfels. Ein weißumringtes Auge! Daher hatte das Fohlen diesen wilden, wuterfüllten Blick! Ken verspürte plötzlich eine tiefe Niedergeschlagenheit.

Ein Auto näherte sich und hielt am Ende der Terrasse. Besucher stiegen aus.

Als Nell auf sie zuging und die Begrüßungen begannen, floh Ken ins Haus und durch die Hintertür hinaus. Er hatte schon genug aushalten müssen, und nun sollte alles wieder von vorn losgehen. Über das Schimmelfohlen. Und Appalachian. Und das, was er getan hatte. So im Mittelpunkt der Aufmerksamkeit stehen zu müssen, davor rannte er weg – wie die Blicke alle brannten – es gab kein Ausweichen – man mußte bleiben und standhalten – standhalten – standhalten! Ach, wann würde das ein Ende haben? Wie lange würde es noch dauern, bis alles das vergessen war und man es in aller Ruhe als etwas Unwichtiges hinnahm? Wann durfte er wieder sich selbst als unwichtig fühlen? Er lief den Berghang hinterm Haus empor zwischen die Bäume. Dann kamen ihm die Tränen. Und zwar daher, weil er auf einmal wußte, daß es da niemals ein Ende würde geben können. Nicht bei diesem Kobold. Nicht bei diesem zornigen, dickköpfigen Rückschlag mit den weißumringten Augen, dem es vom Schicksal bestimmt war – durch ihn, Ken –, ein großes Rennpferd zu werden, und der auch die Ahnenreihe danach hatte! In Wahrheit fing ja erst alles an, und er selbst hatte es nun einmal begonnen und würde den Dingen standhalten müssen, auf lange Zeit hinaus. Und was würde das Ende sein? Würde der Kobold ein herrliches Rennpferd werden? Vielleicht nicht. Vielleicht wurde überhaupt nichts aus ihm; das dachten jedenfalls alle.

Er warf sich mit dem Gesicht nach unten auf den Nadelboden. Er weinte, weil er sich selber in die Patsche hineingeritten hatte und nicht wieder herauskonnte. Man konnte das Fohlen nicht rückgängig machen. Auf dem Grunde seiner Seele aber wußte er, daß er das auch gar nicht wollte. Patsche oder nicht – er war verrückt vor Freude über den Kobold. Er war Flickas Kind – Erstgeborener. Seine große Bestimmung hatte Nell vor langer Zeit geplant, und alles Erdenkliche war getan worden, um das wahrwerden zu lassen. Und so schluchzte er zur Hälfte eigentlich deswegen, weil ihm die Liebe fast das Herz zersprengte zu dieser anmutlosen kleinen Kreatur, die sich von ihm abgewandt hatte und ihn aus weißumringten Augen grollend ansah.

Und nebenbei heulte er auch aus Enttäuschung. Er hatte selbstverständlich angenommen, daß Flickas Fohlen ein wunderbarer Rappe werden würde, aristokratisch, hochbeinig, mit schmalem Schädel, drei weißen Fesseln und einem Stern zwischen den Augen – oder vielleicht auch ein Goldfuchs mit flachsheller Mähne und Schweif, wie seine Mutter.

Und ein paar Tränen fielen schließlich aus lauter Erleichterung: daß dieser ein Jahr lange Betrug seinem Vater gegenüber vorbei und sein Gewissen endlich wieder rein war.

Als er sich ausgeweint hatte, drehte er sich auf den Rücken und ließ sich Augen und Wangen vom Winde trocknen.

Langsam begann er sich wieder glücklich zu fühlen. Friede kehrte in sein Herz ein. Stück für Stück fand er sich mit allem ab, was geschehen war, und dem, was noch vor ihm lag. Sei es, wie es wolle, er würde schon irgendwie damit fertigwerden.

Und das Fohlen ...

Geistesabwesend zeichneten Kens Blicke die Umrißlinien einer mächtigen weißen Wolke am Himmel nach. Es war eine von den ganz kompakten – wie aus Marmor gehauen und blendend weiß. Auf einmal erkannte er diese Wolke. Es war die Sturmwindwolke, die dem Fohlen seinen Namen gegeben hatte. Langsam hatte sie sich vom Horizont herauf über den Himmel geschoben bis zum höchsten Punkt. Andere Wetterwolken hatten sich von rückwärts und von den Seiten her an sie herangedrängt. Sie hatte ein wenig die Form geändert, aber es war die gleiche Wolke – die gleiche! Und für Ken war sie so etwas wie ein alter Freund – mehr noch: wie ein erneutes Versprechen, eine erneute Hoffnung.

Beseligt breitete er beide Arme auf dem Nadelboden aus – das Gesicht der Wolke zugekehrt.

## *Die Aufnahme in das Rudel*

Als Kobold zwei Wochen alt war, begleitete er seine Mutter, auf der Nell saß, hinauf auf die Sattelhöhe.

Nell ritt auf dem bloßen Pferderücken, hatte nicht einmal eine Decke untergelegt, denn sie wollte zu Fuß zurückkehren. Gelöst und bequem saß sie auf Flicka, die Füße in den kurzen weichen Reitstiefeletten mit dem glatten kleinen Sporn gerade herunterhängen lassend. Im Schritt waren sie aus der Koppel herausgeritten und überquerten nun die Stallweide.

Der Tag war kalt, und schon war der Winter in der Luft zu spüren. Der Himmel hing tief mit seinen grauen und weißen Dunstwogen und schwebte dicht über dem trübseligen bräunlichen Septembergras der Weideflächen. Nell trug ihre enganliegenden schwarzen Gabardinekeilhosen und ein graues Tweedjackett, einen roten Wollschal um den Hals geknotet und eine Schirmmütze tief in die Stirn gezogen. Ihr Gesicht wirkte schmal und freudlos – vor sich den Wind, vor sich die Berge, vor sich den langen Winter.

Sie versuchte, den Kobold im Auge zu behalten, aber das war keine einfache Sache. Er lief nicht dicht neben seiner Mutter her, wie das die meisten Fohlen tun.

Wer einmal beobachtete, wie eine Wildstute und ihr Fohlen eingekreist und in die Koppel gebracht werden, könnte leicht auf den Gedanken verfallen, daß die Nabelschnur noch vorhanden sein müsse, wenn auch dem menschlichen Auge nicht sichtbar, so daß das Fohlen noch körperlich mit seiner Mutter verbunden sei, mit deren Bewegungen die seinen so haargenau übereinstimmen. Wendung nach rechts, plötzlich anhalten, aufbäumen, einmal sich um sich selber drehen, nach rechts ausbrechen, rasche Umkehr, Galopp geradeaus – bei jedem dieser Manöver bleibt das Fohlen auf seinem Platz dicht neben ihr wie ein siamesischer Zwilling.

Aber keine Nabelschnur verband Kobold und Flicka, ja kaum ein geistiges Band. Er kannte sie als Quelle seiner Nahrung und machte sein Verlangen gebieterisch bemerkbar, wenn er Hunger oder Durst verspürte. Und in einer irgendwie unklaren Weise nahm er sie hin als Hafen im Sturm, obgleich er seine Kämpfe lieber allein ausfocht. Sie war nicht sein Leben. Das machte er sich allein.

In diesen ersten Wochen war seine Entwicklung rapide vorangegangen. Von Anfang an schon ungewöhnlich groß und kräftig, wuchs er, als beabsichtige er die im Frühling geborenen Fohlen einzuholen.

Howard und Ken hatten mit ihm gearbeitet, eifrig bemüht, das Grundtraining hinter sich zu bringen, ehe sie zurück in die Schule mußten. Sie hatten ihn in der Koppel angepflockt, ihn abgerieben und an die berührende Hand gewöhnt, hatten einen Fuß nach dem anderen gehoben, hatten ihm das Halfter übergestreift und ihn herumgeführt. Er hatte sich das alles ohne viel Widerstand gefallen lassen. Es war ein guter Anfang. Sie hatten herausgefunden, daß er nicht dumm war, nur anders. In allem, was er tat, schwang eine gewisse Unabhängigkeit und Angriffsbereitschaft mit. Ob er nun an der Seite seiner Mutter lief oder weit drüben in einer entfernteren Ecke der Weide – er tat es aus freien Stücken, nicht weil sie ihn anführte oder rief. Manchmal wanderte er ein oder zwei Stunden allein umher, kam dann zum Saugen zurück und lief danach wieder irgendwohin, um sich schlafen zu legen.

In einer für ein so junges Fohlen unheimlichen Weise interessierte er sich für alles, was er sah, für jedes Pferd, jeden Menschen. Er mußte sich darum kümmern. Er hatte es zu erforschen, häufig genug auch sich einzumischen, wozu er seine Zähne und Hufe benutzte. Wenn er mitten in der Pferdeschar stand, ärgerte es ihn, sobald seine Mutter seitlich ging oder fortgerufen wurde. Dann weigerte er sich immer zuerst, ihr zu folgen, galoppierte dann zornig hinterher, drehte sich einmal um sich selbst und hieb nach ihr mit den Hinterbeinchen. Wenn sie daraufhin nicht umkehrte, galoppierte er zu den anderen zurück, war aber im nächsten Augenblick schon wieder bei ihr. Er wollte sie alle beieinander haben.

Und wenn Flicka ihren Weg fortsetzte und die Entfernung zwischen ihnen zunahm, wurde sein Hinundhergalopp immer rasender und durch wütende kleine Quiekser unterstrichen.

Bei den meisten jungen Fohlen ist der Galopp unbeschreiblich leicht und fliegend. Bei der Geburt haben ihre Beinchen fast schon die volle Länge der Beine des ausgewachsenen Pferdes, und gerade diese hohen Spindelbeinchen sind es, die ihre kleinen Körper so rasch über den Boden dahintragen. Aber Kobolds Beine waren ja nicht so. Sowohl im Verhältnis zu seinem langen Körper wie auch an sich waren sie kurz. Und wenn er beim Rennen loslegte, waren sie dem Boden so nahe, daß Howard für diese Gangart eine spezielle Bezeichnung gefunden hatte – Krabbeln.

Wenn er so wie verrückt zwischen seiner Mutter und den anderen Pferden hin- und herkrabbelte, den dicken weißen Kopf am langen Hals weit vorgestreckt, war das ein so komischer Anblick, daß Zuschauer sich vor Lachen krümmten. Selbst Nell mußte sich manchmal Lachtränen aus den Augen wischen, wenn auch mit schlechtem Gewissen. Man lachte die Tiere nicht aus, auch den Kobold nicht. Überdies hatte sie fast den Verdacht, daß er sie liebte. Viel Grund dazu gab er ihr nicht, nur daß er sie zu kennen schien, wenn er sie ansah, nur daß er nicht auswich, wenn er neben ihr stand und sie die Hand auf ihn legte. Gelegentlich folgte er ihr auch mit den Augen, wenn sie in seiner Nähe umherging. Und nun, da die Jungen wieder in der Schule waren und Nell seine Pflege übernommen hatte, nahm er das hin.

Der Kobold mochte es nicht, wenn irgend jemand auf seiner Mutter ritt. Das konnte leicht störend auf seine Wünsche an sie einwirken. Er wußte, daß sie in dem Moment einem anderen zu gehorchen hatte, und kämpfte bockig dagegen an, selbst wenn es Nell war.

So kam er jetzt aus der äußersten Ecke der Stallweide, wo er einsam herumgewandert war, angestürzt und drängte sich an Flickas Seite, um zu saugen. Flicka ging ruhig weiter geradeaus. Kaum hatte der Kobold die richtige Stellung gefunden und einen oder zwei Schlucke Milch erhascht, wurde ihm die Zitze wieder aus dem Maul gezerrt, und er mußte es erneut versuchen.

Nach kaum einer Minute war es mit seiner Geduld vorbei. Er drehte sich einmal herum, bockte und versetzte Flicka eins gegen die Flanke, wobei er insbesondere Nells niederhängendes Bein zu treffen suchte, dann wandte er sich zurück und biß.

So ging das nicht nur einmal, sondern minutenlang, wobei Nell seinen Kopf, so gut sie konnte, beiseite stieß oder ihr Bein auf Flickas Hals hochnahm. Die wilde Entschlossenheit der kleinen Kreatur war erstaunlich.

„Du – bist – ja – einfach – ein – kleiner – Deubel!" lachte Nell, als sie wieder einmal ihr Bein vor seinem wütenden Biß rettete.

Diesmal riß sie ihre Kappe herunter, scheuchte das Fohlen damit heftig und weitausholend zur Seite und ermunterte Flicka zu einem leichten Trab. Kobold galoppierte davon.

Beim Landstraßengatter stieg Nell ab, öffnete es und führte Flicka in der Erwartung hinaus, daß der Kobold folgen würde. Er zeigte nicht die Absicht, nachzukommen. Er nahm in einer abgelegenen Ecke übel. Sie rief ihn: „Kobold! Kobold! Komm, mein Junge – komm!"

Der Kobold wandte sich in die entgegengesetzte Richtung.

Nell schlang Flickas Zügel um einen Pfosten an der Landstraße und lief zurück, um das Fohlen zu holen. Es war interessant, wenn man ihn zu verstehen suchte. Immer ging irgend etwas in ihm vor. Jetzt stand er alarmbereit, mit gespitzten Ohren über den Zaun hinwegblickend. Wieder rief ihn Nell. Er drehte sich um, sah sie und begann auf sie zu zu galoppieren. Kurz vor ihr fing er sich ab, mit sämtlichen vier Beinen bremsend, und stand ein paar Sekunden in seiner drolligen Art mit vorgeneigtem, leicht hängendem Kopf und rollenden Augen. Offensichtlich war er von dem Anblick Nells zu Fuß überrascht. Wo war seine Mutter? Sie waren doch eben noch zusammengewesen. Nun war hier Nell, zweibeinig auf der Erde stehend, und seine Mutter war nirgends zu sehen. Seine Gedanken waren so deutlich zu lesen, daß Nell sich amüsierte. Sie rief ihn wieder an, doch da hatte er seine Mutter erspäht und stürzte in blindem Galopp auf sie los, daß die schmalen Hufe nur so über den Boden donnerten. Als er sie beinahe erreicht hatte, stoppte er, mit steifen Beinen durch den Dreck schliddernd, und sah sich nach Nell um, machte kehrt und krabbelte zu ihr zurück. Dann wieder zu Flicka – jedes Rennen mit äußerster Heftigkeit betreibend. Nell lachte so, daß sie kaum gehen konnte.

Endlich waren sie alle drei durch das Gatter. Nell schloß es, setzte sich wieder auf Flickas Rücken und machte sich auf den Weg zur Sattelhöhe.

Langsam den sanft ansteigenden Hang hinaufreitend, überlegte sie, wo wohl Banner und die Stuten sein würden. Hoffentlich nicht zu weit. Sie hatte keine Lust auf einen langen Rückweg. An einem wolkenverhangenen Tag wie heute würde die Dunkelheit schnell hereinbrechen.

Müßig spielten ihre Gedanken um die Situation, in der sich der Kobold befand. Hier wanderte also Flicka hinauf zu dem Rudel der Zuchtstuten mit einem Fohlen von Appalachian. Wie würde Banner das aufnehmen? Würde er diesem Fohlen gegenüber anders empfinden als den eigenen? Würde er überhaupt wissen, daß es nicht seins war? Ja, wahrscheinlich, aber es würde ihm gleich sein. Er kümmerte sich sowieso nie um die Fohlen. Oder nein – ganz stimmte das nicht. Wenn der erste Schnee fiel und die Fohlen hilflos darauf niederstarrten und nicht wußten, wohin das Gröngras verschwunden war, scharrte der Hengst den Schnee weg, um ihnen das Gras darunter zu zeigen. Es war noch dazu kräftiger und nahrhafter als jetzt, da es trocken war. Und dann natürlich, wenn irgendein Tier – Luchs oder Grauwolf – ein Fohlen angriff, kämpfte der Hengst bis zum letzten Blutstropfen gegen den Eindringling. Aber im allgemeinen duldete er die Fohlen lediglich, und das auch nur, solange sie klein waren. Wenn sie dann zu Jährlingen heranwuchsen, begann er damit, sie zu drangsalieren; die männlichen aus Eifersucht – das Fell an ihren Flanken war voller Narben und blutete von seinen Bissen – und die weiblichen Fohlen, weil sie zuviel Aufmerksamkeit ihrer Mütter in Anspruch nahmen und ihre anhänglichen Gefühle spalteten. Seine Stuten mußten nur ihm allein folgen, durften nur an ihn allein denken, auf ihn allein blicken.

Es war das tatsächlich ein richtiges und ordentliches System so, dachte Nell vor sich hin; zum Besten der Herde geplant, die niemals zu zahlreich werden sollte, einen einzigen verantwortlichen Führer haben mußte und nie durch Pflichtvergessenheit gespalten werden durfte.

Damit die Fohlen sich besser entwickeln konnten und die Stuten leichter über den Winter zu bringen waren, trennte sie Rob auf dem Gänseland-Gestüt jeweils im Dezember, wenn sie, je nachdem, wann sie geboren waren, zwischen fünf und sieben Monate alt waren. Er brachte dazu das ganze Rudel in die Koppel, band die Fohlen fest und trieb die Stuten hinaus. Es war das jedesmal ein langer, mühseliger und anstrengender Tag. So schnell, wie man die Stuten davongetrieben hatte, kamen sie auch im Bogen schon wieder zurück. Die Fohlen erkletterten Zäune und Gatter von unwahrscheinlicher Höhe im Bestreben, zu ihren Mutterstuten zurückzugelangen. Und Stuten wie Fohlen blieben bei ihrem ununterbrochenen Schreien, Wiehern und Quieken. Banner war mit diesem Entwöhnen durchaus einverstanden. Er hatte sein Teil Arbeit dabei zu leisten und leistete sie großartig, indem er zwischen der Koppel und den Stuten auf Posten war, um sie immer wieder zurückzutreiben, wenn sie sich ihren Fohlen zu nähern versuchten. Er erhielt seine Befehle von Rob durch Worte, Gesten oder zuweilen auch nur durch einen Wink mit den Augen. Wie sie sich verstanden und zusammenarbeiteten, war vollendet.

Nell hatte den Kamm der Sattelhöhe erreicht, rang nach Atem und griff rasch nach ihrer Kappe. Bei dieser unendlichen Weite des Raums nach dem Westen zu, an die dreihundert Kilometer in die Ferne, pfiff selbst ein sanfter Wind einem hier oben heftig um die Ohren und hinterließ einen metallischen Geschmack im Mund.

Dieser Blick in die Ferne weckte in ihr immer die Empfindung, als sei sie plötzlich leer geworden. Sie zügelte ihr Pferd.

Das Plateau hier oben, in einer Höhe von zweitausendvierhundert Metern, hatte die Weite der See und hatte ihre Wellen und runden Sturzwogen, hie und da einen langgezogenen felsigen Brecher oder eine zu Gipfelhöhen aufgepeitschte Brandungsklippe. Es war eine Seelandschaft in Ocker und olivgrünen Tönen. Die Unendlichkeit der See erfüllte ihren Blick, und wo doch eine Grenze war, begann die Unendlichkeit des Himmels. An die fünfzig Kilometer nach Süden bezeichneten die wilden Schroffen und Felsplateaus der Buckhornberge die Grenze von Colorado, und weit in der Ferne, westlich der fruchtbaren Obstplantagen und

Äcker der Südstaaten, die sie dort wußte, ohne sie sehen zu können, hingen die Niemalssommer-Berge in den Wolken, schneegekrönt das ganze Jahr und mehr dem Himmel als der Erde angehörend.

In Nell schwiegen alle Gedanken. Sie saß, ohne sich zu rühren, und ließ den ungeheuren Raum auf sich wirken.

Flicka stand wachsam, mit gespitzten Ohren, den Kopf herumgedreht. Aber auch der Kobold war still, hatte den Kopf hochgenommen, die Nüstern geweitet.

Der Wind, der Schneegeruch oder vielleicht auch irgendein anderer Geruch, der ihn erreichte, erregte ihn jetzt, so daß er von Flickas Seite davontrabte, um wer weiß wem zu begegnen. Irgend etwas war da – er schien danach zu suchen. Seinen Kopf trug er höher als sonst. Seine Bewegungen waren selbstsicher und entschieden. Nell beobachtete ihn, amüsiert ob seiner veränderten Haltung. Sie überlegte, ob er mit seiner scharfen Nase wohl den Geruch des Rudels aufgefangen haben könnte. Er verhielt, witterte mit seinen kleinen bebenden Nüstern, trabte einmal langsam im Kreise herum, stoppte wieder und prüfte erneut alles, was seine Nase und seine Augen ihm zutrugen. Es war, als ergriffe er Besitz von der Sattelhöhe.

Nell wandte Flicka auf den Grat und setzte ihren Weg fort, in jede Höhlung, jede kleinste Schlucht, nach jedem fernen Hang spähend. Irgendwo da herum waren Banner und seine Stuten versteckt.

Sie hatte vergessen, die Pfeife mitzubringen. Von Zeit zu Zeit stieß sie einen langgezogenen Ruf aus: „Ba-a-anner! Ho, Ba-a-anner!“ Und der Wind riß ihr den Ton vom Munde.

Kobold blickte sich erstaunt nach ihr um.

Banner kam angesprengt, den Wind im Rücken, der ihm die Mähne über die Augen blies. Nell glitt vom Rücken der Stute, nahm ihr den Zügel ab, hängte ihn sich über den Arm und blieb wartend stehen. Das Fohlen war ein Stück voraus und starrte dem mächtigen Pferd entgegen, das auf sie zugeprescht kam.

Banner machte halt und beschaute sich die Besucher. Kobold quiekte und trabte auf ihn zu. Banner schien ihn überhaupt nicht zu sehen, sondern schlug einen Halbkreis in langsamem Trab, um sie in den Wind zu bekommen. Nell und Flicka wandten sich ihm entgegen. Das Fohlen tat, als müßte es seinerseits die Situation in die Hand nehmen, beschrieb einen kleineren Halbkreis in Banners Zirkel, und gerade als der Hengst Flicka erreicht hatte, präsentierte er sein kleines Hinterteil und schlug aus. Sein Huf knallte gegen den Bauch des Hengstes. Banner kümmerte sich nicht darum. Er hatte jetzt Flickas Geruch erfaßt, und beide wieherten schrill. Nell trat ein paar Schritte zur Seite.

„Geh los, Flicka“, sagte sie. „Geh mit Banner.“

Der Hengst begann sein hinreißendes Spiel, wie er einmal auf dieser, dann auf jener Seite die Gruppe umtrabte, sich bäumte oder Kopf und Vorderschenkel herunternahm, um die Stute leicht in die Beine zu zwicken, dann über die Kammhöhe hinwegfegte, Führung nehmend, damit sie ihm folgen könne.

Flicka setzte sich langsam in Bewegung, und Nell beobachtete. Die Stute stockte, blickte zurück und wieherte nach ihrem Fohlen. Kobold quiekte und umtrabte Nell.

Banner schlug einen Halbkreis um Flicka und brachte sie durch einen leichten Biß in ihre Fesseln in Gang.

Kobold begann zwischen Flicka und Nell zu krabbeln.

Flicka war nun schon ziemlich weit. Vor ihr lag eine Bodenwelle. Banner war bereits dahinter verschwunden. Kobold stand mit hängendem Kopf und gespreizten Beinen in Nells Nähe – seine Lieblingshaltung, wenn er schwer nachdachte. Erneutes Wiehern von Flicka klang herüber. Das Fohlen quiekte eine Antwort, senkte den Kopf, schlug erst mit einem, dann mit dem andern Bein aus und galoppierte dann mit leise donnernden Hufen seiner Mutter nach.

Nell blickte ihnen nach, bis Flicka und ihr Fohlen verschwunden waren.

Sie blieb noch einen Augenblick länger stehen, den Kopf lauschend zur Seite geneigt. Kein Laut außer dem Singen des Windes. Keine Bewegung in diesem erstarrten Meer bis auf Wolken und wehendes Gras.

Sie schlang sich den Zügel fester um den linken Arm und begann den raschen Abstieg von der Sattelhöhe.

## *Auch Nell hofft auf Sturmwind*

Zum Glück für das kleine Fohlen mit seinem dünnen seidigen Fell kam der Winter spät in diesem Jahr. Die Natur tat ihr Bestes für es. Täglich wurde sein Fell dicker. Und hier droben im offenen Gelände war das ewige Brausen des Windes, um es zu kräftigen, und die unendliche Weite der Weideflächen verführte zum Rennen, zum Wittern, zum Abenteuer.

Es gab so vieles, was sein Interesse erregte. Da war das Wasserloch tief unten zwischen den beiden Berghängen, zu dem die Antilopenfährte führte – schmal wie ein Faden.

Unweit der Landstraße gab es einen mächtigen Klotz gelblichen Salzes, in den die Pferdezungen Löcher und Höhlen gebohrt hatten. Es leckte auch einmal an dem Zeug und trat dann einen Schritt zurück, um diesen merkwürdigen Geschmack nachzukosten, der erst unangenehm und dann so köstlich war.

Überdies gab es noch andere Pferde auf der Sattelhöhe außer Banners Stutenrudel. Einige Kilometer entfernt waren die Jährlinge, die gleichzeitig geboren, entwöhnt und aufgezogen worden waren. Im Frühjahr zur Welt gekommen, wie die meisten Fohlen, waren sie am darauffolgenden Neujahr bereits Einjährige, weil Pferdezüchter und Reiter der Bequemlichkeit halber einen einzigen Geburtstag für alle Pferde festgesetzt hatten, nämlich den ersten Januar.

Sie waren „alte" Jährlinge, weil sie eigentlich siebzehn bis achtzehn Monate zählten. Niemals erlaubte ihnen der Hengst, sich den Zuchtstuten auch nur zu nähern, die im Frühling vor einem Jahr ihre Mütter geworden waren. Die Gegenwart dieser anderen Pferde, die er nur gelegentlich und aus der Ferne kurz erspähte, kitzelte Kobolds Nase mit aufregenden Gerüchen. Manchmal trabte er von den Zuchtstuten fort auf eine Höhe und stand dort mit gespitzten Ohren, seine kleine schwarze Schnauze schnuppernd erhoben, den Blick seiner Augen an weite Entfernungen gewöhnend.

Aber die weitaus interessanteste Erscheinung in Kobolds Welt war der Hengst, der Führer des Rudels. Diese herrliche Kreatur war offensichtlich ein Pferd wie die anderen im Rudel, aber dennoch ganz verschieden. Göttergleich. Unberechenbar. So erhaben und einschüchternd, daß man ihn immerzu beobachten und über ihn nachdenken mußte, wie über den großen Feuerball, der an jedem Morgen am östlichen Horizont emporglitt.

Kobold folgte Banner überallhin. Es kommt häufig vor, daß ein Fohlen sich dem Hengst anschließt und der Hengst es seinerseits gewissermaßen adoptiert oder doch wenigstens mit seiner Nähe einverstanden ist. Banner und sein kleiner weißer Stiefsohn waren oft beieinander und hörten hie und da plötzlich einmal auf, zu grasen, um sich eine Weile anzusehen, regungslos, Gedanken austauschend.

Manchmal standen Banner und Kobold miteinander auf dem Kamm der Sattelhöhe und blickten hinunter auf das Gestüt. Die roten Dächer der Häuser und Schuppen lagen dicht aneinandergedrängt. Eine Art Zittern durchlief Banner jedesmal, wenn er das Gestüt sah. Kobold konnte das nicht verstehen. Prüfend sah er Banner an, prüfend das Gestüt. Irgendwo gab es da ein Geheimnis . . .

Mit dem nahenden Winter verlor der Boden alle Wärme. Er verlor auch alle Tönungen von Gold und Olive und zeigte eine welke Bräune. Die Kurven der sanftgerundeten Höhen schimmerten in samtigem Grau und Rehbraun. Und die letzten der wildwachsenden Blumen, Goldraute und purpurne Astern und die winzigen tapferen Bergvergißmeinnicht, verblaßten, schrumpelten zusammen und wurden vom Winde zu Staub zerblasen.

Die blendend weißen Wetterwolken, die wie Schiffe oder Burgen geformt waren, zogen von dannen und ließen den Himmel blaß und leer.

Längs der Flußufer schimmerte das Novembergold der Baumwollpappeln, und das Dickicht darunter aus wildem Stachel- und Johannisbeergebüsch, mit Tollkirschen untermischt, wechselte zu Bernstein und Gold über, getupft von dem Scharlach der Hagebutten. Die Zitterpappeln in den kleinen Schluchten und Wassergräben und dem Wäldchen hinter den Ställen waren ockergelb mit karminroten Flecken. Die jungen Baumwollpappeln auf dem Anger waren gelbe Kugeln, aus denen sie langsam und unaufhörlich ihre herzförmigen Blätter niederschweben ließen, die kleine Bäche und Wirbel auf dem Boden bildeten. Alle Tiere wechselten ihre Erscheinungen und ihre Gewohnheiten, Haselmäuse, Hamster und Murmeltiere verschwanden gänzlich, gruben sich in Erde und Felsgestein, um zu warten, bis die Sonne sie wieder daraus hervorlocken würde. Wildkaninchen und Hermelin wechselten von Braun zu Weiß, und die Kühe wie die Pferde ließen sich dicke Fellkleider wachsen.

Da jetzt die Jagd aufgegangen war, suchte das Wild in größerer Zahl Schutz beim Gestüt, und man sah sie am frühen Morgen in Gruppen zu zweien oder dreien oft nahe dem Hause. Mit endloser Neugier und Verwunderung betrachteten sie es, sich wohl dessen bewußt, daß sich ihre Sicherheit um diesen Mittelpunkt drehte. Rehe und Jungtiere schnellten wie Blitze unter dem Gewölbe der Kiefernwälder dahin. Dann und wann stand ein Hirsch mit mächtigem Geweih auf einer Anhöhe und blickte über seine erhobenen Nüstern hinweg auf die Welt zu seinen Füßen.

Es wurde bitter kalt, aber noch immer kam kein Schnee. Die letzten Blätter fielen. Der Himmel verblaßte zu bleiernem Grau und senkte sich tief. Die Luft war erfüllt von Stille und Drohung, und ein Stöhnen ging um die Schornsteine des Hauses, selbst wenn kein Wind wehte.

Nell lehnte am Fenster und starrte mit ausdrucksleeren Augen hinaus, ihre schmalen hellroten Lippen in den Winkeln nach unten ziehend. Die Welt erschien ihr trostlos, und Trostlosigkeit erfüllte auch ihr Herz. Es ging ihr immer so im Herbst. Sie hatte es sich angewöhnt, jeden Abend hinaus an die Eisenbahnstrecke zu wandern, um den Expreßzug vorüberfahren zu sehen. Es war ein Luxuszug, die Fenster des Speisewagens strahlend hell, einige verspätete Gäste saßen an den weißgedeckten kleinen Tischen, von diensteifrigen Negerkellnern umsorgt.

In ihren langen Wollhosen und dem Lumberjack, einen Schal um den Hals und die Schirmmütze schützend über den Augen, stellte dann Nell einen Fuß auf die untere Leiste des Geländers, verschränkte die Arme auf dem oberen Querbalken und lehnte sich dagegen. So lauschte sie auf das Geräusch des herannahenden Zuges, vernahm sein Pfeifen, wenn er sich dem Bahnübergang näherte – jenen klagenden, hohlen Laut mit dem fernen Echo, der auf menschliche Ohren wie Lockung und Versprechen auf etwas aus einer anderen Welt wirkt –, und dann konnte sie ihn wie einen Blitz vorüberrasen sehen, eine Kette blendend heller Vierecke mit schwarzen Balken dazwischen.

Sie suchte mit gespannter Aufmerksamkeit das Bild einer oder mehrerer Personen im Zuge zu erhaschen. Wenn sie nachher mit schweren Schritten heimging zum Gestüt, weil ihr die Füße trotz den lammfellgefütterten Schuhen so kalt geworden waren, daß sie ihre Zehen krümmte und spreizte – konnte sie sich manchmal an eine Szene erinnern. Einmal war da eine sitzende Frau, zu der sich ein Mann hinüberbeugte, während der Kellner zwei Kindern half, sich gegenüberzusetzen. Und Nell dachte darüber nach, für Augenblicke losgelöst von der drückenden Enge ihres eigenen Lebens. Wer waren sie? Was hatten sie für ein Leben? Was führte sie vom Atlantik herüber zur Küste des Pazifischen Ozeans? Es war die Zivilisation, die vor ihren Augen vorübersauste, und sie selbst blieb auf dem Nebengleis. Das war das Leben, das sie hätte führen mögen.

Manchmal schmerzte sie die Einsamkeit so tief, daß es sie wie eine Panik überkam. Sie hatte das Gefühl, es nicht länger ertragen zu können – sie besaß nicht die Kraft, die man für ein Leben hier draußen brauchte. Sie warf den Kopf zurück und ließ die Blicke über den Himmel schweifen. Nichts als graue, eilende Wolken, zwischen denen hier und da in einer Lücke ein Stern schimmerte. Die unermeßliche Weite löschte das armselige menschliche Leben aus. Und der endlose Zug der Winde – all dies Kommen und Gehen. Woher? Wohin? Doch dann durchfuhr plötzlich ein überirdisch tiefes Aufatmen jede Zelle ihres Körpers.

Und gleich darauf tauchten die Lichter des Gestüts als helle Punkte inmitten der Dunkelheit auf.

Rob und Nell nahmen die üblichen Veränderungen im Hause vor. Sie sperrten einen Teil durch schwere Holztüren ab, um die Wärme in jenen Räumen zu halten, die benutzt werden sollten, jene, die zwischen Eßzimmer und Küche um den großen Mittelschornstein lagen. Aus dem Eßzimmer wurde ihr Wohnzimmer, behaglich durch ein Sofa gegenüber dem offenen Kamin und breite Sessel zu beiden Seiten, und in der Küche wurde gegessen.

Rob setzte die Sturmfenster ein, und Nell hängte die dickgefütterten roten Portieren auf, ein warmes Kirschrot. Am Ende des Tisches hinter dem Sofa stand eine niedrige Glasschale, die sie mit den knopfähnlichen gelben Blüten des Sanddorns füllte. Sie sahen sehr lustig aus und hielten sich beinahe so lange wie Immortellen. Auf den Ecktisch beim Fenster stellte sie eine breite Vase mit einem Buschen scharlachroten Herbstlaubs. Der Rahmen, den sie für ihre Teppichknüpferei benutzte, wurde auf die eine Seite des Kamins geschoben, während die andere von einer Kohlenschütte aus Messing und einem Weidenkorb mit Spänen und Scheiten ausgefüllt war. Ein schwarzer eiserner Kessel hing an einem Kran über dem Feuer, so daß er leicht herauszuschwingen war. Des Abends, wenn Nell knüpfte und Rob Zaumzeug ausbesserte, ihre vier Paar Skier wachste, um für den winterlichen Schnee vorbereitet zu sein, oder auch an seinen Büchern arbeitete, lagen Kim, der schottische Schäferhund, Chaps und Pauly auf dem Teppich vor dem Feuer. Matilda fiel es schwer, wie vielen Kindern, artig im Hause zu bleiben, und so zog sie es vor, draußen umherzustreifen.

Das Haus wurde von Ratten heimgesucht, und Pauly und Matilda mordeten sie in Mengen.

„Ist dir nicht auch schon aufgefallen", sagte Nell eines Tages, als sie Matilda in mordgierigem Ringen mit einer Ratte auf der Terrasse beobachtete, über die sie wild dahinschoß, wie ein Tiger grollend und knurrend, „daß Matilda unmöglich ein weibliches Wesen sein kann? Schau dir das nur mal an! Sie kämpft wie ein Gorilla! Sie hat sich die Ratte mindestens schon fünfmal rücklings über den Kopf geworfen!"

„Wenn sie sich als Mann herausstellt, können wir sie ja Matthias nennen", meinte Rob.

„Ich habe mal ein Buch gelesen", sagte Nell, „das hieß ‚Ratten, Läuse und Weltgeschichte'; darin stand, daß es auf der Welt genausoviel Menschen wie Ratten gibt. Das würde so an die zwei Milliarden sein, nicht? Zwei Milliarden Ratten – für jeden Menschen eine. Aber bei uns hier auf dem Gestüt müßten wir die Pferde mit als Menschen einrechnen, denn wir haben doch schon Dutzende von Ratten umgebracht."

Sie hatten immer eine Sportflinte bei der Hand, um die zu erschießen, die den Katzen entgangen waren. Als sie eines Abends nach dem Essen am Küchentisch saßen, sahen sie eine dicke Ratte quer über den Fußboden hinweg durch die offene Tür ins Eßzimmer rennen.

Nell hielt die Spirituslampe, damit Rob sehen konnte. Sie entdeckten die Ratte, dicht an die Wand gekauert, unterm Büffet. Rob legte sich lang auf den Boden und schoß nach ihr. Die Kugel streifte die Kante der schmalen Schmuckleiste des Büffets.

„Merk dir", sagte Rob, „wenn du im Haus schießt, darf es nicht danebengehen – sonst haben wir bald das ganze Haus durchlöchert."

Über der Küche lag das Schlafzimmer, ein quadratischer Raum mit lichtem Fenster, vom darunterliegenden Küchenherd und einem eigenen Kaminfeuer den ganzen Tag hindurch erwärmt. Sie gingen zeitig schlafen. Nell hatte dicke warme Decken unter die Laken auf die Matratze des breiten Nußbaumbettes gelegt. Zum Zudecken nahm sie Daunendecken mit roter Seide. Ihre Sommerhausschuhe aus kornblumenblauem Satin vertauschte sie mit filzgefütterten knöchelhohen Stiefelchen, die bequem und warm waren. Sie hatte sich einen doppelten wollenen Bademantel gestrickt, der außen blau und innen mit weißem Futter versehen war, und als Morgenkleid ein dunkelblaues Seidengewand dick wattiert und rot abgesetzt. Sie hatte zartrosa Pyjamas aus einer sehr dünnen Wolle, die wie ein Skianzug gearbeitet waren, dicht anschließend an den Knöcheln, und warme Bettsöckchen, die sie darüberziehen konnte. Sie hatte das Eisbärfell vor den Kaminplatz gelegt. Das war ihr gewohnter Platz, wenn sie fertig zum Insbettgehen war, dicht am Feuer, um sich vorher noch einmal ordentlich durchzuwärmen. Robs großer Sessel stand gleich daneben. Dort saß er dann, in seinem gewohnten blauen Flanellschlafrock, müde von der Tagesarbeit, und rauchte eine letzte Pfeife.

Das Warten auf den Schnee war eine unangenehme Zeit der

Spannung. Rob und Nell kamen sich immer noch gut einen Monat, nachdem die Jungen zur Schule abgereist waren, ganz unausgefüllt und ziellos vor und unterhielten sich miteinander in übertrieben munterem Tonfall. Mit der Zeit ging das vorüber, und sie fühlten sich tief zueinandergezogen, stärker als sonst, weil sie einsamer waren.

Wenn dies nicht wäre, dachte Nell, dann könnte ich's nicht aushalten ...

Nervös und schlaflos lag sie in dem breiten Nußbaumbett neben Rob. Leise richtete sie sich auf und blickte zu ihm hin. Er wandte ihr den Rücken, doch sein Kopf lag leicht gedreht auf seinem Arm. Das Zimmer war erfüllt vom Schein des Mondes, und so konnte sie sein scharfes, klarmodelliertes Profil sehen. Sein Mund stand ein wenig offen. Er sah jünger aus im Schlaf, aber sehr erschöpft.

Sie schlang die Arme um ihre Knie und legte ihren Kopf drauf, so daß ihr die rehbraunen Haare über die Stirn fielen. Sie krampfte die Hände so fest ineinander, daß die Knöchel an den Fingern weiß schimmerten. Wieder ein Winter. Schneetreiben. Wilde Stürme. Tage entsetzlicher Einsamkeit und Angst, wenn Rob draußen war in einem Wetter, wo der Mensch geschützt am eigenen Herde sitzen sollte. Vielleicht war er auf offener Landstraße beim Viehfuttertransport in einem Lastwagen, und der Tag verging, die Stunden krochen dahin – ohne ein Zeichen seiner Rückkehr. Dann kam der Abend. Und sie stand am Nordfenster in der äußersten Ecke des Hauses, um in die Nacht hinauszuschauen, aufzupassen. Was konnte man denn sehen in dieser Tintenschwärze? Oder selbst bei Tage: was konnte man anderes sehen als Schnee, pausenlos fallenden Schnee, weiß wie ein Leichentuch? Die Lampen konnte man sehen. Die beiden Scheinwerfer von Robs Lastwagen, wenn er ankam, weit drüben noch auf der Straße zum Gestüt. Man konnte sie gleich entdecken, sobald der Wagen von der Lincoln-Straße abgebogen war, verlor sie noch einmal, wenn er dicht am Walde einen Bogen beschrieb, und konnte sie dann wieder erhaschen, ehe sie den Hügel herunterkamen – Lichter, die sich ins Dunkel bohrten, wenn der Wagen langsam mit einer Ladung Hafer oder Heuballen den Hügel herunterrollte.

Wind, Wind und wieder Wind, der dich umbläst, wenn du dagegen anzulaufen oder auch nur dazustehen versuchst. Und sein Lärm ist erst nur wie ein Weinen und schwillt dann heulend zu den höchsten Tönen an, bei denen er beharrt – es geht einem durch und durch, setzt sich im Kopf fest und macht einen verrückt. Und der Schnee. Tage, Wochen eingeschlossen sein in tiefem Schnee, der manchmal bis über die Fenster und Türen geht, so daß man, wenn man nur einmal hinausgehen und die Sonne sehen will, schon einen Tunnel graben muß! Oh, wie wird das alles schwer! Wie schwer!

Plötzlich geriet sie in einen Zustand rasender Wut und Verzweiflung. So hatte es nicht werden sollen. Die Pferde sollten Geld genug abwerfen, daß sie und Rob eine Menge Leute zur Hilfe haben konnten, einen Heizkessel fürs Haus, eine Erholungsreise in wärmere Gegenden im Winter, während die Jungen in der Schule waren und auf dem Gestüt nichts anderes zu tun blieb, als daß man sich warmhielt und weiterlebte.

Geld – Geld – Geld – darauf lief alles hinaus! Ihre Gedanken schossen hierhin und dorthin, überschlugen sich, alles in dem Versuch, einen Ausweg zu finden.

Pferde. Nichts als Pferde. Der Kobold – plötzlich griff sie nach diesem unmöglichen Wunschtraum von Ken –, *war* er denn so unmöglich? Man denke doch nur an die Ahnenreihe dieses Fohlens! Rob selbst war es gewesen, der als erster eingestanden hatte, daß er sich wünschte, eines der Pferde aus der Sippe des Albinos möchte lenksam sein – *„da würde ich ein Rennpferd haben!"* Sie aber hatte dann Pläne gemacht und vorgeschlagen, Flicka decken zu lassen, um ein Fohlen zu erhalten, das sowohl ihre Sanftmut wie ihre Schnelligkeit erben würde.

Doch der Kobold hatte nichts von beiden. Nells Finger verkrampften sich zu einer festen Faust. Jene innere Wut überkam sie, von der stolze Naturen gepackt werden, wenn sie sich allzuoft enttäuscht sehen. Sie konnte und wollte es nicht länger hinnehmen. Irgend etwas mußte jetzt endlich klappen. Der Kobold – seine kurzen, dicken Beine konnten noch lang und schnell werden. Seine klotzige Gestalt, sein Riesenkopf, seine schlechte Haltung konnten sich irgendwie glätten zu großartigen Proportionen. Sein niederträchtiges Naturell, seine bösartige ständige Bereitschaft, zu beißen, auszuschlagen und sich allen gegenüber feindselig zur Wehr zu setzen, konnte noch zu der intelligenten Fügsamkeit Flickas umschlagen. Und *Schnelligkeit!* Eben diese Schnelligkeit von Flicka. Rockets Schnelligkeit. Und die des Albinos. Schnelligkeit – Schnelligkeit – Schnelligkeit!

Plötzlich ritt Nell im Traum ein Rennen, ritt allen davon auf dem Sieger. Kobold! Nein, nicht länger Kobold, sondern *Sturmwind! Der Siegerhengst vom Gänseland-Gestüt!* Das mächtige weiße Tier führte auf allen Rennplätzen des Landes! Welche Farben trug sein Jockei? Kirschrot und Weiß? Wen würde er schlagen? Alle natürlich – die berühmtesten Pferde. Selbst dann würde er nicht allein der herrlichste Sieger, sondern der wunderbare Ahn einer Siegerreihe werden, Hunderte von großen Rennpferden zeugend, und jedes Deckgeld brachte Tausende von Dollars. Nie durfte Kobold verschnitten werden. – Das Traumschloß zerplatzte.

Plötzlich war sie völlig erschöpft. Sie hatte soeben erst den Winter durchlebt, ein halbes Dutzend Schneestürme, dann zahllose Rennsiege des Kobolds, eine Auseinandersetzung mit Rob wegen des Verschneidens, hatte Tausende von Dollars eingenommen und wieder ausgegeben. Sie hatte jetzt genug. Und außerdem – war nichts davon wahr.

Nach solchen Augenblicken, in denen unsere Einbildungskraft derart rasend mit uns durchgegangen ist, kann man sich nicht so rasch und leicht wieder zurechtfinden. Sie seufzte einmal tief auf, hob den Kopf und schüttelte ihr Haar zurück. Sie blickte sich im Zimmer um. Sie war ausgehöhlt und tief erschöpft. Die Wirklichkeiten ihres Lebens, der vertraute quadratische Raum, die beißende Kälte, Robs kräftige Schulter neben ihr, all das starrte ihr ins Gesicht. Sie empfand würgenden Überdruß. Heruntergestiegen von der Höhe ihres Traumes, konnte sie keinen festen Boden für ihre Füße finden. Die Wirklichkeit widerte sie an.

Für Nell, die hinter ihrer äußeren Ruhe jeden Augenblick ihres Daseins leidenschaftlich durchlebte, war dies eine tödliche Qual, und einen Moment war sie verloren, rang danach, zurückkehren zu können – heim –, wieder in ihr eigenes Selbst ...

Alles dies hatte sie schon viele Male durchgemacht und kannte den Ablauf. Man mußte nur gerade das fest an sich pressen, was einen abstieß. Nicht fortsehen – niemals zu fliehen versuchen – faß es fester – presse deine Lippen mit aller Macht auf das kalte Gesicht der Wirklichkeit – bohre tiefer – bis auf den Kern – und dort, endlich, wirst du das Feuer finden ...

Sie nahm sich zusammen. Sie ließ ihre Blicke prüfend durch das Zimmer wandern. *Das* war wirklich. Da war das Mondlicht, das durch das Fenster hereinflutete. Sieh es an. Dieser Höcker war Rob, der neben ihr schlief. Dies war das Gestüt. Es würde Winter werden – ein Winter wie alle die anderen Winter – wie alle die Stürme und Gefahren bisher – sie waren arm und wurden immer ärmer – mit nichts hatten sie bisher Erfolg gehabt, und es war sehr gut möglich, sogar wahrscheinlich, daß das so bleiben würde. Sie hatte darüber einmal etwas sehr Geistreiches gelesen: Wenn man wissen will, wie die Zukunft wird – sehe man sich nur die Vergangenheit an und ziehe sie einfach in die Länge!

Indem sie so gegen sich selber die Peitsche brauchte, begann sie wieder zur Besinnung zu kommen, und wieder wuchs der Zorn in ihr. Da war nicht ein Tag, nicht ein Augenblick, in dem man hier wirklich sicher sein konnte. Die Elemente konnten einen so leicht töten, wie eine Fliegenklatsche eine Fliege erlegt. Und in jeder einzelnen Jahreszeit konnte ein böser Sturm, eine Überschwemmung, eine Dürre, eine Heuschreckenplage, eine Seuche oder ein Feuer, vielleicht auch nichts anderes als nur immer das verkehrte Wetter zur unrechten Zeit die ganze Arbeit eines Jahres und alle daranhängenden Hoffnungen vernichten. *Das,* überlegte sie ironisch, ist wahrscheinlich das Faszinierende daran für Menschen wie Rob. Abenteuer. Es ist eben ein Glücksspiel, bei dem alle Chancen gegen einen sind. Es ist das aufregendste und dramatischste Leben, das es auf der Welt gibt.

Und da sie endlich wieder ein lebendiges Gefühl in sich spürte, auch wenn es nur die Lebhaftigkeit ihres Zorns war, suchte sie der Wahrheit noch tiefer auf den Grund zu kommen. War ihre Entrüstung echt? Haßte sie tatsächlich die Wirklichkeiten ihres Lebens?

Und mit einem fast boshaften Vergnügen jetzt in die geheimsten Falten ihres Herzens spähend, erkannte sie die tiefste Wahrheit und nahm sie ehrlich hin. Sie war ebenso bereit wie Rob, die Chancen auf sich zu nehmen, alle Gefahren zu leiden, Entbehrungen zu ertragen. Auch sie war dazu geboren, „dem Winde die Stirn zu bieten."

Fast eine Art Verzückung schlich sich plötzlich in ihr Herz. Sie preßte ihr Gesicht auf ihre Knie. Gerade eben diese Furchtbarkeit der Winter – gerade diese Furcht und Angst reizten sie und füllten ihre Adern wie mit berauschendem Wein. Und die Schönheit – die ungestüme und schreckliche Schönheit des Winters! Die Sommer – o diese Sommer! Das unglaublich dunkle Blau des Himmels über den Bergen, die massig modellierten Wolken, das Grüngras, die Jungtiere, die wilden und freien mit den erschreckten Augen, dem fliegenden Lauf, mit schlagenden Hufen, und dann der Duft: der Geruch von Minze und Salbei, von Kiefernnadeln und Gras, von Klee und Schnee, reiner Schneegeruch über meilenferne, leere Weite hinweg! Und die Einsamkeit – ach, nicht Einsamkeit, sondern klares, tiefgekühltes, geruhsames Alleinsein – nur sie und Rob und die Jungen ...

Alle ihre fieberhaften Gedanken kamen zur Ruhe. Still hockte sie da, erfüllt von einem rätselhaften Glücksgefühl.

Sie drehte sich zu Rob herum. Die gewaltigen Abenteuer, die sie eben durchlebte, hatten seinen Schlaf nicht gestört. Sie beugte sich näher zu ihm und legte ihre Wange an seine Schulter. Nie hatte sie ganz dies mädchenhafte Gefühl überwinden können – dieser Mann da neben ihr im Bett! Und dennoch war es süß.

Ein langgezogenes Singen zitterte über dem Anger dahin. Es kletterte in drei klagenden Tönen die Skala hinauf und sank wieder hinunter in einer stockenden, sehnsüchtigen Kadenz.

Nell hob den Kopf und wandte ihn zum Fenster. Welch seltsamer Klang in dieser Einsamkeit – so rein im Ton und so musikalisch. War es Wirklichkeit? Träumte sie? War es die Stimme des Sängers – Träumers – Wanderers – in ihrem eigenen Herzen? Aber es schien doch vom Fenster her zu kommen ...

Sie schlüpfte aus dem Bett, lief zum Fenster und suchte die verzauberte Szene dort unten zu überblicken: schimmernder Silberdamast vor der Terrasse gebreitet, auf den die schmalen Stifte der ragenden Kiefern von der gegenüberliegenden Felsklippe und die Masse des Brunnenbeckens tintenschwarze Schatten zeichnen. Ein Schatten scheint sich zu bewegen – ein Schatten, der wie ein winziger Bär aussieht, der auf den Hinterpfoten wandert. Es war ein Stachelschwein. Langsam kam es von der tieferliegenden Ecke des Angers herauf, längs der Terrasse dahinziehend, und von ihm kam das weiche, wehklagende Singen, dieses unvergleichliche Singen eines Stachelschweins, ein Klang, der so unbewußt und unschuldig ist wie die Stimme eines kleinen Kindes, das sich in den Schlaf summt. Es wandelte aufrecht dahin und sang den Mond an.

In ungekünstelter Freude klatschte Nell in die Hände. Sie hatte das bisher noch nie gehört.

Und jetzt war da etwas in der Luft zwischen ihrem Gesicht und dem dunklen Felsen gegenüber, etwas Glitzerndes. Unter dem klaren Sternenhimmel kam es dahergeweht und erfüllte den Raum über dem Anger. Es fiel aus dem Nichts, aus blauer Ferne. Der durchscheinende Mond machte es zu einem Diamantenregen. Schnee. Der erste Schnee!

Am Morgen war der Boden weiß, und die Flocken sanken weiter lautlos nieder wie in einem Traum.

Rob und Gus schirrten Patsy und Topsy an, um eine Fuhre Brennholz zu holen.

Sie kamen an Nell vorüber, die ihren Skianzug aus grünem Tuch trug, eine weiße Strickmütze weit hinten auf den Kopf gestülpt, so daß ihr die braunblonde Ponyfranse ihres Haares weich und glatt über die Stirn fiel.

„Sie wird einfach nicht älter", wunderte sich Gus. „Sieht aus wie ein kleines Mädchen. Ein kleines Schwedenmädchen im Schnee."

Rob meinte stolz: „Wenn es schneit, ist sie nicht zu halten. Dann muß sie einfach draußen sein."

Nell wanderte durch den Schnee, ab und zu das Gesicht hebend, um die Flocken im Munde zergehen zu lassen. Solange sie auf der Welt war, mußte sie draußen sein, wenn der frische Schnee fiel; schon als ganz kleines Mädchen galoppierte sie drin herum, stolz ihre kleine Brust reckend: „Ich bin ein Held! Ich bin ein Held!" Es gab ihr ein Gefühl, alle Schwachheit, alles unnütze Sehnen von sich abwerfen zu müssen und etwas ganz Tapferes zu tun.

Sie stieg aufwärts durch die Schlucht und immer weiter, bis sie sich so weit vom Hause entfernt hatte, daß sie sich wie verloren und allein geblieben fühlte in einer Wildnis fallender Flocken. Sie blieb stehen und lauschte in die Stille, die so tief war, als sei die Welt hohl.

Ihre tiefblauen Augen wurden vom dichten Kranz ihrer dunklen Wimpern vor dem Schnee geschützt. Mit einem Blinzeln schüttelte sie den Flockenpuder ab. Als sie die weiten Hänge des Sattelrückens überblickte, sah sie eine kleine dunkle Gestalt aus einem Haufen Felsgestein am Fuße des Berges herauskriechen. Sie überlegte, was das wohl sein könnte. Langsam stieg es den weißen Berg empor, eine lange Schneespur hinter sich herziehend. Es hatte etwa die Größe eines Hundes. Das konnte nur ein Fuchs sein – schwarz mit einem Silberstreifen –, sein Gewicht in Gold wert. Noch hatte er nicht den Gipfel erreicht, da kam schon ein weiterer aus dem Felsnest gekrochen und folgte der gleichen Spur. Nie hätte sie die beiden gesehen, wenn nicht der Schnee den Boden bedeckte.

Sie hätte jubeln können. Am liebsten wäre sie den Füchsen nachgelaufen, weiter und immer weiter hinauf in die Schneewüste. Wenn ich einen Schlitten hätte, dachte sie und stockte, weil vor ihrem geistigen Auge ein altmodischer Schwanenschlitten auftauchte, gezogen von den beiden schwarzen Stuten Patsy und Topsy, die Rob als leichte Gespannpferde vor einigen Jahren geschult hatte.

Das Traumbild dieser Pferde, wie sie die Sattelhöhe hinauf im Galopp den leichten Schwanenschlitten hinter sich herzogen, der mit

Bärenfellen vollgestopft war, eine Gestalt darin, die sich vorbeugte und die Peitsche schwang über den stürmenden Rappen – es erschien ihr fast so deutlich wie die Füchse.

Warum sollte sie auch keinen Schlitten haben? Sie hatte im Hinterhof eines Altmaterialhändlers in Denver einen gesehen. Es waren lauter Teile, die Kufen abgefallen und der Wagenkörper zerbrochen, aber das konnte repariert werden, und wahrscheinlich war er für ein Butterbrot zu haben. Und die Rappen – eigentlich waren es Renner und sollten nicht zur Arbeit gebraucht werden –, aber sie paßten so vollendet zueinander, daß sie kaum zu unterscheiden waren – und Rob hatte ein zweites Gespann gebraucht, ein leichtes, und: „Wie dem auch sei", hatte er geseufzt, „was hab' ich denn schon für Glück mit meinen Preisen beim Verkauf von Rennpferden? Auf diese Art verdienen sie sich wenigstens ihr Brot."

Die Stuten hatten den Wagen zuerst gehaßt, und Rob hatte seine liebe Not gehabt, bis er sie eingefahren hatte, aber jetzt war es so weit, daß er mit ihnen, die brav unterm Geschirr gingen, heute die Ladung Holz holen konnte. Der Schlitten würde ihnen lieber sein – sie würden großartig vorm Schlitten gehen!

Die ganze Zeit über hatte sie in Gedanken dem Schwanenschlitten und den beiden Stuten nachgesehen, die den Berg hinaufstürmten.

Als sie über die Kuppe verschwunden waren, wandte sie sich aufseufzend um und begann den Abstieg über den verschneiten Weg in Gedanken an die bitteren Stimmungen, die Rob ab und zu überfielen. Immer redete er von seinem Pech. Plötzlich quoll eine tiefe Sehnsucht in ihr auf, daß er doch endlich einmal Glück haben möge. Ihr fiel ihr Traum mit dem Kobold ein, und sie verhielt unwillkürlich den Schritt, um nachzudenken. Das hatte den Keim einer Hoffnung in sie gelegt. Wer könnte sagen, was noch geschehen mochte? Das Fohlen hatte eine hervorragende Ahnenreihe. Fohlen änderten sich, wenn sie heranwuchsen. Wenn ihm nur nichts passierte! Es *durfte* ihm nichts passieren ...

Langsam wanderte sie heim. Der Schnee senkte Frieden in ihr Herz. Der Winter ängstigte sie nicht mehr. So wie die Welt jetzt aussah, liebte sie ihren Anblick – wer hätte geglaubt, daß es noch dieselbe sei? Wie war alles verwandelt! Die Erde, die braun und verwittert gewesen, war nun eine wellige Weite aus Perlmutter und Muschelglanz. Die Kiefern, dunkelgrüne Türme, waren graphische Kunstwerke in Schwarz und Weiß. Das Wohnhaus, der Geräteschuppen, das Brunnenhaus – es waren keine eigentlichen Häuser, sondern saubere kleine Weihnachtspostkartenbildchen mit weißen Dächern, die am Rande umgebogen und mit glitzerndem Watteschnee bedeckt waren.

## *Kälte, Sturm und Wölfe*

Kobold erkannte den Sturm zuerst als heftige Kälte und eine Verlängerung der Nacht.

Obgleich er in einem Sturm geboren war und die Welt zuerst als eisige Regenflut wahrnahm, die auf ihn herniederprasselte, ehe er irgend etwas anderes zu erkennen vermochte, war dennoch sein bewußtes Erkennen damals erst schwach geweckt und dies Erlebnis nur wie unter einem Schleier von ihm hingenommen worden. Jetzt war das anders. Seine bewußte Wahrnehmung hatte sich rasch entwickelt, geschärft durch jede Stunde seines Lebens, und sein angeborener Unabhängigkeitsdrang und sein Hang, alles allein zu erforschen, hatten ihn befähigt, das Leben geradewegs auf sich zu nehmen, ohne den Umweg über seine Mutter.

Er war fast drei Monate alt.

Schneidende Kälte in den frühen Morgenstunden war Ende November nichts Ungewöhnliches; in einer Stunde etwa müßte ja die Sonne aufgehen, und Stuten und Fohlen würden ihre Flanken drehen, um sich mit hängenden Köpfen in völliger Entspannung ihren Strahlen darzubieten. Selbst bei Temperaturen unter Null und verschneitem Boden gaben sie Wärme und Leben und drangen bis in die Eingeweide.

Heute war es noch früher Morgen, tiefgesunkene Temperatur und eine große Stille. Aber dabei blieb es. Als die Sonne hätte aufgehen sollen, kam nur eine trübe Dämmerung. Nichts zeigte sich als ein dickes, schweres Wolkenmeer, das ohne Schattierung oder Unterbrechung tief herniederhing. Und eine Welt, die sich, farblos und in sich verkrochen, darunter duckte.

Noch etwas anderes lag in der Luft, was mehr gefühlt als gesehen werden konnte, und Kobold trabte von der Herde fort zur Kante einer Anhöhe, als könnte er diesem seltsamen Neuen durch Verfolgung auf die Spur kommen. Sein Maul hob sich in die Luft, und seine Nüstern bebten, daß man ihre rosige Innenseite sah. Er versuchte, den Geruch der Furcht zu erhaschen.

Nun kam der Schnee auf sie zu, vom Osten her, ruhig zuerst und kaum merkbar, Flöckchen, die wie winzige, weiche Federn auf ihre rauhen Pelze niederfielen und sofort zerschmolzen. Als es kälter wurde, wurden diese Flocken kleiner und härter. Der Himmel sank tiefer – Schnee umnebelte sie von allen Seiten. Die Welt verschwand, und die Fohlen sahen es voll Schrecken und preßten sich eng an ihre Mütter.

Jetzt kam ein Drängen in den Sturm und ein Tönen – die Stuten und Fohlen drehten ihm den Rücken und begannen sich langsam mit geduldig nickenden Köpfen in Bewegung zu setzen, indes ihnen die Schwänze zwischen den Beinen herumwehten. Die Fohlen wieherten nervös. Ohne die gleichmütige Ergebung ihrer Mütter wären sie toll vor Angst gewesen.

Das Tönen kam vom zunehmenden Wind. Er kam aus jenen

Höhlen des Verderbens hoch oben im Nordosten, von wo die Winde zu Orkankatastrophen auf dem Atlantik, Wirbelstürmen in den Mittelstaaten des Kontinents und Blizzards in den Rocky Mountains werden. Hier in den Bergen, „Easterner" genannt, dauert er meist ohne Unterlaß wenigstens drei Tage, manchmal eine ganze Woche.

Als Stunden dahingingen, versuchten die Stuten zu grasen, indem sie den Schnee wegscharrten, und die Fohlen machten es ihnen nach. Sie zogen gen Südwesten, den Wind im Rücken. Banner erklomm hie und da eine Höhe und stand dort gänzlich unsichtbar hinter dem erstickenden Weiß. Aber die Stuten achteten nicht darauf, ob er ging oder kam, sie hatten nur Augen für ihre Fohlen.

Je stärker der Wind wurde, um so mehr schwoll auch das Tönen und wurde zu einem Wimmern. Die Schneeflocken schmerzten wie Nadelstiche. Wenn die Fohlen, in Verwirrung und Angst wild herumrennend, sie einen Augenblick auf ihren Augäpfeln spürten, wieherten sie vor grausamem Schmerz, liefen wieder zu ihren Müttern und steckten die Köpfe unter ihren Leib, Schutz und den Geschmack der warmen Milch suchend. Denn ob nun die Stuten selbst Futter hatten oder nicht, hörten sie nie auf, Milch für ihre Fohlen zu produzieren. Vierundzwanzig Stunden eines solchen Sturms raubten den Stuten viele, viele Pfunde ihres Gewichts.

Die Körper sämtlicher Pferde fühlten sich fremd an. Der Schnee vergrub sich in das langhaarige Fell, mit dem sie sich auf den Winter vorbereitet hatten, schmolz dort dank der Blutwärme und fror sofort wieder, so daß sie merkwürdige weiße Geistererscheinungen wurden, die lautlos durch den Schnee trotteten. Nur ihre Mähnen und Schweife, ständig vom Winde geschüttelt, blieben dunkel.

Sie selbst fühlten sich schwer und unnatürlich, und die Fohlen fragten ihre Mütter: *Habt ihr Angst?* Und die Mutterstuten antworteten ihnen: *Nein, man muß das nur aushalten. Alles wird zum Schluß wieder gut.* Und die Fohlen wiederholten es vor sich selber: *Wir brauchen keine Angst davor zu haben. Alles wird gut werden.* Und obgleich sie nervös und schreckhaft waren, war ihr Zutrauen unbegrenzt.

All diese Angst, aller Mut, alle Zweifel, alle Überlegungen, alle Verantwortung und alle Entscheidungen, die zu treffen waren – alles lag auf Banner.

Wird ein Pferd mit einer außergewöhnlichen Persönlichkeit geboren, so ist es sein größter Ehrgeiz, Herr einer großen Herde zu werden, die schönsten Stuten zu haben – die kränkelnden werden davongetrieben oder isoliert, bis sie wieder gesund geworden sind –, die prächtigsten Fohlen aufzuziehen – schön, kräftig, schnell. Um dies zu erreichen, wird ein Hengst kämpfen und leiden, sein Leben wagen, hungern, in die Fremde ziehen, stehlen und plündern, jede Strafe auf sich nehmen. Hat er es dann erreicht, so ist er unermüdlich in seiner Sorge. Er entdeckt für seine Stuten die saftigsten Weiden – im Norden, im Süden, überall im ganzen Lande –, findet Schutz für sie in Stürmen, ist ihr Schild gegen alle Feinde. Er kämpft gegen jeden, der ihn herausfordern sollte, seine Schützlinge stehlen oder ihnen wehtun will, untersucht jede Gefahr mit beherzter Tapferkeit und ohne Rücksicht auf sich selbst. Ein solcher Hengst hat immer Narben oder frische Wunden, die ihm seine Furchtlosigkeit bei der Erfüllung seiner Pflichten dem Rudel gegenüber eingetragen hat. Und weil das Ziel seines Herrn – sofern er einen hat – mit dem seinen übereinstimmt, kommt es zu jener Partnerschaft und vollendeten Zusammenarbeit zwischen beiden.

Bei diesem Sturm jetzt kam Banner keinen Moment zur Rast. Er umkreiste die Herde voller Ruhe, achtsam, daß nicht etwa eine Stute oder ein Fohlen davonwanderte. Er kletterte auf jede Höhe. Er öffnete die Lider trotz der brennenden Eiseskälte des Sturms. Sein mächtiger Nacken stemmte sich, Mähne und Schweif flatterten waagrecht mitgerissen im Sog des sturmgepeitschten Schnees. Seine Brauen waren Fransen aus winzigen Eiszapfen. Ein langer hing ihm am Kinn – sein gefrorener Atem.

Wie lange würde das dauern? Auf seiner Höhe stehend, äugte er in dies Erstickende, alle Sicht Raubende, als könne er eine Antwort finden. War es nichts als ein Gestöber, das mit dem umschlagenden Winde vorüber war?

Noch anderes Leben rührte sich draußen in diesem Sturm. Die Wildkaninchen fühlten sich dabei am meisten zu Hause, warm eingemummelt in ihren weißen Pelz, unsichtbar, ehe sie nicht sprangen. Und dann hopsten sie durch die Luft, wie von einem Eselstritt geschleudert.

Banners Ohren spitzten sich plötzlich nach vorn. Er drehte den Kopf, angestrengt lauschend. Durch den Schnee wurde ihm das ferne Jaulen eines Packs zugetragen – Präriewölfe lagen irgendwo in der Nähe seines Rudels auf der Lauer, beutelüstern auf alles Lebendige, das sich verirrte oder krank wurde.

Er schreckte mit einem Satz hoch. Dicht vor ihm galoppierten drei Präriewölfe lautlos mit hängender Zunge aus dem Nichts heraus an ihm vorüber und verschwanden.

Banner drehte sich um, tastete sich die Höhe hinunter und gesellte sich wieder zu seinen Stuten. Er nahm sie jetzt zum Wasserloch. Es war eine ungeschützte Stelle, und als er sie um den Berghang herumführte, mußten sie gegen den Sturm angehen. Sie scheuten und drehten um. Der Hengst zwang sie vorwärts. Sie gehorchten widerwillig, dann rochen sie das Wasser, das zog sie weiter, und sie tranken sich satt. Während sie noch dabei waren, erschienen plötzlich Antilopen auf der gegenüberliegenden Seite des Pfuhls, starrten herüber und beugten dann die schlanken Hälse zum Wasserspiegel.

Banner führte seine Stuten zu einem trockenen Bachbett zwischen zwei Bergen, wo sie vorm Winde Schutz fanden, wenn auch keine Nahrung. Bei der Wahl zwischen Hunger und den Geißelhieben des Sturms wußte er, daß sie den Hunger besser ertragen würden. Aber noch immer war die Frage in ihm: Würde es tatsächlich Tage dauern? Oder nur Stunden?

Die Gewalt des Sturmes nahm eher zu als ab. Die schroffen Zinnen der Berge, wo der Fels aus dem Boden ragte, waren kahl, der Schnee wirbelte seitlich vorüber und häufte sich nur tief auf der Windseite.

Schneewehen rollten durch die Bachbetten in die Tiefe – erstarrte Wogen, die sich immer höher häuften. Die Temperatur sank rascher. Wenn der Wind nicht umschlug, würden es in der Nacht fünfzehn Grad unter Null werden. Jetzt noch, am Tage, war der Sturm weiß. In dieser Nacht würde er eine schwarze Raserei und ein sirrendes, gelles Kreischen wie in einem Irrenhause werden.

Der Wind schlug nicht um. Die Dunkelheit kam früh. Das Rudel schloß sich der Wärme wegen dicht zusammen, während in der nächsten Umgebung Präriewölfe sie umkreisten und die Fohlen mit ihrem langgedehnten, zitternden Geheul erschreckten.

Einige Stuten schliefen flach auf der Seite, und alle Fohlen lagen dicht neben ihren Müttern. Der Blizzard tobte über ihnen.

Als der Morgen kam und Banner sie mit Gewalt wieder aus dem Bachbett trieb, um sie in Bewegung und beim Grasen zu halten, wollten zwei Fohlen nicht mehr aufstehen. Als sie jedoch ihre Mütter von sich fortgehen sahen, mühten sie sich ab, fielen wieder um, versuchten es erneut, kamen schwankend auf die Füße, schüttelten sich und folgten langsam.

Ein Fohlen stand wimmernd über dem langhingestreckten Körper einer alten Stute, die seine Mutter war. Banner und die anderen Stuten zogen an ihnen vorüber, als existierten sie überhaupt nicht. Ihr Schicksal war bereits besiegelt. Noch war die Wärme nicht aus dem Körper der Stute entwichen, als schon die Präriewölfe sich über sie hermachten. Das Fohlen schrie gellend und floh, drei Wölfe hinter ihm her. Sie umdrängten es und suchten ihm an die Kehle zu springen. Das Fohlen bäumte sich hoch auf und schlug nach den jappenden Mäulern, aber die Fänge eines großen grauen Wolfs schlossen sich um seine Gurgel, und das Fohlen stürzte nieder – sein letzter Schrei der Todesangst war mitten durchgeschnitten. Die Coyoten rissen der toten Stute den Bauch auf, rissen die Gebärmutter auseinander, fanden die Leibesfrucht, knurrten und balgten sich um diese Delikatesse.

Banner fand eine geschützte Stelle für das Rudel, wo sie weder der Wind direkt traf noch sie allzu tief in den Schneewehen versanken. Ein kleines Pappelgehölz an einem Bachbett fing den Schnee ab. Er übersprang die Bäume, und wo er die Erde berührte, rollte er sich zu einem Brandungswall. Dahinter lag daher ein Fleck, der vor den schlimmsten Stürmen und den schlimmsten Schneewehen geschützt war. Hier wogte der Schnee nur fesseltief als flache, brodelnde Flut.

Die Fohlen hatten es am besten. Warme Milch, wann immer sie wollten, und die wärmende Masse der Körper ihrer Mütter zwischen sich und dem Sturm. Die Kälte empfanden sie beißend, und wenn sie auf der Erde schliefen, begann das Blut dick und langsam durch ihre Adern zu rollen, und sie erwachten frostzitternd.

Viele Male erstieg Banner an diesem zweiten Tage den Gipfel. Eine seiner Fragen hatte eine Antwort gefunden. Es war kein Sturm von Stunden oder einem einzigen Tag, den jedes Rudel Stuten und Fohlen durchstehen konnte, es war ein Blizzard aus dem Osten. Da war aber noch die andere Frage – und um ihrer Beantwortung willen stand er dem Gestüt zugekehrt, daß ihm der Schweif um die Beine peitschte und die Mähne ihm über die Augen geblasen wurde. Er stand auf Wacht, die Augen durch die eisumsäumten Lider geschützt, lauschend auf einen Ton, der nicht das Wimmern und Brüllen des Sturmes war.

Eine kleine Gestalt stand in seiner Nähe, dicht am Gipfelgrat, und blickte zu ihm auf. Auch ohne den alles überstäubenden Schnee makellos weiß, war sie kaum zu erkennen. Banner neigte seinen mächtigen Kopf und blickte hinunter. Der Kobold schaute zurück. Keiner von beiden regte sich. Dann hob Banner wieder den Kopf und blickte in der Richtung auf des Gestüt, ohne von dem Fohlen weiter Notiz zu nehmen.

Kobold war nicht eines der beiden Fohlen gewesen, das in jener ersten Nacht fast erlegen wäre. Er war voller Interesse und Neugier. Er war wißbegierig, was es mit dem Sturm auf sich hatte und mit dem plötzlichen, rätselhaften Verschwinden des Grases unter einer tiefen weißen Decke. Und mit diesem weißen Zeug, das einem gegen den Kopf stieß, die Sicht benahm und in den Ohren heulte. Er öffnete die Schnauze, fühlte die eisigen Flocken auf seiner Zunge schmelzen und kostete sie voller Staunen. Er litt nicht. Er war voller Lebenskraft. In seinen Adern rollte das Blut heiß und rasch, kräftig genug, um es mit jedem Sturm aufzunehmen. Er war heimisch in der freien Welt, bei jedem Wetter.

Vom ersten Tage an war er neugierig gewesen, wenn Banner das Rudel verließ. Er strengte seine Augen an und seine Nüstern, als sei es unbedingt notwendig für ihn, zu erfahren, was der Hengst tat und warum er es tat. Endlich folgte er ihm, um es herauszufinden. Er witterte, lehnte sich ein wenig näher, dann wandte er nachahmend den Kopf hier- und dorthin, suchend, lauschend, merkend, überlegend.

Endlich trottete er davon. Banner beachtete ihn nicht. Das Schimmelfohlen entschwand im Schnee.

Banner wartete; nicht auf einen hörbaren Ton oder ein sichtbares Zeichen, sondern auf eine plötzliche Sicherheit in sich selbst.

Sie kam ihm am Nachmittag um vier Uhr.

Rob und Gus hatten die Raufen mit Heu vollgepackt und sich bis zum Landstraßengatter durchgekämpft und es geöffnet. Rob hatte sein Gesicht der Sattelhöhe zugewandt und dem Winde seinen langgedehnten Ruf in den Rachen geworfen, sinnlos, weil er ihm schon im ersten Moment von den Lippen gerissen wurde, so daß es überhaupt kein Schrei mehr gewesen zu sein schien.

„Ba-a-anner! Bring herein!"

Er rief, weil das Lautwerdenlassen dieses Befehls ihn auch in seinem Innern schärfer konzentrierte. Das tiefe Einverständnis zwischen Mensch und Hengst war es, was in diesem Augenblick Banner von der Tatsache unterrichten würde, daß die Gatter offenstanden, Koppeln und Futterraufen bereit, und daß Rob ihn heimgerufen hatte.

Der weißumhüllte Hengst auf dem Felsengrat fühlte seinen plötzlichen Entschluß. Die Zeit war gekommen. Er sprang mit großen Sätzen den Hang hinunter zu seinen Stuten und störte sie aus ihrer Lethargie auf. Sie bewegten sich vorwärts, aus dem Zufluchtsort in den tiefen Schnee hinaus, schwerfällig und steif von der heftigen Kälte. Banner zwickte und schlug aus. Er trieb Gipsy an, die in diesem Jahr kein Fohlen bekam, seine Favoritin und Leitstute. Sie arbeitete sich aus den Schneewehen heraus, die den Weg versperrten, und warf sich um einen Bergvorsprung. Die anderen folgten jetzt eiliger, da sie die vorwärtstreibende Gewalt des Hengstes spürten. Sie merkten seine Entschlossenheit. Überdies – sie wußten, wohin es ging. Die Fohlen hielten sich dicht an ihrer Seite.

Banner übernahm die Führung, als sie erst einmal richtig unterwegs waren, und die Stuten folgten. Sie befanden sich fast fünf Kilometer östlich der Gestütsgatter. Sie liefen mit dem Wind im Rücken. Ab und zu drehte Banner um, umkreiste das Rudel und trieb es von hinten an, mit gesenktem Kopf schlangengleich über dem Schnee eine krause Spur mit dem Maul ziehend. Die Haare seiner Mähne und des Schweifs waren stolz aufgerichtet, als sei ihnen besondere Lebenskraft eigen.

Die Stuten begannen warm zu werden, als ihr Blut rascher durch die Adern floß. Erregung ergriff die Herde, und sie fanden Kraft genug, zu quieken und mit den Hacken zu schlagen und über die Felsspalten zu springen, die sich plötzlich unter ihren Füßen auftaten.

Was Kobold fehlte, waren die hohen, schlanken Beine und die Geschwindigkeit der anderen Fohlen. Aber als der Befehl zum Aufbruch gegeben worden war, galoppierte er mit wildem Eifer und höchster Lust an Flickas Seite. Es war sein erstes Rennen mit dem Rudel. Die eisige Luft brannte in seinen Lungen. Seine Brust weitete sich. Mit seinen kurzen Beinen mußte er sich mühen, Schritt zu halten. Er konnte mehr jetzt als nur krabbeln – er griff ordentlich mit den Beinen aus in einem tüchtigen Galopp. Eine Stute streifte ihn von der Seite, und er stürzte. Das Rudel donnerte über ihn hinweg; ein mächtiger Körper nach dem anderen hob sich in die Luft, um ihn zu überspringen. Er kämpfte sich wieder auf die Füße und stand. Sie waren vorbei. Er konnte sie weder sehen noch hören, nur den heulenden Wind über seinem Kopf. Zitternd stand er da und rief nach seiner Mutter. Er sah eine weiße Gestalt auf sich zukommen. Da sie gegen den Wind kam, konnte er sie nicht wittern und erkannte sie kaum. Als sie nahe heran war, vernahm er ihre Stimme und wieherte hingerissen Antwort. Sie stürzten nun wieder vorwärts, dem Rudel nach. Noch einmal galoppierte er, so schnell er konnte. Plötzlich öffnete sich eine Klamm zu seinen Füßen. Tapfer sprang er los – seine Füße versanken tief im weichen

Schnee, sein Kopf hinterher. Er traf auf Grund, schlug einen Purzelbaum und lag betäubt, halb im Schnee begraben.

Flicka stellte sich wiehernd über ihn. Sie suchte den Schnee von ihm herunterzuscharren. Das Fohlen bemühte sich unter wildem Strampeln, auf die Beine zu kommen, fand aber keinen Halt. Da entstand hinter ihm eine wirbelnde Bewegung. Es war der Hengst, der durch den Schnee dahergaloppiert kam mit Augen, die wie Feueropale glänzten.

Er stieß seinen Kopf in die Schneewehe, packte Kobold beim Nacken wie eine Katze ihr Junges, hob ihn heraus, schüttelte ihn, setzte ihn nieder und war schon wieder auf und davon mit donnernden Hufen hinter dem Rudel her – er mußte sich noch um anderes kümmern.

Flicka und Kobold galoppierten allein weiter. Sie kamen an einer Stute vorüber, die mitten im Schnee stand, ohne sich zu rühren. Von einem erhobenen Vorderbein baumelte ihr Fuß lose nieder, gebrochen bei einem Fehltritt in ein Dachsloch. Ihr prächtiges kastanienbraunes Fohlen fand noch immer Schutz durch ihren Körper auf der dem Winde abgekehrten Seite. Sie versuchte, auf drei Beinen hoppelnd, Flicka und dem Kobold zu folgen. Dann blieb sie stehen. Sie sahen sie niemals wieder.

Sie passierten die offenen Gatter, rannten über die Stallweide und erreichten die Koppel.

Die ganze Herde fraß an den Krippen in der Scheune und an den Raufen draußen im Freien in der Ostkoppel im Windschatten des Felsens. Auch andere Pferde waren hereingekommen. Jährlinge. Zweijährige. Einige ältere Pferde.

Banner mochte nicht in den Stall hineingehen. Er tat das nie. Rob hielt ihm hinter der windgeschützten Mauer einen Eimer Hafer hin, und der Hengst stand vor ihm mit wogenden Flanken. Der Schnee schmolz von seiner Körperwärme und gefror wieder hier und dort zu Eiszapfen. Er senkte seine Schnauze tief in die wärmespendenden Körner, nahm ordentlich das Maul voll und hob den Kopf wieder heraus, um zu kauen und sich dabei umzublicken und Rob fragend anzuschauen.

*Habe ich das gut gemacht?*

*Gute Arbeit, alter Junge.*

Rob sprach zu ihm. Die vollen dunklen Augen des Hengstes blickten den Mann klug und verstehend an. Das eben war es mit den Menschen – dieser Friede und diese Zuversicht, die sie gaben. Mehr noch: die tiefe, freundlich murmelnde Stimme seines Herrn nahm ihm eine Last ab. Der Hengst legte seine Verantwortung, seine Furcht, seine nie endende Wachsamkeit beiseite und ruhte einmal.

Seine Flanken hoben und senkten sich in einem gewaltigen Aufseufzen. Noch ehe die Dunkelheit fiel, kam ein prächtiges kastanienbraunes Fohlen wimmernd und wiehernd über die Stallweide daher, ohne seine Mutter. Es schob sich zwischen die anderen Stuten. Gierig fraß es an den Futtertrögen. Als Rob es sich näher betrachtete, sah er lange, blutende Fleischwunden an Hinterhand und Schultern. Coyoten! Oder vielleicht auch graue Wölfe! Wo war seine Mutter? Rob suchte umher – nirgends eine Spur von ihr. Er ließ den Schutz der Futterraufen hinter sich und wanderte hinüber zum Zaun gegen die Sattelhöhe hin. Er versuchte, durch den weißen, dichten Schleier zu spähen –; aber die Stute konnte irgendwo dort draußen sein – tot oder lebendig. Nein – nicht lebendig. Sonst wäre das Fohlen nicht von ihrer Seite gewichen. Wölfe.

Es war ein prächtiges kastanienbraunes Fohlen, kräftig und schön gewachsen, fünf Monate alt. Wenn er es drin behielt, geschützt, und fütterte, würde es am Leben bleiben. Wieder mußte eine draufgegangene Stute abgeschrieben werden.

Das Rudel konnte drinbleiben, solange der Sturm anhielt. Dann kam ein Tag, an dem es vielleicht noch nicht einmal aufgehört hatte zu schneien, da kam Rob zu den Ställen und fand sie leer, und wußte nun, daß der Hengst wieder angefangen hatte, sich nach dem Wind und der Weite des Hochlandes zu sehnen und daß er, als es ihm irgend sicher schien, die Stuten wieder mit sich fortgenommen hatte.

Dem eigentlichen Blizzard folgte noch ein Bodenblizzard. Obgleich es zu schneien aufgehört hatte, wurde der feine Pulverschnee anderthalb Meter hoch aufgewirbelt und vom Winde getrieben. Wie leicht ging da noch so manches Leben verloren im weißen Toben.

Endlich legte sich der Sturm, und die Luft wurde still und kristallklar, von einer solchen Frische und Klarheit durchsetzt, daß sie die Lungen wie mit winzigen Nadeln stach.

Herrlich war die Sonne auf der beglänzten Weiße. Herrlich die tiefblaue Schale des Himmels. Die ganze Welt glitzerte und funkelte. Und auf dem Hochland bewegten sich die Stuten zufrieden über den altvertrauten Weidegrund und sagten zu den Fohlen: *Haben wir's nicht gesagt? Es ist vorbei!*

Kobold behielt dieses Wissen im Gedächtnis. Und anderes noch, was er ganz allein herausgefunden hatte. *Wenn die Kälte zu scharf brennt, wenn Tod im Winde droht, nimm den Weg von den Bergen herunter. Gatter stehen geöffnet. Krippen sind voller Heu. Es gibt Obdach und Nahrung und gute Behandlung für alle. Und das Kreischende, Weiße kann dir nicht dorthin folgen.*

### *Sturmwind und Ken entwickeln sich*

Im Laufe seiner Entwicklung wechselte so manches am Aussehen und am Benehmen Kobolds. Er verlor einige Angewohnheiten, nahm gewisse Fohlentalente an.

Aus war es mit dem „Krabbeln", und an seine Stelle trat ein weiter Springtrab, der für Jungfohlen charakteristisch ist, wahrscheinlich weil seine Beine inzwischen um ein paar Zentimeter länger geworden waren.

Er lernte den Ringkampf. Sein Gegner dabei war meist Pfeffer, ein Rappfohlen. Auf einem größeren Stück freien Feldes, wo der Wind den meisten Schnee fortgeblasen hatte, galoppierten sie in entgegengesetzter Richtung auseinander, große Achten beschreibend. Trafen sie sich in der Mitte, so hielten sie kurz inne, bäumten sich auf und schlugen nacheinander. Nun begann ein wundervolles Spiel; man bog sich nach der einen oder anderen Seite, verschränkte die Köpfe, ließ sich dann niedergleiten, fast bis auf die Knie, um den anderen ins Bein zu beißen, wieder hoch auf die Hinterbeine und dem anderen einen Wirbel von Boxhieben versetzt, wobei Mähnen und Schweif – einmal schwarz, einmal weiß – sich immer steifer aufrichteten vor leidenschaftlicher Energie, bis sie wie aufgeschlagene Fächer wehten. Und urplötzlich schnellten dann die beiden jungen Hengste aneinander vorbei und sausten wieder, als sei dies einstudiert wie ein Ballett, mit donnernden Hufen in ihren großen Achten über das Feld.

Kobold lernte zudem vollendet bocken. An den eisigen Morgen, wenn die Sonne leuchtend schien und die Luft anfeuerte und berauschte, rissen sämtliche Fohlen ihren Müttern aus und taten sich zusammen, um zu spielen. Sie rannten einen sanften Hügel empor und über die Kuppe hinweg und kamen jenseits mit wilden Bocksprüngen herunter. Ein paar solcher verspielter Sprünge genügten den meisten Fohlen, doch nicht dem Kobold. Seine Sprünge wurden immer höher, die Beine steifer, die Wendungen seines kräftigen und festen kleinen Körpers schärfer. Ihm schien das zu Kopf zu steigen. Zuletzt war er dann allein noch übrig, wenn das Spiel schon lange vorbei war, und bockte ganz für sich mit einer tollen, ungestümen Begeisterung.

Als im Dezember die Frühjahrsfohlen entwöhnt und auf dem Gestüt behalten wurden, um sie halfterzahm zu machen und an Hafer zu gewöhnen, ließ man Kobold noch draußen. Da gab es kein Boxen und Ringen mehr, weil er keinen Spielgefährten hatte, und wenn er es bei Banner versuchte, sich vor ihm aufbäumte und mit den Hufen drohte, graste der mächtige Hengst ruhig weiter, ohne Notiz von ihm zu nehmen.

Kobold spielte allein. Er raste über die Hügelketten, donnerte seine Achten, stieg hoch, übte Schattenboxen, senkte den Kopf und bockte, machte sich kurz und dick, klappte sich auseinander, lief Spiralen. Er hatte ein ganzes Repertoire.

Dreimal vor Ablauf seiner sechsmonatigen Saugfohlenzeit jagte ihn Banner mit dem ganzen Rudel hinunter aufs Gestüt, denn nicht ein Monat verging ohne Schneesturm. Kobold wurde der Weg so vertraut, daß er sich an die Spitze vorzudrängeln versuchte, und nur weil er nicht schnell genug war, schaffte er es nicht.

Eines Tages, nach einem heftigen Schneesturm, durfte er nicht mehr auf die Sattelhöhe zurück. Er sollte entwöhnt werden.

Die Raserei des Windes ließ nach und fegte nur noch gelegentlich einen wirbelnden Schneekegel in die Luft. Warm eingehüllt in seinen blauen Skianzug mit Mütze, stand Ken McLaughlin auf der

Stallkoppel und hielt Flicka am Halfter. Er war zu einem der ihm zustehenden winterlichen Wochenendurlaube heimgerufen worden, um dabei sein zu können, wenn Kobold entwöhnt wurde.

Auf der Koppel lag der Schnee noch einen Fuß hoch, wenn auch von dem ständigen Umherlaufen der Zuchtstuten zu Matsch zertrampelt. Zwei Tage lang waren sie durch die Stalltüren hinein- und herausgelaufen, hin und her durch die Koppelgatter; sie konnten gehen, wenn sie wollten, konnten aber auch bleiben und sich mit Heu und Hafer vollfressen.

Kens Gesicht, blaß von der winterlichen Stubenluft und der Kälte, war erfüllt von seiner stillen Liebe zu Flicka. Er sah ihr in die Augen und ordnete ihr Stirnhaar zärtlich. Sein schmaler, empfindsamer Mund war leicht geöffnet.

Flickas goldenes Fell war dunkler geworden in der Kälte. Als Ken seine Hand unterhalb der dichten blonden Mähne über ihren Nacken gleiten ließ, spürte er das Fell dick wie einen Pelz. Ihre Brust war breit und kräftig. Ihre weiten Nüstern blähten sich beim Atmen. Und ihre Beine ... Oh, warum konnte nur Kobold nicht diese langen, schlanken Beine eines Renners haben?

Flicka trug wieder ein Fohlen.

So neben ihrem jungen Herrn stehend, schenkte sie ihm dabei gar keine Aufmerksamkeit. Sie blickte über seinen Kopf hinweg nach dem Anger, die Ohren scharf nach vorn gespitzt. Ab und zu erschütterte ein angstvolles Wiehern ihren ganzen Körper. In jener Richtung hatte man sie vor ein paar Minuten geführt, Kobold dicht hinter ihr. Dann hatte man sie hierher zurückgebracht – ohne ihn. Er war dort drüben, mit all den anderen Fohlen in eine Koppel gesperrt, die sich an den großen Kuhstall hinter dem Anger anschloß. Wieder stieß sie ein heftiges Wiehern aus, das mit einer Reihe kurzer stöhnender Laute endete. Ken tätschelte ihre Backen und sprach zu ihr. „Mach dir keine Sorgen, Flicka – du wirst das sehr bald schon gar nicht mehr schlimm finden – du wirst doch ein neues Baby haben – und es ist besser für dich, wenn du ihn nicht mehr nährst – du bist zu dünn geworden. Ich kann deine Rippen richtig fühlen unter deinem Pelz."

Zwischen dem Wunsche, bei seiner Stute zu bleiben und sie zu trösten, und dem Verlangen nach Kobold fühlte sich Ken hin- und hergerissen. Er blieb bei der Stute.

Banner war durch das Landstraßengatter hinausgewandert. Augenscheinlich hatte er schon wieder genug von Häuslichkeit. Er begann seine Stuten zu rufen und zusammenzutreiben. Das Licht des späten Nachmittags verglomm, und der Vollmond, der nichts als eine durchsichtige Nebelkugel gewesen war, wandelte sich zu glänzendem Silber.

Als die Letzte aus dem Rudel Banner gefolgt war, führte Ken seine Stute in den Stall, füllte ihren Futtertrog mit Hafer und ging davon, sorgfältig die Tür hinter sich schließend.

Dann brach er in einen wilden Lauf aus, sauste den Hohlweg entlang, über den Anger hinweg, daß ihm die Röte das Gesicht überflammte und die Augen dunkel vor Erregung wurden. *Jetzt zu Kobold! Jetzt zu seinem Rennpferd!* Jetzt – endlich ...

Als er das Gatter zur Fohlenkoppel aufriß, hob sein Vater die Hand, und Ken bewegte sich vorsichtig näher. Die letzte Viertelstunde war für den Kobold voll der Schrecken gewesen. In der Aufregung über die Begegnung mit seinen alten Freunden und dem Kennenlernen dieses neuen Ortes war ihm zunächst gar nicht klargeworden, daß er von seiner Mutter getrennt worden war. Dann hörte er ihr angstvolles Gewieher. Das riß ihn herum und ließ ihn losrennen, zu ihr. Der anderthalb Meter hohe Zaun stoppte ihn. Das Gatter war geschlossen. Er war eingesperrt.

Er raste die Umzäunung entlang auf der Suche nach einem Ausgang. Seine Gefühle waren gänzlich durcheinander geraten. Da drängten sich die Fohlen um ihn; Pfeffer, der starke Rappe, bäumte sich vor ihm und wollte gern spielen. Ein seltsamer, aufreizender Geruch kam von dem langen Futtertrog in der Mitte, er hätte das gern untersucht. Aber er war noch zornig. Er wußte nicht, was er tun sollte.

Beim Anblick seines Kobolds begann Ken das Herz zu klopfen. Welche Veränderung! Das Fohlen war überall gewachsen, so daß es noch immer wie ein ausgewachsenes Pferd geformt war – höchst wunderlich. Aber nicht zu übersehen war die Kraft in ihm. Ein rasch abschätzender Vergleich mit den anderen zeigte Ken, daß er ebenso groß wie das Größte und Älteste unter jenen war. In sechs Monaten hatte er sie eingeholt.

Ken schritt langsam in die Mitte der Koppel, hatte die Hand vorgestreckt und rief das Fohlen bei seinem Namen. Kobold hörte mit dem Umherrennen auf und schaute zu Ken hinüber. Der dicke Kopf des Fohlens langte nach vorn, seine Füße hatte er eigensinnig gegen den Boden gepflanzt, seine Zähne erschienen unter den schwarzen Lippen, und der weiße Ring um die Augen war zu sehen. Ken rief ihn wieder.

Von unersättlicher Neugier getrieben, näherte sich der Kobold dem Jungen mit aller Vorsicht, weil er sich unbedingt Gewißheit über dieses kleine menschliche Wesen verschaffen mußte, das nicht viel größer war als er und bei dessen Anblick irgend etwas in ihm anklang. Sein Maul reckte sich nach vorn. Sein Körper hielt sich zurück. Er schnüffelte einmal – gleichzeitig hob Ken die Hand, um seine Nase zu tätscheln. Das Fohlen ließ die Ohren zurückfliegen – es warf sich herum und schlug aus. Ken duckte sich.

„Beinahe!" lachte Rob. „Fix muß man sein bei diesem Burschen!"

„Oh! Wie der gewachsen ist", strahlte Ken bewundernd. „Größer als irgendeiner der anderen, was, Papa?" – „Er ist ein Mordskerl."

Kobold raste am Zaun entlang. Eine wilde Wut stieg in ihm auf, daß es keinen Weg heraus gab. In der anderen Koppel, zu der sie bei Schneesturm von der Bergweide heruntergekommen waren, standen die Türen immer offen. Dort waren sie aus freien Stücken. Selbst wenn sie sich in die Futterscheune drängten, war das ein anderes Gefühl gewesen.

Er begann zu bocken. Das war kein Bocken aus Vergnügen. Das war Protest, war absoluter Kampf. Er ging sein ganzes Repertoire durch. Die anderen Fohlen gingen ihm aus dem Wege, und Rob und Gus zogen sich an die Umzäunung zurück.

„O jemine noch mal!“ rief Gus. „Seh einer das Fohlen bocken!“

Der Kobold verknotete seine Glieder; die Nase und alle vier Beine dicht zusammen, stieß er sich steif vom Boden ab fast einen Meter in die Luft.

„Das ist noch der Wildling in ihm“, sagte Rob ärgerlich; „aus dem wird nie ein Rennpferd werden, wenn er sich das nicht abgewöhnt.“

Rennpferd! Das Wort durchlief Ken wie Feuer. Glaubte sein Vater also dann wirklich das gleiche, was er glaubte?

Gus schritt die Futterrinne entlang und schüttete Hafer aus einem Eimer hinein. Die anderen Fohlen drängten sich um ihn, schubsten sich gegenseitig weg, versenkten die Nasen tief in den Trog.

Robs scharfe Stimme schwoll an, als er sie zurechtwies. Er schätzte anständiges Betragen bei seinen Pferden. „He, ihr Burschen! Laßt das gefälligst!“

Bei diesem Klang hörte Kobold mit seinem Bocken auf, schaute sich um, schüttelte sich, und dann, als ihm klar wurde, daß ihm da was entging, stürzte er zum Futtertrog. Er zwängte sich durch die Schar unter Beißen und Puffen, steckte seine Nase hinein und raffte ein Maul voll Hafer. Dann wirbelte er wieder zurück zum Zaun und stand dort malmend und dachte über alles nach.

An diesem Abend, als die ungeheure Weite der Schneeflächen sich unter dem hellen Mondschein dehnte, ritt Ken auf Flickas bloßem Rücken die Sattelhöhe hinauf und auf dem Kamm entlang, auf der Suche nach den Zuchtstuten.

Er ritt langsam, damit es recht lange dauern sollte. Er hatte seinem Vater ein Schnippchen geschlagen. Er hatte Flicka im Stall behalten, statt sie mit Banner gehen zu lassen, nur damit er am Abend allein mit ihr nachreiten durfte und auf Skiern zurückfahren. Er hatte Rob nichts vormachen können. Der blickte seinen Sohn sehr scharf an, bis Ken die Augen niederschlug; aber schließlich hatte er gesagt, er könne gehen.

Weit hinten auf dem Grat fand Ken die Stuten, tintenschwarze Schatten gegen die Weiße.

Banner kam angestürmt nach Flicka. Ken ließ die Skier auf den Boden fallen, sprang ab und streifte ihr das Zaumzeug herunter.

Irgendein Wissen von weiterer und endgültiger Trennung von ihrem Fohlen überkam Flicka, sie wieherte wild und suchte vor dem Hengst davonzulaufen. Ken sah sie umherjagen. Dies Kreisen, Ausweichen, dieses Rennen Seite an Seite. Es endete, wie solche Jagden immer endeten. Banner trieb die Stute erbarmungslos, wohin er wollte, und die beiden dunklen Gestalten verschmolzen mit dem Rudel der Zuchtstuten. Ein letztes verzweifeltes Wiehern schallte längs des Höhenkamms zu Ken herüber.

Unfähig, sich zu rühren, stand der Knabe da und blickte um sich. Es war das alles etwas zuviel für ihn – die schneebedeckte Welt zu endlos, die Stille zu unverändert, die Einsamkeit zu schrecklich. Für einen Augenblick löste sich sein ungewöhnlich geschärftes Wahrnehmungsvermögen von ihm, so daß er sich selber plötzlich stehen sah: eine kleine, verlorene, dunkle Gestalt inmitten endloser Weiße.

Er fühlte Dinge auf sich eindringen, die über sein Begriffsvermögen hinausgingen – große Dinge. Seine Zukunft als Mann. Frauen und Liebe. Tod. Es traf ihn so scharf, daß er vor Schmerz hätte weinen mögen und zum Mond aufblickte, um die heißen Tränen in seinen Augen fortblinzeln zu können. Solch überstürztes Reifen entzündete in ihm ein Erwachsensein, das er noch nicht zu ertragen vermochte. Es gibt immer einen ersten Augenblick des Sichbewußtwerdens ...

In seiner Angst und Hilflosigkeit tauchte vor ihm das Bild seiner Mutter auf. Ihr Lächeln, die heiteren, gelassenen Veilchenaugen, das Gefühl ihrer Hand auf seinem Scheitel, die Art, wie sie ihn jetzt ansehen würde, verstehend, in seinem Innern lesend. Es bedurfte nur eines plötzlichen, weitentfernten Wolfsgeheuls – das Jagdgeheul, endlos langgezogen und melancholisch –, um sein Herz ein paar flatternde, rasche Schläge tun zu lassen.

Seine Skier – er schnallte sie sich an die Füße. Mit ein paar Stößen kam er in Fahrt. Wenn er den Hang im rechten Winkel nahm, ging es ununterbrochen abwärts. Seine Geschwindigkeit nahm zu. Die eisige Luft brannte ihm Wangen und Augen, dröhnte in seinen Ohren und fetzte seine Überlegungen in Stücke. Tod und Schrecken – Nell – das Wolfsgeheul – das drehte sich in seinem Kopfe rund wie ein Karussell! *Joho, das war ein Vergnügen* – schneller und noch schneller! Aufpassen da auf den dicken Stein – hei!

In einer wilden Begeisterung riß er den Mund auf, und ein langer triumphierender Schrei zog hinter ihm her mit den beiden hochaufsprühenden mondsilbernen Schneefontänen seiner Spur.

Weit hinter ihm stand Flicka regungslos unter den dunklen Gestalten mit umgewandtem Kopf, als wache sie noch immer über ein weißes Fohlen, das nicht mehr da war.

## *Wo bloß der Albino steckt?*

Nur eine einzige Nacht brauchte Kobold, um zu erfassen, daß etwas von äußerster Wichtigkeit in sein Leben gekommen war.

Hafer.

Das war eine Erfahrung, die ihn zutiefst berührte. Welche Unabhängigkeit! Nicht notwendig mehr, bettelnd hinter seiner Mutter herzurennen! Nicht notwendig, im Schnee zu scharren und zu kratzen um ein paar Bissen trockenen Grases! Hier war die magenfüllende Wärme und Kraft und Köstlichkeit in die lange Futterrinne in der Koppel geschüttet worden, gestern abend einmal und heute morgen wieder. Welch merkwürdiger, fremder, alles in allem verführerischer Geschmack! Er kaute und mahlte voll Entzücken, und wenn irgendeins der Fohlen ihn anstieß, war er rasch und bösartig mit seinen Zähnen.

Eine Seilschlinge fiel weich und überraschend über seinen Kopf, zog sich zusammen und riß an ihm. Er reagierte wie eine explodierende Bombe.

Die Jungen hatten ihn zwar im Herbst halfterzahm gemacht, aber seitdem waren der Stolz und das Königtum der Berge, die Freiheit des Windes und der Atem der Weite wie die Gewalt des Sturmes in ihn eingegangen. Sein Charakter war gewachsen und ausgeglüht. Nichts von zahmem Gebundensein und Umhergeführt werden für ihn! Jetzt galt es Kampf.

Zwei Stunden später meinte Rob, der verschwitzt und hutlos seine Rechte behandelte, in die das darumgeschlungene Seil tief eingeschnitten hatte: „Ich glaube, er hat nun seine Lektion weg. Lassen wir ihn jetzt, damit er richtig darüber nachdenken kann. Ein Glück, daß es so abgegangen ist, ohne ihn umzubringen. Mein Gott! Was für eine Kraft!"

Sie standen alle in der Koppel, Rob und Nell, Gus und Ken. Der Kobold, endlich erschöpft und den Halfter duldend, wenn auch noch immer nicht los von Sattelpfosten und Halfterstrick, atmete keuchend und schüttelte hin und wieder den Kopf, um sich vom Halfter und dem nachschleppenden Seil zu befreien.

Plötzlich stieg er noch einmal hoch und schlug mit den Vorderhufen gegen seine Backen.

„Ah!" sprang ein Aufschrei über Robs Lippen.

Das Fohlen hatte seinen Vorderfuß im Backenstück des Halfters verfangen und konnte nicht wieder heraus. Ken wollte hinrennen.

„Bleib stehen", herrschte Rob ihn an. „Wenn er jetzt hochgeht und sich überschlägt, bricht er sich todsicher das Bein."

Ken stöhnte. Das Fohlen, auf seinen drei Beinen stehend, überlief ein Zucken, und es schnaubte.

„Aber ich muß es ihm doch 'rausmachen, Papa!"

„Wenn einer von uns auch nur einen Schritt auf ihn zu macht, wird er hochgehen und stürzen."

Rob sprach zu dem Fohlen. Die tiefe, zwingende Stimme, die ausgestreckte Hand hatten keine Wirkung. Kobolds Augen rollten von einem seiner Peiniger zum andern. Nell und Ken riefen ihn ebenfalls, schmeichelnd und beruhigend, ihm die Hand entgegenstreckend.

„Eine Menge Verstand", murmelte Rob. „Seht euch das an. Er denkt nach. Er weiß, daß ihm jemand helfen muß."

Nur die Augen des Fohlens verrieten seinen Schrecken. Es blickte Rob an, Gus, Nell und Ken. Dann begann es vorsichtig auf drei Beinen quer über die Koppel zu humpeln, auf Nell zu. Bei jedem Auf und Nieder seines Körpers wurde sein Kopf heruntergezerrt. Hilflos baumelte sein Vorderfuß dicht vor seinen Augen.

„Komm, mein Junge – komm, Kobold – ich bringe dir das in Ordnung . . .“ lockte Nell ermutigend. Rob und Ken hielten den Atem an. Bei ihr angekommen blieb das Fohlen stehen, senkte den Kopf und duldete es zitternd, daß Nell seinen Vorderfuß in die Hand nahm. Sie mußte das Halfter aufschnallen. Als das Fohlen die plötzliche Befreiung spürte und sein Fuß wieder den festen Boden berührte, stand es mit bebenden Flanken, und der Schaum tropfte ihm aus dem Maul. Nell legte ihm ihre Hände an beide Seiten seines Schädels. Wie schon einmal früher, lehnte es den Kopf gegen ihre Schulter, so daß sein Gesicht im Dunkel lag, ausruhend und getröstet.

„Gehen wir“, sagte Rob zu Ken. „Alles andere macht sie. Er hat sie anerkannt.“

Eine ganze Stunde beschäftigte sich Nell mit dem Fohlen. Sie zog ihm den Halfter über und nahm ihn wieder ab. Sie rieb ihn mit einem Sack trocken. Alles, was er früher einmal gelernt hatte, kam ihm wieder zurück. Er schenkte ihr sein Vertrauen, fraß aus ihrer Hand, blickte ihr in die Augen. Sie war das Gute. Wie der Hafer. Wie Obdach. Wie Wärme. Sie war für ihn da. Sie war seine Mutter.

Beim Abendessen, kurz ehe man Ken wieder zur Schule zurückfahren mußte, fragte er seinen Vater: „Meinst du, daß er jemals besonders groß wird?“

„Ich denke schon. Dieser Albino muß fast einsachtzig hoch gewesen sein – ein Traum von einem Pferd. Und Kobold schlägt ja auf ihn zurück. Wahrscheinlich dürfte er sich genauso entwickeln. Der Albino mag auch mit so kurzen Beinen angefangen haben.“

„Ja dann – wenn er so groß wird, kann er also vielleicht doch zum Schluß noch ein Rennpferd werden.“

Rob blickte mit seinen ernsten blauen Augen auf seinen kleinen Sohn hinunter. „Zähl du mal deine Küken nicht, bevor sie ausgebrütet sind.“

Ken schlug die Augen nieder. „Nein, Sir.“

Nell schickte einen schrägen Blick über den Tisch zu Rob. Wenn er wüßte, was *sie* über den Kobold geträumt hatte! Doch er paffte nachdenklich seine Pfeife, ohne sie anzusehen. „Ich habe darüber nachgedacht: Diese drei Hengste da, die Kobolds unmittelbare Ahnen sind. Appalachian. Banner. Albino. Was für ein Blut. Persönlichkeiten. Pferdeverstand. Willen –! Und was mag es vor diesen dreien noch für außerordentliche Individualitäten gegeben haben, von denen wir nichts wissen! Der Kobold hat von ihnen allen geerbt. Das hat er heute bewiesen. Vorherrschend scheint bei allem der Albino zu sein. Sein Erbe überwiegt das der andern, in Farbe und Typ jedenfalls. Erbmasse ist ein faszinierendes Mysterium. Allein durch die ganz bestimmten ererbten Einzelzüge, die sich für Kobolds Entstehen zusammengefunden haben, durch nichts anderes konnte er genau das werden, was er ist.“

Nell begann den Verdacht zu hegen, daß auch Rob unausgebrütete Küken gezählt hatte. Er stand auf und lief unruhig im Zimmer auf und ab.

„Bei Gott!“ explodierte er plötzlich. „Dieser Albino interessiert mich schon! Ich möchte bloß wissen, wo er steckt!“

Ken hörte zu essen auf und sah seinen Vater groß an.

Rob setzte sich wieder und blickte vor sich hin, die Pfeife in der Hand. „Pferde, weißt du, sind nämlich die klügsten Haustiere, die es gibt, das ist durch Untersuchungen erwiesen. Sie denken und überlegen. Wenn man nun noch ihre Klugheit und ihren Instinkt hinzunimmt, ergibt sich ein Maß an Befähigung, das nahezu übernatürlich zu sein scheint. Sie handeln manchmal mit einer an Wunder grenzenden Weisheit, als seien wirklich Wunderkräfte ihnen eigen. Es ist zuweilen offenkundig, daß sie Dinge wissen, die wir nie wissen könnten – Dinge, die sich in großer Entfernung von ihnen abspielen. Unter diesen Umständen – und noch dazu in Anbetracht der außergewöhnlichen Persönlichkeit, die dieser Albino doch war –, was ließe sich von ihm erwarten? Ich kann mir nicht denken, daß er seine Niederlage und den entehrenden Verlust seiner Stuten untätig hinnehmen würde. Wahrscheinlich treibt er sich immer noch irgendwo in der Gegend 'rum.“ Rob wies mit seiner Pfeife in südlicher Richtung. „Vielleicht dort hinten in den Buckhornbergen. Es sind ja Hunderte von Meilen offenes Gelände zwischen unserem Gestüt und der Colorado-Grenze, nicht?“

„Aber würde ihn dann nicht irgend jemand einmal gesehen haben, Papa? Und von ihm gesprochen haben?“

„Tausende von Pferden könnten sich in den Bergen dort verstecken und würden nie von einer menschlichen Seele erblickt werden. Sie steigen zuweilen bis auf über viertausend Meter an – manche dieser Hochplateaus. Und wer zum Teufel sollte da wohl hinaufkraxeln? Ein paar Leute, die Erze oder Gold suchen. Aber sonst? Wege gibt es nicht. Wenn die Flüsse gefroren sind, kann man vielleicht ein Stück vorwärts kommen, aber wenn es im Frühjahr taut und das Eis bricht, dann kommen die Wasserfluten hochaufschwellend durch die Schluchten heruntergestürzt, und alles wird unpassierbar.“

„Sind denn aber gar keine Farmen mehr dort hinauf, keine Viehzüchter etwa?“

„Nein. Das ist alles staatlicher Grund und Boden. Nahezu die Hälfte von Colorado und den anderen Rocky-Mountains-Staaten ist noch niemals angefaßt worden. Die Regierung hält die Hand darüber; sie gibt nicht mal mehr Holzkonzessionen aus, weil das die Berge ihrer Wälder berauben und sie als Wasserscheide unbrauchbar machen würde. Überdies ist mit dem Lande auch gar nichts anzufangen. Zumeist sind noch nicht einmal Pioniere bis in diese Gegenden vorgedrungen. Es gibt Berge dort und Täler, Gipfelschroffen und Flüsse, die kein menschliches Auge je erblickt hat.“

„Was sollte der Albino denn dort machen?“ fragte Ken mit verwundert aufgerissenen Augen.

„Was jeder Hengst macht“, erwiderte Rob trocken. „Und was das ist, solltest du inzwischen ja wohl selber wissen.“

Ken kehrte in die Schule zurück, und der Kobold gewöhnte sich an sein neues Leben.

Da war vieles, worein er sich fügen mußte. Obgleich er seine Mutter und seinen Ahnherrn losgeworden war, war doch, genau wie bei jungen Menschenwesen, eine Kinderfrau als Autorität eingesetzt worden. Es war dies ein großer scheckiger Wallach, Calico genannt, der eine geborene „Oma" war.

Calico führte die Fohlen morgens und abends zur Tränke. Calico brachte ihnen bei, daß sie zu Rob hinlaufen mußten, wenn die Pfeife schrillte, und daß es dann immer etwas Gutes gab. Calico brachte ihnen Manieren bei, brachte ihnen bei, nicht so wild zu sein, nicht wegzulaufen. Nicht gegen den Stacheldraht anzugehen. Brachte ihnen bei, daß das Gestüt mit seinem Haus, den Koppeln und Ställen ihr Zuhause war. Brachte ihnen bei, stillzustehen, wenn sie gestriegelt und geputzt wurden, ihre Schweife und Mähnen gekämmt und glattgestrichen, ihre Hufe einer nach dem andern gehoben und behandelt wurden.

Viel davon ging nicht gerade leicht bei Kobold, aber da war ja immer noch Nell, sein Trost. Kobold ging immer sehr langsam auf sie zu, sie unentwegt anblickend, mit gespitzten Ohren und sehr gesetzt. In Reichweite ihrer Hand angekommen, blieb er stehen und sah sie an.

Es sah aus, als ob ein schüchterner junger Mann sich der Dame seiner Wahl zum Geschenk darbrächte – wortlos, durch seine Gegenwart allein, seinen demütigen, hingegebenen Blick alles sagend, was zu sagen ist.

Aber trotz des Hafers und des schirmenden Daches, trotz Pflege und lustiger Gesellschaft, was alles Pfunde zu seinem Körper, Kraft in seine Muskeln und Zentimeter zu seiner Höhe fügte, hatte der Kobold ein nagendes Verlangen nach Freiheit. Oft stand er am südlichen Zaun der Weide, den hocherhobenen Kopf über das Geländer streckend, die Ohren nach der Richtung der Sattelhöhe gespitzt. Plötzlich ging ein zuckender Schauder durch seinen ganzen Körper, er wirbelte herum, trabte vom Zaun fort, im Bogen wieder zurück und stand dann wieder verlangend da, einen Schrei verzweifelter Sehnsucht ausstoßend.

Im Spätwinter waren nicht allein die Tiere und Menschen, sondern die Erde selbst war krank vor Sehnsucht nach Frühling und grünem Gras.

Die Farmer von Wyoming sprachen es immer so aus, als schriebe es sich in einem einzigen Wort.

„Hast du noch genug Futter bis zum Grüngras?" – „Mächtig 'runter das Vieh – sieht aus, als könnt' es kaum noch bis zum Grüngras durchhalten." – „Diesmal kann ich das Grüngras kaum erwarten. Bin richtig krank danach."

Anfang Mai kam dann der letzte große Schneesturm, der auf die tote braune Erde fiel. In dieser Hülle aus Schnee mußte eine magische mütterliche Wärme stecken, denn wenn die Sonne sie herunterschälte, war die Welt plötzlich grün. Smaragdgrüner Rasen, so weit das Auge reichte.

Nell fand einen ganzen Zug Meisen erstarrt auf dem Boden des Schuppens liegen. Sie sammelte sie auf und trug sie in Körben in ihre Küche. Als die Wärme sie auftaute, begannen sie mit den Flügeln zu flattern, sich aufzusetzen und schließlich durch die offenstehenden Türen und Fenster davonzufliegen. Eine einzige vermochte den Weg nicht zu finden und stürzte sich aus einer Ecke in die andere, verfolgt von Rob, der sie mit aufmunternden Rufen auf den richtigen Weg zu bringen versuchte. Endlich hatte sie die Tür gefunden und schoß in einem wunderbaren bogenförmigen Sturzflug wie ein Dolch aus blauem Stahl ins Freie. Nach wenigen Sekunden sammelten sich die Vögel über dem Anger und verschwanden dann in dichtem Zuge über die gegenüberliegende Felsklippe.

Der lärmende Bergregenpfeifer mit den schwarzweißen Balkenstreifen auf Kopf und Brust rannte mit seinen gelben Stelzbeinen flirrend über die Wege oder segelte mit schrägen Flügeln im leichten Wind über den Wiesen und schrie: „Kiewitt! Kiewitt!"

Die dicken weißen Sommerwolken schoben sich vom Horizont herauf, dunkle, fließende Schatten auf die Fluren werfend.

Antilopen wanderten eine hinter der andern aufgereiht zum Wasserloch oder standen in kleinen Gruppen auf der Prärie, die feinen Köpfe fragend gehoben. Sie sahen wie zierliche Porzellanfiguren aus, die eine Dame in ihrem Wohnzimmer auf grüner Unterlage auf ein Tischchen gestellt haben könnte.

Und Pauly stellte sich vor Nell hin, die in ihrem Armsessel beim Strümpfestopfen war, und verlangte allen Ernstes die Erlaubnis, ihre Kinder in Nells Schoß zur Welt bringen zu dürfen, und als ihr dies verweigert wurde, kroch sie in den Lumpenkorb neben dem Stuhl und machte die Sache dort ab.

Für die Fohlen aber bedeutete das Grüngras, daß sie die Schule hinter sich hatten. Los waren sie ihr Kindermädchen, die Striegelbürsten und Halfter und Leinen, und wieder wurden sie auf die Sattelhöhe gebracht. Aber diesmal waren *sie* die Jährlinge, und die Schar der Jährlinge vom vorigen Jahr waren nun Zweijährige.

Banner und seine Zuchtstuten waren nicht mehr auf dem Hochplateau. Am ersten April hatte Rob sie in eine umfriedete Wiese unterhalb des Burgfelsens gebracht. Hier waren die trächtigen Stuten und ein möglicherweise zu früh auf die Welt kommendes Fohlen nicht so ungeschützt. Die späten Frühlingsunwetter waren gefährlich für die Neugeborenen. Überdies würde Banner mit der herannahenden Deckperiode nach neuen Stuten Ausschau halten, und oben auf der Sattelhöhe waren junge Stuten, seine Töchter, die in diesem Frühling rossig werden würden. Der Hengst würde sie selbst aus sieben oder acht Kilometer Entfernung aufspüren und – wenn er nicht eingefriedet war – in sein Rudel zwingen. Möglich auch, daß er dabei mit einem Junghengst kämpfen oder ihn gar töten könnte –. Im äußersten Winkel am Grunde der Wiese war eine prächtige, durch ein kleines Pappelwäldchen geschützte Stelle. Mittendurch rann ein Bach, und es gab dort noch immer eine Menge vorjähriges Gras, das nach dem Schnitt gewachsen war. Der Burgfelsen, ein hochgetürmter Felshaufen, groß wie ein Gasthof, überhing das untere Ende der Wiese wie ein Wachtposten.

Kobold kostete sein erstes Grüngras. Vorüber war die Kinderzeit. Er hatte keine Mutter, brauchte keine mehr. Er brauchte nicht einmal einen Trog voll Hafer und menschliche Pflege. Die ganze Erde unter seinen Füßen war köstlich und gehörte ihm. Und zum ersten Male in seinem Leben war er tatsächlich und vollständig frei – nicht mal eine scheckige Oma war da, die Gehorsam von ihm verlangte.

Nirgends sonst auf den weiten Bergflächen sieht man solche Geschwindigkeiten wie bei den Jährlingen, wenn sie über Schroffen und Risse wie Hirsche dahinfliegen; nirgends solch wildes, hemmungsloses Possentreiben; nirgends ein solches Hinschleudern der kleinen Körper über Schluchten, solch tolles Geradeausrennen, solches Hochwerfen der Köpfe, solch tanzende Hufe. Ein Jährling hat noch wenig Gewicht zu tragen. Er besteht aus nichts als hohen, kolbenähnlichen Beinen, zottigem Fell und großen nervösen Augen. Er lernt, alle natürlichen Hindernisse zu nehmen, er lernt den freien Galopp einen steilen Berghang hinunter, lernt, seinen Weg auch in höchster Geschwindigkeit sicher über steinigen Boden mit Unterholz und Dachslöchern zu finden. Er muß ständig sich selbst überbieten, Schwierigkeiten meistern, die er früher nie gekannt hat. Und so beginnt die Entwicklung seiner Brust- und Schenkelmuskeln, seiner Ausdauer, seines Mutes.

Für den Kobold war es mehr als nur der Spaß und die Freiheit, über das Grüngras der Sattelhöhe galoppieren zu können. Mit dem ersten Atemzug allein dort oben auf einer Höhe, von der man den ganzen Süden überschauen konnte, sog er eine ganz neue Persönlichkeit in sich ein, und es war dies ein so erregendes Gefühl, daß es seinen Körper schneidend durchzuckte. Bis zum Bersten erfüllte es ihn mit Hitze, Kraft und Feuer. Es trieb ihn vorwärts. Er begann die Höhe zu erforschen. Der Kobold krabbelte nicht mehr. Seine Beine streckten sich mit machtvollem Griff. Die Fesseln knickten ein wenig bei jedem Schritt, so daß er wie auf Sprungfedern dahinflog. Unermüdlich trabte er auf der Sattelhöhe entlang.

Jetzt kam auch Bewegung in das Gras. Wellen wie Seidenmoiré flossen darüber hin, seit die Halme lang genug geworden waren, um sich mit dem Winde zu biegen und umzuspringen. Dazwischen steckten Unmengen von Kaninchen, braungrau jetzt, seit sie den weißen Pelz wieder abgelegt hatten. Sie verbargen sich in ihren Höhlengängen oder zwischen den Felsen, vor denen sie ganz unsichtbar waren, und bei der geringsten Unruhe schossen sie davon, daß ihre Riesensprünge sie über das hohe Gras wie kleine Känguruhs trugen.

Kobold erkletterte die Gipfel, um dort zu stehen, wie Banner so oft gestanden hatte, mit bebenden Nüstern jeden Geruch witternd, seine Ohren aufmerksam gespitzt, um Laute aus meilenweiter Ferne aufzufangen.

Wenn er dem Gestüt das Gesicht zukehrte, wie Banner das zu tun pflegte, durchrann Kobold das gleiche Zittern bei seinem Anblick und Geruch. Das galt Nell. Die Erinnerung an ihre Hände, die ihn berührten, vorsichtig den Riemen von seinem Vorfuß lösten, ihn mit ihrer Stimme beruhigend – und dann, als alles vorbei war, wie er dann Ruhe gefunden hatte, das Gesicht gegen sie gepreßt, alle Verwirrung und Angst vor sich verschließend, die Art, wie sie nur dagewesen war und ihn hielt, hatte für diesen Augenblick all seinem Ringen und heftigen Kämpfen ein Ende gemacht.

Nell und der Hafer. Nell und der Hafer und das Gestüt und die Heuraufen, wo er Obdach und Nahrung in winterlichen Stürmen gefunden hatte.

Da gehörte sein Herz hin – zur Hälfte. Die andere Hälfte ...

Sein Zucken hörte auf. Er wandte sich um und suchte die Hügelketten und hohen Berge im Süden mit dem Blick. Seine Nüstern weiteten sich, zitternd vor Verlangen nach Botschaften der Winde von Colorado, von den Zackengipfeln der Buckhornberge, von den Hochebenen, die hinter ihnen lagen.

Er senkte den Kopf und scharrte mit den Hufen die Erde. Er begann im Kreise zu laufen, die tiefhängende Nase über dem Boden schlängeln lassend. Dann brach er wieder seitlich aus und kletterte erneut auf jenen höchsten Gipfel, auf dem Banner immer stand, ein kleines weißes Fohlen zu seinen Füßen, das zu ihm aufsah.

Er blickte zum Gestüt, und sofort begann wieder das Zittern. Ein langgezogener Ruf erreichte ihn, schwach nur aus der Ferne. Nichts als Rob, der Gus etwas zurief – dann ein bellender Hund. Aber die Laute ließen ihn leise erschauern, sich aufraffen und hochbäumen, als sei er bereit, den Hang hinunterzurennen.

Doch mit einem Schnauben und einem Herumwerfen des Körpers riß er sich zurück. Die Luft war heute so kristallklar, daß die Buckhornberge, deren phantastische Silhouette sich scharf vom tiefen Blau des Himmels abhob, eine Vielfalt einzelner Schroffen preisgaben. Ein weicher Wind kam von dort, süß und wild und duftgeladen und *merkwürdig ...*

Es war alles sehr merkwürdig und unverständlich – dieses heftige Verlangen in ihm, das Gestüt, das er liebte, zu verlassen und jene fernen und unbekannten Gegenden aufzusuchen. Aber es geschieht zuweilen auch bei Menschen, daß sie ihr Schicksal in eine Richtung treibt, ohne daß ihnen selber bewußt wird, was mit ihnen los ist.

Irgend etwas rief den Kobold. Er antwortete mit einem lauten Wiehern und warf sich den Abhang hinunter. Als er ebenen Grund erreicht hatte, fiel er in seinen langen Springtrab. Stolz erhobenen Hauptes, die Nase hochgenommen, ging es dem offenen Land und den Buckhornbergen zu.

Waren die Jährlinge erst einmal draußen auf freier Weide, gab es keinerlei regelmäßige Aufsicht mehr über sie. Wenn jemand gerade zufällig über die Sattelhöhe ritt, brachte er einen Bericht mit heim über ihren derzeitigen Zustand, ihr Wachstum, eventuelle Veränderungen in ihrer Farbe oder dem Aussehen, ob das Rudel sich geteilt hatte oder überhaupt ganz verschwunden war – was aber nur bedeutete, daß sie eben in einer der vielen kleinen Schluchten am Berghang weideten und der nächste Tag sie schon wieder draußen auf dem offenen Plateau finden würde.

Doch der Zufall wollte es, daß die Jungen ausgerechnet am Tage, nach dem der Kobold davongetrabt war, aus ihrer Schule herüberkamen. Ihr erstes war es, sich in den Sattel zu schwingen und zu den Jährlingen hinauszureiten – vor allem natürlich zum Kobold. Nach gründlicher Suche einen vollen Nachmittag lang kamen sie nach Hause und meldeten ihn als vermißt.

Alles begab sich auf die Suche. Rob fuhr mit dem Wagen die umliegenden Farmen ab und stellte Nachforschungen an. Er schlug einen Suchzettel in der Poststelle an. Das Gestüt selbst wurde von einem zum andern Ende durchkämmt, weil es denkbar war, daß der Kobold sich aus einem frühreifen und unziemlichen Interesse für Stuten einem der älteren Rudel angeschlossen haben könnte. Aber als die Woche zu Ende ging, gab Rob die Suche auf, und die Arbeit auf dem Gestüt nahm wieder den gewöhnlichen Verlauf. Er erklärte einfach kurz abschließend, daß das Fohlen schon wieder auftauchen würde. Es sei davongelaufen – es würde auch wiederkommen. Pferde taten das immer. Hatten sie erst einmal genügend Orientierungsvermögen, so kamen sie an den Ort ihrer Geburt zurück.

Ken war wie betäubt vor Kummer. Den ganzen Winter über hatte er immerzu an den Kobold gedacht, und wie es sein würde, wenn er erst einmal mit ihm zusammen sein und mit der Arbeit an ihm beginnen könnte. Von dem Geld, das er sich mühsam von seinem Taschengeld zusammensparte, hatte er sich kurz vor der Abfahrt aus Laramie eine Stoppuhr gekauft. Er fingerte oft unbewußt daran herum – glatt, rund und kühl steckte sie in der kleinen Hosentasche gleich unterm Gürtel. Die Berührung allein war aufregend – so voller Versprechungen wie der Gong zum Mittagessen. Nun war sie ein toter Gegenstand – kalt und schwer.

Wenn er abends in seinem Bett lag, stellte er sich allerhand vor, was dem Fohlen passiert sein könnte. Vielleicht hatte die Erde unter ihm nachgegeben, als es über eine Schlucht sprang – und dann der Sturz, ein gebrochenes Bein. Er sah es sterbend liegen – nun bereits tot, und die Präriewölfe und wimmelnden Würmer fraßen an ihm. Ein Gebüsch konnte den toten Körper so leicht ihren Blikken entzogen haben – und wieviel Tausende solcher Büsche gab es auf dem Gestüt! Vor einem Jahr war so etwas mit Dixie passiert. Sie hatten das Skelett erst sechs Monate später gefunden.

Noch etwas anderes war einmal passiert – ein Rudel Pferde hatte unweit der Überlandstraße gegrast. Ein Auto fuhr dort vorbei, voll mit lauter lärmenden, scheußlich aussehenden Männern. Als sie auf die Paßhöhe hinauffuhren, hatte einer von ihnen geschrien: „Seht ihr den alten Gaul da oben? Wetten, daß ich den treffe?"

Er hatte nach dem Gewehr gegriffen, sich im Wagen aufgestellt und abgedrückt.

Die Streckenarbeiter, die an dem längs der Straße verlaufenden Eisenbahnabschnitt arbeiteten, hatten alles mit angesehen. Sie sahen den Kerl schießen, sahen die Stute ein paar krampfhafte Sprünge machen und dann mit einem Ruck niederstürzen, hörten den Ausbruch heiseren Gelächters bei den Männern, sahen den Wagen schneller werden und hinter der Höhe verschwinden.

Ken durchschüttelte es in seinem Bett. Ein Schimmelfohlen mitten in einem Rudel dunkler Pferde – wie leicht zu entdecken und zu treffen! Dennoch – es hätte ja dann die Leiche da sein müssen, sie hatten aber keine gefunden. Darin lag immerhin noch ein kleiner Trost.

In dieser Zeit nährte sich der Kobold auf den üppigen Weideflächen südlich der Grenze. Wenn er oder irgendeiner der Jährlinge auch beim nachmittäglichen Spiel auf der Sattelhöhe, ohne es zu spüren, mehr als dreißig Kilometer zurücklegen konnte, so hatte er doch eine volle Woche gebraucht, um den Weg bis zum Fuße der Buckhorn-Gebirgskette zurückzulegen. Es gab unterwegs allzuviel zu sehen. So viele Täler und Schluchten zu erforschen. So viele Hügel, auf denen man stehen mußte, um sich umzublicken, zu beobachten, zu wittern – ein so weites Land, so viele Rudel Antilopen und Elche. Und auf jeder Wiese schmeckte das Gras anders.

Dann waren auch die vielen Stunden, in denen er nur dastand und nach Norden blickte – zum Gestüt. Und sein Körper spannte sich dann, und dieses Prickeln und Zucken durchlief ihn.

Pferde scheinen oft mehr von ihrem unbewußten als ihrem bewußten Denken angetrieben zu werden. Ruft man sie, achten sie überhaupt nicht darauf, sondern grasen weiter, als hätten sie nichts gehört. Geht man dann auf den Stall zu und entschwindet schließlich ihrem Gesichtskreis – werden sie weitergrasen. Aber langsam werden sie sich zum Stall vorarbeiten. Endlich werden sie, als sei dies gänzlich nur ein Zufall, am Koppelgatter stehen und sagen: „Also da wäre ich."

In dieser Art hatte sich der Kobold vorwärtsbewegt. Nach seinem ersten energischen Start hatte er sich dann nur so dahintreiben lassen. Doch nun – war er da.

Der Fluß war es, der ihn interessierte. Er hatte ihn schon meilenweit vorher gerochen, ehe er ihn erreichte. Nie bisher hatte er ähnliches gesehen. Er brauchte lange dazu, ehe er zu dem Schluß kam, daß nichts Gefährliches daran sei, obgleich es sich bewegte. Es stürzte sich in die Tiefe und sprang. Es warf sich über Felsen. Es schleuderte dicke Brocken von sich selbst in die Luft. Also war es lebendig. Es hatte auch eine Stimme. Eine laute Stimme, die niemals ihren sprudelnden Klang abbrach. Unaufhörlich redete es, wisperte, gluckste, kicherte.

Weil er selber Kraft besaß, spürte er sie auch im Fluß. In seinen Anblick versunken am Uferrand stehend, fühlte er sich herausgefordert und machte sich bereit, zurückzuschlagen.

Nach einer Stunde hatte er die Tatsache hingenommen, daß der Fluß ihn nicht angreifen würde. Der ignorierte ihn. Nichts, was er tat, änderte etwas an seinem Lauf oder Benehmen. Endlich trank Kobold von seinem Wasser, und der Fluß hatte nicht einmal etwas dagegen.

Er folgte stromaufwärts seinem Lauf. Das führte ihn weiter hinein in jene Berge, die steiler wurden, je näher sie zusammenrückten, bis sie sich als jähe Wände fast über ihn neigten. Und der Fluß wurde schmaler zwischen den höheren Schroffen, seine Stimme ein tiefes Brüllen. Ab und zu konnte er, wenn er vorausblickte, ihn von einer Felswand niederstürzen sehen – blau im Fall, weiße Schleier darunter.

Das Vordringen wurde schwieriger und das Futter spärlicher. Er mußte vom Flußufer abbiegen, um einmal ein Nest voll Gras und Klee zu entdecken, aber wie üppig und saftig das war!

Und die ganze Zeit über hatte er das befriedigende Gefühl, daß er dorthin ging, wohin er wollte. Des Morgens zwar suchte er sich eine erhöhte Stelle, kletterte hinauf und sah nordwärts zum Gestüt hin. Manchmal stieß er dann auch ein heftiges Wiehern aus. Aber wenn er sich wieder auf den Weg machte, dann ging es weiter die Schlucht hinauf.

Aus den Beobachtungen an Pferden muß wohl das Sprichwort entstanden sein: „Die fernsten Felder sehen immer am grünsten aus." Der Weg auf dem gegenüberliegenden Ufer schien dem Kobold immer der bessere. Er durchquerte den Fluß viele Male. Ein Sprung von einem Stein zum andern, dann ein Tauchen bis zum Hals und ein paar Schwimmbewegungen brachten ihn hinüber. Gleich darauf sah es ihm wieder besser aus auf der Seite, die er eben verlassen hatte, und schon mußte er zurück.

So konnte es geschehen, daß er, auf einem flachen Stein stehend, sich gerade zusammenraffte, um auf einen anderen Felsbrocken mitten im Fluß zu springen, als ihm *das Ding* gegen seine Beine geschleudert wurde und ihn so erschreckte, daß er schlecht absprang, in die Tiefe plumpste und von da an nichts mehr wußte als die Notwendigkeit, die Nase über dem Wasser zu behalten und sich herauszuarbeiten.

Als er das schließlich fertiggebracht hatte, befand er sich einige Meter flußabwärts. Noch während er sich schüttelte, warf er den Kopf herum, um zurückzublicken. Was war das, was ihn gestoßen hatte? Er mußte es wissen. Es war noch dort auf dem Stein, auf dem er gestanden hatte, und es rührte sich nicht.

Mit gespitzten Ohren, ohne es aus den Augen zu lassen, ging der Kobold zurück und sah es sich genau an.

Ein Fohlen! Ihm selbst gar nicht so unähnlich, nur daß es nicht völlig weiß war, sondern braune Stellen hatte. Es sah wirklich Calico ähnlich, seiner scheckigen Oma.

Kobold packte ein Schauder am ganzen Körper. Das Fohlen hatte keine Augen – sie waren ihm herausgerissen. Und ein halbes Dutzend klaffende Wunden ...

In diesem Augenblick war es, daß er hochsprang, um sich der flügelschlagenden schwarzen Wolke zu erwehren, die vom Himmel auf ihn niedergestoßen war. Riesige Schwingen schlugen ihm um den Schädel. Diese Kreatur war ebenso groß wie er. Kobold stieß den ersten gellenden Angstschrei seines Lebens aus, als er einen Augenblick lang das furchtbare Gesicht dicht vor sich sah und der große Hakenschnabel nach seinen Augen zielte.

Kobold bäumte sich hochauf und überschlug sich, während der Adler mit Flügeln, Schnabel und Krallen auf ihn eindrosch. Auf dem schmalen steinigen Uferrand, halb in und halb außer dem Wasser, mühte sich Kobold, durch Drehen und Wenden unter dem Tier freizukommen. Als er wieder auf den Füßen stand, senkte er mit dem Instinkt des kämpfenden Hengstes blitzschnell den Kopf, um seinen Feind ins Bein zu beißen. Er erwischte ihn mit den Zähnen und fühlte es knirschen.

Die andere Klaue hieb auf ihn ein und fetzte ihm die Schulter auf. Die schlagenden Flügel knallten ihm wie Keulen gegen den Kopf. Er ließ nicht locker. Wieder und wieder traf ihn der Schnabel. Das Blut spritzte ihm aus Nacken und Bauch.

Plötzlich war es davon, dies Tier, schoß senkrecht in die Luft empor und glitt dann zwischen die schützenden Kiefern. Kobold stand allein da, und der dünne, zum Teil mit dichtem Federflaum besetzte Schenkel mit der krallig gebogenen kalten Klaue baumelte noch halb aus seinem Gebiß. An seinem Ende traten ein paar Tropfen scheußlich riechenden Blutes heraus.

Er ließ ihn fallen und schauderte. Es jagte ihm Entsetzen ein. Dann mußte er noch einmal, aus unersättlicher Neugier, sich niederbeugen und daran riechen.

Niemals würde er diese Witterung vergessen. Sie ließ ihn hochschrecken und sich schnaubend auf der Hinterhand herumwerfen. Seine Ohren erfüllte der Lärm, den der Adler vollführte – ein zorniges Kreischen: „Kark! Kark! Kark!" Er machte einen Satz, nur fort von diesem verhängnisvollen Fleck, kletterte flußabwärts über die Felsbrocken, möglichst weg vom Flußufer, dorthin, wo man leichter vorwärts kam. Der Adler äugte von einer hohen Kiefer. Er saß auf einem kahlen Ast, mühsam mit einer Klaue, einem Stumpf und gebreiteten Flügeln das Gleichgewicht haltend. Bei seinen wiederholten Wutschreien wurde der Wald ringsum lebendig von kleinen, verschreckt herumhuschenden Tieren. Seine Augen, furchtbar durch die Weite ihres Blickfelds und ihre räuberische Entschlossenheit, blieben auf das Fohlen geheftet, das dort nach

Norden davongaloppierte, ein weißer Streifen längs der dunklen Schlucht und schließlich nur noch ein bewegter Fleck auf der Ebene, in etwa acht Kilometer Entfernung.

Der Kobold machte von einer Geschwindigkeit Gebrauch, die er nie zuvor angewandt hatte; sie war auf ihn gekommen, zusammengerollt wie eine unsichtbare, mikroskopisch kleine Schlange, in den Chromosomen, die von seinen Ahnen her sich in ihm zusammengefunden hatten.

Es war ein grandioses Rennen.

Als am nächsten Morgen die Sonne aufging, stand der Kobold in aller Gemütlichkeit unter den Jährlingen des Gänseland-Gestüts, gab die Flanken den köstlichen, tief eindringenden Strahlen preis und schnaubte leise in Seelenruhe und wonnigem Behagen.

## *Der Albino*

Das hielt eine Woche an – die Seelenruhe und die Wonne. Eine Woche, in der, wie das der Zufall gab, keiner von den McLaughlins entdeckte, daß der verlorene Sohn zurückgekehrt war.

In dieser Woche passierte es, daß der junge Ken McLaughlin, aus verzweifelter Wut über den Verlust seines Fohlens, auf der Spitze des Burgfelsens stand und die heißgeliebte Stoppuhr, mit der er seinen zukünftigen Renner hatte kontrollieren wollen, in den Abgrund pfefferte.

Am Ende dieser Woche ließ der Kobold das Rudel der Jährlinge hinter sich und wurde wieder südwärts getrieben. Sein Entsetzen hatte sich, wie dies bei allem Entsetzen sein sollte, in Wissen gewandelt und in ein Hinnehmen der Gefahr; er war um eine Erfahrung reicher. Und jene Berge dort hinten übten eine unwiderstehliche Anziehungskraft auf ihn aus. Er ging noch langsamer als zuvor. Eine ganze Woche verbrachte er auf gemeinsamer Weide mit einem kleinen Antilopenrudel in einem muldenartigen Tal am Wege. Und er erforschte eingehend beide Uferseiten, am unteren Lauf des Flusses.

Als er schließlich den Felsen erreichte, wo ihn der Adler angegriffen hatte, war es bereits Ende Juli. Diesmal lag kein scheckiges Fohlen auf einem Stein mitten im Fluß, kein Vogelungeheuer war in der Luft.

Kobold brachte eine halbe Stunde an diesem Fleck zu, witternd und schnaubend, jeden Zentimeter des schmalen Uferstreifens absuchend, wo er damals mit dem Adler gekämpft hatte. Etwas wie ein vertrockneter krummer Ast lag da, mit einem schwärzlichen Klümpchen am unteren Ende. Er umkreiste es, stieg hoch und zertrat es im Niederfallen. Er zerstampfte es dann völlig und trampelte es in die Erde hinein.

Er verfolgte den Lauf des Gießbachs weiter nach oben, bis es nicht mehr ging. Jetzt füllte er die Schlucht. Bäche rannen von den Seiten herunter zu ihm über die Klippen. In den Felsspalten waren noch Schneenester. Das reißende Wasser war hochgeschwollen von der Frühlingsschmelze. Es trommelte und sprudelte. Ein toter Baumstamm, der mit ihm davontrieb, wurde meterhoch in die Luft geschleudert.

Kobold sah lange auf den Fluß. Er hob den Kopf. Was war dahinter? Dort oben? Seine Nüstern bebten. Der Fluß und die Felswände waren so hoch und steil, daß er den Himmel nicht mehr sehen konnte, nur noch zackige Schroffen, die sich immer dichter schoben. Aber hinter all das dort oben mußte er gelangen.

Kühe und Pferde sind aus Instinkt kundige Pioniere und werden stets den leichtesten Weg durch ein gebirgiges Terrain finden. Kobold bog nach Osten zu vom Flusse ab. Es war eine halsbrecherische Kletterei, aber es zeigten sich Absätze in den Schluchtwänden, und das Umherlaufen mit den Zuchtstuten auf der Sattelhöhe hatte ihn trittsicher wie eine Ziege gemacht. Stunden mühsamen Weges brachten ihn endlich auf die letzte grünbewachsene Bergterrasse, ehe der steinerne Grund zu einer nahezu lotrechten Klippe emporschoß. Der Ort war fast wie ein Park mit Kieferngruppen und felsigen Hügeln, kleinen Tälern und Gehölz, und am Fuße der Klippe und auf ihrem Gipfel verstreut war eine Anzahl jener riesigen Steine mit glattgeschliffener Oberfläche, von denen auch einer auf der Spitze des Burgfelsens auf dem Gänseland-Gestüt balancierte.

Diese Felsblöcke, von denen manche groß wie ein Haus, völlig glatt und kreisrund sind, kann man überall im Gebiet der mittelkontinentalen Wasserscheide finden, und jeder Betrachter gerät darüber ins Nachdenken, welch mächtiger Gletscher in welch sagenhafter Urzeit sie geschliffen und poliert haben könnte, um sie dann auf schmalen Felsplatten hängen, auf Gipfeln balancieren oder über Spalten schweben zu lassen, wo einige Zentimeter mehr Raum auf einer der Seiten genügt haben würden, um sie krachend in die Tiefe zu schicken.

Kobold war hungrig. Erst orientierte er sich und begann dann zu grasen. Als er um eine Baumgruppe bog, blieb er stehen und hob ruckartig den Kopf. Dort, keine hundert Meter entfernt, dicht am Fuße der Klippenwand, grasten zwei hübsche kastanienbraune Fohlen.

Kobold verhielt sich einen Augenblick ganz still und genoß die Spannung und das Vergnügen, jemandem seiner Art zu begegnen. Dann wieherte er und stampfte mit dem Fuß auf. Die Fohlen blickten hoch. Mit harmloser Freundlichkeit trabten sie auf ihn zu. Als Fremder mußte Kobold sofort gewisse Dinge ergründen. Waren dies Stuten oder Hengste? Woher kamen sie? Würden sie ihm freundlich oder feindlich gesinnt sein? Genau also wie Kinder, die sich begegnen, einander fragen: ‚Wie heißt du? Wie alt bist du? Wo wohnst du?‘, so tauschten diese Fohlen alle nötigen Informationen aus, indem sie schnaubten und quiekten und umeinander herumsprangen.

Das wurde unterbrochen durch ein schallendes Gewieher, das

direkt aus der Felswand zu tönen schien. Die Fohlen gehorchten unverzüglich. Sie wieherten zur Antwort und galoppierten auf die Wand zu, und zwar schräg hinüber zu einer Stelle in einiger Entfernung, wo sich ein zackiger Riß den Felsen hochzog. Und dann galoppierten sie zu des Kobolds Erstaunen direkt in die Wand hinein und verschwanden.

Der Kobold galoppierte hinterher. Als er um den Vorsprung der Felsspalte bog, fand er sich in einer schmalen Kluft, die den Felswall durchbrach und ein Stück in sein Inneres führte. Von den Fohlen war nichts mehr zu sehen, aber der Pferdegeruch auf diesem Durchgang war unverkennbar. Zuversichtlich trabte Kobold weiter.

Auf einmal ertönte ein schrilles Kreischen von oben, und der Schatten weitgespannter Flügel trieb über die Kluft.

Solange er lebte, würde ein beweglicher Schatten, der von oben her über ihn fiel, den Kobold ruckartig zu erschrockenem Handeln zwingen. Er duckte sich, zurückzuckend, und suchte mit aufgeworfenem Kopf und angestrengtem Blick seinen Feind zu erspähen. Aber weder sehen noch begreifen konnte das Fohlen das Adlernest, das weit oben unter dem Gipfel an einem Felsvorsprung klebte und auf dessen Rand ein Adler saß, während der andere – der mit dem einen Bein – weiter unten über der Kluft dahintrieb.

Fohlen und Adler leben auf anderer Ebene. Nur durch den kalten Schatten, der auf ihn fiel, nur durch das Kreischen mit seiner seltsamen Mischung von Wildheit und Trauer, nur durch das Entsetzen und den Schauder, der ihn durchlief, konnte der Kobold von der Gefahr wissen.

Er stürzte vorwärts, direkt auf einen Felsblock zu, der anscheinend den Weg abschloß. Aber als er dort ankam, machte der Gang eine Wendung. Er setzte sich immer weiter im Zickzack fort. Vom Adler sah und hörte er nichts mehr.

Endlich gingen die seitlichen Wände schräger auseinander und ließen einen breiteren Keil des Himmels sichtbar werden. Und vor ihm erschien eine Anzahl der mächtigen Geschiebeblöcke, die heruntergerollt zu sein schienen, um die Felsenspalte endgültig zuzuschütten.

Aber noch immer war da der Pferdegeruch – Kobold lief weiter. Und eine Biegung zeigte ihm einen gangbaren Weg hindurch – eine Art Schlüsselloch, überdacht von einem einzelnen mächtigen Felsblock, der an einer leichten Unebenheit der Seitenwände hängengeblieben war. Dahinter erspähte der Kobold blauen Himmel und Grüngras. Er galoppierte darunter durch und fand sich in strahlendem Sonnenschein und mit einem weiten Ausblick auf Tal und Berg.

Kobold hatte seinen Weg in den Krater eines erloschenen Vulkans gefunden. Mehr als drei Kilometer breit und in ungleichmäßiger Länge dehnte sich das Tal, auf dem das herrlichste Berggras ihm bis an den Bauch reichte. Hier und da hoben sich felsige, baumbestandene Schroffen aus dem Boden, die ebenso hoch hinaufragten wie der zerklüftete senkrechte Klippenwall, der es umringte und abschloß. Außerhalb dieser Kraterwände hoben sich noch höhere Berge, die von Stangenkiefern, Wacholder und Espen überzogen waren. An den tiefergelegenen Hängen des steinernen Walls gab es enge Schluchten mit dichtem Zitterpappelgehölz, das seine Wurzeln tief unter die Gletscherbäche senkte, die aus tausend Spalten zusammensickerten, um sich unten im Tal in einem ziemlich breiten Fluß zu vereinen, der sich dort entlangschlängelte. Wo er den Felswall erreichte, hatte er sich durchgewühlt und in einen schmalen tosenden Wasserfall verwandelt.

Hier in dieser Höhe von über viertausend Metern lag ein unvergleichlich fruchtbares Tal, von dem kein Mensch wußte. Bergsteiger und Erholungssuchende kennen jene Gebirge, die unweit der Zivilisation liegen, nicht aber jene unzugänglichen Bergfesten, die sich Hunderte von Meilen in den Rockies aneinanderreihen, ihre einsamen Gipfel nur den Wolken, der Sonne und den schwebenden Adlern entgegenreckend.

Kobold stand regungslos und ließ seine Blicke prüfend über das Tal hinwandern, mit erhobener Schnauze alle Botschaften auffangend und kostend und lesend, die es ihm zuwarf. Er wußte bereits eine Menge darüber. Dies war der Ort, der ihn gerufen hatte, und er war dem Rufe gefolgt. Jene Pferde dort drüben, die starke, weit auseinandergezogene, ruhig grasende Herde, das waren die Pferde, die er gesucht hatte.

Stuten! Seine Nüstern bebten. Er wieherte laut. Die Stuten hoben ihre Köpfe, die Fohlen blickten sich um. Was für herrliche Tiere – groß, glatt, glänzend. Ihr bloßer Geruch, frisch und stark, war voll von Gesundheit und Kraft. Die Stuten waren schwarz und kastanienbraun und rotgolden und die Fohlen ebenso, bis auf einige wenige Schecken.

Aufwiehernd hoben sie die Köpfe und trabten dem Ankömmling entgegen. Kobold rannte glücklich auf sie zu. Stuten waren ihm vertraut. Er hatte die meiste Zeit seines Lebens mit ihnen verbracht.

Sie quirlten um ihn herum, aufgebracht und erregt durch die Ankunft eines Fremden. Er ließ alle Gedanken an Furcht oder Vorsicht fahren vor Seligkeit, endlich da zu sein. Er empfing und beroch und begrüßte alle einzeln. Das Quieken und Wiehern, die Sprünge und Schnaufer und das verspielte Ausschlagen, all das war ein ergötzliches Vergnügen. Einige suchten wohl den Eindringling davonzutreiben, aber ihre Bisse und Hiebe waren nur matt.

Auf der Kuppe eines nahen Berges stand ein mächtiger weißer Hengst. Der Wind wehte entgegengesetzt dem Weideplatz der Stuten, was für den Kobold ein glücklicher Umstand gewesen war. Nun aber bemerkte der Albino den Tumult in seinem Harem und warf beobachtend den Kopf auf.

Das Tier war fast zwei Meter hoch. Es war schneeweiß. Sein Körper besaß eher Kraft und Stärke als Anmut. Er war nicht glatt. Er war knorrig wie ein alter Eichbaum. Sein Fell war von vielen

Narben verunziert. Sein hohes Alter ließ sich an den eingefallenen Flanken, Schultern und Wangen erkennen. Hinter dem dunklen Glanz seiner Augen brannte ein flammendes Feuer, und an ihm entzündete sich eine unwiderstehliche Willenskraft und ein Naturell, das wie der Kern eines Wirbelsturms war.

Er überblickte sein Königreich. Seit Jahren hatte er so gestanden, sein Königreich überblickend. Und – falls Pferde so weit denken können – auch überlegend, wer es erben solle, wenn sein Ende nahte. Er hatte keinen Nachkommen. Wie wäre dies möglich gewesen? Er gestattete keinem Fohlen, länger als ein Jahr bei der Stutenherde zu bleiben, noch etwa einem mehr als zweijährigen Hengst den weiteren Aufenthalt im Tal. Da und dort lagen im hohen Gras die blanken Knochen derer, die ihm getrotzt hatten. Und wenn je einer versuchte, zurückzukehren, nachdem er vertrieben worden war – er versuchte es nicht ein zweites Mal.

Als Kobold die unverkennbare scharfe Witterung des Hengstes auffing, löste er sich von der Herde, um ihm entgegenzugehen. Er sah ihn droben auf einer Höhe – genau da, wo auch Banner gestanden hätte –, und mit freudigem Aufwiehern trabte er los.

Der Albino kam von oben herab auf ihn zu.

Kobold, der selbst ein Geschöpf voller Feuer und Elektrizität war, empfand die kraftgeladene Spannung des näher kommenden Hengstes dermaßen, daß er es fast nicht ertragen konnte. Kobold blieb stehen. Es fuhr ihm durch den Kopf, daß er vielleicht die falsche Richtung eingeschlagen hatte. Aber er behauptete seinen Platz.

Er wartete. Nie zuvor hatte er ähnliches gesehen oder empfunden. Der Hengst war so gesammelt, seine Kraft so zusammengefaßt und verhalten, daß er in Kurven gebaut schien. Sein mächtiger Nacken wölbte sich über dem tief zurückgenommenen Kinn, erhaben gerundet der Kamm des Schädels mit den langen Ohren, die wie zwei Speerspitzen nach vorn stachen. Sein Gesicht war furchterregend – dieser wilde Ausdruck! Diese feurigen Augen! Und seine gewaltigen, muskulösen Beine, die im Bogen weit ausgreifend vorwärts drängten, daß der massige Körper durch die Luft zu schweben schien – und dann die starken Hufe, die wie Schmiedehämmer auf den Boden schlugen und wieder abprallten, daß die Berge erzitterten und das Echo wie Donner über das Tal hallte!

Der Kobold behauptete dennoch seinen Platz. Der Albino verlangsamte sein Tempo, kam näher – blieb stehen. Ihre Nasen waren einander auf etwa einen halben Meter nahe.

Eine volle Minute standen sie sich gegenüber und blickten sich an.

Sie waren einander gleich. Stamm und Zweig vom gleichen Baum. Und aus dieser verwirrenden Ähnlichkeit – da jeder sich wie in einem Zerrspiegel erblickte – flammten Entsetzen und Wut auf.

Kein Hengst mit einiger Selbstachtung würde sich so weit herabwürdigen, einen bloßen Jährling anzugreifen oder ihn auch nur ernst genug zu nehmen, um ihm eine heftige Strafe zukommen zu lassen. Plötzlich aber hob der Albino seinen rechten Huf und versetzte damit einen furchtbaren Hieb, begleitet von einem schnaubenden Aufschrei unheimlicher Wut. Und dadurch hatte er gleichzeitig seinen Erben anerkannt und zu vernichten gesucht.

Der Hieb war blitzschnell ausgeführt worden. Aus dieser gewaltigen Höhe würde er den Kobold auf der Stelle getötet haben, wenn er, wie beabsichtigt, dessen Kopf getroffen hätte.

Jedoch der Kobold war mit der gleichen Schnelligkeit begabt, und seine Reflexe reagierten rascher als ein Gedanke. Er warf sich zur Seite. Der große Huf streifte seinen Hals, riß ihm ein Stück Fleisch aus der Schulter und warf ihn um.

Um seinen Angriff zu vollenden, senkte der Hengst die Nase zur Erde, drehte sich um und hämmerte mit seinen Hinterhufen los, um den fallenden Körper des Fohlens zu treffen und ihm so den Rest zu geben.

Aber der Kobold war zu rasch und zu weit seitlich gerollt, landete auf den Füßen und wirbelte herum, um sich seinem Gegner zu stellen.

Der Hengst stürzte sich auf ihn – den Kopf wie ein todbringendes Geschoß weit vorgestreckt, das verzerrte Maul offen und bißbereit, die großen Zähne, gelbe Steinplatten, entblößt –, in dem wilden und furchtbaren Gesicht zwei Augen, die wie Feueropale glühten.

Der Kobold warf sich herum und raste geradewegs auf die Stutenherde zu. Sie hatten sich zusammengedrängt und gespannt beobachtet. Sie öffneten ihre Reihen und ließen ihn ein.

Sie wurden auseinandergerissen unter dem Anprall des besinnungslos daherrasenden Albinos. Kobold wich aus. Er fühlte die Zähne des Albinos reißend an seinem Schenkel hinuntergleiten, ein Stück Fleisch herausbeißen – er schrie gellend und duckte sich hinter einer anderen Stute. Der Angriff des Albinos ließ sie die Balance verlieren, und Kobold kam unter sie zu liegen. Er fühlte einen brennenden Schmerz an seinem Ohr und riß sich los. Wieder kam er auf die Füße und drängte sich zwischen eine größere Gruppe von Stuten und Fohlen. Als er auf der anderen Seite herankam, hatte der Albino ihn für den Moment aus den Augen verloren. Das war seine Chance. Er floh auf das Schlüsselloch im Felswall zu, der Albino hinter ihm in donnernder Verfolgung. Als er den Torgang hinter sich hatte, folgte er dem Zickzackweg der engen Kluft, und daß er kleiner war, erwies sich hier als Vorteil. Als er auf der anderen Seite herauskam, war der Albino ein gutes Stück zurück, rannte aber noch immer.

Es wurde eine lange Jagd. Kobolds Jugend und seine Gewandtheit im Ausweichen und Umgehen von Hindernissen – und die Deckung, die ihm Felsen und Baumgruppen gaben – retteten ihn. Etwa zehn Kilometer flußabwärts war er endlich allein, als der Nachmittag schon in Dämmerung überging. Er hinkte von der schmerzhaften Wunde an seiner Schulter. Er ließ den Kopf auf die eine Seite hängen, um sein zerrissenes Ohr zu schonen, das er ab und zu ein wenig schüttelte, daß die Blutstropfen sprühten, als könne er damit den Schmerz abschütteln. Sein ganzer Körper schmerzte. Sich nur zu bewegen – nun, da er zu rennen aufgehört hatte – war tödliche Qual. Schiefgezogen und zitternd stand er unter einem Baum, die ganze Nacht hindurch, ohne zu fressen.

Am Morgen trottete er zum Fluß hinüber und trank in tiefen Zügen.

Die Erinnerung an alles, was geschehen war, hatte sich unauslöschlich in ihn eingegraben. Er stand dem Felswall zugekehrt, spitzte sein eines gesundes Ohr, drehte den Kopf so lange, bis er die Witterung hatte, und stand angespannt lauschend, witternd und sich – fast als sähe er ihn leibhaftig vor sich – das entsetzliche Ungeheuer vorstellend, das ihn zu Tode erschreckt und überlistet hatte. Er spürte den Trieb in sich, zu wiehern und es herauszufordern – aber er hatte weder die Kraft noch den Mut. Keine Sorge – der Tag würde kommen. Geduld.

Kobold weidete, bis sein Magen gefüllt und seine Kraft wieder hergestellt war, dann machte er sich auf den Weg nach Hause.

## *Wachstumsschmerzen*

Ken schlenderte den trockenen Abzugsgraben entlang mit seinem Gewehr über der Schulter. Seine Miene war mürrisch. Er wußte genau, daß er zum Abendessen zu spät sein würde, aber es war ihm gleich.

Die Füße nachziehend, den Blick auf den Kieseln, die er vor sich her stieß, die Mundwinkel heruntergezogen, seine Mütze aus seiner Tasche halb heraushängend und den braunen Haarschopf unordentlich über der krausen Stirn, so bot er ganz den Anblick, der jedem im Umkreis einiger hundert Meter laut verkündete: Hier ist ein armer, unglücklicher Junge, der Verdruß hat und höchstwahrscheinlich bald noch mehr haben wird.

Mit einemmal setzte er sich auf einen großen Stein und legte sein Gewehr übers Knie. Seit Wochen hatte er seinen Kummer genährt. Eigentlich hatte er nichts anderes getan. Jeden Morgen wachte er in jämmerlicher Niedergeschlagenheit auf mit dem Gefühl, daß irgend etwas nicht in Ordnung war, ohne jedoch für Augenblicke recht zu wissen, was das war, und auch nicht ganz glauben wollend, daß es Wirklichkeit sein könnte. Dann fiel es ihm immer wieder wie ein Schock ein. Der Kobold war verschwunden. Es war kaum zu fassen. Den Kobold verloren zu haben, das war einfach etwas, was nicht passieren durfte – *ihm jedenfalls nicht* ...

Das war es, was ihn dabei eigentlich umwarf. Schreckliche Dinge passierten anderen Leuten, das wußte er. Man las darüber in der Zeitung, man hörte davon, aber daß einem selbst – der eigenen Familie ... Seine Gefühle waren ganz verwirrt, und er ließ die

Augen über die Wiese vor sich schweifen. Wenn das so war mit dem Leben – daß niemand sicher war, nicht einmal selbst...

Er hob die Büchse und schoß nach einem tieffliegenden Habicht, der scharf nach oben abdrehte. Das war eben nahe dran. Ihm war genau danach zumute, irgend etwas umzubringen.

Durch seine Überlegungen zog sich eine Furche häßlicher Gedanken. Vorwürfe gegen seinen Vater, der immer nur erklärte, das Fohlen würde aus eigenem Antrieb zurückkommen, daß es sich im Gestüt zu Hause fühle, daß Tiere früher oder später immer wieder zu dem Ort zurückkehrten, wo sie geboren sind. Das war alles schön und gut. Nun war es aber jetzt Ende Juli, und der Kobold war schon weg, als Howard und er am 15. Juni von der Schule nach Hause gekommen waren. Außerdem: bei solch einem wertvollen Tier, dem bestimmt war, ihrer aller Glück zu machen, hätte man eben nichts riskieren dürfen. Er hätte nicht mit den anderen Jährlingen auf die offene Weide hinausgeschickt werden sollen.

Das war noch nicht alles. Da war noch seine Stoppuhr. Die Uhr, für die er sein Taschengeld ausgegeben hatte.

Kens Finger schoben sich in die kleine Uhrtasche unterm Gürtel. Er war schon so gewöhnt gewesen, sie dort zu fühlen – alles leer –, seine Finger suchten vergeblich.

Howard – er hätte wissen können, daß Howard so etwas fertigbringen würde. Und derart pharisäerhaft! Überhaupt nicht, als ob er ihm einen gemeinen Streich gespielt hätte, sondern nur ganz einfach interessiert daran, eine Aufklärung zu erhalten – als er den Vater gestern Abend bei Tisch gefragt hatte.

„Hör mal, Vater, ich möchte dich was fragen."

„Und, Howard?"

„Ken hatte sich nämlich eine Stoppuhr gekauft, ehe wir aus Laramie abfuhren."

„Ach, tatsächlich?"

„Ja – um die Geschwindigkeit beim Kobold zu kontrollieren, weißt du – und ob er ein Rennpferd werden kann..." (Howards ruhiger, sachlicher Ton – *Heuchler – Schlange!)*

Es folgte eine Weile Schweigen und ein komisch durchdringender Blick aus dem Gesicht des Vaters.

„Und?" fragte er.

„Ja also, was ich wissen möchte, ist das: Wenn Ken nun auf die Uhr eine Wut kriegen und sie wegschmeißen würde – sich ganz oben auf den Burgfelsen stellen und sie so doll, wie er kann, 'runterwerfen würde..." (dadurch seinen Vater davon informierend, daß Ken einen Koller gehabt hatte) „und wenn ich sie dann fände, würde sie dann mir gehören oder ihm?"

Und der hilflose Jammer, der ihn wütend schlucken ließ, als sein Vater sich zu ihm gewandt und gefragt hatte: „Ist das passiert?"

„Klar", hatte Ken gehöhnt, „er kann sie haben. Ich will sie gar nicht."

„Aber was ich wissen will", beharrte Howard, „ist doch – gehört sie nun tatsächlich mir oder ihm?"

Ihre Mutter hatte Howard einen sehr direkten Blick zugeworfen, aus zusammengekniffenen, blau blitzenden Augen.

Aber Howard ließ nicht locker: „Wem gehört sie?"

Und ihr Vater hatte scharf zur Antwort gegeben: „Sie gehört dir, Howard."

Und somit hatte Howard nicht nur die Uhr, sondern sogar eine Art Recht darauf.

Die Sonne stand schon sehr tief. Widerwillig erhob sich Ken und trottete den Rest des Weges nach Hause.

Eine Chance, jemanden umzubringen, bot sich ihm, gerade als er ankam. Dieser Skunk – seine Mutter hatte sich schon seit Tagen über den Gestank ums Haus herum beklagt.

Auf den Skunk anlegend, der sich über die Terrasse schob, fiel es Ken eben noch gerade in letzter Sekunde ein, daß hinter dem Skunk das Wohnhaus war. Und so zuckte sein Arm ein klein bißchen. Die Kugel ging fehl, traf einen der flachen Steine, die die Terrasse einfaßten, prallte ab und sauste mitten durchs Küchenfenster, wo die Familie sich eben zum Essen gesetzt hatte.

„Was zum Donnerwetter hast du dir denn dabei gedacht!" brüllte Rob McLaughlin, als er auf die Terrasse herausstürzte und Ken bei den Schultern packte.

„Auweh! Sieh doch bloß das saubere kleine Loch mitten im Fenster . . ." glotzte Howard.

„Kennie!" – ein empörter Schrei von Nell.

Und ein gräßlicher Gestank über die ganze Vorderterrasse hinweg vom Skunk.

„Das schlägt dem Faß den Boden aus!" tobte sein Vater und nahm das Tesching. „Jetzt habe ich mehr als genug! Du machst, daß du 'rauf in dein Zimmer kommst, und bleibst dort. Essen schlag dir aus dem Kopf. Du kriegst heute nichts."

Es war alles so schnell geschehen, daß er sich auf der Ecke seines kleinen Sessels allein im Schlafzimmer fand, ehe er überhaupt zur Besinnung kam. Das fehlende Abendessen ließ ihn gleichgültig. Er wollte gar nichts. Wozu sollte man denn überhaupt essen?

Wie immer, wenn er ausgesperrt oder auf sein Zimmer geschickt worden war, strengte er sich an, zu erlauschen, was die anderen Familienmitglieder gerade taten. Sie waren fertig mit dem Abendessen. Seine Mutter wusch das Geschirr ab. Howard half ihr dabei – er konnte ihre Stimmen hören. Was würden sie tun, wenn sie damit fertig waren? Würde einer von ihnen an ihn denken, der hier oben in seinem Zimmer eingesperrt saß? Seine Lippen zuckten. Vielleicht seine Mutter. Sie könnte möglicherweise heraufkommen. Wie würde er sich dann benehmen? Sollte er traurig sein und zeigen, wie schrecklich alles in diesem Sommer war, wo der Kobold doch weg und gar kein Spaß mehr da war. Oder sollte er ein finsteres, mürrisches Gesicht ziehen, im Zimmer herumtrampeln und auf nichts eine Antwort geben? Oder sollte er in einem Buch lesen – ganz unbeteiligt tun –, und wenn er ihr leid zu tun schien, bloß spotten?

Er hörte sie alle das Haus verlassen und rannte ans Fenster. Sie fuhren irgendwohin mit dem Wagen! Ohne überhaupt an ihn zu denken!

Er rechnete seinen Jammer zusammen. Als erstes und schlimmstes: er hatte den Kobold verloren. Zweitens: sein Vater war schrecklich böse auf ihn. Drittens: wenn er kein Rennpferd haben würde, könnte er auch niemals seiner Mutter irgendwelche Geschenke machen oder den Stacheldrahtzaun wegnehmen und einen Balkenzaun für seinen Vater aufstellen.

Er gab es auf, sich weiter mit seinen Problemen herumzuschlagen, und versank in dumpfes Brüten.

Wenn alles verquer ging, gab es für gewöhnlich gewisse Dinge, bei denen er Trost zu finden vermochte. In seinem Zimmer drinnen waren es vor allem die Bilder an den Wänden, weil er in die dargestellte Welt hineinschlüpfen und dort seinen Spaß haben konnte und darüber seinen eigenen Kummer vergaß. Draußen gab es eine Unmenge solcher Dinge. Dinge, die er bei sich „Kerne" nannte – nämlich den innersten Mittelpunkt der Dinge. So etwas wie das allerletzte, winzige Ei, das man in einem chinesischen Ei findet, nachdem man alle äußeren großen eines nach dem anderen aufgemacht hat. Man muß dies allerkleinste Innere aufzuspüren suchen. Wenn man es hat, hört alles Suchen auf, denn *dies war es ja.*

Vögel waren Kerne. Man konnte nicht von ihnen weggehen. Wo immer man auch gerade hinblickte – kam ein Vogel dicht vorüber und blieb in der Nähe, dann mußte man von dem andern weg nur auf den Vogel sehen. Vögel waren *Es.*

Ihm fielen Sappho und Sapphir ein, das Meisenpärchen, die als regelmäßig wiederkehrende Sommergäste auf dem Gänseland-Gestüt berühmt geworden waren. Im vergangenen Frühjahr waren sie wieder erschienen, um ihr Nest am vertrauten Platz zu bauen, dort wo nahe der Haustür zwischen zwei Mauersteinen der Putz herausgefallen war. Sein Vater hatte das Loch im Laufe des Winters mit Zement ausgebessert. Und die Vögel hockten auf der Pergola, heftig zwitschernd und ratlos, weil sie ihre Heimstatt nicht mehr fanden, wo sie jedes Jahr gebaut hatten. Als sie die Familie ständig zur Tür hinein- und herausgehen sahen, beschlossen sie, es ihnen gleichzutun. Also entdeckte Mutter eines Morgens das sorgfältig begonnene Nest auf Tante Emilys gerahmtem Bild über dem Sofa und Sappho und Sapphir eifrig dabei, mit Ästchen und Halmen durch die offenstehende obere Hälfte der holländischen Tür aus- und einzufliegen. Und dort hatten sie dann ihre Familie großgezogen – weil sein Vater nur aus Rücksicht auf sie das Einsetzen der Gazeschutztür verschoben und die obere Hälfte der holländischen Tür Tag und Nacht offen gelassen hatte. Ken spürte noch in der Erinnerung etwas von der Beglückung – wenn er von dem Buche, in dem er gerade las, aufblickte, um die Meisen im blitzschnellen Flug ins Zimmer herein- und wieder davonhuschen zu sehen. Das war ein Kern!

Es gab auch noch andere Kerne. Man konnte überall Kerne finden. Ein Ort konnte ein Kern sein. Man würde an einem Fleck gar nicht leben wollen, der etwa *nicht* ein Kern war. Hier auf dem Gestüt war ein Kern von einem Ort – ein Ort zum Leben –, mitten drin im Mittelpunkt aller Dinge.

Über Kerne nachdenken machte ihn aber auch nicht glücklicher. Er grübelte stumpfsinnig darüber nach. Gewöhnlich tat es das doch. Man kann Kerne wohl nur fühlen, wenn alles in Ordnung ist – wenn die Dinge schiefgegangen sind, ist schon alles gleichgültig. Er sah sich verloren im Zimmer um. Wohin war alles verschwunden?

Wie Erwachsene nach Jahren zum Schauplatz ihrer Kindheit zurückkehren und dort bestürzt herumwandern – weil sie den Zauber vermissen, die liebende Umarmung, die Gewißheit, daß hier und nirgends anders sonst das eigentliche Herz ihres Lebens ist –, so durchforschte Ken sein Zimmer und seine Welt. Und fand Überdruß und Leere. Lange saß er stumm da.

Auf einmal nahm sein Ohr das Ticken seines Weckers auf. Das erinnerte ihn an seine Stoppuhr. Er überlegte, ob Howard sie wohl überall mit sich herumschleppte oder in seinem Zimmer ließ? Jetzt wäre die richtige Zeit, um das herauszufinden.

Ken ging in Howards Zimmer und begann, nach der Uhr zu suchen. Er blickte in Kommodenfächer und Tischschubladen, in sämtliche Taschen der Jacken und Hosen, die im Kleiderschrank hingen. Er setzte sich hin und ließ seine Blicke durchs Zimmer schweifen, auf der Suche nach verfänglichen Stellen, wie etwa dem Tintenfaß, nur war das nicht groß genug. Oder aufgehängt an der Rückwand des Weckers – nur war da nichts. Immerhin war das ein guter Platz – könnte er gelegentlich mal benutzen.

Er schlenderte ziellos umher und besah sich die Bilder an den Wänden. Er mochte seine eigenen Bilder lieber, am meisten das Bild von der großen Ente – den Audubon-Druck, wie seine Mutter sagte, der auf dem Treppenabsatz hing. Nur, im Augenblick mochte er überhaupt nichts. Es war, als ob man Sachen aß, die alle gleich schmeckten – schal.

Er stand vor einem eingerahmten Schriftstück an Howards Wand und las. Er wußte, was das war. Howard hatte es da hängen, weil es ein Erbstück war, und Howard war der Älteste und hatte ein Anrecht auf Erbstücke. Die Worte lauteten:

VERWEILE, WANDERER!
Und hier betrachte was liebenswert
  Vereinigt war im Wesen von
  Frau Elizabeth Salton. Weib des Peter Salton!
Ihre Gestalt war zart, der Anmut voll und Würde,
Umstrahlt von Schönheit, von Verstand belebt.
  Sie war der Liebreiz selbst!
Die Schönheit der Gestalt indes ward übertroffen noch
  Von der der Seele,
Durch Feinheit der Gedanken glücklich geschmückt und
  überhöht.

Vollendet durch die Tugend.
Ihr Betragen war natürlich und gewinnend,
Ihr Gemüt edel, gelassen und süß.
Ihr Herz sanftmütig, keusch und voll Güte.
Sie wandelte den Pfad der Frömmigkeit.
Und lebte für die Ewigkeit.
O beste aller Frauen!
Und wert des längsten Lebens.
Sie lebte geachtet und starb betrauert.
Am ersten Tage des Mai 1806 im
Einunddreißigsten Jahre ihres Lebens.
ENTSCHREITE, WANDERER!
Bedenke, daß du selber sterblich bist!
UND LERNE ES, ZU STERBEN!

Die letzten Worte paßten ausgezeichnet zu dem, wie Ken sich fühlte. Das Ganze versetzte ihn in eine traurige und fromme Stimmung. Er betrachtete eingehend den Text, eine mit aller Sorgfalt ausgeführte alte englische Handschrift, die schwer zu lesen war. Er betrachtete das Pergament, auf dem sie geschrieben war, und den Helmschmuck darüber. Dieser Helmschmuck war ihm vertraut; seine Mutter hatte ihn auf dem Rücken ihrer silbernen Bürsten und einer Menge anderer Dinge. Der Helmschmuck war eine winzige Taube mit einem mikroskopisch kleinen Blättchen im Schnabel und darunter ein geschnörkeltes Band mit dem lateinischen Spruch: *Sine Deo Quid?*

In sein eigenes Zimmer zurückgekehrt, zog Ken sich seinen Stuhl ans Fenster und setzte sich, um die Rückkehr der Familie abzuwarten. Er würde den Wagen kommen hören.

*Sine Deo Quid?* sagte er vor sich hin. Ich weiß, was das heißt. Das heißt: *Ohne Gott was?* Er dachte darüber nach. Es war gar nicht richtig wahr – die meiste Zeit jedenfalls nicht, weil es ohne Gott eine Unmenge gab (meistens). Es gab Spaß und Reiten und Pferde und Pläne und Träume und die anderen Kinder und mit ihnen spielen und mit der Familie am Tisch sitzen und essen und unterhalten und necken und lachen (der Eßtisch war ein Kern!) und das gute Essen und die Art, wie seine Mutter ihn anlächelte, und – manchmal sein Vater. Wer könnte also sagen: *„Ohne Gott was?“*, wenn es doch alle diese guten Dinge auf der Welt gab? Er spürte so etwas wie eine Erschütterung in sich, weil – zur Zeit – ihn keines dieser guten Dinge glücklich machte. Er wollte nichts weiter haben als den Kobold. Das war's – *Ohne Kobold was?* Nichts!

Er drehte sich in seinem Sessel um, verschränkte seine Arme auf dessen Lehne und legte seinen zerzausten Kopf darauf. So blieb er still sitzen, während das Zimmer dunkel wurde und ein erster Stern über den Kiefern jenseits des Angers aufglänzte.

Später dann, als Ken zu Bett gegangen war, kam sein Vater herein und stellte sich an das Fußende seines Bettes, um mit ihm zu sprechen.

„Howard, wenn der nicht haben kann, was er sich wünscht, beißt er einfach die Zähne zusammen und beherrscht sich und kann schon recht bald philosophisch darüber wegkommen. Aber du – solange du lebst: wenn du nicht haben kannst, was du dir wünschst, dann heulst du!"

Ken war empört. „Ich heule doch nicht, Papa!"

„Deine Methode, zu heulen. Dein heulendes Elend. 'rumgehen, als wolltest du jeden Augenblick sterben. Aussehen wie eine Leiche. Nicht essen. Dich zerfressen vor Kummer. Deiner Mutter und mir Sorgen machen. Keiner von uns erhält in diesem Leben immer alles, was er will, Ken – das gibt es einfach nicht."

Das Jungengesicht zuckte. „Aber – Kobold, Vater . . ."

„Ich weiß, der Kobold. Aber vorher war es Flicka. In ein oder zwei Jahren wird es etwas anderes sein. Ihr Leben lang wünschen sich die Menschen etwas – aber was ist denn, wenn sie es nicht bekommen? Was dann?"

Kens tief nachdenklich gewordenes Gesicht war starr auf seinen Vater geheftet, die dunkelblauen Augen spiegelten Gefühle und Gedanken wider. Das Licht der Kerze neben seinem Bett flackerte über seine blassen Wangen. Hier war ja das wieder – genau das, worüber er eben nachgedacht hatte. Angenommen, die bösen Sachen passierten einem selbst und nicht den Leuten in den Zeitungen – wie: daß der Kobold wirklich weg war und nie zurückkommen würde – und wenn Flicka gestorben wäre, statt wieder gesund zu werden – und wenn alles, wovon man träumte und worauf man so sehr wartete, überhaupt niemals geschehen würde und statt dessen alles mögliche andere kam – schreckliche Sachen – zu einem selbst – zu ihm, Kenneth McLaughlin . . .

„Was dann?" wiederholte McLaughlin hartnäckig. Er nahm die Bürste von der Kommode, beugte sich über das Bett und begann, Kens Haar wieder in Ordnung zu bringen.

„Dann – dann . . ." stotterte Ken und versuchte, scharf nachzudenken. Es war eine furchtbar schwer zu beantwortende Frage, weil – weil – wenn man nicht bekam, was man wünschte, wozu denn dann leben?

„Na, antworte mir!" verlangte sein Vater, die Bürste wieder zurück auf die Kommode legend. „Kannst du's einstecken oder nicht?"

Der Junge starrte ihn an. Sein Gesicht war von Tränen und Schmutz ganz streifig. Sein Vater stampfte aus dem Zimmer und kam mit einem nassen Waschlappen und einem Handtuch wieder. „Ich sagte *einstecken.* Das hast du doch schon gehört, nicht?"

„Ja."

„Na, und was denkst du, was das bedeutet? Wie manchen Tag hast du mich durchs Haus wandern sehen, wo ich nicht bekommen hatte, was ich wollte – vielleicht hatte ich gerade etwas verloren, worauf ich gehofft und womit ich gerechnet hatte. Und du siehst mich doch nie meine Pflichten vernachlässigen oder alles und jedes vergessen, was ich tun sollte, oder eine Landplage aus mir machen."

Das war nun der schlimmste Schlag. Nicht einmal, wenn man erwachsen war, sein eigener Herr, fest daherstampfend, allen anderen Befehle gebend – nicht einmal dann bekam man also, was man wollte. Ganz tief im Innern krümmte er sich – das hatte er doch eben immer gedacht, daß er nur erst bis zu seinem einundzwanzigsten Geburtstag gekommen sein müsse, und schon würde jede Möglichkeit eines Kummers vorüber sein.

Sein Vater ließ seinem Gesicht eine kräftige Behandlung mit dem Waschlappen angedeihen. Ken kniff die Augen zu, hielt aber hilfsbereit das Gesicht empor. Dann trocknete McLaughlin es ab und warf Lappen und Tuch auf einen Stuhl. „Na?" fragte er.

„Pflichten vernachlässigen . . .?" murmelte Ken fragend.

„Du hast Mist gemacht beim Arbeiten mit den Zweijährigen, und du weißt das auch. Du bist einfach nicht mit der Seele dabei. Du hast die Haferkiste offen gelassen und das Scheunentor obendrein, während einer in der Koppel war, und er hat sich über den Hafer hergemacht und ist fast eingegangen. Noch ist er nicht drüber weg. Du bist nie pünktlich bei Tisch. Du bist weder sauber noch ordentlich. Wenn man annehmen sollte, daß es Zeit für dich zum Arbeiten wäre, sitzt du irgendwo trübetimplig 'rum, und ich kann dich nicht finden."

Er hielt inne, um Atem zu schöpfen. Sein scharfes, schmales Gesicht, bronzebraun und gutgeschnitten, erhellt vom tiefen Kobalt seiner Augen, ließ den Blick des Jungen nicht los. Dem fuhr es durch den Kopf, daß seines Vaters Gesicht ein Kern war . . .

Kens Selbstmitleid starb. Er sehnte sich nach seines Vaters Achtung. Sehnte sich danach, *alles* über das Leben und die Menschen zu verstehen – wirklich zu verstehen –, und es „einstecken" zu können.

*„Einstecken,* Vater? Was heißt das nun eigentlich? Jetzt im Augenblick, meine ich. Mit dem Kobold?"

Robs Züge entspannten sich. Er setzte sich auf die Bettkante, den einen Arm auf die gegenüberliegende Seite stützend. Es durchlief Ken wohlig – es war, als läge er in seines Vaters Armen.

„Ken, du kannst nicht immer nur gewinnen. Im Leben gibt es viel mehr Mißerfolge als Erfolge. Und wenn du dich nur anpassen kannst bei Erfolg . . ."

„Anpassen?"

Rob erklärte ungeduldig: „Das heißt, wenn du nur vernünftig du selbst – mit anständigem Benehmen, munter, bereitwillig und so weiter – sein kannst, wenn du erfolgreich bist, dann bist du deiner nicht sicher. Dann bist du schwach. Du kannst nichts einstecken."

Er stand auf, aber Ken hielt ihn zurück, seine Hand nicht loslassend. Rob blieb noch eine Weile und suchte in Gedanken nach einem Weg, wie er die Sache für den Jungen schlagkräftiger darstellen könnte.

„Da war einmal ein Buch, das ich gelesen habe, das hieß ‚Seelenstärke'. Ich weiß nicht mehr, was drin stand, aber nie vergessen habe ich das Zitat, mit dem es begann: ‚Wenn etwas gewaltiger ist als das Schicksal, so ist's der Mut, der's unerschüttert trägt.' Das soll heißen, daß es auf das, was dir geschieht, sei es Gutes oder Böses, gar nicht ankommt. Ankommen tut es allein auf die Seelenstärke, mit der du es hinnimmst."

Kens Gesicht strahlte zu seinem Vater auf. Er umklammerte noch immer seine Hand.

„Papa – hab' ich das nicht – *Seelenstärke?*"

Ein langes Schweigen, ehe Rob sich plötzlich niederbeugte, seine vollen, harten Lippen auf die Stirn des Jungen preßte und antwortete: „Darauf warte ich ja, daß du mir das beweist."

Er befreite seine Hand und schritt zur Tür. Ken setzte sich auf und rief aufgeregt hinterher: „Papa, ich hab' mich entschlossen, es *einzustecken.*"

Rob wandte sich noch einmal zurück. „Sich zu etwas entschließen ist noch lange nicht etwas tun." – Ken war bestürzt. „Wieso?"

„Entschlüsse kannst du fassen, bis die Hölle eingefroren ist, und trotzdem wird vielleicht nichts davon getan werden. Aber wenn du etwas *tust,* dann ist es eben getan, nicht?"

„J-j-ja, aber wieso? Wenn man erst mal *entschlossen* ist, kann man doch einfach losgehen und es auch tun. Oder nicht?"

„Manchmal. Manchmal auch nicht. Das geschieht. Die Dinge wollen nicht immer. Man kann's manchmal versuchen, bis einem fast das Herz zerbricht, und dennoch mißlingt es."

Mit dieser unbegreiflichen Erklärung knallte die Tür zu, und der Junge war allein. Und er kam zu dem Schluß, daß das eine Mahnung hatte sein sollen, ja nichts zu vergessen und nichts dazwischenkommen zu lassen morgen früh, wenn er mit Hilfe seiner neugewonnenen Seelenstärke anfangen würde, es *einzustecken.*

Wachstumsschmerzen meldeten sich bereits. Auch der Keim zur Seelenstärke kann einem jungen Herzen nicht eingepflanzt werden, ohne daß es weh tut.

Im Zimmer nebenan legte Nell ihre Arme um Robs Schultern und blickte ihm in die Augen. „Was hast du ihm gesagt?"

Rob ließ sich in den tiefen Sessel sinken, zog sie auf sein Knie und berichtete. Sie spielte nachdenklich mit der Bürste in ihrer Hand, mit der sie noch eben ihr Haar gestriegelt hatte.

„Ja, das ist leider alles wahr", meinte sie versonnen, „ich habe mir oft drüber Sorgen gemacht. Wenn er damals nicht bekommen hätte, was er sich wünschte – sein erstes Fohlen – Flicka –, und wenn sie nicht am Leben geblieben und gesund geworden wäre, wie es dann wohl um ihn gestanden hätte?"

Rob nickte. „Das eben habe ich ihm gesagt. Daß man nicht durchs Leben gehen kann und sein Herz an bestimmte Dinge hängen, um nachher, wenn man sie nicht bekommt, dran zu zerbrechen und nicht länger mitspielen zu wollen."

Nell nickte. „Bei Flicka damals war er nur traurig und niedergeschlagen. Aber in diesem Sommer, wegen des Kobolds, ist er einfach gräßlich."

„Ja", sagte Rob, „weil er älter ist. Das ist ganz natürlich."

Nell ließ langsam die Bürste durch ihr rehbraunes Haar gleiten, das so fein und seidenweich war, daß es jedes Licht auffing und hinter der Bürste golden aufsprühte.

Robs Blicke verschlangen sie oft mit einem eigenartigen Hunger – Hunger nach Frieden, nach Entspannung. Jetzt legte er den Arm um sie, zog sie näher zu sich heran und legte seinen dicken Schädel an ihre Brust.

„Er ist wohl der ver-bohr-te-ste kleine Dickschädel", murmelte er gegen die blaue Seide ihres Schlafrocks, „den es auf der ganzen Welt geben kann, nicht?"

Er spürte ihre Hand an seiner Wange. „Bis auf wen?"

Nach einer Weile kam es gedehnt: „Magst – recht – haben ..."

In seinem eigenen Zimmer drüben lag Ken auf der Seite, schaute zu dem einen glänzenden Stern auf, der zu ihm ins Fenster schien, und dachte an *Seelenstärke.* Seelenstärke würde sicher auch gut sein für ein Pferd. Also: wenn nun der Kobold zurückkam, und es stellte sich heraus, daß er wirklich sehr schnell war, und hätte noch dazu *Seelenstärke* ...

## *Die Welt ist voll scheußlicher Dinge*

Seelenstärke wurde am nächsten Tage von Ken verlangt, als Flicka unerwartet Wehen bekam und Rob erklärte, daß sie bei der Geburt Schwierigkeiten haben würde und den Tierarzt brauche.

Als Ken mit seiner Mutter zur Telegraphenstation hinüberfuhr, war sein Gesicht blaß und zornig. „Gott hat doch die Welt geschaffen, nicht?" brach er plötzlich los. „Also, ich kann wahrhaftig nicht sonderlich viel daran finden, so wie sie jetzt ist. Das hätte ich besser machen können. Ich könnte mir eine ganze Menge furchtbar nette Welten ausdenken."

Nell warf einen Blick neben sich auf ihren kleinen Sohn. Was sollte sie sagen? Erst Kobold – und nun Flicka –, das war schon eine recht große Portion Kummer für ihn.

„Warum müssen denn nur lauter so schreckliche Sachen geschehen?" fragte er heftig.

Ja, warum wohl? Sie schwieg. *Wie* sollte sie erklären? *Was* sollte sie erklären? Das Problem alles Leides und Bösen auf der Welt gegen Gottes Liebe und Allmacht gehalten – dies Problem, mit dem jede theologische Diskussion beginnt und endet, das Problem, das Unwissende und Weise gleichermaßen verwirrt. Erst letzten Sonntag in der Kirche hatte sie darüber so lange gegrübelt, bis sie zu einer Art Lösung gekommen war, einer nicht sehr stichhaltigen, zweifelhaften Erklärung; daß nämlich in diesem letzten Stadium der Schöpfung, in dem der Mensch mit dem gottähnlichen freien Willen begabt wurde, allzu leicht eine Zeit kommen kann, da er die Macht ergreift und falsch anwendet, Böses sät und erntet, ehe er reif genug geworden, weise und gut genug, um zu wissen, daß freier Wille zugleich auch immer guter Wille sein muß – weil sonst nur Unheil daraus folgt.

„Warum, Mutter?"

Sie *mußte* antworten. „Wir können das nicht ganz verstehen, Ken . . ." – „Warum nicht?"

„Man kann Dinge nicht verstehen, die so unendlich viel größer sind als wir. Nicht voll verstehen. Du kannst ja nicht einmal deinen Vater und mich voll verstehen – nicht einmal eine Seite unseres Wesens. Und noch weniger wohl unseren himmlischen Vater, den Vater aller Menschen. Das wäre, als ob eine kleine Kugel, wie eine Nuß etwa, sich zu einer großen Kugel wie einer Orange ausdehnen wollte."

Ken sagte nichts.

„Und ehe du überhaupt anfängst, Fragen zu stellen, mußt du jedenfalls wissen, daß sie meist nicht in einer Form beantwortet werden können, die dir genügen wird – alles andere mußt du eben glauben."

„Glauben?"

„Du weißt, was das heißt. Felsenfest vertrauen, wo du nicht verstehen kannst. An Gott glaubt man; man weiß, daß er da ist und uns geschaffen hat und allwissend ist. Und er wird am Ende alles zum Guten führen, wenn wir ihm nicht ins Handwerk pfuschen."

Ken dachte eine Weile über all das nach und fragte dann mit ruhiger Stimme: „Hat dir deine Mutter von Gott erzählt, als du ein kleines Mädchen warst?"

„Das tat mein Onkel", erwiderte Nell, die hin und her überlegte, was ihn vielleicht interessieren könnte. „Eigentlich mein Großonkel. Er war der Bruder meiner Großmutter, mit der wir jahrelang zusammen wohnten, und er war ein Jesuitenpater."

„Puh!" machte Ken, der von Jesuiten und Ketzern in historischen Romanen mancherlei gelesen hatte. Die Jesuiten waren da immer die Bösewichte.

„Sie tragen ganz lange schwarze Gewänder statt richtiger Anzüge, weißt du?"

„Uije! Wie war er denn?"

„Er war der bezauberndste Mensch, der mir in meinem ganzen Leben begegnet ist. Ich werde ihn nie vergessen. Einmal stand ich mit ihm oben am Treppenabsatz in unserem Haus. Er wollte gerade hinuntergehen. Und unsere Köchin, die Katholikin war, hatte gehört, daß Pater Salton da sei, und kam von unten heraufgelaufen und fiel dann direkt auf der Treppe dicht vor ihm auf die Knie, damit er sie segnen sollte."

„Segnen? Wie hat er denn das gemacht?"

„Er schlug über ihrem Kopf in der Luft ein Kreuz."

„Ein Kreuz!" Ken wußte nichts dazu zu sagen. Über ihm schlugen alle geheimnisvollen Bedeutungen einzelner Worte verwirrend zusammen: Kirche, Kindergottesdienst, Choräle, Ritus, Symbol . . .

„Erzähl mir doch mal mehr davon, wie das war, als du ein kleines Mädchen warst. Erzähl mal von Pater Salton."

Nells Gedanken wanderten zurück. Sie erinnerte sich der vielen Male, da ihre Großmutter Geistliche zu Tisch hatte. Geistliche ganz verschiedener Konfessionen. Wenn sie da waren, war das Leben wie auf einen höheren Ton gestimmt. Die Unterhaltung war interessanter als sonst, weil Philosophie, Gelehrsamkeit und Verständnis dahinterstanden. Sie entflammte sich noch in der Erinnerung an dem frischen Strom lebendiger Kraft, die um diesen Tisch spielte. Keine Stumpfheit, keine Langeweile, kein Selbstmitleid. Denn schließlich: Männer wie sie traten dem Leben in seiner rohesten Form jeden Tag entgegen. Sie waren Menschen, die mit dem Rücken gegen die Wand um der Menschlichkeit willen kämpften, und sie beteten noch immer, hofften noch immer, bemühten sich noch immer und versprachen noch immer. Es war um sie etwas von Helden oder Heiligen, und daher – es folgt fast immer daraus – waren sie Menschen mit einem wunderbar gütigen Humor und liebten Späße aller Art.

„Los doch . . ." beharrte Ken. „Nicht denken – erzählen . . ."

„Ja also – einmal war ich krank im Bett. Und mein Onkel Jerome – das war Pater Salton – kam zu uns zu Besuch. Und meine Großmutter brachte ihn 'rauf zu mir. Er setzte sich auf meine Bettkante und erzählte mir was, hatte meine Hand in der seinen, und plötzlich sah ich, daß er meine Fingernägel anschaute, und ich wußte doch, daß die nicht sauber waren! Und ich schämte mich derart, daß ich krampfhaft fest meine Faust zusammenballte, damit er sie nicht sehen sollte."

Ken lachte: „Was tat er da?"

„Es hatte keinen Zweck. Er bog meine Finger einen nach dem andern herum, betrachtete die Nägel – sah mich mit einem gewissermaßen entsetzten Blick an, der aber immer noch das Zwinkern in seinen blauen Augen verriet . . ."

„Hatte er blaue Augen?"

„Ja."

„So wie deine?"

„Nein – mehr so wie Gus."

„Es hat doch wirklich beinah jeder blaue Augen. Die von Papa sind die dollsten."

„Die von Onkel Jerome waren wie zartblaue Murmeln, ganz hell und klar, die lustigsten Augen, die ich je gesehen habe."

„Also weiter. Was hast du nun mit deinen Nägeln gemacht?"

„Ich versuchte es mit einer Entschuldigung. Ich konnte zwar kaum Luft holen, so schämte ich mich, aber ich hauchte eben noch heraus: ‚Ich bin doch krank gewesen!'"

„Oh, aber Mutter!" meinte Ken schockiert.

„Ja, nicht wahr – war das nicht ekelhaft? Er sagte auch kein Sterbenswörtchen, sondern zog sein Gewand hoch, steckte die Hand in die Hosentasche, und da merkte ich zum erstenmal, daß er richtige Männerhosen unter diesem schwarzen Gewand hatte – und er nahm also eine kleine Nagelfeile 'raus und putzte mir die Nägel –, einen nach dem andern!"

„Uije! Fandst du das nicht gräßlich?"

„Ich hätte bei jedem einzelnen heulen können. Und noch lange nachher, wenn ich mir mal überlegte, was mir so alles Scheußliches passiert ist, dann dachte ich daran, wie man mir die Mandeln ohne Betäubung 'rausgenommen hat und wie Onkel Jerome mir die Nägel putzte."

Sie fuhren eine Weile, ohne zu sprechen. Also auch seine Mutter verbrachte ihre Zeit damit, an scheußliche Dinge zu denken, die ihr passierten ...

Scheußliche Dinge – die Welt war voll davon. Auf dem Landstreifen zwischen der Straße und den Eisenbahngleisen lagen tote Rinder mit hochgeschwollenen und geblähten Bäuchen, daß die vier Beine steif wie Stöcke in die Luft standen. Und Ken erinnerte sich an das Unglück eines ihrer Nachbarn, der diesen Wiesenstreifen wegen der guten Weide gepachtet hatte, um dann nur sein Vieh langsam eingehen zu sehen – eine Kuh am dritten Tag, zweie am vierten, und am fünften seinen prächtigen eingetragenen, jungen Zuchtbullen. Dieser Verlust ruinierte ihn und brachte ihn zu heller Wut. Und die McLaughlin-Jungen waren von ihrem Vater hinübergeschickt worden, um ihm das Vieh mit forttreiben zu helfen von dem verhexten Stück Land. Der Grund für dieses Viehsterben war – wie McLaughlin vor der Universität in Laramie angegeben hatte –, daß auf diesem Land außer dem Gras eine kleine Blume wuchs, die an sich ganz harmlos und auch überall zu finden ist. Das Vieh war es durchaus gewöhnt, sie mitzufressen. Aber ihre Wurzeln waren giftig. Auf diesem Landstreifen dicht an der Bahnstrecke war nun der Boden durch die Lokomotivasche sehr locker geworden, so daß das Vieh beim Abrupfen des Futters auch die Wurzeln der Blumen mitsamt den Stengeln herausriß und sich so vergiftete.

Diese *Hinterlistigkeit!* Wie hätte irgend jemand darauf kommen können? Ken drehte sein Gesicht weg vom Anblick des toten Viehs. Aber das alles war noch nicht das Schlimmste – das Schlimmste war, daß derlei Dinge auch ihm passieren konnten wenn nun eins davon der Kobold ...

„Ich wünschte bloß, Gott würde uns niemals in sein Handwerk pfuschen lassen!" sagte er heftig.

„Ich auch", stimmte Nell von Herzen bei. „Vielleicht läßt er auch nicht – auf die Dauer." Nach einer Pause fügte sie hinzu: „Ich bin sicher, er tut's nicht. Aber wir müssen auch das Unsere dazu tun."

Kens Gesicht war ungerührt. Nell wußte, daß jedes Wort, das sie sprach, wichtig war. Kinder stürzen sich in die Religion. Mit aller Kraft. Aller Aufrichtigkeit. Sie erkennen unmittelbar, wie wichtig sie ist und wie sie Gott brauchen, wie auch ihre Eltern Gott brauchen.

Sie wünschte nur, ihm mehr helfen zu können.

Sie kamen über die Paßhöhe, und Kens Blicke, die über die weite Ebene rechts der Straße schweiften, sahen ersichtlich nichts anderes als seine eigenen Gedanken.

„Mutter, du weißt doch, daß es eine Menge Menschen gibt, die überhaupt gar nicht an Gott glauben. Viele Jungens aus unserer Schule zum Beispiel."

„Das bilden sie sich möglicherweise ein", meinte Nell. „Aber warte nur, bis sie mal in die Klemme geraten! Oberst Harris sprach einmal davon, als er bei uns war und uns seine eigenen Erlebnisse aus dem Kriege erzählte. Er war einmal nahe daran, im Schlamm eines Granattrichters zu versinken. Bereits zu schwach, um Hilfe zu schreien, krallte er sich an den bröckelnden Rand und dachte nur immer, ob sie ihn hier vor ihren Augen ertrinken lassen würden – und er sagte, daß er gebetet habe! Und wie gebetet. Er sagte, daß das alle täten. Seine Atheisten mehr, wenn's ans Sterben geht! Und einmal war im Schützengraben die halbe Wand eingebrochen und hatte ihn unter sich begraben, und alle andern waren fort, ohne ihn zu sehen, und er konnte sich nicht bewegen. Und da sind Ratten gekommen und um ihn 'rumgelaufen, und seine Füße guckten unten 'raus. Da haben sie das Leder abgefressen und angefangen, seine Zehe anzuknabbern! Wie hat er da gebetet!"

„Und was hat der liebe Gott getan?" erkundigte sich Ken.

Das riß Nell aus ihrem Bericht. „Ach, Ken", rief sie, „ich weiß doch nicht. So ist es ja auch nicht. Aber Oberst Harris war doch hier, nicht? Hat mit uns gegessen und ist auf Taggert geritten an dem Tag, als dein Fohlen geboren wurde. Irgendwie muß er also gerettet worden sein." Sie versank in Schweigen, um nachzusinnen, wie sie Ken zu jenem Glauben verhelfen könnte, den sie ihm wünschte. „Aber so ist es nun wieder nicht, Ken, daß wir nur zu beten und um Hilfe zu bitten brauchen, um dann alles zu bekommen, was wir wünschen; denn das wird oft nicht der Fall sein und ist uns auch nicht bestimmt. Diese Erde ist nun einmal kein Himmel oder so etwas Ähnliches. Wir werden auch nicht ewig auf ihr leben – wir gehen nur darüber hin. Und am Ende steht der Tod – er ist das Tor, durch das wir sie verlassen. Mir macht das nichts aus. Ich werd's hinnehmen. Ich finde, daß viel unnützes Theater ums Sterben gemacht wird. Die Tiere wissen das besser – sie wissen, daß Tod etwas Natürliches ist. Keinem, der nur ein bißchen Verstand hat, kann verborgen bleiben, daß dies Leben eine Arena ist. Ein Ort zum Erproben und Üben, zur Prüfung und Entwicklung. Und wir sollten es nicht anders ansehen. Nicht jeder kann gewinnen, wann er will – aber man kann sich geistig trainieren, kann den Versuch dazu machen und sportlich aufgeben, wenn es nicht gelingt. Am Ende verliert jeder – wenn du das Sterben ein Verlieren nennen willst. Demnach wäre zwar Lebenskampf ein von vornherein verlorener Kampf; doch was man deswegen nicht zu verlieren braucht, das ist Beherztheit und Mut – das Anpackenwollen – die . . ."

„Seelenstärke", soufflierte Ken.

Nell lachte. „Woher hast du denn das?"

„Von Papa, gestern abend."

„Aha. – Ja also, wenn du um *diese Dinge* betest – die wird Gott dir geben."

„Immer?"
„Mir hat er sie immer gegeben."
„Kniest du dich immer richtig hin, wenn du betest?"
Nell zwinkerte ihm zu. „Nicht, wenn es schrecklich kalt ist oder ich schrecklich müde bin! Dann bete ich im Bett."
„Mutter!" machte Ken vorwurfsvoll. „Ist das nicht pimpelig?"
„Ich habe in der Bibel etwas gefunden", verteidigte sich Nell, „was mir immerhin ein Alibi verschafft. Mehreres sogar. Zunächst einmal steht ja da, daß man immerzu beten soll. Und weil man doch nicht immerzu auf den Knien liegen kann, so folgt daraus, daß man eben beten muß beim Anziehen oder beim Kochen und beim Reiten. – Und dann das andere: Da steht, König David hätte gebetet, auf der Erde sitzend, die Arme um seine Knie geschlungen und den Kopf daraufsinken lassend. Also bitte!"
Ken blieb stumm, weil er ein wichtiges Gebet verfassen mußte. „Bitte, lieber Gott, mach, daß ich Seelenstärke habe. Und laß mich alles immer anpacken. Aber wenn du es fertigbringen könntest, daß der Kobold zurückkäme und Flicka jetzt beim Fohlen gesund durchkommt, das wäre *ganz groß*. Um Jesu willen, Amen."
Ein Strahlen überflog sein Gesicht, als er zu seiner Mutter aufblickte.
Als sie am Bahnhof angekommen waren, ging Nell ins Telegraphenbüro, und Ken lauschte von draußen dem Geräusch der geheimnisvollen Punkte und Striche, die den Telegraphenbeamten in Laramie baten, er möge doch Rittmeister McLaughlin vom Gänseland-Gestüt den Gefallen tun und mit dem Tierarzt Doktor Hicks telefonieren, ob er sofort kommen könne, um ein Fohlen zur Welt zu bringen.
Nach fünf Minuten kam die Nachricht durch, daß Dr. Hicks sich bereits auf den Weg mache.

## *Letzte Sekunde und Sturmwind*

Auf dem Gänseland-Gestüt gab es nur einmal mitten im Sommer zwei bis drei Wochen wirklicher Hitze. Und heute war das Thermometer in unwahrscheinliche Höhen geklettert, so daß die brennende Glut in flirrenden Wellen über dem Land lag. Erinnerung an die gar nicht so ferne Steppe.
Trotz offener Türen und Fenster waren alle in der Scheune schweißgebadet, und Dr. Hicks mußte sich immer wieder zur Seite beugen, um die Tropfen von seiner Stirn zu schleudern. Rob und die beiden Jungen waren vom Gürtel aufwärts nackt.
Erschöpft von Stunden vergeblicher Wehen, lag Flicka auf der Seite. Die Geburt ging nicht voran. Schon lange vor der Ankunft des Tierarztes hatte sich ein Vorderfuß des Fohlens gezeigt.
„Was bedeutet", sagte Dr. Hicks, als er ankam, „daß das andere Bein noch angewinkelt ist und eine Geburt unmöglich macht. Das Fohlen liegt falsch und muß gerichtet werden." Er bat um einen

Jutesack, schnitt zwei Enden ab, um die Arme durchzustecken, und ein Loch in der Mitte für den Kopf, zog Hemd und Unterhemd aus, nahm den Sack über, fettete sich den rechten Arm ein und machte sich ans Werk. Ken, der zusah, schwor sich im stillen, daß Flicka nie wieder ein Fohlen würde haben dürfen.

Der Doktor keuchte, als er den winzigen gelben Fuß packte und langsam wieder zurück in die Stute drückte. Ken sah ihn verschwinden mit einem seltsamen Gefühl. Konnte das Fohlen noch leben, nachdem es derart behandelt wurde? Zu guter Letzt verschwanden nun auch Hand und Gelenk des Arztes, und Ken, der das rundliche braune Gesicht nicht aus den Augen ließ, dessen humorvolle Züge den Eindruck erweckten, als wolle es im nächsten Augenblick einen Witz machen, suchte darin zu lesen, was da drinnen in der Stute nun vorging. Ein Glück, dachte er, daß Dok so breit und stämmig war. Um ein Fohlen im Mutterleib geradezurichten, dazu gehörte schon Kraft! Während der Arzt arbeitete, warf er ein paar knurrende Bemerkungen hin. „Die Stute wird nie wieder fohlen – diese Vergiftung damals, als sie knapp ein Jahr war, hat ihr geschadet. Die Narbe da am Bein – Wunder, daß sie überhaupt noch so gut ist. Zum Reiten ganz in Ordnung – ah, da hab' ich's erwischt . . .“

„Was?“

„Den anderen Huf. Beide. Wird am Ende also doch nicht ganz so schlimm werden das Ganze.“

Nell kniete neben Flickas Kopf und kühlte ihr mit einem feuchten Schwamm Gesicht und Schnauze. Ab und zu durchlief die Stute ein heftiges Zucken.

Plötzlich zog der Dok an etwas. Flicka stöhnte und arbeitete gewaltig, Ken stöhnte auch und strengte sich unwillkürlich mit an; Howard jedoch beobachtete jede Bewegung des Arztes mit glühendem Interesse. Zwei winzige Hufe und eine Schnauze kamen zum Vorschein, und der Arzt richtete sich auf und wischte sich den Schweiß vom Gesicht.

„Sie wird es jetzt vielleicht allein schaffen können, nachdem ich es in die richtige Lage gebracht habe“, meinte er.

Aber Flicka vermochte es nicht. Ihre Kräfte waren nahezu erschöpft, und es schien, als ob noch immer irgend etwas die Geburt behindere.

McLaughlin blickte auf seine Uhr. „Es geht jetzt schon an die drei Stunden.“ Er unterhielt sich halblaut mit dem Arzt. Es ängstigte Ken, ihre Stimmen zu hören – so gleichgültig, so fatalistisch. Ken berührte die vorstehenden Hufe. Sie waren noch nicht fest und mit einer gummiähnlichen Masse gepolstert. Er versuchte an ihnen zu ziehen und entdeckte erstaunt, daß es war, als suche man einen Ast von einem Baum zu reißen.

McLaughlin schickte Gus nach festen Stricken. Sie banden einen Strick um die Fohlenbeinchen, und der Arzt und sein Gehilfe zogen daran mit aller Macht. Das Fohlen bewegte sich ein wenig, der Kopf war jetzt fast draußen. Dann blieb es wieder stecken, und als sie weiter zogen, schleiften sie nur Flickas Körper ein Stück über den Boden. Sie banden ihr nun die Vorderbeine an einen Pfosten und zogen wieder. Flickas Körper streckte sich ganz lang und straff, Stricke an beiden Enden, aber das Fohlen rührte sich nicht.

„Opfern Sie das Fohlen", sagte McLaughlin; „die Stute wird nicht mehr viel aushalten können."

„Wird sie vielleicht auch nicht müssen", versetzte Dok. „Noch bin ich nicht geschlagen."

Sie machten einen Flaschenzug mit Rolle an der Wand fest und ließen das Seil durchlaufen. Dann holte sich Dok ein Instrument, das wie eine Eiszange aussah, und schob die beiden Zangenspitzen zu Kens Entsetzen dem Fohlen in die Augenhöhlen. Nun zogen alle zugleich.

Es bewegte sich ein bißchen. Flicka preßte und mühte sich krampfhaft. Die Männer zerrten, bis sie rot anliefen im Gesicht. Und plötzlich schnalzte der ganze kleine Körper heraus.

Umgehend lösten die Männer die Stricke, und Gus ging daran, für Flicka ein heißes Mischfutter zu bereiten.

Der Tierarzt kniete über dem Fohlen, das kaum Lebenszeichen von sich gab. – „Ist es vorzeitig?" fragte Nell.

„Möglicherweise ein bißchen. Die Zähne sind eben durch. Wann ist die Stute gedeckt?" – „Das wissen wir nicht genau."

„Wird es leben?" fragte Ken.

Der Arzt gab keine Antwort. Er rieb das Fohlen trocken und sauber, massierte es und gab ihm eine Spritze. Es war ein sehr kleines, aber wohlgebildetes Stutenfohlen. Es hatte einen kurzen Rücken, eng beieinanderstehende lange Spinnenbeinchen und einen schmalen, hübschen Schädel mit einem leicht eingedrückten Gesicht. Es war rötlichgelb mit blondem Schweif und Mähne.

„Genau wie Flicka!" rief Nell aus.

„Wird es leben?" beharrte Ken.

„Kann ich noch nicht sicher sagen, es ist reichlich schwach. Aber manchmal überraschen einen diese kleinen Kerlchen. War jedenfalls die letzte Sekunde."

Alle waren sie erstaunt, daß die entsetzlichen Zangen dem Fohlen die Augen überhaupt nicht verletzt hatten.

Nell fiel Kens Gesicht auf. Es war blaß und zerquält. Wenn Flicka litt, litt auch er. Sie dachte, ob nach all dem vielen Leid jemals wohl auch etwas Gutes aus der Albino-Sippe kommen würde. Könnte es vielleicht dies winzige Fohlen sein?

Flicka vermochte schon bald wieder auf die Füße zu kommen und ihr Gemenge zu fressen. Das Stutfohlen gab Lebenszeichen von sich und mühte sich hochzukommen. Dok und McLaughlin hoben es auf und hielten es zum Saugen unter seine Mutter. Als die Zitze seine Lippen berührte, machte es den Mund auf und begann zu saugen. Alle, die zusahen, lächelten entspannt.

Als es genug hatte, wurde es wieder hinunter ins Heu gelegt, und der Tierarzt machte sich ans Zusammenpacken.

In diesem Augenblick verstellte ein Schatten an der Tür das einfallende Sonnenlicht. Sie blickten sich um und sahen den Kobold.

Wenn Ken einen auferstandenen Toten erblickt hätte, würde ihm das kaum einen heftigeren Schock versetzt haben. Seinen ganzen Körper überflammte eine Hitzewelle, der eine derartige Seligkeit folgte, daß er nichts mehr klar erfaßte.

Dann rief die Stimme von Gus: „Gottsdonner! Seht euch das an! Der ist ja in lauter Fetzen!" Und Kens Blick wurde wieder klar, er sah die Wunden und den Schorf auf dem weißen Fell und stürzte auf den Kobold zu.

Kobold erschrak und floh auf die Koppel hinaus. Indessen ging er nicht durch das offene Gatter, sondern beschrieb einen Kreis und kam zögernd zurück.

McLaughlin rief Ken einen scharfen Tadel zu und ging seinerseits ruhig auf den Junghengst zu, während er ihn eingehend betrachtete.

„Ruhig, alter Junge! Gott! Seht euch das Ohr an! So ist's brav – was für ein Riß an der Schulter ..."

„Und am Bauch ist ein Stück 'rausgebissen!" bemerkte Howard.

„Muß ja wohl allerhand gewesen sein, der Kampf, den das Fohlen hinter sich hat", meinte der Tierarzt mit einem prüfenden Blick auf die geschwollene Schulterwunde. „Das stammt von einem Huf, und zwar von einem ganz gewaltigen. Besser, ich sehe mir die Sache gleich noch an, solange ich eben hier bin."

„Hol ein Maß Hafer, Howard", ordnete McLaughlin an, „und du, Ken, bringst den Halfter."

Der Kobold gierte nach dem Hafer. Sie konnten ihm den Halfter überlegen, und McLaughlin und der Tierarzt untersuchten die Wunden.

„Schauen Sie mal", sagte der Arzt, „hier sind noch ein paar Wunden, die fast verheilt sind. Der hat zwei Kämpfe hinter sich. Sehen Sie die Schramme hier auf der anderen Schulter – könnte ein Luchs gewesen sein ..."

„Und hier", rief Howard aufgeregt, „seht mal die vielen kleinen Narben unter Hals und Bauch – wer kann das gemacht haben?"

Es waren lauter fast schon verheilte Kratzer. Dok rätselte daran herum und schüttelte den Kopf. „Vielleicht Stacheldraht", sagte er unsicher.

Jedesmal, wenn der Kobold seine Nase aus dem Eimer hob, drehte er sich zu Nell um. Sie streichelte ihm das Gesicht und konnte den Gedanken nicht loswerden, ob damit nun wohl alle ihre Hoffnungen auf die Zukunft ein Ende haben würden. Diese Schulterwunde schien tief zu sein. Wenn sie bis auf den Knochen oder an die Sehnen ging ...

Rob sprach ihre Gedanken aus. „Diese Schulterwunde, Dok – wird sie seiner Schnelligkeit schaden?"

„Ich glaube nicht", meinte der Arzt. „Der Hieb hat mehr gestreift."

„Wissen möchte ich nur", sagte McLaughlin, „wie er hier hereingekommen ist? Da ist doch ein vierfach gespannter Stacheldrahtzaun zwischen Stallweide und Landstraße."

Dok lachte, als er sein Hemd überzog. „Ich tippe drauf, daß Sie da ein Springpferd haben."

„Daß Holzzäune übersprungen werden, das habe ich im Osten schon verschiedentlich erlebt." Rob schüttelte den Kopf. „Aber solche Drahtzäune überspringen Pferde nicht – da muß schon irgendwo ein Koppelgatter offenstehen."

„Trainieren Sie ihn doch als Hunter", sagte Dok, „und bieten Sie ihn dann einem Jagdklub im Osten an. Sie würden einen anständigen Preis kriegen. Ein kräftiger Bursche – wie alt ist er? Ein langer Jährling?"

„Ein kurzer Jährling", sagte Ken stolz. „Er ist letzten September geboren."

„Donnerwetter!" sagte der Tierarzt. „Er ist ein kleiner Elefant."

„Er hat schon einen ganz schönen Anfang zu seinem Hengstdasein gemacht", bemerkte McLaughlin trocken. „Die Narben wird er sein Leben lang behalten."

„Uije, muß das ein Kampf gewesen sein!" warf jetzt Howard aufgeregt dazwischen. „Meinst du, er hat sich mit Banner eingelassen, Papa? Banner ist doch der einzige Hengst in der Gegend."

„Es könnte auch einer von den anderen Jährlingen gewesen sein", sagte Nell.

„Vielleicht haben sie Streit miteinander angefangen . . ."

„Nicht bei einem Huf von diesem Umfang", sagte Rob, indem er auf die Schulterwunde zeigte. „Das könnte nur Banner gemacht haben. Wenn der Kobold angefangen haben sollte, auf Banner loszugehen – aber ich kann nicht verstehen, wie Banner ihn dafür derart zurichten konnte. – Das Fohlen muß irgend etwas getan haben, um so eine Strafe zu verdienen."

Wenn einmal Gebete Erhörung finden, so schien es Ken, dann fanden sie es leicht in erdrückendem Ausmaß. Denn am gleichen Abend machte Howard nach dem Abendessen ein geheimnisvolles Gesicht, sagte, er solle doch mal mit 'rauf in sein Zimmer kommen, öffnete dann oben sein oberstes Kommodenschubfach, nahm eine kleine Schachtel heraus und gab sie Ken.

„Mach mal auf", strahlte er.

Ken machte auf. Da lag seine Stoppuhr mit einem neuen Uhrglas an Stelle des zerbrochenen.

„Und eine neue Feder hat sie auch", sagte Howard und hopste vor lauter Wonne im Zimmer herum. „So gut wie neu ist sie wieder. Du wirst sie doch jetzt brauchen, weil du den Kobold wieder hast, und wir können ihn rennen lassen und die Zeit nehmen!"

Ken war sprachlos. „Oh, Howard! Dank dir vielmals. Aber Papa hat doch gesagt, sie gehörte dir . . ."

Howard umtänzelte ihn mit hochgenommenen Fäusten. Da er jetzt dabei war, Muskeln wie Herkules zu entwickeln, winkelte er ständig die Arme an und wollte boxen. „Schon gut – ich gebe sie dir . . ." Er unterstrich seine Worte mit spielerischen Stößen gegen Kens Brust. „Ich bin doch der Älteste, und ältere Brüder können den jüngeren Sachen schenken." Peng – Ken nahm die Fäuste hoch. „Wir werden sie so was wie gemeinsam – wird 'ne feine Sache werden damit ..."

Sie versetzten sich gegenseitig ein paar Boxhiebe, aus dem Boxen wurde Ringen, und dann rollten sie sich auf dem Boden.

Aber Ken hatte sein Fohlen nicht lange. Es wurde in die Stallweide gebracht, damit man es in der Nähe hatte, falls seine Wunden einer Behandlung bedurften. Flicka und ihr Fohlen kamen auch dorthin, sobald das Kleine an der Seite seiner Mutter laufen konnte. Zwischen Kobold und seiner kleinen Schwester sprang eine jener seltsamen Neigungen auf, wie man sie zuweilen bei Pferden findet. Wenn er in der Nähe war, mußte sie von der Seite ihrer Mutter hinweg zu ihm hinüberwandern. Dann stand er, den hochgewölbten Nacken zu ihr niedergebeugt. Und sie reichte mit ihrer kleinen Schnauze hoch, um ihn an Gesicht und Nacken zu berühren.

Morgens und abends brachten ihnen die Jungen Hafer hinaus. Eines Morgens war der Kobold nicht da. Rob untersuchte alle Zäune. „Ich fange an, dem Doktor recht zu geben, er scheint Zäune überspringen zu können", sagte er stirnrunzelnd. Wenn er nicht an der einen Stelle im Süden sich durchgerollt hat, wo die kleine Grube ist."

Die Jungen sattelten und ritten davon, um ihm nachzuspüren. Er war weder bei den Jährlingen noch den Zuchtstuten oder den Zweijährigen. Er war nirgends zu entdecken.

Diesmal war Ken nicht so unglücklich. Das Fohlen war einmal zurückgekommen – wahrscheinlich tat es das wieder. Die neuerworbene Seelenstärke genügte für diese Beanspruchung, wenngleich ihm an diesem Abend, als er gerade beten wollte, der Gedanke durch den Kopf schoß, den Allmächtigen doch mal zu fragen, ob er es selber ganz fair fände, Geschenke wieder zurückzunehmen? Er unterdrückte den Impuls jedoch als nicht so ganz respektvoll und möglicherweise auch künftiger Gunst Abbruch tuend.

Das kleine Stutfohlen wuchs und gedieh. Seine Hufe und Knochen wurden fest. Es kannte bald die gesamte Familie, die Hunde und Katzen und interessierte sich für aller Kommen und Gehen. In den ersten Morgenstunden stand es da und sonnte sich. Bei Sonnenuntergang, wenn alle Fohlen gern spielen, sauste es über den Anger, warf seinen kleinen Körper herum und ließ die Füße springen. Es dauerte gar nicht lange, und seine kleinen Hufe donnerten schon ein bißchen, wenn es ordentlich rannte.

Nell nannte sie Letzte Sekunde.

Rob McLaughlin war ganz verliebt in sie. Sie bedeutete ihm viel – die Rechtfertigung seiner Theorie von der Güte einer einzigen reinen Zuchtlinie. Seine Augen blitzten scharf und blau, wenn er sie mit zusammengekniffenen Lidern prüfend betrachtete.

„Da habt ihr mal ein Stutfohlen, das alle Vorzüge beisammen hat!" sagte er. „Seht nur diese vollendeten Beine!"

Er fütterte sie beinah vom ersten Tage an mit Hafer. Er ließ sie immer nur wenige Körner auf einmal kauen. Bei reichlicher Fütterung würde sie das Handicap ihrer verfrühten Geburt überwinden – sie hatte es in sich. Und was sie in sich hatte, würde sich zeigen. Sehr früh schon und ohne alle Schwierigkeiten machten sie sie halfterzahm und vertraut.

„Ich habe doch immer schon das Gefühl gehabt, daß etwas Außergewöhnliches dabei herauskommen müßte, wenn wir Flicka wieder von Banner decken ließen."

Sie saßen nach dem Abendessen auf der Terrasse, Flicka und das Stutfohlen nahe dem Brunnenbecken in der Mitte des Angers. Plötzlich hörten sie Hufdonnern von der Kälberweide her und sahen den Kobold im kurzen Galopp um die Ecke des Hanges biegen. Rob sprang erstaunt auf: Wie hatte das Fohlen auf die Kälberweide gelangen können? Im nächsten Augenblick wußten sie es alle. Da war ein vierfacher Stacheldrahtzaun zwischen dem Anger und der Kälberweide. Kobold galoppierte darauf zu, bog etwas ab, um den Gatterpfosten vor sich zu haben, und übersprang ihn mühelos. So kanterte er auf Flicka und das kleine Fohlen zu, eine freudige Begrüßung wiehernd.

„Hol's der Teufel", sagte Rob und steckte dann langsam die Pfeife wieder zwischen die Zähne. „Wenn er mit Banner zu kämpfen anfängt und alle Zäune überspringen kann, dann können wir uns ja von jetzt an auf allerlei gefaßt machen. Denn das heißt, daß er gehen und kommen kann, wie's ihm paßt."

Die Jungen liefen aufgeregt schwatzend zum Anger hinunter.

Nell folgte ihnen mit Rob.

Kobold und seine kleine Schwester schwelgten in Seligkeit über ihre Wiedervereinigung.

„Er gibt ihr einen Kuß!" schrie Ken. „Sieh doch, Mutter! Sieh bloß den Kobold!"

„Ihn Kobold zu nennen, ist einfach lächerlich", sagte Nell. „Das ist kein Kobold. Das ist Sturmwind."

Einen Augenblick waren alle still. Ken waren die Worte seiner Mutter durch und durch gegangen. Endlich war es soweit. – Das weiße Fohlen schien um viele Zentimeter gewachsen. Und nach allen Seiten, so daß es noch immer diesen Eindruck der Frühreife und des eigenartigen Erwachsenseins machte – wie ein Junge, der die Verantwortung eines Mannes zu tragen hat.

Nell blickte zu ihrem Mann auf. „Siehst du das nicht auch, Rob? Er hat sich völlig verändert. Er ist schon seit damals so verändert, als er das erstemal verschwand und mit diesen schrecklichen Rißwunden wiederkam."

„Wie meinst du das – verändert?" wollte Howard wissen.

„Nun – so gewissermaßen erwachsen geworden. Würdiger. Er hat jetzt etwas in sich, was vorher nie da war, und es hat vieles geglättet, was früher unbeholfen und niederträchtig an ihm war. Wir müssen ihn von jetzt an bei seinem richtigen Namen nennen – er verdient es."

„Der Kobold ist tot – lang lebe Sturmwind", krähte Howard.

Ken holte einen Eimer Hafer und fütterte den Wandersmann.

Dann Flicka. Dann bot er den Eimer dem winzigen Fohlen. Es stupste seine kleine neugierige Nase hinein, so daß ein paar Körner dran hängengeblieben waren, als sie wieder zum Vorschein kam, sprang davon und kaute, den Kopf auf und nieder wippen lassend.

„Papa", sagte Ken, „wohin geht er denn wohl, wenn er weggeht – Sturmwind, meine ich?" Ken wurde beinah rot vor Verlegenheit, als er dem Fohlen seinen großartigen Namen gab.

„Ich wünschte selber, ich wüßte es", sagte Rob langsam. „Und dies Überspringen von Drahtzäunen, das hat ihm niemand beigebracht – das hat er ererbt, direkt vom Albino. Er ist ein vollendeter Rückschlag. Was war der Kerl doch für ein großartiger Springer! Kein Zaun vermochte ihn zu halten."

Als es dunkler wurde, brachten sie die drei Pferde hinunter auf die Kälberweide.

„Nicht, daß es sonderlich viel helfen würde", bemerkte Rob trocken. „Dieser Wildling wird kommen und gehen, wie's ihm paßt."

Sie saßen noch eine Weile im Dunkeln auf der Terrasse. Über dem Anger riefen einander zwei Käuzchen.

Rob meinte schließlich gedankenverloren: „Nun ja – Sturmwind kann springen. Sturmwind kann bocken. Sturmwind kann kämpfen. Aber keine dieser Künste ist wichtig für ein Rennpferd. Es bleibt also abzuwarten, ob Sturmwind rennen kann."

## *Ken reitet Sturmwind*

Sturmwind konnte rennen; aber noch ein Jahr verging, ehe sie das ganz sicher wußten. Wieder waren die Jungen auf Ferien nach Hause gekommen, und nun begann mit dem jetzt Zweijährigen ein intensives Training.

Den ganzen Winter über hatte er seine Freiheit gehabt. Rob und Nell wußten, daß er zuzeiten überhaupt nicht auf dem Gänseland-Gestüt war. Er verschwand in südlicher Richtung, so viel hatte man herausgefunden. Er blieb eine ganze Weile fort. Dann kam er wieder zurück. Aber nun, da Ken zu Hause war und ernstlich begonnen hatte, ihn zuzureiten, sollte er den ganzen Sommer über dableiben. Herumtreiben gab es nicht mehr.

Ken arbeitete mit dem jungen Pferd zwei Wochen lang. Er fing wieder ganz von vorn an mit Halfter, Striegeln und Deckeüberwerfen. Er ritt ihn erst ohne und dann mit Sattel. Er ritt ihn in der Koppel, mit verhängten Zügeln, beschrieb Achten, ließ ihn vorwärts gehen und rückwärts, ließ ihn stillstehen. Selten verging ein Tag, an dem er nicht abgeworfen wurde. Schließlich nahm er ihn aus der Koppel und kämpfte im Freien mit ihm. Das Pferd drehte sich im Kreis, sprang, scheute – galoppierte ein Stück, dann bockte es, stemmte sich und verweigerte – einmal, zweimal –, und schließlich warf es ihn ab. Ken stieg wieder auf, und der Kampf begann von neuem.

Sturmwind mochte seinen Herrn nicht. Oft schien er von einem ausgesprochenen Haßgefühl erfüllt zu sein. Er galoppierte auf einen großen Baum zu und versuchte den Jungen abzustreifen. Ken riß ihm gerade noch rechtzeitig den Kopf herum. Dann lernte Sturmwind störrisch zu werden und durchzugehen. Es wurde ein wilder, bockiger Galopp, bei dem das Gewicht des Pferdekopfes so schwer in Kens Händen lag, daß er qualvoll durchgerüttelt wurde.

An einem Spätnachmittag, nach einer Stunde solchen Ringens, übermannte Ken der Zorn, und er begann, Sturmwind mit der Reitgerte zu schlagen. Er schlug so lange drauflos, bis er nicht mehr konnte. Mit der freien Hand hielt er dabei die Zügel und zwang das Pferd einmal hierhin und einmal dorthin. Mit seinen Absätzen trieb er es an. Tränen der Schwäche und Wut standen ihm in den Augen.

Auf einmal überkam Sturmwind der Wunsch, zu gehorchen. Generationen der Zucht hatten das Wissen vom Anteil des Pferdes am Reiten in ihn gelegt, dieses Erkennen, daß der Gehorsam einem guten Reiter gegenüber ein einziges Wesen aus beiden macht und aus dem Ritt eine gemeinsame Arbeit, beinahe etwas wie einen Tanz, eine Schaustellung, die ein Pferd allein gar nicht vollbringen kann. Er lehnte sein Maul gegen Kens federleichten Zügeldruck und führte gehorsam alles aus, wie er es nie zuvor getan hatte. Jetzt war Anmut in seinen Bewegungen, Anmut und Disziplin und Technik. Und Freude lag darin. Er hörte auf, gegen die Kandare zu kämpfen. Als ob er mit einemmal alles das gelernt hätte, was Ken ihm beizubringen versucht hatte, oder als ob er es längst schon gekonnt hätte, so schwenkte er bei dem geringsten Straffen der Zügel an seinem Hals oder der Gewichtsverlagerung seines Reiters nach rechts oder links ein. Sein Gang war geschmeidig, tänzelnd. Er hatte selbst Freude an seinen schnellen, leichten Wendungen, am Eingehen auf die Hände, die ihn zu immer längerem Ausgreifen lockten.

Als Sturmwind Gehorsam zustande brachte, wuchs ihm damit etwas Neues zu. Das Können und der Wille eines anderen Wesens waren seinem eigenen Können und Willen hinzugefügt. Ihm war eine neue Erfahrung geschenkt, und sie durchlief seinen Körper wie Quecksilber. Nell mochte er gern, aber kein anderer hatte mit ihm gekämpft, gerungen, ihn geschlagen und Gehorsam gelehrt als Ken.

Schließlich gab ihm Ken die Zügel ganz frei und trieb ihn vorwärts mit Stimme, Händen und Absätzen.

Sturmwind begann zu rennen. Seine Hufe flogen nach vorn und griffen den Boden mit einem harten Schlag, der, ihn kaum berührend, schon wieder davon zurückprallte.

Ein Gefühl außerordentlicher Gelöstheit überkam Ken. Es war gar keine Anstrengung nötig, es gab kein Ringen mehr: er und das Pferd waren endlich eins. Der Kampf war vorüber, und jetzt erlebte er – dies!

Welche Beherrschung! So etwas von Stärke und Kraft, wie er sie unter sich spürte, hätte er sich nie träumen lassen. Sie durchströmte auch ihn. Sie wurde sein eigen. Vor ihnen lagen ein paar Felsbrocken. Er wich nicht zur Seite – ein kaum merkbares Anpressen der Knie, ein Heben der Hände –, und der Hengst segelte darüber hinweg, kaum seinen Gang ändernd. Da drüben der Zaun bei der Straße! *Nimm ihn, Sturmwind,* und nun der weite, schwebende Sprung – das lockere Aufsetzen ...

Alles erschien Ken verändert. Er blickte sich um. Er sah, fühlte und begriff vieles wie nie zuvor, als habe er Zutritt in eine geheime Welt erhalten, von der keiner sonst etwas wußte. Der Wind peitschte seine Wangen, füllte seinen Mund, prallte gegen seine Augäpfel und pfiff in seinen Ohren. Dieses Tempo! Diese unglaubliche Schnelligkeit! Diese seltsame, schwebende Gangart! Die langen, raumgreifenden Schritte wirkten fast langsam, wie die Kraulbewegungen eines Schwimmers. Dann der blitzschnelle Abprall vom Boden, und wieder der Flug durch die Luft. Kein Hindernis konnte ihn halten. Es gab keins für ihn. Sie schwebten über alles hinweg.

Wie ein breites Band lief die Welt ab unter den Hufen des Hengstes. Sie legten eine Strecke zurück, die Ken noch nie zuvor gesehen hatte. Er machte keinen Versuch, zu führen. Waren sie auf Bergen – waren sie im Himmel? Wolken, Bäume, Erde flossen vorüber. Da eine Gruppe Antilopen! Er sah ihre ängstlichen Sprünge – ihre erschrockenen Gesichter – vorüber! Kens Bewußtsein war verschmolzen mit allem, was es auf dieser Erde gab. Er hatte es in sich eingesogen. Er war ihr Pulsschlag. Er war ihr Kern. So mußte es sein.

Wie im Traum saß er an jenem Abend am Familientisch, unfähig zu sprechen oder zu essen.

Er mußte immerzu daran denken, ob Sturmwind das wohl jemals wieder tun würde. Vorhin, als er absaß, das Pferd absattelte und ihm dabei ins Gesicht sah – Zukunftsvisionen vor sich sehend, daß ihm die Hände zitterten, weil er ja nun ohne allen Zweifel wußte, wozu das Pferd imstande war –, da erkannte er, daß Sturmwind ihn noch immer haßte. Die dunklen, weißumringten Augen blickten ihn von der Seite her bösartig an.

„Wie ging dein junger Hengst heute, Ken?"

„Der – besser, Papa."

„Hast du ihn richtig vorwärtsgebracht unterm Sattel?" – „Ja, Sir."

„Hast du ihn auch rennen lassen?"

„So ungefähr ..."

Rob McLaughlin blickte seinen Sohn prüfend an. Er fragte nicht weiter.

## *Nell und Rob*

Es war ein warmer Abend im August. Rob fuhr auf eine südlich gelegene Ranch, um sich eine Stute anzusehen. Es war ihm gesagt worden, daß es sich um ein eingetragenes Vollblut handeln solle, das Rennpferd gewesen und jetzt billig zu haben sei. Die Zahl seiner eigenen Zuchtstuten war auf sechzehn zusammengeschmolzen. Sie wurden zudem alt. Vier hatte er in den vergangenen beiden Jahren verloren, und zwei weitere mußten noch vor dem Herbst verkauft werden, weil sie keinen Winter im Freien mehr würden durchstehen können. Farmer aus Colorado mochten sie noch kaufen und im Stall überwintern lassen um der Fohlen willen, die sie im Frühjahr werfen würden. Zwar würden sie auf der Auktion nur wenig bringen, aber auch das war immer noch besser, als sie den Präriewölfen auf der Sattelhöhe zum Fraße vorzuwerfen.

Nell begleitete ihn auf der Fahrt. Sie befanden sich auf einer jener abseitigen Straßen, die kaum mehr als eine Wagenspur durch die Prärie sind. Es war um die Stunde, da es noch sinnlos ist, die Lampen einzuschalten, wenngleich das Licht des Tages kaum noch genügt. Der Wagen schoß so schnell und zuweilen holpernd dahin, daß Nell gerade protestieren wollte, aber ein Blick auf Robs Gesicht hielt sie davon ab. Er machte seine zornige Fahrermiene.

Nell drückte sich ein wenig tiefer in ihre Ecke und seufzte. Es hätte ein netter Abend werden können. Sie genoß sonst solche abendlichen Fahrten nach getaner Arbeit, aber wenn er so gelaunt war . . .

„Gipsy wird es auch nicht mehr lange machen“, sagte Rob unvermittelt. „Bei dem Tempo wird von meinem Zuchtstuten-Rudel bald nur noch die Hälfte übrig sein.“

„Könntest du nicht einige von den Jungstuten in das Rudel aufnehmen?“ fragte Nell. „Da wären die drei Fünfjährigen – die Goldfüchse –, das sind doch prächtige Stuten.“

„Damit sie von ihrem eigenen Vater gedeckt werden?“

„Ist das denn nicht deine Inzucht, das Festhalten an einem bestimmten hervorragenden Blut, von dem du immer sprichst?“

„Aber doch nicht unterschiedslos. Dazu darf man nur ausgesuchte Exemplare nehmen. Nicht eine von den Stuten ist dafür gut genug.“

„Was willst du dann tun, um Zuchtstuten zu bekommen, Rob?“

„Wahrscheinlich doch welche dazukaufen, wie ich's bisher getan habe. Die Rennbahnen besuchen – da gibt's immer mal reinblütige Stuten, die für die Bahn nicht mehr zu brauchen sind.“

Nell sank das Herz. Diese Einkaufsreisen, die er alle drei bis vier Jahre unternahm, kosteten mindestens tausend Dollars.

„Oder aber ich kaufe einen neuen Hengst“, sagte Rob, „damit ich dann meine Jungstuten verwenden kann. Das mag sogar das beste sein.“

„Einen neuen reinrassigen Hengst?“ rief Nell aus. „Aber Rob, warum können wir denn dann nicht einfach einen unserer eigenen Hengste behalten – nicht verschneiden, meine ich?“

„Auf diese Art bringt man seine Pferde bald auf den Hund“, erwiderte Rob kühl.

*Was würde das schon für einen Unterschied machen?* Nell hatte die Worte schon auf der Zunge, hielt sie aber auch zum hundertsten Male zurück. Rob mußte dasselbe denken – mußte wissen, daß *sie* es dachte; aber es auszusprechen, das wäre der letzte kleine Anstoß, der das ganze Kartenhaus zusammenstürzen lassen würde.

„Vielleicht", erinnerte sie, „könntest du auch einen staatlichen Hengst bekommen. Das würde dich gar nichts kosten."

„Meinst du, ich könnte einen Staatshengst auf freier Weide herumlaufen und für die Stuten sorgen lassen, wie Banner das tut? Man bekommt keinen Hengst von der Regierung, wenn man nicht fest zusagt, daß er auf dem Gestüt bleibt. Seine Stuten müssen auf der Koppel gehalten werden. Er muß das ganze Jahr über mit Hafer gefüttert werden. Daran sind sie gewöhnt, und anders können sie gar nicht leben."

Nell gab keine Antwort. Rob wollte sichtlich Streit. Er wollte einfach keinen Ausweg suchen oder einen Kompromiß schließen. Sie wechselte das Thema.

„Rob – das Pferd, das ich diesen Sommer reite, Cheyenne – ich mag ihn nicht mehr. Er macht mir keine rechte Freude. Er ist so langweilig. Und zugeritten ist er ja soweit. Ich möchte ihn nicht länger reiten."

„*Sehr* schön", sagte Rob.

‚Also was sollte das nun heißen?' überlegte Nell. Laut sagte sie: „Ich möchte ein anderes Pferd haben."

„Wen hättest du gern?" erkundigte sich Rob mit übertriebener Höflichkeit.

„Ich habe daran gedacht, daß ich einen von denen nehmen könnte, die du für die Armee trainiert hattest. Wie wär's mit Injun? Meinst du, er würde sich mit mir zurechtfinden?"

„Wenn du Injun reiten willst, solltest du dir am besten gleich Flügel anschaffen", war Robs Antwort, getränkt mit seinem beißendsten Sarkasmus. „Aber bitte, reite ihn nur, wenn du magst. Ganz wie du willst."

„Du bist ja *reizend!*" murmelte Nell.

Einige Sekunden danach beugte sich Rob etwas zu ihr hinüber: „Was sagtest du eben?"

„Nichts." Sie drückte sich noch weiter in ihre Ecke zurück, und wieder umhüllte sie das lastende Schweigen. Merkwürdig, dachte sie, daß sich zwei Menschen körperlich so nahe sein können und einander doch so fern, daß sie kaum Gedanken austauschen mochten.

Der Wagen stürzte sich einen Hang hinunter, querte ein Bachbett, wand sich drüben wieder hoch und kam auf ebenes Gelände. Der Tag war fast vorüber. Nell sah einen Zug Wildenten gegen den Abendhimmel. Auf ihrem Platz zur Rechten Robs hatte sie den Sonnenuntergang direkt in ihrem Fenster. Der Wind kam von Südwesten, ein Wind, der hierzulande beständiges Schönwetter bringt.

„Wird der Wind nicht stärker?"

„Nein. Das scheint nur so, weil wir jetzt auf die freie Ebene hinausgekommen sind, wo ihn nichts aufhält. Kein Schutz irgendwelcher Art. An die dreihundert Kilometer ungehinderter Spielraum für seinen Atem. Schauderhafte Gegend zum Leben."

Auf einmal legte Nell ganz impulsiv ihre Hand auf Robs Schenkel und gab ihm zwei, drei verspielte zärtliche Klapse. Oft waren sie stundenlang so gefahren. Oft sagte er: „Wo ist denn deine Hand?", und dann legte sie ihre Finger dorthin. Doch heute abend fühlten sich die Muskeln unter der Cordhose wie Stein an. Sie zog die Hand zurück.

„Rob, ich habe mir das mit Sturmwind überlegt. Ken ist jetzt so schrecklich glücklich mit ihm – die Schnelligkeit, die er neuerdings entwickelt. Meinst du, daß es unbedingt notwendig sein wird, ihn verschneiden zu lassen?"

„Er ist ein Zweijähriger", erklärte Rob barsch. „Sämtliche anderen werden kastriert, warum also er nicht?"

„Ken kriegt schon Zustände deswegen", sagte Nell.

„Ken hängt mir nachgerade zum Halse 'raus."

„Außerdem", fuhr Nell fort, „ist er in Wirklichkeit noch gar nicht zwei – er ist knapp zweiundzwanzig Monate."

Rob erklärte mit der fast erschöpften Geduld, mit der man mit einem Kinde von unterdurchschnittlicher Intelligenz spricht: „Man wartet, bis sie zwei Jahre sind, damit ihr Nacken genügend Zeit hat, sich gut zu entwickeln. Aber bei Sturmwind ist der Nacken bereits entwickelt wie bei einem Dreijährigen. Er hätte schon vor einem halben Jahr kastriert werden können."

Nell brannten die Wangen. Wenn Rob in dieser Weise zu ihr sprach, wandte sie sich innerlich ganz von ihm ab und entfloh im Geiste. Sie legte ihren Arm auf das offene Fenster und ließ ihren Kopf darauf sinken. Sie glitt hinaus auf den Flügeln des westlichen Windes – entschwebte über die dämmernde Weite.

Es wurde dunkler, und Rob schaltete die Lichter ein. Eine halbe Stunde verging, da das Panorama himmlischer Schönheit sich wie ein verschwimmender Traum vor Nells entzückten Augen breitete. Es war ein Sonnenuntergang in Blau und Silber. Alles Licht war von der Erde verschwunden und hinterließ ein Meer der Dämmerung unter einem Himmel von blauem Türkis. Die Blicke, angestrengt in der weiten Ferne jenen Punkt suchend, wo die dunkle Erde den Juwelenhimmel streifte, verloren sich im Geheimnisvollen. Doch war dies noch nicht alles. Über dem Horizont streckte sich wie ein blitzendes Geschoß meilenweit ein Quecksilbersee, dessen Ränder wie aus feinem Glas gebogen waren. Unter ihm drängten sich die brennend weißen Kuppen großer Wetterwolken wie Alabasterleuchter, von innen erhellt.

Mußte es vergehen, dieses Bild unwahrscheinlicher Schönheit? Mußte es entschwinden? Von Augenblick zu Augenblick bot es sich unverändert ihren Augen dar, als sei es ganz allein für sie erschaffen, und ihr Blick allein hielte es fest. Vielleicht sah es keiner sonst auf der ganzen Welt. Die ganze Weite und Tiefe der Schöpferkraft offenbarte sich in makelloser Künstlerschaft einzig zu ihrem Entzücken. – Aber doch, es änderte sich. Das kaum wahrnehmbare Wechseln und Verblassen, Aufflammen und Entschwinden ging unaufhörlich weiter wie die Bewegung der Erde, die sich im Weltraum dreht – alle Sterne drehen sich, das Universum dreht sich, erst eine Seite, dann die andere . . .

*Sein . . . Nichtsein* . . . Der Sonnenuntergang verdämmerte, brannte aus, starb unter dem leichten Schwung eines gigantischen, allmächtigen Armes. Wie waren doch diese Zeilen aus den Bekenntnissen des heiligen Augustinus – etwas von der Schönheit der Elemente, die Gott verkündeten?

„In einer Woche etwa kannst du Injun reiten, wenn du willst. Ich werde ihm bis dahin noch mal täglich eine tüchtige Lektion geben."

Nell gab keine Antwort. Rob sah zu ihr hinüber. Auf ihrem Gesicht, das sie gegen den Fensterrahmen lehnte, lag der silberne Widerschein der untergehenden Sonne. Ihre zerzausten Ponyhaare waren vom Wind zurückgeblasen, ihre Augen Schattenteiche.

„Hast du nicht gehört?" fragte er barsch.

„Ja. Wegen Injun. Macht nichts."

Robs Stimme schwoll an. „Du hast doch gesagt, daß du ihn wolltest, nicht? Was ist denn los nun? Hast du dich schon wieder anders besonnen?"

Nell setzte sich plötzlich auf. Sie zitterte am ganzen Körper. „Schnauz mich nicht an!" Aber sie hatte das Gesicht noch abgekehrt, und der Wind verwehte ihre Worte.

„Was?"

„Nichts."

*„Was du gesagt hast?"*

Hitzige Worte drängten sich ihr auf die Lippen. Sie konnte ebensogut brüllen wie er. Aber wenn sie es tat, dann würden sie im nächsten Moment mitten drin sein in einer jener unsagbar scheußlichen Auseinandersetzungen, bei denen man sich gegenseitig anknurrt wie Hund und Katze. Der Streit würde vorübergehen, aber die Worte, die dabei fielen, hallten noch nach Jahren wider und wurden nie vergessen. *Ich hasse dich. Du bist gemein. Ich wünschte, ich hätte dich nie gesehen.*

Nell fröstelte in ihrem dünnen Kleid aus mohnblumenbedruckter Seide. „Mir ist kalt", sagte sie.

Rob stoppte den Wagen mit kreischenden Bremsen. „Wo hast du deinen Mantel?"

„Hinten drin."

Jede weitschweifige, langsame Bewegung, die er machte, um ihre kurze graue Flauschjacke herauszuholen, sie herauszubitten und ihr hineinzuhelfen, sollte sie deutlich fühlen lassen, daß sie die Weiterfahrt aufhielt.

Sie stiegen wieder ein und fuhren. Den ganzen Abend über war der Mond schon hoch über den Himmel gesegelt. Jetzt, mit der Dunkelheit, begann er zu glänzen.

Auf einmal war da auf der rechten Seite etwas, was wie ein Haus aussah. Eine kleine Abzweigung der Straße schien darauf zuzuführen. „Das muß es wohl sein“, sagte Rob unsicher. Er brachte den Wagen vor einem unordentlichen Durcheinander von Mauern, Zäunen und Koppeln zum Halten.

„Das muß es sein“, murmelte Rob noch einmal und starrte hinüber. Auch Nell starrte es an. Das Mondlicht gab dem Ganzen eine ruinenhafte Silhouette.

Rob stieg aus und ging auf das Haus zu.

Nell konnte den Blick nicht davon wenden. Da war es also. Die altersschwachen Gebäude, bei denen immer ein Schuppen so im Nachhinein an den andern geklebt wurde. Einzäunungen, aus Draht, Pfählen, Stricken und Stangen zusammengestückelt, zusammengefallen, liegengelassen und an anderer Stelle wieder angefangen. Das Haus, das aus einem einzigen trüben Auge blinzelte, war eine zufällige Sammlung von Brettern, Rissen, Kistenholz, Dachpappe, Blech und nichts davon gerade. Hier war es. Der Schrekken ihrer Kindheit, wie sie ihn vom Abteilfenster im Vorüberfahren gesehen hatte, das mühsam errichtete und hartnäckig gehegte Haus menschlicher Hoffnungslosigkeit, an dem unaufhörlich die Winde rüttelten, die in allen Zaunecken Abfall, zerbrochene Schindeln, Zeitungsfetzen und Schmutz zusammenfegten. Hier war es.

*Eine Vollblutstute!*

Nell sah die Gestalten ihres Mannes und eines hochgewachsenen, aber gebückt schreitenden Fremden aus dem Haus treten. Der Mann trug eine Laterne. Sie gingen zu dem Schuppendurcheinander auf der anderen Hofseite und entschwanden ihrem Blick.

Nell war in eine derartige Niedergeschlagenheit versunken, daß sie hochschreckte, als sie eine Stimme am Wagenfenster vernahm. Es war eine kultivierte Stimme, der Akzent nahezu englisch, die Frage liebenswürdig formuliert: „Würden Sie es nicht vorziehen, lieber hereinzukommen und drinnen zu warten, bis unsere Männer ihr Geschäft beendet haben?“

Eine alte Frau stand neben dem Wagen; ihr dünnsträhniges Haar, das sich rückwärts aus dem kleinen Knoten gelöst hatte, peitschte der Wind. Es war ein Gesicht, wie man es oft auf abseits liegenden Farmen oder einer Ranch tief im Innern des Landes findet. Ein Gesicht, das Bildung und Charakter verriet – die Adlernase messerscharf nur eben mit Haut überzogen, der lange, heruntergezogene Kiefer, die allzu kleinen schimmernden falschen Zähne, die nußbraune Haut von tiefen Falten durchfurcht und in den tief eingesunkenen farblosen Augen dieser Blick duldenden Ausharrens, der vor Jahren begonnen hatte – und nie enden würde.

Geduldig wiederholte die Stimme ihre Frage.

„Oh, ich danke Ihnen vielmals!“ rief Nell hastig. „Ich denke, ich warte ganz einfach hier – oder – könnte ich vielleicht in den Stall gehen? Ich würde mir die Stute auch gern ansehen.“

„Ich werde Ihnen den Weg zeigen“, sagte die alte Frau liebenswürdig. Sie tasteten sich vorbei an Abfall, Dreckhaufen, umgekippten Benzinkanistern, Werkzeug und Drahtrollen bis auf den Hof vor der Scheune und gingen dort hinein.

Da war die Stute. Der Mann hielt sie an einem Halfterseil im Vordergrund, und Rob untersuchte sie.

O warum nur! Warum! Wieso sieht er sie sich überhaupt an! Das arme Vieh! Warum macht er ihnen nur irgendwelche Hoffnung?

Die feingebildeten hohen Beine der Stute schienen kaum mehr imstande, sie zu tragen. Sie hatte einen Senkrücken. Der aristokratische Kopf hing schlaff herunter, sie wandte sich nicht einmal nach ihnen um. Am Nackenende war eine tiefe Kerbe vom Kummet.

„Sie haben sie vor den Pflug gespannt?" fragte Rob.

„Ja. Sie kann ihr Tagewerk genausogut verrichten wie jedes andere Pferd."

Nell betrachtete den Mann und suchte zu entscheiden, an wen er sie erinnerte. Er war der typische Onkel Sam. Es war sogar etwas von seiner selbstsicheren Munterkeit an ihm. So *mußte* er ja wohl auch sein, dachte Nell, wenn er sich und seine alte Frau in einer derartigen Gegend festsetzen konnte, um dort die Tage zu beschließen.

Sie reichte ihm zur Begrüßung die Hand hin: „Ich bin Mrs. McLaughlin."

„Guten Abend, Mrs. McLaughlin." Nell fiel auf, daß auch seine Stimme Bildung verriet.

„Ich – eh – ich – eh –" stotterte Rob, der sich Namen nie merken konnte, „entschuldigen Sie bitte, aber ich habe Ihren Namen vergessen."

„Ich heiße Kittridge", sagte der Mann, der Nells Hand ergriffen und herzlich geschüttelt hatte. „Thomas Jefferson Kittridge."

Rob blickte hoch, als er den bekannten Präsidentennamen hörte, und ein Lächeln ließ seine Zähne aufblitzen. Sein dunkles Gesicht wirkte auffallend hübsch im milden Schein der Laterne. Nell bemerkte, daß ihn die alte Frau offenen Mundes anstarrte.

„Verwandt mit ihm?" fragte Rob.

„Allerdings. In der weiblichen Linie. Mein Großvater ist aus Virginia nach Oklahoma gekommen, und mein Vater, der eine zahlreiche Familie hatte, zog dann hierher. Ich hatte früher eine große Ranch, aber wir haben ein bißchen Pech gehabt."

„Und die Jungen wurden groß und gingen davon", schaltete sich die tiefe, resignierte Stimme der Frau ein.

„Jungen!" rief Nell. „Wie viele?"

„Zwei. Einer ist gestorben. Der andere arbeitet in der Stadt. In Pittsburgh."

„Da habe ich mir eben ein kleineres Land genommen und es mit der Ackerwirtschaft versucht", sagte der Mann. „Diese Stute – sie hat seit Jahren alle Arbeiten für mich gemacht."

„Ich brauche aber kein Arbeitspferd", sagte Rob. „Ich interessierte mich für eine Zuchtstute."

„Na, sie ist ja ein eingetragenes Vollblut", sagte der Mann mit einem Versuch zu prahlen. „Sie würde ein feines Fohlen kriegen. Ich kann Ihnen die Papiere zeigen."

„Es tut mir leid, aber sie würde zu alt für mich sein. Ich fürchte, sie würde nicht einen einzigen Winter drüben bei mir durchhalten."

Als sie zum Wagen zurückgingen, führte der Mann noch immer die Stute nebenher.

Nell sagte freundlich: „Sie brauchen sie doch außerdem bei der Arbeit, nicht?"

„Nein. Wir züchten ja jetzt Truthühner."

„Bringt das etwas ein?"

„Och, einigermaßen – es geht. Wenn die Präriewölfe sie nicht erwischen. Ist eben Arbeit, die wir noch leisten können. Meine Alte hier hütet sie eine Weile, und dann hüte ich. Ich könnte ohne die Stute auskommen."

Rob und Nell setzten sich in den Wagen. Die Frau stand noch neben dem Fenster, ihre Hände hielten den Rand gepackt, und ihre Blicke ließen Nell nicht los. Schließlich lächelte sie und sagte: „Sie sind wirklich sehr hübsch – viel zu hübsch, um hier draußen zu leben. Haben Sie Kinder?"

„Ja, zwei Jungen."

„Wie alt?"

„Sechzehn und vierzehn."

„Sie sehen noch gar nicht so alt aus, als ob Sie zwei so große Buben haben könnten." Die Frau lächelte wieder – ein seltsam reizendes, kindliches Lächeln.

Nell lächelte zurück, obgleich es ihr die Kehle abdrückte.

Mrs. Kittridge trat vom Wagen zurück. „Tja – ein hübscher Abend heute, nicht?" Sie warf einen unbestimmten Blick in die Runde. „Der Sonnenuntergang vorhin war herrlich."

„Haben Sie diesen Sonnenuntergang gesehen?"

„Ja. Ich bin hinausgegangen und habe mich auf die Treppe am Hinterausgang gesetzt. Ich habe lange zugeschaut."

Nell streckte ihre Hand zum Fenster hinaus, die herzlich ergriffen wurde. „Ich habe auch zugeschaut."

Rob ließ den Motor anlaufen.

„Dann meinen Sie also nicht, daß Sie die Stute brauchen können?" fragte Kittridge.

„Ich fürchte, nein." Der Wagen fuhr an. „Danke vielmals, daß ich sie mir ansehen konnte."

Nell beugte sich hinaus und rief ihnen einen letzten Abschiedsgruß zu. Die drei standen aufgereiht da, die alte Frau Hand in Hand mit ihrem Mann, dem die Stute über die Schulter blickte. Im Lichte des Mondes boten sie eine seltsame Silhouette. Während der Wagen weiterfuhr, wurden sie von der Nacht verschlungen.

Die grausame Freude, die man empfindet, wenn man sein eigenes Los mit anderen vergleicht und feststellt, daß es einem besser geht; die Scham, daß man darüber so herzlos frohlockt; und der leidenschaftliche Wunsch, daß es doch ein Füllhorn geben möge, dem Überfluß für alle entströmte – alle diese starken Gefühle bewegten Nell auf der Fahrt nach Hause.

Noch ein anderes war in ihr. Die Angst. Weil es schließlich jedem passieren konnte – auch ihnen. Bei diesem Gedanken erfaßte sie wieder eine jener inneren Erschütterungen, die sie körperlich elend machten. Eine Art seelischer Sog in Untiefen. Panik ergriff sie dann, und die schrecklichen Einzelheiten bitterer Not zogen in rascher Folge als fratzenhafte Bilder vor ihrem inneren Auge vorüber. Ihre schlanken braunen Hände lagen verkrampft in ihrem Schoß, und unnatürlich steif lehnte sie sich auf ihrem Sitz zurück.

Sie hörte Rob sagen: „Das war wirklich ein Vollblut. Es tat mir weh, es dort lassen zu müssen."

„Rob", sagte Nell und schlug die Augen auf, „war das nicht fürchterlich?"

„Entsetzlich."

„O Rob, laß uns niemals . . ."

Er fuhr in heftigem Zorn herum. „So machst du's nun wieder! Identifizierst dich einfach mit anderen Leuten! Bildest du dir vielleicht ein, daß wir jemals so weit kommen könnten? Laß den Blödsinn! Nicht Menschen von einiger Intelligenz und – ein – ein bißchen gesundem Menschenverstand – mit einem gewissen Start – mancherlei Vorteilen . . ."

„Aber das alles haben *die* doch auch gehabt! Es hat doch keinen Zweck, gesunden Menschenverstand zu besitzen, wenn man ihn nicht anwendet. Es mag da einen kritischen Punkt bei ihnen gegeben haben – irgendwann einmal –, da hat sie ihr Urteilsvermögen im Stich gelassen."

„Sie müssen keins gehabt haben – sonst wären sie nicht da angelangt."

Der heftige und endgültige Ton, in dem dies gesagt wurde, belehrte Nell, daß Rob nichts mehr davon hören wollte. Sie preßte die Lippen aufeinander, aber die brodelnden Gedanken kamen nicht zur Ruhe. Sie selber rasten ja dem finanziellen Ruin in fliegendem Galopp zu. In diesem Herbst sollte Howard in den Osten hinüber, auf die Schule nach Bostwick, der Vorbereitung auf West Point, und das Schulgeld betrug zwölfhundert Dollars, wovon die Hälfte im voraus zu zahlen war. Woher sollte das Geld kommen? Und das Geld für seine Ausrüstung und die Reise selbst? Sie hatte Rob noch nicht danach zu fragen gewagt. Bis zum zehnten September würden achthundert Dollars aufgetrieben werden müssen. Vielleicht kriegten sie die überhaupt nicht zusammen. Bei dem Gedanken daran, daß sie möglicherweise ihre Pläne für die Ausbildung des Jungen fallenlassen müßten, begannen ihre Finger nervös auf ihrem Knie zu trommeln. Nein. Alles andere, nur das nicht. Es würden doch nur noch die zwei Jahre in Bostwick sein; dann kam er ja nach West Point, dort kostete es nichts. Es *mußte* ein Weg gefunden werden. Aber das war noch nicht alles. Wie stand es mit ihren eigenen Ausgaben im kommenden Jahr? Sie würden zweitausend zum Leben brauchen, und dann waren da noch unbezahlte Rechnungen im Betrag von tausend Dollars – Hausrat, Tierarzt, Aufzug, Reparaturen –, und der Schuldschein über fünftausend Dollars, im Oktober fällig – er *mußte* bezahlt werden. Im vergangenen Jahr hatte der Mann ihn auf ein Jahr verlängert und dazu gesagt, daß dies das letzte Mal sei.

Nervös richtete sie sich auf. „Rob – wird Bellamy in diesem Herbst wieder das Pachtland für die Schafe übernehmen?"

„Weiß ich nicht. Ich habe ihn noch nicht gefragt. Wahrscheinlich doch. Warum?" Dies letzte Wort schleuderte er ihr herausfordernd entgegen.

„Ach – ich überlegte nur. Das Pachtgeld – diese fünfzehnhundert Dollars –, die sind doch schließlich sehr wichtig für uns."

Rob packte sie mit seiner freien Hand verspielt am Haar und zauste sie. „Jetzt machst du dir gar um Geld Sorgen. Zerbrich dir dein Köpfchen nicht, mein Kind. Darum kümmere ich mich schon."

„Au!" sagte Nell und faßte sich an den Kopf. „Du tust mir weh." Sie strich ihr Haar wieder glatt und verfiel wieder ihren Gedanken. Rob würde niemals etwas einsehen oder bedenken, was er nicht sehen wollte. Wenn er nun aber anders wäre? Wenn er vernünftig und vorurteilslos an die Sache heranginge – was könnten sie dann tun? Was machten Menschen, wenn sie ihr halbes Leben lang etwas getan hatten, was sie offensichtlich nur dem Armenhaus näherbrachte, falls sie es länger durchführten? Sie warfen nicht noch die guten Jahre den schlechten hinterher. Sie änderten es. Sie schlugen einen anderen Weg ein. Aber Rob? Es war, als sei er hypnotisiert – als *könne* er nicht abbiegen oder sich ändern. Er wollte nicht einmal darüber reden. Plötzlich spürte sie Empörung in sich aufwallen. Hier waren sie nun beide Partner im denkbar wichtigsten Unternehmen – dem Familienleben, und sie mußte die Folgen eines Mißerfolges schließlich ebenso tragen wie er; trotzdem wollte er ihr nie eine Aussprache über unangenehme Themen gestatten. Dann schnauzte er sie an, schüchterte sie durch finstere Blicke ein und schuf eine so gespannte und unangenehme Atmosphäre, daß sie es nicht ertragen konnte. Es war nicht fair.

Rob bog vom Seitenweg ab auf die Überlandstraße und brachte den Wagen vor der Poststelle von Tie Siding zum Stehen. Er ging hinein und kam mit einer kleinen Schachtel wieder heraus, in der etwa ein Dutzend Eier Platz haben würden.

„Willst du das halten?" sagte er zu Nell, indem er es ihr sanft auf den Schoß setzte.

„Was ist das?" fragte sie. „Oh – Küken! Ich höre sie piepsen."

„Ja. Ich habe sie extra bestellt für die alte Henne, die uns sonst eingeht, wenn sie immer wieder brütig wird."

Als der Wagen wieder seine Fahrt aufnahm, hielt Nell die Schachtel an ihr Ohr und lauschte dem zarten, eifrigen Gepiepse. Würden sie sich an ihre neue Mutter gewöhnen? Sie war eine alte Henne, die keine Eier mehr legte, die eigentlich kein Recht mehr auf eine Familie hatte, nur noch in den Kochtopf gehörte; aber

Rob hatte gesagt: Nein, wir wollen doch sehen, ob sie noch Küken annimmt.

Der Wagen bog auf die Gestütsstraße ein. Als Nell die warme Behaglichkeit des Nachhausekommens spürte, überkam sie noch einmal die Furcht. „Rob", sagte sie mit dem Mute der Verzweiflung, „hast du nie daran gedacht, das mit den Pferden aufzugeben und etwas anderes zu machen?"

„Was?"

„Nun – du hast doch dein Ingenieurexamen gemacht in West Point."

„Und du meinst – alles hier aufgeben? Das Gestüt verkaufen?"

„Ja."

Die Stille dehnte sich, bis er langsam sagte: „Ich habe oft darüber nachgesonnen, ob dir das Leben hier draußen nicht schon lange zum Halse heraushängt – ob es nicht einfach zuviel für dich ist."

„Das ist es nicht." Sie preßte ihre Hände ineinander. „Das hat überhaupt nichts damit zu tun. Hier ist mein Zuhause. Ich liebe es. Ich hätte es gern etwas leichter, mehr Hilfe und einen Heizkessel und genug Geld, um zwei, drei Monate im Winter mit dir zu verreisen; aber wenn ich es verlieren müßte, würde mir das Herz brechen."

„Bist du dir dessen ganz sicher?"

„Ja."

Er blickte ihr in die Augen und erkannte darin die nackte Furcht einer Frau, die sich den möglichen Verlust ihres Heimes vorstellt. „Warum hast du denn dann aber das eben gesagt?"

„Nur wegen des Geldes. Unsere augenblickliche Situation. Die staatliche Anleihe auf dem Gestüt – die anderen Schulden dazu –, wir sind ihnen auf Gnade und Ungnade ausgeliefert – sie könnten uns jederzeit 'rausdrängen. Und dann die Ausbildung der Jungen – Howard ebenso wie Ken. Wir können noch gar nicht sicher wissen, ob sie West Point schaffen. Und wir selber – unsere Zukunft – wir werden nicht jünger."

„Das Geld", wiederholte Rob langsam. „Was denkst du denn, was ich bekommen würde, wenn ich meine Pferde zum heutigen Marktpreis verkaufte? Nicht ein Drittel von dem, was ich hineingesteckt habe. Nicht ein Viertel davon. Und genauso würde es mit dem Gestüt selbst sein. Ich müßte alles geradezu verschenken."

„Ach, darauf käme es doch nicht an! Du würdest bestimmt genug bekommen, uns so lange durchzubringen, bis du etwas anderes angefangen hättest – als Ingenieur – oder in irgendeinem Geschäft –"

Rob fing an zu brüllen: „Darauf käme es nicht an? Darauf käme es verdammt noch mal sehr an! Ich bin kein Ingenieur mehr – oder Geschäftsmann. Ich bin hierher in den Westen gezogen – und du mit mir –, *um Pferde zu züchten und nichts sonst!*"

„Und wenn du das doch tätest! Aber das ist lange her. Was du jetzt noch zu tun versuchst, ist nicht Pferdezüchten oder sonst irgend etwas Bestimmtes! Du siehst nur noch zu, unser Leben zu fristen und die Rechnungen zu bezahlen!"

Rob fuhr fort, als habe sie gar nicht gesprochen: „– Pferde zu züchten und nichts sonst, weil ich überzeugt davon war, daß in dieser Höhe, auf dem kalkhaltigen Boden, die hervorragendsten Pferde aufgezogen werden könnten, mit starken Lungen und Herzen und Ausdauer – trittsicher wie Ziegen – alles Dinge, die man für Polo braucht – und ich hatte recht. Ich hab's bewiesen . . ." Die Tirade ging endlos weiter, alle Versuche Nells zu irgendwelchen Zwischenreden übertönend. Schließlich gab sie es auf und wartete stumm darauf, daß sie nach Hause kamen.

Rob beruhigte sich langsam und sprach nicht mehr so heftig. „Nell – du kannst deine Arbeit nicht einfach aufgeben, weil gerade mal ein paar schlechte Jahre kommen. Das alles ist eine Marktfrage. Die Marktlage ist manchmal einige Jahre lang schlecht, dann wendet sich das, und es kommen gute Zeiten. Wäre ich nicht ein schöner Narr, wenn ich alles für ein Butterbrot verkaufte und dann Polo wieder in Mode käme – wie das früher oder später unweigerlich der Fall sein wird – und die Pferde anfingen, gute Preise zu erzielen? Wie würde mir da wohl zumute sein?"

Nell war mutlos und ganz wirr im Kopf. Es waren nicht grade nur ein paar Jahre. Es war vom ersten Tage an nicht anders gewesen.

Sie suchte mit dem Blick die Fenster des Hauses, auf das sie jetzt zurollten. Im Erdgeschoß waren die Lichter an. Oben, bei den Jungen, war alles dunkel – sie schliefen. Rob hielt an, und sie stiegen aus, Nell noch immer mit den Küken.

„Komm noch mit mir zum Stall, ja?" fragte Rob, „und hilf mir bei der Henne."

„Wenn sie sie nun aber gar nicht nehmen will?" entfuhr es Nell besorgt, und sie hätte sich im gleichen Augenblick am liebsten die Zunge abgebissen.

Rob fuhr hoch: „Dann fresse ich sie auf! Eins nach dem andern! Mit Federn und Schnabel! Alle fünfundzwanzig!" Brennende Tränen sprangen schmerzhaft in Nells Augen auf, wie Haut aufschwillt von einem Peitschenhieb. Rob nahm seine elektrische Taschenlampe aus dem Wagen und ließ ihren Strahl vor Nells Füße fallen, als sie zum Stall hinüberschritten.

Er hatte die gelbe Henne in den Geräteschuppen getan. Dort saß sie in ihrer oben offenen Kiste, eine aufgeplusterte, eigensinnig brütige alte Henne, besessen von ihrem fieberhaften Verlangen.

Rob hielt die Laterne, während Nell die Schachtel öffnete. Ihre Hände zitterten. Das zarte Piepsen hallte im Dunkel des Schuppens wider, und die Henne hob den Kopf, den sie mürrisch im Gefieder verborgen gehalten hatte, und drehte ihn lauschend hierhin und dorthin.

Die Küken hatten sich in eine Ecke ihrer kleinen Schachtel gekuschelt. „Sagtest du nicht fünfundzwanzig, Rob? Das hier können keine fünfundzwanzig sein."

„Es sind's. Du wirst sehen." Robs große Hand langte in die Schachtel, nahm eine Handvoll Küken heraus und setzte sie vor die Henne. Unsicher hielten sie sich aufrecht, wackelten auf ihren kleinen gelben Füßchen. Die Henne ließ ihren Kopf erst gegen eins, dann gegen ein anderes vorschießen.

„Sie pickt nach ihnen, Rob."

Hastig setzte er weitere Küken in die Kiste, immer mehr, bis alle drin waren. Sie sahen wie eine gelbflaumige Krause um die massige Henne aus. Die hatte den Kopf wieder unters Gefieder gezogen. Rob drehte das Licht zur Seite, damit sie ungestört im Dunkeln ihren unglaublichen Entschluß fassen konnte. Als sie wieder hinblickten, sahen sie die Henne graziös anmutige und geschickte Bewegungen mit Kopf und Hals machen, einmal hier, einmal dort, unter die Flügel und den Körper. Ein weiches und leises Glucken begleitete die Bewegungen.

„Sie nimmt sie an und sammelt sie unter sich", sagte Rob leise. Wieder drehten sie das Licht beiseite und warteten. Als sie das nächstemal hinsahen, waren keine Küken mehr zu sehen, nur die Henne, breit und dick, ihr Kopf, ohne sich zu regen, in tiefe Betrachtung versunken. Wie ein Knöpfchen lugte unter einem Flügelansatz ein winziges Kükenköpfchen vor.

Rob sprach mit ruhiger, nachdenklicher Stimme. „Ist das nun nicht etwas Seltsames? Da saß sie – ohne Eier –, kein Recht mehr darauf, eine Familie zu haben. Aber sie saß und brütete und verzehrte sich und litt einen Monat lang – und wenn das kein Gebet war, was wäre es sonst –, und ganz plötzlich, ohne daß sie etwas dazu tat, bekommt sie ihre Familie. Große Hände kommen irgendwoher von oben, sie weiß nicht wie und nicht wo – sie kommen einfach an mit einer Handvoll Küken für sie und setzen sie in ihrer Kiste rund um sie her. Ganze fünfundzwanzig. Mehr als sie je allein hätte bekommen können."

Nell fiel ein Bibelvers ein: „. . . prüft mich doch daran . . . ob ich euch nicht die Fenster des Himmels öffne und Segen im Übermaß hernieder schütte auf euch." Fünfundzwanzig Küken. Segen im Übermaß. Kaum war da Raum genug bei ihr, alle zu halten. Ein winziges Köpfchen lugte da hinten noch vor wie ein kleiner Knopf. Kaum Raum genug für diesen letzten kleinen Benjamin.

Während sie zum Haus hinüberschritten, sann Nell noch weiter über die Henne nach. Wie fühlte sie sich wohl jetzt mit ihrem Gefieder voller Leben? Ob die Kleinen manchmal da drunter zankten und stritten, sich stießen und kratzten mit den gelben Beinchen? Mit den Schnäbelchen aufeinander pickten und ihren Flügelflaum aufplusterten, alles unter dem dicken Federkleid der alten gelben Henne – eine ganze Welt erfüllt von verborgenem Leben . . .

Auf der Hälfte des Weges blieb Rob plötzlich stehen. „Ich sehe jetzt, wie blöd ich gewesen bin", sagte er.

„Was meinst du?"

„Ich habe immer geglaubt, du wärst an meiner Seite."

„An deiner Seite?"

„In allem, was ich tat. Auf dem Gestüt, bei meiner Arbeit, bei den Pferden, meinen Plänen – bei allem."

„Aber Rob – natürlich bin ich ..."

„Du bist es *gewesen*", unterbrach er. „Ich weiß nicht, wann du anders geworden bist. Ich Dummkopf habe es einfach weiter für selbstverständlich gehalten."

„Was für selbstverständlich gehalten?"

„Daß du Vertrauen zu mir hast."

„So darfst du es nicht ausdrücken. Eheleute sollten die Dinge miteinander durchsprechen, aber das willst du nie. Es ist nicht etwa, daß ich kein Vertrauen zu dir hätte ..."

„Aber du hast es doch nicht. Das heißt, du hast nicht mehr Vertrauen darauf, daß ich es mit den Pferden zu was bringe. Ich weiß, daß ich's schaffe, wenn ich eisern dabei bleibe. Ich werde den Erfolg erzwingen. Das hast du früher auch gewußt. Du warst an meiner Seite. Aber jetzt weißt du es nicht mehr."

Nell blieb stumm.

„Was soll ich denn, genaugenommen, deiner Meinung nach tun?" fragte er böse. – „Ich – ich – weiß nicht –"

„Da hast du's. Du weißt nicht. Du hast keine Ahnung. Aber während ich alles Erdenkliche tue, um weiterzukommen – nächtelang wach liege und Pläne mache, wie ich meine Pferde halten und verbessern kann, wo ich den besten Markt finde –, sitzt du nur da und wartest auf den großen Kladderadatsch, damit du dann die Reste aufsammeln kannst."

„Aber nein, Rob – ich –"

„Leugne doch nicht, Nell. Lüge nicht. Ich weiß es." Sie standen auf dem Anger vor'm Haus, und der Mond schien so hell, daß er die Lampe ausknipste und sie sich in seinem Schimmer badeten. Zwei Pferde bewegten sich längs des Koppelzauns. Es waren Sturmwind und seine kleine Schwester Letzte Sekunde. Sie folgt ihm überall hin, mußte Nell denken, obgleich sie sich gleichzeitig der schmerzhaften Schwäche bewußt wurde, die ihren Körper durchflutete. *Nun habe ich's getan. Ich hätte es nicht tun sollen. Es ist doch seine Arbeit – seine Verantwortung – ich sollte ihm doch immer nur beistehen – nein, das wäre unaufrichtig – das wäre nicht anständig – denn wenn dann der große Zusammenbruch käme, hätte er recht, mir Vorwürfe zu machen, daß ich ihn nicht gewarnt habe.*

„Ich weiß es" fuhr Rob verbissen fort, „weil schon seit langem alles, was du sagst und tust und denkst, auf der Annahme beruht, daß wir weiter abrutschen werden – ärmer und immer ärmer –"

„Ja, und", flüsterte sie plötzlich, „tun wir es denn nicht, tun es nicht schon seit Jahren? Du hast es selbst gesagt. Du selbst bist es ja, der mir davon gesprochen hat. Du bist es auch, der sich krank macht vor Sorgen deswegen. Und da wir nichts an unserm Leben, unsern Plänen ändern, wie könnten wir erwarten, daß die Resultate anders würden?"

Rob stand ihr gegenüber, breitbeinig, den dunklen Kopf tief

gesenkt, ein unauslöschlicher Eindruck – so bezeichnend in diesem Augenblick. Das Mondlicht verfärbte seine gesunde Röte zu Geisterblässe.

Plötzlich streckte ihm Nell die Arme entgegen – was machte das alles schon? –, sie trat auf ihn zu. Er schob sie fort. „Laß Nell, ich ertrag's nicht."

Sie wandte sich gekränkt ab. Sie hätte wissen können, daß er keinen Trost, keine Zärtlichkeit wollte; er wollte den Kopf wieder hochtragen können – vor ihr. Was aber vermochte sie dazu zu tun? Während sie so da stand, die Hände krampfhaft ineinander preßte und die Tränen zurückzuhalten suchte, ging Rob fort von ihr und verschwand im Dunkel.

In solchen Augenblicken unerträglichen Verletztseins rennen Liebende voreinander davon.

Nell wanderte zur Koppel hinüber und stellte sich an den Zaun. Auf einmal sah sie näher kommende Pferde. Sturmwind und Letzte Sekunde. Er kam an den Zaun, sie rief ihn beim Namen und hielt ihm die Hand entgegen. Er kam dichter, und sie streichelte sein Gesicht.

„Sturmwind – Sturmwind ..." Er spürte ihren Kummer, wie Pferde dies immer tun, und schob seine Nase näher heran. Letzte Sekunde mußte es ihrem großen Bruder nachmachen und hielt auch ihre Nase hin, um sich streicheln zu lassen. Als Nell eine halbe Stunde später ins Haus kam, fand sie Rob in seinem Zimmer. Er las Zeitung, hatte die Beine übereinandergeschlagen und die Pfeife im Mund.

Als sie auf ihn zutrat, nichts als die Sehnsucht nach Nähe und Verstehen im Herzen, blickte er auf. Ihre irisblauen Augen waren dunkel von überströmendem Gefühl. Wohl lagen tiefe Schatten darunter, aber sie strahlten Weichheit und herzliche Zuneigung aus, und ihr Lächeln bat um Versöhnung. Rob gab ihr die Hand. Sie beugte sich über ihn, um ihn zu küssen, und er erwiderte ihren Kuß. Ihre Augen sahen aneinander vorbei.

„Gehst du nach oben?" fragte er.

„Ja."

„Warte nicht auf mich. Ich werde noch eine Weile lesen."

Langsam stieg sie die Treppe hinauf. Blicke müssen ehrlich sein, dachte sie. Wenn man einen Menschen direkt ansieht, gibt man ihm ein Stück von sich selbst. Wenn man das nicht geben kann, wenn man etwas verbergen will, dann können Blicke sich nicht begegnen. Sie sehen aneinander vorbei – man sei denn Verstellung gewöhnt. Sie brannte die Lampen im Zimmer an und begann sich auszuziehen.

Es war noch nicht zu Ende, denn er würde heraufkommen, und sie schliefen ja im gleichen Bett. Es sollte aber zu Ende sein. Sie waren beide am Ende ihrer Kraft. Nun – sie würde schlafen, wenn er heraufkam – sie war erschöpft genug –, und er würde sie nicht wecken. Am Morgen würde alles dann leichter sein.

Während sie sich auszog, glitten ihre Gedanken über die Erlebnisse des Abends, die Kittridge-Besitzung, dies scheußliche Haus, die Stute, das Wesen der alten Frau. Und weiter zurück – der blausilberne Sonnenuntergang. Beim Gedanken daran holte sie tief Atem, und ihr Gesicht entspannte sich in einem glücklichen Lächeln. Wo hatte sie das einmal gelesen: gegen die Wunden des Lebens gebe es vier Allheilmittel – Natur, Religion, Arbeit und menschliche Gemeinschaft –, diese immerbereiten Helfer, die dich stützen, wenn du zu wanken beginnst. Keiner braucht je zu stürzen. Für sie jedoch war menschliche Gemeinschaft Rob und die Jungen, und eben um diese drei sorgte sie sich. Der Gedanke an sie hatte nichts Beruhigendes – die Natur war es, die ihr am meisten half. Sie hatte sie fast zur Religion erhoben. In ihr konnte man Heilung für die wunde Seele finden. Während sie ihr Haar bürstete, bis es als lockere Masse sich um ihre Schultern schmiegte, grübelte sie darüber nach, woher das kam. Vielleicht weil man sie so lieben mußte. Sie war so schön, so voller Leben, und sie sprach zu einem. Und diese innige Liebe schenkte jenen Atemzug tiefsten Friedens. Selbst die alte Frau hatte auf den verfallenen Stufen ihrer Hintertür gesessen und den blausilbernen Sonnenuntergang genossen. Letztlich war die Natur eben doch die ewige Mutter.

Als sie in ihr Bett schlüpfte, griff Nell nach dem kleinen Lederband auf ihrem Nachttisch und blätterte darin auf der Suche nach jenen Sätzen des heiligen Augustinus, an die sie sich nicht hatte erinnern können. Ah – hier war es:

*Die Himmel, Sonne, Mond und Sterne erwiderten: „Wir sind nicht der Gott, den du suchest." Und ich sprach: „Redet mir von ihm." Und sie riefen mit lauter Stimme: „Er schuf uns!"*

*Meine Liebe zu ihnen war meine Frage. Ihre Schönheit war die Antwort.*

Mit hochgezogenen Knien, auf denen das Buch ruhte, las Nell es wieder und wieder; dann legte sie es auf den Tisch zurück und löschte die Lampe.

## *Dann schon lieber Karnickel*

Am nächsten Morgen ging Rob mit federnden Schritten durch den Hohlweg zu den Ställen. Die Tatsache, daß er in Cordhosen und Stiefeln war statt in der blauen Baumwollhose, besagte, daß er zu reiten beachsichtigte.

Nie hatte er die militärische Haltung verloren, die er als Kadett anerzogen bekam, noch die Gewohnheit peinlichster Gepflegtheit. Sein schwarzes Haar war sorgfältig gescheitelt, das Kinn hochgereckt. Sein Schritt war nicht schleppend wie der eines Farmers noch wiegend wie bei einem Cowboy. Es war der weitausholende Schritt, der den Boden ergreift und in Besitz nimmt – der typische West-Point-Schritt. Und wenn hinter den scharfen, ständig umherschweifenden blauen Augen je ein Gedanke oder eine Träumerei vorhanden sein sollte, die nicht mit der Beobachtung auch nur der geringsten Kleinigkeit seiner Umgebung und rasch daraus zu ziehenden Schlußfolgerungen beschäftigt war, so blieb dies wohl verborgen.

Kam er auf die Koppel, wußte er im gleichen Augenblick schon, welche Tiere sich in Seh- oder Hörweite befanden, um wieviel die Küken gewachsen waren, welche Türen offen standen, welche Angeln oder Schlösser lose hingen und repariert werden mußten, ob Gerätschaften oder Handwerkszeug herumlag oder nicht.

Gipsy stand in ihrer Box und stieß ein leise schnaubendes Wiehern aus, als ihr Herr eine Schaufel Hafer in ihre Futterkrippe schüttete.

Während sie fraß, striegelte und bürstete er sie. „Na, wie gefällt dir das, eh? Lebst ein Rentnerdasein – kein hartes Leben mehr in freier Wildnis – kein Dahintoben mit der Herde – na, du verdienst es, gute Alte ...“ Er hob sorgsam ihre Stirnlocke und wischte ihr das Gesicht mit einem weichen Tuch ab. Er besah sich ihre Zähne, die zu platten Stummeln abgewetzt waren. „Wirst eben alt, Baby, was? Wir alle beide. Sind nicht mehr das, was wir waren ...“ Er begann das Lied vom alten Schimmel zu summen, während er einen Schritt zurücktrat und seine Stute musterte.

Das Vollblutpferd hatte den Kopf zu ihm gewandt, die feinen Ohren nach vorn gespitzt und den Nacken hochgewölbt. „Hut ab, Gipsy. Du bist noch immer ein hübsches Mädchen, auch wenn du ein Vierteljahrhundert auf dem Buckel hast – laß mich mal nachrechnen, ob das stimmt.“

Bedächtig nahm er Pfeife und Tabak aus der Tasche und stopfte gemächlich, während er zu seinen Kadettenjahren in West Point zurückrechnete. Gipsy war damals fünf Jahre alt gewesen, als er sie in jenem Polospiel gegen Willowbrook für die Armee ritt. Das war drei Jahre vor seiner Heirat – vier Jahre vor Howards Geburt. Und Howard war jetzt sechzehn.

Die Tatsache traf ihn, als habe er sie noch nicht gewußt. Howard sechzehn! Der Junge hatte plötzlich angefangen hochzuschießen, daß Hand- und Fußgelenke aus allen Hosen und Hemden herausragten. Und erst beim Frühstück heute morgen hatten sich alle vor Lachen ausgeschüttet, wie seine Stimme hin und wieder in tiefe Baßtöne abrutschte.

Sechzehn. Howard war bald erwachsen. Fast eine neue Generation, seit er das Gestüt gekauft und Nell mit sich gebracht hatte, so voll von Hoffnung und Zutrauen alle beide – und was hatte er erreicht? Das waren die sechzehn Jahre, in denen er Erfolg haben und ihre gemeinsame Zukunft hatte sichern wollen. Aber nun lagen sie hinter ihm, nicht mehr vor ihm, und weder Erfolg noch Sicherheit waren erreicht.

Das kann passieren – daß ein Mensch zum Ende eines Kapitels kommt, und es enthält nichts von dem, was darin sein sollte. Eine ganze Generation – ein gewichtiger Lebensabschnitt – eben der Abschnitt, in dem Großes hatte getan werden sollen – und nichts war getan. Aber nie hatte er geglaubt, daß es *ihm* so gehen würde.

Er führte die Stute aus dem Stall, stieg auf und ritt über die Stallweide hinaus, in Gedanken an Howard. Der Junge war sehr geweckt, ein guter Schüler, hatte stets hervorragende Zensuren. Wenn er die entsprechende Vorbildung bekam – und die war ihm in Bostwick sicher –, sollte er die Aufnahmeprüfung für West Point in zwei Jahren machen. Bostwick – das erinnerte ihn an die achthundert Dollars, die er irgendwie vorm 10. September beschaffen mußte, und an Bellamy, den Schafpächter.

Was hätte er wohl angefangen ohne diese Pacht? Damals, vor drei Jahren, war es ihm gar nicht weiter wichtig gewesen, als er an Jim Bellamy die Weiderechte für dessen Herde von fünfzehnhundert Schafen vergeben hatte – sie würden seine Pferde nicht stören. Sie fraßen anderes Gras. Es war genug für beide dagewesen. Und die fünfundzwanzig Tonnen Heu, die er Bellamy zusätzlich verkaufte, ließen noch reichlich für die Pferde und Kühe übrig – also wenn auch nicht reichlich, so doch jedenfalls genug, obgleich er ziemlich streng einteilen mußte. Jedenfalls hatte es ihn weder gestört noch etwas gekostet, daß er die Schafe auf dem Gestüt hatte, und nun war es doch tatsächlich so, daß er auf diese jährliche Pacht von fünfzehnhundert Dollars, pünktlich in zwei Raten entrichtet, als das leichteste und sicherste Einkommen im ganzen Gestüt zu rechnen gelernt hatte. Angenommen, er hätte dies nicht – wie wäre es dann mit der Möglichkeit, Howard zur Schule zu senden? Wie wäre es . . .

In Gedanken suchte er die verschiedenen Posten aller Verpflichtungen zusammen, über die Nell am Abend zuvor mit ihm gesprochen hatte. Es war keine angenehme Rechnerei. Das war es nie. Er suchte Vermutungen anzustellen, was der diesmalige Sommerverkauf seiner Pferde ergeben könnte, aber das machte ihn ganz nervös. So oft schon hatte er Berechnungen aufgestellt und war davon genarrt worden. Seine Verkäufe brachten nie die Hälfte – nicht ein Drittel – von dem, was er erhofft hatte. Seine Gedanken liefen auf gewohnten Bahnen. Sollte er sämtliche Wallache, die über vier Jahre alt waren, im Herbst an die Armee verkaufen? Wenn er sich dazu entschloß, würde es allerhand Geld ergeben, aber noch immer nicht die Hälfte von dem, was die Pferde für Polo oder Jagd wert waren. Die Armee zahlte hundertfünfundachtzig Dollars pro Stück, höchstens. Es wäre genau genommen nicht einmal das, was er hineingesteckt hatte, wenn er alles berechnete. Wenn er sie behielt, konnte er hie und da möglicherweise einen guten Abschluß erzielen; aber die Pferde wurden leider immer älter, ihr Futter kostete Geld, und, was noch schlimmer war, sie brauchten tägliche Pflege und Bewegung, sonst wurden sie wieder halb wild, und er hatte doch nun mal nicht genug Leute dafür.

Die Stute trug ihn mühelos. Taggert hatte in diesem Jahr ein Fohlen, deshalb ritt er zur Zeit Gipsy. Außerdem wollte er Gipsy jetzt im Stall behalten, geschützt, umsorgt und gut gefüttert. Sie durfte nie wieder ein Fohlen haben – sie wurde zu alt. Noch vor Nell und den Jungen war Gipsy bei ihm gewesen. Sie war das

Bindeglied zu jenen sorglosen Tagen seiner Kadettenzeit. Gipsy und er, sie hatten drüben im Osten miteinander angefangen. Wäre Gipsy nicht gewesen und die Tatsache, daß er so vernarrt in sie war, würde er vielleicht nie seine Karriere bei der Armee aufgegeben und die Pferdezucht hier im Westen angefangen haben. Gipsy war sozusagen der Grundstock seiner Zuchtstuten. Und nun war sie also ein Vierteljahrhundert alt, reagierte immer noch auf den leisesten Anruf, die leichteste Bewegung, war immer noch freudig bereit, ihn auf ihrem Rücken zu tragen, wann immer er es verlangte.

Auf dem Kamm über der Burgfelsenwiese dahingaloppierend, zog er die Zügel an, um den Heuertrag zu kalkulieren. Noch einen Monat mußte es wachsen, war aber schon jetzt hoch und dicht. Wenn nicht die vielen flachen Felsbrocken darüber verstreut lägen, würde man an die hundert Tonnen Heu hier oben haben. Er nahm Notizbuch und Bleistift heraus und stellte eine ungefähre Berechnung an: wieviel Fläche etwa diese Brocken wegnahmen – wieviel Dynamit man zur Sprengung brauchen würde – wie viele Arbeitsstunden zum Bohren der Sprenglöcher und zum Fortkarren der Steintrümmer. Dann waren da noch verschiedene kleine Rinnsale, die in die Wiese da und dort verliefen, so daß er an diesen Stellen auch schlecht mähen lassen konnte. Er ließ es nur ungefähr abweiden. Wenn er die Wasserläufe säuberte, das Strauchwerk herausriß, die Steine sprengte, das Wasser durch seitliche Abzugsgräben laufen ließ und weiter oben Dämme errichtete, würde er auch auf diesem Gebiet tonnenweise Heu dazugewinnen.

Er steckte sein Notizbuch weg und ritt weiter. Das Heu war eine sichere Einnahmequelle. Das Heu und das Pachtgeld für die Schafe. Die Pferde waren keineswegs so sicher in der Beziehung. Er sollte daher alles tun, um Einnahmen aus dem Gestüt zu erschließen, die nicht mit den Pferden zu tun hatten – etwa diese Felsen da sprengen, neue Wiesen kultivieren. Wo aber sollte er die Zeit hernehmen? Die Pferde beanspruchten sie ganz.

Als er dann durch Abteilung 19 ritt, wurde er gewahr, daß der Himmel sich verdunkelte. Aufblickend sah er eine rötliche Wolkenmasse aus dem Horizont emporquellen. In mehreren Lagen drängte sich das Gewölk übereinander und strebte in wilder Hast nach verschiedenen Seiten. Merkwürdiger Wind da oben, dachte er, der gleichzeitig nach mehreren Richtungen bläst. Er galoppierte ruhig weiter. Was tat es schon, wenn es regnen sollte? Er mußte zu Bellamy und ihn fragen, ob er die erste Hälfte der nächsten Jahrespacht einen Monat früher zahlen könne – am 1. September statt Oktober. Damit wäre Howards Schulgeld gedeckt.

Der Sturm verstärkte sich. Rob warf einen Blick über den düsteren Himmel und gab seiner Stute die Sporen. Sie galoppierte schneller. Wenn er Bellamy und seine Unterkunft erreichen könnte, ehe das Wetter losbrach, ersparte er sich die nasse Dusche. Plötzlich jedoch zog er die Zügel an. Er hatte das Gefühl, mitten in ein elektrisches Kraftfeld geraten zu sein.

Über dem Gestüt hing ein Thronhimmel aus königlichem Purpur.

Die riesige Wolke schien aus Plüsch – als könne man mit beiden Armen hineinfassen und den samtigen Stoff fühlen. An seinen äußersten Rändern hingen Zacken hernieder, von Blitzen durchschossen.

Rob saß, wie festgebannt von diesem Anblick, regungslos auf seinem Pferd. Sooft er auch schon solch ein Schauspiel hier auf dem Gestüt vor Augen gehabt, war es doch immer wieder Ehrfurcht einflößend. Ein Speerblitz fuhr nicht weit von ihm in die Erde. Dann wieder einer und noch einer. Ein Stück weiter weg verfing sich einer im linken Zaun und rannte wie ein flüssiges Feuer den Draht entlang. Rings um ihn fielen Blitze über Blitze.

Erschrocken über die Gefahr, in der er sich befand – er und die Stute –, weil ihm das viele Metall an Zügel und Sattel einfiel, sprang er rasch herunter, sattelte ab und legte das Zeug in einiger Entfernung auf die Erde nieder. Nachdem er Gipsy eben nur einen Strick ums Maul gelegt hatte, stieg er wieder auf.

Er ritt weiter auf Bellamys Camp zu. Die Wolken verfärbten sich von Purpur zu Schwarzblau. Nun kam das erste Grollen des Donners, dann ein Krachen und darauf ohrenzerreißendes Knattern ständiger Explosionen. Die Wolken erzitterten, öffneten sich und ließen die Flut herniederbrausen. Jetzt gab es keine Blitze mehr. Alle Elektrizität wurde mit dem Regen davongeschwemmt, und Rob erinnerte sich, einmal gelesen zu haben, daß Blitze, die auf die Erde treffen, dort Stickstoff hinterlassen. Was mußte diese Wiese, über die er eben hinweggeritten, jetzt voll von Stickstoff sein!

Das Unwetter endete so schnell, wie es begonnen hatte. Die Sonne kam wieder zum Vorschein, und Robs durchnäßtes Hemd dampfte.

Plötzlich hörte er das Geräusch der Schafe, das tiefe stotternde Bä-ä-äh der Alten und das weinerliche Blöken der Lämmer, das an Kindergreinen erinnert. Auf dem Kamm des Bergrückens angekommen, konnte er die im Tal verstreute Herde überblicken und zügelte einen Augenblick sein Pferd.

Mit einem jener plötzlichen Impulse, der alle Lämmer einer Herde gleichzeitig überkommt, trieb es sie, saugen zu wollen. Sie verließen ihre grüne Senke im Talgrund mit einemmal und stürzten sich, quäkend wie kranke Kinder, wie sinnlos vorwärts auf ihre Mütter zu. Die Mütter schienen dies unvernünftige Gefühl einer plötzlich ausgebrochenen Krise zu teilen. Sie blickten vom friedlichen Grasen auf und blökten ganz außer sich, ihren Lämmern entgegenstürzend. Es war wie in einem Tollhaus. Trafen sich Mutter und Kind – und es erschien als ein Wunder, daß sie einander erkennen konnten –, fielen die Lämmer auf die Knie, warfen die Köpfe hoch und saugten heftig, mit stoßenden Köpfen unter gierig gurgelnden Geräuschen.

Weiterreitend kam Rob um eine Ecke und entdeckte in einiger Entfernung Bellamy auf einem Felsblock sitzend. Nicht weit davon trieben sich zwei schwarze Schäferhunde herum, die anschlugen, als sie Rob entdeckten, um ihm dann jedoch entgegenzulaufen.

Bellamy war ein zurückhaltender kleiner Mann mit bärtigem Gesicht. Als er in seinem losen weißen Schäferrock zur Begrüßung auf Rob zukam, fand Rob wie schon oft, daß er wie ein Araber aussehe.

Rob saß ab und ließ sich zu einem Schwatz nieder. Bellamy, der nach Gesellschaft und Unterhaltung völlig ausgehungert war, plapperte in einem Tempo drauflos, daß Rob kaum zu folgen vermochte.

Behaglich an seiner Pfeife ziehend, hörte Rob zu und folgte den hin- und herziehenden Schafen unten im Tal mit den Augen, unwillkürlich ihren Wert abschätzend: Fünfzehnhundert Mutterschafe – zum derzeitigen Marktwert – macht zusammen siebentausendfünfhundert Dollars. Ein ganz ordentlicher Besitz.

Bellamy hatte den Grundstock zu seiner Herde in den Tagen der Depression gelegt, als man Schafe für einen Dollar oder gar fünfzig Cent pro Stück erwerben konnte, wenn man sie nicht überhaupt geschenkt bekam oder die freigelassenen sich einfach auf der Prärie einfing. Keiner hatte Geld, um Schäfer, Steuern oder Futter zu kaufen. In den folgenden Jahren hatte er dann doch als Schäfer einen guten Lohn bekommen können und alles in Schafen angelegt.

Die Schafe waren in bester Verfassung. Rob ließ seine Blicke über das Gras schweifen – viel Salbei dazwischen hier am Berghang. Darauf hinweisend sagte er: „Gutes Weidegras für Schafe, nicht?"

„Könnt' nicht besser sein", erwiderte Bellamy. „Dies Gestüt hat einfach alles – Schutz, Futter, Wasser –, un' der Bach da drüben ..." – er wies mit seiner schmutzigen Hand in nördlicher Richtung –, „da is was drin in dem Wasser, das mögen sie. Sin' ganz verrückt drauf. Wenn se man bloß'n Geruch davon in de Nase kriegen, dann geht's heidi – un denn am Wasser hopst eins übers andre weg, bloß um 'ranzukönnen."

„Das ist ja seltsam", sagte Rob. „Muß wohl irgendein Mineral enthalten, das sie brauchen. Ich werde es gelegentlich mal untersuchen lassen."

Bellamy stieß einen lauten Ruf aus. Er starrte übers Tal hin und sprang plötzlich heftig fluchend auf, packte seine Büchse und zielte sorgfältig. Rob sah ein erregtes Durcheinander bei den Schafen. Der Knall der Büchse – dann lief eine geduckte graue Gestalt davon. Bellamy schoß noch einmal. Der Coyote machte einen Satz und fiel tot um.

Die beiden Männer gingen hinüber, um nachzusehen, wobei Bellamy aufgeregt von der Anzahl der in diesem Sommer von ihm erlegten Präriewölfe berichtete – von dem halben Dutzend Lämmer, die er dabei verloren hatte.

Er stieß mit der Fußspitze gegen den grauen Kadaver und zeigte stolz auf den runden Einschuß im Kopf, aus dem das Blut floß. „Na, hab' ich den genau erwischt!"

Das tote Lamm lag nicht weit davon. Sie trugen beide Tiere zum Schlafwagen. Bellamy holte sich ein scharfes Fellmesser.

„Ich werde Ihnen helfen, wenn Sie noch ein zweites Messer haben“, erbot sich Rob.

Sie lösten die Felle ab. Bellamy warf den Wolfskadaver den Hunden vor. „Und das gibt was Gutes für mich“, meinte er, auf das Lamm deutend. „Die Felle werd' ich verkaufen.“

„Übrigens, Jim“, sagte Rob, „ich nehme an, daß Sie im Herbst wieder einen neuen Pachtabschluß wollen?“

In Bellamys Augen glänzte es plötzlich auf. „Nein, Sir!“ erklärte er ganz stolz. „Ich wer' mir 'ne Ranch kaufen.“

Rob zog schweigend an seiner Pfeife. Es war erstaunlich, was für ein niederschmetterndes Gefühl das in ihm auslöste, diesmal keine Pacht zu bekommen.

„Eigne Ranch, Jim – das ist ja sehr fein. Haben Sie schon gekauft?“ Er lachte etwas rauh und spottend. „Und wenn – mit welchem Gelde denn? Als Sie hier vor drei Jahren anfingen, haben Sie mir doch erzählt, daß die Schafe das einzige auf dieser Welt seien, was Ihnen gehörte.“

Er wandte den Kopf und blickte den Mann neben sich aus schmalen blaublitzenden Augen an. Das starke Kinn seines dunklen Gesichts war kampflustig vorgeschoben, und die weißen Zähne gruben sich fest in den Stiel seiner Pfeife.

Bellamy war voller Eifer: „Un' von den Schafen isses ja! Ich hab' all die drei Jahre meine guten Preise gekriegt, un' weil ich ja selber hüte, war'n da keine Unkosten, außer was ich an Pacht hatte; un' denn Baumwollsamenkuchen un' Korn, wo ich für die Schafe gekauft hab' un denn'n bißchen Extrahilfe, wenn's ans Lammen ging, un' denn nachher beim Scheren ...“

Rob rechnete langsam: „Na schön – Sie zahlen an mich fünfzehnhundert und dann noch weitere zweihundert für die fünfundzwanzig Tonnen Heu, die ich Ihnen verkauft habe – und wieviel Tonnen Futter brauchen Sie für die Schafe? Drei – zu etwa vierzig Dollars pro Tonne?“

Bellamy hatte alles genau im Kopf. „Mais un' Baumwollsamenkuchen haben mich im letzten Jahr zweihundert gekostet. Un' der Hafer für mein Gespann noch mal fünfzig ...“

„Das wären zusammen bereits fast zweitausend“, sagte Rob.

„Stimmt. Und dann noch was an Extrasalz für die Schafe, un' was ich so esse, zwei Mann beim Lammen – sagen wir nochmal fünfhundert –, un' alles andre is Gewinn!“

*Alles andre Gewinn!* Rob nahm einen langen Zug aus der Pfeife und blies den Rauch langsam aus, während er nachrechnete. Bellamys jährliche Ausgaben hatten sich auf gute zweitausendfünfhundert Dollars belaufen. „Alles andre ist Gewinn, sagen Sie ...“

Bellamy hatte bereits einen verschmierten Zettel und einen Bleistift in der Hand und setzte voller Feuereifer allerhand Zahlen untereinander. Und was Rob jetzt zu sehen bekam, war die andere Seite der Rechnung, die Einkünfte. Zunächst der Preis der Wolle – zu dreiundzwanzig Cents das Pfund minus die zweieinhalb Cents jeweils für den Scherer – zehn Pfund Wolle durchschnittlich pro

Schaf – fünfzehnhundert Schafe –, das machte zusammen etwas mehr als dreitausend Dollars. Und die Lämmer für den Herbstverkauf – selbst bei Abzug sämtlicher Verluste, Transportkosten und Abgaben – brachten über viermal soviel!

Rob ritt davon, so zerrissen von einander widersprechenden Gefühlen, daß er keinen vernünftigen Gedanken zu fassen vermochte.

Ein Einkommen von über zehntausend Dollars jährlich! Dieser ungebildete Beduine! Der kann einfach so hingehen und zehntausend Dollars machen! Ich kann wie ein Hund schuften mit meinen Pferden – und wirklich gute Pferde züchten – und nicht genug verdienen, um ihnen den Hafer zu kaufen! Verdammt noch mal! Was hatte es für einen Zweck! Wahrscheinlich kam's nur davon, daß ich eben nur für den Luxus sorge und er für Notwendiges. Ich kann mich ebensogut aufhängen. Habe wohl dieses verbiesterte Festhalten an einer Idee genau wie Ken. Aber Schafe! Puh! Dann schon lieber Karnickel!

Seine Knie strafften sich unwillkürlich, und Gipsy griff heftig aus. Er ritt wie ein Wilder.

Der Anblick seines Sattels auf dem Gras ließ ihn anhalten. Er stieg ab, zäumte und sattelte seine Stute wieder vernünftig und ritt dann weiter. Seine Gedanken hielten Schritt. „Ist aber auch Glück", murmelte er vor sich hin. „Der Kerl hat ein ganz verteufeltes Glück gehabt. Wie viele Schaffarmer sind kaputt gegangen. Da war Gaynor, oben am Berg, bei dem die Räude ausbrach. Hat noch gutes Geld hinterhergeschmissen, um was zu retten – dreißigtausend Dollars, hat er mir erzählt –, bis dann nichts mehr übrig war. Der würde nie wieder mit Schafen anfangen."

Gipsy bekam die Sporen zu fühlen. „Verdammt noch mal! Es gibt eben so was wie Glück – manche Leute haben's – ich nicht – nie gehabt. Und – mein Gott – was soll ich denn nur Nell sagen?"

Er ritt auf die Koppel, sattelte ab, fütterte seine Stute und ließ sie hinaus auf die Stallweide. Mit großen Schritten ging er aufs Haus zu. Er konnte niemand entdecken. Als er hineinging, spürte er ringsum Leere. Er war froh darüber.

Seine Sachen waren noch feucht. Er ging nach oben, duschte und zog sich Flanellhosen und ein blaues Hemd an. Als er sich beim Haarbürsten in dem Spiegel sah, fielen ihm rötliche Flecken auf seinem Gesicht auf, als sei er geschlagen worden. Er war sehr froh, daß Nell ihn so nicht sehen konnte.

Er ging hinunter, nahm Flasche und Glas aus der Anrichte und trug beides zu seinem Schreibtisch. Als er sich gemütlich niedergelassen und seinen Whisky-Soda getrunken hatte, war ihm bereits wohler. Er schenkte sich ein zweites Glas ein. Beim Umherblicken fiel ihm ein weißer Umschlag auf dem Fußboden nahe der Terrassentür auf, und er stand auf, um ihn aufzuheben. Eine offene Sicherheitsnadel steckte drin – sein Name drauf, von Nell geschrieben. Er war ohne Zweifel von der Terrassentür heruntergefallen. Rob öffnete und las:

‚Hallo, Liebster, Charley Sargent kam vorbei, und da du nicht hier warst, kriegten ihn die Jungen dazu, mit ihnen zur Strecke zu fahren, um Sturmwind rennen zu sehen. Ich gehe mit. Es handelt sich nämlich darum, daß Charley im Herbst beim Rennen von Saginaw Falls einige Zweijährige laufen lassen will. Wenn Sturmwind gut genug ist, könnte er auch melden! Wenn du den Brief noch zur Zeit kriegst, komm doch 'runter zur Strecke und sieh dir den Spaß an. Auf alle Fälle bringe ich Charley nachher zum Abendessen wieder mit. Bitte lege inzwischen noch mal Kohlen nach im Küchenherd. Es könnte spät werden. Halt den Daumen. Hurra für Sturmwind! Nell.'

Rob las den Zettel ein paarmal durch und wurde aus unerfindlichen Gründen immer ärgerlicher. Ken und Sturmwind. Immer machte Ken irgendeinen Wirbel. Nell und Charley zusammen, schauen dem Hengstfohlen zu. Und sympathisieren mit Kens Kummer darüber, daß Sturmwind zugleich mit den anderen Zweijährigen verschnitten werden soll. Tja, das ist eine Sache, bei der ich nicht nachgeben werde – und wenn sie sich auf den Kopf stellen!

Er schenkte sich wieder ein Glas voll und konstatierte erstaunt, wie wenig Whsiky nur noch in der Flasche war.

Er lehnte sich behaglich in seinem Stuhl zurück und hob das Glas an die Lippen.

Über seinen Rand hinweg sah er durch die Scheibe des Fensters Gus, wie er die beiden schwarzen Stuten vorm leichten Wagen zu den Ställen kutschierte.

Während er das Glas leerte, formte sich in seinem Hirn langsam ein Plan. Diese beiden Rappstuten – ein prächtiges, schnelles Gespann. Die Rennstrecke. Ein Publikum. Ein bißchen Konkurrenz für Sturmwind. Und auf einmal war all seine Niedergeschlagenheit verflogen. Er kippte den Rest mit einem großen Schluck und sprang auf, daß der Stuhl umfiel. Mit Riesenschritten ging er durchs Haus, zu den Ställen hinüber, und ein Rufen begann nach Gus und Tim.

„Nein, laß die Stuten noch nicht freilaufen, Gus! Gib ihnen noch ein paar Maß Hafer dazu und putze sie mir auf Hochglanz wie noch nie! Ich will, daß sie strahlen! Tim – hilf mir mal mit dem Anhänger – ich will ihn 'rüber haben zum Geräteschuppen – und hol mir die alte Deichsel ..."

In wilder Geschäftigkeit befestigten Rob und Tim die Deichsel mit einigen Bolzen an der Hakenöse des Anhängers. Dann nahm Rob den Federsitz aus dem Kutschwagen und stellte ihn auf den Anhänger. Gus brachte die Rappen und schirrte sie ein. Rob kletterte auf den Sitz, nahm die lange Peitsche aus Tims Händen und sagte: „Holla!"

Die Stuten zogen an. Erstaunt über das leichte Gewicht des Anhängers, nachdem sie bisher an den Wagen gewöhnt waren, hielten sie an und wandten fragend die Köpfe. Gar kein Gewicht zu ziehen! Kein Rattern und Stoßen des Wagens! Was war denn das überhaupt?

Rob stieß einen anfeuernden Ruf aus und schwang die Peitsche. „Hüa! Ho! Los, ihr zwei! Ab dafür!" Mit ausgestrecktem Arm ließ er die Zügel klatschend auf die Schenkel der beiden Stuten fallen.

Patsy und Topsy sprangen davon. Der kleine Anhänger mit den dicken Gummirädern hopste hinterher.

Tim und Gus standen da und blickten mit breitem Grinsen auf ihren Gesichtern dem höchst eigenartigen Vehikel nach, das die Straße entlangwirbelte und im Nu um die Biegung verschwunden war.

## *Probegalopp*

Die „Strecke" war ein Oval von achthundert Metern auf ebenem Gelände nördlich vom Lone-Tree-Bach, etwa dreieinhalb Kilometer vom Gestüt entfernt.

Unmittelbar nachdem die Jungen in diesem Sommer zu den Ferien nach Hause gekommen waren, hatten sie diese Stelle als Übungsfeld für Sturmwind gewählt. Auf der einen Seite gab es eine natürliche Tribüne, einen zackigen Felsgrat, der aus dem Boden ragte. Sie hatten das Oval der Strecke durch Pfosten markiert, die sie an den Kurven setzten. Diese Pfosten – das mußte Sturmwind beigebracht werden – hatte er draußen zu umgehen, nicht innen. Manchmal tat er's, manchmal nicht. Nicht etwa, daß er es nicht begriffen hätte! Sie hatten ein breites weißes Band quer über die Straße gepinselt, das Ziel, genau vor der Tribüne, und hier hatte Sturmwind manchen Kilometer rennen müssen, wobei er sich zweifellos überlegte, was für einen Sinn das Ganze haben sollte. Auf ein schützendes Dach zurennen bei Unwetter – vor Feinden oder gefährlichen Stellen davonrennen –, ja, auch nur so aus Spaß mit dem eigenen Rudel auf der Sattelhöhe zur Übung losrennen – das war noch verständlich. Aber auf flachem Gelände immerzu rund um diese Pfosten jagen in der höchstmöglichen Geschwindigkeit, zu der ihn ein kleiner Teufel auf seinem Rücken mit gellenden Schreien anfeuerte, während ein anderer auf dem Felsen aufgeregt herumhopste – das war nicht zu begreifen.

Nach dem Gewitter war die Luft rein, das Land grün und saubergewaschen von allem Staub. Nell trug ihre weißen Leinenjodhpurs und eine weißseidene Hemdbluse, deren Ärmel sie an ihren schlanken braungebrannten Armen hochgerollt hatte. Nichts in ihren Zügen deutete auf Sorgen oder Kummer, sie sah aus wie ein Kind, das sich auf einen Ausflug freut. Sie saß neben Sargent im Wagen und wies ihm den Weg, denn die Strecke konnte auf keiner der regulären Straßen erreicht werden.

Hinten im Wagen saß Howard mit einem Eimer voll Hafer. Kurz ehe sie losgefahren waren, hatten sie einen gellen Ruf gehört, und Ken war mit diesem Eimer und einem Halfterseil angelaufen gekommen. Mit verlegener Miene entschuldigte er Sturmwind und stellte den Eimer in den Wagen. „Nur für den Fall – für den Fall, daß er ausreißen sollte oder so – und ich ihn nicht so einfach wieder zurückbekomme."

„So so“, sagte Sargent, als sie fuhren, „er reißt also aus, ja? Und ist schwer wieder in die Hand zu bekommen?“

„Ooch . . .“ machte Howard, „es geht schon ganz gut. Wir haben ihn nämlich noch gar nicht lange in der Arbeit, erst seit diesem Sommer.“

„Manchmal“, sagte Nell, „rennt er einfach davon und kommt erst nach langer Zeit zurück. Aufpassen, Charley – fahren Sie hier den Hang ’runter und durch den Lone Tree –, die flache Mulde da.“ Charley fuhr langsamer, um den Wagen durch das Bachbett zu manövrieren.

„Wo geht das Fohlen denn hin?“ fragte er.

„Das möchten wir alle gern wissen“, erwiderte Nell.

„Einmal ist er voller Riß- und Kratzwunden zurückgekommen“, sagte Howard, der sich von hinten über die Sitzlehnen beugte. „Und eine fürchterliche Wunde an der Brust hatte er auch. Papa hat gesagt, das müßte von einem Hengsthuf sein.“

„Gerade so etwas wollte ich eben sagen“, grinste Charley. „Wenn er schon so ein Doppelleben führt, dann könnt ihr euch drauf verlassen, daß irgendwo ein anderes Pferderudel herumschwirrt und er sich mit dem Hengst befassen mußte.“

„Aber das stimmt nicht“, sagte Howard kopfschüttelnd. „Es gibt keinen anderen Hengst in der Gegend außer Hündchen.“

„Wer ist denn Hündchen?“ erkundigte sich Charley.

„Der gehört Barney – westlich von uns auf einer Viehfarm. Wir haben ihn unter uns Hündchen getauft. Das ist nämlich gar kein richtiger Hengst – nichts als ein gewöhnliches Arbeitspferd.“

„Ist er ein Percheron?“

„Der ist überhaupt nichts. Irgend so eine Mischung – so was wie Wildleder. Papa sagt, er glaubt, es müsse ein Maultier unter seinen Ahnen sein. Er ist weder groß noch stark und überhaupt schon so alt, daß ihm die Knochen auseinanderfallen. Sturmwind hätte ihn schon als Baby mit einer Hand durchwalken können. Wir sind einmal mit Sturmwind ’rübergeritten, um zu sehen, ob sie einander irgendwie feindlich gesinnt sind, aber Sturmwind ging einfach zu ihm hin und beschnupperte ihn von oben bis unten, und Hündchen stand bloß da, ganz zusammengekrochen, und drehte nur den Kopf, um zu sehen, was er tat. Sie haben nicht einmal geschnaubt oder sich aufgebäumt.“

Bei der Strecke angekommen, stiegen sie aus und zeigten Sargent, wie sie angelegt war.

Nach einer Weile kam Ken auf Sturmwind, dem Letzte Sekunde ungezäumt und frei folgte.

„Zwei Stück“, rief Charley. „Hat er sich einen Schrittmacher mitgebracht? Aber das ist doch knapp ein Jährling?“

Ken kam im kurzen Galopp heran und stieg ab mit einem Gesicht, das glänzte vor Aufregung und der heftigen Rubbelei, die er ihm hatte angedeihen lassen. Sein Haar unter der kleinen Jokeikappe war glatt gestriegelt. Sein rosa Oberhemd war strahlend sauber. Die Cowboystiefel, in die er seine blauen Baumwollhosen gesteckt hatte, waren ordentlich und prächtig geputzt. Offensichtlich hatte er sich für die besondere Gelegenheit in Gala geworfen. Und Sturmwind ebenfalls. Sein makellos weißes Fell glänzte wie Seide. Mähne und Schweif waren gebürstet, daß sie locker wehten.

„Ken!" rief seine Mutter. „Wie hast du denn nur seine Hufe so zum Glänzen gebracht?"

„Das ist ‚Furneß Marmorhufglanz'", erklärte Ken einigermaßen verlegen. „Es war im vergangenen Monat in meiner ‚Rennzeitung' angezeigt. Ich habe drum geschrieben, weil er doch, wenn er ein Rennpferd werden soll, auch nach was aussehen muß. Es ist so eine Art Emaille."

„Was ist denn das für ein blauer Streifen an seinem Hals?" fragte Nell.

Ken versuchte es wegzuwischen. „Ach, vielleicht habe ich ein bißchen zuviel Blau genommen ..."

„Zuviel Blau?"

Howard erklärte mit Begeisterung: „Er tut Waschblau ins Wasser, wenn er ihn putzt!"

„Na ja, Mutter tut das doch auch, wenn sie die Wäsche weiß haben will; deshalb nehme ich eben auch ab und zu ein bißchen ..."

„Ein bißchen!" sagte Howard. „Er kippt beinah die ganze Flasche aus."

„Also dahin ist mein Waschblau verschwunden!"

Charley Sargent schien mit Stummheit geschlagen. Er stand da und blickte auf die Pferde, erst Sturmwind, dann das Stutfohlen. Es war ein wenig beiseite gegangen und graste friedlich. Schließlich griff er nach seiner Tabakschachtel, rollte sich eine Zigarette und tat einen tiefen Zug.

„Ken", sagte er dann mit ruhiger Stimme, *„verdammt noch mal!"*

Ken, der sein Pferd kurz am Zügel hielt, blickte ihn ängstlich an, und die Farbe kam und ging in seinem Gesicht.

„Also *das*", sagte Sargent gedehnt, „ist Sturmwind von Flicka und Appalachian!"

„Ja, Sir, er ist schon wirklich von Appalachian."

„Wie alt ist er?"

„Eben knappe zwei. Meinen Sie – meinen Sie, daß er gut aussieht, Mr. Sargent?"

„Er sieht nicht wie ein Renner aus ..."

„Nicht?"

„Er sieht überhaupt nicht so aus wie irgendein Pferd, das mir bisher vor Augen gekommen ist. Er ist wie die Statue eines Pferdes, die sich ein Bildhauer ausgedacht hat – all diese stolzen Wölbungen und Muskeln, dieser Kopf ..."

Gesicht, Augen, Kopf – das war allerdings das Hervorstechendste an Sturmwind. Ein Blick auf dies Gesicht würde einen Menschen zwingen, stehenzubleiben, noch einmal näher hinzusehen – und wie gebannt zu sein. Die Intensität in diesem schwarzen Auge mit dem dünnen weißen Rand ringsum – die Wildheit, die unerbittliche Entschlossenheit – dieser starke Schädel – die Art, wie der schwere Nacken sich wölbte und das Kinn gegen die Brust drückte – dann das plötzliche Hochwerfen des Kopfes – die dunkle Schnauze in der Luft – die lodernden Nüstern . . .

„Verdammt noch mal", murmelte Sargent noch einmal.

„Sieht er wirklich gar nicht wie ein Rennpferd aus, Mr. Sargent?"

„Er ist nicht der Typ. Kein eigentlicher Renner. Was nicht heißt, daß er nicht vielleicht – einen Renner schlagen könnte! Mit dieser Kraft, wer kann da voraussehen, was er alles könnte! Ist er denn schnell?"

„N-ja – manchmal, wenn er Lust hat. Er *kann* toll rennen, aber er tut es nicht immer."

Sargent konnte seine Augen nicht abwenden von dem Hengst. Eine leichte Röte war in sein längliches braunes Gesicht gestiegen. „Ich fange langsam an zu glauben, daß ich noch mal auf ihn stolz sein könnte", sagte er, und dann plötzlich ganz aufgeregt: „Was habe ich dir gesagt, Ken? Von all den Siegern, die Appalachian gezeugt hat?"

„Natürlich, daran erinnere ich mich doch genau, Mr. Sargent. Coquette und Spinnaker und Mohikaner und eine Menge andere. Wissen Sie, deswegen – also deswegen wollte ich ihn ja für Sturmwind zum Vater. Finden Sie wirklich, daß er gut aussieht, Sir?"

„Er ist das dollste Muskelbündel, das ich je gesehn habe – und noch kaum richtig in Arbeit genommen bisher –, wie in drei Teufels Namen hat er sich so entwickeln können?"

Sturmwind hob einen stattlichen Huf, von Emaille glänzend, und scharrte ungeduldig. Im Verhältnis zum Gewicht seines Körpers und Nackens waren seine Beine noch immer kurz. Oder, überlegte Nell, die ihn prüfend betrachtete, sahen sie nur kurz aus eben im Vergleich zu den sonstigen Maßen seines Körpers. Er war einssechsundachtzig, obgleich noch nicht voll ausgewachsen. Sein Nakken war schwer, muskulös und stark gewölbt. Er hatte immer schon die Formen eines erwachsenen Pferdes gehabt, selbst als er geboren wurde. Wenn er weiter so nach allen Seiten wuchs wie bisher, würden auch seine Beine länger werden. Vielleicht waren sie dann richtig, wenn er ausgewachsen war.

„Sie meinen nicht, daß er allzu schwer ist, Charley?" fragte sie. „Nicht wie ein Arbeitspferd?"

„Um Gottes willen, nein! Diese Beine – die sind schon stark, aber gut und sauber gebaut. Er ist ein schweres Jagdpferd. So was von Kraft gibt's kaum noch mal auf der Welt."

Bei jedem Wort durchlief es Ken heiß und kalt. Lobesworte für Sturmwind! Kraft? Ken kannte seine Kraft. Würde er je den ersten Ritt vergessen können, den er in diesem Sommer auf ihm machte? Es war nicht allein der Ritt gewesen. Es war das Erlebnis der Kraft und des Willens, aus dem Körper des Hengstes sich in einer Weise auf ihn übertragend, daß sie sich unauslöschlich seinem Bewußtsein eingeprägt hatten.

Er streichelte Sturmwind die Nase. „Kräftig ist er wirklich."

Der Hengst verdrehte etwas die Augen, bis er Ken im Blick hatte. Ken starrte zurück. Plötzlich entblößte Sturmwind die Zähne und schnappte nach Kens Arm. Ken riß ihn zur Seite und gab dem Hengst einen Puff. Der stieg hoch und kam bockend herunter. Ken zog an den Zügeln und schnauzte ihn an. Charley war rasch zurückgetreten.

„Schlechter Charakter?" – „Das nicht. Er mag mich nicht."

„Mag dich nicht? Das ist hart, wenn er doch dir gehört und du ihn zureiten sollst."

„Ich denke immer, daß er mich vielleicht doch eines Tages mögen wird. Mutter ist bisher die einzige, die er mag. Zu ihr ist er nie gemein."

„Sehen Sie sich doch mal den Sattel an, Charley", sagte Nell.

Als Sturmwind ihre Stimme hörte, wandte er sich zu ihr um, und sie legte ihren Arm auf seinen hochgewölbten Nacken, wo die Muskeln in Wülsten herausstanden, und lehnte sich leicht dagegen.

„Was ist das denn? Roßhaar?" fragte Charley.

„Ja", bestätigte Ken stolz. „Den habe ich selber gemacht. Papa hat mir's gezeigt."

Sargent fingerte an dem Sattel. „Wie wird denn so was gemacht?"

Howard berichtete: „Erst füllt man einen Sack mit einer Menge Roßhaar – aus Schweif und Mähne –, dann benutzt man den etwa ein Jahr lang unterm Sattel als Decke. Und das mahlt und webt alles derart durcheinander, daß eine dicke Matte daraus wird. Zum Schluß sieht man überhaupt nichts mehr vom Sack – nichts als ein dickes Polster aus ineinanderverwobenem Haar."

„Und dann", fuhr Nell fort, „schneidet man das in Sattelform – dessen Außenlinie sich ja deutlich sichtbar eingepreßt hat –, und schon hat man den denkbar leichtesten kleinen Sattel, der ganz weich ist und vollendet aufliegt."

Charley hob prüfend die schmalen Steigbügel, die am Gurt unter dem Sattel befestigt waren. „Wie ein Jockeisattel – saubere Sache." Lachend legte er Ken die Hand auf die Schulter: „Du vergißt aber auch nichts, Ken, was? Wenn ein Roßhaarsattel und ‚Furneß Marmorhufglanz' und Waschblau im Wasser etwas dazu tun könnten, Rennsiege für ein Fohlen zu sichern, dann sollte Sturmwind ja wohl gewinnen, nicht? Nun wollen wir aber auch mal das Stutfohlen ansehen. Warum hast du es eigentlich mitgebracht?"

„Er hängt sehr an ihm. Es ist seine kleine Schwester. Es ist so eine Art Maskottchen für ihn."

„Ah, es ist also von Flicka?"

„Ja. Und sie sind immer zusammen. Wenn er sich mal aufregen sollte, macht es ihn meist leichter ruhig, sobald es in der Nähe ist."

„Also wird er leicht aufgeregt, ja? Und niederträchtig?"

Ken war empört. „Aber nein, niederträchtig niemals! Aber er bockt und schlägt aus. Manchmal geht er mit mir durch."

„Aber niederträchtig ist er niemals!" lachte Sargent. „Ich verstehe. Aber kannst du ihn denn nicht halten?"

„Er wird störrisch. Besser ist er jedenfalls, wenn Letzte Sekunde in der Nähe ist. Die meiste Zeit ist er nämlich kein eigentlich munteres Pferd. Papa meint, irgend etwas frißt an ihm."

Sargent musterte die kleine Stute. „Ein reizendes kleines Fohlen."

„Es sieht genauso aus wie Flicka, als die ein Jährling war. Als ich Flicka bekam, war sie ungefähr genauso alt und ein ebenso heller Goldfuchs mit lichter Mähne und Schweif."

„Es ist wie der Vater", meinte Sargent. „Es ist doch von Banner, nicht?"

„Ja, und es ist sehr leichtfüßig und schnell."

„Was du nicht sagst." Sargent würde nicht über einen Banner-Sproß in Begeisterung geraten, wenn einer von Appalachian daneben stand.

„Ja, es läuft wie der Wind! Aber natürlich ist es noch nie geritten worden. Es rennt nur meistens mit, wenn wir Sturmwind trainieren, oder auch nur so allein."

„Wieviel wiegst du, Kent?" – „Siebenundvierzig Kilo."

„Mir kommt es vor, als wärst du in den letzten Jahren überhaupt nicht gewachsen."

„Bin ich auch nicht. Papa meint, ich hätte nur noch nicht angefangen. Er sagt, Jungen fangen immer ganz plötzlich an zu schießen. Howard hat's gerade getan."

Sargent warf einen Blick auf Howard. Der hatte es allerdings getan. Zwischen Hosenrand und Turnschuh zeigte sich ein langes Ende sonnengebräuntes, haariges Bein.

„Und was wiegst du auf einem Pferd?" fragte Sargent.

Ken begriff nicht. „Wie meinen Sie das?"

„Nun, du weißt doch wohl, daß manche Reiter schwer sind auf einem Pferd und manche einen leichten Sitz haben, nicht?"

„Papa sagt immer, daß ich sehr leicht säße, aber das hat doch mit meinem eigentlichen Gewicht nichts zu tun, oder?"

„Sicher. Wußtest du das nicht? Wiege mal Pferd und Reiter. Einzeln und dann zusammen. Manchmal gibt das mehr, als beider Gewicht zusammengerechnet. Das bedeutet einen schweren Reiter. Manchmal ist es weniger, und das ist dann ein leichter Reiter. Wenn du ein leichter Reiter bist, wirst du vielleicht nicht mehr als fünfundvierzig Kilo auf dem Pferd wiegen – wenn nicht weniger."

„Ist das kein Witz?" fragte Howard. Beiden Jungen erschien das höchst merkwürdig.

„Kommt doch mal gelegentlich zu mir 'rüber. Ich habe eine Waage und kann's euch beweisen."

„Mr. Sargent", sagte Howard, „unsere Zweijährigen sollen nächstens verschnitten werden, und Papa sagt, Sturmwind sollte auch kastriert werden. Finden Sie, daß man das machen sollte bei ihm?"

Bei dieser unangenehmen Erinnerung an das eine, was auf seiner Seele lastete, verlor der Tag für Ken alle Schönheit.

Nell stieg die Röte der Verärgerung ins Gesicht; sie drehte sich um und ging auf die „Tribüne" zu. „Komm her, Howard, hilf mir mal hier 'rauf! Wir fangen wohl am besten jetzt an."

Sargent schaute Ken in sein blasses, finster-verzogenes Gesicht. „Was ist los, mein Junge?“

Ken deutete mit einer kleinen Kopfbewegung zu Howard hinüber: „Was er da eben gesagt hat. Papa will alle Zweijährigen kastrieren lassen.“

„Wann?“

„Irgendwann in dieser Woche. Er hat Doktor Hicks benachrichtigt, daß er kommen solle, sobald er einmal in der Nachbarschaft zu tun hat. Dann braucht Papa nämlich nicht für die Hin- und Rückfahrt zu zahlen wegen der paar Pferde.“

„Will er Sturmwind auch verschneiden lassen?“ – „Hm.“

„Na und? Er ist doch nicht der einzige. Man verschneidet sie doch nun mal alle, nicht?“

„Aber er soll einmal ein Rennpferd werden!“

„Was hat das damit zu tun? Rennpferde werden doch auch kastriert – die meisten sogar. Es wird ihm nicht weiter wehtun. Und es mag seiner äußeren Erscheinung nur gut sein. Ich wäre nicht dafür, daß sein Nacken noch wesentlich dicker würde.“

„Aber er kann doch sterben!“ – „Ach, Unsinn!“

„Aber wir haben mal einen gehabt, der ist daran gestorben. Er hieß Jingo. Der war ein Zwitter.“

„Zwitter!“ Charley lachte und warf einen Blick auf Sturmwind. „Na, und, was hat das mit Sturmwind zu tun? Beleidige ihn nicht!“

Ken zog das Kinn ein und kicherte.

„Es wird ihm nichts schaden. Aber immerhin – wenn er gut genug läuft, können wir deinen Vater vielleicht dahin kriegen, daß er seinen Entschluß ändert.“

Ken schüttelte den Kopf: „Er ändert niemals einen Entschluß.“

„Niemals?“ – „Nein.“

„Na, wie dem auch sei, laß erst mal sehen, was dein Hengst kann. ’rauf mit dir.“ Er packte Ken am Hosenboden, und der Junge schwang sich mit Leichtigkeit in den Sattel. Er steckte seine Füße in die kurzen Bügel und lachte verschmitzt zu Sargent hinunter. „Ich reite für gewöhnlich nicht mit solchen kurzen Bügeln. Meist reite ich überhaupt ohne Sattel. Es ist nicht so ganz leicht, sich daran zu gewöhnen. Aber ich kann’s schon.“ Er legte die Knie ordentlich an und beugte sich wie ein Jockei nach vorn über den Widerrist.

In Sargents braungebranntem länglichen Gesicht zuckte es vor Vergnügen. „Mach ihm erst mal nur ein bißchen Bewegung, damit er warm wird. Denke dran, daß auch ich an diesem Fohlen interessiert bin!“

Das munterte Ken sehr auf, als er jetzt Sturmwind mit Schenkeldruck in einen leichten Galopp versetzte. Wenn Mr. Sargent an ihm interessiert war, wäre es möglich, daß er wegen des Verschneidens mit seinem Vater sprach. Sargent blickte den beiden nach, die sich auf der Strecke hielten. Dann kletterte er auf die Zuschauerloge neben Nell und Howard, um das Pferd in Aktion zu beobachten. Von diesem Felsenvorsprung aus überblickte man die gesamte Strecke.

Howard hatte die Stoppuhr in der Hand.

Letzte Sekunde ließ ihr Grasen und galoppierte verspielt neben ihrem großen Bruder einher, hinunter bis zur Kurve, herum und wieder zurück. Das weiße Fohlen bewegte sich ruhig und mühelos.

Nach etwa zehn Minuten rief Sargent zu Ken hinunter: „Jetzt laß ihn laufen, mein Junge – laß ihn frei."

Ken wendete zur Startlinie und trieb das Pferd zu schärferem Galopp hinüber.

Und nun mühte sich Ken eine halbe Stunde lang damit ab, daß sich sein Fohlen ins rechte Licht setzen sollte. Er hatte nur wenig Erfolg. Sturmwind schnitt einmal eine Ecke, Ken ließ ihn halten und wenden, um noch einmal ordnungsgemäß außen am Pfosten vorbeizugaloppieren. Da wurde er auf einmal böse und störrisch – Ken gab ihm die Sporen und zügelte ihn, um ihn dann wieder zum Rennen anzutreiben. Letzte Sekunde lief nebenher.

Abwechselnd hielten Howard und Charley Sargent die Stoppuhr. Schließlich kletterten sie hinunter, und Ken ritt auf sie zu. Sein Gesicht glühte, seine Augen blitzten wild, das Pferd warf nervös die Beine.

„Der kann rennen, Ken?" erkundigte sich Sargent ironisch. „Was hast du mir da vorgeflunkert?"

„O ja, er kann – *wenn er Lust hat*!" erwiderte Ken voller Zorn.

„Ich habe den leisen Verdacht, als ob er ein bißchen zuviel für dich ist", sagte Sargent.

„Wissen Sie, Charley", sagte Nell nachdenklich, „er kann nämlich tatsächlich rennen. Und zwar ist das ganz anders als dieser harte Galopp eben. Es ist eine völlig andere Gangart. Erinnern Sie sich noch an die Rappstute Rocket – seine Großmutter?"

„Selbstverständlich – die war ja beinah schon *meine* Stute."

„Ja. Die meine ich. Dann erinnern Sie sich auch daran, wie wir sie vor unserm Auto laufen ließen und danach abstoppten – und sie wehte nur so dahin – ohne Mühe, ohne die geringste Anstrengung?"

„Ich weiß. Nie im Leben habe ich so etwas von einer Gangart erlebt."

„Das hat er geerbt. Er macht es manchmal genauso. Ich wünschte, Sie könnten es einmal sehen. Ken, wir wollen's noch mal probieren. Ich werde Letzte Sekunde festmachen. Ich glaube, sie lenkt ihn ab."

Nell holte den Halfterstrick, befestigte ihn am Zaum der kleinen Stute und machte sie so hinter der Karosserie des Wagens fest, daß Sturmwind sie nicht sehen konnte. Noch einmal nahmen sie ihre Plätze oben auf dem Felsvorsprung ein, und Charley gab Ken das Startzeichen.

Ken brachte den Hengst genau wie das erstemal über die Linie – im gleichen harten Galopp, unwillig ruckte der Kopf, kein Gedanke an Gehorchen. Ken war außer sich vor Wut, daß Sturmwind ausgerechnet jetzt, wo er ihn vorführen wollte, sich so bockig zeigte.

Also schön – dann eben Krieg. Dies Kämpfen gegen den Hengst

brachte etwas in Ken zum Vorschein, was noch nie in ihm gewesen war. Er hob die leichte kurze Peitsche, die er in der Hand hielt, und ließ sie mit aller Macht auf die Schenkel niedersausen. Sturmwind sprang hoch und suchte Ken abzuwerfen. Ken spürte förmlich, wie die Kraft und Wut in seinem eigenen Körper höherstieg. Er hob noch einmal den Arm und ließ die Peitsche niedersausen. Diesmal funkte es – Sturmwind griff aus.

Das war der weitausholende, mühelos dahinwehende Gang, der auch Rocket eigen gewesen war. Kerzengerade saß Ken in seinem kleinen Sattel. Hinunter zur Wende, um die Pfosten herum, an der anderen Seite wieder herauf ...

Nell warf Charley einen Blick zu. „Sehen Sie das?“ sagte sie. „Das meinte ich.“

„Und er gibt sich noch nicht einmal Mühe“, sagte Charley ganz benommen.

„Er kommt! Er kommt!“ schrie Howard. „Auf die Uhr sehen ...“

Sargent schreckte hoch. Er hatte den Blick nicht vom Pferd gewendet, hatte nicht abgestoppt. Er winkte Ken zu und rief: „Mach weiter! Noch einmal herum!“

Kens Augenlider flackerten einen Augenblick nach oben, als er vorbeiritt, aber er drehte den Kopf nicht. Auf seinem Gesicht lag ein entrücktes Strahlen.

„Mein Gott! Der rennt in der Luft!“ heulte Sargent auf. „Der berührt ja den Boden nicht mehr!“

Howard sprang wie besessen von einem Fuß auf den andern. „Durchhalten! Durchhalten! Sturmwind! Sturmwind!“

Nell übermannte das Gefühl. Sie barg plötzlich ihr Gesicht in den Händen. Welche Schönheit in diesem Bilde! Diese unerhörte Darbietung – und Ken so tadellos im Sitz – endlich Sieg – zwei Jahre des Kampfes – die gläubige Zuversicht – die Erschöpfung – die Risse und Schrunden und Schrammen, die sie immer hatte verbinden müssen – und nun: Sieg ... Sie hob den Kopf und sah wieder hin. Sie kamen auf der Zielgeraden! – Näher! Ein langgezogener Schrei von Sargent – und das Pferd hatte das Ziel passiert, Ken suchte es zu zügeln –, beschrieb Kreise mit ihm –, Howards Stimme schrillte dazwischen: „Wieviel war's, Mr. Sargent? Wie schnell?“, während Sargent bereits in aller Eile den Felsen hinunterkraxelte.

Sturmwind hatte die achthundert Meter in siebenundvierzig Sekunden zurückgelegt.

„O Kennie – Kennie ...“

„Ui, Ken – hat er's gemacht? Uh!“

„So ein Pferd! Das ist ja eines der sieben Weltwunder!“

Sturmwind bockte wieder. Er wollte weiterrennen. Ken hatte sich noch kaum aus seiner Entrücktheit, in der er geritten war, auf die Erde zurückgefunden. Sein glühendes Gesicht mit den leichtgeöffneten Lippen war noch halb geistesabwesend.

„Könnte er das wiederholen? Hat er es früher schon mal getan?

Wir wollen ihn eine Weile ausruhen lassen und es dann noch mal mit einer Runde versuchen."

„Ausruhen?" sagte Howard. „Der ist nicht müde. Der wird überhaupt nicht müde. Er kann es nicht leiden, wenn er anhalten soll, sobald er mittendrin ist. Deshalb ist er jetzt böse."

Sie beschlossen, den jungen Hengst gleich noch einmal zu erproben, und wieder kletterten sie auf den Felsvorsprung und gaben das Startzeichen, und wieder kämpfte Ken darum, ihn unter Kontrolle zu bekommen, zwang ihn über die Startlinie und wurde von dem zornigen, stuckernden Galopp durchgeschüttelt – zur Wut gebracht durch das falsche Nehmen der Pfosten. Weiter ging der Kampf – das Sausen der Peitsche –, das zornrote Gesicht des Jungen, während Charley immer ernster wurde und die kleine Gruppe auf der Felsplatte nicht mehr aufgeregt durcheinanderredete, sondern ganz still stand.

Endlich gab es Sargent auf. „Es war reiner Zufall", sagte er. „Er ist unkontrollierbar."

„Sehen Sie, da, Mr. Sargent! Er tut's wieder!"

Das Hengstfohlen hatte die Hemmungen seines wilden Temperaments überwunden. Es brach in seinen rasend dahinwehenden Galopp aus und stürmte um das Oval. Als es die weiße Linie überflog, setzte Sargent die Stoppuhr in Gang. Sie hielten den Atem an. Sargents Mund stand weit offen in einem verrückten, selbstvergessenen Grinsen. Die Augen traten ihm fast aus dem Kopf.

Auf einmal hörte man den Lärm einer schreienden Männerstimme, galoppierender Pferdehufe, ein merkwürdiges Rattern. Und auf die Strecke herunter fegte wenige Meter hinter Sturmwind das Gespann der Rappstuten, die ein leichtes, schleuderndes Gestell zogen, in dem ein Mann halb saß, halb stand, sich weit zu den Pferdeschenkeln vorbeugte und mit Peitsche und Zügeln agierend lauthals brüllte: „Heia! Immer lustig! Keine Müdigkeit, Mädchen! Hü! Feste! Hüho!"

Die Rappstuten streckten sich im vollen Galopp und mühten sich, den vor ihnen herrasenden Hengst zu überholen. Die Peitsche knallte über ihnen. „Na los, Patsy! Nicht nachlassen, Topsy!"

Das war zuviel für Sturmwind. Er brach aus, zwischen zwei Pfosten durch, und begann zu bocken. Rob fegte an ihm vorüber in einem Wirbel fliegender Hufe und Schweife, umrundete das Oval der Strecke und passierte mit einem Triumphgeschrei das Ziel.

Ken saß tapfer auf dem hochsteigenden Pferd. Er hatte die Füße aus den kurzen Bügeln befreit, seine Knie preßten sich fest. Er lehnte sich so weit zurück, daß er fast auf den Schenkeln lag. Sein Körper schnellte einmal hier- und einmal dorthin, sein Kopf schleuderte, seine Kappe flog davon. Sturmwind steigerte sich in einen seiner Anfälle wahnsinnigen Herumbockens. Ken saß noch immer oben.

Der Schrecken schlug derart auf Nell ein, daß sie, Charleys Arm umklammernd, nur stöhnen konnte: „Oh – oh ..." Rob war noch bis unterhalb der Tribüne herumgefahren und hielt an, um seinen Sohn auf dem Pferd zu beobachten. Charley und Howard kraxelten den Felsen herunter.

Sturmwind bockte noch immer. Rob murmelte vor sich hin: „Das ist das Wildblut in ihm – aber Ken kann alles reiten, was Haare hat . . ."

Plötzlich ließ Ken los, völlig erschöpft. Er flog ein Stück in die Luft, beschrieb einen weiten Bogen und landete mit einem gleitenden Kopfsprung halb in einem kleinen Gebüsch.

Sturmwind ließ nicht nach mit Bocken. Ken setzte sich leicht betäubt auf, strich sich die Haare aus den Augen und sah zu. Alle sahen zu. Endlich krabbelte sich Ken wieder auf die Füße, schüttelte sich, hob seine Mütze auf und ging zu seinem Vater hinüber. Sturmwind war bockend an den Pfosten vorbeigekommen, bockte weiter quer über die Strecke, vorbei am Auto, wo Letzte Sekunde angebunden war, und brach dann in stürmenden Galopp aus, der ihn blind in die weite Ebene hinausführte. Letzte Sekunde wieherte verzweifelt und zerrte an ihrem Seil. Der lose geschürzte Knoten gab nach, das Fohlen sprang zur Seite und galoppierte seinem Bruder nach.

## *Sturmwind wird nicht verschnitten*

Das Verschneiden.

Tage- und nächtelang war Ken den Gedanken daran nicht losgeworden. Je besser der junge Hengst sich aufführte, je mehr Schnelligkeit er bewies, desto verzweifelter wurde Ken. Sie sagten es ihm immer wieder, sie stritten mit ihm, und sie bewiesen es ihm: Der junge Hengst würde nicht das kleinste bißchen von seiner Schnelligkeit verlieren – könnte sogar noch dazu gewinnen, weil er seine Energien nicht verschwenden würde mit Kämpfen, Den-Stuten-Nachlaufen und Decken. Das machte alles keinen Eindruck auf Ken. Er hatte die jungen Hengste vor dem Kastrieren gesehen, mit all der Kraft, die sie durchfloß wie heiße Lava, daß sie sich aufbäumen und spielen, kämpfen und ringen mußten, daß ihre Schweife und Mähnen wie flatternde Fahnen hochaufwehten und ihre Köpfe noch einen persönlichen Ausdruck hatten von Leidenschaft. Und er hatte sie dann hinterher gesehen. Hatte die Änderung in der Kopfhaltung gesehen, im Blick ihrer Augen, in der ganzen Erscheinung der jungen Pferde und ihrem allgemeinen Benehmen.

Nichts würde ihn je damit aussöhnen. Doch sein Vater hatte es beschlossen. Was blieb einem in solch einer Klemme noch übrig? Seelenstärke. Wenn man nicht haben konnte, was man wollte, hatte man seine Niederlage mit Seelenstärke hinzunehmen. Seine Mutter sagte, man könne auch beten – aber man solle deswegen nicht glauben, daß man nun daraufhin bekäme, was man wollte, es gäbe einem nur die Kraft, die Enttäuschung zu ertragen. Es war, als sei er von allen Seiten in einen Schraubstock genommen.

Diese Tage prägten neue Züge in Kens Gesicht und in seinen Charakter. Er sprach wenig darüber. Je mehr man stritt und bat, desto unwahrscheinlicher war es, daß sein Vater nachgeben würde. Seine Mutter war zwar im Grunde auf seiner Seite, aber sie überließ solche Dinge dem Vater. Sie hatte das Gefühl, daß er es am besten wissen müsse.

Zufällig wurde am Morgen jenes Tages, da Ken seine Rennversuche drüben auf der Strecke startete, beim Veterinär in Laramie angerufen, und Barney, der Viehzüchter westlich des Gänseland-Gestüts, meldete, daß er eine kranke Kuh habe, die wegen einer Frühgeburt unbedingt ausgekratzt werden müsse. Ob Dr. Hicks herüberkommen und sich ihrer annehmen könne?

Dr. Hicks traf mit seinem Assistenten Bill gegen Mittag auf Barneys Rinderfarm ein und hatte mit der Kuh ein paar Stunden zu tun. Beim Wegfahren fiel ihm ein: „Es sind eigentlich nur noch ein paar Meilen von hier bis zum Gänseland. Wir könnten also leicht vorbeifahren und die Zweijährigen von McLaughlin kastrieren."

Sie trafen dort ein, als Rob gerade mit den Rappen davongefahren war. Gus ging mit einem Eimer Hafer auf die Koppel, rief die jungen Hengste heran, und die Männer begannen mit ihrer Arbeit.

„Ist das alles?" fragte Dr. Hicks, als sie sieben kastriert hatten. „Ich dächte, der Rittmeister hätte etwas von achten gesagt."

„Da ist noch einer", sagte Gus. „Ken sein Hengst. Der weiße."

„Ach, der Rückschlag!" sagte Hicks. „Von dem Ken hofft, daß er mal ein Rennpferd wird. Wie macht er sich denn?"

„Er läuft schon recht gut jetzt", sagte Gus.

„Vielleicht wollen sie ihn gar nicht verschneiden lassen?"

„Der Rittmeister will schon. Können Sie vielleicht bißchen warten? Ich geh so lange 'rüber zu Tim und helf ihm beim Melken, ja? Ken ist schon vor einer ganzen Weile weg mit dem Pferd – der kann jede Minute zurück sein."

Der Doktor und Bill setzten sich auf einen Koppelzaun, drehten Zigaretten und warteten.

Die Schatten wuchsen länger. Sie hörten das Läuten der Glocken, als die Kühe nach dem Melken wieder auf die Weide zogen, dann kam aus der Molkerei das Geräusch der Zentrifuge, die rauschend die Milch schied, damit eine gehaltvolle, schaumige weiße Flüssigkeit in die eine Kanne floß und dicke gelbe Sahne in die andere.

Schließlich meinte der Tierarzt, Bill solle die Sachen zusammenpacken. Sie stiegen in den Wagen und fuhren davon.

Als Ken mit Howard gegen Abend bei den Ställen eintraf, weil sie die Rappen mit dem Anhänger heimbringen mußten, scheute er sich fast zu glauben, was Gus ihm berichtete. Da standen die sieben kastrierten jungen Gäule in der Ostkoppel mit schlaff herunterhängenden Köpfen, die Hinterhand blutverschmiert. Sturmwind, erzählte Gus, sei etwa zehn Minuten, nachdem der Doktor gegangen war, mit Letzter Sekunde angaloppiert gekommen. Er habe ihn abgesattelt und beide auf die Hausweide hinausgelassen.

Ken starrte zu den Wallachen hinüber, während ihm das Blut heiß durch die Adern schoß und wieder verebbte. Das hieß – das hieß doch –, daß der Doktor damit seinen Besuch auf der Farm gemacht hatte! Niemals würde sein Vater ihn noch einmal kommen lassen, nur um ein einziges Pferd zu kastrieren!

Ken sprang mit einem Siegesgeheul in die Luft.

„Mann!" sagte Howard. „Da hast du aber vielleicht Schwein gehabt!"

Ken ging zur Seite, schlang beide Arm um den Halfterpfosten und legte seinen Kopf darauf nieder. Dies war wohl die direkte Antwort auf sein Gebet. Zwar war der Halfterpfosten nicht gerade ausgesprochen ehrfurchterweckend, aber Ken erinnerte sich an König Davids ähnlich unvornehme Haltung.

„Danke vielmals, allmächtiger Gott, weil du es so eingerichtet hast, daß Sturmwind nicht kastriert wird, und daß du ein Rennpferd aus ihm machst. Um Jesu willen, amen." Er ging davon, hatte indessen noch einen Einfall und kam zum Halfterpfosten zurück. „Allmächtiger Gott! Bitte, mach, daß es so bleibt! Um Jesu willen, amen."

Der Halfterpfosten war eigentlich ein sehr bequemer Platz zum Beten. Während er mit Howard zusammen die Rappen ausspannte, dachte Ken darüber nach, ob wohl schon viele Pferde dort gebetet haben mochten, indem sie ihre Köpfe verzweifelt über das unnachgiebige Holz beugten.

So also wurde Sturmwind nicht kastriert.

Ein Jahr zuvor hatte der Albino noch in dem jungen Hengst sich selbst erkannt. Das aber würde nach dem Verschneiden anders geworden sein. Vielleicht wäre Sturmwind ein erfolgreicher Renner geblieben, er würde nützlicher für die Menschen und ihren Wünschen leichter zugänglich geworden sein; nie mehr jedoch wäre er dies Geschöpf gewesen, das die Aufmerksamkeit seines königlichen Urahnen auf sich zu ziehen vermochte.

## *Ob er ein Rennpferd wird?*

„Die Rappen?" rief Rob und fuchtelte mit dem Wetzstahl, an dem er das Bratenmesser zum Tranchieren geschärft hatte. „An denen hängt eine Geschichte. Mehr als eine. Und wenn du sie hören willst, Charley, will ich sie erzählen. Hast du je ein Gespann gesehen, das besser zusammenpaßt? Die Rechte, Patsy, ist ein bißchen stärker, weil sie ein Fohlen trägt. Natürlich sollte sie keins bekommen dürfen, aber das ist ihr Preis. Nur unter der Bedingung, daß sie jedes Jahr ein Fohlen haben darf, gestattet sie es, daß man ihr das Geschirr auflegt und sie den Wagen ziehen muß. Und ein ganz bestimmtes Fohlen noch dazu! Nicht etwa Banners! Seine Fohlen sind ihr lange nicht gut genug! O nein. *Ihre* Fohlen – na, wenn ich versuchen will, die zu beschreiben, fehlen mir einfach die Worte. Ein Weibsstück ist das! Als sie in dem einen Frühjahr stolz und selbstzufrieden mit dem ersten ankam, hätte man mich mit einem nassen Lappen erschlagen können. Wie war sie aus Banners Rudel entkommen? Wo hatte sie den Vater zu diesem Museumsstück gefunden? Das hat mir fast graue Haare gemacht. All die Jahre hatte ich mich darum gesorgt, daß das Albinoblut sich ja nicht mit meinem Zuchtstamm vermischte. Jetzt hatte ich noch anderes Blut, um das ich mich sorgen mußte.

Wie dem auch sei, das war in jenem Frühjahr, als ich beschlossen hatte, die beiden Rappen ans Geschirr zu gewöhnen und einzufahren. Wir fingen also an. Vielleicht hast du den eigentümlichen Blick bei Patsy bemerkt. Sie blinzelt sozusagen. Das ist das einzige, woran ich sie auseinanderkenne. Patsy blinzelt und Topsy nicht. Sie blinzelt, weil sie mich kleingekriegt hat. Topsy hat mir einen erheblichen Batzen Mühe verursacht beim Zähmen, aber eben normale Mühe; wie sich das bei jedem Pferde von selbst versteht. Aber Patsy! Ja also, wir hatten mit der üblichen Prozedur begonnen, und alles ging soweit gut, bis ich sie vor den Wagen gespannt hatte – den alten Wagen, den ich für das Einfahren dieser kaum Gezähmten benutze. Ich hatte meinen alten Tommy mit ihr eingeschirrt. Neben diesem alten Klumpen sah sie wie ein Kätzchen aus. Ihr Fohlen stand rechts seitlich, den Kopf beobachtend herübergewandt. Als ich das Zeichen gab, Tommy sich in Bewegung setzte und Patsy den Ruck des Wagens hinter sich spürte, begann sie sich dagegenzustemmen. Wir taten das Übliche – schrien sie an und zogen ihr eins mit der Peitsche über – eine solche Minute genügt meist jedem Pferd –, aber sie hörte nicht auf, sich zu stemmen. Tommy lehnte sich ins Geschirr und zog brav an. Sie fühlte sich mitgezogen, wie dies ja auch gemeint gewesen war, und – legte sich hin. Wir bearbeiteten beide mit der Peitsche. Tommy zerrte sie auf dem Boden entlang. Das kann kein Pferd ausstehen, und sie krabbeln dann bald auf die Füße. Nicht so Patsy. Sie machte sich ganz schlaff, lag da wie eine Frau, die in Ohnmacht gefallen ist, und ließ sich hinter Tommy herziehen, wohin er ging. Im Augenblick aber, da wir ihr das Geschirr abnahmen, erwachte sie zum Leben, sprang auf, sah mich von der Seite an und blinzelte. Das Fohlen kam angaloppiert, steckte seinen Kopf unter ihren Leib, saugte ein paar Schlucke und galoppierte wieder davon. Wir versuchten es noch einmal. Patsy legte sich wieder hin. Sie ging zentimeterweise ein – fiel langsam in sich zusammen, wie etwa die Luft aus einem Ballon entweicht. Sie lehnte sich vornüber, sackte ein, lehnte noch ein bißchen mehr, und Davy Barker, der junge Bursche, der in jener Woche damals bei mir arbeitete, schrie sich fast die Kehle wund, und ich haute auf beide mit der Peitsche ein, und Tommy zog brav – nichts half. Sie sackte noch ein Stück tiefer, und schließlich – patsch! Dann suchten wir sie wieder hochzukriegen.

Wir haben dieser Stute derart Pulver gegeben, daß ein Lastwagen davon sechs Meter hoch in die Luft gesprungen wäre. Keinerlei Erfolg. Wir nahmen ihr das Geschirr ab, sie stand auf, drehte den Kopf zu mir herum und blinzelte. Das ging so stundenlang. Ich möchte wetten, daß sie sich an die zwanzigmal so hinlegte. Ich habe mir die Schulter ausgerenkt, dermaßen habe ich sie geschlagen. Ich habe sie dann an den Halfterpfosten in der Koppel festgemacht. Da fing sie an, das Seil absichtlich um den Pfosten zu winden, indem sie immerzu rundum trottete, bis der Strick so kurz war, daß es sie schon an der Nase zwickte. Nun steckte sie den Kopf unter die letzte Schlinge, ließ die Beine rutschen und hing da. Sie tat's aus Gemeinheit. Sie stöhnte und keuchte. Sie wäre in fünf Minuten erstickt, wenn wir nicht den Strick durchgeschnitten hätten, um sie zu retten. Damals hatte ich gar keine Lust, sie zu retten.

Ich ging davon, setzte mich irgendwo nieder und versuchte, in aller Ruhe nachzudenken. Ich kam zu dem Schluß, daß es das Fohlen sein könnte. Es war etwa drei Wochen alt. Manchmal läßt ein Fohlen in der ersten Zeit seine Mutter jede Vernunft vergessen. Davy Barker sollte an diesem Abend fortgehen. Er war ganz verrückt nach einem eigenen Fohlen. Also gab ich ihm das von Patsy. Wir banden ihm die Füße und legten es hinten in Davys alten Klapperkasten. Er fuhr mit dem Auto noch vorm Haus vor, um Nell Aufwiedersehen zu sagen, und da saß dann das verdammte Fohlen hinten und guckte aus dem Fenster.

Nun gab ich Patsy Zeit, sich zu erholen. Sie war's aber nicht, die Erholung nötig hatte. Das war ich! Mein Gott – ich war ein Wrack! Ich wartete eine Woche; dann spannten wir sie wieder ein und versuchten es aufs neue. Diesmal legte sie sich nicht nur einfach hin, sie machte es mit einer Art Hopser – streckte alle viere seitlich, landete auf dem Bauch, und da lag sie. Wir prügelten sie. Tommy zerrte sie vorwärts. Nichts half. Wir bearbeiteten sie den ganzen Nachmittag. Jedesmal wiederholte sie den Klatsch auf den Bauch. Und dann, wenn wir sie abschirrten, stand sie immer sofort auf, drehte sich zu mir herum und blinzelte.

Na, ich gab es schließlich auf. Aber wie mir das an die Nieren ging! Eine kränkende Niederlage. Wenn ich nur dran denke, kommt mir's hoch. Ich ließ sie 'raus auf die Stallweide und beschloß, jeden Gedanken an ein leichtes Arbeitsgespann von diesen beiden Rappen aufzugeben, das Ganze einfach zu vergessen. Aber irgend etwas an der Art, wie sie die Ohren spitzte und davonlief, ließ mich aufmerksam werden. Sie ging so, als habe sie ein bestimmtes Ziel. Also warf ich meinem alten Shorty rasch den Zaum über und folgte ihr aus einiger Entfernung. Sie nahm Richtung nach Westen. Sie trabte nicht – sie wanderte dahin, schwanzschwenkend, wie eine Frau, die es eilg hat, etwas Bestimmtes zu erledigen. Ohne Aufenthalt ging das über beinahe acht Kilometer bis zu dem Grenzzaun zwischen meinem Gestüt und der Ranch von Barney.

Barney hat einen alten Hengst – die Jungen nennen ihn Hündchen –, du hast wohl schon von ihm gehört. Da stand er drüben auf der andern Seite des Zauns und wartete auf sie. Sie kroch unterm Zaun durch – legte sich einfach hin und schob sich unter dem lockeren untersten Draht hinüber, während er schnaubte und quiekte und alle möglichen leeren Prahlereien und Versprechungen machte. Sie verbrachte eine Stunde mit ihm bei verspieltem Schäkern, kroch dann wieder unter dem Zaun durch und kam, ganz unschuldig tuend, wieder daheim im Stall bei mir an. Es fiel mir dann irgendwie ein, es ein paar Tage später noch mal mit ihr zu probieren. Du hättest sie sehen sollen! Sie schob ihr Hinterteil vor den Wagen und bat förmlich drum, angeschirrt zu werden! Sie brauchte überhaupt nichts zu lernen, sie wußte alles. Hatte es die ganze Zeit schon gewußt. Sie schnurrte vor Behagen. Sie ging neben dem alten Tommy und zog den Wagen hinter sich her, als hätte sie das ihr Leben lang bereits getan. Genausogut wie heute. Und da hast du sie ja gesehen!

Im nächsten Frühjahr hatten wir noch so ein Fohlen zu verschenken. Natürlich konnte man so was eigentlich nicht machen. Es ist gegen die Natur. Hündchen ist so alt wie Methusalem. Aber sie kriegte es fertig. Der junge Davy hat inzwischen drei von diesen Fohlen – aber ich habe mein Gespann!"

Rob erntete viel Beifall mit seiner Geschichte. Dann hatte Charley eine zu erzählen. Aber in der Hauptsache drehte sich das Gespräch um Sturmwind – seine wunderbare Schaustellung auf der Strecke an diesem Nachmittag und seine Zukunftsaussichten.

Nell hatte sich noch kaum von der heftigen Bewegung erholt, die sie bei Kens Triumph überwältigt hatte. Und die Tatsache, daß das Fohlen dem Verschneiden entgangen war – denn Rob hatte erklärt, daß er nun noch ein weiteres Jahr warten könne, nachdem der Doktor dagewesen und wieder gegangen sei –, verstärkte diesen Eindruck der Unwirklichkeit noch bei ihr. Wenn Hindernisse aus dem Wege geräumt wurden, dann zerflossen sie geradezu – lösten sich in Nichts auf, als seien sie nie gewesen ...

Sie mischte ihren Salat am Tisch, während das Roastbeef und die gekochten Maiskolben vertilgt wurden, und streute gewiegtes Ei und Petersilie über die lose geschichteten Salatblätter in der tiefen gelben Steingutschüssel.

Sie blickte Howard an: „Schieb die Käsekekse in den Ofen, Howard – es ist alles draußen zurechtgestellt ..."

In einer kleinen Schüssel mischte sie die Salatsoße, fischte die zerquetschte Knoblauchzehe heraus, schüttete alles über den Salat und drehte und wendete nun das Ganze mit einem langstieligen Salatbesteck aus Holz. Sie war rot vor Eifer. Ihre Haut schimmerte von einer inneren Erregung, und ihre Augen, mit dem verschleierten Blick eines Menschen, der halb im Traum ist, waren dennoch von einem intensiven, glänzenden Blau. Es war ja auch alles ein Traum – der Traum, den sie in einer Winternacht vor zwei Jahren geträumt –: Sturmwind, der Sieger, Sturmwind, der Rennen gewinnt. Geld für alles, was sie brauchten. Keine Sorgen mehr – keine Angst.

„Es wird also nun doch ein Rennpferd werden, Papa, nicht?"
„Sieht so aus, mein Junge."
„Und all unser Kummer hat ein Ende."
„Was wirst du denn mit dem ganzen Geld machen, Ken?"
„Er wird allerhand Schulden an mich zurückzahlen müssen!"
„Und er kann seine Ausbildung selber bezahlen!"
„Und die Restschuld auf das Gestüt aus der Welt schaffen."
„Und überall Holzzäune setzen – das hat er mir versprochen!"
„Mutter, du mußt mir noch sagen, was du dir wünschst! Ich habe dich schon hundertmal gefragt, und nie hast du geantwortet."
„Darf ich drei Wünsche äußern, Kennie, wie im Märchen?"
„Ja – drei Wünsche. Aber ordentlich was Großes, Mutter!"
„Ich wünsch' mir einen Schwanschlitten ganz voll Glöckchen! Ich wünsch' mir einen Affenbaum! Und ich wünsche mir ein kleines Mädchen!"
„Ooch – das gilt aber nicht!"
„Was in aller Welt ist denn ein Affenbaum?"
Nell rezitierte:

„Bucklige Kiefer, du krummer Wicht,
mach nicht solch komisches Gesicht.
Blinzelst mir zu, hältst dich senkrecht kaum;
wart nur, ich nenne dich Affenbaum."

„Deswegen weiß ich immer noch nicht, was ein Affenbaum ist..." sagte Charley, seinen Teller hinüberreichend, damit Nell ihm noch Salat auftun sollte, „und warum sich Nell einen wünschen könnte – und was sie damit machen will, wenn sie ihn bekommt..."
„Auf den Anger pflanzen", erklärte Howard. „Es ist eine bestimmte Sorte alter Kiefern – hier auf dem Gestütsgelände haben wir ungefähr ein Dutzend davon. Wir hatten uns mal vor langer Zeit eine zusammen angesehen. Sie haben ganz seltsame Formen; die Zweige sind wirr durcheinander nach allen Seiten verdreht, und Mutter sagte damals, sie hätte ein Gesicht wie ein alter Mann, und machte das Gedicht. Und Vater lief dann immerzu schief 'rum, als könne er kaum noch gradestehen, und blinzelte mit einem Auge..."
„Mutter", beharrte Ken, „du mußt mir noch andere Wünsche sagen – richtige Wünsche, die ich dir erfüllen könnte."
„Er will Diamanten und Peee-r-len kaufen!" kasperte Howard. „Und samtene Kleider – und..."
„Klopf lieber dreimal an Holz, Ken", riet Charley. „Zwischen Lipp' und Kelchesrand... Du weißt doch..."

Im Herüber und Hinüber der Reden und Blicke, die über den Tisch spielten, trafen sich Rob und Nells Augen. Sie verhakten sich einen Augenblick. Sie fühlte den Anprall seiner Feindseligkeit. Er hatte ihr noch nicht verziehen, was sie am Abend zuvor gesagt hatte. Wenn sie miteinander allein waren, benahm er sich leicht und ungezwungen, als sei es vergessen – aber wenn andere dabei waren, ließ er die Deckung sinken, und sie erkannte die Wahrheit.

Während man darüber stritt, ob es besser für Sturmwind wäre, wenn man ihn im kommenden Herbst schon rennen ließe, oder ob man lieber warten sollte, bis er drei Jahre war, und sich schließlich auf letzteren Termin einigte, saß sie am Tischende und spürte, wie alle frohe Erregung in ihr erstarb. Sturmwinds Erfolg begann in irgendwelche Fernen zu rücken – ja fast unwirklich zu werden. Nein. Es bestand durchaus die Wahrscheinlichkeit, daß gar nichts dabei herauskommen würde. Offensichtlich war das Fohlen auf den achthundert Metern schneller gewesen als je zuvor ein anderes Pferd. Konnte das stimmen? Laut Rennberichten ja. Aber es gab so viele Fohlen in der Welt noch außer jenen, die Rennen liefen – viele Fohlen, deren Zeit auf ähnlichen provisorischen Bahnen abgestoppt worden war, die möglicherweise – nein: sicher – Rekorde gebrochen hatten und von denen trotzdem aus einem oder dem anderen Grunde man niemals etwas hörte. Warum? Was passierte nicht alles. Sie wurden verletzt oder stumpften ab, oder erwiesen sich später als Versager oder waren nicht unter die Kontrolle des Reiters zu bekommen ...

„Denn seht mal", dozierte Charley, „wir wissen ja nun, daß er allerhand in sich hat. *Da* ist es. Aber er ist ein unkontrollierbares Vieh. Man kann sich nicht auf ihn verlassen. Er braucht noch eine Menge Schulung und Gehorsam. Außerdem ist er ja noch nicht ausgewachsen. Ein Jahr weiter, wenn er sich erst mal richtig festgelegt hat, wird er unschlagbar sein!"

Er gab Ken einen klatschenden Schlag auf den Rücken. „Junger Mann und Freund meiner Seele, du sollst demnach deinen Sieger haben! Wie wirst du dich denn dann fühlen als der berühmte Besitzer des berühmten Pferdes?"

Aber Ken hatte einen Gedanken. „Wenn wir ihn aber nun fix und fertig auf so ein Rennen vorbereitet haben", meinte er kummervoll, „und dann rennt er uns davon, und wir können ihn nicht finden?"

Rob warf einen Blick auf Ken und dann auf Nell. Seine Züge verzogen sich zu einem höhnischen Lachen: „Ken, du bist deiner Mutter in einer Weise ähnlich, die schon nicht mehr erlaubt ist."

Nells Augen suchten Rob, und ihre Blicke prallten aufeinander. Sie senkte sie wieder und aß den Rest ihres Pfirsichkompotts. Was war nur mit ihm los? Das war nicht nur der Streit von gestern abend – danach war er hart und kühl ihr gegenüber gewesen, aber jetzt war er in einem Zustand – war es schon den ganzen Abend gewesen – ja, seit er vorhin auf der Strecke mit dieser albernen Karre aufgetaucht war – was hatte er denn da vorher gemacht? O ja, er war auf Gipsy weggeritten – war auf Gipsy davongeritten zu Bellamy, um ihn zu fragen, ob er in diesem Herbst die Pacht erneuern würde. Ah!

Sie legte den Löffel hin und saß da, ohne sich zu rühren. Ihre Blicke starrten ein Loch durch den Tisch – ihre Gedanken überstürzten sich. Charley rief gerade, daß sie doch bei einem Pferd mit solchen möglichen Aussichten nicht dran denken würden, ihn wieder in diesem Winter hinauf auf die Sattelhöhe zu schicken.

Rob gestand Sturmwind seine Rangerhöhung zu. Nach der Geschwindigkeit, die er am heutigen Nachmittag bewiesen hatte, würde er umhegt, gepflegt und bewacht werden wie ein Kronprinz.

Ken vermochte es kaum zu glauben. „Soll das heißen, daß du ihn diesen Winter drin behalten willst, Papa? Und – und ihn mit Hafer füttern – und – Heu?"

„Mit meinen eigenen zarten Händen! Darüber hinaus werde ich ihn reiten und in die Schule nehmen, so oft es meine Zeit erlaubt. Das ist ja wohl das wenigste, was ich tun kann, wenn er schon für die Holzzäune ums Gestüt sorgen wird und uns einen Heizkessel kaufen! Was meinst du dazu, Nell?"

Er hatte gemerkt, wie sie stumm und blaß dasaß nach dem harten Blick, mit dem er sie angesehen.

Sie blickte auf, als er sie ansprach. Seine Miene war heiter und lächelnd. Erst der Schlag – und dann das Lächeln ...

Aber sie antwortete nicht gleich im Augenblick, und Ken wurde ungeduldig. „Mutter!" rief er aufmunternd.

„Ja", sagte sie, „gewiß! Natürlich behalte ihn drin."

Als Nell an Rob die Frage stellte, machte sie es ganz beiläufig. Sie bürstete vorm Schlafengehen ihr Haar. „Übrigens, Rob – warst du bei Bellamy?"

„Ja." – „Was ist mit den Schafen?" – „Alles in Ordnung."

„Gott sei Dank! Wird er uns die erste Hälfte der Pacht zahlen können, ehe Howard weg muß?"

„Nein, das kann er nicht. Er muß damit warten, bis er seine Lämmer verkauft hat."

„Was machen wir denn da? Wir müssen die achthundert doch vorm 10. September haben."

Rob stand vor seiner Wäschekommode, sie sah ihn nur von hinten. Seine Körperhaltung war seltsam steif – die Beine seitlich gestemmt, den Kopf hochgeworfen.

„Ich werde ein paar Pferde nächste Woche auf die Denver-Auktion bringen."

Nell sagte nichts dazu. Sie rechnete in aller Eile nach. Jeden Sommer hatte er etwa ein halbes Dutzend „Ausschußware", die er zu jedem Preis losschlug – Pferde, die zu klein geblieben waren, sich schlecht entwickelt oder sonst irgendeinen Defekt hatten. Manchmal verkaufte er sie an Williams, einen Aufkäufer, der mit seinem eigenen Lastwagen die Runde auf verschiedenen Gestüten machte, oder auf einer der Auktionen in der Nähe. Wo er sie aber auch verkaufte, konnte er von Glück sagen, wenn er fünfzig Dollars je Stück bekam. Dann waren da auch noch die beiden alten Zuchtstuten zu verkaufen. Alles in allem würde das vielleicht vierhundert Dollars ergeben. Was konnte er sonst noch verkaufen, um die Summe voll zu machen?

Es hatte so manche Auseinandersetzung zwischen ihnen beiden

gegeben über die Möglichkeit, durch Verkäufe einiger Pferde die laufenden Ausgaben zu decken – ganz gleich unter welchen Opfern. Er hatte sich immer geweigert. „Was? Ein Pferd, das seine fünfzehnhundert Dollars wert ist, für fünfzig verkaufen? Nein – und wenn ich Hungers sterben müßte."

„Aber Rob – wieviel solche Verkäufe hast du denn machen können?"

„Immerhin einige. – Wir haben schließlich gelebt, nicht?"

„Ja – vier Pferde zu je vierhundert Dollars vor vier Jahren. Im Jahr drauf keins. Dann eins für zweitausend – ich gebe zu, daß das ein glänzender Verkauf war. – Aber du mußt doch dreißig bis vierzig Pferde haben, die auf einen solchen Verkauf warten – und das passiert nur alle Jubeljahre mal. Wenn wir das Geld doch so nötig brauchen, kannst du ebensogut mal ein halbes Dutzend zu irgendeinem Preis losschlagen – du würdest immer noch genug Pferde übrigbehalten für jede Verkaufsgelegenheit, die dir in die Quere liefe."

„Ich verkaufe lieber eines für zweitausend als zwanzig Pferde für hundert Dollars das Stück oder vierzig Pferde zu fünfzig."

Bemerkungen wie diese waren einfach nicht zu beantworten.

Aber dergleichen sagte er eben jetzt nicht. Nell warf einen Blick zu ihm hinüber. Meinte er wirklich, daß er einige von seinen guten Pferden auf die Denver-Auktion bringen würde, um sie dort billig loszuschlagen?

Als er sich umwandte, sah sie einen Augenblick sein Gesicht, gequält und müde.

Er ging in das kleine Nebenzimmer, wo er seine Schuhe und Anzüge hatte.

Sie unterhielten sich durch die offene Tür, während sie sich das Gesicht einkremte und sorgfältig abrieb.

„War das nicht aufregend mit Sturmwind?" fragte sie.

„Hm."

„Das Beste hast du doch noch gar nicht mal gesehen", sagte sie. „Das tut mir richtig leid."

Sie hörte, wie er seine Schuhe putzte, ehe er sie beiseite stellte.

„Ach, er kann schon rennen!" sagte er. „Er ist schnell, wenn man ihn nur den Sparren austreiben kann. – Warte nicht auf mich – ich will noch eine Pfeife rauchen, ehe ich mich hinlege."

„Du scheinst nicht sonderlich viel auf ihn zu setzen, Rob."

„Tu ich auch nicht."

Nach einem kurzen Schweigen sagte Nell: „Ich eigentlich ebensowenig. Es scheint irgendwie undenkbar, daß er einschlagen sollte." Sie zog ein dünnes, weißseidenes Nachthemd an – die Nacht war zu warm für Pyjamas.

„Es war das Beste, was Ken passieren konnte", sagte Rob nach einer Pause. „Dieser Kampf mit seinem Fohlen. Sturmwind wehrt sich regulär gegen ihn. Damit macht er einen Mann aus ihm."

„Ja. Aber mir ist der Gedanke schrecklich, daß er letzten Endes dann doch um den Erfolg kommen könnte. Es würde ihm das Herz brechen."

„Täte ihm aber gut", murmelte Rob. „Er müßte mal um den Erfolg gebracht werden. Er hat bisher verteufeltes Glück gehabt – denk nur jetzt mal an die Sache mit dem Verschneiden! Hat er wieder seinen Kopf durchgesetzt! Ich hoffe nur, dabei zu sein, wenn er schließlich mal ordentlich was versetzt kriegt."

„Mein Himmel, bist du heute abend blutdürstig! Woher die schlechte Laune?"

Rob gab keine Antwort. Sie hörte ihn den Gang hinunter zum Badezimmer gehen.

Sie trat ans offene Fenster und blickte hinaus. Es war kein Mond am Himmel, aber die Milchstraße funkelte derart mit ihren Millionen Sternen, daß sie die Erde in weichen Glanz tauchte. Über den Anger hinweg, im Schatten der angrenzenden Kiefern, sah sie eine weiße Gestalt, die sich bewegte. Langsam tauchte sie aus dem Dunkel, hinter sich einen kleineren, schwärzlichen Schatten. Sie bewegten sich auf das Brunnenbecken in der Mitte des Angers zu. Sturmwind tauchte seinen Kopf hinein und trank. Letzte Sekunde machte es ihm nach. Sie hoben die tropfenden Schnauzen und standen bewegungslos, nur den kühlen Geschmack des Brunnenwassers nachkostend.

„Komm mal her", rief Nell, als sie Rob zurückkehren hörte. Er folgte ihrem Ruf und schaute über ihre Schulter hinweg.

„Ich bin doch sehr froh, daß er die kleine Stute hat", sagte er. „Das hält ihn leichter zu Hause – und hält ihn davon ab, sich mit anderen Stuten abzugeben."

„Man sieht ihn nie mit irgendwelchen anderen Pferden."

„Pferde haben solche besonderen Freundschaften. Also – gute Nacht . . ."

Sie wandte ihm das Gesicht zu, das er leicht küßte. „Warte nicht auf mich." – „Nein."

Nell blieb still am Fenster stehen. Demnach waren es nicht die Schafe – etwas anderes. Wie lange würde das noch so gehen? Es drückte ihr etwas das Herz ab, wenn sie nur Atem holte. Erst zwei Tage war es so, aber es schienen Wochen zu sein. Streit war ihr etwas Ungewohntes. Sie war sehr, sehr unglücklich.

Warum hatte sie das heute abend gesagt? *Ich wünsch' mir einen Schwanschlitten ganz voll Glöckchen! Ich wünsch' mir einen Affenbaum. Und ich wünsche mir ein kleines Mädchen.* – Weil es die Wahrheit war. Dieser ewig nagende Wunsch. – Würde er ihr nie mehr gewährt werden? Plötzlich fühlte sie, wie das wäre, wenn sie nie wieder die Arme ausstrecken dürfte, um ein kleines, frischduftendes Bündel darin aufzunehmen – eine winzige Tochter, einen winzigen Sohn – nie wieder dieses herrlichste und erhabene Gefühl kennenlernte, so etwas zustande gebracht zu haben – nie wieder diese gesteigerte Bedeutung ihres Lebens spüren, nie die Erregung, das Wundern und die Demut vor dem winzigen Kindergesicht empfinden und wissen, daß dies eine neue Persönlichkeit war – eine Seele –, ihr noch fremd, aber gekommen, um mit ihnen zu leben, eins mit ihnen zu sein, neben ihnen aufzuwachsen.

Ruhelos wanderte sie im Zimmer umher. Es würde für sie alle ein neues Leben bedeuten. Die Jungen gingen ja nun bald aus dem Haus. Nie würden sie in die alte Mutter-Sohn-Beziehung zurückkehren. Ach, und wie sollte sie so ganz allein mit Rob auf dem Gestüt leben? Ein Kind würde für sie beide ein neuer Beginn sein. – Rob würde wieder weicher werden. Wie zart und rührend war er immer mit allen kleinen, hilflosen Wesen! Aber es mußte ein Mädchen sein – unbedingt. – Enger noch würde sie ihre kleinen Finger um sein Herz schließen – eine Flicka – wie sie es damals zu Ken gesagt hatte, als er krank war – daß sie sich ein „kleines Mädchen", eine Flicka, genauso leidenschaftlich ersehnte wie er ...!

Sie sah Robs Gesicht vor sich – das Strahlen, das Lachen, die großen blitzenden Zähne, wenn er hinunterschaute auf das kleine Wesen in seinen Armen, nicht größer als ein Kätzchen, ein unendlich kleines Fäustchen, das aus der gestrickten Wolldecke heraushampelt – die Bewegung eines strampelnden Füßchens unter der Decke – wie eine Maus so groß ...

Sie hörte das leise Einschnappen der verbindenden Zimmertür.

Nach einer Weile blies sie die Lampe aus und schlüpfte ins Bett.

Als sie am Morgen erwachte, lag Rob neben ihr im Bett. Er erklärte, daß er sich elend fühle. Er war dafür, im Bett zu bleiben. Nell sah ihn ängstlich prüfend an. Sie war es gewöhnt, sich mit Erkältungen, Verdauungsstörungen und Fiebern zurechtzufinden, und sie war eine gute Pflegerin.

„Ich glaube, ich habe Fieber", sagte er. Er schien gar nicht mehr er selbst zu sein. Er gab sich völliger Ermattung hin, sagte, daß er sich schwach fühle.

Sie maß das Fieber und schlug dann kopfschüttelnd das Thermometer hinunter. Er blickte hoffnungsvoll zu ihr auf. „Wieviel habe ich denn?"

„Normal", sagte sie. Er machte ein enttäuschtes Gesicht. „Fühlst du dich erkältet?" fragte sie.

Er überlegte eine Weile, sichtlich mit der ungewohnten Anstrengung beschäftigt, seine Gedanken in sich hinein zu richten. „Kann sein", meinte er dann zweifelnd. – „Wo?"

Er überlegte noch ein bißchen. „Ich weiß es nicht. Aber ich fühle mich sehr elend. Ganz scheußlich."

Nell begann die Sache verdächtig vorzukommen. Rob wurde nur krank, wenn er in irgendeiner Sache hatte nachgeben oder Schläge hatte hinnehmen müssen. Im Innern stieg ihr eine kaum zu unterdrückende Lachflut auf, aber sie behielt nach außen ihr ernstes Gesicht. Ja ja! Wenn er nachgeben muß, fühlt er sich komisch – das ist ihm etwas so Fremdes –, also meint er, krank zu sein! Aber wer hatte ihm die Niederlage beigebracht? Wobei hatte er nachgeben müssen? Sie konnte auf nichts kommen. Ganz bestimmt hatte man ihm gestern abend noch nichts von einer Niederlage anmerken können . . .

„Was meinst du, was es sein könnte?" fragte er ängstlich.

„Rob – hast du jemals *Rachitis* gehabt?" fragte sie in Grabestönen.

„Rachitis? Mein Gott, nein! Was ist denn das?"

„Steh mal einen Moment auf."

Gehorsam wie ein kleiner Junge krabbelte er aus dem Bett und stellte sich im Pyjama vor sie hin. Sie knöpfte seine Jacke auf und fühlte ihm die Rippen, mit den Fingern am Brustbein herunterstreifend.

„Sind da welche an mir?" Ihn überlief ein kleiner Schauder.

Sie gab keine Antwort, sondern setzte tiefernst ihre Untersuchung fort.

„Mein Gott, Nell, spann einen doch nicht so auf die Folter! Habe ich sie?"

Sie ließ sich nicht treiben, nahm aber dann die Hände herunter und sah mit erleichterter Miene zu ihm auf. „Nein. Du hast nichts. Ich bin doch sehr froh, Rob."

Aber seine Angst war nicht so schnell zu beschwichtigen. „Bist du ganz sicher?" Er fingerte selbst an seiner Brust herum und stellte sich dann prüfend vor den Spiegel. „Was ist denn das übrigens? Wie sehen die denn aus?"

„Du hast es nicht", sagte sie bestimmt. „Es macht Höcker an den Knochen – so kleine Knoten. Man nennt das einen ‚Rosenkranz'."

Beruhigt darüber, daß er keinen Rosenkranz auf seiner Brust hatte, ging er zurück ins Bett. „Puh, Nell, du hast mir aber einen Schrecken eingejagt!"

„Wie fühlst du dich denn jetzt?"

„Mir scheint fast besser."

„Ob du nicht doch lieber deine Meinung änderst und etwas frühstückst?"

„Vielleicht könnte ich ein kleines bißchen essen."

„Was möchtest du denn?"

„Ach – ich denke Schinken und Ei, Obst und Kaffee – und Toast . . ."

„Keine Haferflocken?" fragte sie schon an der Tür.

„Aber natürlich . . ."

Ken wurde auch immer krank, wenn er seiner Mutter eine erstaunliche Lügengeschichte versetzt hatte.

Aber in diesem Falle wußte Nell nichts von einer Lüge. Sie war nur sicher, daß Rob über irgend etwas ein schlechtes Gewissen hatte, dessen Ursache ihr allerdings ein Rätsel blieb.

„Wollen wir Skippy mit auf die Auktion nehmen?" schrie Howard zu seinem Vater hinüber, während er eifrig an Sultan putzte und striegelte, dem starken Kastanienbraunen, der, wie der Vater sagte, jedem, der einen gut eingerittenen schweren Hunter brauchte, seine fünfhundert Dollars wert sein sollte.

„Das möchte ich mir doch sehr verbitten!" rief Rob aus der Koppel herüber, wo er Injun die gründliche tägliche Schulung zuteil werden ließ, die er Nell versprochen hatte. „Willst du mir Schande machen? Welcher Züchter würde denn ein solches Vieh großziehen?"

Howard lachte, als er den Striegelkamm durch die Bürste kratzen ließ, daß der Staub in Wolken flog. Seine Stimme rutschte plötzlich aus dem Kinderdiskant in einen tiefen Baß, worauf er das Gelächter abbrach und sich umschaute, als suchte er zu ergründen, woher dies Lachen kam. Es brachte ihn immer in Verlegenheit. Aber niemand hatte es gehört. Sein Vater hielt den Kopf in eiserner Entschlossenheit über Injun gebeugt, der sich schlecht benahm, und Gus manövrierte gerade den Lastwagen rückwärts gegen den offenen Durchlauf, von wo aus er beladen werden sollte.

„Hast kein Glück, Skippy", sagte Howard zu dem seltsam aussehenden kleinen Produkt, das auf der anderen Seite des Zauns stand und seine eselähnlich langen Ohren nach Sultan zu gespitzt hielt.

Skippy wußte, daß etwas Ungewöhnliches vorging, und wollte nur ja nichts verpassen. Trotz ihres zwergenhaften Wuchses und ihrer allgemeinen Mißgestalt mit dem Tonnenleib und ungestaltem Hammerschädel besaß die drollige Stute eine ungewöhnliche Intelligenz. Sie hatte gar nicht erst gezähmt werden müssen, weil sie von vornherein entschlossen war, sich demjenigen anzuschließen, der über die Eimer und Schöpfmaße mit dem Hafer befahl. Nichts brachte sie aus der Fassung, es konnte sie auch beinahe jeder reiten – nur wenn einer zu groß war, lief sie nämlich unter ihm weg –, aber sie war ein Störenfried. Wenn sich eine Schar Pferde um einen Futtertrog drängte und wohlerzogen, wie es ihnen beigebracht worden war, eines nach dem andern die Nase hineinsteckte, zwängte sich Skippy schubsend und auskeilend dazwischen, bis sie den besten Platz erwischt hatte. Wegen ihrer gnomenhaften Gestalt, die sie einer mißglückten Liebesbeziehung draußen auf der Sattelhöhe verdankte, wurde sie von den anderen Pferden in Acht und Bann getan, und der Hengst wollte sie nicht mit in seinem Rudel haben. Das vergalt sie ihnen damit, daß sie keine Chance ausließ, ihnen das Futter zu stehlen, einen wohlgezielten Hufschlag zu versetzen oder sie zu zwicken und zu beißen. Bei ihrem bloßen Anblick legten die anderen Pferde schon die Ohren an, und wenn irgendwo eine Keilerei losging, war ganz unweigerlich Skippy Ursache und Mittelpunkt.

Manchmal schlossen sich die anderen Pferde zu einer Aktion gegen sie zusammen, drängelten sie dicht an einen Zaun und schubsten sie hinüber. Skippy war ständig voll Bißwunden und blauer Flecke. Sie schlug Kapital aus diesen Wunden. Sie kam damit bei den Knechten oder einem aus der Familie an und bat mitleiderregend um Extrarationen, wie etwa ein Bettler seine Schwären zeigt, und immer gab es Trost und Leckerbissen für sie.

Auf der Erde, dicht neben Sultans Nase, stand ein Maß Hafer. Skippy suchte von der anderen Zaunseite her mit langem Hals durch die Pfähle zu reichen, machte das Maul auf und ließ ihre schnobernde Oberlippe und die lange Zunge gierig nach dem Hafer langen.

„Heda, Sultan!" Das Pferd hatte einen plötzlichen Seitenhieb gegen Skippys Kopf ausgeführt, die jedoch vor Schreck den Hafer umgeworfen und sich aus der Gefahrenzone zu bringen gewußt hatte. Sie zeigte dem Zaun die Breitseite, mahlte das Korn, schien zu lachen und rollte schlau die Augen.

„Freches Biest", murmelte Howard, indem er das Futtergefäß wieder unter Sultans Nase aufrichtete und die Körner sorgfältig zusammenzukratzen suchte, ohne Sand mit hineinzukriegen. Sultan schnaubte über seinem gekrümmten Rücken und stupste ihn.

„Wisch dir nicht die Nase ab, alter Schnupper!"

„Was ist denn los?" schrie Rob von drüben.

„Bloß wieder Skippy. Sie hat den Hafer umgeschmissen. Ich wünschte doch, du würdest sie mit auf die Auktion nehmen, Papa. Selbst wenn du sie nicht gewollt hast, irgendwie ist sie doch nun mal passiert und lebt. Und sie ist schon eine richtige Pest zwischen unsern andern. Vielleicht kauft sie doch irgend jemand ..." Er nahm wieder die Putzarbeit an Sultan auf. „Dreh deinen dicken Wanst 'rum ..."

Rob gab keine Antwort. Er zwang sein Pferd den Zaun entlang bis zur äußersten Ecke, machte eine scharfe Wendung und kehrte zurück. Man hörte fernen Galopp. Drei bildschöne rotgoldene Fuchsstuten, Taffy, Honey und Russet, kamen im kurzen Galopp die Stallweide herunter auf die Koppel zu, angetrieben von dem auf Sturmwind folgenden Ken.

Howard beeilte sich, das Gatter zu öffnen, die Stuten trabten herein, und Ken ließ sich aus dem Sattel gleiten.

„Die letzten, Papa", schrie er. „Jetzt sind sie alle hier. Alle dreizehn."

„In Ordnung. Sattle dein Pferd ab. Du kannst es auch abreiben, aber brauche nicht den ganzen Tag dazu. Ich möchte, daß du Howard beim Putzen hilfst."

Das Gatter zur Koppel, auf der Rob Injun durch alle Gangarten trieb, wurde vorsichtig geöffnet. Nell trat hinein und blieb beobachtend stehen. Sie trug ein hellblaues Leinenkostüm und einen kleinen braunen Strohhut, dessen runde Krempe aus dem Gesicht gebogen war. Er hatte fast die gleiche Farbe wie die rehbraune Ponyfranse auf ihrer Stirn. Wie sie so dastand, beide Hände in die Jackentaschen gesteckt und die schmalen Füße in derben, flachen Schuhen fest auf den losen Sandboden gestemmt, sah sie wieder ganz wie ein kleines Mädchen aus.

Rob, der auf sie zukam, tat so, als wollte er sie niederreiten. Sie lachte und wich nicht von der Stelle; er bog in letzter Sekunde ab, und das Pferd, ein mächtiger dunkelkastanienbrauner Fuchs mit hochgewölbtem, schwerem Nacken und nervös gesammelten Muskeln, schleuderte dicht an ihr vorbei seine Hufe.

„Jetzt wird er verrückt", sagte Rob.

Nell sah es mit Unbehagen. Er war ein solch riesiges Vieh. In der Art, wie er seine Schenkel schwenkte und die Füße hob, lag etwas von geheimer Wut.

„Man sieht es richtig", sagte Nell. „Willst du nicht lieber absteigen?"

Es war noch gar nicht lange her, daß Injun wild gebockt und Rob viermal hintereinander abgeworfen hatte.

Robs Augen blitzten sie an. „Absteigen? Unter keinen Umständen! Wer zum Teufel ist er schon?" Und seine Knie preßten die Flanken des Pferdes unnachgiebiger, sein geschulter Körper zwang es vorwärts.

Nell kam die Formulierung komisch vor, und sie mußte lachen. Ein persönlicher Zweikampf! Entweder kriegte das Pferd ihn unter oder er das Pferd! Das war so richtig die Art, wie Rob sich allem gegenüber einstellte – auch im Geschäftlichen. Sein Zorn flammte auf gegen alles, was seine Überlegenheit nicht anzuerkennen gewillt war.

Rob lenkte Injun wieder auf Nell zu und zog die Zügel an. „Halt!" kommandierte er. Das Pferd gehorchte zitternd, am Mundstück kauend, daß die Schaumflocken flogen.

„Meinst du, daß er soweit fertig ist für dich?" fragte Rob mit finster spöttischem Gesicht.

Nell tätschelte Injuns Nase. Das Pferd stieg hoch und kam mit hartem Aufschlag wieder herunter. Sie hatte sich nicht gerührt – streckte wieder die Hand aus.

„Wirst du stehen, Kerl!" schrie Rob ihn an, und das Pferd stand bebend da, mit auf den Zügel gesenktem Kopf, die Augen aufgerissen, daß ein schmaler weißer Ring zu sehen war, als er Nells leichte Hand an seiner Schnauze fühlte.

„Mir gegenüber wird er sich möglicherweise wie eine alte Schindmähre benehmen", sagte Nell mit einem Lächeln. „Ich bin lange nicht so aufregend für Pferde wie du."

„Außerdem", sagte Rob, „richtest du ihn ja auch nicht eigentlich ab. Und jedes Pferd hat eine Aversion gegen seinen Trainer." Sein Blick glitt über ihr Kostüm. „Willst du mit uns nach Denver?"

Sie schüttelte den Kopf. Der bloße Gedanke daran flößte ihr Entsetzen ein. Es machte Rob immer wild, wenn er zusehen mußte, wie seine Pferde für „nichts" verkauft wurden.

„Du nimmst Sultan?" fragte sie. – „Ja."

„Und Smoky und Blue." Sie hatte beide in der Koppel bei den Pferden entdeckt, die von Howard und Ken geputzt wurden. Es waren echte Rotschimmel – ein bildschönes Paar, mit wehenden Schweifen und sanften Augen, um ein wenig zu klein für die Armee oder Polo, aber tadellos zugeritten und herrlich zueinander passend. Nell hatte immer gedacht, daß sie einmal zwei kleinen Mädchen gehören müßten, Schwestern, die sie zärtlich liebten und selber aufzäumten und putzten. „Und Tuffy, Honey und Russet", warf Rob hin, während er Injun herumlenkte und wieder am Zaun entlang ritt.

Damit hatte Nells Frage ihre Antwort. Rob war dabei, das zu tun, was nie zu tun er sich geschworen hatte – ein paar seiner besten Tiere zu verschleudern, um die im Augenblick dringend notwendigen Ausgaben decken zu können.

Injun wendete und kam zurück. Robs Miene war eisern. Nell war es schrecklich, das zu sehen. Sie erkannte sehr wohl, wie er innerlich litt.

„Ich würde Sultan für die Armee zurückgestellt haben – hundertfünfundachtzig Dollars wären mir da sicher –, wenn er nicht die Narbe an der Brust hätte. Dieser verdammte Stacheldraht!"

Als ob Injun den Zorn und die heftige Erregung seines Herrn spüre, so duckte er sich zusammen und schoß dann plötzlich los. Rob riß ihn von Nell weg und zwang ihn dazu, wieder im Arbeitstempo den Zaun hinauf- und herunterzureiten. Als er wieder an Nell vorüberkam, hielt er kurz an und sagte etwas ruhiger: „Solche Pferde sieht man nicht oft hier in der Gegend."

„Das weiß ich", nickte Nell betrübt.

„Es werden kaum welche auf der Auktion sein, die da überhaupt nur 'rankommen!" – „Das bezweifle ich auch."

„Mutter!" kam es gellend von Howard aus der anderen Koppel herüber. „Meinst du nicht, daß wir Skippy mit auf die Auktion nehmen und verkaufen sollten?"

„Die und verkaufen!" höhnte Rob. „Der Junge ist wohl nicht ganz bei Troste!"

Nell lachte. „Vielleicht kauft sie einer. Ein Kind könnte sie gut reiten."

„Ich glaube, der Kerl hat für heute genug", sagte Rob und stieg ab.

„Möchtest du, daß ich ihn absattele?" fragte Nell.

„Wenn's dir nichts ausmacht." Er gab ihr die Zügel. „Willst du dich nicht doch lieber anders besinnen und mitkommen?"

Nell schüttelte den Kopf. Sein Blick verschärfte sich. „Du würdest allerhand lernen ..."

Sie blickte ihn forschend an, was er wohl damit meinte. Und erschrak vor der harten, funkelnden Feindseligkeit seiner Augen. Es war Absicht, daß er sie so anschaute – heimzahlen wollte er ihr den gestrigen Abend – der Blick war wie ein Schlag ins Gesicht –, dann wanderte er davon und auf die andere Koppel hinüber.

Das Blut rauschte ihr durch die Adern, und ihre Hände ballten sich zu Fäusten.

„Altes Waschweib!“ beschimpfte sie sich selbst. „Wenn er brüllt, fängst du gleich an zu heulen. Sieht er dich nur einmal böse an, fällst du schon in Ohnmacht – hast du denn keinen Funken Energie?“

Das Pferd starrte sie aus flackernden, verängstigten Augen an. Es warf unruhig den Kopf auf und nieder. Nell blickte es an, ohne es eigentlich zu sehen, so hatte der Zorn ihre Augen verschleiert. Langsam klärte sich ihr Blick, und plötzlich kamen ihr Robs Worte von vorhin auf die Lippen: *„Wer zum Teufel ist er schon!“*

Mit dem Lachen, das diese Worte begleitete, fielen Ärger und Aufregung von ihr ab. Injun schien ihr zuzustimmen. Sie tätschelte ihm wieder die Nase und musterte ihn nachdenklich.

„Bin ich ein Waschweib, Injun?“ fragte sie. „Was meinst *du?*“

Als sie ihn in den Stall geführt hatte, machte sie ihn an der Krippe fest. „Warte noch ein bißchen“, sagte sie, „noch wirst du nicht abgesattelt.“

Die dreizehn Pferde, die für den Versand bereit waren, drängten sich auf dem kleinen Koppelfeld, das sich auf den schmalen, ansteigenden Gang öffnete, vor dem der Lastwagen stand. Es war das immer ein schwieriges Geschäft. Nell stand unweit davon und schaute zu. Es bedrückte sie. Die uralten Zuchtstuten und die Ausschußware ließen sie kalt, aber Sultan! Und die beiden Rotschimmel!

„Skippy könnte vielleicht noch was ausmachen“, sagte Nell, „und du kannst sie schließlich noch zwischenquetschen – sie ist so klein, daß du gar nicht merken wirst, daß sie da ist.“

„Ken, komm her!“ ertönte der Ruf seines Vater.

Er setzte Ken auf Skippy, stellte sie ganz vorn hin und befahl dem Jungen, durch den Gang nach oben zu reiten. Als Ken sich in Bewegung gesetzt hatte, zwangen Rob und Howard die anderen hinterher. – Skippy führte triumphierend den Zug an, legte aber prompt die Ohren zurück, als sie sich in die Ecke eines Lastwagens gedrückt fand, ohne Raum, auszuschlagen und ohne Hafer.

„Versprecht mir bloß, Skippy nicht wieder mitzubringen, und wenn ihr sie verschenken müßtet“, rief Nell ihnen zu, als sie den Wagen schlossen.

Sie wanderte den Hügel empor, um ihnen noch nachzusehen. Kim und Chaps saßen neben ihr und schauten auch. Sie glaubte eine winkende Hand zu sehen, kurz ehe der Wagen um die Kurve verschwand. Dann war er fort, und sie eilte ins Haus, zog Reithosen und Bluse an, setzte ihre schmale Kappe auf und ging zurück in den Stall.

Injun spitzte die Ohren und wandte den Kopf, als sie ihn anrief.

Rob sagt, man darf es sie nie merken lassen, wenn man Angst hat, erinnerte sie sich selbst, während sie den Gurt fester zog und die Bügel kürzer schnallte. Na schön, ich *habe* Angst, aber das ist jetzt ganz egal. Ich will einfach nicht länger so ein jämmerlicher Hasenfuß sein.

Sie saß auf ohne irgendwelche Schwierigkeiten – Rob brachte den Pferden immer als erstes bei, daß sie stehenzubleiben hatten, bis sie den Befehl zum Anreiten bekamen ...

„Ich weiß genau über dich Bescheid, Injun; was für ein Teufel du bist und daß ich Flügel haben sollte, wenn ich dich reiten will. Aber ich reite dich trotzdem. Und wenn du bocken willst, bitte, dann tu's. Du hast keinen Widerspruch von mir zu erwarten. Ich werde beim ersten Hopser herunter sein. Ich reite nur aus der Balance, aus dem Sitz, nicht durch Schenkeldruck. Ich werde dir die Rippen nicht zusammenquetschen, bis du grunzen mußt. Aber wenn du anständig sein und mich auf einen netten Ritt nehmen willst, wirst du auch deinen Spaß daran haben."

Ob es nun die außerordentliche Leichtigkeit ihrer Person war, im Gegensatz zu Rob, oder die Freude, einem Herrn entkommen zu sein, der ihm nicht eine einzige Bewegung nach freiem Willen erlaubte, sondern ihn ständig zwang, vorwärts zu gehen, stehenzubleiben, zu wenden, nach Befehl rechts oder links einzuschwenken – Injun *nahm* sie auf diesen Ritt.

Selbstvertrauen überkam sie, als sie die Zusammenarbeit mit dem Pferde spüren konnte. Es war nervös – hie und da gab es ein Niedertauchen oder Zucken bei der Berührung ihrer Hände oder Absätze, aber sie verstanden einander. Und es war ein Tag voll Sonne, Wind und Wolken – die Luft war trocken und von durchdringender Frische – Nell vergaß ihre Sorgen. Sie nahm Injun weit hinaus.

Als sie am Wege etwas wie einen kleinen Fuchs zu sehen meinte, wandte sie ihr Pferd, um genauer hinzuschauen. Es war kein Fuchs, sondern ein Dachs, der unbeholfen seines Weges hoppelte und mit dem dicken, spitz zulaufenden Schwanz am fetten, zusammengekrümmten Hinterteil wackelte.

Nell packte es wie ein kleiner Junge, ihm aus Übermut nachzusetzen, und die Jagd ging los. Injun war genauso interessiert. Der Dachs blieb stehen, drehte sich einen Augenblick nach ihnen um, entblößte seine Zähne und zischte sie an, dann setzte er sich in Bewegung. Nell folgte. Sie merkte plötzlich, daß Injun ihm ganz von selber folgte, ohne ihre lenkende Hand. Er verstand es, sich dem Zickzack des fliehenden Dachses blitzschnell anzupassen, machte hier einen Seitensprung und dann da, bis die kleine Kreatur Zuflucht in einem Steinhaufen gefunden hatte. Injun blieb davor stehen und scharrte ungeduldig. Mein Himmel, was für ein Polopferd! dachte Nell. Erfüllt von dem natürlichen Instinkt für das Spiel, für das Entdecken und Verfolgen, die schnelle Drehung, das Rennen und Überholen. Sie dachte daran: Wenn man Injun nun auch einmal verkaufen müßte bei irgendeiner ländlichen Auktion, für ein Nichts – damit er dann vielleicht vor einen Pflug kam oder von einem Rinderhirten zu Tode gehetzt wurde –, und der gleiche

Jammer erfüllte sie, der heute morgen auf Robs Gesicht gelegen hatte.

Der Dachs schoß plötzlich angriffsmutig gegen sie heraus. Injun machte einen Satz, Nell wäre beinah heruntergefallen. Sie setzte sich rasch wieder zurecht, ritt einmal im Kreis und kam zurück, um sich den Dachs näher zu beschauen. Er hatte sich wieder in den Steinhaufen zurückgezogen. Noch nie zuvor hatte sie einen aus solcher Nähe gesehen. Er hatte ein wirklich schönes Tiergesicht mit den drei weißen und schwarzen Streifen, die vom Kopf herunter auf seiner Nase zusammenliefen. Er hatte die Zähne noch immer entblößt. Abwechselnd schnarchte er langgezogen und zischte dann scharf. Wieder griff er an. Nell war voller Bewunderung. „Das nenne ich Mut! Bei seiner Größe! Und wir dagegen! Hut ab vor dir, kleiner Kerl!"

Sie kanterte heimwärts, gab Injun eine tüchtige Portion Hafer und ließ ihn dann mit Sturmwind und Letzter Sekunde hinaus auf die Koppel. Der Ritt hatte ihre Lebensgeister wieder gehoben. Sie zog sich um und fuhr mit dem Wagen nach Laramie hinüber, um dort mit einer Bekannten zu essen und dann ins Kino zu gehen.

## *Ärger und neue Hoffnung*

Die beiden alten Zuchtstuten gingen unverzüglich für je vierzig Dollars weg, nachdem festgestellt worden war, daß sie Fohlen trugen. „Besser als den Coyoten zum Fraß vorgeworfen", murmelte Rob.

Für die Ausschußware gab es längere Bieterei. Sie wurden immerzu rundherum im Ring geritten von den jungen Burschen dort, die mit den Peitschen knallten, während die heisere Stimme des Auktionators mit der Geschwindigkeit eines Zigarettenverkäufers über das Mikrophon rasselte.

„Sehen Sie sich diesen großartigen vierjährigen Fuchswallach an! Das ist ein Stück! Wer will ihn haben? Wer bietet fünfzig? Fünfzig? Fünfzig? Hat man mir fünfzig geboten? Was war das, da hinten der in der Ecke? Fünf*zehn* haben Sie gesagt? Fünfzehn sind geboten! Fünfzehn! Fünfzehn! Wer bietet zwanzig! Zwanzig! Der Herr dort in der obersten Reihe zwanzig! Zwanzig! Zwanzig! Wer bietet fünfundzwanzig? Kommen Sie nur mal 'runter und sehen Sie sich den an, meine Herren! Sehen Sie ihm ins Maul! Zwanzig! Zwanzig! Wer bietet fünfundzwanzig? Zwanzig sind geboten – wer bietet fünfundzwanzig?"

Der Gehilfe des Auktionators ließ die Augen flink über die Reihen schweifen, ob irgendwo geboten würde. Wenn er einen entdeckte, machte er den Auktionator aufmerksam. Der Lärm war ohrenzerreißend. Die Pferde donnerten über den Boden, die Burschen im Ring saßen ab und auf, rannten neben den Pferden her, sprangen ihnen auf den Rücken, schrien, Männer standen dazwischen und ließen ihre Peitschen wie Pistolenschüsse knallen.

War ein Käufer interessiert, kam er herunter in den Ring und untersuchte das Pferd, während der Auktionator solange ein anderes anbot. „Fünfundvierzig sind geboten! Fünfundvierzig für den schönen Rappen! Wer bietet fünfzig? Ist er eingetragen? Es wird gefragt, ob er eingetragen ist?"

„Ist er!" schrie Rob, dem die Röte ins Gesicht stieg. „Er ist ein eingetragenes Vollblut. Papiere werden mitverkauft. Er ist eben erst vier Jahre. Noch keinen Tag krank gewesen. Er ist bereits eingeritten."

„Da haben Sie's gehört, meine Herren! Ein eingetragenes Vollblut aus Captain McLaughlins Zucht. Jeder kennt die Gänseland-Pferde. Ein Gelegenheitskauf! Fünfundvierzig! Fünfundvierzig! Wer bietet fünfzig?" Er gestattete sich eine kurze Pause, während sein Auge auffordernd die Menge überflog. „Na los doch! Fünfundvierzig für ein derartiges Pferd! Geht unterm Sattel – für Polo – kann springen. Auch springen, Captain? Jawohl – also auch springen. – Kommen Sie selber 'runter, Captain, und zeigen Sie ihnen, was der alles kann! Fünfundvierzig! Fünfundvierzig! Wer bietet fünfzig?"

Rob schob sich mit den Schultern durch die Menge, bestieg den Rappen und führte ihn in allen Gangarten vor.

„Sehen Sie das, meine Herrschaften? Fünfundvierzig! Fünfundvierzig! Wer bietet fünfzig? Wie war das – bietet da wer fünfzig? Da oben der Herr mit der Melone? Fünfzig? Fünfzig? Nein? Fünfundvierzig ist geboten – fünfundvierzig – zum ersten – zum zweiten und – zum dritten – für fünfundvierzig Dollars."

Der Hammer krachte, und Howard und Ken, die sich gegen die Ringumzäunung lehnten, holten tief Atem und wischten sich die schweißnassen Hände an den Hosen ab.

Der Bursche im Ring sprang auf das nächste Pferd zu, die Peitsche knallte, das Pferd sauste im Galopp vorwärts, der Auktionator begann von neuem.

Die Ausschußware wurde mit einem Durchschnitt von fünfundvierzig Dollars pro Stück losgeschlagen.

Ein mächtiger brauner Fuchs stampfte in den Ring, geritten von einer fülligen Frau mit krausen schwarzen Locken und zwei auffallenden Rougeklecksen unter den schwarz angemalten Augen. Sie trug niedrige, reichverzierte weißlederne Cowboystiefel über den enganliegenden Röhren ihrer schwarzen Reithosen: ihr breitrandiger Sombrero saß weit zurückgeschoben auf ihrem Kopf; dazu kam eine Hemdbluse aus roter Seite. Ihre Hände steckten in weißen Lederhandschuhen, deren Manschetten fast bis zum Ellenbogen reichten. Als sie in einem wirren Durcheinander von knallenden Peitschen, wüstem Geschrei und „Fünfundvierzig – fünfundvierzig, wer gibt fünfzig? Fünfzig? Fünfzig, fünfzig, wer gibt fünfundfünfzig?" herumgaloppierte, warf sie in dramatischen Augenblicken die Arme hoch, schrie gellend „Hei!", ließ das Pferd sich aufbäumen, nahm den Sombrero vom Kopf und schwenkte ihn, verbeugte sich nach allen Seiten, malträtierte das Pferd mit vorgetäuschter roher Gewalt, indem sie „He, du Vieh!“ brüllte.

„Achtundsechzig, achtundsechzig, achtundsechzig, wer gibt siebzig? Siebenzig? Siebenzig? Herrschaften! Habt ihr keine Augen im Kopf?“

„Wird der Reiter mit dem Pferd verkauft?“

„Hoppla! Die schwarzen Kulleraugen!“

„Ich biete siebzig . . .“

„Siebzig! Siebzig! Siebzig! – Siebzig sind geboten, wer bietet fünfundsiebzig?“

Das Pferd erbrachte achtzig Dollars und wurde von seiner stattlichen Reiterin unter stürmischem Beifallsgeschrei aus dem Ring geritten. – Ken und Howard blickten sich in der Runde um und waren bedrückt von diesem Gesichtermeer bis hinauf in die höchsten Bankreihen unterm Dach. Rote Gesichter – kauende Gesichter – grinsende Gesichter – stumpfe Bauerngesichter. Das Ganze dampfte von Gerüchen, Hitze, Schweiß und ausgepumpten Lungen.

Sultan wurde hereingeführt.

„Mein Gott! Seht euch das Pferd an!“ brüllte der Auktionator. Sein Hammer krachte. „Wer bietet hundert dafür? Hundert! Einhundert! Wer bietet hundert?“

Während er seine Litanei herunterleierte, hatte der Bursche im Ring einen Sprung auf Sultans Rücken versucht. Sultan bäumte sich auf, tauchte dann tief, riß sich los und sauste im Galopp durch den Ring. Drei Burschen rannten ihm nach, trieben ihn in eine Ecke, erwischten ihn am Strick, aber er kämpfte weiter gegen sie, die Peitschen knallten, er schlug mit den Hufen aus, und der Auktionator, der sich nicht umgesehen hatte, rief weiter: „Wer bietet hundert? Bietet mir keiner hundert? Fünfzig! Wer macht mit fünfzig den Anfang?“

„Wer kann den denn reiten!“ gellte eine scharfe Stimme aus der obersten Reihe. „Ist er nun gezähmt oder nicht?“

Howard schrie, so laut er konnte: „Der *ist* gezähmt! Den kann jeder reiten!“

„Pah!“ Höhnisches Gebrüll der Zuschauer.

Der Auktionator heulte: „Der junge Herr sagt, daß jeder ihn reiten kann, und das sind ja Captain McLaughlins Jungen – die sollten es wissen! Wer bietet fünfzig? Werden fünfzig geboten? Vierzig? Dreißig? Wer will mit dreißig den Anfang machen?“

„Soll der Junge ihn doch reiten, wenn der gezähmt ist!“ schrie der Mann in der obersten Reihe.

Ken fühlte die Hand seines Vaters auf seiner Schulter. Er wurde gegen den Ring vorgestoßen. „Zeig’s ihnen“, preßte Rob durch die Zähne, „diesen verdammten Schweinen.“

Ken krabbelte durch den Zaun.

„Komm her, mein Sohn, und reite ihn uns vor! Wer bietet dreißig? Dreißig? Wer bietet mir dreißig?“

Niemand bot dreißig. Niemand bot überhaupt. Der hohe Raum war plötzlich ganz still, als Ken auf das Pferd zuging.

„Sultan, alter Junge . . ." Das Pferd ließ sich auf alle viere fallen und stand zitternd da.

„Wenn ihr bloß aufhören würdet, so mit den Peitschen 'rumzuknallen", sagte Ken. „Damit braucht man ihn nicht erst anzutreiben! Und er ist so was auch gar nicht gewöhnt. Er ist schließlich ein richtiges Pferd! Er hat Feuer in sich! Er ist keine alte Schindmähre!"

Es gab brüllendes Gelächter, als der Auktionator seine Worte aufnahm. „Hören sie das, meine Herren! Er ist ein feuriges Vollblut! Er ist keine alte Schindmähre! Und Captain McLaughlins Kleiner – wie alt bist du, mein Sohn?"

Kens kurze Antwort „Vierzehn" drang nur bis zum Auktionator.

„Er ist grade elf geworden – ein kleiner Junge von elf Jahren wird ihn uns vorreiten! Wer bietet vierzig? Höre ich vierzig? Sehe man sich das doch nur an, wie der geht! So ein mächtiges Tier und kaum fünf Jahre alt! Ah – so wird das schon besser – fünfundfünfzig – wer bietet sechzig? Fünfundfünfzig! Fünfundfünfzig! Wer bietet sechzig? Sechzig? Sechzig? Seht euch die Beine an! Seht diese Haltung – bietet keiner sechzig?" Plötzlich hielt er inne und wischte sich müde die Stirn. „Herrschaften! Herrschaften!" kam seine Stimme mahnend und überredend. „Wißt ihr nicht, was ihr da vor euch seht? Seid ihr gekommen, euch wirklich ein Pferd zu kaufen? Merkt ihr's nicht, wenn da ein Gelegenheitskauf auftaucht? Er ist eine Gelegenheit noch für hundert – noch für hundertfünfzig –"

Sultan ritt im Kreis, blieb auf Befehl stehen, ging zurück, ging aus dem Stand in kurzen Galopp über . . .

„Sechzig!" schrillte eine Stimme.

„Sechzig sind geboten . . ."

„Fünfundsechzig!" kam eine andere Stimme. Der Lärm setzte wieder ein. Der Auktionator zeigte in fliegender Eile auf jeden Bietenden, seine Stimme wurde um eine Oktave höher, während er seine Rede weiterfließen ließ: „Fünfundsechzig! Fünfundsechzig! Fünfundsechzig sind geboten! Wer bietet siebzig? Sie da in der Melone, Sie wissen doch wenigstens, was ein Pferd ist, wenn Sie es sehen. Siebzig, Sir? Siebzig! Siebzig ist geboten! Wer bietet fünfundsiebzig?"

„Fünfundsiebzig", bot der untersetzte Farmer im verschwitzten Hemd.

„Sechsundsiebzig!" bot der Mann mit der Melone.

Der Farmer bot „Achtzig", der Mann mit der Melone bot „Einundachtzig".

Sultan wurde dem Farmer für neunzig Dollars zugeschlagen.

Der Farmer stand schon neben Sultan, als Ken vom Pferde heruntergglitt. Er war sichtlich mit seinem Kauf zufrieden.

„Das nenne ich mir doch noch einen Gaul. Wird mir 'n ganzen Traktor ersparen, und den Treibstoff dazu." Er lachte in sich hinein und fuhr mit der Hand dem Pferd über den Widerrist.

„Wollen Sie ihn denn zum Pflügen nehmen?"

Der Farmer sah ihn ganz erstaunt an. „Na klar. Was denkst du denn, wofür ich neunzig Dollars ausgebe?"
„Er ist doch ein Hunter", brach es aus Ken verzweifelt aus. „Ein schweres Jagdpferd."
„Jagdpferd?" wiederholte der Farmer. „Was soll er denn jagen?"
„Füchse."
„Füchse? Du meinst wohl Coyoten! Ich jage massenhaft Coyoten – aber mit meinem alten Ford und ein paar Windhunden. Dazu brauch' ich keinen Gaul. Wie hast du ihn vorhin genannt?"
„Sultan."
Der Pferdebursche führte das Pferd ab, und der Farmer ging hinterher. Ken stand da und blickte ihm niedergeschlagen nach.
„Das war ein gutes Pferd, mein Sohn."
Ken blickte auf. Der hochgewachsene Mann mit der Melone stand neben ihm. Er hatte ein gerötetes Gesicht und eine scharfe Nase.
„Gibt's noch mehr von der Sorte dort, wo er herkommt?" fragte er. – „Ja", sagte Ken mürrisch. „Eine Masse."
„Wem gehören die Tiere?"
„Meinem Vater. Captain McLaughlin." Ken lief wieder zu Howard zurück.
Taffy wurde hereingebracht, und plötzlich brandete Gelächter auf. An seiner Seite trottete Skippy. Die Burschen im Ring suchten sie wegzuscheuchen, aber sie entwischte ihnen.
„Kann man die kaufen?" schrie einer. „Setzen Sie sie an!"
„Haltet den Fuchs solange", schrie der Auktionator. „Hat jemand Interesse für das Pony?" – „Pony? Das ist ein Maulesel!"
„Ist das einer von Captain McLaughlins Vollblütern?"
Die Zuschauer schüttelten sich vor Lachen. Einen der Zwischengänge kam ein Mann heruntergelaufen, der schrie: „Klar! Ein Vollblutmistvieh! Macht jeden garantiert wahnsinnig!" Rob schwang sich mit einem Satz über die Ringbarriere und lief auf Skippy zu, die sich gegen das Geländer zurückgezogen hatte und sich mißtrauisch die Menge besah. Eins ihrer langen Ohren legte sich nach vorn, als sie ihren Herrn erblickte.
„Skippy! Kommst du her, Skippy!"
„Komm her, Skippy!" jaulte die Menge. „Gehorch dem Pappi, Skippy!"
Rob versetzte ihr einen Klaps, und sie wippte hinüber auf die andere Ringseite. „Sie kann nichts", brüllte er, „hat keinen Funken Verstand – ist überhaupt nicht trainiert . . ."
„Wer bietet? Wer bietet?" schallte es dazwischen vom Auktionator. „Fünfundzwanzig? Fünfundzwanzig ist geboten! Fünfundzwanzig! Fünfundzwanzig! Wer gibt dreißig? Wer will ein Schoßtierchen für sein kleines Mädchen? Dreißig! Dreißig ist geboten. Wer bietet fünfunddreißig?"
Rob haute ihr wieder eins über und jagte sie zurück. „Das niederträchtigste kleine Biest in ganz Wyoming!"
„Fünfunddreißig! Fünfunddreißig! Wer gibt vierzig? Zahm wie

'n Kätzchen. Vierzig? Sagte da wer vierzig? Vierzig! Vierzig! Vierzig! Wer bietet fünfzig? Machen Sie Ihr kleines Kätzchen glücklich mit dem Schoßtierchen!"

„Ich zahle dem noch was zu, der sie mir abnimmt", brüllte Rob wieder, indem er ihr noch eins versetzte. Skippy wirbelte herum und fuchtelte mit den Hufen vor seinem Gesicht. Er bog eben noch zur Seite, und die Menge johlte.

„Fünfzig! Fünfzig! Fünfzig ist geboten! Wer bietet fünfundfünfzig? Fünfzig ist geboten! Fünfzig! Fünfzig! Wer macht die fünfundfünfzig voll?"

„Nicht einen Dollar ist die wert", tobte Rob, „nicht einen Cent!"

Skippy zockelte wieder auf ihn zu, streckte ihm den Kopf entgegen, zog die Lippen auseinander und schwenkte sie fragend. „Nirgends ein bißchen Hafer?" schien sie zu sagen. „Was heißt denn das!"

Zwei nebeneinandersitzende Farmer überboten sich gegenseitig unter krampfhaftem Gelächter.

„Fünfundfünfzig! Fünfundfünfzig! Wer bietet sechzig?"

„Sechzig!" – „Einundsechzig!"

„Einundsechzig! Einundsechzig! Wer bietet zweiundsechzig! Einundsechzig! Einundsechzig! Einundsechzig! Zum ersten, zum zweiten und – zum dritten für einundsechzig an den Herrn da mit dem roten Schlips."

Howard fühlte die Hand seines Vaters auf seiner Schulter. „Ihr beiden bleibt hier, ja? Ich gehe nur mal rasch was trinken. Ich komme wieder."

Als die Auktion zu Ende war, hatte der Mann mit der Melone Smoky, Blue, Taffy, Honey und Russet für Preise gekauft, die sich zwischen fünfundsechzig und fünfundneunzig Dollars hielten.

Rob stand mit seinen Jungen draußen auf der Straße, während die ineinanderverschachtelten Wagen, Anhänger und Laster sich aus dem Parkplatz herauswanden, um sich auf die Heimfahrt zu begeben. Der Mann mit der Melone stand neben ihnen.

Rob sagte: „Das ist Mr. Gilroy. Meine beiden Jungen, Mr. Gilroy, Howard und Ken." Die Jungen gaben ihm die Hand.

„Ich möchte, daß ihr beiden mit Gus im Überlandbus nach Hause fahrt..." Er grub mit der Hand in seiner Tasche, brachte ein paar Geldscheine zum Vorschein, die er Howard übergab. „Ihr werdet um neun zu Hause sein. Kauft euch ein paar Brote und eßt sie unterwegs – man kriegt welche an der Bushaltestelle. Da drüben..." Er wies ihnen die Richtung und sagte Howard noch genauer Bescheid. „Mr. Gilroy und ich wollen noch zusammen essen. Ich bringe dann den Lastwagen. Sagt eurer Mutter, sie soll nicht auf mich warten, es wird spät werden."

Als sie bei Tisch saßen, erkundigte sich Rob: „Würden Sie mir verraten, wozu Sie alle meine Pferde gekauft haben? Für Ihren eigenen Gebrauch?"

„Nein. Zum Wiederverkauf."

„Wo wollen Sie denn wiederverkaufen?"

„Die verkaufe ich in Setonville, Pennsylvanien, auf der Auktion von Dok Horner." – „Wann?"

„Er hat zwei Auktionen im Jahr, eine in der dritten Septemberwoche, die andere im Mai."

„Versprechen Sie sich einen Gewinn dabei?"

Der Mann grinste. „Na klar. Das sind großartige Pferde."

„Kriegt man für großartige Pferde auf Horners Auktionen gute Preise?"

„Ich fahre im Lande herum und kaufe auf kleinen Auktionen. Auf diese Weise sammle ich mehrmals im Jahre einen Güterwagen voll und verkaufe sie dort." Der Mann griff in seine Tasche und brachte einen Packen Geschäftskarten heraus. Er blätterte darin herum, zog die gesuchte heraus und gab sie Rob. „Und man kriegt was dafür. In der Gegend wird noch gejagt. Und Polo gespielt. Pferdenarren dort, na, Sie wissen schon – Leute mit Geld in der Tasche. Horner sammelt nur wirklich gutes Material und erzielt anständige Preise."

„Was denken Sie für die Pferde zu bekommen, die Sie gekauft haben – die beiden Rotschimmel etwa?"

Der Mann zuckte die Achseln. „Das kann man nicht so ohne weiteres sagen. Pferdehandel ist mehr oder weniger Glückssache – aber das ist ein nettes Pärchen – wären was für zwei kleine Mädchen – so sanft und hübsch wie die beiden sind . . ." – „Ja. Wieviel?"

„Es sollte mich wundern, wenn ich weniger als vierhundert für beide zusammen bekäme. – Wenn grade der richtige Käufer da ist, auch sechshundert."

„Und größere Wallache? Polopferde?"

„Ah – das ist was, wofür man wirklich gute Preise kriegt. Ich hab's erlebt, daß ein Polopferd – ein geschultes selbstverständlich – seine zweitausend Dollars brachte. Aber so was kommt natürlich nicht alle Tage vor."

„Sie müssen mir doch ungefähr sagen können, was die Kosten für den Transport von hier aus nach Pennsylvanien ausmachen würden – sagen wir: zwei Güterwagen voll – etwa vierundzwanzig Pferde pro Wagen."

Sie stellten gemeinsam eine Berechnung an. Es würde um die fünf- bis sechshundert Dollars kosten.

Als sie sich verabschiedet hatten und auseinandergegangen waren, begann Rob eine Runde durch die Altwarenhandlungen von Denver. Glücklicherweise hielten diese Läden auch spät abends offen.

Er fand schließlich, was er suchte – in lauter einzelnen Stücken, wie Nell es erzählt hatte: die Kufen unter einem Haufen Altmetall, der anmutig geschwungene Schwanenkörper, halbzerbrochen und ohne Kopf, schief da und dort gegen den Zaun des Hofes gelehnt.

„Es ist kein Kopf dabei", sagte Rob zum Händler.

Sie fanden auch noch den Kopf in einer anderen Ecke des Hofes unter Gerümpel. Rob hielt ihn hoch, sah ihm in die verkratzten Augen und überlegte, ob die Geschicklichkeit von Gus ausreichen würde, die Teile wieder zusammenzusetzen und zum Leben zu erwecken.

„Den *wollen* Sie?" fragte der Altwarenhändler erschüttert. „Wozu denn? Hals und Kopf für einen Treppenpfeiler vielleicht, ja? Und den Körper könnte man auf den Rasen setzen und Erdbeeren drin pflanzen." – „Kostet?"

Er hob die Schultern und verzog gequält das Gesicht. „Wieviel wollen Sie mir denn geben?" – „Fünf Dollars".

„Gemacht."

Rob sammelte die Stücke sorgfältig zusammen und trug sie hinaus in seinen Wagen. Gegen zwei Uhr morgens kam er daheim an, fuhr hinüber zu den Ställen und verstaute seine Trophäe auf einem der Heuböden.

## *Kummervolle Nacht*

Howard hatte zwei neue Anzüge.

Rob McLaughlin erklärte immer: „Kauf ihnen Sachen, bei denen jeder Fleck zu sehen ist – dann lernen sie, sich in acht zu nehmen!"

Einer der Anzüge war aus dunkelblauem Serge, der garantiert jeden Flecken sehen ließ. Ein Zweireiher. Trug ihn Howard, regulär zugeknöpft, wirkte er kaum kräftiger als ein junger Baum, aber Ken fühlte seine Würde und er war beeindruckt.

Der andere Anzug war silbergrauer Tweed, der zu Howards glattem, schwarzem Haar und seinen frischen Farben gut aussah. Beide Jungen hatten prächtige Haut, glatt, honigbraun und rosig überhaucht. Beide hatten blaue Augen, aber hier war der Unterschied: – wechselnde Schatten darüber hin bei Ken, und der helle und unbeirrte, direkte Blick von Howard.

Howards Zimmer hatte für beide Jungen einen ganz neuen Reiz gewonnen. Die beiden Anzüge, die im Schrank hingen. Der neue Koffer auf dem Fußboden in der einen Ecke. Die Segeltuchtasche, die an der Wand lehnte, bereits halbvoll mit Pullovern, Strickjacken, Pelzwesten, Mützen und Stiefeln. Sie packten sie immer wieder aus und ein.

Ken starrte erschüttert Howards neue braune Halbschuhe an. Sie sahen genauso aus wie die vom Vater. Wie konnten sie bloß so groß sein! Wie konnte Howard so groß sein! Ken stand beklommen mitten im Zimmer, auf einem Bein. Wie konnte es plötzlich zu diesem großen Unterschied zwischen Howard und ihm kommen, so daß er sozusagen Respekt vor ihm hatte? Er blickte an sich selbst hinunter. Er war so klein, daß er überhaupt noch nicht rechnete. Na ja, Howard war erst im letzten Jahr derart geschossen – er hatte also noch Zeit.

Am meisten Eindruck machte es auf ihn, wenn Howard seinen weichen Filzhut aufsetzte. Seine schlanke Höhe von fast ein Meter achtzig hatte Kopf und Gesicht in keiner Weise verändert. Man wunderte sich eigentlich über den kleinen Kopf so hoch da oben, und das Gesicht war das richtige Jungengesicht geblieben. Wenn er da nun den Filzhut aufsetzte ... ! Nell mußte sich abwenden, damit man ihr Lachen nicht sah.

Ken spürte auf einmal ganz dicht das *Leben,* da Howard nun so von ihm ging. Der Filzhut – der blaue Anzug – die Riesenschuhe – *Leben* war plötzlich ein riesiges leeres Loch dicht an seiner rechten Seite. Es war groß wie die Welt. Es war grau und angefüllt mit dunkleren grauen Wolken, die unbestimmt darin herumwirbelten. Manchmal drehte er den Kopf danach und meinte hineinzublicken.

Daß Howard nun nach West Point ging! Na ja, wenigstens beinah schon West Point. Den richtigen West-Point-Marschtritt würde er lernen. Ihr Leben lang war es immer ein besonderes Vergnügen für sie gewesen – ein aufregender Jux –, wenn sie ihren Vater dazu kriegten, ihnen diesen West-Point-Tritt vorzumachen. Wenn sie ihn drum bettelten und er erst gar nicht hinhörte und dann plötzlich aufstand und ausschritt – wie hatten sie immer den Mund aufgesperrt. Sie spürten ordentlich ein Kribbeln bis unter die Haarwurzeln. Manchmal hatte er versucht, es ihnen beizubringen – rechter Fuß und linker Arm und Schulter nach vorn – linker Fuß und rechter Arm und Schulter vorwärts – die Knie möglichst hoch (nur eben zur Übung) und die Füße im Bogen heben wie beim Schwungtrab eines Pferdes. Aber das war, als ob er die wackligen Beine junger Fohlen kommandieren wollte.

Wenn sie ins Kino gingen und bei der Wochenschau die West-Pointer vorbeimarschierten, gaben sie sich die größte Mühe, Einzelheiten des Schrittes zu erhaschen, ehe abgeblendet wurde.

Howard hatte einen eigenartigen Gang. Er latschte. Wenn er sich geradezurichten und ordentlich zu laufen suchte, gab es immer wieder einen kleinen Ruck. Da war kein rechter Fluß drin.

„Was werden sie denn dort dazu sagen?" erkundigte sich Ken besorgt. Rob brüllte unversehens im Kasernenhofton: „Was hopst der McLaughlin da wieder im Glied!"

Das schlug für Ken dem Faß den Boden aus. Es rückte Howard vollends in unerreichbare Fernen. Den Tag über klang es ihm immer wieder von Zeit zu Zeit im Ohr: „Was hopst der McLaughlin da wieder im Glied!" Er war nicht mal mehr Howard. Er war der McLaughlin. Und *er ging im Glied!*

Aus Sparsamkeitsgründen sollte Howard mit dem Pferdetransport nach Osten fahren, den sein Vater auf die Hornersche Auktion schickte. Die Bahn ließ für jeden Wagen einen Begleiter ohne Extrakosten zu. Es handelte sich um zwei Wagenladungen voll. Jedes einzelne Pferd über drei Jahre sollte fort, und ein paar von den Zweijährigen obendrein, die schon genügend eingeritten waren. Alles in allem achtundvierzig Pferde.

Howard saß im Gespräch mit seinem Vater in dessen Arbeitszimmer, ein Bein übers andre geschlagen, genau wie sein Vater es tat. „Papa, willst du nicht auch Highboy mitverkaufen und das Geld für meine Ausbildung rechnen?"

„Guter Gedanke, mein Junge."

Taggert sollte auch mit. Es war ein gutes Polopferd. Gipsy, Flicka, Sturmwind und Letzte Sekunde würden für den Bedarf der Familie genügen. Im Frühjahr gab es dann eine neue Schar Zweijähriger.

Nell verflossen die Tage in Trübsal und Verwirrung. Rob hatte ihr noch nicht vergeben. Ja, seit der Auktion, auf der er einen Teil seiner besten Pferde für ein paar hundert Dollars hatte hingeben müssen, war er, wie sie vor sich selber meinte, reif zum Anketten. Sie suchte dahinterzukommen. Hatte sie denn etwas derart Fürchterliches getan, daß sie so bestraft werden mußte? Was sie getan hatte – ihre Kritik an seiner Person – hatte die Illusion erschüttert, daß er in ihren Augen vollkommen erschien, und ein Mann mit seinem Stolz und seiner Selbstüberzeugung konnte das einfach nicht ertragen. Wenn er sie ansah, trug sein Gesicht meist einen Ausdruck ironischer Feindseligkeit. Gelegentlich war es auch noch schlimmer – dann war es wie ein Schlag ins Gesicht. Und alle Liebe und Zärtlichkeit war dahin.

Eines Abends trat sie vorm Schlafengehen noch einmal auf einen Augenblick in Kens Zimmer. In dem monddurchfluteten Raum lag er auf dem Rücken in seinem Bett, Decke und Kissen beiseite geworfen und halb auf dem Boden. Arme und Beine waren seitlich gestreckt, daß er wie ein Wappenadler aussah; er atmete tief und regelmäßig. Der oberste Pyjamaknopf war geschlossen; darunter schob sich die Jacke auseinander und entblößte einen dünnen, nackten, schmächtigen Kinderkörper. Die Hosenbeine waren hochgerutscht, der eine Fuß baumelte über den Bettrand.

Seine Miene war beseligt, die Lippen in einem hingerissenen Lächeln halb geöffnet! Träumt von Sturmwind, dachte Nell, während sie ihn leise auf die Seite drehte, geradelegte und Kissen und Decke an ihren Platz tat. Er wachte nicht auf davon, so gewöhnt war er diese Hände seit ersten Kindertagen. Er murmelte nur irgend etwas, rollte sich bequem zurecht, zog die Knie an, seufzte einmal tief auf und war im Augenblick auch schon wieder ruhig – tief und regelmäßig kam der Atem.

Nell ging den Gang hinunter zu Howards Zimmer. Sie sah einen Lichtschein unter der Tür. Howard stand halbnackt im Zimmer und musterte vor dem schmalen Spiegel über seiner Kommode seinen Oberkörper.

„Howard! Warum bist du denn noch nicht im Bett?"

„Ach, weißt du, ich steh hier doch grade erst eine Minute ..."

Seine Stimme rutschte wieder mal in den Baß, und beide lachten, wobei seine wieder abrutschte.

„Was macht denn dein Muskel?" erkundigte sich Nell.

Er winkelte den Arm an. „Fühl mal, Mutter! Was meinst du? Ich überlegte gerade, ob ich nicht ein bißchen übertrainiert werde."

Sie befühlte den eigroßen Muskelknoten und betrachtete ihren Sohn ernsthaft. Seine Schultern waren schmal, seine glatte Brust sehr kindlich, und seine Rippen wölbten sich vergebens heroisch über einer Taille, die sie fast mit den Händen hätte umspannen können. Aber sie mußte hochreichen, um ihm den Arm um den Nacken zu legen. Er umarmte sie rasch und scheu mit seinem nackten Körper, und sie legte ihre Wange gegen die seine.

„Was meinst du?" wiederholte er beharrlich.

„Nein – ich würde das nicht übertrainiert nennen, Howard. Geh jetzt ins Bett. Du brauchst deinen Schlaf."

Er fuhr rasch in seine Pyjamajacke, kniete sich hin zu einem kurzen Gebet und hopste ins Bett. Seine klarblauen Augen bettelten um etwas, was er nicht in Worte fassen wollte.

„Soll ich dich einpacken?"

Er nickte. Wenn es ein Lächeln war, das auf seinem Gesicht lag, dann eins, wie es die Engel tragen, dachte Nell. Sie beugte sich über ihn, stopfte die Decke zurecht, klopfte das Kissen glatt und schloß die Knöpfe an seiner blauweißgestreiften Jacke, während seine Blicke die ihren nicht losließen. Die kleine Zeremonie hatte für sie noch nichts von dem Zauber aus Kindertagen verloren. Und würde es auch nie. Sie war für beide die gleiche Kostbarkeit.

„Geh noch nicht, Mutter", bettelte er; „setz dich noch ein bißchen zu mir."

Sie setzte sich auf die Bettkante. Über dem Nachthemd trug sie einen Morgenrock aus leichter Seide, mit Blumensträußchen bedruckt. Ihr Haar fiel ihr auf die Schultern. Ihre Hände dufteten nach zarter Seife.

„Du bist so hübsch, Mutter", schmeichelte er, „dein Gesicht ist aus lauter Rosa und Blau und Zartbraun zusammengesetzt."

Sie lachte. „Du willst bloß, daß ich bleiben soll."

Er griff nach ihrer Hand und roch daran.

„Howard, macht es dir eigentlich gar nichts aus, daß Ken sein Fohlen behält, das vielleicht einmal ein berühmtes Rennpferd wird?"

Howard schüttelte den Kopf. „I wo."

„Möchtest du nicht manchmal, es wäre dein?"

„I wo. Ich habe doch ebensoviel Spaß dran wie er. Und außerdem geh ich doch sowieso fort."

Sie strich ihm übers Haar. „Ja . . . Du gehst fort . . ."

Er schnüffelte an ihrer Hand, die leise über sein Haar fuhr.

„Wer wird mir denn nun morgens mein Ei mit einem Wuppdich braten, wenn du weg bist?"

Er lachte sein komisches Lachen, das wieder in Baßtiefen abrutschte.

Eine Hand an seinem schwarzen Haar – leise gleitend –, die andere von seinen Fingern gefangen und gegen sein Gesicht gepreßt . .

„Mutter . . ." – „Und?"

„Meinst du nicht – weil ich doch jetzt weggehe –, daß du mir so eine Art kleine Lektion erteilen müßtest?"

Sie legte nachdenklich den Kopf schief. „Dir vorhalten, wie du dich zu benehmen hast und so was?" – Er nickte.

„Nun ja, vielleicht sollte ich das wohl tun." Sie sann eine Weile. „Vergiß nie zu beten. Das ist wichtig. Das Leben eines Menschen, der zu beten gewohnt ist, ist ganz etwas anderes als das eines anderen, der nicht betet."

„Besser?" – „Tausendmal besser."

Draußen ertönte plötzlich der durchdringende Schrei eines Nachtvogels. – Nell blickte auf ihre Uhr.

„Ach nicht doch, Mutter! Meinst du nicht, daß du mir mehr sagen müßtest, so über – über die Grundsätze, die ein Mann haben sollte?"

Nell mußte lachen, dachte aber dann doch sehr ernsthaft nach. „Nun ja – da wäre die Aufrichtigkeit, Howard." Ihre Blicke schweiften. „Wenn ich nur die rechten Worte finden könnte, um dir zu sagen, wie wunderbar das ist – es ist etwas, was man lernen muß. Es ist nicht leicht zu lernen. Meist muß man jemanden haben, der sie einem richtig beibringt. Aber wenn man nachher soweit ist, dann ist das besser als eine Million Dollars auf der Bank."

„Hat es dir jemand beigebracht, Mutter?"

„Ja. Erinnerst du dich an meinen alten Onkel Jerome, von dem ich euch erzählt habe?"

„Den Priester?"

„Ja. Er hat mir's beigebracht. Es verlangt eine Menge Arbeit und Mühe, wenn man richtig aufrichtig werden will – ein absolut ehrlicher Mensch. Wenn ich was erzählte, unterbrach er mich immer wieder – verglich zwei Behauptungen miteinander, die ich aufgestellt hatte, zeigte mir, wie eine der andern widersprach, und überging meine Proteste so lange, bis ich den Mund hielt, ganz tief in mich hineinhorchte, die Wahrheit erkannte und eingestand."

Howard schlängelte sich unbehaglich.

Nell sah ihn verschmitzt an. „Du hast's ja gewollt!" sagte sie. „Aber es ist auch allen Kummer wert, den man daranwendet! Wenn du dann so weit gekommen bist, weißt du so viel mehr! Erkennst so viel mehr! Hast so viel mehr Macht!"

„Wieso?" – „Nun – Wahrheit ist Macht." – „Wieso?"

Nell suchte nach einem bildhaften Vergleich. „Angenommen, du hättest ein Automobil, hättest dir aber immer ein Segelboot gewünscht, und auf irgendeine Art und Weise bildest du dir plötzlich ein, dies sei dein Segelboot. – So was nennt man Wunschdenken. – Oder vielleicht bist du in deinem Falle auch einfach nur dumm und weißt es nicht besser. Jedenfalls versuchst du – das Automobil zu segeln."

Howard fing an zu lachen: „Dann würde es untergehen!"

„Dann behauptest du, es sei ein Pferd und versuchst, drauf zu reiten. Nur: mit Sporen kann man's nicht vorwärts treiben ..."

Howard schrie vor Vergnügen.

„Die Sache bleibt ohne Erfolg für dich. Du hast auch gar keinen Spaß daran. Jeder Mensch lacht dich aus, und du denkst schon, du hast einen bösen Kobold erwischt. Dann findest du plötzlich die

*Wahrheit* heraus – du hast ein Automobil –, und je klarer dir das wird, desto besser kannst du damit fahren, es in Ordnung halten, etwas damit anfangen. Das ist Macht. Du hast Macht über die Dinge, wenn du dich immer um die Wahrheit bemühst."

Die Augen des Knaben waren nachdenklich, bemüht, diesen Gedanken in seiner praktischen Nutzanwendung zu erfassen.

„Das Ding, in dem wir alle fahren – wie man so sagen könnte –, ist das Leben. Unsere irdische Existenz. Und je mehr wir darüber erfahren, wissen und uns aufrichtig klarmachen, desto besser kommen wir damit vorwärts."

„Was für eine Maschine ist es denn wohl?"

Plötzlich hörten sie ein ratschendes Scharren auf dem Dach und schwere Galoppsprünge quer darüber hin. Sie zuckten beide zusammen.

„Das ist wieder mal bloß Matilda!" rief Howard. „Sprich nur weiter, Mutter . . ."

„Ja, weißt du, ich bin zu dem Schluß gekommen, daß das Leben eine Art Übungsfeld ist. Wenn du es so nimmst – als einen Sportplatz, nicht nur als eine Ferien- und Vergnügungsreise –, dann wirst du nicht außer Fassung geraten, wenn du dich irgendwelchen Dingen gegenüber siehst, die du nicht bewältigen kannst – du weißt dann, daß sie eben zur Übung für dich hingestellt wurden – du sollst Muskeln davon bekommen – geistige Muskeln . . ." Ihr Kopf wandte sich plötzlich zur Seite, ihre Augen bekamen einen abwesenden, starren Blick, und der lebendige Ausdruck verschwand aus ihren Zügen.

Howard sah sie prüfend an. „Woran denkst du, Mutter?"

Daraufhin fing sie sich wieder, saß nur still da und streichelte seine Hand. Immer wieder schrie jetzt draußen der Nachtvogel.

Howard wandte den Kopf zum Fenster. Der abnehmende Mond hatte sich auf den Rücken gelegt.

„Ich kann nicht verstehen", sagte Nell, „wie Leute auf die Idee kommen können, daß dieses Leben hier bereits der Himmel sein müßte und ein Ort, wo sie bekommen, was sie sich wünschen; denn vom ersten Augenblick an haben wir keinen Einfluß auf das, was mit uns geschieht! Von der Geburt bis zum Tode werden wir herumgeschoben. Wenn wir noch kleine Babys sind, dürfen wir da etwa essen, was und wann wir wollen? Mitnichten. Uns wird eine Flasche in den Mund gestopft – trink oder laß es bleiben. Wir werden aufs Töpfchen gesetzt und sollen was erledigen, ob uns danach ist oder nicht; und wenn wir's geschafft haben, können wir nicht allein aufstehen, sondern müssen warten, bis einer kommt und uns versorgt. Und Älterwerden bedeutet nichts anderes, als jeweils die verschiedenen Menschen und Bedingungen erfassen lernen, denen wir zu gehorchen haben. Eltern, Lehrer, Polizisten, Verkehrszeichen, die Meinungen unserer Bekannten, Konventionen, Arbeitsstunden, Moden, Gesundheitsvorschriften und Hygiene – ach, unser ganzes Leben lang hält man uns die Pistole an den Schädel: *Tu dies – oder!* Selbst mein eigenes Hirn übt einen Zwang auf mich aus. Ich kann ja nicht einmal sagen: zwei und zwei ist fünf, nicht?

Aber wenn es ein Sportplatz ist, Howard – wenn alles ein Übungsfeld ist, wo wir uns größere und bessere Seelen erwerben sollen – für das größere und bessere Leben nachher –, dann hat das Ganze einen Sinn, nicht wahr?"

Howard sah gedankenvoll zu ihr auf. „Es scheint – schrecklich schwer, Mutter."

„Es ist niemals *zu* schwer für uns, Lieber . . ."

„Nie?" – „Nein. Immer ist – allerlei Hilfe um uns herum."

Wieder begann der Nachtvogel sein Schreien.

„Was *ist* das eigentlich?" fragte Howard.

„Ich weiß es nicht. Ich höre ihn oft."

„Mutter – in der Kirche reden sie immer soviel von Sünden. Gibt es denn wirklich so viele?"

Nell lachte. Howard lachte ein wenig mit. „Na ja – *gibt* es soviel?"

Nell seufzte. „Howard! Du verlangst heute abend aber wirklich eine ganze Vorlesung von mir!"

„Es ist doch das letztemal, Mutter", sagte er ziemlich feierlich. „Ich meine, du müßtest mal mit mir über alles reden, nicht?"

„Nun also – *Sünde!* Ja, sie umgibt uns auf allen Seiten, wie Schmutz. Hast du dir jemals überlegt, wie die Menschen immerwährend schrubben und waschen müssen? Versuche dir das mal einen Augenblick vorzustellen: wie die Besen fliegen, die Staubtücher ausgeschüttelt werden, die Reinigungsanstalten säubern und dämpfen, Hände, die Wäsche in Seifenlauge tauchen, Haarbürsten striegeln, Lappen polieren!" Howard lachte schon wieder. „Die ganze Welt ist fortwährend in einer wahren Orgie der Säuberungswut begriffen! Ich habe oft gedacht, daß nur um unserer Sünden willen die Welt, das Menschengeschlecht und alles, was wir anfassen, so schmutzig sind. Vielleicht ist das aber auch ein ganz dummer Gedanke."

„Habe ich Sünden an mir, Mutter?"

„Du hast eine an dir, die besonders niederträchtig ist und die du hoffentlich ganz überwinden lernst." Als ihm die Röte unter die Haut schoß, beugte sie sich über ihn zu einem Kuß. „Du bist leicht grausam, Howard. Andere necken kommt nämlich sehr nahe an Grausamkeit heran. Und du hast Ken immer gnadenlos aufgezogen. Ich glaube auch, du würdest grausam zu Tieren sein, wenn dein Vater in der Beziehung nicht so streng gewesen wäre. Vielleicht warst du's trotzdem manchmal."

Howards Miene drückte Schuldbewußtsein und Scham aus.

„Aber alles das kann mit dieser Minute heute aus und vergessen sein für immer, Lieber. – Die Menschen brauchen nämlich nicht weiter so zu bleiben, wie sie sind, wenn sie es nicht mehr wollen. Ab und zu sollten sich alle einmal gründlich überprüfen, wie man das bei einer Maschine macht. Überprüfe deine Gewohnheiten.

Mach Inventur. Sieh nach, ob du irgendwelche Charakterzüge auf deinem Bordbrett stehen hast, die du nicht mehr brauchen kannst! Nimm neue Waren auf dein Lager."

Howard war zerschmettert. Er konnte sich gar nicht wieder zusammenraffen.

Nell saß eine ganze Weile still da, blickte zum Fenster hinaus, seine Hand in der ihren, und lauschte dem Nachtvogel. Endlich begann sie wieder, als ließe sie eben nur ihre Gedanken laut werden: „Aber wenn du beim Überprüfen bist, dann paß nur auch gut auf, daß du keine der wunderbaren Eigenschaften mit 'rauswirfst, die du hast . . ."

Die lange Pause war spannungsgeladen. „Was denn, Mutter?"

„Deine liebe Neidlosigkeit – und die Art, nichts nachzutragen. Und dann auch dein Verantwortungsgefühl. Du wirst einmal ein Mann werden, der etwas fertigbringt – dem man trauen kann. So, nun muß ich aber wirklich gehen, Howard . . ."

Als sie aufstand, richtete sich Howard rasch hoch. „Reden alle Mütter so mit ihren Söhnen, wenn die von zu Hause weggehen?"

„Das tun sie, mein Junge."

„Ich bin doch sehr froh, daß du mir nun alles über das Leben erzählt hast. Ich danke dir vielmals."

Das Lachen schien an diesem Abend leicht über Nells Lippen zu springen. Es packte sie auch jetzt. „Howard! Ich werde dir das alles erzählen, immer und immer wieder – und wahrscheinlich wird es immer wieder dasselbe sein. Vielleicht wird dann einiges davon hängenbleiben."

Sie küßte ihn noch einmal und löschte die Lampe. Dann stand sie noch einen Augenblick im Mondlicht, sah die Bilder an den Wänden, seine Kleider, die Gegenstände auf der Kommode. An der Tür wandte sie sich um zu einem letzten Blick auf ihn, der da im Bett saß, der dunkle Kopf – wie ein Münzenprofil – als scharfe Silhouette gegen die helle Wand.

Sie ging hinaus und schloß die Tür hinter sich. *Wie ein Münzenprofil . . .*

Während sie den Gang hinunterging, preßte sie beide Hände gegen die Augen, um die aufsteigenden Tränen zu verwischen. „Ach, ist das scheußlich", murmelte sie vor sich hin. Sie hoffte nur, daß Rob nicht in ihrem Zimmer sein würde. Er war es nicht. „Ich hätt's wissen können", sagte sie. „Er ist nie oben, wenn ich da bin, solange er es irgend vermeiden kann."

Sie legte ihre Arme auf den kleinen Wäscheschrank, ließ den Kopf darauf sinken und weinte hemmungslos. Wo kommen nur jetzt bei mir all die Tränen her? dachte sie. Nie war das früher so. Jetzt weine ich jeden Tag.

Der Quell schien unerschöpflich. Das Schluchzen schüttelte ihren ganzen Oberkörper. „O Gott! O Gott!" stammelte sie vor sich hin.

Sie zog die oberste Lade des Wäscheschranks auf, nahm eines von Robs großen Taschentüchern heraus, wischte sich die Augen, putzte sich die Nase und dachte, daß sie nun vielleicht mit der

Heulerei aufhören könnte. Sie fing an im Zimmer herumzulaufen, aber die Tränen flossen unentwegt weiter. Sie zog den Vorhang beiseite und stellte sich mitten ins Fenster. Wenn sich draußen ein Lüftchen regte, würde es kühlen. Kühlende Luft, die ein tränenfeuchtes Gesicht streift, hilft dazu, daß das Weinen aufhört, hilft die Spuren tilgen. Aber noch konnte sie nicht aufhören. Sie lehnte sich gegen die Fensterleiste, barg das Gesicht in beiden Händen und schluchzte nur immer wieder: „O Gott! O Gott!" Die Tränen strömten ihr durch die Finger. Sie wischte sich das Gesicht ab, schüttelte ihr Haar zurück, versuchte die Flut sachlich zu beurteilen – *ich glaube, es läßt schon ein bißchen nach* . . . Sie bog den Kopf zurück und spürte das tröstliche Streicheln der Luft auf ihrem Gesicht. *Wer kann wohl so prächtig heulen wie ich?* verspottete sie sich selbst mit einem mißglückten Lächeln.

Erschöpfung half ihr schließlich. Wenn ihre physische Kraft völlig verbraucht war, mußte ja auch ihre Erregung abebben. Bald würde sie wieder denken können – es richtig überlegen. Diese Worte, die sie selbst vorhin Howard gegenüber ausgesprochen hatte: „Du wirst nicht so leicht außer Fassung geraten, wenn du dich irgendwelchen Dingen gegenüber siehst, die du nicht bewältigen kannst –." Wie ein Sturzbach quollen wieder die Tränen, und sie hielt das große Taschentuch vor ihr Gesicht. *Ach, so gerätst du also nicht außer Fassung? Schöne Worte alles! Wolle Gott mir helfen* . . .

Auf einmal begann auch der Nachtvogel wieder. Es war ein unvermittelt jäher Ruf, dreist und scharf, aber musikalisch. Noch während sie weinte, mußte sie darauf lauschen, überlegen, was für ein Vogel es sei, wie er aussehen mochte – und ihre Tränen flossen langsamer. Sie dachte an Gottes Hilfe und grübelte, wie er in ihrem Falle helfen könnte. *Irgend jemand muß mir helfen.* „Es ist immer allerlei Hilfe um uns herum." „Wirklich, Mutter?" „Ja, es ist niemals zu schwer für uns." Was war denn überhaupt mit ihr los? Einsamkeit. Bitter schwer zu tragende Einsamkeit. Rob hatte sich von ihr zurückgezogen und sich ihr verschlossen. Sie hatte seinen Stolz verletzt (aber nicht sein Selbstbewußtsein – ich hätte wissen sollen, daß er statt der Pferde eher mich aufgeben würde), also hatte er sie ausgeschlossen aus seiner Welt. Sie war für ihn der Feind. Und er war alles für sie.

Die Tränen stürzten wieder frisch. Es war wie eine Frühlingsspringflut. Sie saß im Sessel und wiegte den Kopf in den im Schoße aufgestützten Händen. Sie spürte etwas an ihrem Bein. „Ach, Pauly – Pauly . . ." Sie nahm die kleine Katze hoch und preßte sie, verzweifelt schluchzend, an sich. Pauly blieb ungerührt. Schnurrend wand sie sich in ihren Armen, kroch ihr auf die Schulter, stieg ihr über den Nacken. Wenn sie ihr Gesicht traf, leckte sie ihr die salzigen Tränen ab. Die schmalen Topasaugen blinkten verschleiert.

Es kam Nell in den Sinn, daß sie wohl verwöhnt sein mochte. Sie hatte so lange inmitten, durch und für Liebe gelebt, daß sie für sie die Luft geworden war, die sie zum Atmen brauchte, ohne die sie ersticken mußte. Dabei mußte es Leute geben, die auch ohne sie lebten – bei dem bloßen Gedanken daran packte sie Entsetzen, und alle Kraft verließ sie.

Im Treibsand solcher Einsamkeit versinkend wirft man verzweifelt das Rettungsseil aus, sucht sich an irgend jemanden zu klammern. Einen Augenblick hielt sie sich in Gedanken an Howard und Ken, ließ aber gleich wieder davon ab. Nicht bei ihren jungen Herzen sollte sie in ihrer Qual und Not Ruhe suchen – nicht einmal für Augenblicke. O nein – niemals hänge man sich so an seine Kinder – sie sind zu jung – nie dürfen sie die Mutter als eine Last empfinden – laß sie frei sein, unbeschwert und jung, ihre Blicke nicht auf dich gerichtet, sondern nach vorn, auf den Weg, der vor ihnen liegt – nein, für sie gab es nur Rob – und jetzt eben nicht mehr Rob.

Nell saß noch immer da, Pauly in den Armen, unter tränenlosen, schweren Schluchzern, als Rob im Türrahmen auftauchte. Sie hatte keine Zeit mehr für das übliche Versteckspiel, rührte sich nicht und blickte nicht zu ihm hinüber. Er starrte sie einen Moment an, ging dann zu seinem Wäscheschrank, zog eine Schublade, nahm heraus, was er brauchte, und ging damit ins Zimmer nebenan.

## *Howard und Rob reisen ab*

Als sie in der Nacht halb aufwachte, glitten ihre Gedanken unbewußt zur gewohnten Stelle. Rob und seine Liebe. Aber wie ein Mensch, der auf dem Weg durchs Moor einen anscheinend festen Hügel betritt und ihn unterm Fuß versinken fühlt, so fanden ihre tastenden Gedanken keinen Grund, und Schrecken überfiel sie. Rob! Fühlte er denn gar nichts? War es ihm ganz gleich? Vermißte er sie nicht, wie sie ihn vermißte? Litt er nicht unter ihrem Verlust? Nein. Menschen, die zornig werden, entziehen sich, wenigstens für einige Zeit, dem Leiden. Verschanz dich hinter dem Deich des Zornes – du entfliehst dem Schmerz. Rob wurde zornig. Er war es immer.

Sie schlief wieder ein und vergaß. Und erwachte wieder, suchte ihn in Gedanken, aber er war nicht da. Nach dem Schlaf und Vergessen konnte man es für Augenblicke nicht glauben. Es war immer wieder wie ein ganz neuer Schmerz, täglich ein dutzendmal. Jedesmal das Suchen, jedesmal das Versinken und das Nichts. Und dann preßte sie die Hände vor die Augen und flüsterte: „O Gott – laß mich nicht weinen –, laß mich nicht schon wieder anfangen zu weinen . . .“

Nell träumte von einer Kiefer, groß wie ein Berg. Sie war ganz rund. Und zwischen ihren Zweigen und rings um die Krone war das tiefe Kobaltblau des Himmels. Es war groß wie die Welt, und es gab nichts sonst in ihrem Traum.

Sie wachte auf und dachte an die Schönheit einzelner Dinge. „Schön wie ein Stern, wenn einer nur am Himmel droben scheint.“

Ein einzelner Schneegipfel vor dem Horizont. Eine Melodienfolge, von einer einzelnen Violine gespielt, die sich aus dem Lärm und Getöse des Orchesters aufschwingt wie ein Vogel. Ein Freund nur. Und nur eine Liebe . . .

Sein Körper lag ja neben ihr im Bett. Sie wünschte sich, er schliefe nebenan im andern Zimmer. Wünschte sie es? Sie glaubte es. Sie konnte ihren Kopf ja nicht neben ihn auf das Kissen legen, dicht bei ihm liegen, den Arm um seine Schultern schlingen, ihre Glieder die wärmende Nähe im Frieden vertrauter Gemeinschaft spüren lassen. Es war, als schliefe sie mit einem Fremden.

Sie trat ans Fenster und blickte zum östlichen Himmel. Zwischen ihr und dem Perlmutterglanz des nahenden Gestirns stand jeder Grashalm silbern von Tau. Und die Gestalten der grasenden Pferde auf der Weide waren dunkle Schattenrisse.

Auf der höchsten Baumwollpappel sah sie eine Schar winziger Vögel sitzen. Alle blickten nach Osten, die Schnäbel geöffnet. Erst dachte sie, sie seien stumm. Auf einmal aber vernahm sie das zarte, hohe, ununterbrochene Zwitschern. Sie sangen der Sonne zu Ehren.

Das ist es eben, dachte sie, daß die Menschen auf dem Lande so von Poesie und starken Gefühlen umgeben sind. Das Leben ist davon ganz erfüllt. Gefühl ist der Atem der Seele. Man kann es ebensowenig von sich tun wie den Atem selbst . . .

Am Nachmittag ritt sie den grünen Berg hinauf bis in den Himmel hinein, ließ sich vom Pferde gleiten und warf ihm den Zügel über den Kopf. Dann legte sie sich ins Gras und suchte die Erde hinter sich zu lassen.

Sie schien mit den Wolken auf gleicher Höhe, als brauchte sie nur rechts und links die Hände auszustrecken, um sie zu berühren. Tief unten in der Ebene sah man ihre Schatten. Dunkle, zerfließende Formen, geheimnisvoll und schön. Wenn man dort unten war, überlegte sie, und nicht die Fähigkeit besaß aufzublicken, sondern nur auf diese Schatten starrte – was würde man wohl meinen, woher sie kamen? Wie die Henne, die tief unten brütend und von fieberhaftem Verlangen verzehrt in ihrer Kiste saß und ihr Geschick von großen Händen aus der Luft von oben her bestimmen ließ. In einer anderen Dimension ist immer die Antwort auf die Geheimnisse, zwischen denen wir uns bewegen.

Wieder und wieder in ihre Gedanken verstrickt, konnte sie es plötzlich nicht glauben. Niemals konnte doch etwas wirklich und ernsthaft zwischen Rob und sie treten. Und worum handelte es sich denn? Um Geld. Wie konnte Geld – es haben oder nicht haben – einen solchen Einfluß auf menschliche Beziehungen haben? Wenn sie denn nun einmal arm sein sollten, konnten sie da nicht arm sein und einander trotzdem lieben? Glücklich sein miteinander? Miteinander arbeiten und streben, ob mit oder ohne Erfolg? Nein – nicht mit Rob. Wenn Rob sich und sie in den Ruin führte, würde nicht mit ihm zu leben sein. Er würde ganz einfach aufhören, sie zu lieben. Vielleicht hatte er es schon. Er wäre nur noch verzerrt von Bitterkeit, die wie ein Gifthauch auf ihm und allem läge, was er anrührte.

Es mußte irgendein Ausweg gefunden werden. Wieder hatte sie das Gefühl, recht daran getan zu haben, daß sie Alarm schlug, selbst wenn es sich gegen sie ausgewirkt hatte. Doch ach, würde sie es ertragen können?

Sie setzte sich hoch und umfaßte ihre Knie. Kim, der ihr gefolgt war, kam heran und drängte den Kopf an ihre Brust. Sie grub die Hände in sein dichtes, elektrisch knisterndes Fell. Dann sprang er einem Kaninchen nach, und sie ließ sich wieder zurück ins sonnenwarme Gras sinken. Das gab ihr immer Trost. Natur – Religion – Arbeit – menschliche Gemeinschaft – aber nicht länger die Gemeinschaft mit Rob. Er war ja gerade ihr ganzes Elend.

Der Himmel war heute ein ganzer Wolkenzug, doch alle verschieden. Wolken gab es da wie Schiffe. Wie Höhlen, in die man hineingehen und darin herumwandern konnte. Und dort drüben war eine Flotte flacher Schifferkähne, alle auf gleicher Höhe.

Sie drehte sich um, stützte sich auf die Ellbogen und überlegte, so ruhig sie konnte. Wenn du in Schwierigkeiten bist, so *tu* etwas dagegen. Man darf nicht nur weinen und stöhnen. Was aber konnte sie tun? Schon konnte sie nicht mehr weiter bei diesem Gedanken, denn die einzige Hilfe wäre nicht, etwas zu tun, sondern etwas ungetan zu machen. Noch einmal vor jenem Abend anzufangen, als sie Rob hatte sehen lassen, daß sie – um mit seinen eigenen Worten zu sprechen – „nur auf den großen Kladderadatsch wartete, damit sie dann die Reste aufsammeln konnte". Und gegenüber der Erkenntnis, daß es kein Zurück gab, daß nicht ungeschehen gemacht werden konnte, was sie nun einmal getan hatte, daß der einzige Ausweg war, es durchzukämpfen und auf der anderen Seite herauszukommen, daß es eine jener fürchterlichen Wegstrecken eines Lebens ist, über die man sich wie durch einen Morast hinwegkämpfen muß – da fühlte sie schon wieder das Würgen in Brust und Kehle, das einen Tränenausbruch ankündete. Sie konnte nichts anderes tun als weitermachen – stillsitzen – und versuchen, es mit guter Miene zu tragen. Schließlich gehören ja zwei zu einem Streit. Ach – wirklich? Weit gefehlt. Rob konnte ausgezeichnet streiten – ohne jede Hilfe. Außerdem lag es auch wirklich ganz in seiner Hand – nicht in der ihren.

Sie setzte sich auf, fuhr sich mit den Händen durchs Haar und preßte sie gegen ihre Stirn. Ihr war, als habe sie einen Reifen um den Kopf, und ihre Augen brannten. Sie rief Injun bei Namen. Nur um ihre Gedanken abzulenken und den Tränen vorzubeugen. Injun hob den Kopf, sah sie einen Augenblick an und graste weiter.

Das Schlimmste war, daß sie, gerade weil sie Rob so gut kannte, genau wußte, daß er es fertigbringen würde, sich abzukapseln und fortan eine Schale um sich zu tragen. *Er* konnte das aushalten – *sie* nicht. Sie konnte ja nicht einmal das Abnehmen einer Liebe und Gemeinschaft ertragen, die sie ihr Leben lang besessen hatte. Nicht, um dann noch weiter neben Rob auf dem Gestüt zu wohnen – mit Rob und den Pferden, den Stürmen, den Bergen und gelegentlich – zu den Ferien – den Jungen.

Sie dachte an die Verkäufe auf der Hornerschen Auktion. Wenn Rob die Preise erzielte, die er erwartete, wäre das für ihn der Sieg. Es würde eine Menge Geld sein. Kein Grund mehr, dann die Pferdezucht aufzugeben. Sie konnte dann ihre Hände in die seinen legen, zu ihm aufblicken und sagen: „Ich hatte unrecht, Rob – es hat sich also doch gelohnt –, und ich bin froh darüber." Würde er ihr dann verzeihen? Vielleicht. Die schneidende Schärfe dieser Zwietracht würde abstumpfen. Wenn aber die Pferde billig weggingen, wenn er nicht genug bekam, um weitere Zuchtstuten oder einen neuen Hengst zu kaufen, möglicherweise nicht einmal genug, um ihre Schulden zu bezahlen – dann würde es kein Leben mehr mit ihm sein.

Die großen Wolken waren vorübergezogen. Nur eine war noch da, die wie ein großes Fragezeichen ganz allein quer über den Himmel segelte. Sie folgte ihr lange mit den Blicken, bis sie nur noch eine müde Ruhe erfüllte. Und schließlich stand sie auf und ging zu Injun hinüber. Er hob den Kopf und stand still, bis sie die Zügel aufgenommen hatte und aufgestiegen war.

Am Tage vor der Abfahrt nahm Rob mit Howard und Ken als Flankenreitern die Pferde zur Station nach Tie Siding hinüber und in den Pferch dicht bei der Laderampe dort. Da war nicht ein Pferd im Gänseland-Gestüt, das nicht gewußt hätte, was das zu bedeuten hatte. Am nächsten Tage wurden die Pferde verladen. Rob führte sie einzeln auf die Rampe, redete ihnen beruhigend zu, brachte sie auf ihre Plätze. Sie standen wie die Sardinen, immer wechselnd Kopf neben Schweif, eng genug, um sich gegenseitig zu stützen und vorm Fallen zu bewahren, wenn der Zug fuhr. Auf bestimmten Haltestellen würde Zeit genug sein, die Pferde herauszuholen, zu füttern, zu tränken und herumzuführen.

Nell sah zu, wie sie die Planke hinaufschritten. Taggert, Highboy, Pepper, Hidalgo, Cheyenne, Tango, Injun und die vielen anderen. Wenn die Dinge anders gewesen wären zwischen Rob und ihr – vielleicht hätte sie sich nicht so scheußlich gefühlt. Es schien wie das Ende von allem.

Rob und Howard hatten ihre blauen Baumwollhosen an für die Fahrt. Als die Pferde verladen und die großen Türen geschlossen waren, kam Rob zu ihr herüber, wo sie neben dem Wagen stand. Er war sehr still, fast geistesabwesend. Es hatte heute kein Schnauzen gegeben. Seine Gedanken galten allein den Pferden – er schien sich kaum ihrer Nähe bewußt.

„Ich überlege manchmal", sagte er gedankenversunken, „ob wir uns überhaupt mit Tieren je hätten beschäftigen sollen. Wir machen sie doch erst hilflos. Ohne uns werden sie so gut fertig, aber wenn wir einmal angefangen haben, sie in unsere Obhut zu nehmen, hängen sie mehr und mehr von uns ab, und wir schaden ihnen doch nur. Dabei blicken sie uns so vertrauend an."

Nell wußte keine Antwort darauf. Sie dachte daran, ob wohl im Moment des Abschiednehmens seine harte Schale zerbrechen würde. Wenn er den Arm um sie legte und sie küßte – würde irgendeine Zusicherung, ein Versprechen, etwas Wärme darin liegen?

Rob und Howard sollten im ersten Wagen neben den beiden Pferdetransportwagen fahren. Sie standen schon wartend davor. Der Bremser hatte noch einiges zu kontrollieren. Vorn hing der Lokomotivführer seitlich aus seiner Luke. Dann winkte er mit dem Arm, und bei dem Ruf „Alles einsteigen!" wurden die Abschiedsküsse gewechselt, und Rob und Howard stiegen in den Zug.

Als Rob sich niederbeugte zu dem Kuß, hatten die Lider seine Augen verdeckt. Der Kuß war kalt wie ein Messer. Aber als er dann seinen Platz mit Howard eingenommen hatte und die beiden Jungen sich durch das Fenster hinweg zugrinsten und Worte mit dem Munde formten, blickte er zu Nell hinunter, ohne ihren Augen auszuweichen. Und es war noch immer dieser harte Blick, mit dem er ihr kund und zu wissen tat, daß sie ihn beleidigt habe und ihr nicht vergeben sei.

## *Kens großes Abenteuer beginnt*

Es blieben nur noch fünf Tage, bis auch Ken wieder vom Gestüt fort in die Schule fahren mußte. Fünf Tage, die für gewöhnlich angefüllt gewesen wären mit Besorgungen und dem Nachsehen der Garderobe durch die Mutter, einem hastigen Überfliegen der Bücher, die als Ferienlektüre aufgegeben worden waren, und melancholischen Abschiedswanderungen. Doch diese Zeit wurde auf andere Weise und sehr viel aufregender verbracht, denn als Ken und seine Mutter vom Bahnhof nach Hause kamen, war Sturmwind inzwischen verschwunden.

Wenn sein Vater zu Hause gewesen wäre, hätte Ken vielleicht nicht so ohne weiteres die Erlaubnis erhalten, sich zu seiner Verfolgung aufzumachen.

Seine Mutter meinte zweifelnd: „Aber Ken – vielleicht ist er ganz weit weg. Es kann doch Tage dauern, bis du ihn findest. Möglicherweise findest du ihn überhaupt nicht."

„Na, ich kann's doch versuchen – ich weiß doch schon, daß er nach Süden zu geht. Howard und ich haben ihn schon verschiedene Male gesehen, wenn er zurückkam. Und selbst wenn ich eine Nacht im Freien kampieren muß, was macht das? Wir haben das doch schon öfters getan. Papa hat doch nie etwas dagegen."

Das stimmte. Rob hatte die Jungen schon von klein auf gelehrt und ermutigt, mit etwas Proviant und allem Nötigen für ein provisorisches Nachtlager einen Reitausflug zu machen.

„Aber alles, was du weißt, ist, daß er nach Süden geht. Süden ist ein recht weiter Begriff, Kennie!"

Ken grinste. „Ich werde ihm schon nachspüren. Ich habe seinen rechten Vorderhuf gezeichnet. So kann ich seine Spur leicht von jedem anderen Pferd unterscheiden."

„Wie hast du das denn markiert?"

„Ich habe in den äußeren Rand ein kleines Dreieck geschnitten."

„Und welches Pferd willst du reiten?"

„Flicka. Und ich werde genügend Hafer auch für Sturmwind mitnehmen. Wenn wir ihn finden, wird er todsicher mit zurückkommen. Und dann soll der alte Junge sein blaues Wunder erleben! Papa sagt, daß er diesen Winter dazubleiben hat, und das heißt nicht etwa auf der Stallweide, sondern in der Koppel oder auf der Zweimeterweide, damit er nicht einfach über den Zaun springen und ausreißen kann!" (Die Zweimeterweide hatte ihren Namen von der Höhe ihrer Umzäunung.)

Als Ken Flicka putzte und vor dem Ausritt abfütterte, erzählte er ihr, was sie vorhatten. Es regte sie schon auf, als er den Futtersack mit Hafer füllte, zusammenrollte und verschnürte. Sie wußte, daß dies einen weiten Ausritt bedeutete, und die waren in der letzten Zeit für sie rar gewesen – Ken hatte so viel Sturmwind geritten. Ken hatte seine Kappe auf, und auch das besagte viel, und er war mehr als freigebig mit dem Hafer.

Sie tauchte ihre Nase tief in die Futterkrippe, malmte kräftig, hob dann den Kopf und wandte ihn mit scharfgespitzten Ohren zu Ken, der ihre Flanken bürstete und striegelte, geschickt mit der Bürste die Hinterbeine hinunterfuhr und diese dann mit dem weitzinkigen Kamm reinigte, daß der Staub davonflog.

Er klatschte sie auf den Schenkel. „'rum mit dem Wanst!" und Flicka sprang eifrig und rasch herum, damit er auch ihre andere Seite bearbeiten konnte. Sie war in vorzüglicher Verfassung. Sie hatte in diesem Jahr kein Fohlen gehabt und war auf dem Gestüt behalten und mit Hafer gefüttert worden, so daß ihr Fell schimmerte und glänzte in rötlichem Golde wie bei Banner. Mit ihren fünf Jahren war sie jetzt voll ausgewachsen und einssechsundachtzig hoch.

Ken fuhr mit dem Pferdekamm durch ihre dichte blonde Mähne. „Vielleicht kannst du mir helfen, Flicka. Wir wollen deinem Lausejungen von Sohn nachspüren. Meinst du, daß du dafür eine Nase hast? Solltest du eigentlich – bist ja schließlich die Mutter." Aber Flicka konnte im Augenblick an nichts anderes denken, als daß es hinaus aufs Hochland gehen sollte, wo sie ihre Tage in wilder Freiheit zugebracht, als sie über den Kamm der Sattelhöhe als toller Jährling dahingetobt war, und an den Wind, der mit aller Macht von den schneebedeckten Bergen Colorados daherblies, und an die verführerischen Düfte, die aus dieser Ferne dahergeweht kamen. Sie schnaubte und zitterte vor Erregung, während sie von Ken hier- und dorthin geschoben wurde und er ihre blonde Stirnlocke schöngebürstet zwischen die Augen dekorierte und ihr feines Arabergesicht sauber abrieb.

Als sie fertiggeputzt und strahlend wie eine Primadonna war, legte er ihr Sattel und Zaumzeug an und lief mit dem Futtersack unterm Arm ins Haus, Flicka ihm dicht auf den Fersen.

Seine Mutter war dabei, den Eßvorrat in seinen Satteltaschen zu verstauen. Aus langer Praxis wußte sie genau, was die Jungen für einen mehrtägigen Ausflug brauchten. Sie zündeten sich mit Vorliebe ein kleines Feuer an zum Kochen, also gehörte eine Bratpfanne dazu mit Speck und ein paar ordentlichen Hammelkoteletten. Ken sah, daß sie die gleiche Portion wie sonst für Howard und ihn gemeinsam zurechtmachte – das war eine Sache! Ein Laib selbstgebackenes Brot lag dabei, nußfrisch, gehaltvoll und sättigend. Drei kleine Dosen mit Himbeermarmelade, frischer Butter und Kartoffelsalat, ein Dutzend hartgekochter Eier und eine Thermosflasche mit heißem Kakao.

„Damit solltest du für eine Woche reichen, Ken", meinte Gus, als er die Satteltaschen am Gurt befestigte.

Flicka achtete auf jede Bewegung. Sie wußte genau: je mehr man ihr aufpackte, um so weiter würde es gehen, und ach, wie verlangte es sie nach den grünsten aller Weiden – lagen sie doch am allerfernsten! Sie tänzelte mit den Füßen.

„Halt doch still! Wie können wir denn alles ordentlich aufpacken, wenn du mal hier- und mal dorthin gehst?"

Ken brachte seine gerollte Decke in der Zeltbahnumhüllung und schnallte sie über dem Sattelkranz fest, während er den Wettermantel vorn über dem Sattelknopf festmachte, um ihn bei Regen oder Schnee leicht bei der Hand zu haben.

Nell warf einen Blick zum Himmel. Er war voll dicker Wolken, die ein ungestümer Wind vor sich hertrieb. „Was hältst du vom Wetter, Gus?"

Der Schwede sah bedächtig umher. „Das hält sich heute, Missus, und morgen auch noch, wenn der Wind so bleibt."

Nell musterte Ken eingehend. Er trug einen leichten Pullover über seinem Baumwollhemd, die blauen Baumwollhosen und flache Schuhe.

„Wenn du in die Berge kommst, Ken, kann man nicht wissen, was du dort vorfinden magst. Nimm lieber die Pelzweste und ein paar dicke Socken mit, damit du in der Nacht was Warmes überziehen kannst."

Während Gus und Ken diese Dinge noch dem Flicka-Gepäck zufügten, war Nell ins Haus gegangen und kam mit Robs Feldstecher heraus. Sie legte Ken den Riemen über die Schulter. „Damit solltest du Sturmwind schon aus meilenweiter Entfernung entdekken können."

„Ui! Das ist 'ne Sache, Mutter! Dank dir tausendmal!"

Der Junge gab seiner Mutter einen Kuß und stieg zu Pferde.

„Hast du deinen Kompaß?" rief sie ihm zu. Er schlug leicht mit der Hand auf die Tasche, lächelte ihr noch einmal zu und war auf und davon.

Auf der Sattelhöhe orientierte sich Ken erst einmal kurz. Das Gestüt hinter ihm lag genau im Norden, die Buckhornberge vor ihm im Süden. Und er kannte den Weg genau, den Sturmwind kam und ging. Einmal, als er ihn kommen sah, hatte er sich die Richtung an Hand der Berge im Hintergrund gemerkt, und die Linie hatte genau auf die höchste Erhebung des Niemalssommer-Landes getroffen, den Wetterberg. Ken hatte das nie vergessen, weil der Name so zu seinem Fohlen paßte und das seidenglänzende Fell seines Fohlens so weiß war wie der Schnee an der Flanke des Berges – es bestanden offensichtlich nahe Beziehungen zwischen den beiden. Es geschah nicht oft, daß man den Wetterberg richtig sehen konnte, klar bis oben hin, denn immer hingen die Wolken um seinen Gipfel, doch man konnte erkennen, wo er sein mußte. Und dieser Richtung nun folgte Ken. Und selbst ohne abzusteigen und zu suchen, konnte er hie und da den Abdruck eines Hufes mit dreieckigem Einschnitt auf einem kahlen Erdstück erkennen. Er war auf der richtigen Spur.

Flicka drängte es, diesen Weg zu gehen. Sie trank Wind und Himmel und tausend erregende Gerüche in sich hinein und griff im Galopp aus, sobald es Ken zuließ.

Als sie etwa acht Kilometer hinter sich gebracht hatten, stieg Ken ab, lockerte den Gurt bei Flicka und dehnte seine Glieder. Die Stute stand mit gespitzten Ohren, aufmerksam nach allen Seiten Ausschau haltend. Ab und zu schnaubte sie, warf den Kopf hoch und scharrte voller Ungeduld.

Ken stellte sein Fernglas auf das Land im Süden ein. Da dies alles Staatsbesitz war, gab es weder Kühe noch Pferde oder Schafe dort, aber anderes Leben in Menge. Wo immer ein Steinhaufen sich türmte, regten sich wieselschlanke Kreaturen und Haselmäuse. Ein grauer Coyote saß dicht neben seiner Höhle, umspielt von drei Jungen. Auf der freien Ebene sah er ein Rudel Tiere, die er zuerst für Schafe hielt – nein, Antilopen. Irgend etwas erschreckte sie, so daß sie nach allen Richtungen auseinanderliefen in einer gleitenden Bewegung, daß man glaubte, sie seien auf Räder montiert. Nur Antilopen bewegen sich so. Nirgends aber ein Zeichen von Sturmwind. Die Berge, so nahe gebracht durch das Glas, strahlten Geheimnis und Bezauberung aus. Was war da alles zwischen ihnen? Was war hinter ihnen? Sie erschienen ihm höher, als er geglaubt hatte. Und als er das Glas über sie hinschweifen ließ, enthüllten sich ihm Einzelheiten in einer Fülle der verschiedensten Formen. Da gab es Schluchten, Wälder, parkartiges Gelände, felsiges Hochland, senkrecht zum Himmel stürmende Gipfel mit Gletscherflanken und hinter ihnen wieder andere Gipfel und Gletscher – und wieder dahinter und wieder bis hinauf zum Wetterberg, der hinter seinem Wolkenschloß verborgen am Himmel thronte.

Ken hatte ein komisches Druckgefühl um den Magen. Diese Berge schienen so schrecklich groß! Dort sein Fohlen finden zu wollen – er hatte jetzt denn doch das Gefühl, daß es unmöglich sein könnte. Er ließ das Glas sinken und nahm es dann gleich ganz rasch noch einmal hoch. Etwas Weißes hatte sich in seinem Gesichtskreis gezeigt, das aus einer der Bodenwellen am Fuß der Berge aufgetaucht war. Da war es noch. Ken beobachtete es, bis ihm die Augen vor Überanstrengung weh taten. Ja – es war Sturmwind, konnte nichts anderes sein. Zu groß für ein Schaf oder eine Antilope und auch viel zu weiß. Leuchtend weiß. Kein Tier war so weiß wie Sturmwind. Er bewegte sich langsam vorwärts über den niedrigen Kamm, der die Zwillingsgipfel miteinander verband – ein vertrautes Wahrzeichen der Gegend –, und war auf einmal dem Blick entschwunden.

Ken bestieg rasch wieder sein Pferd und ritt weiter, und es schien ihm mit einem Male, als folge er einem Kurs, der fast eine regelrechte Spur war. Vielleicht eine Antilopenspur. Und wenn natürlich auf der Prärie erst einmal das leiseste Zeichen einer Spur vorhanden ist, folgen ihr andere Tiere stets. Auch Flicka folgte ihr. Entweder hatte Sturmwind diese Spur ausgetreten, oder er war instinktiv der Spur gefolgt, die von anderen Tieren stammte. Jedenfalls führte sie direkt auf den schmalen Paß zwischen den Zwillingsgipfeln zu.

Als Ken den Paß erreicht hatte, erwartete er eigentlich, Sturmwind wieder entdecken zu können, doch stieg der Boden hier stark an und war mehrfach gebrochen. Das einzige Anzeichen für seine Nähe war ein Häufchen Dung hundert Meter voraus.

Ken ließ Flicka im leichten Galopp laufen und hob nur ab und zu den Kopf nach den Bergen, die sich immer steiler über ihm zusammendrängten. Der Wetterberg war hinter die Gipfelketten gerutscht, seit er ihm näher gekommen war. Zehn bis fünfzehn Kilometer voraus lagen die unteren Hänge der Buckhornberge, von dichtem Nadelgehölz überzogen. Darüber ragte freies Gelände, wild und zerklüftet, bis hinauf zu den gerundeten Höhen. Und dahinter und noch höher war ein himmelhoch ragender zackiger Felswall. Er sah ganz anders aus als die übrigen Bergketten. Ken überlegte, ob es vielleicht der Rand eines erloschenen Vulkans sein könnte.

Bei Sonnenuntergang, als Ken bereits über dreißig Kilometer geritten war, führte die ausgetretene Spur um einen Bergvorsprung, und er sah sich am Rande eines Flusses. Es war ein ungestüm einherbrausender Bergstrom, und Ken zog die Zügel an und saß eine ganze Weile still da und überließ sich dem immer faszinierenden Anblick der sprühenden Gischt. Er wußte, es war der Silberfederfluß, der nach Norden hin den Buckhornbergen entströmt, einen Bogen nach Westen macht und sich schließlich mit dem Rio Grande vereinigt.

Er stieg ab und untersuchte den Boden, während Flicka trank. Auch Sturmwind hatte hier getrunken. Die Spuren führten zum Uferrand und dann aufwärts weiter!

Als er noch mit sich selbst zu Rate ging, ob er noch weiter oder hier die Nacht über lagern sollte, wurde er sich plötzlich eines Lärms bewußt, der ihn aufhorchen ließ. Sein Gesicht wurde ganz blaß. Dieses eindringliche dumpfe Brüllen! Es war der Fluß, hatte nichts mehr gemein mit dem Kichern und Gurgeln der schaumigen Flut hier unten. Es klang wie ein endloser Kesselpaukendonner. Vor Kens Augen stiegen im Geiste Bilder von Wasserfällen auf, die Hunderte von Metern herunterstürzen, ungeheure Schluchten, durch die er sich wild hindurchzwängt, Bäume und Felsblöcke, gegen die er anrennt und sie herumwirft wie Kieselsteine. Nein – nicht bei Nacht und Dunkelheit dort hinauf in das Dickicht neben diesem furchtbaren Fluß! Er würde dieses Wasser am Morgen erforschen, wenn es ordentlich hell war und man voll des guten, frischen Tagesmutes war. Bis dahin würde er hier im Freien für die Nacht sein Lager aufschlagen.

So ein Nachtlager machte Spaß, weil er wußte, wie man es machen mußte, und alles Nötige für seine und Flickas Bequemlichkeit bei sich hatte. Er nahm ihr zunächst Sattel und Zügel ab und knotete seine Lassoschnur an ihren Halfter. Er holte sich einen dicken Weidenast von den Bäumen am Ufer, trieb ihn mit Hilfe eines Steins fest in den Boden und machte daran das andere Ende des Lassos fest, so daß sie im Radius von sechs Metern grasen konnte.

Als er auf sie zuging mit dem Futtersack voll Hafer, aus dem er die Hälfte für den nächsten Tag vorher herausgenommen hatte, stieß sie ein schnaubendes Wiehern aus und hatte die Nase schon im Beutel, ehe er ihr die Riemen über den Kopf gestreift hatte.

Nachdem so Flicka versorgt war, aß er selbst zu Abend und wanderte dann noch eine Stunde umher, flußabwärts. Als die Sonne sank, sah er Forellen springen und nahm einen Angelstock mit Schnur aus der Satteltasche, erkletterte eine breite Felsplatte, die in den Fluß hineinragte, warf die Schnur mit der Fliege aus und fing ein halbes Dutzend ganz netter Forellen für das morgige Frühstück. – Schließlich häufte er Reisig aufs Feuer, breitete die Zeltbahn auf die flache Erde und legte sich hin, das Gewehr in Griffweite und die Decke dicht um sich ziehend.

Schatten umhüllten die Welt, aber ein rosiger Schein überzog noch den westlichen Himmel und färbte alle Wolken, die darüber lagen. Er konnte Flicka atmen, Gras rupfen und ab und an leicht schnauben hören. Aus weiter Ferne vernahm er das dumpfe Brüllen des Flusses und aus der Nähe das gelegentliche Schnalzen einer springenden Forelle. Kurz vorm Einschlafen, gerade als er begonnen hatte, die Sterne zu zählen, hörte er das Geheul eines Rudels Präriewölfe aus der Ebene. Das rührte ihn kaum. Es erinnerte an zu Hause.

## *Ken entdeckt den Albino*

Bald nach Tagesanbruch ritt Ken schon wieder der Spur nach. Es war ein ganz anderes Vorwärtskommen als am Tag zuvor, kein bloßes Abrollenlassen des Weges im Galopp mehr bei diesem Boden. Aber immer noch zeichnete sich die Spur ab und war sogar deutlicher – also stärker begangen, schloß er daraus –, da sie ständig auf dem linken Flußufer lief und von mehr Tieren benutzt wurde. Rotwild war hier langgezogen und Sturmwind auch. Wo sie hatten passieren können, konnte er es mit Flicka ebenso. Es gab viele Stellen, wo er absteigen und sie führen mußte; oft kam es vor, daß ihm der Weg versperrt war, steile Felsen oder der Fluß selbst ihn einzuengen schienen, bis er Flicka dann stehenließ, in Pfadfindermanier herumspürte und herausfand, daß man durch ein paar kaninchenartige Sprünge über das Felsgestein hindurchkommen und drüben wieder freie Bahn haben würde.

Stunde um Stunde kletterten sie so bergan. Ein Wasserfall folgte dem andern. Dickicht zog sich bis an den Rand der Schluchten, und manchmal sank Ken fast der Mut, wenn er an der Kante einer solchen gischtübersprühten Felswand dahinschritt, halb betäubt vom donnernden Widerhall der Klamm. Ging er zu Fuß, so folgte ihm Flicka stets dicht an seiner Schulter.

Ken bog um einen Klippenvorsprung und sah sich vor einem breiten Wasserloch, in das die Wassermengen aus etwa dreißig Meter Höhe herniederstürzten. Er verharrte regungslos in ehrfürchtiger Bewunderung. Das Donnern dieses Falles war es gewesen, das er schon seit Hunderten von Metern vernommen hatte. Das Wasser war am Fuße des Falles zu strudelnder Gischt aufgepeitscht, die sich in allen Tönungen von Aquamarin zu den dunklen Wassern des Randes verlor. Die Wände waren von einer fetten, fruchtbaren Lehmschicht überzogen, der eine unendliche Zahl der verschiedenartigsten Farne, Moose und niedriger Waldblumen entsproß, die einen üppigen, duftenden Teppich um jeden Baumstamm bildeten.

Langsam wanderten die Blicke des Jungen von einer Stelle zur andern, jede Einzelheit des Bildes in sich aufnehmend. Auf der anderen Flußseite, im tiefen Wasser, dicht unter der Klippe, glänzte ein bernsteinfarbener Sonnenfleck, in dem sich der lauernde dunkle Schatten einer Riesenforelle abzeichnete. Unterhalb des Wasserlochs erwies sich ein wirres Durcheinander von Schößlingen und kurzen Klötzen, wahrscheinlich als Reste eines Biberbaus. Er sah zwei glatte Köpfe schwimmen – sie tauchten hinter dem Bau –, Biber oder Bisamratten? Dutzende leuchtend gestreifter Regenbogenforellen sprangen im Schaum des aufprallenden Wassers, als wollten sie den Versuch unternehmen, dieses Wassergebirge zu erklettern. Vögel und Eichhörnchen huschten durch die Baumkronen des Ufers, und in der Ferne sah Ken fünf Rehe äsen. Als sie sich umsahen und seiner ansichtig wurden, sprangen sie ab und entschwanden.

Fast bedrückt von so viel Großartigkeit warf Ken den Kopf zurück und blickte in die Höhe. Hoch oben war ein Streifen blauen Himmels mit einem darüber hingleitenden Flecken – einem großen Vogel mit reglos gebreiteten Flügeln. Er kam sich vor, als sei er im Innern der Erde. Die Erregung aller Abenteurer, gemischt aus Furcht, Neugier und beherztem Wagemut, hielt ihn fest gepackt. Er mußte noch weiter. Selbst wenn er Sturmwind nicht finden sollte, mußte er doch unbedingt sehen, was von der Höhe dieses riesigen Felswalls zu sehen war, und mußte der Herkunft dieses Flusses nachspüren. Silberfeder? Eher Hexenkessel.

Im Weitersteigen traf er auf noch andere solcher Fälle und Wasserlöcher. Einmal schien er keinerlei Ausweg zu erspähen. Er versetzte Flicka von hinten einen Klaps und rief befehlend: „Los, Flicka! Sieh, daß du hier 'rauskommst!" Ohne zu zögern, kletterte sie zwischen zwei großen Felsplatten durch und war verschwunden.

Als er ihr folgte, fand er auch den Weg wieder. Man kam jetzt leichter vorwärts. Und vor dem Mittag noch traf er auf eine sandige Uferstelle, die deutlich den Abdruck des zackig eingeschnittenen Hufes zeigte. Aufregung faßte ihn. Was würde er alles seinem Vater zu erzählen haben! Und Howard! Daß er seinem Hengstfohlen fünfzig Kilometer weit in die Buckhornberge hinein nachgespürt und es gefunden hatte! Noch immer verlief der Pfad auf der linken, östlichen Seite des Flusses. Hier schienen Sturmwinds Spuren ziemlich frisch. Ken und Flicka waren schneller vorangekommen als er und hatten ihn nahezu eingeholt.

Von hier an verließen sie den Fluß und erreichten welligen Boden. Der Wald endete, und sie kamen auf die letzte grasüberwachsene Bergterrasse, bevor die Felsen zu jenem nahezu senkrechten Wall hochschossen, den Ken für den Kraterrand eines erloschenen Vulkans hielt. Hier, unterhalb dessen, war es wie in einem Park. Er hatte in der Nähe des heimischen Gestüts ein ähnliches Landschaftsbild gesehen mit Baumgruppen, Steinhügeln, flachen Mulden und kleinen Schluchten, aber so etwas wie diesen Felsenwall hatte er noch nie gesehen. Seine fortlaufend gleiche Höhe wurde hie und da von einem zerklüfteten Felszacken unterbrochen oder einem Einschnitt, doch streckte er sich nach beiden Seiten, in der gleichen Weise ihm den Weg versperrend.

Ken war abgespannt, und sein Herz klopfte wie ein Hammer. Seine Glieder schienen ganz leicht. Er erinnerte sich an etwas, was sein Vater gesagt hatte – daß nämlich manche dieser Gebirgstäler über viertausend Meter hoch lägen. Er war seit Tagesanbruch ständig gestiegen – mindestens an die fünfzehn Kilometer, und der Fluß war ihm in einem Wasserfall nach dem andern entgegengestürzt.

„Flicka, laß uns Mittag machen", sagte er, und Flicka schien sehr bereit dazu. Er nahm Sattel und Zügel ab und halfterte sie an. Dann bekam sie ihre Haferration.

Während er seinen Sandwich kauend im Grase lag, starrte er den felsigen Kraterrand an und überlegte, wie man ihn am besten erklettern könnte. Keinesfalls zu Pferde. Dahinter schien ein freier Raum zu liegen. Möglicherweise ein See. In erloschenen Vulkanen fand man vielfach tiefe Seen. Oder war es ein Tal? Jedenfalls konnte man nur sehr hohe Berge im Hintergrund entdecken, und zwar weit weg. Der Wetterberg war wieder sichtbar. Kens Vater hatte gesagt, wenn sich über ihm plötzlich der Wolkenkranz hob und sein höchster Gipfel klar zu erkennen war, so hieß dies, daß ein Unwetter im Anzuge war. Man konnte im Augenblick nichts vom Gipfel sehen. Die Wolken zogen sich von allen Seiten her über ihm zusammen und bildeten einen darübergestülpten Kegel, der so sehr wie ein Abguß der eigentlichen Gestalt des Wetterberges geformt war, daß man kaum zu sagen vermochte, wo der Berg endete und die Wolken begannen.

Ken sah einige sehr große Vögel hoch in die Luft steigen. Er zählte sie. Einer, zwei, drei. Gleich darauf entdeckte er einen vierten. Konnten das Falken sein? Es gab viele Falken daheim auf dem Gestüt, aber Falken hatten gebogene Flügelspitzen. Die Schwungfedern dieser Vögel dort oben jedoch waren gerade bis zur äußersten Spitze, und auch die Spannweite war sehr viel größer. Es mußten Adler sein. Ken hatte von dem Glatzkopfadler gelesen – einem dunklen Vogel mit weißem Kopf und Schwanz. Diese Vögel dort oben waren durchweg dunkel. Wenn es Adler waren, dann mußten es die Goldadler der Rocky Mountains sein. Sie stiegen hochauf in den Himmel, bis sie nur noch winzige Flecken waren. Zwei hielten sich stets nach Westen, zwei nach Osten, als hätten sie getrennte Jagdgebiete.

Eben wollte er einen ordentlichen Bissen seines Brotes abbeißen, als er innehielt und sich aufsetzte. Er hatte einen dumpfen Knall gehört. Der Laut war ganz unversehens gekommen – eine aufschreckende Unterbrechung der Stille des Berglands. Es hatte mehr wie das Geräusch einer Sprengung geklungen.

Da war es wieder – ein dumpfkrachendes *Bum!* Er konnte etwa die Richtung bestimmen, wo es herkam: von Westen her über den Fluß hinweg von dem steilen Felszacken. Flicka blickte auch nach dieser Richtung.

Es schien dort nichts zu sein, was das Geräusch erklären würde: kein dunkles Loch am Berghang, aus dem Rauch quoll, woraus man hätte schließen können, daß irgendwer dort schürfte und Dynamit verwandte. Ken stellte sein Fernglas ein. Wieder der Krach, und im gleichen Augenblick sah er, was ihn verursachte. Auf einem schmalen überhängenden Felsplateau hoch oben an der Steilwand traten zwei mächtige Wildschafe voreinander zurück, standen einen Augenblick mit gesenkten Köpfen und griffen dann an. Als die Köpfe aufeinanderprallten, gab das einen Laut wie eine ferne Sprengung. Wieder traten die beiden Böcke zurück, sammelten sich, griffen an und krachten wie zuvor.

Durch sein Glas konnte Ken jede Einzelheit des Kampfes verfolgen. Er konnte die mächtigen, ebenmäßigen Hörner sich aufwerfen sehen, den Schock des Zusammenpralls miterleben, sich ausrechnen, welcher von beiden gewinnen würde. Unzusammenhängende Schreie brachen aus ihm heraus: „Hui! Wumm! – Rums! Seh einer das an!“

Wenn ihre Köpfe aneinanderlagen, stemmten sie sich in der heftigsten Anstrengung, den Gegner vom Platz zu drängen. Dann gingen sie wieder rückwärts und griffen erneut an.

Der eine wurde schwächer. Als wieder ein mächtiges Bum durch die Luft dröhnte, fiel einer der Widder zu Boden. Nun wurde er vom andern erbarmungslos bearbeitet. Es folgte ein verzweifelter Kampf auf dem schmalen Grat – hinüber war er! Sein Körper wirbelte durch die Luft, und noch während Ken das Glas folgen ließ, sah er einen Schatten aus dem Himmel herniederfallen. Mit gefalteten Flügeln im Sturzflug kam der Adler an. Kaum war das Schaf den Blicken entschwunden, als auch der Adler bereits in den Baumkronen verschwunden war.

Ken überlief ein Gruseln, während er unwillkürlich lauschte. Kein Laut. Oben auf dem Felsgrat stand der siegreiche Widder mit erhobenem Haupt.

Ken mußte ein paarmal tief schlucken. Nicht eigentlich aus Furcht, sondern wegen der Abgeschiedenheit und Furchtbarkeit des Ortes. Der Widder stand dort oben wie ein König der Berge. Der Sturzflug des Adlers schien aus der endlosen Weite des Himmels zu kommen.

Plötzlich sah er den Adler zwischen den Bäumen herauskommen mit einer weißen Masse in den Fängen. Er richtete seinen raschen Flug auf einen nach links und Osten zu gelegenen Zackengipfel des Kraterrandes. Ken folgte ihm mit dem Glas und sah das erstaunlichste Schauspiel vor seinen Augen. Auf einer breiten Klippe dort oben war das Adlernest, ein enormer Bau von etwa drei Meter Durchmesser. In diesem Nest hopsten zwei junge Adler mit flappenden Flügeln aufgeregt auf und nieder, begierig dem Anflug ihres Erzeugers mit dem Futter entgegensehend. Der große Adler ließ sich kurz auf dem Nestrand nieder, warf den Proviant hinein und flog wieder davon. Der eine Jungadler packte den Schafskadaver und spreizte die Flügel darüber, griff ihn an, als sei er seine Beute, und zerfetzte ihn mit den Fängen. Der andere tanzte wütend vor ihm herum, schlug mit den Flügeln und kreischte. Nach kaum zwei Minuten erschien der Alte wieder mit einer weiteren Portion Bergschaf, ließ sie ins Nest fallen und flog zurück. Ken vermochte sich schaudernd die geschickte Zerstückelung der Widderleiche zwischen den Bäumen dort unten vorzustellen. Gleich darauf wechselten sich die beiden Alten beim Futterheranschleppen ab. Dann befriedigten alle vier Vögel ihren Hunger, und als die Adlereltern wieder davonflogen, hatten sie den Rest des Fleisches in einer Nestecke zusammengeschoben. Vollgefressen bis obenhin lehnten die beiden Adlerjungen nebeneinander. Ken hatte einmal gehört, daß Adler immer dem Winde zugekehrt horsten – auch die ganz jungen. Er leckte sich den Finger und hielt ihn hoch. Es stimmte: die Adlerjungen hockten dem Winde zugekehrt.

Wieder herrschte Schweigen. Der Widder war von der Felsrampe verschwunden. Die Adler verloren sich im Himmel. Die Jungen schliefen. Ken ließ sein Glas sinken und seufzte tief auf. Ihm war ganz seltsam zumute. Er hatte ganz den Gedankenzusammenhang verloren, und er brauchte ein paar Minuten, ehe er die Verzauberung von sich abschütteln und sich wieder erinnern konnte, wozu er gekommen war. Sturmwind. Er war auf der Suche nach seinem Fohlen. Und er hatte jetzt das Gefühl, als habe er den Höhepunkt seiner Suchaktion überschritten. Er wollte nur noch das Fohlen finden, und zwar schnell finden, um noch vor Einbruch der Dunkelheit wieder den Saum des Gebirges zu erreichen und morgen heimzukehren. Nur eines mußte er zuvor noch tun – und das war: diesen Felswall erklettern und schauen, was dahinter war. Er konnte doch nicht heim, ohne das getan zu haben.

Er pflockte Flicka an und begann den Aufstieg. Manchmal ging es nahezu senkrecht empor, dann wieder kamen Schrägstellen, wo der Felsgrund weich genug war, daß er sich mit Fingern und Füßen eingraben konnte. Von Zeit zu Zeit hielt er inne, um sich auszuruhen, frisch Atem zu schöpfen und sich umzusehen. Es war doch viel höher, als ihm von unten schien. Die Kuppe über ihm war anscheinend ziemlich flach, während zur Linken eine Reihe kleinerer Klippen ragte, auf deren höchster das Adlernest war, und zur Rechten, wo er sich dem Fluß näherte, schien der Kraterrand ausgezackt wie eine zerbrochene Schüssel.

Während der Kletterei sah Ken zumeist, wenn er aufblickte, nichts als den Himmel. Endlich erblickte er die aufgestülpte Wolkenhülle und dann darunter die weißen Schneefelder des Wetterberges. Noch ein Stück weiter hinauf traten andere Berggipfel in sein Gesichtsfeld und schließlich die ganze Kette der Niemalssommer-Berge.

Er kletterte die letzten paar Meter hoch, zog sich über die Gipfelkante und setzte sich auf einen Stein. Volle zehn Minuten lang hatte er das Gefühl, als ob alles Blut seinem Körper entströmte. Ihn überfiel eine Art Betäubung, und er verlor ganz das Bewußtsein seiner selbst. Es war alles zu überwältigend.

Zu seinen Füßen lag ein weites grünes Tal, das sich nach Süden wand. Es war ringsum von Bergen umgeben, die sich reihenweise übereinandertürmten, immer höher und in immer weitere Fernen, eine Kette glitzernder Gletscher. Diese Berge hatte er aus weiter Ferne gesehen, denn sein Vater hatte sie ihm gezeigt und ihre Namen genannt – da waren der Wetterberg und Kyrie, Exzelsior und Lindbergh und Epsilon und Torry Peak und all die anderen. Aber sie waren nur eine Erscheinung gewesen, die am fernen Horizont schwebte – keine Wirklichkeit. Jetzt aber waren sie wirklich und nahe. Er war mitten in ihrer Welt, eingekreist. Und er schrumpfte zu einem Nichts zusammen vor der Ungeheuerlichkeit dieser Welt – dem endlosen Zuge erhabener Schneegipfel, von denen sich ab und zu eine weiße Wolke löste wie Rauch von einem Schornstein, von denen ab und zu ein Klang sein Ohr traf, ein dunkel rollendes Murren, von dem sein Trommelfell vibrierte.

Ken zog die Knie hoch, umfaßte sie mit den Armen und legte den Kopf darauf, um den furchtbaren Anblick loszuwerden. Eine entsetzliche Furcht und grausame Verlassenheit überfiel ihn. Oh, nur wieder daheim und in Sicherheit sein! *Mutter! Howard!* Wenn er nur jetzt an der Tür zu ihrem Zimmer stehen dürfte, wo sie mit aufgehobenen Armen ihr Haar bürstend vor dem Spiegel saß, in dem sich ihr lächelndes Gesicht spiegelte – nie wieder, so schien es ihm, würde er von ihr fortgehen wollen.

Es dauerte eine ganze Weile, ehe er den Kopf hob, und dann auch nur, weil in ihm – wie das leicht geschieht, wenn man geschlossenen Auges in großer Höhe bleibt – das Gefühl aufstieg, als kippe er über den Rand. Da waren sie alle noch. Direkt gegenüber schien der Wetterberg im Himmel zu schwimmen, und sein Wolkenhofstaat neben und über ihm schwamm mit.

Er richtete den Blick ins Tal. Ihm wurde leichter. Welch wunderbares Fleckchen Erde! Das hohe Berggras! Der breite Fluß, der sich hindurchwand! Und all die verschiedenen kleinen Hügel und Mulden und Bäume und Bäche. Der Felsenwall, auf dem er saß, fiel zunächst senkrecht, wie mit dem Messer geschnitten, an die hundert Meter etwa in die Tiefe. Von da bis zum Talboden war der schräge Hang von Einschnitten und Schluchten unterbrochen, in denen Bäche, Espengruppen und Wildbeerengebüsch zu sehen waren. Einige hundert Meter nach rechts entzog sich der Fluß diesem Tal durch eine Klamm. Es war schon bestimmt so, wie er gedacht hatte, daß nämlich dies Tal der Krater eines erloschenen Vulkans und der Rand, auf dem er saß, einst kochende Lava gewesen war. Und dort unten im Tal war einmal wirklich ein Hexenkessel gewesen – wo er jetzt friedlich grasende Tiere sah – Antilopen – Elche – Pferde . . .

Plötzlich erhob er sich und betrachtete die Pferde genauer. Es waren eine Menge. Es schienen alles Stuten und Fohlen, etwas zur Seite graste ein einzelnes weißes Pferd. Und als Ken es entdeckte, brach alle Spannung in ihm zusammen. Erst sprangen ihm die Tränen in die Augen, doch dann überfiel ihn das Lachen. Sturmwind! Allein ihn dort unten sehen zu können, nahm ihm den Druck von der Seele! Gemeinsam mit Sturmwind würde er allem Trotz bieten können! Er riß die Mütze vom Kopf, schwenkte sie wild und schrie gellend „Sturmwind! Du Lausejunge! Wie bist du denn da unten 'reingekommen?"

Der Wind stand entgegen, und sie waren auch zu weit entfernt, um ihn da oben bemerken zu können. Er nahm sein Glas vor, das er über den Schultern hängen hatte, und stellte es auf das Pferd ein. Verwirrung prägte sich in seiner Miene. Er ließ unwillkürlich das Glas sinken und starrte einen Augenblick in das Tal hinunter, um dann noch einmal sorgfältiger die Linsen einzustellen.

Das war nicht der Körper von Sturmwind. Diese wulstigen und

verknoteten Muskeln! Die schweren Gliedmaßen! Diese starken, verästelten Adern! Sich so weit vorbeugend, daß er Gefahr lief zu fallen, musterte Ken den Hengst von den Ohren hinunter bis zu den Hufen.

Endlich ließ er das Glas sinken und blickte völlig außer sich in die Runde. Er rannte auf die Felskante zu und dann wieder zurück auf die gegenüberliegende Seite. „Papa! O Papa! Mutter! Hier ist er! Hier ist er ja! Flicka, hier ist dein Großvater! O je! O je!" Er sprang auf dem Kamm des Felsenwalls mit wedelnden Armen herum und stieß ein triumphierendes Kriegsgeschrei aus. „Flicka! Flicka! Er ist es! Ich habe ihn gefunden! Es ist der Albino!" Er war schon halb im Begriff, den Felsen hinunterzuklettern zu Flicka, besann sich dann doch noch einmal anders und rannte wieder hinüber auf die andere Seite. Wenn nur irgend jemand dagewesen wäre, der mit ihm vor Freude herumgetanzt wäre und gebrüllt hätte! Es brauchte lange, bis er etwas ruhiger wurde. Sein Herz pochte wie ein Stampfhammer, und seine Wangen glühten. Ruhelos irrte er auf der Höhe des Kraterwalls umher, kaum fähig zu denken, nur mit dem Gefühl, daß unbedingt sofort irgend etwas getan werden müßte, ohne doch zu wissen, was.

Endlich vermochte er sich wieder in die Hand zu bekommen und stand ruhig, um den Albino zu beobachten, jeden Schritt, den er tat, jedes Heben seines Kopfes. Damit überblickte dieser dann jedesmal seine Stuten und das Tal und graste dann friedlich weiter.

Ken verglich ihn mit Sturmwind. Er war höher und sah aus, als ob er viel mehr wiegen müßte. Sturmwind! Wo war denn der? Er hatte ihn beinah vergessen.

Ken grübelte. Was hatte Sturmwind mit diesen Stuten und dem Hengst hier zu tun? Sicherlich irgend etwas. Um ihretwillen mußte er diese ständigen heimlichen Ausflüge unternehmen, dies Tal hier war es, was er suchte. Dabei war er jedoch nirgends zu sehen.

Er nahm wieder das Fernglas vor und überprüfte jeden Fußbreit des Tales unten. Konnte sich Sturmwind irgendwo verborgen halten? Wenn er im Tal war, würde er doch bei den Stuten sein. Und wie kam er überhaupt hinein? Wo war der Eingang dazu? Und wieso gestattete der Albino jemals, daß ein fremder Hengst seiner Stutenschar nahe kam?

Auf einmal hob der Albino den Kopf und nahm Witterung. Nahezu im gleichen Augenblick gab er Zeichen der Erregung, senkte die Nase und galoppierte mit schlangenhaft über dem Boden gleitenden Kopf auf seine Stuten zu und begann sie zusammenzutreiben. Ken, der herauszufinden bemüht war, woher diese Alarmbereitschaft kam, beobachtete ihn genau, hingerissen von der Wut und Schnelligkeit, mit der er jede Stute auf ihren Platz trieb. Im Handumdrehen hatte er sie in einem dichten Haufen beisammen. Dann wirbelte er herum, trabte vor sie hin wie ein Gladiator, hob seinen Kopf zum Kraterrand hin und stieß ein metallisches herausforderndes Gewieher aus.

Ken folgte der Richtung seines Blickes und sah etwa hundert

Meter zu seiner Linken Sturmwind auf dem Felsrand stehen und ins Tal hinunterblicken. Er stand ganz ruhig da, ohne jede Erregung oder Überraschtheit, als sei er an diesem Orte viele Male gewesen, habe das Tal und die Stuten viele Male schon gesehen.

Der Albino kam näher an den Felswall. Er wieherte wieder und wieder. Er trabte davor auf und nieder. Sturmwind schaute ruhig weiter auf ihn hinunter, als wollte er sagen: ‚Reg dich nicht auf. Ich warte meine Zeit ab.'

Plötzlich hörte das Hengstfohlen einen Laut, der sein Interesse erregte. Es war dies ein langes, ungeduldiges Wiehern von Flicka, die genug davon hatte, an einem Sechsmeterseil angebunden zu sein. Ken hörte es auch. Sturmwind warf sich herum, schaute, lauschte, hob die Nase mit flackernden Nüstern. Das Wiehern wiederholte sich, er wieherte laut seine Antwort, tauchte den Hang hinunter und verschwand zwischen den Bäumen.

## *Das Tal der Adler*

Der Wind schälte die Wolken vom Wetterberg. Er blies sie umher wie Schaum. Aufbrandender Schnee mischte sich mit ihnen, das Ganze rollte nach oben und unten auseinander, und jetzt schob sich die Sonne dazwischen, die ungeheuren Schneeflächen zum lodernden Glanz reiner Diamanten entzündend.

Klar und unverhüllt hing der Wetterberg am Himmel und blickte nieder auf die kleineren Gipfel und Bergketten, die Gletscher und Wälder, über den Smaragdfleck des Tales hinweg zu dem vulkanischen Felswall, auf dem die schmale Gestalt eines Jungen stand, der ihm kühl ins Antlitz schaute.

Ken konnte sich nicht losreißen. Lange Zeit noch hatte er den Albino und die Stuten beobachtet. Nachdem Sturmwind verschwunden war, hatte der Albino weiterhin zum Felsenrand hinaufgeblickt, mit scharf gespitzten Ohren nervös auf und nieder trabend und mit gelegentlichem Aufwiehern die Tatsache verkündend, daß er noch da und bereit zum Kampfe sei, wenn sich sein Gegner stellen würde. Er erhielt keine Antwort, und nichts bewegte sich auf der Höhe des Kraterrandes. Endlich kehrte der Hengst zu dem dicht zusammengedrängten Haufen seiner Stuten zurück und gab ihnen die Erlaubnis, sich wieder zu zerstreuen und das Grasen erneut aufzunehmen. Er machte das, indem er ganz einfach mitten in sie hineinraste und sie so auseinanderjagte. Als sie davonliefen, paßte er auf, bis sie wieder grasten, beruhigte sich dann ebenfalls und begann auch wieder zu grasen. Frieden senkte sich über das Tal.

Ken blieb noch immer da oben stehen. Die Qual der Verlassenheit, die er unter dem Übergewicht der Berge empfunden, war einer kühnen Hingerissenheit gewichen. Mit weit auseinandergestemmten Füßen stand er und sog den eisigen Atem der Höhe ein. Die Berge sollten ihm ihr Mal aufdrücken, das er mit sich nehmen und nie wieder verlieren wollte.

Er sah, wie die Wolken vom Wetterberg abließen, und erinnerte sich an das, was sein Vater gesagt hatte – daß nämlich ein Sturm im Anzuge sei, wenn der Wetterberg von Wolken frei werde. Das machte ihm keine Sorge. Er studierte jeden einzelnen Gipfel genau, sich dabei immer wieder einprägend, daß dies die höchsten Berge der Vereinigten Staaten waren, die Rocky Mountains, daß sie voll waren von Gold, Silber, Kupfer, Zinn und Blei, daß seit undenklichen Zeiten in ihnen schon ebenso geschürft wurde wie noch heute. Alles fiel ihm ein, was sein Vater erzählt hatte, von den alten Minenstädten – wobei er eine Karte auf dem Tisch ausgebreitet und die komischen Namen genannt hatte: Abfallhaufen. Sauerteig. Eierkuchen. Bratpfanne. Brühheiß.

Aber es war da noch etwas zu erledigen. Er mußte herausfinden, wie Sturmwind in das Tal hatte hineinkommen können; denn davon war er nun überzeugt, daß es der Albino gewesen war, der ihm jenen fürchterlichen Schlag versetzte, damals, als er eben ein Jährling war. Und das hieß, daß entweder der Albino heraus- oder Sturmwind hineingekommen war.

Ken dachte an den Fluß. Dort, wo er sich durch den vulkanischen Rundwall nach draußen zwängte, mochte eine Öffnung weit genug sein, daß sie noch einem Seitenpfad Raum gab. Diese Öffnung lag ein paar hundert Meter nach Westen zu von der Stelle, wo er stand. Er ging auf der Höhe entlang, bis er an das große Loch kam, legte sich auf den Bauch und blickte in die Tiefe. Er brauchte keinen zweiten Gedanken an die Möglichkeit zu verschwenden, daß irgendein lebendes Wesen durch dieses Tor das Tal zu betreten vermöchte. Der breite Fluß brach in diesen engen Spalt ein, dessen Wände haushoch und senkrecht emporstiegen. Es war ein brodelnder Gischtkessel, furchtbar anzuschauen, und da, wo er sich zum Sturz anschickte, riß der bis dahin stumme Fluß seine Kehle auf zu dem entsetzlichen dumpfen Brüllen, das er gestern schon aus weiter Ferne vernommen hatte.

Nachdem Ken in den Wasserfall gespuckt hatte, um ihm seine Überlegenheit zu beweisen, kehrte er auf dem Kraterrand zurück und bemerkte, daß sich wirbelnde Wolken um die kahlen Flanken des Wetterberges sammelten. Wolken, die über dem Tal, über anderen Gipfeln und Höhenzügen gestanden hatten, kamen hinzugeeilt, um die quirlende Masse zu vergrößern. In der Höhe dort oben war überall zunehmende Aufregung und Bewegung, und Ken sah auf der kurzen Wanderung die Wolken sich hastig ausbreiten, auf die Berge heruntersinken und ineinanderfließen. Im nächsten Augenblick war der Wetterberg ausgelöscht, ebenso Kyrie und Epsilon, Lindbergh und Exzelsior. Nur das Tal war noch vorhanden, und ab und zu, wenn sich die Wolken wirbelnd teilten, tauchte als flüchtiger Schimmer hier ein Gipfel, dort eine jäh abfallende Bergwand auf, bis sie sich wieder dicht zusammenschlossen.

Ken überkam das Gefühl, sich beeilen zu müssen.

Indes war es undenkbar, daß er heimkehren sollte ohne eine Feder für seine Mütze, nachdem er doch so nahe von einem Adlernest war. Ehe er die Kletterpartie begann, prüfte er sorgfältig den Himmel und die Wipfel der Bäume. Nirgends waren die Adlereltern zu entdecken.

Als sich sein Kopf über die Kanten der dichten Masse aus Stökken, Lehmklumpen und Zweigen schob, aus denen sich das Adlernest zusammensetzte, sah er die beiden Jungadler noch genauso nebeneinander lehnen, wie er sie zuletzt von unten gesehen hatte. Aber er sah noch etwas anderes, was sich bis dahin seiner Sicht entzogen hatte. Den Adlervater auf dem Horstsitz, einem steil vorspringenden Felsstück auf der anderen, abgekehrten Seite des Nestes. – Der Adler griff unverzüglich an. Ken wandte sich um und sprang – kraxelte –, rutschte, sich mit hochgeworfenen Armen gegen die Wut des Riesenvogels schützend. Wenn er einen Augenblick lang verharrt hätte, wäre er sicher schweren Verletzungen nicht entgangen, doch da er in wilden Sätzen weiterhastete, als trüge er Siebenmeilenstiefel, gelegentlich auch hinfiel und ein Stück rollte, bot er dem Adler nie lange genug eine wirklich gute Angriffsmöglichkeit. Das kam erst, als er am Boden angekommen war und, auf dem Rücken liegend, den Adler mit Fäusten und Füßen von sich abzuwehren suchte. Jetzt fiel ihm zum ersten Male auf, daß der Vogel nur einen Fang hatte. Er stieß mit dem Schnabel gegen Kens Augen vor. Ken warf sein Gesicht zur Seite. Der Adler sammelte sich sofort wieder und stieß erneut zu, wobei er Kens Unterlippe mit seinem Schnabel erwischte und tief einriß. Im selben Augenblick empfand Ken einen stechenden Schmerz in seinem Leib, wo der Vogel seine Klaue eingeschlagen hatte – vier fürchterliche stählerne Haken von je sechs Zentimeter Länge, die nach seinen Eingeweiden gezielt hatten.

Das Schloß seines Ledergürtels rettete Ken, denn der Adlerfang hatte sich darein verhakt, so daß die stählernen Bohrer nur halb so tief in Kens Fleisch eindrangen, wie es sonst der Fall gewesen wäre.

Plötzlich hatte der Adler von dem Treten und Hämmern genug, ließ los und hob sich senkrecht in die Lüfte.

Kens Hemd war um die Taille herum blutdurchtränkt. Blut rann über sein Kinn herunter aus der aufgerissenen Lippe. Von der rechten Hüfte herunter hatte er keine Hose mehr an, und sein Fleisch war aufgeschürft. Seine Sachen waren zerschlissen und sein rechtes Handgelenk ganz lahm. Der Handballen war voll kleiner Schnitte und Wundstellen, in die sich Sand und Schmutz eingefressen hatten.

Aber welcher Junge gab zu, wenn er genug hatte? Ehe Ken sich wusch und seine Wunden verband mit dem Pflaster, das er für solche Fälle immer bei sich führte, hatte er noch ein wenig weiter nachgeforscht, fest entschlossen, herauszufinden, wo der Eingang zu dem Tal sein könnte. Und er fand den Klippeneinschnitt, dicht unterm Adlernest, mit dem Tunnelloch am Talausgang. Und er fand – ein Stück weiter östlich noch – den Weg, über den Sturmwind den Felswall erklettert hatte, und sah die Beweise dafür, daß Sturmwind dort viele, viele Male gewesen war. Der Pfad war stark ausgetreten. Überall waren die Eindrücke seiner Hufe. Der Boden war überall zertrampelt. Alte und frische Misthaufen verrieten die ganze Geschichte. Sie ließ sich jetzt leicht konstruieren. Nach seinem ersten Zusammentreffen mit dem Albino war Sturmwind an diesen Ort zurückgekehrt, um auf seinen Feind herunterblicken zu können – auf die Stuten – das üppige Tal, hatte sich jedoch nie wieder durch den Klippenzugang gewagt.

Sturmwind war selbstverständlich inzwischen längst zu Flicka gestoßen, an der Lagerstelle, von wo er ihr Wiehern vernommen hatte, und als Ken ihm jetzt Zaum und Sattel auflegte, war die Luft von tanzenden Schneeflocken erfüllt. Weder Himmel noch Bäume noch Berge waren zu sehen. Aber das Licht war gerade noch genügend, und Sturmwind kannte zudem seinen Weg. Wie gut er ihn kannte! Ebensogut wie den Weg vom Gänseland-Stall zur Weide. Und Ken mußte lachen über den tollen Eifer, mit dem beide Pferde von diesem Ort weg- und den heimatlichen Gefilden zustrebten! – Ken ließ die Zügel lose auf Sturmwinds Nacken ruhen, und Flicka folgte ihnen dichtauf.

Welch ein Ritt! Unbeirrt vom Schneesturm, von den aufsprühenden Spritzern, die sie auf dem Uferweg durchnäßten, den Wasserfällen, die dicht über ihren Köpfen heruntertosten, oder den unzähligen Hindernissen, die auf dem nahezu nicht mehr zu erkennenden Pfad lagen, brachte Sturmwind seinen jungen Herrn und Meister sicher durch die Berge ins Tal und heim, ohne fehlzutreten oder Rast zu machen.

Alles tat dem wundenbedeckten Jungen weh, als er am nächsten Nachmittag in seinem Nußbaumbett auf dem Gestüt lag, während Rodney Scott, der Arzt, der ihn bei seiner schweren Lungenentzündung damals behandelt hatte und nebenher ein guter Freund der Familie war, ihm Schmutz und Felssplitter aus den Schürfstellen an Hüfte und Hand zog und die Wunden an Lippe und Bauch vernähte. „Und all das hat nun ein Adler mit einem Bein gemacht!“ neckte er. „Denk mal, wenn der nun zwei gehabt hätte?“

Ken lachte.

„Und jetzt, Mutter“ – der Doktor nannte alle Frauen Mutter, was gewissermaßen Zeugnis ablegte für seine Landpraxis, bei der Geburten überwogen –, „legen Sie heiße Salzwasserkompressen auf diese abgeschürften Stellen – zehn Minuten drauf und zehn Minuten ’runter, immer abwechselnd.“

„Und wie ist das mit dem Zur-Schule-Gehen in drei Tagen?“

„In drei Tagen weiß er überhaupt nicht mehr, daß ihm das passiert ist – wenn nicht eine Infektion hinzukommt. Schicken Sie ihn ruhig in die Schule, ich werde mich dort um ihn kümmern.“

Als Nell an diesem Abend ihr Haar in Kens Zimmer bürstete – auf sein ausdrückliches Verlangen –, sagte er: „Mutter, Entdecker können doch den Gegenden, die sie entdecken, einen Namen geben, nicht? Also kann ich dem Tal seinen Namen geben. Ich habe es ‚Tal der Adler' getauft. Wie findest du den Namen?"

„Ich finde ihn genau passend und einfach überwältigend!"

Ken seufzte glücklich. Zum Fenster hinausträumend fügte er dann hinzu: „Das einzig Dumme ist – ich hab' keine Feder gekriegt – verflixter Mist!"

## *Zerstörte Hoffnung*

Iß etwas, sagte Nell zu sich selbst, als spräche sie zu einem Kind. Dann wirst du dich besser fühlen. Du mußt essen.

Aber sie fuhr fort, zum Fenster hinauszustarren vom Sessel in ihrem Schlafzimmer aus, wo sie in ihrem blauen Schlafrock mit hochgezogenen Füßen saß, denn fröstelnde Kühle erfüllte das Haus. Im Kamin war kein Feuer, das Bett nicht gemacht und ihr Haar nicht gebürstet.

Es war einer jener rauhen Oktobertage, die man mit wärmenden Feuern, dichten Vorhängen und heiteren Gesprächen ausschließen sollte. An manchen solchen Tagen arbeitete Nell wie wild von morgens bis abends, putzte und flickte, machte neue Gardinen, zählte Wäsche, nahm Sachen heraus und packte sie wieder fort, topfte Geraniensteckling ein und säuberte Blumenrabatten. Und es kamen andere Tage, da sie, falls sie sich überhaupt rührte, nur ruhelos umherwanderte, an jedem Fenster stehenblieb und überlegte, wozu sie den Raum betreten hatte; überlegte, ob es Vormittag oder Nachmittag sei – welcher Tag des Monats ...

Auf der Treppe erklang der schwere Gang von Gus, der langsam näher kam. Er pochte an die Tür.

„Herein!" – „Ich bringe nur 'n bißchen Holz, Missus."

„Oh, ich habe ja das letzte noch gar nicht verbraucht."

„Sie müssen doch Feuer machen."

„Es ist nicht sehr kalt."

Gus kniete sich hin, nahm die alte Asche heraus, schichtete und entzündete das Feuer und bürstete das Kaminloch sorgfältig sauber. Als er sich wieder aufrichtete, warf er einen kurzen Seitenblick auf Nell. Ihr Blick lag jetzt auf dem Feuer, die Lippen ihres weichen Mundes waren leicht geöffnet. Tiefe Ringe unter ihren Augen ließen ihr Gesicht gleichzeitig alt und jung erscheinen.

Gus setzte zum Sprechen an, zögerte und kam dann doch damit heraus. „Wie hat der Herr denn die Pferde verkaufen können, Missus?" – „Ich weiß nicht."

„Ist er noch im Osten?" – „Nein. In Laramie."

„Laramie! Wann kommt er denn?"

„Ich weiß nicht genau. Aber es stand vor einer Woche in der Zeitung."

Gus beugte sich herunter, um noch ein paar vorgebliche Aschenflecke wegzuputzen. „Kommen Sie mal mit ’runter in die Küche, Missus. Ich mache was zum Mittag.“

„Schön. Gus. Ist es denn Mittagszeit?“

In der warmen Küche wirtschaftete Gus mit erfahrenen Bewegungen umher und setzte dann eine Tasse mit starkem, heißem Tee vor sie hin auf das rotgewürfelte Tischtuch, würzige dicke Bohnensuppe mit kroßgebratenem Pökelfleisch und eine Scheibe selbstgebackenen Brotes, auf der Ofenplatte geröstet.

Als er dann ihr gegenüber saß und in seinem Tee rührte, musterten seine blaßblauen Augen sie nachdenklich. „Krank, Missus?“

„Nein, Gus.“

„Wollen Sie nachmittags ausreiten?“

„Ich weiß nicht.“ Sie blickte auf ihren Teller mit dem Essen nieder und nahm die Gabel in die Hand, fühlte jedoch bereits ihren Magen sich zusammenziehen und abschließen. Ihre Gürtel waren ihr in diesen Tagen alle zu weit geworden, ihre lange Hose hing gerade noch an ihren Hüften.

Gus dachte anscheinend an nichts anderes als an die Vernichtung des gehäuften Bohnenbergs auf seinem Teller. „Wenn Sie ’n Karnickel kriegen könnten – die Hühner brauchten mal wieder ’n bißchen Fleisch.“ Nell trank einen kleinen Schluck von ihrem Tee und setzte die Tasse nieder. „Na ja – ich könnt’s vielleicht probieren. Später am Nachmittag.“

„Ich werde Gipsy satteln, Missus.“

Nell rührte in ihrem Tee und starrte ein Loch in die Tischdecke.

„Gipsy – die geht doch mit’m Fohlen.“

„Ja, ich weiß.“

„Un’ der Herr, der hat doch nich gewollt, daß sie noch mal ’n Fohlen haben soll.“

„Sie muß schon gedeckt worden sein, ehe er sie im Frühjahr von Banner getrennt hat – sehr zeitig.“

„Ja. Un’ das heißt, daß sie noch diesen Winter fohlt.“

Nell butterte sich ein kleines Stück vom Toast und zwang sich dazu, es zu essen.

„Mögen Sie die Bohnen nich, Missus?“

„Ich mag sie schon, Gus, aber ich habe keinen Hunger.“

Sie ging wieder nach oben und brachte langsam das Zimmer in Ordnung, mit vielen Pausen dazwischen, in denen sie verloren am Fenster stand. Der unfreundliche Himmel und die farblose Welt draußen blickten trübsinnig zurück.

Später am Nachmittag zog sie dann ihre schwarzwollenen Reithosen und ihr warmes graues Tweedjackett an. Ein paar Striche mit dem Kamm nahmen ihr Haar nach hinten, und sie steckte es in einem kleinen Knoten zusammen. Dann bürstete sie ihre Ponyfranse glatt und setzte ihre knappe schwarze Jockeikappe auf. Als sie nach ihren gefütterten Handschuhen und dem roten Schal griff, hatte sie plötzlich das dringende Bedürfnis, sich zu eilen und möglichst schnell aus dem Hause zu kommen.

Die schwarze Stute galoppierte dahin, und die schmale, biegsame Gestalt auf ihrem Sattel gab sich der Bewegung mit leichtem, unbewußtem Schwung hin. Ab und zu einmal warf sie den Kopf zurück, und es wirkte wie ein Schrei nach Hilfe. Neben dem Pferde her liefen die beiden Hunde Kim und Chaps.

Nell war froh über die kleine Pflicht, die sie übernommen hatte, Fleisch für die Hühner herbeizuschaffen, war froh über das Gewehr, das in seiner Hülle am Sattel festgeschnallt war. Sie fühlte sich verloren und wurzellos wie eine ausgerissene Ranke.

Mit dem Abklingen ihrer Lethargie wurden ihre Gedanken jedoch schmerzhaft wach. Ein erregender Widerstreit begann in ihr, in dem sie sich zunächst auf den Standpunkt stellte, daß überhaupt nichts Ernsthaftes zwischen sie und Rob gekommen sei, und dann auf die Gegenseite überwechselte und sich voller Wut in die Empörung verbiß, daß es unerhört sei, wie er sie behandele!

Die Überlandstraße entlanggaloppierend, spitzte Gipsy jetzt die Ohren und wandte den Kopf zur Sattelhöhe.

„Nein, gibt's nicht, meine Alte – da hinauf geht es heute nicht."

Gipsy wieherte, als sie die Witterung der Zuchtstuten von jenseits des Kammes in die Nase bekam, aber Nell ließ sie die Sporen fühlen und hielt sie auf der Straße.

Sie rechnete die Zeit nach, seit Rob am 10. September abgereist war. Es war fast einen Monat her. Wenn man vier Tage für die Fahrt nach Pennsylvania rechnete, dann eine Woche oder auch zehn Tage für die Auktion und zwei Tage für die Rückreise – das ergäbe den 26. September. Wo war er seitdem? Anscheinend in Laramie, nur vierzig Kilometer entfernt. Und war nicht nach Hause gekommen. Hatte nicht einmal geschrieben. Und es war bereits die zweite Oktoberwoche.

Sie lenkte Gipsy durch das Gatter in Abteilung neunzehn, wo sie über das hügelige Gelände auf den Wildbach zugaloppierte. Vor ihnen hob sich ein Schwarm Blaumeisen wie eine Wolke aus dem Gras, doch als Nell anhielt, kehrten sie gleich wieder zurück, und jeder Vogel ließ sich auf einem der Halme nieder. Es sah aus wie ein ganzes Feld blauer Blumen, und wenn ein Windstoß die Gräser bog, schien es, als schaukelten sich die Meisen absichtlich, aus purem Vergnügen.

Nell ritt vorsichtig weiter, weil es ihr leid tat, sie zu stören. Sie flatterten auf, um sie passieren zu lassen, kreisten ein wenig über ihr und ließen sich dann wieder fallen und schaukelten weiter auf den Grashalmen.

Am Uferrande des Wildbachs ging das herbsttrockene braune Gras Gipsy bis zum Bauche. Sie schnaubte leise und wandte den Kopf verlangend zum Wasser. Nell saß entspannt im Sattel, während die Stute ins dahinströmende Naß watete. Ihre Hufe sanken tief in den lockeren Kiesgrund, und der erfrischende und köstliche Geruch von Wasser, feuchter Erde und Herbstlaub, der Nell umwehte, weckte in ihr erneut das Grübeln, warum alles Schöne ihr jetzt nur so schmerzhaft ins Herz schnitt.

Lange, schnaufende Schluckser kamen von Gipsy. Zwei Elstern

stritten sich schnatternd oben im Baum. Und ganz in der Nähe japste Kim aufgeregt, der ein Kaninchen verfolgte. Chaps, der Cocker, japste nie und ließ sich nie von einem Kaninchen zu einer aussichtslosen Verfolgung verleiten. Er wußte im voraus, wohin das Karnickel fliehen würde, und fing es dort ab.

Nell zog Gipsys Kopf hoch, lenkte sie zur Seite, und die Stute erkletterte das Ufer, wobei ihr das Wasser von Maul und Hufen troff. Und wie sie ihren leichten Galopp wieder aufnahm, nahm Nell das Hin und Her ihrer grübelnden Gedanken wieder auf. Rob war nun bereits zwei Wochen in Laramie und hatte es sie nicht wissen lassen. Warum? *Wollte* er sie nicht sehen?

Die Hunde waren vollständig von der Bildfläche verschwunden. Oft liefen sie vom Hause aus mit, wenn sie ausritt, wurden von Kaninchen oder aufregenden Gerüchen abgelenkt und verschwanden unterwegs. Sie sah sie zumeist erst daheim wieder, wo sie keuchend auf der Terrasse lagen.

Bei dem Gedanken daran, daß Rob nicht heimkommen wollte, schwenkte ihr Denkapparat herum auf seinen Standpunkt. Wie dachte und fühlte er also? Litt er auch? *Oh, ich hoffe doch, ich hoffe doch sehr, denn wenn er mich liebt, könnte es gar nicht anders sein. War es aber so? Er könnte doch zu mir kommen, während ich nicht zu ihm kann. Oder könnte ich?* Sie stellte sich vor, wie sie im Wagen nach Laramie hinüberfuhr und dort ihren Mann aufzuspüren suchte. Nein. *Nein!* Scham durchzuckte sie. Sie konnte nur warten; aber wie lange? Ja – wie lange wohl? Bis er sich zur Heimkehr entschloß. Sie selbst war völlig hilflos.

Während diese Gedanken ihr Hirn durchzuckten, litten Körper und Nerven wie unter Peitschenschlägen. Ihr war abwechselnd heiß und kalt, einmal war sie schwach zum Umfallen und dann wieder gestählt von einer Woge des Stolzes. Wieder und wieder überfiel Herz und Magen ein Gefühl plötzlicher Leere, und jedesmal, wenn sie die verebbenden Kräfte wieder zusammenraffte, nach einem solchen Schock, war dies nur langsam und schwer, unter den größten Anstrengungen möglich. Das war der Grund, weshalb sie nicht essen konnte, passierte es doch häufig gerade, wenn sie sich Essen bereitet und vor sich hinstellte.

Sie sann über die geheimnisvollen Vorgänge in ihrem Körper nach, die sich unter dem Einfluß irgendwelcher Drüsen als Reaktion auf die heftigen Gemütsbewegungen einstellten. Was ging dabei eigentlich in ihrem Körper vor? War es ein regulärer Schock? Zerstörte es ihre Gesundheit, Kraft und Jugend? Sie konnte den Blick auf das eigene Gesicht nicht mehr ertragen, das ihr aus dem Spiegel entgegenstarrte.

Im Unterholz von Abteilung sechzehn tauchten auf einmal die Hunde wieder auf, in wilder Verfolgung hinter einem Kaninchen. In den geschützten Mulden unter den Bäumen hatte sich hier oben der Schnee vom letzten Sturm noch gehalten. Das Kaninchen lief darüber hin, einem Steinhaufen zustrebend, während Kim ihm, hysterisch belfernd, dicht auf den Fersen war.

Nell verhielt die Zügel und sah der Jagd mit einer seltsam fatalistischen Ergebenheit zu. Was für eine Chance hatte wohl das Kaninchen? Es ging ihm nicht anders als ihren Gedanken – Haken schlagen, ausweichen, irgendein Loch suchen, um sich darin zu verbergen, oder einen Fluchtweg –, überall war der Weg verstellt.

Das Kaninchen schlug eben einen Haken, so daß Kim, der sich immer zu sehr hetzte, vor Übereifer an ihm vorüberschoß. Das Kaninchen wollte den Steinhaufen erreichen. Zweifellos hatte es darunter ein sicheres Versteck. Würde es ihm gelingen? Kim hatte es fast schon geschnappt, als es sich wieder durch eine rasche Wendung ihm entziehen konnte, weil er zu weit vorpreschte, bremsen und umkehren mußte und das Kaninchen in den wenigen Sekunden den rettenden Hafen erreichte. Aber ach – Chaps war auch bereits dort. Der schlaue schwarze Cocker tauchte im letzten Augenblick aus dem Hinterhalt auf und packte seine Beute.

Und nun folgte das Töten. Die schwachen Quiekser des Kaninchens – das scharfe Wittern der Hunde – das Vorrucken der Köpfe und das Zuschnappen der Kiefer.

Ihnen war kein Vorwurf zu machen, sagte sich Nell, als sie rasch hinzuritt und beide zurückrief. Schweifwedelnd und voller Stolz ließen sie von ihrer Beute ab und blickten zu Nell auf, keuchten beide und ließen die geifernden Zungen schief aus dem Maul hängen.

Nell hob das fette Karnickel auf – es mußte fast sechs Pfund wiegen – und holte sich Gipsys Zustimmung, es an den Sattel zu hängen. Dazu hielt sie es ihr vor die Nase, damit sie Witterung nahm. Gipsy schnoberte behutsam an dem toten Tier und gestattete Nell dann, es am Sattel zu befestigen.

Die Hunde beobachteten das durchaus zustimmend. Sie wußten genau, daß sie später ihren Anteil erhalten würden, wenn Gus dem Tier das Fell über die Ohren gezogen hatte.

Die Jagd und der Tod des Kaninchens hatten Nells Niedergeschlagenheit wieder nur verstärkt. Sie konnte noch nicht gleich nach Hause reiten. Wenn sie weiter draußen blieb, bis nachher nichts mehr zu tun blieb, als die Kleider vom Leib zu ziehen und ins Bett zu fallen! Wenn sie doch reiten könnte, bis sie so müde war, daß sie einfach schlafen *mußte!*

Ab und zu blickte sie zum Himmel auf, ob schon Sterne zu sehen waren oder der Mond heraufstieg; aber da oben war nichts als eine dichte graue Decke, nicht tiefhängend und stürmisch, sondern hochgezogen und bitterkalt. Es schauderte sie. Wo war sie hin, die Schönheit, wo das Leben der Natur? Wenn der Himmel so aussah, erstickte er mit seinem Eiseshauch die ganze Welt ebenso wie die Seelen der Menschen.

So galoppierte sie durch die zunehmende Dunkelheit, und das tote Kaninchen schlug dumpf an die Flanke der Stute.

Nell kam über die Südkoppel her auf die Ställe zu. Sie hatte angenommen, daß Gus bereits nach ihr Ausschau halten würde, aber es war niemand zu sehen, nicht einmal die Hunde. Sie fütterte

Gipsy, sattelte ab und ließ sie auf die Koppel. Sie hing das tote Kaninchen in die Vorratskammer und schritt langsam und lustlos durch den Hohlweg aufs Haus zu. Sie war einem körperlichen Zusammenbruch nahe und ging unsicher und tastend.

Als sie sich dem Haus näherte, stockte plötzlich ihr Schritt. Licht strahlte aus sämtlichen Fenstern, und hinten stand eine Kette von Automobilen.

Es war eine jener lärmenden Zusammenkünfte, die sich ergeben, wenn Stadtvolk die ländliche Freundschaft mit lauter mitgebrachten Picknickvorräten überfällt. Das Haus floß über von Essen und Trinken, Licht und flackerndem Feuer, Lärm und Bewegung vieler Menschen; Rob hatte Kotelette mitgebracht. Die Kartoffeln brieten bereits, und Genevieve Scott legte eben letzte Hand an zwei umfangreiche Kürbispasteten.

Als Nell, benommen und ihren Augen kaum trauend, im Rahmen der Küchentür stand und ausrief: „Rob!", wurde sie prompt von ihrem Mann mit einem Hallo in die Arme genommen, worauf Rodney Scott und Charley Sargent das gleiche tun mußten. Man erklärte ihr, daß sie sich hinsetzen und ausruhen solle, während die Gäste alles Kochen und Tischdecken erledigen würden. Morton Harris überreichte ihr einen Cocktail. Nell brauche gar nichts weiter zu machen, rief man munter, als einzig ihre berühmte Salatsoße.

„Und die Senf-Kaffee-Würze für die Kotelette!" rief Rob dazwischen.

Gus braute seinen deftigen Schwedenpunsch, der „Glögg" hieß.

„Und ich hoffe", sagte Beß Gifford, „daß im Ofen noch Platz ist für meine Biskuits."

„Und das Essen wird etwa halb neun fertig sein", kam es wieder von Rob; „bis dahin hast du nichts zu tun, als zu trinken und vergnügt zu sein!"

Nell rannte hinauf in ihr Zimmer. *Rob ist zu Hause. Er hat mir einen Kuß gegeben. Er ist da!* Noch in dieser Nacht würden sie hier in diesem Zimmer zusammensein, alles würde sich aufklären und vergessen werden. Diese gräßliche Einsamkeit – diese Verzweiflung –, alles vorüber. Ein leichter Atemzug hob ihre Brust, und er war neu und beglückend, frei und ganz anders – als habe alle die Wochen hindurch etwas ihr die Lungen zusammengeschnürt.

Sie stand auf der Schwelle des Schlafzimmers und überlegte, ob er wohl schon hier oben gewesen sein mochte, ob irgendein Anzeichen davon zu sehen war, vielleicht sein Mantel über das Bett geworfen oder die Stiefel als Ärgernis mitten im Zimmer. Statt dessen sah sie das Bett turmhoch mit weiblichen Kleidungsstücken belegt. Ach so – natürlich. Sie hatten hier oben abgelegt. Nun ja – das andere konnte warten.

Mit leichten und lebhaften Bewegungen zog sie sich rasch um, wusch und kämmte sich und rannte wieder hinunter.

Rob bot ihr noch einen Cocktail an. „Willst du noch einen?“ meinte er dazu vergnügt. „Du mußt uns nämlich erst einholen.“

„Seid ihr schon lange da?“ fragte sie und blickte zu ihm auf, während sie das Glas aus seiner Hand nahm. Es war, als spräche sie zu einem Manne, den sie noch kaum kannte, in den sie jedoch Hals über Kopf verliebt war.

Ihre Blicke trafen sich für den Bruchteil einer Sekunde und sanken zurück auf das Glas, das er ihr übergab. „Ach, ein paar Stunden!“ warf er hin.

„Und ich werde jetzt zusehen, wenn Sie Ihre Salatsoße anrühren!“ verkündete Morton Harris. „Ich habe schon alles für Sie auf dem Tisch bereitgestellt!“

Das Radio dröhnte. Beß Gifford und Charley Sargent tanzten nebenan im Wohnzimmer.

Nell kam es vor, als schwimme sie dahin auf Wellen aus Klang und Aufregung, die sie höher und höher trugen. Ihr Körper war warm, biegsam und geschwind, ihre Pupillen groß und dunkel, ihr Lachen perlte. Sie saß am Kopf der Tafel, schnitt die Kotelette, tat auf jedes einzelne einen Klecks Butter und Senf, gab einen Spritzer schwarzen Kaffee daran und verrieb das Ganze mit dem Löffel, bis es sich gut miteinander vermischt hatte. Wenn ihr gelegentlich einmal dazwischen die Rückerinnerung an den heutigen Nachmittag kam – an alle jüngstvergangenen Tage –, legte sie einen Augenblick die Gabel aus der Hand und ließ den Kopf zurücksinken, weil sie scharf nachdenken wollte, ob sie vielleicht betrunken sei, denn die Qualen des Augenblicks waren so unerträglich süß gegenüber der unbeschreiblichen Verzweiflung der Vergangenheit. Es war vorüber. Er war da. Er hatte sie geküßt. Heute abend würde er sie wieder küssen.

„Vielleicht kannst *du* uns das erklären, Nell!“ quietschte Beß Gifford vom anderen Ende des Tisches her. „Wie kommt es bloß, daß Rob und Charley nie so glücklich sind, als wenn sie die Köpfe zusammenstecken und sich gegenseitig erzählen können, wieviel Geld sie an den Pferden verlieren?“

„An Pferden verlieren?“ wiederholte Nell fragend, und ihr Blick suchte Rob.

„Glaubt ihm doch nicht“, sagte Rodney Scott. „Los, mein lieber Rob – ’raus mit der Sprache. Hast ein kleines Vermögen gemacht bei dem Verkauf, was?“

„Brauchst du doch gar nicht erst zu fragen“, schallte es von Stacy Gifford herüber. „Sieh ihn dir nur mal an! Dies überlegene Grinsen! Der hat die Bank gesprengt!“

Rob versuchte sich verständlich zu machen. „Wenn ihr es unbedingt wissen wollt“, sagte er, „man hat mich ausgezogen bis aufs Hemd.“

„Genau das hat er eben zu Charley gesagt“, beteuerte Beß Gifford noch einmal. „Und ich kann nicht verstehen, wozu sie dann immer weiter Pferde züchten . . .“

„Nur um des Vergnügens willen, sie wegzuschenken", sagte Charley, „oder sie auf den Rennplätzen verlieren zu sehen."

„War's denn wirklich so, Rob?" erkundigte sich Genevieve Scott.

„Genau", grinste Rob zurück. „Wem anders konnte das passieren als mir? Ich traf mit meinen beiden Wagenladungen Pferde genau in demselben Augenblick auf der Auktion ein, als die argentinischen Polospieler ihren Bestand auflösten, ehe sie die Staaten verließen. Ihre Pferde gingen zu sagenhaften Preisen ab. Amerikanische Pferde brachten einen Dreck."

Nell saß, ohne sich zu rühren. Auf diese Weise also hatte er es ihr beibringen wollen. Leichter für ihn, als es ihr gestehen zu müssen, wenn sie allein miteinander waren. Leichter auch für sie.

Rodney Scott schlug sich komisch verzweifelt mit der Faust vor die Stirn: „Und dabei schuldet er mir Geld!"

„Schulde *dir* Geld!" spottete Rob. „Denkst du, du wärst der einzige? Aber ihr werdet alle offiziell benachrichtigt. Schulden werden keine bezahlt."

Nell riß unwillkürlich die Augen auf und blickte Rob an. War es derart schlimm? Das konnte doch nicht sein. Selbst wenn er die Pferde zu denkbar niedrigen Preisen hatte hingeben müssen, so mußte doch bei den beiden Wagenladungen bestimmt genug geblieben sein, um wenigstens die Schulden zu bezahlen.

In ihren Augen war die Frage deutlich zu lesen. Zum ersten Male begegnete Rob ihrem Blick direkt, und seine harte Miene gab ihr die Antwort. Sie senkte die Augenlider. Es war also wahr. Der Zusammenbruch. Aber was kümmerte es sie? Geld – was hatte das mit ihnen beiden zu tun?

Während die vergnügte und unbeschwerte Unterhaltung über den Tisch hinweg schwirrte, lauschte Nell der Musik. Arthur Rubinstein spielte ein Rachmaninoff-Klavierkonzert mit Orchester. Die breiten, leidenschaftlich bewegten Crescendi gingen ihr ins Blut. So also konnten Menschen auch fühlen. Ein Mensch hatte es komponiert. Menschen spielten es. Sie fühlte jeden Ton mit. Empfand Rob genauso?

Irgendwann einmal im Laufe des Abends verkündete jemand, daß es schneie. Die Männer gingen hinaus und schlossen ihre Wagenfenster. Gus brachte immer wieder neue Scheite für das Kaminfeuer und füllte den Glögg im Bowlengefäß nach. Es war viel zu spät und das Wetter auch zu schecht, als daß man noch am gleichen Abend daran denken konnte, nach Laramie zurückzufahren. Nell ging in die Gastzimmer im unteren Stock, um nachzuschauen, ob die Lampen gefüllt seien. Als sie ein Zündholz anrieb und das flackernde Flämmchen mit der Hand schützte, sah sie plötzlich vor sich auf dem Tisch eine andere Hand liegen. Diese Hand war nicht zu verwechseln – ihre harte Kraft – ihre Bedeutung . . .

Die Flamme verlöschte. Die Hand griff nach der ihren, umschloß sie ganz. Ihre Hand wurde gehoben, zwei Küsse trafen ihre Innenfläche, dann war sie wieder frei.

Am ganzen Leibe zitternd, fingerte sie nach einem weiteren Streichholz und brannte es an. Sie war im Zimmer allein.

Sie brannte die Lampe an und suchte sich wieder zu fassen. Sie blickte auf ihre Handfläche nieder, als müsse sie den Abdruck dieser leidenschaftlichen Zärtlichkeit darin finden, die alles Blut in ihrem Körper in Flammen gesetzt hatte.

Sie wollte hier stehenbleiben, bis das Zittern vorüber war und ihr Herzschlag sich beruhigt hatte.

Wieder und wieder blickte sie auf ihre Hand. Sie legte ihre Wange hinein. Und sie fragte sich, ob man wohl, wenn sie jetzt ins Wohnzimmer zurückkehrte, das Mal dieses Kusses sich widerspiegeln sähe in ihren Augen, auf ihren Lippen, in ihrem Lächeln, in allem, was sie sprach – denn sie spürte sein Brennen unaufhörlich. Es war nicht auszulöschen.

Sie untersuchte die Lampe, versicherte sich, daß genügend Dekken auf den Betten lagen, und suchte die Verteilung der Gäste auf die verschiedenen Lager vorzunehmen. Acht Menschen, fünf Betten, davon zwei Ehebetten. Sie bekam es nicht fertig. Es war schwieriger, als Gäste an einer Tafel zu placieren.

Ihre Gäste nahmen ihr die Entscheidung ab. Die beiden verheirateten Paare wollten in den beiden Ehebetten schlafen, die beiden Junggesellen in den Zimmern der beiden Jungen und Rob im Arbeiterhaus. Nell schlief in Robs Ankleidezimmer. Waren es schon nicht seine Arme, die sie umfaßten, so doch wenigstens sein Zimmer.

Nicht oft im Leben liegt man eine volle Nacht, ohne daß der Schlaf einem auch nur die Lider streift, aber so ging es Nell in dieser Nacht.

Am Morgen waren die Männer mit dem Frühesten auf, gruben die Wagen aus dem Schnee und legten ihnen Schneeketten an, während die Frauen das Frühstück bereiteten.

Unmittelbar danach wurde aufgebrochen, und Rob nahm sich eben nur die Zeit zu einem Kuß und sagte – diesmal, ohne sie dabei auch nur anzusehen: „Ich muß unbedingt noch einmal mit ihnen nach Laramie zurück – habe dort noch zu tun. Ich komme aber bald nach Hause. Du kriegst dann ein Telegramm und kannst mich mit dem Wagen abholen.“

## *Nun doch Schafzucht*

Nell träumte, daß sie mit einem Mann verheiratet würde, den sie noch nie gesehen hatte. Er war sehr groß und breitschultrig, hatte glattes braunes Haar, das schon ein wenig dünn wurde, und ein stark gerötetes Gesicht, fast indianisch. Er war formvollendet, liebenswürdig und aufmerksam.

Die Hochzeitsfeier fand auf einer großen Besitzung statt, im Schatten riesiger Bäume. Sie kam überraschend, ehe sie irgend etwas Wichtiges und Notwendiges noch hatte erledigen können.

Ja, sie hatte sogar ein unangenehmes Gefühl, als ob die Sache nicht ganz legal sei, ehe diese Dinge nicht erledigt waren. Handelte es sich um die endgültigen Scheidungspapiere? Sie war sich nicht sicher – jedenfalls aber war der Weg für diese Heirat noch nicht frei.

Selbst der amtierende Geistliche – auch mit ihm war etwas nicht so ganz in Ordnung. Er mußte ihnen erst erklären, als er mit entschuldigendem Lächeln vor ihnen stand, daß er nunmehr rechtskräftige Heiraten vorzunehmen in der Lage sei, seit man ihm kürzlich bei irgendeinem Ereignis – das er ihnen erzählte – mitgeteilt habe, daß er tatsächlich Priester sei.

Sie saß mit ihrem Verlobten vor ihm auf zwei niedrigen Stühlen.

„Ich weiß", sagte er und winkte leicht mit der Hand, „daß Ihnen sehr viel daran liegt, es rasch hinter sich zu kriegen", und sie und der breite, rotbraune Mann stimmten hastig zu und verschränkten die Arme wie Schlittschuhläufer.

Die einzigen Zuschauer bei dieser Hochzeit waren etwa zwanzig große dänische Doggen, die auf die Besitzung gehörten. Sie hatte sie vorher schon in ihrem Drahtzwinger gesehen, gegen den sie sich in sinnloser Wut geworfen hatten. Jetzt lagen sie, an einer Seite aufgereiht, völlig ruhig da, alle genau in der gleichen Haltung, die Köpfe auf die ausgestreckten Vorderpfoten gelegt, die Hinterbeine unter den Körper gezogen. Die Hälfte von ihnen war tot. Sie lagen in genau der gleichen Stellung da wie die Lebenden, waren jedoch nur Skelette.

Nell verspürte das fieberhaft bedrückende Traumgefühl, etwas Wichtiges vergessen oder verloren zu haben oder auch nicht gehörig angezogen zu sein. Und während sie so dasaß, mit verschränkten Armen, neben ihrem Verlobten, in Erwartung ihres eigenen zwangsläufigen Ja, fühlte sie die Blicke der Doggen auf sich. Die Lebenden beobachteten sie mit einer leichten Drohung, als wollten sie sagen: „Gib acht – hüte dich" und die dunklen Augenhöhlen der Toten sprachen: „Es hat alles keinen Zweck – es ist zu spät."

Und sie erwachte mit überströmender Erleichterung darüber, daß es nur ein Traum war, wurde aber das furchtbar reale Bild des breiten, rotbraunen Mannes mit dem betont guten Benehmen nicht los, ihres Zukünftigen. Er verfolgte sie noch den ganzen Tag, so lebendig und einzigartig in der Erscheinung, so fest umrissen in seiner Persönlichkeit, daß sie – als sie nach Laramie hinüberfuhr, um dort mit Rob zu Mittag zu essen und ihn dann mit sich nach Hause zu nehmen – richtig nervös war, wie eine Frau zwischen zwei Männern.

Die vergangene Woche war für Nell mindestens so schwer gewesen – so belastend für Appetit, Nerven und Schlaf – wie die Wochen zuvor, und sie war dünn und sichtlich überanstrengt. Aber sie kleidete sich sehr sorgfältig an. Sie wählte ihr sechs Jahre altes grünes Tweedkostüm und dazu ein Filzbarett gleicher Schattierung. Das Fieber ihrer inneren Gespanntheit lieh ihrem Gesicht Farbe und Lebhaftigkeit. Ihre irisblauen Augen blitzten nach allen Seiten. Ihre Lippen bebten. Sie lachte viel. Als sie ihr Jackett auszog und in ihrem enganliegenden, dünnen gelben Wolljumper dasaß, sah sie wieder aus wie sonst, strahlend und jung. Rob machte kaum den Mund auf. Sie mußte die Unterhaltung führen und wußte nicht, wie weit sie sich mit ihren Fragen wagen durfte. „War das die Wahrheit – das mit dem Pferdeverkauf –, was du neulich abends den anderen bei Tisch erzählt hast?"

„Ja. Ich hätte keine dümmere Zeit wählen können."

„Es tut mir so leid, Rob." Sie stockte und ließ den Blick sinken, als sie weiter fragte: „Das wegen der Schulden auch? Daß wir nicht zahlen können?"

„Wir können nicht zahlen."

„Und den Fünftausend-Dollar-Schuldschein?"

„Auch nicht. Das war es ja, was ich in dieser Woche machen mußte – diese ganzen Geschichten regeln. Zahlungsaufschub. Arrangement mit unseren Gläubigern."

Für diese Woche mochte das wohl stimmen, dachte sie und zerschnitt das Lammkotelett auf ihrem Teller, aber was war in der Woche davor und in der noch weiter davor? Und warum konntest du in der ganzen Zeit denn nicht zu Hause wohnen wie sonst und nur tagsüber in die Stadt hinüberfahren, um die Geldsachen zu regeln, wie du es immer getan hast? Aber sie litt nicht mehr darunter seit Robs Besuch daheim vor einer Woche. Solange er sie noch liebte – dieser Augenblick im Dunkeln, als er ihre Hand ergriffen und geküßt hatte! Und zudem war seine Abwesenheit erklärt durch die Tatsache, daß der Verkauf ein solcher Mißerfolg gewesen war und ihm davor graute, heimzukommen und es ihr erzählen zu müssen. *Da sitzt du nun ganz einfach da und wartest auf den großen Kladderadatsch, damit du dann die Reste aufsammeln kannst.* Sie konnte es ihm nicht verübeln.

„Erzähl mir von Howard", bat sie, da er nicht die Absicht zu haben schien, ihr etwas von der Auktion zu berichten. Sie wußte bisher noch nicht, wieviel er überhaupt bekommen hatte. Sollte sie nicht einmal das erfahren?

Während er von Howard und seiner Schule erzählte, hörte ein Teil von ihr zu, doch nebenher folgten ihre Gedanken ihren eigenen Überlegungen und Folgerungen und bemerkten auch jede Einzelheit seiner äußeren Erscheinung.

Nicht allein der Kuß in die Hand hatte sie seiner Liebe wieder sicherer gemacht. Auch daß sie Gus dabei ertappte, als er auf dem Heuboden einen Schlitten reparierte. Und er hatte gestanden, daß ihn Rob damals aus Denver im Lastwagen mit zurückgebracht hatte als ein Geschenk für sie. Und er hatte nichts davon verraten sollen.

Und nicht allein die Hand und der Schlitten, sondern außerdem noch der Affenbaum. Bei einem nachmittäglichen Ritt war sie auf einen riesigen Affenbaum gestoßen, um den ein kreisförmiger Graben ausgehoben worden war. Sie zügelte Gipsy und blickte verwundert darauf nieder. Auf diese Weise verpflanzte Rob größere Bäume. Man grub einen tiefen Graben, der den Wurzelballen umfaßte, wässerte das Ganze reichlich, so daß es bei der nächsten Frostperiode frieren mußte. An einem kalten Wintertag konnte das Ganze dann, ohne die Wurzeln zu erschüttern, losgehackt und an einen neuen Standort transportiert werden.

Sieh an! Er hatte also allerhand für sie getan – ihr eine Freude machen wollen –, obwohl er sie in all der Zeit vernachlässigt und mit seiner schlechten Laune und Niedergeschlagenheit an den Rand der Verzweiflung gebracht hatte. Sie hätte beinah laut aufgelacht, hätte beinah gesagt: Das sieht dir wieder mal ähnlich, Rob! Aber ach, wie – wie sollte all dies Lastende, diese Unrast zwischen ihnen je ausgelöscht werden können? Wie war es möglich, daß sie wieder als verheiratete Leute im Frieden zueinander fanden?

Während sie das Bild seiner gegenübersitzenden Gestalt in sich aufnahm und Betrachtungen daran knüpfte, berichtete sie ihm von Kens Ausflug in das Tal der Adler.

In einem seiner gepflegten Tweedanzüge, die er mit selbstverständlicher Eleganz trug, auch wenn sie noch so alt waren, schien er da an der anderen Seite des kleinen Tisches im Berghotel-Speisesaal nur eben ein guter Bekannter, ihr als Gatte kaum vertrauter als der breitschultrige, rotbraungebrannte Mann, dessen Bild so mühelos vor ihrem geistigen Auge auftauchte. Wellen einer fast fieberhaften Ungeduld überkamen sie alle paar Minuten. Was für ein schauderhafter Zustand – daß sie sich dem eigenen Manne gegenüber nicht einmal so vertraut, so ganz im Einklang spürte wie damals, als sie verlobt waren. Jahrelang verheiratet, der älteste Sohn bereits sechzehn Jahre – und wieder die gleiche Erregung, das Verlangen, die Sehnsucht nach Erfüllung und das Fieber jener ersten Tage – nur um vieles schlimmer.

Es war nicht allein das, daß er sie mied; irgend etwas an ihm hatte sich geändert. Seine Miene war streng, er verschloß sich, hielt sich betont fern von ihr – all das konnte sie noch verstehen. Aber etwas anderes verwirrte sie. Irgendein Schlag mußte ihn innerlich so getroffen haben, daß er darunter zusammengebrochen war. Eine lebendige Flamme in ihm war ausgelöscht. Diese Auktion! Sie mußte ihren Kopf über den Teller senken, um ihr Gesicht zu verbergen, weil sie sich die Qual vergegenwärtigte, die es für ihn gewesen sein mußte, als er eins seiner sorgsam gehüteten Pferde nach dem andern für einen Bruchteil seines Wertes weggehen sah. War es doch die gesammelte Arbeit vieler harter Jahre. Das Gestüt war ja sämtlicher Pferde beraubt bis auf den Nachwuchs und das Rudel der Zuchtstuten.

„Wirst du neue Zuchtstuten kaufen können?“ unterbrach sie ihre eigene Erzählung unvermittelt.

„Nein.“ – „Oder einen neuen Hengst?“ – „Nein.“

Auf der Heimfahrt im Wagen, dessen Rücksitz mit Vorräten für die nächsten Wochen vollgepackt war, wäre sie ganz glücklich gewesen, wenn nur auch er es gewesen sein würde. Aber konnte denn ein Mann glücklich sein, hielt sie sich immer wieder möglichst vernünftig vor, wenn er eben einen der schwersten Schläge seines Lebens bekommen hatte und tiefer in Schwierigkeiten steckte als je zuvor? Hätte sie selbst in diesem Augenblick glücklich sein können, wenn sie nicht als Ergebnis verzweifelten Grübelns auf eine Idee verfallen wäre, von der sie glaubte, daß sie einen Ausweg aus ihren finanziellen Schwierigkeiten bot?

Sollte sie es ihm bald erzählen? Vielleicht jetzt, damit sie es auf der Heimfahrt miteinander durchsprechen konnten? Wie sollte sie beginnen? *Rob – ich habe mir so viel überlegt. Und ich habe da einen Einfall gehabt . . .*

Nach einem verstohlenen Blick auf sein Gesicht entschloß sie sich, noch nichts zu sagen. Er sah so – ja, wie sah er eigentlich aus? Nicht verbittert, nein – auch nicht so wütend wie damals, als er fortgefahren war, aber verhärtet. Und sehr auf der Hut. Gegen wen anders als sie? Und entschlossen – wozu entschlossen? Vielleicht einfach nur dazu, sie weiter ihre Strafe fühlen zu lassen. Immer behauptete er, wenn er böse sei, dann nur mit sich selbst, nicht mit ihr. Aber selbst wenn das stimmte, kam es auf dasselbe heraus. Er strömte Mißstimmung nach allen Seiten aus und belastete damit alle Menschen seiner Umgebung.

„Rob – ich habe mir allerlei überlegt. Und ich habe da einen Einfall gehabt."

Ein gutes Mahl und ein Cocktail hatten ihn in eine mildere Stimmung versetzt. Er ließ die Zeitschrift sinken, in der er las, und blickte auf seine Pfeife, die ausgegangen war. „Worum handelt es sich denn?"

„Um unsere Finanzen."

Rob suchte nach einem Streichholz. „Und was ist mit denen?"

„Ja, siehst du – ich glaube, daß mir wirklich etwas eingefallen ist, wodurch wir unser Gestüt rentabel gestalten können."

„Wann hast du dir das ausgedacht?" fragte Rob und ließ das Streichholz einen Augenblick über seiner Pfeife schweben, um sie kurz anzusehen.

„In der letzten Woche, nachdem – nachdem du hier warst und gesagt hast –, daß die Auktion nicht so – so günstig für dich war, wie du gehofft hattest."

„Aha! Also wolltest du in die Bresche springen und wenigstens den Rest retten!"

Nell war bestürzt. Sah es so in seinen Augen aus? Sie verstummte.

„Na also, 'raus damit", ermunterte er sie mit falscher Aufgeräumtheit. Seine blauen Augen starrten sie über die Pfeife hinweg an und ließen sie an Kens Ausspruch denken: „Papas Augen sind die dollsten."

„Schieß los!" stachelte er.

„Ja – es geht eigentlich auf etwas zurück, was du selber mal vor Jahren gesagt hast."

„Ach? Nett von dir, dich daran zu erinnern! Aber gib dir nicht soviel Mühe, es mir taktvoll beizubringen, Nell. Laß hören."

„Du hast mir damals erzählt, der Mann von der Steuer hätte gesagt, die einzigen Rancher in Wyoming, die noch verdienten, seien die mit den Feriengästen. Und hast hinzugesetzt: Und er weiß ja wirklich Bescheid." Sie warf Rob einen fragenden Blick zu in der Hoffnung, daß er nichts merken würde vom nervösen Zittern ihres Körpers.

„Ich erinnere mich. Weiter."

„Da ist mir eben der Gedanke gekommen, wir könnten Gäste aufnehmen."

„Auf unserer Ranch?"

„Ja. Wir haben doch schon ein paarmal drüber gesprochen, vor Jahren, weißt du noch?"

„Und immer hast du behauptet, daß es dir das Gefühl des Zuhauseseins hier nehmen würde", erinnerte sie Rob.

„Ich weiß, daß ich das gesagt habe." Nell zwang sich mühsam, den eingeschlagenen Weg beharrlich weiter zu verfolgen. „Ich konnte den Gedanken bisher nicht ertragen. Aber – wenn wir eben in solchen Schwierigkeiten sind – wenn du das Geld brauchen kannst – scheint es mir nicht anständig, meine persönlichen Gefühle einer Lösung hindernd in den Weg zu stellen."

Sie warf ihm einen unsicheren Blick zu und sah gleich wieder weg. Seine Miene war so zornig – so voller Wut –, daß es ihr schrecklich war, das länger anzusehen.

„Und somit", erklärte er mit seiner verletzendsten Ironie, „bist du demnach endgültig zu dem Schluß gekommen, daß ich ein absoluter Versager bin. Ein hoffnungsloser Fall. Und daß du fürderhin eben zu verzichten hättest auf das, was dir bisher am meisten am Herzen lag – dein Heim. Also gib es nur auf, mache aus dem Ort – den für dich schön zu machen ich mein Herzblut hingegeben habe –, mache daraus einen Tummelplatz für jeden albernen Kerl aus der Stadt, der hier Wildwest spielen möchte ..."

Nell blickte ihn empört an. „Es ist wirklich nicht fair von dir, es so hinzustellen. Es würde ja schließlich nur den Sommer über eine Ferienranch sein. Im Winter wäre es wieder nichts als unser Heim wie immer. Und was heißt das schon, daß ich früher eine Aversion dagegen hatte, Feriengäste aufzunehmen? Der Mensch ändert seine Meinung ja zuweilen. Und wenn wir eben das Geld brauchen und es sich darum handelt, ob wir unsere Schulden bezahlen können oder nicht, wäre ich ja wohl ein Waschlappen, wenn ich mich nicht für ein paar Sommerwochen an ein weniger schönes Leben gewöhnen könnte." Ihre Entrüstung wuchs. „Es ist beschämend, dauernd in Schulden zu stecken. Ich würde irgend was unternehmen, um da endlich 'rauszukommen!"

„Und du bildest dir ein", sagte Rob in derselben kalten, verletzenden Manier, „daß du die Ranch mit Feriengästen retten könntest?"

„Ja. Das hat der Mann von der Steuer doch schließlich damals gesagt, nicht?"

„Die Leute reden davon, daß sie Feriengäste aufnehmen. Richtiger sollte es heißen, daß sie welche suchen wollen. Die meisten würden sehr froh sein, welche aufzunehmen, wenn sie nur könnten. Wie willst du es denn anstellen, welche zu finden?"

„Ich habe schon mit dem Suchen angefangen!" erklärte Nell voller Eifer. „Ich habe Tante Julia in Boston geschrieben; sie hat einen sehr großen Kreis von Freunden und Bekannten. Und dann auch an zwei Schulfreundinnen, Adelaide Kinney und Evelyn Sharp."

„Du erwartest also von denen, daß sie das Geschäft für dich gründen?"

„So doch nicht, Rob! Du bist wirklich einfach scheußlich!" Nell sprang impulsiv auf und stellte sich neben den Kamin.

„Ich möchte deinen großartigen Einfall nur genau kennenlernen", sagte Rob eisig. „Du hast ihn mir doch erzählen wollen, nicht? Also bitte weiter – den Rest. Es interessiert mich alles außerordentlich, besonders seit ich weiß, daß du die Tatsache meines Versagens deinen Verwandten und Freunden im Osten bereits mitgeteilt hast."

Nell schwieg eine Weile, holte dann tief Atem und sagte: „Sie werden mir das Geschäft durchaus nicht ‚gründen' müssen. Sie werden mir nur gern eine Liste von Leuten geben, die in Betracht kommen. Und sie werden mir erlauben, ihre Namen als Referenz anzugeben. Und ich habe auch schon einen Brief entworfen mit der Ankündigung dessen, was ich vorhabe; mit einer Beschreibung von Haus und Gegend; und wir müssen nun nur noch ein paar Bilder dazu haben, alles vervielfältigen lassen und die Prospekte an die Leute aus der Liste versenden. Denn wir haben ja alles Notwendige. Wir brauchen praktisch nichts hineinzustecken in die Sache. Einige Holzhütten für die Gäste, das wäre alles, und die können Gus und Tim unter deiner Anleitung bauen. Und es ist doch wirklich reizend bei uns auf der Ranch, die Gegend herrlich, und genügend Pferde zum Reiten sind auch da. Außerdem bin ich eine ganz anständige Köchin!"

„Großartig!" explodierte Rob.

Nell sagte kein Wort mehr. Im nächsten Augenblick erkundigte sich Rob: „Du hast also den Brief bereits entworfen?"

„Ja." Nell nahm ihn vom Tisch und reichte ihn hinüber, aber Rob hob abwehrend die Hand. „Nein. Ich möchte ihn gar nicht erst sehen. Danke. Und ich hoffe nur, daß nicht dein ganzes Herz daran hängt. Oder?"

„Mein Herz daran hängt?" fragte Nell.

„Weil ich dir höchst ungern einen Wunsch abschlage."

„Ich weiß", erwiderte Nell stockend. „Du bist schrecklich nett in der Beziehung. Ich wollte dir schon danken für – für den Schlitten, den Gus in Ordnung bringt – und für den Affenbaum. Ich danke dir vielmals dafür."

Rob machte eine wegwerfende Handbewegung. „Was ist das schon?" bemerkte er obenhin. „Warum solltest du denn nicht haben, was du dir nun einmal wünschst?"

Nell schwieg. Nach einer Weile sagte sie: „Rob, diese Sache ist aber doch nicht irgend etwas, was ich mir *wünschte* – etwa, weil es mir Spaß machte ..."

„Nicht? Ich dachte, du langweiltest dich hier mit mir allein."

„Du weißt genau, daß das überhaupt nichts damit zu tun hat, Rob. Du weißt ja selber ganz genau, daß kein Wort von dem wahr ist, was du da redest."

„Ich bin also nichts als ein gottverdammter Schwindler in deinen Augen, was?"

Das fand Nell so albern, daß es ihr die Haltung wiedergab. „Schuld an allem ist ja nur das, was ich dir damals im Sommer gesagt habe – daß du mit den Pferden nie Erfolg haben würdest. Das hat dich so wütend auf mich gemacht. Über diese Wut bist du nie hinweggekommen. Und nachher habe ich mir auch überlegt, daß es natürlich scheußlich von mir war, alle deine Hoffnungen – mit den Pferden und deine viele Arbeit – einfach so umzustoßen, ohne etwas anderes vorschlagen zu können. Also habe ich mir eine andere Möglichkeit überlegt. Das war alles."

Rob zog eine Weile schweigend an seiner Pfeife, und auch Nell setzte sich wieder. Das Feuer knackte, und ein dickes Scheit Holz brach funkensprühend auseinander.

Rob klopfte die Asche aus seiner Pfeife. „Ich hatte nicht die Absicht, dir etwas von der Sache zu erzählen, Nell, aber es geht nun nicht anders. Sonst würdest du nicht verstehen, warum ich nein zu deinem Vorschlag sage. Ich werde die Pferdezucht nicht länger als Hauptzweck meiner Ranch ansehen. Das kann nebenher laufen. Ich werde jetzt Schafe züchten."

„Schafe!" rief Nell. „Aber dazu braucht man ein enormes Anfangskapital! Woher in aller Welt sollten wir denn das zusammenkriegen?"

„Es ist bereits da. Zunächst einmal habe ich zwar nicht die zwanzigtausend Dollars erzielt, die ich mit einigem Glück für meine Polopferde erwartet hatte, aber doch fast zehntausend. Damit hätte ich also unter dem Pferdebestand aufgeräumt. Bis auf die heranwachsenden Jungtiere haben wir zunächst mal nichts mehr zu verkaufen. Aber ich habe jeden einzelnen Dollar und alles Geld, das ich mir sonst noch zusammenborgen konnte, in eine Herde Mutterschafe gesteckt. Ich habe die Marktlage für Schafe und Wolle in den Tagen, als ich in Laramie war, eingehend von allen Seiten geprüft. Ich glaube auch, daß ich beim Kauf Glück gehabt habe. Ich entdeckte die Tiere auf der Doughty Ranch ganz weit draußen, nahe der Roten Wüste. Fünfzehnhundert Corriedale-Mutterschafe."

„Wann kommen sie denn auf die Ranch?" erkundigte sich Nell.

„Sie sind bereits da", erwiderte Rob. „Ich habe einen mexikanischen Hirten. Wir haben sie zusammen vor zwei Tagen hergetrieben. Wir sind gleich von hinten hereingekommen."

„Aber was wird dann aus Bellamys Schafen? Sie sind doch dort hinterm Berg. Ich habe sie gestern erst gesehen."

„Wenn du dort Schafe gesehen hast, dann waren es unsere eigenen. Bellamy ist schon vor Wochen mit seinen Schafen abgezogen."

Nell war drauf und dran zu fragen, was denn aus der Pachtzusage geworden sei, die er Bellamy für ein weiteres Jahr gegeben haben wollte, hielt aber doch lieber den Mund. Sie erkundigte sich indes: „Du sagtest eben, daß du nicht die Absicht gehabt hättest, mir schon davon zu erzählen. Warum?"

„Weil es schiefgehen kann", sagte Rob kühl. „Es ist ein Glücksspiel, wie jede Viehzucht. Es scheint im Augenblick aussichtsreich. Der Markt ist seit Jahren gut gewesen. Mit diesen Schafen sollte ich nahezu zehntausend in einem Jahr verdienen können. Das würde von unserer Schuldenlast eine ganz schöne Ecke abbrechen. Und wenn es anhält, sollten wir in einigen Jahren aus der Geschichte 'raus sein."

Für Nell war der Umschlag nach allem, was sie gegrübelt, geglaubt und geplant hatte, so plötzlich gekommen, daß sie wie erschlagen war. Ja, dann war doch alles gut! Alles neu geregelt und in Ordnung! Für die Zukunft gesorgt und – alles andere!

Mit einemmal reichte ihr Atem wieder, um das auch auszusprechen, und Rob nickte zustimmend.

„Ja, alles ist soweit in Ordnung."

„Und wir brauchen uns im Augenblick keine Sorgen mehr zu machen?" – „Keine."

Die Worte verklangen in der lastenden Stille. Nells Blicke streiften Rob. Alles in Ordnung – keine Sorgen mehr –, und dennoch zwischen ihnen diese kühle Zurückhaltung und Entfremdung. Woher kam das? War es unmöglich – da die gewohnten Zärtlichkeiten erst einmal aufgehört hatten –, den Bruch nun wieder zu heilen? Nicht einmal, nachdem die Ursache, die dazu geführt hatte, aus der Welt geschafft worden war?

Rob starrte ins Kaminfeuer und sagte langsam: „Mir wäre es lieber gewesen, dies Experiment erst durchzuführen, damit ich dir, wenn ich alles erzählte, auch gleich die vollendete Tatsache hätte vor Augen halten können – Geld auf der Bank, Schulden getilgt, Rechnungen bezahlt, ein lukratives Geschäft – und nicht nur, wie jetzt, eine Hoffnung mehr, ein Plan mehr, ein weiteres prächtiges Stückchen Wunschvorstellung."

Nell lehnte sich im Sessel zurück, ohne zu antworten.

„Aber", fuhr Rob fort, „da du es mir nun einmal so klargemacht hast, daß du nicht allein an den Pferden, sondern auch an mir gezweifelt hast – und an jeglicher Fähigkeit, die ich besitzen könnte, um für dich zu sorgen und dir ein Heim zu schaffen . . ." Er ließ den Satz unvollendet.

Die Uhr schlug elf, und Pauly erhob sich von ihrem Platz nahe am Feuer, dehnte sich ausführlich und lief dann mauzend auf Nell zu.

Nell nahm sie automatisch hoch.

„Das ist doch wahr, nicht, Nell?" wandte sich Rob plötzlich mit direkter Frage an sie. – „Was?"

„Daß du alles Zutrauen zu mir verloren hast?"

Nell antwortete nicht sofort. Schließlich meinte sie: „Rob – ich habe nicht mehr geglaubt, daß du mit den Pferden Erfolg haben würdest. Ich habe dir das auch gesagt. Aber das galt doch nicht dir persönlich . . .“

„Aber es *galt* mir persönlich“, beharrte er. „Du hast eben nicht geglaubt, daß ich uns aus den Schwierigkeiten würde heraushelfen können, nicht?“

„Du hast mich nie ins Vertrauen gezogen“, sagte Nell. „Du hast nichts davon gesagt, daß du es mit etwas anderem versuchen wolltest. Du hattest dich immer nur hinein verbissen, daß es die Pferde sein müßten oder sonst gar nichts.“

„Mir scheint, diese Antwort ist Antwort genug auf meine Frage“, gab Rob langsam zurück.

In leidenschaftlichem Protest sprang Nell auf die Füße, daß Pauly mit empörtem Geknurr auf den Boden plumpste. „Ich verstehe nicht, warum Zutrauen so viel für dich bedeutet! Nie habe ich aufgehört, dich zu lieben – nicht ein Jota weniger. Und *wenn* nun also auch etwas von meinem Zutrauen verlorengegangen sein sollte? War das nicht verständlich, menschlich – ohne daß es zwischen uns irgendeinen Unterschied zu machen brauchte?“

Rob stand auf, ging herum und blies die Lampen aus, bis er schließlich sagte: „Nur daß es einem Manne eben – sozusagen – allen Lebensmut nimmt!“

Noch war es möglich, dachte Nell, als sie langsam die Treppe hinaufstieg. Wenn sich zwei Menschen so liebten, wie sie beide sich geliebt hatten, brauchte es nichts weiter als einen Blick – ein Wort nur – ihren Namen, Nell. Es würde kein Verzeihen, kein Erklären nötig sein, nur dies plötzliche Wiederzusammenkommen, und der ganze Zwist fiele von ihnen ab.

Aber Rob stand in einer seltsamen Benommenheit mitten im Zimmer, als fühle er sich dort nicht recht zu Hause. Eine Hand umfaßte die Pfeife, an der er weiterpaffte, während er zusah, wie Nell herumwirtschaftete, die Betten aufschlug, die Fenster schloß, ihr Nachthemd vom Haken nahm und aufs Bett warf.

Sie ging auf seinen Wäscheschrank zu, nahm einen Pyjama heraus und reichte ihn ihrem Mann: „Da hast du einen frischen Pyjama für dich.“

Er griff geistesabwesend zu. Als Nell dann den Gürtel ihres Rockes aufhakte, ihn herunterfallen ließ und dann den Pullover über den Kopf zog, sagte er mit leichtem Zögern in der Stimme: „Ich bin schrecklich müde. Ich schlafe vielleicht besser nebenan. Ist dir's recht?“

Er sah sie an.

Sie saß im Sessel, ein Bein übers andere geschlagen, um ihre Schuhe auszuziehen. Ihre schlanken, schönen Beine umhüllten schimmernde Seidenstrümpfe, das rehbraune Haar fiel lose über den weichen Perlenglanz ihrer Brust. Ihre Wangen waren zart gerötet.

Ohne den Kopf zu heben, blickte sie nur von unten herauf mit ihren dunklen Augen und sagte leichthin: „Aber selbstverständlich. Das scheint mir eine ausgezeichnete Idee. Wahrscheinlich werde auch ich dann besser schlafen.“

## *Nell ist am Ende ihrer Kraft*

Menschen sterben nicht ganz einfach, sie werden zentimeterweise umgebracht, dachte Nell; denn wenn man allzu unglücklich ist, kann man nicht essen, und wenn man nicht ißt, kann man nicht verdauen, und so werden nach und nach überall im Körper alle Vorgänge abgeschaltet.

Währenddessen saß sie an ihrem Tischchen und versuchte einen Brief an Howard zu schreiben. „Und wir haben eine Menge Schnee. Es wird uns komisch vorkommen, wenn du Weihnachten nicht zu Hause bist, aber du wirst drüben in Massachusetts sicherlich viel Ski laufen können ...“

Sie hob den Blick zum Fenster und stützte das Kinn in die Hand. Es war ein grauer, stiller Tag mit tiefhängenden Wolken, die voller Schnee zu sein schienen. Ja. Drei Viertel des Lebens sind langsames Sterben. Verzweiflung ist es, die uns umbringt – langsam oder schnell –, aber ich denke, daß jeder seine Dosis abbekommt. Und ich weiß nun, wie das vor sich geht. Es wirkt auf die Drüsen, und sie gehen daran kaputt, dann altert der Körper, und schließlich stirbt er daran ...

Sie tauchte die Feder in die Tinte und schrieb wieder. „Wir haben Gipsy unten bei uns behalten, damit wir uns um sie kümmern können, wenn sie fohlt. Dein Vater ist wütend, weil sie ausgerechnet ein Winterfohlen kriegt ...“

Sie schrieb den Brief zu Ende und steckte ihn in den Umschlag, dann lief sie rasch in die Küche, sah nach den Töpfen, die leise vor sich hingekocht hatten, und begann den Tisch zu decken.

Einander dreimal am Tage bei den Mahlzeiten gegenübersitzen zu müssen, war für beide nach und nach eine Qual geworden, die mit jeder vergehenden Woche schlimmer wurde. Sie mußten sich jedesmal zusammennehmen – es graute sie nahezu davor.

Und trotzdem vermochte sie es eigentlich nicht wirklich zu glauben, und sie wartete, daß alles vorübergehen müsse und die Liebe, wie ein unterirdischer Strom, der dort weiterfloß, eines Tages wieder ans Tageslicht treten müsse. Vielleicht, sagte sie sich manchmal, habe ich auch mein Teil Glück schon gehabt und sollte nicht nach mehr verlangen. Aber so kann ich eben nicht denken. Wer könnte es? Wenig ist nie genug – mehr will man und immer mehr –, und wir sterben, wenn wir es nicht bekommen ...

Rob teilte ihr mit, daß er nach Tisch hinauf in Abteilung sechzehn gehen müsse, um dort eine Reihe Bäume zum Schlagen zu markieren, und sie erwiderte, daß es allerdings gut sei, wenn der Holzhaufen wieder aufgefüllt werden könnte.

Und zu sich selbst sagte sie, daß sie auf das Vorsatzblatt ihres Buches heute abend auf dem Nachttisch einen Aphorismus schreiben wolle: „Wir streben unersättlich nach Glück. Das Schöne dauernd unser zu nennen – dies suchen wir unser Leben lang zu erreichen."

Warum ging er nun jetzt nicht, da sie fertig gegessen hatten? Warum saß er da, rauchte und blickte zum Fenster hinaus? Es begann sacht zu schneien.

Mit nervösen Bewegungen wirtschaftete sie in der Küche herum, nahm das Geschirr vom Tisch, räumte alles zusammen, ließ heißes Wasser laufen.

Dieses Warten! Es war fast, als ob die Luft zittere in Erwartung des Wortes, das die Spannung lösen würde. Aber der November verging und der Dezember, und nichts hatte sich geändert. Rob war in düsterer, hoffnungsloser Stimmung, einer sozusagen verhärteten Raserei.

Ich habe immer gewußt, daß er es fertigbringen würde, flüsterte eine Stimme in Nell. Er findet das schön. Er findet Ärger und Wut schön. Er findet es schön, sich innerlich so zu verhärten. *Zutrauen!* Lächerlich! Sie verstehen nichts davon, wie Frauen lieben, ihre Kinder und ihre Männer. Zutrauen hat damit nicht das geringste zu tun. Ist das außerdem wirklich sein Grund? Ist er wirklich verletzt, oder ist das nur seine Rache?

Sie konnte ihn schon nicht mehr ansehen.

Und schließlich kam es so weit, daß sie seine Nähe kaum noch ertragen konnte. Sie überlegte fortwährend, wie sie ihm am besten aus dem Wege gehen konnte, und atmete freier, konnte einen Bissen hinunterbringen und sich frei aufrichten, wenn sie nur noch seinen Rücken sah und seine festen Stiefel den Hang emporkraxelten, um im Walde zu verschwinden.

Dann lief sie hinüber zu den Ställen und beugte sich gedankenverloren über die Werkbank, an der Gus mit dem Schlitten beschäftigt war. Dann konnte sie sich eine Weile an eine kindliche Glückseligkeit verlieren, wenn sie zusah, wie er die leuchtendblaue Farbe auf das Holz auftrug, und dann das scharfe Rot, all diese lustigen schwedisch-bunten Farben. Für den Kopf des Schwanes hatte er sogar Blattgold.

Als ihr Gus davon berichtete, lächelten seine freundlichen blauen Augen sie so an, daß sie alles andere vergaß.

„Sie sehen schrecklich elend aus, Missus."

Sie wußte es – sie konnte ihr Gesicht im Spiegel schon nicht mehr sehen –, vor allem die Augen, diesen wildverlorenen Blick . . .

„Sind Sie krank, Missus?"

„Ich fühle mich nicht sehr gut, Gus. Nichts Besonderes. Nur scheußlich schlapp."

„Vielleicht sollten Sie mal zu Doktor Scott."

Wenn Nell langsam und ohne rechte Freude wieder zum Haus zurückging, hielt sie sich selber vor, es könnte wirklich einmal so weit kommen, daß sie Rob überhaupt nie wiederzusehen verlangte.

## *Gipsy stirbt*

Nell und Gipsy waren beide draußen im schweren Schneesturm, der Ende Januar das Gestüt überfiel; Nell, weil sie nach alter Gewohnheit in den zuerst lustig wirbelnden Schnee hinausgelaufen war, und Gipsy dem bekannten, unverständlichen Naturgesetz folgend, das Tiere veranlaßt, ihre Jungen – wenn es nur irgend möglich ist – immer bei schlechtestem und nicht bei bestem Wetter zur Welt zu bringen.

Nell kämpfte sich über die Stallweide in der Hoffnung, eine Stelle zu finden, von wo aus ihr ein Ausblick auf den Kamm der Sattelhöhe in winterlicher Schönheit möglich sein würde.

Gipsy bereitete sich vor, ihr Fohlen im kärglichen Schutz eines waldbestandenen niederen Hügelhanges, etwa vierhundert Meter vom Gestüt entfernt, auf die Welt zu bringen. Sie war fortgelaufen aus ihrer warmen und gemütlichen Stallbox. Seit Jahren hatte sie ihre Fohlen in der freien Weite des Berglandes der Mutter Erde an die Brust gelegt und war entschlossen, es auch diesmal nicht anders zu tun.

Sie besaß kluge Voraussicht genug, sich in den Windschatten des Hügels zu stellen, aber der Sturm trieb durch die Stämme und türmte den Schnee zu aufschwellenden Verwehungen. Zwischen ihnen war der Boden fast reingefegt.

Dicht neben einem Baum auf einer dieser kahlen Stellen stehend, bot Gipsy ihren Rücken dem Winde dar. Ergeben ließ sie den Kopf sinken. Ihr Schweif flatterte zwischen ihren Beinen. Krampfhafte Schmerzen zogen ihr das Rückgrat krumm.

Sich in der schrecklichen Kälte hinzulegen, davor schreckte sie doch zurück. Aber der Schmerz zwang sie dazu, und so sank sie endlich unter Zuckungen nieder und streckte sich unbeholfen auf die Seite. Wieder ging es los – dieses Zusammenraffen aller Kräfte in ihr zu dieser merkwürdigen heftigen Anstrengung. Sie hatte es Dutzende von Malen schon erlebt. Dem Schmerz gesellt waren Hoffnung, Liebe und sehnsüchtiges Verlangen. Sie kannte ihr Fohlen schon und wollte es haben. Sie wußte um ihre Mutterschaft.

Abgesehen von ihrem Alter und dem Unwetter, wäre die Geburt für sie eine gewohnheitsmäßige Selbstverständlichkeit gewesen, denn Gipsy war stets eine großartige Zuchtstute, die in ihrem Leben nicht einen Tag krank gewesen war. Aber die Jahre hatten an ihrer Kraft gezehrt, ihre Zähne waren verbraucht, und das Futter nährte sie nicht mehr genügend. Die Wehen dauerten diesmal länger, als es gut für sie war.

Als dann endlich das Fohlen herausglitt, vermochte Gipsy nicht aufzustehen. Sie machte ein-, zweimal den Versuch, doch dann fiel ihr Kopf wieder auf den Boden.

Das Kleine stieß mit den Beinchen um sich und kämpfte sich aus der hüllenden Haut, so daß der Strang riß, der es mit seiner Mutter verband, und plötzlich konnte es atmen. Es hätte nun abgeleckt, massiert und gewärmt werden müssen von seiner Mutter, aber da ihm diese Hilfe nicht wurde, gelang es ihm selbst nach einiger Zeit, sich aufzusetzen. Der schneidende Wind ließ das Feuchte auf seiner Haut hauchdünn gefrieren, so daß sie knisterte, weil es so heftig zitterte.

Gipsy kämpfte verzweifelt, aufstehen und ihr Fohlen versorgen zu können. Einige Male hob sie den Kopf mit schwachem Grunzen. Das Ohr des Fohlens fing den Laut auf, der seine Aufmerksamkeit erregte und es das wacklige Köpfchen und die noch halbblinden Augen nach dieser Richtung drehen ließ. Näherkommen sollte es, aber die Stute vermochte ihren Kopf nicht länger zu halten.

Das Fohlen saß eine ganze Weile frostzitternd, und die bereiften Lider blinzelten in dem schwach hinundherpendelnden Köpfchen. Endlich versuchte es aufzustehen. Sein Instinkt trieb es, die Wärme des mütterlichen Körpers zu suchen – die Wärme und die Milch –, und so probierte es, seine langen, wackligen Beinchen unter seinen Körper zu ziehen und sich hochzustoßen. Einmal hochgekommen, knickte es wieder auf die Knie, kam wieder hoch und fiel seitlich um. Als es sich wieder hochgestemmt hatte, glitten ihm alle vier Beine auseinander, und es fiel auf den Bauch. Es rappelte sich immer wieder auf, das Blut lief rascher durch seine Adern, sein Blick klärte sich ein bißchen, und es fing an, sich mit schwankenden Schritten um den großen warmen Klumpen da auf dem Boden herumzutasten. Eine scharfe Witterung traf seine Nase, und es hob sein Schnäuzchen auf der gierigen Suche nach der Zitze, die nicht dort war, wo sie hätte sein sollen, dicht über ihm.

Es ließ seine Nase sinken, ungetröstet, und stand leise zitternd ganz gebeugt da, denn sein kleiner Kopf berührte fast die Erde. Seine nasse Schwanzsträhne hing ihm zwischen den Hinterbeinchen. Es sah wie ein schmächtiger, nackter schwarzer Windhund aus.

Wieder versuchte es, seine Schnauze in die Luft zu heben und kreisende Suchbewegungen zu machen. Als das zu nichts führte, fing es an, den dahingestreckten Körper neben sich zu untersuchen. Es machte ein schwaches Schrittchen vorwärts, streckte die Nase vor, schnüffelte, ging wieder weiter, blieb stehen und gab es auf. Dann nahm es die zittrige Suche wieder auf.

Endlich berührte es den heißen, gummiartigen Eutersack. Es wußte im selben Augenblick, was das war, und stellte sich mit erhobenem Kopf in die Saugstellung. Da war aber nichts. Nur eisiger Wind und Schnee. Nachdem es das Ersehnte einmal verloren hatte, gelang es ihm erst nach einiger Zeit, es wieder zu finden. Und erneut hob es den Kopf, um zu saugen. Und wiederum war keine Zitze da.

Sein Kopf fiel herunter, die bittere Enttäuschung raubte ihm seine ebengewonnene Kraft, seine Knie knickten, und es fiel wieder zu Boden. Aber es war Flutzeit in seinem jungen Leben, nicht

Ebbe. Es krabbelte sich wieder auf die Füße, suchte die Zitze und fand sie sehr bald. So viel hatte es schon gelernt. Aber was half ihm das, wenn sie nicht über ihm hing, so daß er sie richtig umschließen und die warme Flüssigkeit seine Kehle hinunterrinnen lassen konnte? Es mußte irgend etwas unternehmen in der Sache! Und es hob seinen kleinen, noch weichen Huf und schlug nach seiner Mutter aus, schlug gegen den Leib, der nicht länger liegenbleiben durfte. *Steh auf! Steh auf, damit ich trinken und leben kann und nicht sterben muß!*

Gipsy war in Schlaf und Vergessen gesunken, aber diese Forderung riß sie schmerzhaft ins Bewußtsein zurück. Sie hob den Kopf. Das Fohlen trommelte wieder mit seinem Huf. Sie wußte, daß es nicht saugen konnte, solang sie lag. Irgendwie mußte sie auf ihre vier schwachen Beine kommen, sich aufrecht halten und ihm das Saugen ermöglichen. In ihr war das Leben im Verebben und keine Kraft mehr, die ihrem Willen zu gehorchen vermochte. Und dennoch gelang es ihr. Es gelang ihr wie so manchem Vollblut, das noch ein Rennen zu gewinnen vermag, wenn kein einziges seiner Beine mehr heil ist. Sie zwang sich mühselig in eine sitzende Stellung, wartete einen Augenblick, um ihr schwerfällig pendelndes Haupt in die Gewalt zu bekommen, gab sich einen Schwung und stand.

Ihre Beine schienen keine Verbindung mehr mit ihrem Herzen oder Hirn zu haben, die ihnen zu befehlen suchten. Als sie wieder einknicken wollten, lehnte sie sich schwer gegen den Stamm des Baumes neben ihr. Sie spreizte die Beine ein wenig, um sich Halt zu geben. Das Fohlen gab ein leises Blöken von sich, hopste mit zwei wackligen Schritten näher und hob noch einmal sein Schnäuzchen dorthin, wo die Zitze sein mußte. Und sie war da! Voller Hingerissenheit begann es zu saugen.

Gipsys Kopf fiel herunter. Sie warf ihn mit einem verzweifelten Ruck wieder hoch. Ihre Knie gaben etwas nach, sie lehnte sich enger an den Stamm, stützte sich schräger gegen die weitgestreckten Füße.

Der vorüberfauchende Schnee peitschte sie beide, und die Kiefern über ihnen ächzten und bogen sich im Sturm.

Oben auf dem Berg saß ein Präriewolf mit witternder Schnauze und stieß ein langgezogenes klagendes Geheul aus, das dem Rudel Nachricht geben sollte von einer guten Beute, die ihnen bald zufallen würde. Gipsy hörte es und wußte, was es für das Fohlen zu bedeuten haben würde, wenn sie von ihm gegangen war. Was half es? Sie konnte nur noch dies eine für es tun: ihm die Milch geben, die nicht nur Essen und Trinken, sondern auch gleichzeitig Wärme, Kraft, Darmreinigungs- und Anregungsmittel war.

Das Fohlen trank, zerrte plötzlich den Kopf beiseite, daß die Zitze schnalzte und frei in der Luft wippte. Wieder faßte es danach mit dem Maul und trank. Es war jetzt wie ein kleiner Fürst, der tat, was ihm gefiel, und dem Fließen dieses Nektars gebot. Es spürte das neue Wunder der Wärme, Kraft und jungen Übermuts in sich. Es hätte am liebsten verspielt ausgeschlagen. Mit diesem ersten Schluck der mütterlichen Nahrung begann das. Ein wenig mehr – nur ein klein wenig mehr noch Nahrung und Wachstum, und es würde seinen kleinen Seepferdchenschädel senken und mit beiden Hufen gleichzeitig nach einer Seite ausschlagen!

Als sein Bäuchlein zum Platzen voll war, trat es zurück. Und als habe es damit seiner Mutter gesagt: „Genug – mehr will ich nicht", lockerte sie die Anspannung, mit der sie ihren müden Körper aufrecht gehalten hatte, so daß er langsam nachgab und sie zu Boden glitt.

Nell stieß zufällig auf die Stute und ihr Fohlen, als die Helligkeit des Schneetreibens dem Dunkel der Nacht zu weichen begann.

Sie kämpfte sich durch den Sturm zum Haus hinüber und berichtete in aller Hast Rob von ihrem Fund: „Die Stute liegt am Boden, und das Fohlen steht neben ihr, halbtot vor Kälte."

Sie nahmen Laternen mit und eilten hinaus. Stute und Fohlen fanden sie noch in der gleichen Situation, in der Nell sie verlassen hatte.

Rob kniete sich auf den eisigen Boden neben Gipsy und befühlte sie. „Jedenfalls lebt sie noch." Die Stute regte sich nicht. „Gipsy! Meine gute Alte!" Kein Reagieren. Rob blickte zu Nell auf und schaute dann verzweifelt um sich. „Großer Gott! Mußte sie sich ausgerechnet diesen Ort aussuchen! Und eine solche Nacht!" Er packte die Stute und suchte sie hochzuziehen. Er schrie ihr ins Ohr. Er hob ihren Kopf.

„Ihre Lider haben geflackert! Sie ist noch nicht hinüber! Wenn ich sie nur in den Stall kriegen könnte, dann hätte sie vielleicht noch eine Chance!" Ihm schwebte so etwas wie ein Schlitten vor, ein Pferdegespann davor . . .

„Soll ich Gus Bescheid sagen?" rief Nell durch das Heulen des Wetters.

„Ja. Und kannst du das Fohlen mitnehmen? Vielleicht läuft es dir nach. Oder du kannst es irgendwie schieben."

Allein mit seiner Stute, arbeitete Rob verbissen daran, sie ins Bewußtsein zurück und auf die Füße zu bringen. Er stellte sich hinter sie und legte ihren Kopf hoch. Er suchte ihren Körper so weit seitlich zu rollen, daß ihre Beine unterm Körper waren. Und dabei schrie er unentwegt auf sie ein, rief sie beim Namen, und vom Klang dieser Stimme – dem zwingenden Befehlston – kehrte sie ins Bewußtsein zurück. Er munterte sie immer weiter auf, stemmte sich gegen ihren Rücken, bis seine Halsschlagadern nahe am Platzen waren. Endlich hatte er die unsicher Schwankende in einer sitzenden Haltung.

„Und jetzt hopp, mein Mädchen! Los! Gipsy! Nun auf deine alten Stelzen! Komm, steh auf!"

Das Halfter mit beiden Händen packend, stand er vor ihr, zerrte sie mit aller Kraft und stachelte sie mit Geschrei und Flüchen an.

Und während sie sich abmühte, zog er sie nach vorn, bis sie endlich auf die Füße kam und er sie nun halten und stützen konnte. „So ist's recht! Braves Mädchen! Jetzt halt nur durch! Wirst schon wieder werden!" Sie hielt sich schwankend auf den Füßen.

Gus und Nell kamen mit einem Eimer voll warmem Mischfutter zurück.

„Ah! Das ist das Rechte. Nun haben wir was für dich, Gipsy. Das wärmt den Magen!" Er hielt ihr den Eimer dicht vor die Nase. „Was ist denn los? Willst du nicht?" Benommen pendelte der Kopf der Stute hin und her. Sie hielt die Augen geschlossen.

Rob gab Gus den Eimer zurück. „Sie kann nicht fressen. Wir müssen sie erst nach Hause bringen. Los, Gipsy! Komm jetzt, meine Gute! Einen Schritt! Siehst du! Jetzt noch einen!" Als würde sie allein von dieser Stimme getragen, bewegte sich die Stute automatisch vorwärts. Ihr Kopf ruhte schwer auf Robs Schulter. Etwa hundert Meter hatten sie hinter sich gebracht. Jetzt hatten sie aber den Schutz des Hügelhangs hinter sich gelassen, und die volle Gewalt des Sturms packte sie. Gipsy taumelte hilflos.

„Guter Gott! Warum mußte sie sich eine solche Nacht aussuchen!"

Ihr Kopf wurde immer schwerer, die Pause zwischen den Schritten länger. Unter einem wilden Strom gottloser Reden suchte Rob zu übertönen, was er doch im tiefsten Innern schmerzhaft erkannte. Er würde sie auf den Armen heimgetragen haben, wenn er gekonnt hätte.

Als sie wieder zu Boden stürzte, geschah es mit einer Wucht, die auch ihn mitriß.

Der dünne Lichtkegel von Nells Taschenlampe traf sein verzerrtes Gesicht, als er sich aufrappelte und sich sofort wieder nach dem Kopf der Stute bückte. „Stelle dich hinter sie und tritt rücksichtslos zu, Gus, während ich von vorn ziehe! Sie kann hier nicht bleiben!"

Inmitten des eisigen Schneesturms, der auf sie niederpeitschte, strengten sie sich bis zur Erschöpfung an, die Stute zu schieben, hochzuzerren und anzutreiben. Ein Zucken lief über ihren Körper. Sie schien noch zu hören. Sie stöhnte. Sie gab sich ein paarmal einen krampfhaften Ruck.

„Sie möchte gern, aber sie kann nicht", konstatierte Rob schließlich. An ihrer Seite kniend, umfaßte er ihren Kopf, damit sie noch seine Hände fühlen und seine Stimme hören konnte. „Nell, geht ihr beide ins Haus zurück. Es hat keinen Zweck, hier draußen zu Tode zu frieren."

„Hat für niemanden Zweck, zu Tode zu frieren, Boß. Sie können ihr auch nicht mehr helfen. Sie weiß nun von nichts mehr."

„Sie würde noch durchkommen, wenn ich sie nur in den Stall kriegen kann. Ich werde ihr ein paar Minuten Ruhe gönnen und es dann noch mal versuchen. Geh du mal lieber, Gus, und sieh nach dem Fohlen. Das möchte ich auf keinen Fall verlieren. Mach ihm eine Flasche Milch zurecht. Ich weiß nicht, ob es gesaugt hat. Stell es zu Flicka in die Box. Sie wird sich seiner vielleicht ein bißchen annehmen, aber paß auf jeden Fall auf, daß sie nicht nach ihm schlägt."

Nell ging mit Gus davon.

Rob kniete dort im Hexensabbat des Schneesturms, um seine Stute allein mit dem Klang seiner Stimme am Leben zu erhalten. Er wagte nicht einen Augenblick zu verstummen. Immer wieder erhaschte er eine bebende Antwort – das leichte Zucken eines Ohrs.

Ein Lichtschein tauchte auf. Es war Gus, der noch einmal herauskam.

„Das Fohlen hat schon den Bauch voll. Sie hat's trinken lassen, eh daß sie zusammengekracht ist."

„Meine gute Alte", murmelte Rob mit einem leichten Druck der Hand auf den schlappen Nacken der Stute. „Das sieht dir ähnlich. Vollblut."

„Es will nu keine Milch mehr."

„Wie benimmt sich Flicka ihm gegenüber?"

„Na – sie is sich noch nich so ganz klar. Das Fohlen liegt neben ihr im Heu. Flicka hat mal so geschnaubt und denn hingeguckt. Ich denk, es wird in Ordnung sein."

„Dann ist es ja gut. Aber paß lieber auf." – „Klar."

Er war wieder allein.

Dieser Irrsinn von Wind und Schnee. Geheul in der Luft, als seien böse Geister losgelassen. Diese entsetzliche Verlassenheit, die eines Menschen Seele ganz selten einmal überfällt in seinem Leben. Sie ist wie ein Abgrund, in den er mit zunehmender Geschwindigkeit versinkt. Und neben ihm auf dem vom Sturme kahlgefegten Boden die dunkle Masse, seine Stute, die geschlossenen Augen und die Nüstern eisverkrustet, immer seltener ein Atemzug, immer flacher hob sich die Brust.

„Wenn du es doch nur noch ein einziges Mal versuchen würdest! Los, komm, meine Alte! Es ist doch nicht weit – wir werden noch manchen Ausritt miteinander machen können!"

Das Ohr zuckte ganz wenig. Er rieb ihr Kehle und Schädel. Er wußte, daß er log.

Es starb ihm nicht nur ein Pferd. Es endete mit ihr sein halbes Leben, seine ersten, jungen, unternehmungslustigen Jahre. Das letzte Bindeglied zerbrach zum fröhlichen Beginn seines Lebens als Mann. Und es war die Hölle der letzten Monate, die ihn und Gipsy niedergezwungen hatten. Er kauerte sich tiefer zu ihr nieder, und noch immer regte sich das Ohr, wenn er zu ihr sprach.

„Gipsy! Denk an all das Schöne, was wir zusammen erlebt haben . . . Unsere Polospiele – denke dran, Gipsy . . . Denke daran, wie wir zusammen jung waren . . ."

Noch tiefer beugte er sich über sie. Der Atem ging nicht mehr. Ihr Ohr zuckte nicht mehr leise.

Lange saß er neben ihr. Dann beugte er sich noch einmal über den dunklen Körper, faßte das Ohr und flüsterte hinein: „Gute Reise!"

Dann richtete er sich auf und preßte heftig die Hand über die Augen.

Er hörte Nell nach ihm rufen und fühlte ihre Hände an seiner Kappe die Ohrenschützer herunterziehen und einen wollenen Schal um seinen Hals wickeln. Er spürte ihre bloßen Finger an Hals und Wangen.

Hastig hob er den Kopf, so daß es Nell eiskalt auf ihre Hände tropfen fühlte. „Nell! Wo hast du deine Handschuhe?"

„Ich habe sie eben nur für eine Sekunde ausgezogen."

„Schnell, zieh sie wieder an."

Nell mühte sich ungeschickt mit ihren pelzgefütterten Handschuhen ab. Ihr ganzer Körper war in der letzten Zeit so schwach, daß sie kaum die Kraft aufbrachte, sie richtig überzuziehen.

„Ja – ich hab' sie jetzt wieder an." Sie kniete sich neben ihn. „Ist sie . . ."

Er gab keine Antwort. Er hockte nur da, und der Kopf der Stute lag an seinem Schenkel. Schließlich streifte er seine Handschuhe ab und befühlte Kopf, Körper, Beine – als könne er es noch immer nicht glauben. Schon setzte die Starre ein.

Nell sank, von einem leichten Schwindel ergriffen, seitlich gegen ihn und richtete sich erschrocken wieder auf.

„Geh nicht weg, Nell!" rief er, löste die Hand von der toten Stute und warf den Arm mit leidenschaftlicher Bewegung um Nells Schultern.

„Ich geh ja gar nicht", gab sie mit schwacher Stimme zurück und überlegte dabei verschwommen, wie sie wohl wirklich jemals die paar Schritte bis zum Hause zurück noch einmal bewältigen, wie überhaupt wieder auf die Füße kommen sollte.

„Ach, Nell!"

Es war ein Aufschrei bitterer Qual. Er umschlang sie jetzt mit beiden Armen und hielt sie dicht an sich gepreßt, daß ihre Gesichter einander berührten.

Weinte er? Weinte er um seine Stute? Nell vermochte es nicht zu sagen, weil der eisige Schnee, den der Sturm durch die Nacht trieb, auf ihren Gesichtern schmolz. Wie würden sie je wieder nach Hause zurückkehren – wie würde all das enden? Oh, war das nicht auf einmal anders – barg er nicht länger nur sein Gesicht an ihrem, um Trost und Linderung seines Kummers zu finden? Seine harten, kalten Lippen küßten sie wie von Sinnen; es lag flehentliche Bitte darin . . . und Scham . . . und Liebe . . . Eine seiner breiten, bloßen Hände schob sich unter ihren Lumberjack, und sie hatte das Gefühl, als umfasse sie glühend ihren schmalen Rücken – denn sie war warm, die Hand – wie konnte sie nur warm sein? – aber sie war es, und es ging wie ein elektrischer Strom daraus in ihren Körper über . . . War es deswegen, daß sie einer Ohnmacht nahe schien – war es aus Kälte und Erschöpfung – oder war es, weil Rob – weil Rob . . .

Es war alles gut. Das Wissen darum war klar und endgültig. Und als sich dies in reine Empfindung umsetzte, jede Zelle ihres Körpers glühend ergriff, zerbrach die entsetzliche Anspannung, mit der sie sich bisher aufrecht gehalten hatte. Rob trug sie halb, als sie sich ihren Weg zum Hause zurück durch den Schnee kämpften. Sie kamen an Gus vorbei, der zu der toten Stute hinüberging. Er trug vier Petroleumfackeln, um sie rings um die Leiche aufzustellen. Es war jetzt ein ganzes Rudel Präriewölfe oben auf der Sattelhöhe, und er hatte ihr Geheul gehört.

Am nächsten Morgen eilte Nell zum Stall hinüber, weil sie sich um das Fohlen sorgte. Gipsys Fohlen waren wichtig. Von ihr waren die beiden gewesen, die für je siebenhundert Dollars hatten verkauft werden können, Romany Chi und Romany Chal. Und ebenso Redwing, der zweitausend gebracht hatte.

Sie fand das Fohlen ganz allein im Stall. Es stand in der äußersten Ecke, ihr und der ganzen Welt trotzig sein Schwanzende entgegenstreckend, aber das kleine Seepferdchengesicht neugierig über die Schulter gelegt, damit ihm ja nichts entging.

Bezaubert von dem reizenden Bild, beugte sich Nell lachend herunter, klatschte in die Hände und rief: „Wer ist das?"

Und das Fohlen drehte sich um und stakste durch den Stall auf sie zu.

Und dies war Geburt und Taufe von Wer-ist-das aus Opfertod und Sturm.

## *Hochzeitsfahrt*

Der Wind hatte aufgehört, und die Hügel der Ranch lagen in völliger Stille unter einer dicken Schneedecke.

Überall war Schnee. Unter ihm bogen sich die Äste der Bäume, schwer von ihm war der Himmel. Und er fiel noch immer, sacht und langsam, hintreibend durch die Luft, die von fernem Schlittengeläut tönte.

Drüben, fern auf dem Berg, sauste ein leichter Schlitten den weißen Hang hinauf, hinter zwei Rappstuten her, die unter einer lang ausholenden, knallenden Peitsche vorwärtsstürmten.

Die Stuten waren ganz wild vor Erregung. Vereinzelte Schaumflocken flogen ihnen um die Köpfe, und bei jedem Halt bäumten sie sich und tänzelten umher, daß die Glockenschnüre durchgerüttelt wurden, die an ihren Zäumen hingen.

Der kleine Schlitten, bunt wie ein Kindertuschkasten, folgte ihnen dicht auf den Fersen: ein Schwan, gar prächtig mit seinem Blattgold, und dahinfahrend mit einem starren Blick. Alle Pelzdecken, die man auf der Ranch hatte finden können, waren in ihn hineingestopft worden, und Nells Gesicht tauchte, von der Kälte gerötet, aus einer grauen Masse hervor, die einmal Robs Waschbärmantel gewesen war.

„Ach, hör doch die Glocken!" rief sie. „O Rob! Wie sie tanzen und läuten!"

Ihre Reden gingen etwas wirr durcheinander.

„Patsy! Topsy! Ihr schwarzen Indianerinnen! Jetzt zeigt mal, was ihr könnt!" Rob knallte mit der Peitsche.

Die Rappen nahmen den Rest des Hügels im Galopp.

„Schön, mein Herz?"

„Herrlich!"

Er lenkte die Stuten im rechten Winkel zum Bergrücken. Patsy stieg hoch und warf ein wildes Glockengebimmel in die Luft.

„Ach, hör nur die Glocken!"

„Hochzeitsglocken!"

„Laß sie läuten, Rob!"

Sie galoppierten auf dem scharfen Kamm der Sattelhöhe entlang. Robs verrücktes Rufen und ein gelegentlicher pistolenscharfer Knall seiner Peitsche unterstrichen nur noch das Läuten und Bimmeln und den wilden Wirbel der Schlittenglocken.

„So muß es sein, Rob."

„So muß es sein, mein Liebstes. Glücklich?"

„Ich bin noch nie so glücklich gewesen."

„Hast du mir verziehen?"

„Ach, Rob . . ."

„Ich weiß es ja. Aber ich möchte, daß du mich auch verstehst – obwohl ich mich selbst kaum verstehe."

„Ich weiß."

„Ich bin durch eine schreckliche Hölle gegangen. Mir selbst verhaßt. Im Kampf gegen mich selbst."

„Ich weiß."

„Irgendwie mußte erst etwas in mir sterben – ehe ich nachgeben konnte."

„Aber so ist es doch immer. Etwas muß sterben – damit etwas Besseres zum Leben kommt."

„Alles kommt nur davon, weil ich so verdammt dickköpfig bin."

„Nun – mir scheint, daß ein Mensch immer erst das Beste in sich suchen muß, um dann sich selber darum herum aufbauen zu können. Und alles andere kann dann weggeschnitten werden."

Rob war still.

„Aber – das Wegschneiden – das tut weh."

Rob lenkte den Schlitten auf der Rückseite des Berges in die Tiefe, daß er schleuderte; Nell schrie auf, und die Stuten fingen wieder an zu galoppieren.

„Halt dich fest!"

Die beiden Pferde wirbelten dahin, daß der Schnee in großen Klumpen von ihren Hufen in die Luft geworfen wurde. So leicht und schnell ging es vorwärts; der Schlitten schien kaum den Boden zu berühren. Es war mehr ein Fliegen. Nell hob das Gesicht und schloß die Augen. Die fallenden Flocken waren wie kühle kleine Küsse auf ihrer Haut. Und sie hingen kurz am Pelz ihrer Decke, große symmetrische Sterne, richtige glitzernde Kristalle, und dann schmolzen sie wieder weg.

„Rob, ich hätte nie gedacht, daß ich zweimal heiraten würde."

„Zweimal, Kleines? Du wirst so oft heiraten, daß du dich selber nicht mehr durchfindest! Und immer denselben Mann!“

„Rob, ich glaube nicht, daß ich meinen ersten Mann zurückhaben möchte.“

„Das war schon ein komischer Kerl. Hast du etwas dagegen, wenn ich dich immerzu küsse?“

„Das bin ich überhaupt nicht mehr gewöhnt. Ich bin völlig aus der Übung gekommen. Ich weiß wirklich nicht, ob ich das aushalten werde.“

„Man braucht Praxis. Du könntest ja sozusagen trainieren.“

Er nahm sie auf eine lange Fahrt. Weit fort vom Gestüt, die Landstraße dahin, über das flache Land hinweg und durch Wälder, die unbekannt schienen. Sie jagten hinunter in die Nähe eines breiten, träge dahinziehenden Flusses, der sich dunkelbraun von den schneeverwehten Ufern abhob. Die kahlen Äste der Baumwollpappeln, die ihn umsäumten, bogen sich unter der Last des Schnees. Eine schwarze Krähe segelte mit weitgespannten, reglosen Flügeln durch die Bäume. Und schon waren sie wie der Blitz vorüber, ehe sie sich noch am weißen Ufer ausruhend niedergelassen hatte. Die Landschaft war wie eine Radierung, für immer Nells Gedächtnis eingeprägt.

Und schließlich trieb Rob die Stuten unter Peitschenknall einen anderen Berg hoch, wirbelte sie auf seinem Gipfel noch einmal herum und zog die Zügel an. Sie stellten sich steil auf die Hinterhand, und der Schnee flog nach allen Seiten.

Man überblickte ein kleines Tal, in dem große graue Flecken den Schnee verdeckten. Es waren die Schafe. Sie standen fressend an langen Raufen, die hochgepackt voll Heu waren. Aus dem Schäferwagen wand sich ein dünner Rauchfaden nach oben, der Kunde gab von dem Ofen drinnen und seiner gemütlichen Wärme.

„Da wären sie also“, sagte Rob, und es schwang darin ein leiser Ernst und etwas wie eine Abbitte.

Nell schwieg so lange, in diesen Anblick versunken, daß Rob schließlich zu ihr hinsah. Sie begegnete seinem Blick mit einem lächelnden kleinen Aufseufzen: „Ja, da wären sie also.“

## *Die drei Wünsche Kens*

Charley Sargent ließ die Herbstrennen von Saginaw Falls in Idaho niemals aus, die drei Wochen lang auf dieser zu den wenigen „anerkannten“ Strecken gehörigen Rennbahn im Bezirk der Rocky Mountains ausgetragen werden.

Jahr um Jahr hatte er die gleichen Boxen für seine Pferde und das gleiche Hotelzimmer für sich selbst. Daß er seine Pferde aus seinem hochgelegenen Gestüt über die kontinentale Wasserscheide hinweg Tausende von Metern tiefer in die Ebene brachte, gab ihnen von vornherein ein Plus an Zähigkeit, und er hatte eine

Vorliebe für die Stadt im langgedehnten Tal zwischen der Wauchichi- und der Shinumo-Gebirgskette, wo der Herbst stets eine besonders angenehme Jahreszeit war.

Obgleich die Entfernung zwischen Sargents Gestüt und Saginaw Falls nicht mehr als hundertdreißig Kilometer betrug, verlud er seine Pferde stets unter Begleitung seines langjährigen Trainers Perry Gunston per Bahn, statt sie in einen Lastwagen oder Autoanhänger zu pferchen. Das kam daher, weil die Bergstraße ziemlich steil abfiel auf ihrem Weg über die verschiedenen Gebirgspässe, und außerdem machten zuweilen unvorherzusehende Stürme die Straße gefährlich oder gar unpassierbar für die schweren Wagen. Er selbst jedoch legte die Reise stets im Auto zurück.

Es standen immer verschiedene Ausschreibungen für Zweijährige im Programm, bei denen Sargent seinen erfolgversprechenden Nachwuchs ausprobierte, und am letzten Tage ein großes Rennen mit einem Zehntausend-Dollars-Preis, das auch für erprobte Sieger von nah und fern Anziehungskraft besaß. In diesem Rennen sollte Sturmwind sein Debüt auf dem grünen Rasen machen, und schon lange vor Anfang der Ferien hatte sich Ken vertraut gemacht mit sämtlichen bisher gelaufenen Zeiten der früheren Gewinner dieses Rennens. Sturmwind brauchte die dreitausend Meter in Saginaw Falls nur ebenso schnell zu nehmen wie auf der heimischen Versuchsstrecke, um sicher zu gewinnen.

Daß Ken um seinen Vater herumwimmelte, während dieser den Brief mit seinem Schulzeugnis zu öffnen sich anschickte, oder auch nur zuließ, sich im gleichen Raum erwischen zu lassen in diesem Augenblick, war so ungewöhnlich, daß Rob McLaughlin überzeugt war, daß hier etwas faul sein müsse.

Er blickte zu Ken auf, der wartend neben seinem Schreibtisch stand, beide Hände tief in die Taschen seiner Baumwollhosen gestopft. „Willst wohl deine Pille schlucken und es hinter dir haben, was?" grinste er, schaute aber dann noch einmal genauer ins Gesicht des Jungen. Das war doch nicht Kens übliche Zeugnismiene – die Miene eines, der sein Todesurteil erwartet. Im Gegenteil, das empfindsame Gesicht war rosig überhaucht vom Vorgefühl einer Erwartung, blitzende Lichter spielten in der Tiefe seiner blauen Augen, und ein Lächeln nach dem andern kräuselte seine Lippen.

„Lies nur, Papa. Lies schnell!" rief er und ließ kein Auge von ihm, als dieser jetzt das Blatt vornahm, um jede einzelne Note zu prüfen.

Rob konnte es einfach nicht glauben. Er schüttelte in fassungslosem Staunen den Kopf. „Ist das Zeugnis gefälscht, oder was soll das? Weißt du, was hier steht, Ken?"

„Was denn?" erkundigte sich Ken zuversichtlich.

„Zweiundneunzig in Algebra. Vierundneunzig in Latein. Siebenundneunzig in Chemie und glatte Hundert in Englisch. Was soll das heißen? Ist denn Gibson verrückt geworden, dir ein solches Zeugnis zu geben?"

„Lies den Brief", krähte Ken, der sich vor Vergnügen kaum mehr halten konnte. „Er hat mir doch gesagt, er wird dir einen Brief beilegen, um dir zu – zu gratulieren!"

„Mir zu gratulieren?" rief Rob. „Wozu denn in drei Teufels Namen?"

Ken legte theatralisch eine Hand auf die Brust, verbeugte sich und sagte: „Zu mir!" Dann warf er den Kopf zurück, brach in ein helles Gelächter aus und mußte sich mit ein paar wilden Hopsern Luft schaffen.

Rob las den Brief rasch durch, ließ ihn dann auf die Schreibtischplatte sinken und blickte erst einmal zum Fenster hinaus. Jener andere Morgen stand vor seinem geistigen Auge, als er, vor genau fünf Jahren jetzt, ein Schulzeugnis von Ken hatte lesen müssen, das eine Ansammlung von Noten unter zwanzig gewesen war, die in einer Null für Englisch gipfelten. Und zu seiner Verteidigung hatte Ken die gänzlich abwegige Bitte vorgebracht: „Wenn du mir nur ein Fohlen geben würdest, ganz für mich allein, dann würde ich vielleicht besser in der Schule werden." Und er hatte Ken das Fohlen gegeben, Flicka, und Ken hatte sich fast umgebracht in seiner Sorge um sie. Dann war es ihm sogar gelungen, einen Aufsatz zu schreiben, durch den er seine Schande wiedergutgemacht und Direktor Gibson veranlaßt hatte, ihm noch mal eine Chance in seiner alten Klasse zu geben, statt ihn sitzenzulassen. Gibson hatte damals in seinem Brief dazugeschrieben, daß Ken ein glänzender Kopf sei, und Rob hatte seine Frau noch gefragt: „Bist du je auf den Gedanken verfallen, daß Ken glänzend begabt sein könnte? Ich habe ihn immer für reichlich uninteressiert gehalten."

Rob griff noch einmal nach Zeugnis und Brief, um beides erneut sorgfältig durchzulesen. Glänzender Kopf – na schön und gut. Aber wie in aller Welt hatte der Bursche es auf hundert im Englischen gebracht? Das bedeutete entweder keine Fehler das ganze Jahr über – oder zeitweise überragende Leistungen.

Rob deutete mit dem Finger auf die Stelle im Zeugnis: „Wie bist du denn dazu gekommen? Hast wohl mal einen guten Aufsatz geschrieben?"

„Dazu muß man *das ganze Jahr über* ausgezeichnet sein und zum Abschluß einen *hervorragenden* Aufsatz liefern."

„Welches Thema hattest du dir dazu ausgesucht?"

„Ich habe darüber geschrieben, wie ich damals versuchte, mir eine Adlerfeder zu holen – du weißt doch, im Tal der Adler –, und wie der Adler mich den ganzen Weg vom Felsen herunter verfolgte und seine Klauen in meinen Leib schlagen wollte und nur mein Gürtel mich eben noch gerettet hat. Aber natürlich habe ich alles ein bißchen ausgeschmückt."

„Wie hast du das denn ausgeschmückt? Scheint mir eigentlich, als ob das ohnehin allerhand war, ohne weitere Ausschmückung."

Ken machte eine großartige, weitausholende Geste. „Ach, ich habe so ein bißchen romantischen Quatsch dazu erfunden – so was, weißt du, wie man's immer in Geschichten liest –, daß ich das Bild meiner Freundin im Gürtelschloß trug und sie mir damit – sozusagen – das Leben gerettet haben soll."

Robs strahlend weiße Zähne erglänzten breit in seinem dunklen Gesicht. Er war sichtlich amüsiert. Aber noch während er den Ausdruck in den Zügen des kindlichen Knabengesichts da vor sich studierte, kam ihn mit einemmal das unsichere Gefühl wieder zurück, das er zuerst gehabt hatte. Es war irgend etwas faul an dieser Geschichte.

„Hör mal, Ken", sagte er, „ist das auch tatsächlich wahr? Hast du dir's ehrlich verdient?"

„Selbstverständlich habe ich das, Papa" erwiderte Ken, und sein jubelnder Überschwang verlor sich der betrübenden Tatsache gegenüber, daß ein schlechter Ruf nicht so leicht aus der Welt zu schaffen ist. „Glaubst du mir etwa nicht?"

Rob dachte einen Augenblick nach. „Doch, ich glaube dir. Aber das ist noch nicht alles. Darum nun mal 'raus mit der Sprache, mein Junge. Was steckt dahinter?"

Kens Lächeln war verschwunden. Er holte tief Atem und stand sehr gerade vor seinem Vater, die Fäuste in die Taschen vergraben. „Ja also, Papa – ich habe das gemacht – weil ich gern wollte – daß du sagst, ich brauchte jetzt Mitte September nicht in die Schule zurück."

*„Was?"*

„Ich meine – nicht gleich – erst ein oder zwei Monate später. Sieh mal, Papa, das Zehntausend-Dollars-Rennen in Saginaw Falls wird am 24. Oktober gelaufen, und das ist doch das Rennen, das Sturmwind gewinnen wird!" Er zog aus der hinteren Hosentasche eine zusammengefaltete Broschüre. „Mr. Sargent sagt, es wäre überhaupt wie gemacht für Sturmwind. Es brauchen keine eingetragenen Rennpferde zu sein oder solche, die sich vorher schon beim Rennen hervorgetan haben."

Die Rennzeitung fiel von selber an der richtigen Seite auseinander, und Ken legte sie vor seinem Vater auf den Schreibtisch, auf das Bild eines älteren Herrn deutend.

„Beaver Greenway!" rief Rob aus und nahm das Blatt hoch. „Und seine Zehntausend-Dollars-Ausschreibung! Selbstverständlich weiß ich davon. Ich wette, daß der alte Gauner mehr Klassepferde dabei entdeckt hat als jeder andere Rennstallbesitzer im ganzen Lande. Und auch gekauft. Das ist seine Leidenschaft. Wenn einer dort gewinnt, kauft er ihn nämlich."

„Sturmwind wird er nicht kaufen."

Rob las die Anzeige genau durch, ließ dann seinen Stuhl nach hinten kippen und fuhr sich mit der Hand durch sein dichtes dunkles Haar. „Wann hast du dir denn diese ganze Geschichte auskalkuliert?"

„Letzten Herbst, als ich wieder zurück in die Schule ging."

„Wann hast du denn angefangen, für dieses überwältigende Zeugnis zu schuften?"

„Gleich damals. Als die Schule anfing."

„Und hast das ganze Jahr über durchgehalten?"

Ken nickte.

„Nur um daraufhin von mir die Erlaubnis zu bekommen, daß du im folgenden Herbst so lange aus der Schule wegbleiben kannst, bis Sturmwind sein Rennen gelaufen hat?"

„Ja, Sir."

„Gib mir die Hand, mein Junge! Ich bin stolz auf dich!"

Ken war ganz benommen. Seine schmale, weiche Hand verlor sich im starken Zugriff seines Vaters, der sie kräftig schüttelte. Er versuchte noch weiter zu erklären.

„Die Sache ist natürlich die, Papa, daß ich die Stunden alle nachholen werde, die ich dadurch verliere. Aber wenn ich dich nur drum gebeten hätte und dir gesagt, daß ich's tun wollte, hättest du mir das früher nicht geglaubt."

„Und darauf kannst du Gift nehmen, mein Junge!"

„Also mußte ich dir beweisen, daß ich's kann, *ehe* ich fragte."

„Das hast du bewiesen."

„Papa! Heißt das, daß ich darf?"

„Eben das meinte ich damit. Dein glänzender Kopf scheint genau umgekehrt zu funktionieren. Man gebe dir Pferde, damit du keine Zeit für die Aufgaben hast und sogar ganz aus der Schule bleiben mußt, und schon blühst du auf und stichst alle Klassenkameraden aus!"

„Papa – da ist aber noch was!"

„Aha! Jetzt kommt der Haken!" Rob machte sein übliches ironisches Gesicht.

„Zweierlei, Papa."

„Schön – schieß los!"

„Du hast letztes Jahr, als Sturmwind nicht mit den andern Zweijährigen kastriert wurde, gesagt, daß du es eben ein Jahr aufschieben würdest. Muß er – muß er nun jetzt kastriert werden? Könntest du es nicht einfach – lassen, Papa? Denn sieh mal, er könnte doch gewinnen, nicht? Und es besteht die Möglichkeit, daß das Verschneiden ihm schaden oder ihn töten könnte, und wenn er überdies der Sieger bei dem Rennen würde, dann sollten wir doch als Deckhengst aus ihm Nutzen haben können, meinst du nicht? Und außerdem ..."

„Wir werden ihn nicht kastrieren", unterbrach ihn Rob unvermittelt. Dieser rasche Sieg brachte Ken wieder ganz aus der Fassung. Rob hob mit einer vielsagenden Geste das Zeugnis, das er in der Hand hielt. „Du wirst es immer wieder erleben, mein Junge, daß gute Leistungen Früchte tragen, die dir sonst niemals zugefallen wären."

„Außerdem hat Sturmwind uns doch noch niemals Schwierigkeiten gemacht, nicht?" Ken vermochte sich noch immer nicht von seinen Gedanken loszureißen, die ausschließlich um sein Pferd gingen. „Er hat noch nicht einmal mit Banner gekämpft oder sich an die Stuten herangemacht oder – na ja, irgend so was eben."

„Sturmwind hat bisher noch keine Gelegenheit gehabt, Unfug zu machen. Es ist ein wahrer Segen gewesen, daß wir Letzte Sekunde bis zum Frühjahrsanfang bei ihm lassen konnten, ehe sie zum erstenmal rossig wurde. Dadurch war er abgelenkt. Es beschäftigte ihn genügend, so daß er sich für andere Stuten nicht interessierte und der Beginn seines Geschlechtslebens hinausgeschoben wurde. Darüber hinaus ist er trainiert und ganz ordentlich dabei herangenommen worden. Man kann nämlich ein Tier bis zu einem gewissen Grade für das Leben abrichten, das es führen soll. Bisher haben wir ihn von seinem eigentlichen Leben als Hengst ferngehalten. Aber das wird nicht auf ewig so weitergehen. Diese Zeit wird auch kommen. Eines Tages werden seine Augen aufgehen, und er wird sich plötzlich an die Brust trommeln und ausrufen: ‚Ich bin ein Mann!'"

Ken lachte: „Hoffentlich passiert das nicht auf der Rennbahn."

„Geschlecht ist etwas, was im Leben der Rennpferde eine untergeordnete Rolle spielt. Hengste und Stuten laufen nebeneinander ohne Störungen dieser Art."

„Ich weiß."

„Also schön – und was war das andere? Bringen wir nun lieber gleich alles hinter uns."

Kens Gesicht überflog eine leichte Röte. „Erinnerst du dich noch daran, was du einmal gesagt hast, Papa? Daß ich dich Geld koste, wenn ich nur einen einzigen Schritt mache?"

„Ich erinnere mich genau."

„Ja also – wie ist das mit dem Geld, was das Rennen kosten wird? Das Meldegeld und alle Unkosten?"

„Richtig." Rob lehnte sich nachdenklich in seinen Sessel zurück und fuhr sich schweigend mit der Hand durchs Haar.

„Du bist jetzt doch viel reicher, als du früher warst, nicht, Papa?"

„Wie kommst du denn auf die Idee?"

„Na – wegen der Schafe . . ."

„Die Schafe haben mich so tief in Schulden gestürzt, daß Sturmwind mehrere Rennen gewinnen muß, um mich wieder herauszuziehen!"

„Oh, Papa! Du rechnest also doch auf ihn?" Kens Gesicht glühte auf vor Stolz.

„Ich hoffe drauf", erklärte Rob mit einiger Schärfe. „Ich habe selber allerhand Arbeit in ihn hineingesteckt, das weißt du ja, und ich bin überzeugt, daß er es in sich hat. Aber er ist ein unsicherer Bruder. In diesem Sommer werden wir's ja sehen."

„Du weißt doch selbstverständlich, Papa", sagte Ken großartig, „daß alles Geld, was Sturmwind gewinnt, dir und Mutter gehört."

„Tut es das? Nein. Der Meinung bin ich nicht. Wir möchten, daß dies dein Geld ist. Dann kannst du für deinen Unterhalt, deine Ausbildung und alles andere selber aufkommen, und wir dürften dabei sowieso genug gewinnen."

„Aber etwas davon müßt ihr unbedingt nehmen!"

„Schön. Machen wir eine Firma auf: McLaughlin und Sohn. Und

ich entnehme dem Geschäft alles, was ich im Augenblick brauche, worüber wir dann später abrechnen können."

Es folgte ein kurzes Schweigen. Rob hatte noch kein Wort über das Meldegeld gesagt.

„Du wirst doch in diesem Jahr eine großartige Heuernte haben, Papa, nicht wahr? Meinst du nicht, daß du dies Heu – das, was du nicht für die Schafe oder die Pferde selber brauchst – diesmal schon ganz zeitig verkaufen könntest – sagen wir mal: im September?"

„Hast dir scheinbar alles ganz genau ausgerechnet, was?"

Ken nickte.

„Ich weiß noch nicht, wann ich mein überschüssiges Heu verkaufe. Es wäre wahrscheinlich besser, damit zurückzuhalten, bis das Heu knapper wird, mehr gegen den Winter zu."

Ken blickte niedergeschlagen vor sich hin.

Rob lehnte sich im Stuhl zurück. „Wir wollen mal alles richtig zusammenrechnen, damit wir wissen, wieviel nötig sein wird."

Ken raffte alle Seelenstärke zusammen und stand wartend da.

„Da du mit Mr. Sargent reisen wirst, kostet dich die Fahrt nichts, aber du wirst dich in Saginaw Falls drei Wochen aufhalten . . ."

„Ich schlafe bei Sturmwind im Stall", unterbrach Ken hastig. „Das machen viele, die nicht genug Geld haben."

„Aber ich vermute, daß du immerhin was essen mußt! Sargent wird ja Sturmwind mit seinen Pferden zusammen per Bahn verfrachten können und auch in seinem Stall dort unter Aufsicht seines Trainers unterbringen, so daß du weder Transport- noch Stallkosten hast. Da kannst du schon von Glück sagen – aber auch Sturmwind wird fressen müssen. Also hätten wir die Futterkosten und die Jockeikosten . . ."

„Der kriegt zehn Dollars für den Ritt an sich und fünfundzwanzig, falls er gewinnt", warf Ken wieder dazwischen, „und bitte, Papa, du mußt nicht Jockei sagen, Leute, die was davon verstehen, sagen immer Reiter."

Rob überhörte das. „Und das Meldegeld", setzte er abschließend hinzu. „Alles zusammen eine ganz schöne Stange Geld."

Wieder blickte er zum Fenster hinaus, und trotz der zu Hilfe gerufenen Seelenstärke fühlte Ken feuchten Schweiß in den Achselhöhlen und um den Gürtel herum ausbrechen.

„Aber gut, ich werde das Meldegeld für das eine große Rennen und alle Ausgaben für dich und Sturmwind daransetzen."

„Willst du wirklich, Papa? Mein Gott! Prima!"

„Und wie kriege ich mein Geld wieder, wenn er nun nichts gewinnt?"

Ken zog die Lippen zu einem schmalen, entschlossenen Strich zusammen. „Ich werde den ganzen Sommer über sehr hart arbeiten."

„Das wirst du sowieso tun müssen", erwiderte Rob entschieden. „Ich habe dir wohl nie den Floh ins Ohr gesetzt, daß du dich gemütlich auf deine vier Buchstaben setzen könntest, was? Oder dich bloß immer mit deinem Pferd abgeben."

„Und im übrigen", kam es von Ken, „gibt es noch einen anderen Weg, wie ich dir nicht allein dies Geld, sondern mehr noch zurückzahlen könnte."

„Dein glänzender Kopf macht mich geradezu schwindlig, Ken. Wie kannst du in der Eile ein paar hundert Dollars verdienen?"

„Nun ja – du hast mir doch mal gesagt, es kostete dich dreihundert Dollars, um mich ein Jahr lang zur Schule zu schicken. Also?" Er lächelte seinen Vater strahlend an.

„Was heißt hier also? Ich habe keinen so glänzenden Kopf wie du."

„Ich werde ganz einfach – nicht in die Schule gehen. Ich könnte für mich allein weiterlernen und dann – vielleicht – ein Examen machen. Jedenfalls würde ich genausoviel lernen wie in der Schule, und es kostete dich nicht das viele Geld."

„Was ich dann besser dazu verwenden soll, dich mit deinem Rennpferd auf Reisen zu schicken, vermute ich?"

Ken hatte doch nicht ganz den Mut, einfach ja zu sagen, machte jedoch eine lustig zustimmende Verbeugung und rannte dann möglichst schnell davon.

## *Feriengespräche*

Sturmwinds Karriere wurde von allen auf dem Gestüt in diesem Sommer durchaus ernst genommen, und niemand ritt ihn als sein Trainer, der junge Ken McLaughlin, dessen Gewicht die Waage mit siebenundachtzig Pfund anzeigte.

Der jüngstvergangene Winter, da Rob McLaughlin den Hengst drinbehalten, mit reichlichen Hafer- und Heurationen gefüttert sowie täglich bewegt und geschult hatte, war seiner Entwicklung großartig bekommen. Er war ebenso groß wie der Percheron – einszweiundneunzig – und würde noch größer werden, wenn er erst ganz ausgewachsen war. Niemand konnte noch behaupten, daß er plump oder schlecht proportioniert sei. Seine Gliedmaßen waren im rechten Verhältnis zueinander gewachsen. Seine Beine waren lang und muskulös, sein Hals kräftig und hochgewölbt, sein Fell von makelloser Weiße schimmerte im lebendigen Glanz seiner Hengstschönheit. Kraft, Stärke und Eigenwilligkeit waren noch immer seine Hauptmerkmale.

Seine Hufe waren jetzt beschlagen, und Ken war jeden Morgen vor dem Frühstück mit ihm draußen auf der Strecke bei der Arbeit. Noch immer wehrte er sich gegen Ken, noch immer bockte er, aber wenn Ken sich beklagte, daß sein Pferd ihn nicht leiden möge, sagte sein Vater: „Du irrst dich, mein Junge. Wenn das Pferd tatsächlich etwas gegen dich hätte, würde es überhaupt nicht zulassen, daß du ihm nahe kommst. Es hat nichts gegen dich. Es wehrt sich nur, weil das in seiner Natur liegt. Es macht ihm nun mal Spaß. Du bist sein Trainer. Du mußt Sturmwind dazu zwingen, etwas zu tun, was er nicht mag, und weil er eben ein Kampfteufel ist, kämpft er gegen dich. Ich wette aber, daß es ihm mächtig nahegehen würde, wenn er am Morgen auf dich wartet, damit du ihm seine Lektion verpaßt, und du kämst auf einmal nicht."

Letzte Sekunde war noch immer Schrittmacher für ihren großen Bruder, und Rob McLaughlin sagte: „Wenn ich die kleine Stute rennen sehe, habe ich das verdammte Gefühl, daß eigentlich sie das richtige Rennpferd wäre."

Letzte Sekunde war wirklich eine Schönheit. Hoch und zierlich gebaut, mit einem langgestreckten Hals, geraden, schlanken Beinen, kleinen Füßen, die in einer Tasse Platz finden würden, und einer verspielten Munterkeit, die sie ständig in Bewegung hielt, ununterbrochen tänzelnd und seitlich ausbrechend. Ihr rostrotes Fell schimmerte in der Sonne, und der blonde Schweif und die blonde Mähne dazu gaben ihr das Aussehen einer luxuriösen Modellschönheit.

Für Rob McLaughlin war diese Bestätigung ihrer Vollkommenheit eine Rechtfertigung seiner Theorie über die Zucht aus einer guten Stammlinie, und auch er studierte jetzt manchmal die Rennzeitungen, um sich die angekündigten Ausschreibungen für die Zweijährigen zu notieren. „Wir könnten sie vielleicht auch nennen", sagte er, „für die Säuglingsklasse."

Der Sommer verging Ken äußerst langsam, weil er ein einziges gespanntes Warten auf die Rennsaison war, ein fortwährendes gespanntes Beobachten seines Sturmwind. Nebenher liefen allerlei Aufregungen – eine nach der andern. Die erste Aufregung erlebte er, als er heimkam und entdeckte, was mit seiner Mutter los war. Es fiel Ken schwer, seine verwirrten Gedanken zu meistern, wenn er darüber nachdachte. Sie hatte es sich gewünscht. Hatte sie nicht damals am Abendbrottisch erklärt: „Ich wünsche mir einen Affenbaum. Ich wünsche mir einen Schlitten mit lauter Glöckchen. Und ich wünsche mir ein kleines Mädchen." Und es war natürlich ganz richtig, daß seine Mutter bekommen sollte, was sie sich wünschte. Aber er konnte sich nicht leicht damit abfinden. Er hatte sogar mit ihr darüber eine Auseinandersetzung.

„Aber Mutter, du hast doch *uns!* Howard und mich. Sind wir dir nicht genug?"

„Nein. Ich möchte noch ein kleines Mädchen."

„Wünschst du dir das sehr, Mutter?"

„Ich wünsch es mir ganz doll, mein Herz. Erinnerst du dich nicht, wie heftig du dir Flicka gewünscht hast?"

„Es könnte doch ein Junge werden", murmelte er bedrückt und fügte dann lauter hinzu: „Tut es nicht außerdem schrecklich weh?"

Nell war beim Wäschesortieren. Sie zählte den Stoß Laken, den sie in den Schrank packte.

„Wie ist das, Mutter?" beharrte Ken. „Vielleicht muß Doktor Hicks . . ."

„Ken! Es wird doch schließlich ein *Baby!* Damit hat doch Doktor Hicks nicht das geringste zu tun!"

„Ach ja, natürlich – ich weiß schon ..."

„Und wegen dem Wehtun – was macht denn das aus?" Sie hatte den Packen sorgfältig eingeschichtet, und ihre Stimme klang fröhlich. „Man kriegt nun einmal nichts geschenkt, mein Herz."

„Nein." Das hatte ihm sein Vater oft genug klargemacht.

„Und hast nicht du selber" – ihre Hand strich leicht über seinen Kopf, die weiche braune Strähne aus der Stirn schiebend – „die ganze Nacht über im eiskalten Wasser gesessen, um Flicka zu halten – nur weil du sie lieb hattest und sie dir so sehr wünschtest?"

Sie war fertig mit der Wäsche und ging rasch wieder hinüber in die Küche. Ken sah ihr nach, ohne auszusprechen, was er dachte: daß das nämlich etwas anderes sei. Wie konnte man etwas liebhaben, was man noch nie gesehen hatte, und im voraus bereit sein, dafür zu leiden? Flicka hatte er damals ja schon seit Monaten gekannt, geliebt und umsorgt.

Er mußte gegen ein Gefühl der Furcht ankämpfen, wenn er sah, mit welch ängstlicher Sorge sein Vater ständig die Mutter überwachte. Ein Wunder, daß sie überhaupt die Wäsche hatte wegpacken dürfen. Er wollte ihr in den Sommertagen gar keine Arbeit gestatten. Er selbst stand morgens auf und machte das Frühstück, und Tim mußte herüberkommen, um die Zimmer zu machen. Gus besorgte das Buttern und Entrahmen. Natürlich gab es kein Reiten für sie, und auf der Terrasse stand eine neue Liegecouch auf Rädern unter der Pergola, wo sie stundenlang untätig liegen konnte, die Hände hinterm Kopf verschränkt und den Blick in den Himmel oder auf die fernen Berge gerichtet. Oft waren die Haare ihrer Ponyfranse dunkel von Schweiß, und winzige Tröpfchen erschienen auf ihrer Oberlippe; auch ihrer Hände war sie jetzt nicht immer sicher.

Der Vater hatte beide Jungen gleich nach ihrer Ankunft daheim zu sich gerufen und mit seiner strengsten Stimme und seinem schärfsten Blick zu ihnen gesagt: „Ihr dürft in diesem Sommer nichts tun, was eurer Mutter Kummer oder Schmerzen oder auch nur die geringste Sorge verursachen könnte, verstanden?"

„Ja, Sir", hatten sie beide wie aus einem Mund geantwortet. Nachher sahen sie einander mit einem langen, vielsagenden Blick an. Das war ernst. Sie durften es nicht vergessen. Ihr Vater hatte offensichtlich genau gewußt, was er sagte.

Howards Heimkehr war ebenso aufregend gewesen, denn Howard war anders geworden. Wenigstens schien es Ken so, als er ihn zuerst aus dem Zug steigen sah und dann auf der Fahrt im Wagen mit Vater und Mutter von seinen Schulerlebnissen in einer tiefen Stimme erzählen hörte, die gar nicht mehr ausrutschte. Er trug seinen grauen Tweedanzug, und der Filzhut sah nicht mehr komisch aus über seinem Gesicht.

Als er dann ein kariertes Hemd und seine Baumwollhosen anzog, aus deren Gesäßtasche ein buntes Tuch halb heraushing, kam er Ken schon wieder vertrauter vor. Und am nächsten Tag hörte Howard auf, erwachsen-ernsthaft neben Vater und Mutter zu sitzen, und begann, sich mit Ken zu necken und zu kabbeln. Und am dritten Tag fingen sie dann an, sich gegenseitig alles zu erzählen. Ken machte also die Bekanntschaft von Howards beiden besten Freunden: Jake, der Fußballgröße, und Bugs. Und dafür bekam Howard nun ausführlich die Geschichte von seinem Ausflug ins Tal der Adler zu hören, und Ken versprach, ihn bei erster Gelegenheit hinzuführen, und er machte sein Gürtelschloß auf, zog das Hemd hoch und zeigte ihm die Narben von den Adlerkrallen. Sie waren noch immer sehr eindrucksvoll.

Howard war voller Staunen. „Und nur mit einem einzigen Bein! Ich wüßte gern, wann er das andere verloren hat!"

Die beiden Jungen waren im Brunnenhaus und tranken aus dem Milcheimer, der zum Kühlen im Steintrog mit dem frischen Quellenwasser stand.

Ken tauchte den Schöpflöffel tief ein. „Vielleicht hat er mit einem anderen Adler gekämpft. Oder vielleicht ist er mit einem Bein geboren."

„Ach – red doch keinen Unsinn!"

„Na ja, Kälber werden doch auch mit zwei Köpfen geboren! Warum sollte da nicht mal ein Adler mit einem Bein geboren werden können?"

Howards Nase verschwand tief im Schöpflöffel.

„Du, Howard, die beiden Widder waren groß wie Kühe!"

„Übertreib doch nicht so maßlos!"

„Na, aber auf alle Fälle so groß wie zweijährige Stiere. Bestimmt, Howard – das ist kein Schwindel. Und wenn sie so aufeinander losgingen, machte das einen Krach, als ob irgendwo gesprengt würde. Doll!"

„Du, ich möchte mal solch ein Bergschaf jagen", sagte Howard. „Wenn wir losgehen, nehme ich auf alle Fälle meine Flinte mit."

„Und wir dürfen vor allem die Angelruten nicht vergessen – was glaubst du – die Forellen, *das* waren Burschen!"

Kens Vorstellungen waren um ein volles Jahr gewachsen. Auch der Wasserfall kam sozusagen direkt aus dem Himmel. Aber eines versuchte er nicht zu beschreiben – den Wetterberg oder die anderen Gipfel. Sie ragten noch immer vor seinem geistigen Auge in einer Weise auf, die ihn verstummen ließ.

„Ach, ich hoffe nur, daß alles noch da ist, wenn wir hinkommen, damit ich es auch sehen kann", seufzte Howard besorgt.

Sie lehnten gegen den hüfthohen Steintrog, die Lippen mit weißen Schnurrbärten verziert, und tranken nun allmählich langsamer von der frischen Milch.

„Weißt du, es ist schon komisch, plötzlich wieder zu Hause zu sein", sagte Howard. „Zu Hause ist es ganz anders, als ich's in Erinnerung hatte."

„Wieso ist es denn komisch?" erkundigte sich Ken.

„Ja also – es fallen dir Sachen auf, die du vorher nie gesehen hast. Das erste zum Beispiel, was mir beim Betreten des Hauses auffiel, war unser Eßtisch, vielmehr die Beine vom Eßtisch, und das war ein ganz komisches Gefühl. Diese Beine schienen mir mehr als alles andere das Gefühl vom Zuhausesein zu geben. Es war richtig tröstlich, sie nur anzuschauen."

Ken war darüber aufs äußerste verwundert. „Was ist denn los mit den Beinen?" fragte er.

„Ich kann dir das nicht erklären, aber du wirst es auch merken, wenn du erst einmal weit von zu Hause weggewesen und nicht immer dazwischen für Wochenende und Ferien heimgekommen bist."

Ken merkte sich im stillen vor, diese Beine bei nächster Gelegenheit eingehend zu prüfen und festzustellen, ob auch er irgendeinen Trost aus ihnen zu ziehen vermöchte. Inzwischen fragte er Howard weiter aus in der Hoffnung, er könnte noch andere solche seltsame Einfälle haben.

„Und wenn ich morgens im Bett liege", sagte Howard verträumt, „– noch nicht so richtig wach, aber auch nicht mehr schlafend –, und ich höre dann so ein Tschack-tschack-tschack und überlege, ob das wohl ein Güterzug drüben auf der Strecke ist oder Mutter, die den Teig für die Eierkuchen schlägt – dann erinnere ich mich, wie ich mir das gleiche jeden Morgen überlegt habe in all den Jahren, als ich noch ein Junge war – und das ist auch ein komisches Gefühl."

*Als ich noch ein Junge war!* Ken sah Howard nahezu erschrokken an. Was war er denn sonst? Sicherlich doch noch kein Mann! Ein Siebzehnjähriger war noch kein Mann. Aber dieser Siebzehnjährige war nicht allein groß geworden in diesem Jahr, sondern straff, aufrecht und hatte einen festen, geraden Gang. *Was hopst der McLaughlin da wieder im Glied!* Ken wandte die Augen ab. Wie lange zurück das zu liegen schien. Howard hopste nicht mehr. Es kam vor, daß er dastand und umherging, ja, seine Brauen zusammenzog und die Stirn furchte – genau wie sein Vater.

Alles dies gab Ken das Gefühl, als ob die Welt von allen Seiten in das stille Gestüt eindränge, und in dem Maße, wie sich die Grenzen seines Bewußtseins erweiterten, hatte er ein merkwürdiges Gefühl in der Magengrube und spürte sich erwachsen werden.

Und dann sprang sein Denken plötzlich um und stürzte sich auf seinen geliebten Hengst und das bevorstehende Rennen, und er ließ den Kopf sinken und biß sich auf die Lippen. Das war doch das aufregendste und größte Ereignis von allen. Nicht einmal Howard mit seinem Bugs und Jake und dem Fußball und dem militärischen Gang hatte etwas so Großartiges und Erwachsenes aufzuweisen wie ein eigenes Rennpferd!

Nell lag auf der Verandacouch und sah ihre beiden Jungen vom Brunnenhaus her zum Kuhstall hinüberschlendern. Sie waren ganz vertieft in ihre Unterhaltung. Howard so hochaufgeschossen und Ken noch immer ein richtiger kleiner Junge – wie froh sie darüber war. Das Kindsein würde ohnehin sehr bald für beide vorüber sein. Howard sah seinem Vater von Tag zu Tag ähnlicher – er zog den geraden Strich seiner dunklen Brauen genauso herunter, und seine Augen zeigten das gleiche leuchtende Kobaltblau. Und wie er das Kinn vorschob. Er würde ein ausgeprägtes Gesicht bekommen. Wenn er erst einmal von der richtigen Sonnenbräune überzogen wurde in den nächsten Sommerwochen, würde er genau wie Rob aussehen. Aber Ken sah *ihr* ähnlich – ob er wohl jemals lernen wird, seinen wirren Haarschopf ordentlich zurückzukämmen?

Ihr fielen allerlei kleine Erlebnisse aus seinen Kindertagen ein. Wie Ken einmal an einem kalten Frühlingstag in die Küche gelaufen kam, die Ringe vom Herdloch herunternahm und seine Nase tief über die glühenden Kohlen hielt, um sie rasch anzuwärmen!

Und daß er noch heute auf allen vieren die Treppe hinaufrannte.

Und noch heute überzeugt davon war – wie von Jugend auf –, daß sie ihn nur anzusehen brauchte und schon ‚in seinem Herzen lesen' konnte. „Schau mich an, Mutter, kannst du jetzt in meinem Herzen lesen? Was steht da?"

Das Heu war in diesem Sommer schon zeitig reif zur Ernte, und weil diese noch dazu sehr reichlich zu werden versprach, hatte sich Rob McLaughlin eine starke Hilfsmannschaft kommen lassen, zugleich mit einem Koch, der für ihr leibliches Wohl sorgte.

Er hatte noch vor dem Frühjahr, ehe das Gras zu wachsen begann, auf den beiden größten Wiesen die Felsbrocken gesprengt, die entstandenen Löcher mit Erde ausgefüllt und gleich dort gesät, so daß er selbst in diesem ersten Jahr hier schon einen leichten Graswuchs vorfand, der im nächsten Jahr ebenso dicht und hoch wie überall auf der Wiese sein würde.

Den Sommer über konnte er keine weiteren Sprengungen vornehmen, weil er durch das Hinundhergehen, die herumfliegenden Steintrümmer und deren Abtransport das Gras allzusehr zertrampelt hätte. Aber er wollte wenigstens seinen Plan an den verschiedenen Wasserläufen weiterführen.

Er nahm sich seine Jungen vor und erklärte ihnen, was er wollte. „Das Heu ist eine sichere Einnahme. Man kann immer Enttäuschungen erleben, wenn man Pferde, Rinder oder auch Schafe zu verkaufen sucht. Aber Heu wird man immer los, also ist es eine Sache von äußerster Wichtigkeit."

Jetzt, da sie nicht mehr so viele Pferde hatten, blieb Rob und auch den Jungen viel mehr Zeit für andere Arbeit.

Rob übergab ihnen einen Wasserlauf, aus dem sie ganz selbständig gutes Wiesenland machen sollten. Erst mußten an seinem oberen Ende ein Damm aufgeworfen und an beiden Seiten Abflußgräben auf gleicher Höhe gezogen werden. Dann mußten das Bachbett umgegraben, Buschwerk mit dem Wurzelballen herausgerissen, Felsbrocken gesprengt und die Trümmer weggeräumt werden. Sie hatten das große Gespann zu ihrer Verfügung, Old Tommy, den Mustangzähmer, und Big Joe, den Percheron, und einen Steinschlitten. Den ganzen Sommer über plackten sie sich mit dieser Bodenarbeit ab.

Zur Mittagszeit kam Rob mit dem Wagen herausgefahren, wo die Erntearbeiter beim Heuen waren, und brachte ihnen das Essen.

Howard und Ken konnten von dem höherliegenden Bachbett aus den Wagen kommen sehen, ließen eilig ihr Werkzeug fallen, hängten den Pferden die Futtersäcke um und rannten den Berghang hinunter auf die Wiese, um auch ihren Anteil an den zusammengekochten Kohl- und Fleischgerichten mit Kartoffeln, an Brot und Butter, Kuchen und Milch zu erhalten.

Nach Tisch machten sie eine Stunde Pause – Ken sollte den verlorenen Morgenschlaf nachholen, den er für das Training mit Sturmwind opfern mußte. Aber das war die einzige Zeit, wo sie sich in Ruhe unterhalten konnten.

„Du, Howard", sagte Ken, „ich wünschte bloß, du könntest bei dem Rennen noch dabei sein."

Howard lag auf dem Rücken, ein Knie hochgezogen und den andern Fuß darüber hängen lassend.

„Na, ich kann eben nicht", sagte er ruhig. Und Ken mußte daran denken, was sein Vater einmal gesagt hatte. „Wenn Howard etwas nicht haben kann, was er sich wünscht, kann er philosophisch darüber hinwegkommen."

Howard winkelte seinen Arm an und meinte, in dessen Betrachtung versunken: „Donnerwetter! Diese Felsensprengerei ist schon ein gutes Muskeltraining. Ich könnte eigentlich Jake und Bugs für nächsten Sommer einladen."

„Würden sie denn kommen?" fragte Ken ehrfurchtsvoll.

„Klar. Wären ja schön dumm, wenn sie's nicht täten. Diese Art von Arbeit macht einen zu einem richtigen Kerl. Außerdem möchten alle Leute aus dem Osten mit Wonne zu uns in den Westen kommen."

„Weißt du, Howard – manchmal kann ich's einfach noch nicht glauben!"

„Was nicht glauben?"

„Daß sich alles mit Sturmwind nun als *wirklich* herausstellen soll."

„Wirklich? Ja, du Idiot – was hättest du denn sonst von der ganzen Sache, wenn sie nicht wirklich wäre?"

„Ach, ich weiß nicht ..."

„Hast du bisher immer nur so getan?"

„Aber nein, natürlich nicht!" Ken war selber ganz verwirrt. Daß man eine Sache planen, sich die ganze Zeit über alles genau ausdenken und es doch immer mehr als Wunschtraum denn als Wirklichkeit empfinden konnte, so daß sie dann, wenn sie plötzlich Wirklichkeit wurde und mit den tatsächlichen Ereignissen in Einklang gebracht werden mußte, mit Tag und Stunde und Wiegeskala, Meldegeldern und Transportbesprechungen – daß sie dann noch genauso als Schock wirkte, als ob man es vorher gar nicht für möglich gehalten hätte, daß es sich tatsächlich ereignen könnte.

Howard kniff ein Auge zusammen und dann das andere, den Flug eines Habichts verfolgend, der hoch oben am Himmel von einem Ende einer Wolke zum anderen flog.

„Wenn wir in Saginaw Falls sind und seine schweren Hufe gegen die leichten Aluminiumhufe austauschen, wird er sie so wenig spüren, daß er wie der Wind laufen dürfte."

Howard hielt einen Finger vor sein Gesicht und sah erst an seiner einen, dann an der anderen Seite vorbei in die Höhe.

„Und wenn Charley Sargent Vaters überschüssiges Heu kauft und nach Saginaw Falls voraussendet, wird Sturmwind nicht einmal die Umgewöhnung an eine andere Sorte Heu nötig haben. Außerdem kann Charley es dort unten für fünfzig Dollars pro Tonne weiterverkaufen. Hat er mir erzählt. Bergheu ist das allerbeste; dafür zahlt man dort unten jeden Preis, besonders wenn sie denken, daß ihre Schinder dadurch eine bessere Chance haben könnten. *Aber keiner kann Sturmwind schlagen!*" Ken gab sich unvermittelt einem seiner wilden Freudenausbrüche hin, rollte sich hintenüber und versuchte kopfzustehen.

„Kannst du das nicht?" fragte Howard verächtlich. Er stand bedächtig auf, stellte sich mit einer Leichtigkeit und Selbstverständlichkeit ohnegleichen einmal auf den Kopf und legte sich dann wieder genauso behaglich ausgestreckt aufs Gras.

„Du, Howard – weißt du was?"

„Was denn?"

„Ich denke so viel an Sturmwind, daß ich immer, wenn ich mein eigenes Gesicht im Spiegel sehe, richtig überrascht bin!"

„Hach, du Kamel! Erwartest du vielleicht, du müßtest so aussehen wie er?"

Ken kicherte. „Klar. Ich sehe ihn im Geiste immerzu vor mir – dieses langgezogene wilde Gesicht mit den Nüstern, die sich schnaubend aus- und einstülpen, so daß man das rötliche Innere sieht, und die weißumringten, rollenden Augen – und wenn ich vor einem Spiegel vorübergehe und würde sein Gesicht darin auftauchen sehen, so fiele es mir wahrscheinlich gar nicht auf, aber wenn ich dann mein Gesicht sehe, bin ich überrascht und muß mir eine Sekunde direkt überlegen, wer das ist."

Howard schnaubte verächtlich über so viel kindischen Unsinn. „Sag mal, wann werden wir denn nun endlich losgehen können – ins Tal der Adler?"

„Möglichst bald. Himmel noch mal, wenn bloß der einbeinige Adler da ist! Ich möchte ihm heimzahlen, was er mir angetan hat. Vielleicht können wir diesmal am Wochenende fort."

„Wir wollen aber nichts davon sagen, wohin wir gehen", sagte Howard. „Mutter könnte sich Sorgen machen."

„Nein. Wir gehen eben nur auf einen größeren Ausflug."

„Ja. Aber ich wette, daß Papa uns keine freie Stunde läßt, ehe wir nicht mit diesem Bach hier fertig sind." Howard blickte auf seine Uhr. „Unsere Stunde ist um. Also denn mal lieber 'ran."

Sie nahmen Big Joe und Tommy die Futtersäcke ab, schirrten sie vor den Steinschlitten und ließen sie neben dem Zaun stehen. Die beiden Pferde waren an den Krach der Sprengungen gewöhnt und beobachteten die Unternehmung interessiert.

Ken hielt den Steinbohrer, und Howard schwang den Hammer, mit dem er ihn immer wieder tiefer trieb, bis das Loch im Stein groß genug war. Dann steckten sie die Zündschnur in den Dynamitstab, versenkten ihn in das Bohrloch, das sie mit Lehm gut verschlossen, und dann zündeten sie das heraushängende Ende der Zündschnur an, zogen sich dann an das äußerste Ende des Bachbetts zurück, dorthin, wo die Pferde standen, und dort warteten sie, bis die Explosion vorüber und die Steinbrocken nach allen Seiten geflogen waren. Jetzt zogen sie ihre dicken Lederhandschuhe an, lenkten das Gespann hinüber zu der Stelle, wo sie die schweren Brocken aufladen konnten, und transportierten sie auf diese Weise ab.

Am Abend waren die beiden dann so schlaftrunken, daß sie bereits um acht Uhr ins Bett fielen.

Aber erst als dieses Bachbett fertig gesäubert war und ein zweites dazu sowie alles Heu sorgfältig geschichtet, erst da sagte Rob McLaughlin zu seinen Söhnen, daß sie mit dem Rest der Ferien anfangen könnten, was sie wollten.

Rest? Es war kaum noch ein Rest zu nennen. Schon war der September herangekommen, und nur noch vier Tage waren es bis zu dem Datum, da Howards Rückfahrt gebucht war.

Aber vier Tage waren das Doppelte von dem, was sie brauchten. Also verkündeten sie, daß sie einen kleinen Ausritt vorhätten, über Nacht, und Nell bereitete Proviant für sie vor, und Sturmwind und Flicka wurden wie üblich mit Futtersäcken, Gewehren, Regenmänteln, Bratpfanne und Decken behangen, und die Jungen ritten über die Sattelhöhe davon.

Zu ihren Füßen lag das kahle, wellige Hügelland mit dem weichen, sonnenverbrannten Gras – dahinter die Buckhornberge, eine Wildnis aus Wäldern und Gipfeln, und in unendlicher Ferne dahinter und darüber sich türmend, als würde sie getragen von den niedrigeren Schroffen, eine wolkenverhüllte, schimmernde Form, der Wetterberg, der ihnen zuwinkte!

Und wie sie dem Rufe folgten! Weder Antilope noch Wildkaninchen flogen so rasch über die Weite dahin wie diese vier jungen Kreaturen, die wild vor Aufregung und Freiheitsdrang südwärts unter Rufen und Geschrei mit donnernden Hufen dahingaloppierten und ihre Gesichter im Winde kühlten, der scharf und frisch nach Schnee schmeckte.

## *Der Kampf der Hengste*

Von dem Augenblick an, da Sturmwind das Gestüt hinter sich ließ, befand er sich in einem Zustand äußerster Erregung. Und als sie die Sattelhöhe erklommen hatten und nach Süden abbogen, waren seine wildblickenden Augen, die flammenden Nüstern und die gespitzten Ohren einzig mit jenen Bergen da vor ihm beschäftigt – *seinen* Bergen, *seinem* Tal! –, von denen ihn hohe Zäune und gestrenge Herren ein Jahr lang ferngehalten hatten.

Er war schwer zu halten, als erst einmal die Witterung des Flusses seine Nase traf. Ken ließ die Zügel frei, und so galoppierte er auf der schmalen Spur dahin, die er selbst ausgetreten hatte, bis er um den ersten Berghang bog und der Silberfederfluß vor ihnen lag. Während die Pferde tranken, besprachen sich die Brüder, ob sie rasten und angeln oder den Versuch machen sollten, den Ritt gleich am ersten Abend noch bis zum Ziel durchzuführen, wozu sie sich dann in Anbetracht von Howards beschränkter Zeit entschlossen.

Sturmwind setzte sich an die Spitze und drang unaufhaltsam in die Welt der Berge ein. Er war von einer heftigen und großartigen Tatkraft erfüllt. Nie hatte er vergessen; und nun, da der Weg zu dem ihm bestimmten Schicksal vor ihm lag, war er mit allen Sinnen bereit. Er war zu seinem Hengsttum erwacht.

In der Schlucht herrschte bereits Dämmerung, und unter den überhängenden Felsklippen und den großen Bäumen führte der Pfad ins Dunkel. Sturmwind jedoch eilte dahin, und wenn die Jungen anhielten, um sich umzusehen und voller Staunen die Höhe des Wasserfalls zu betrachten oder die schäumenden Gischtwirbel, dann stampften seine Hufe ungeduldig den harten Grund, und sein durchdringendes Wiehern übertönte das Donnergebrüll des Wildflusses.

Die Witterung wurde immer stärker und versetzte ihn in eine wahnsinnige, jubelnde Erregung. Dies war die Witterung seines Schicksals, seines Lebens, einer überwältigenden Empfindung. Denn nicht darin, unter dem Sattel zu gehen oder gehorsam eine Bahn hinunterzurasen, lag sein ganzes Sein – es lag hier in diesen Bergen, und die Flamme dieses Wissens hatte er seit einem Jahr in sich getragen.

An diesem Abend bezogen sie Lager an einem parkähnlichen Flecken Erde, nicht weit vom Fuß des Kraterwalls um jenes Tal, das ihr Ziel war.

Neben Flicka angepflockt, etwas seitlich vom Lagerplatz, legte sich Sturmwind in dieser Nacht nicht nieder zum Schlafen, wie sich das für ein junges Pferd gehört. Nur ältere Pferde, die keine Wachstumsschmerzen mehr in den Gelenken haben, schlafen im Stehen. Aber Sturmwind stand die ganze Nacht hindurch mit bebendem Körper, dem Felswall und dem Engpaß zugewandt, der in das Tal führte, die Ohren gespitzt, um den geringsten Laut auffangen zu können.

Er merkte es sofort, als in der frühen Dämmerung eine Gruppe Stuten und Fohlen durch den Paß dahergewandert kam, um im parkartigen Gelände unterhalb des Bergwalls zu grasen. Er wieherte und wollte hinüber laufen zu ihnen, doch hinderte ihn der Halteriemen, und so stand er, ungeduldig mit den Hufen die Erde aufschlagend, und wieherte wieder und wieder hellauf.

Flicka erwachte davon und wurde gleichfalls von der Erregung über diese Begegnung mit Fremden ergriffen. Sturmwind rannte den äußersten Kreis ab, den ihm der Halteriemen erlaubte. Er ging ein paar Schritte nach innen, senkte den Kopf und ruckte einige Male an dem Riemen. Aber seine Schulung war gut gewesen. Es war ihm nahezu eine Unmöglichkeit geworden, gegen diese Fessel anzukämpfen. Er tauchte mit dem Kopf, stieg wieder in die Luft und schlug mit den Vorderhufen in die leere Luft. Als er wieder auf die Füße kam, wirbelte er herum und blickte erneut zu den Stuten hinüber – kaum mehr als dunkle Schatten im unklaren Morgengrauen –, dann senkte er die Schnauze zur Erde, stellte einen Vorderfuß fest auf den Riemen, erwischte ihn nach einem leichten Ruck seines Kopfes mit den Zähnen und biß ihn ebenso sauber mitten durch, wie er das Bein des Adlers abgebissen hatte.

Mit einem verlangenden Gewieher trabte er auf die Stuten zu und ließ Flicka hinter sich, die unglücklich und verloren aufwieherte, aber zu gut erzogen war, um einen Fluchtversuch zu wagen.

Ken hatte die ganze Nacht hindurch in seinen Träumen ein verspieltes Wiehern gehört. Er hatte geträumt, mitten im Rudel der Jährlinge auf dem Rücken von Sturmwind weit über die Hügel zu reiten. Warum aber wieherten sie nur fortwährend? Was erregte ihre Aufmerksamkeit? Ein unbehagliches Gefühl schlich sich in seinen Traum. Das Wiehern hörte nicht auf, doch das Traumbild wechselte plötzlich, gerade als wolle es helfen, einen verständlichen Grund dafür zu finden. Jetzt ritt er Flicka im Rudel der Zuchtstuten. Und er ritt sie auf der Koppel an jenem Tage, als die Fohlen entwöhnt werden sollten, denn dies Wiehern kam sichtlich von Jungfohlen.

Kens Traum bedrückte ihn immer mehr, und plötzlich fuhr er auf, sah die Dämmerung, wußte, wo er war, und konnte nicht begreifen, warum das Gewieher noch immer weiterging, obgleich doch der Traum ein Ende hatte.

Eine volle Minute saß er ganz betäubt da und suchte sich zu sammeln, den Schlaf aus den Augen und die Haare aus der Stirn zu reiben, und dann erkannte er, daß da hinten in der Nähe des Felsenwalls eine Gruppe Stuten und Fohlen herumlief mit einem weißen Pferde in ihrer Mitte und daß das Wiehern von dort herübertönte.

Es war genau das gleiche Bild, das er schon bei seinem ersten Besuch im Tal gesehen hatte, wenngleich es sich nur um eine kleine Zahl Stuten zu handeln schien. Und der Albino benahm sich aus irgendeinem Grunde auch nicht wie ein vernünftiger Hengst, sondern stieg hoch in die Luft, stieß langgezogene, hohe Schreie aus, wirbelte hier- und dorthin, um erst der einen, dann gleich darauf einer anderen Stute gegenüberzustehen, ein einziger Wirbel lebendiger Bewegung und Aufregung.

Aber da war noch ein anderes Gewieher in der Nähe, und auf einmal packte Ken die Sorge, daß Sturmwind und Flicka durch die Nähe der fremden Stuten in Erregung geraten und sich losreißen könnten. Er warf seine Decke zurück, sprang hoch und rannte zum Flußufer. Der Fuß stockte ihm, als er dort nur ein Pferd erblickte. Flicka achtete kaum auf ihn. Sie hielt die Ohren nach vorn gespitzt, auf die fremden Stuten zu, scharrte den Boden, und ihr Wiehern war es, das ihn aus dem Traum gerissen hatte.

Ganz benommen hob Ken den zweiten Riemen hoch und betrachtete ihn. Glatt durchgebissen. Er ließ ihn fallen und fuhr sich mit der Hand durchs Haar. Das war dann also Sturmwind dort drüben bei den Stuten, nicht der Albino! Kein Wunder, daß er sich so seltsam aufführte. Sturmwind endlich bei Stuten!

Kens Hirn begann fieberhaft zu arbeiten. Er mußte dort weggeholt werden. aber sofort! Der Albino konnte den Paß heruntergetrabt kommen, um nach seinen Stuten zu sehen. Und auf einmal ergriff Ken ein panischer Schrecken. Das Rennen! In der allernächsten Zeit! Und die geringste Verletzung so kurz vorher könnte es ihm unmöglich machen, daran teilzunehmen.

Jetzt funktionierte sein Denken sofort. Er hob den halbvollen Futtersack mit dem Hafer auf und ging ohne jedes Geräusch auf die fremden Stuten zu.

Als er nahe genug heran war, rief er Sturmwind halblaut beim Namen und hielt ihm den Futtersack unter leisem Schütteln entgegen. Der Hafer darin raschelte. Das genügte im allgemeinen, um zwanzig Pferde im Galopp anzulocken. Doch Sturmwind wandte nur einmal kurz den Kopf, warf einen Blick auf Ken und schenkte bereits im nächsten Moment seine ganze Aufmerksamkeit wieder nur den Stuten. Ab und zu senkte er die Nase auf den Boden und schlug einen Halbkreis um die Stuten – warf von unten her den Kopf gegen sie – drehte um, wich seitlich aus, machte schlangenhafte Bewegungen mit seinem Körper –, es sah aus, als wolle er sie zusammentreiben! Kens Furcht nahm zu. Wenn er sie wirklich zusammendrängte, würde er sie auch vor sich her treiben und selbst mitgehen: dann wäre es noch viel schwieriger, ihn einzufangen!

„Komm, mein Junge! Komm, Sturmwind! Hierher, Bursche. Hier hast du deinen Hafer – Hafer, Sturmwind! *Hafer!*“

Sturmwind hörte überhaupt nicht hin. Entschiedener noch als zuvor bedrängte er die Stuten. Er feuerte sie an, damit sie sich in Bewegung setzten, und trieb sie gegen den Paßeinschnitt des Felsenwalls.

Ken stand wie angewurzelt, als ihm klar wurde, daß das Pferd tatsächlich Besitz ergriffen hatte vom Rudel der Stuten. Sie waren ihm in einer Weise gehorsam, als hätte das Feuer seines Blutes sie zu einem einzigen Wesen zusammengeschweißt, dessen Herr und Meister er war.

Plötzlich stürzte er wieder vorwärts: „He, Sturmwind! Komm, mein Junge! Hafer! Dein gutes Frühstück!“

„Hallo, Ken! Ken!“ erklang es hinter ihm. „Was ist denn los?“

Ken brachte kein Wort über die Lippen, als er Howard entgegenblickte, der atemlos angelaufen kam. Howard sah jetzt aber selbst Sturmwind, wie er die Stuten vor sich her in den Felsspalt trieb, und blieb unvermittelt stehen.

„Heiliger Himmel!" entfuhr es ihm.

Sturmwind und die Stuten waren in den Windungen des Passes verschwunden. Ken setzte sich wieder in Trab und auch Howard folgte. Noch immer rief Ken ab und zu verzweifelt: „Komm, alter Junge! Hol dir deinen Hafer! Hier, Sturmwind! Hafer!"

Die Klamm verengte sich. Sie passierten das Schlüsselloch, unter dem mächtigen Geschiebeblock durch, und hatten im nächsten Augenblick die unendliche Weite des Tales vor sich, über dem ein geisterhaft blasser Dunst lag, in dem sich die dunklen Schatten der Pferde unheimlich bewegten.

Doch eben jetzt wurde der Himmel von Licht überflutet, und rosig-goldene Strahlen brachen aus der aufgehenden Sonne und tauchten die Gletschergipfel der Niemalssommer-Berge in Glanz.

Den überwältigenden Eindruck dieses Anblicks auf Howard vermochte nicht einmal das Mißgeschick mit dem widersetzlichen Hengst zu mindern.

„Heiliger Himmel!" kam es wieder über seine Lippen, und er stand wie angewurzelt.

Aber Kens gehetzter Blick fand, was er erwartet hatte. Den Albino und seine sofortige Alarmbereitschaft, als Sturmwind das Tal betrat. Die beiden Hengste erblickten sich im gleichen Augenblick. Der Albino stürzte vorwärts, als wolle er sofort angreifen, doch drehte er noch einmal um und begann, die weit auseinandergezogene Masse seiner Stuten und Fohlen hinter sich zu bringen. Mit einem raschen, wendigen Galopp umkreiste er sie, sammelte sie und bannte sie an eine Stelle wie in eine unsichtbare Koppel. Alle seine Bewegungen waren angespannt und nervös.

Sturmwind jedoch bewegte sich aus dem Überschwang überlegener Ruhe. Mühelos spielten seine Muskeln unter dem seidigen Fell, als er gemächlich sein kleines Rudel gestohlener Stuten umkreiste, sie zusammentrieb und erstarren ließ, um sich dann vor ihnen aufzustellen.

Die beiden Hengste standen einander auf etwa hundert Meter Abstand gegenüber, reglos wie Statuen. Der Albino kam etwas näher, hielt dann wieder inne. Er wiederholte das noch einmal. Sturmwind stand, ohne zu zucken, den Kopf erhoben, das Gewicht nach vorn verlagert, die Hinterbeine nach rückwärts gestemmt.

Ken warf plötzlich Howard den Futtersack zu. „Halte mal! Die wollen aufeinander los! Ich muß ihn wegholen!"

Er rannte auf Sturmwind zu und rief ihn mit Namen. Sturmwind zuckte nicht einmal mit dem Ohr zur Antwort. Er beobachtete den Albino mit einem eingehenden und umfassenden starren Blick, der diesem durch Haut und Nerven drang.

Ken packte den baumelnden Halteriemen und hing sich mit seinem ganzen Gewicht daran. „Komm weg! Komm weg da, Sturmwind!"

Er zerrte mit aller Macht, um die erstarrte Haltung des Hengstes zu lösen, aber er hätte ebensogut versuchen können, einen Felsen wegzurücken. Der Hengst starrte über ihn hinweg, unbeweglich.

Tränen der Wut stürzten Ken aus den Augen, als er gegen den Schädel des Hengstes hämmerte und ihn hin und her riß mit aller Kraft, die er besaß. „Laß das doch, Sturmwind! Bitte, Sturmwind! Komm doch weg!"

Howard ließ den Futtersack fallen, eilte seinem Bruder zu Hilfe und griff nach dem Zügel.

Kens Stimme erreichte Sturmwinds Ohr ganz verschwommen, aber er reagierte nicht darauf. Dies war seine Welt, dies hier sein Erbteil. Ken hatte keinen Teil daran. Wie aber konnte er Herr darüber werden? Nur durch Vernichtung dessen, der ihm im Wege stand.

Indem er sich rücklings aufbäumte, riß er sich frei, so daß Howard hinfiel. Nach Ken schnappte er einmal kurz. Dann schrie er seine Herausforderung in die Luft und schnellte sich gleichzeitig, wie von einem Sprungbrett geschleudert, nach vorwärts.

Im gleichen Augenblick raste der Albino auf ihn zu, doch beide blieben noch einmal zehn Meter voreinander stehen, stemmten die Füße auseinander und musterten sich gegenseitig. Sie waren Gegner, die sich schon früher begegnet waren und das nicht vergessen hatten.

Dem drängenden Wunsche, dies Hindernis da vor sich zu beseitigen, war bei Sturmwind die Befriedigung seiner tiefempfundenen Neugier beigemischt. Hier endlich hatte er jenes Wesen vor sich, von dem sein ganzes bisheriges Leben überschattet gewesen war, dessen Bild seinem Blute so aufreizend und unauslöschlich anhaftete wie der Schneeruch dem Bergwind.

Doch der Albino war verwirrt. Seine Füße wechselten nervös den Standort, als suche er festeren Halt an der Erde. Seine vorgestreckten Nüstern weiteten sich langsam und fielen wieder zusammen. Die weißumringten Augen in den eingesunkenen Höhlen blickten starr und sinnend, denn sie erkannten da vorn sein eigenes Ich! Seine eigene herrliche und unbesiegbare Jugend! Da war er! Er selbst! Die Urkraft jedoch war wirklich eins in ihnen beiden. Sie floß wie ein Strom von einem zum andern, als schüfe sie das Schattenbild eines dritten Pferdes zwischen ihnen, in dem sie beide verschmolzen erschienen.

Macht, Feuer und ruhmreiche Erinnerung durchpulsten den alten Hengst, so daß er laut trompete, hingerissen von der Wandlung seiner selbst in die glanzvolle Herrlichkeit dieser Vision.

Er stürzte los. Ein Wille schien beide zu beseelen, denn auch Sturmwind warf sich zum Angriff vor, wobei jeder den andern mit entblößtem Gebiß am Rücken zu packen versuchte, wenn sie aneinander vorbeistürmten. Dem Albino gelang es als erstem, daß ein roter Fleck auf Sturmwinds Widerrist erschien und sich über seine Schultern verbreitete.

Immer wieder wirbelten sie umeinander herum, bäumten sich

hochauf, um mit den Vorderfüßen aufeinander loszuschlagen, wobei die Hiebe über den Hals des Gegners hinweg auf dessen Körper wie Paukenschläge dröhnten. Wildschnaubendes Knurren entrang sich ihnen wieder und wieder.

Der Albino faßte tief und packte Sturmwind bei der Gurgel, die er an sich zu ziehen suchte, dabei die Drossel zu zerreißen trachtend. Sturmwind jedoch schloß seine Vorderbeine um den Nacken des Albinos und preßte sie ihm hart gegen die knirschenden Kinnbacken.

Die Pferde taumelten schwer wie Ringer, wobei Sturmwind den Albino rückwärts zwang. Dann löste er die Umklammerung seiner Vorderbeine und begann sich ihrer zum Angriff zu bedienen, indem er mit den Hufen auf den Rücken des Albinos losdrosch, daß dem das Fleisch von den Rippen gerissen wurde, dabei bemüht, einen vernichtenden Schlag gegen dessen Nieren anbringen zu können.

Eine Sekunde ließen die mächtigen Kiefer die Drosselader Sturmwinds locker, so daß der sich losreißen konnte, beide Pferde sich abwandten, seitlich tauchten und wieder herumfuhren, um sich erneut gegenüberzustehen, Witterung zu nehmen und Halt für den nächsten Angriff zu gewinnen.

An Sturmwinds Kehle war eine lange blutende Rißwunde. Der Albino war übersät mit purpurnen Striemen. Die unnatürlich geweiteten Nüstern verrieten seine beginnende Erschöpfung.

Wiederum wie von einem einzigen Willen getrieben, griffen die beiden Hengste einander mit aufgeworfenen Häuptern und steil erhobenen Schweifen an. So trafen sie zusammen, stiegen hoch, wichen seitlich aus, ließen sich mit dieser unbeschreiblichen Grazie der Wendung sinken – nicht eine Bewegung, die nicht berechnet war –, drehten die Köpfe mit wildentblößtem, gierigem Gebiß und suchten mit plötzlichem, ruckartigem Vorstoß ein gegnerisches Vorderbein zu packen.

Beide parierten das Manöver gleich geschickt; sie stemmten sich gegeneinander mit angespannten, starrenden Nackenmuskeln und nahmen erst den einen und dann den anderen Fuß aus dem Bereich der schlangengleich vorschießenden Köpfe. Aber Sturmwind reagierte blitzgeschwind wie eine Klapperschlange. Seine Schnauze fuhr zu und erschnappte noch das eine Bein dicht über der Fessel, ehe der Albino es hatte zurückziehen können. Mit einem einzigen knirschenden Biß brach er den Knochen.

Der Albino gab keinen Laut von sich. Im Augenblick, da Sturmwind losließ, erhob sich das alte Pferd zu seiner vollen Größe. Der eine Vorderfuß baumelte zwar nutzlos in der Luft, doch hatte er noch immer jenen mächtigen rechten Huf, mit dem er das Fohlen vor zwei Jahren nahezu getötet hatte. Ein gleicher Schlag würde das heute endgültig besorgen.

Auch Sturmwind stand auf seinen Hinterfüßen und gab vor, zuschlagen zu wollen. Aber er sah den Schlag kommen, der ihm gelten sollte. Mitten in der Luft wirbelte er herum, senkte den Kopf und schlug mit den Hinterhufen aus.

Als der Albino zu seinem tödlichen Hieb herunterkam, erhielt daher sein Gesicht die volle Wucht dieser furchtbaren Hufe, und beide Wangen wurden ihm derart aufgerissen, daß man die Knochen sah.

Der eine gesunde Fuß des Albinos krachte mit Macht auf den Boden. Aus dem Gleichgewicht gekommen durch den verfehlten Angriff und die mörderischen Hufschläge gegen seinen Schädel, sank er in die Knie. Ehe er wieder zu sich kommen konnte, war Sturmwind herumgeschnellt. Sein rechter Huf schoß mit vernichtender Gewalt gegen den Schädel des alten Hengstes und spaltete ihm die Unterpartie seines Gesichts.

Blut quoll aus der tödlichen Wunde und erstickte, gurgelnde Atemtöne. Die Augen des Albinos schlossen sich, und sein Körper sank zur Erde, wobei der Kopf noch in Todesqual hin und her pendelte.

Sturmwind stand über ihm. Noch einmal öffneten sich die Augen des Albinos und sahen zu ihm auf. Da war die Vision. Das strahlende Geisterpferd – Verkörperung ihres unbesieglichen Stammes! Diesem Prinzen aus königlichem Geblüt vermachte er alle Weisheit seines Lebens. Er gab ihm das Wissen um die Stimmen der Bäume, des Wassers, der Winde und des wirbelnden Schnees, auf daß nichts ihm fremd sei in diesem Tal, nichts, nicht eine Stute noch das kleinste Fohlen, kein Singvogel, kein Adler und kein Grashalm.

Sturmwind hob den rechten Huf und ließ ihn mit Blitzesschnelle niedersausen, daß der Schädel splitterte.

Den Albino überlief ein Zucken, und dann lag er still. Nur ein letztes Aufseufzen noch, mit dem sein Leben verebbte, während Blut und Hirn, langsam heraussickernd, sich mit der Erde seines geliebten Tales vermischten.

Sturmwind hob den mächtigen Nacken und ließ die Bergwände erzittern unter seinem unheimlichen Triumphgeschrei.

## *Der Herr der Stuten*

„Steh, Sturmwind!"

Kaum war das Echo des Siegerschreis verklungen, als eine kleine, wohlbekannte Gestalt neben Sturmwind auftauchte und ihn befehlend anbrüllte.

Gehorsam stand Sturmwind still, während zwei Hände den Zügel und die Mähne ergriffen. Ken schwang sich auf seinen Rücken.

Die Augen des Hengstes waren auf die Stuten gerichtet. Während des ganzen Kampfes hatten sie in zwei dichten Haufen zusammengestanden und gebannt zugeschaut. Nun, da es vorüber war, zerstreuten sie sich langsam. Sie waren verwirrt und nervös.

Howard hob inzwischen den Futtersack mit dem Hafer auf und wollte damit zu Sturmwind gehen. Doch der Hengst duckte sich plötzlich und bewegte sich auf die Stuten zu. Ken warf das Gewicht seines Körpers nach hinten, zerrte am Zügel, der ihm jedoch aus den Händen geschlagen wurde, als das mächtige Schimmelhaupt ungeduldig zuckte und nun wieder mit gesenkter Nase schlangengleich über dem Boden dahinstrich. Der Hengst begann nicht allein die Stuten zusammenzutreiben, sondern den Befehl über sie zu übernehmen und sie wissen zu lassen, daß er fortan ihr Herr sei. Ken packte mit beiden Händen die dicke, wilde Mähne.

Sturmwind galoppierte immer schneller. Er beschrieb einen riesigen Kreis, dadurch beide Rudel zu einem zusammenzwingend. Und als wolle er ihnen nur gehörig Disziplin beibringen, raste er plötzlich noch einmal mitten zwischen ihnen hindurch, so daß sie nach allen Seiten liefen. Sie waren Hunderte von Metern auseinandergerissen. Und nun umrundete er sie erneut in vollem Galopp. Keinen Augenblick war sein Körper unter Ken gerade, sondern in einer ständigen Wellenbewegung. Ken ritt eine geschwungene Peitschenschnur und wurde dabei unbarmherzig herumgeschleudert. Vor Schmerz und Hilflosigkeit entrang sich ihm immer wieder ein Aufschrei. Der Hengst trieb die Stuten und Fohlen immer tiefer in das Tal hinein, und alle rannten mit zunehmender Geschwindigkeit unter der wilden Nötigung ihres neuen Herrn und Meisters.

Eine ausbrechende Rappstute, mit einem kleinen weißen Fohlen neben sich, suchte seitlich zu entkommen. Sturmwind änderte seine Richtung und setzte ihr nach. Ken fühlte, wie sich der mächtige Körper unter ihm zusammenraffte und bereit war zu jeder nötigen Wendung oder einem plötzlichen Halt – zu jedem nur irgend denkbaren Manöver. Da es unmöglich für ihn war, in seinem üblichen, leichten, ausgewogenen Sitz zu reiten, klammerte er sich wie ein Affe fest.

Der Hengst hatte die Stute erreicht und suchte sie mit einzuschließen. Sie ergab sich nicht. Ken wußte, was jetzt kommen würde, und warf sich weit zurück, um dem Schock standhalten zu können. Der Hengst schob den Kopf über die Stute, packte sie mit seinen mächtigen Kiefern beim Nacken und riß sie zu sich heran, indem er gleichzeitig selbst mit den Hinterbeinen einknockte.

Ken wurde knallend gegen den Nacken des Hengstes geworfen.

Der Körper der Stute überschlug sich in der Luft über ihm und krachte auf die Erde, wo er ein Stück weiterrollte.

Es war wie ein Wunder, daß Ken, der sich an den Nacken des Hengstes geklammert hatte, noch immer oben saß.

Die Stute krabbelte sich mühsam wieder auf die Füße. Sturmwind galoppierte zu seinen Stuten hinüber, und jetzt folgte sie ihm gehorsam. Er erreichte die Stuten, passierte sie und übernahm die Führung. Die Rappstute zwängte sich vor das übrige Rudel, und das kleine Schimmelfohlen galoppierte mächtig los, als wolle es an die Seite des Hengstes gelangen.

Schwindel überfiel Ken in Wellen. Sein Gesicht war totenblaß. Sein ganzer Körper schmerzte, als sei er verprügelt. Seine Finger krallten sich nur noch in Sturmwinds Mähne fest, weil sie sich darein verkrampft hatten. Er hatte alle Hoffnung verloren, sein Pferd je wieder unter seine Gewalt zu bekommen – die Berghänge rasten an ihm vorüber – er konnte es nicht länger aushalten – die Stuten folgten donnernd. Wo war Howard? Wo war das Schlüsselloch und Sicherheit, wo Flicka? Bei diesem Tempo ließ er alles weit hinter sich.

Endlich kam der qualvolle Augenblick höchster Erschöpfung, da ihm alles gleich war – nur herunter!

Er lockerte den Griff, legte sich flach auf den breiten Rücken seines Sturmwind, indem er gleichzeitig ein Bein über den Widerrist hob und sich nun auf dieser Seite heruntergleiten ließ. Einen Moment nur berührten seine Füße die Erde, dann warf es ihn der Länge nach mit dem Gesicht auf den Boden.

Er spürte den harten Aufprall und lag da. Donnernde Hufe kamen näher und gingen über ihn hinweg. Der Boden bebte. Erdklumpen und prickelnde Sandkörner prasselten auf ihn nieder, und Licht und Schatten wechselten abrupt, als die mächtigen Leiber der Stuten über ihn hinwegsprangen – eine nach der andern.

Er verklang in der Ferne – dieser Donner der Hufe –, bis er schließlich nicht mehr das Rauschen des Windes in den Tannen und sein eigenes herzzerbrechendes Schluchzen zu übertönen vermochte oder den scharfen Schrei der Adler in der Höhe, die sich aus den Wolken niederfallen ließen, um das königliche Aas als Festmahl zu genießen.

## *Letzte Sekunde soll starten*

Der Befehl, Nell keine Sorge zu bereiten, war nicht befolgt worden. Denn die Brüder kamen in gemeinsamem Ritt auf Flickas Rücken kaum noch so rechtzeitig zurück, daß Howard sich in aller Eile umziehen und mit gepacktem Koffer abreisen konnte.

Nachdem er fort war, saß Ken endlich im Arbeitszimmer seines Vaters neben dem Schreibtisch und berichtete mit allen Einzelheiten, was geschehen war.

Rob war in einer sehr ruhigen Stimmung. Er saß in seinem breiten Holzstuhl, Ken leicht zugewandt, und paffte an seiner Pfeife.

„Warum hast du nur um Himmels willen“, fragte er schließlich, „Sturmwind ausgerechnet dorthin gebracht, wo er Stuten und einem anderen Hengst begegnen mußte?“

„Aber Papa“, rief Ken klagend aus, „er ist doch schon so oft dort gewesen! Und er hatte seinen ganz bestimmten Platz oben auf dem Felswall, von wo aus er in sicherer Entfernung das Tal überschaute! Niemals ist er wieder hineingegangen, seit er beim erstenmal damals, als Fohlen noch, die furchtbare Abreibung bekommen hatte!“

„Also hast du damit gerechnet, daß er weiter so handeln würde wie zuvor. Und darin lag dein Fehler. Schließlich ist Sturmwind nun drei Jahre alt, und das ist für Pferde in gewisser Beziehung erwachsen."

Ken wandte sein müdes und verschmutztes Gesicht ab und blickte verloren um sich. Dann kam er wieder zu seinem Vater zurück. „Aber er hat doch nie irgendwelchen Unfug gemacht. Und er ist doch zugeritten und als Rennpferd trainiert. Du selbst hast gesagt, daß ein Pferd sich so entwickelt, wie man es schult."

Robs leicht ironisches Lächeln ließ eine Reihe seiner weißen Zähne über dem Pfeifenstiel aufblitzen. „Da haben wir ja immer noch die Naturgesetze, mein Junge – vergiß das nicht! Gott hat nämlich die Pferde geschaffen. Nicht als Haustiere, damit sie sich mühen und abrackern im Dienste der Menschheit. Und nicht als Rennpferde, die sich wie Primadonnen in luxuriösen Stallgemächern räkeln, mit Dienern, Stubenmädchen und Trainern – sondern als Wildpferde! Hengste und Stuten, klug genug, um für sich selber zu sorgen. Er schuf Hengste, damit sie zeugen und für die Stuten sorgen sollten, um sie kämpfen, sie zusammentreiben, zum Gehorsam erziehen, darauf achten, daß sie Nahrung und Obdach finden. Er schuf die Stuten, damit sie Fohlen bekommen und dann für sie sorgen sollten. Sie werfen sie draußen auf den Bergen. Die Nabelschnur reißt, eine Weile sickert noch das Blut – so hat es die Natur gewollt. Dann trocknet sie ein und fällt ab, ohne daß je eine Entzündung die Folge wäre. Dafür sorgt die Natur – nicht der Tierarzt. Alles schön und gut, von ‚Unfugmachen' zu reden, wenn Sturmwind so zu leben und sich zu benehmen beginnt, wie wir es von ihm nicht wollten – aber da gehorcht er eben nur der Natur. Und wenn du die vergißt, mußt du dich auf einen Schock gefaßt machen."

Ken seufzte tief, erschöpft mit dem Kopf nickend. Ach ja, jetzt wußte er über die Natur Bescheid.

„Und ganz unter uns, Ken", fuhr sein Vater fort, „so zieht jeder wirkliche Pferdeliebhaber der Welt in Ehrfurcht den Hut vor den Wildpferden – Pferden, die sich wirklich wie Pferde benehmen – wie Gott sie geschaffen hat – nicht nach irgendwelchen von den Menschen zusammengebrauten Gesetzen."

Ken schenkte dem, was sein Vater sagte, nur oberflächlich Aufmerksamkeit, weil seine Gedanken immer nur um eines kreisten. Wo war Sturmwind jetzt, genaugenommen? Und wie konnte man ihn, genaugenommen, zurückholen?

„Wir sind ihnen, so weit wir irgend konnten, das Tal entlang nachgejagt", sagte Ken. „Wenn Howard nicht heimgemußt hätte, würden wir ja länger Zeit gehabt haben. Ich habe ihm gesagt, er solle Flicka nehmen und mich noch eine Weile dort lassen. Aber er wollte nicht. Er behauptete, wir müßten zusammenbleiben."

„Mit Recht. Es wäre gefährlich gewesen. Außerdem hättest du ja dann auch kein Pferd. Wie wärst du nach Hause gekommen?"

Ken vermied es, den Vater anzusehen, weil er sich scheute, auszusprechen, daß ja sein Vater oder Gus doch gekommen wären, um ihn zu holen. „Ich konnte ja vielleicht Sturmwind wieder erwischen ..."

„Ach! Eine reichlich vage Möglichkeit!"

Es folgte eine stumme Pause, in der Rob seinen Gedanken nachhing. Dann sagte er: „Hast du eine Ahnung, wohin er die Stuten genommen hat?"

„Ja also, wir sind weit genug das Tal hinuntergekommen, um zu entdecken, daß es sich in andere Täler verliert, von denen wieder andere abzweigen. Das ist kein richtiger Kraterwall an diesem äußersten Ende – wie ich es dir beschrieben hatte –, nur eben eine Unzahl Berge, die sich dort höher und immer höher hintereinander auftürmen. Da bleiben natürlich eine Unmenge Möglichkeiten, wohin die Pferde gegangen sein können. Es sah ganz wie ein Labyrinth aus – ein Labyrinth aus Bergen, Gießbächen, Schluchten und Tälern ..." Wieder wandte Ken seinen Kopf zur Seite, bedrückt von dem Bild, das vor seinem geistigen Auge aufstieg – den tiefhängenden Schneewolken, den flammenden Gletschern, den smaragdgrünen Seitentälern, der emporreißenden Großartigkeit der Gipfel. Er konnte nicht einmal den Versuch machen, dies alles in Worte zu fassen.

„Es war einfach hoffnungslos. Nirgends eine Spur von den Stuten oder Sturmwind. Wir hatten ihm das ganze Tal 'runter gut folgen können – natürlich waren ihre Spuren ganz leicht zu verfolgen, besonders die von Sturmwind. Aber in den letzten beiden Stunden hatte es ununterbrochen geschneit. Ich glaube, da oben schneit es jeden Tag. Und dann wurde es obendrein dunkel."

„Wann, nachdem du von Sturmwinds Rücken gefallen warst, hat Howard dich gefunden?"

Ken überlegte einen Augenblick. Er würde seinem Vater nicht gestehen, daß er unter herzzerbrechendem Schluchzen eine volle Stunde dort auf der Erde gelegen hatte. „Tja – ich weiß nicht so genau –, ich habe geschlafen ..."

„Nachdem du 'runtergefallen warst?" Rob zog die Augen ein wenig zwinkernd zusammen, als er seinen Sohn ansah.

Ken wurde rot. „Ja. Ich war doch so gräßlich müde. Und – und da habe ich eben so dagelegen. Als ich jedenfalls fühlte, wie Howard mich rüttelte, aufsah und ihn und Flicka neben mir erkannte, da wußte ich erst gar nicht, wo ich war und was passiert war. Aber ich glaube, es war so gegen Mittag."

*Bewußtlos und hat es gar nicht gemerkt,* dachte Rob. Laut sagte er nachdenklich: „Du verstehst es auch, dich in die vertracktesten Situationen zu bringen! Du mußt ein Leben haben, zäh wie eine Katze! Jeder andere wäre längst tot, der nur halb soviel durchlebt hätte wie du! Erst das mit Flicka. Dann kriegt der Adler dich am Wanst zu packen. Und nun noch das."

Ken nickte leise zustimmend, durchaus der gleichen Meinung.

Rob rauchte eine Weile vor sich hin. Vor seinem inneren Auge spielte sich die Szene ab. Das abgelegene Tal, der Kampf der beiden Hengste ... „Mein Gott! Den Kampf hätte ich sehen mögen!" rief er aus.

Ken wiegte müde den Kopf: „Das hättest du auch sehen müssen. Das war so wie – wie –, ach, du weißt schon, Papa, wie diese prähistorischen Ungeheuer ..."

„Dinosaurier, Pterodaktylen und Mastodons?"

„Ja. Die meine ich. Also an die mußte man wirklich dabei denken. Sie sahen so ungeheuerlich aus, wie riesige Elefanten – vielleicht weil sie die ganze Zeit auf den Hinterbeinen aufgerichtet kämpften und die Köpfe so hochgeworfen hatten und die Hufe hämmern ließen. Und nachher, als Sturmwind gewonnen hatte, wie er dann dastand und losschrie! Papa, wenn es in prähistorischen Tagen auch Riesenhähne gegeben haben sollte – genauso triumphierend müßten sie gekräht haben. Man hat es bestimmt auf den höchsten Spitzen der Berge ringsum gehört. Es ging einem durch und durch wie ein Glasschneider – nur obendrein noch so laut wie ein Lokomotivpfiff."

„Und das war der Augenblick, wo du auf ihn zugegangen bist und dich auf seinen Rücken geschwungen hast!"

Ken nickte wieder mit einem jener Seufzer, die seine körperliche Erschöpfung anzeigten.

Der bloße Gedanke daran ließ Rob aufspringen und im Zimmer herumlaufen. „Es ist die unverschämteste Frechheit, die mir je vorgekommen ist! Sag mal, Ken, ist dir gar nicht der Gedanke gekommen, daß er nur mal eben so mit einem Huf auszuholen brauchte, wie er es beim Albino gemacht hatte, und der wäre dann durch deinen Kopf gegangen wie Butter?"

„Aber er war doch gar nicht auf mich wütend. Er hat überhaupt keine Notiz von mir genommen."

Rob ließ sich wieder auf seinen Stuhl fallen. Er platzte vor Stolz. Er beugte sich vor und preßte Kens Knie, daß der Junge unwillkürlich vor Schmerz zusammenzuckte.

„Vermutlich bist du dir klar darüber, daß es nicht oft vorkommt, daß jemand einen Hengst in dem Augenblick reitet, wenn er seine Stuten zusammentreibt, und nachher noch am Leben bleibt, um davon zu erzählen?"

Ken nickte ziemlich verwirrt. „Er war aber auch schrecklich komisch. Es schien ihm gar nichts auszumachen, daß ich in der Nähe war oder auch auf seinem Rücken; er merkte das scheinbar gar nicht, hörte nicht, was ich sagte. Und gehorchen wollte er mir überhaupt nicht mehr!" Das letztere kam in sehr gekränktem Ton heraus.

Rob schrie vor Lachen. „Dir nicht gehorchen! Das möchte ich wohl meinen! Wer bist du schließlich, um in einem solchen Augenblick ihm im Wege zu stehen!"

Ken hielt seinen Kopf schief. Ein Widerspruch wäre sinnlos gewesen, das wußte er wohl. Er hatte den Spott verdient.

Sein Gesicht trug den Ausdruck, den Rob an ihm schon von früheren Gelegenheiten kannte – immer war er die Folge seiner seelischen Kämpfe um eins seiner Pferde. Er sah blaß und hohläugig aus und als habe er zehn Pfund Gewicht verloren.

„Du siehst wie ein abgeknabbertes Hühnergerippe aus", bemerkte Rob trocken. „Du kriegst es immer wieder fertig, gerade dann völlig heruntergewirtschaftet zu sein, wenn es Zeit ist, in die Schule zu gehen."

„Schule?"

„Ja. Aber wahrscheinlich müssen wir dankbar sein daß du überhaupt noch einigermaßen heil zurückgekommen bist."

Etwas preßte Ken die Kehle zusammen. Schule! Wieder nichts als Schule! Nach all den Jahren des Hoffens, Planens und der Arbeit! Nachdem er Rennpferdbesitzer gewesen war! Eigentümer eines Wunderpferdes! Einer, der so kindische Angelegenheiten wie Schulstunden praktisch hinter sich gelassen hatte! Und auch bereits die Erlaubnis seines Vaters in der Tasche gehabt hatte, der Schule fernzubleiben und mit Charley Sargent nach Saginaw Falls zu reisen!

Robs Blicke überflogen ihn kritisch. „Du siehst ziemlich elend aus. Abgesehen von Schmutz und Schrammen und Herumgeworfenwerden ist dir diesmal nichts weiter passiert? Keine Klauen im Bauch? Keine Knochen gebrochen?"

Ken hob den rechten Arm und bewegte ihn versuchsweise.

„Was ist mit dem Arm los?"

„Als ich mich von Sturmwind heruntergleiten ließ und merkte, daß ich aufs Gesicht fallen würde, habe ich den Arm vorgenommen – das gab einen Knacks."

Rob untersuchte Arm und Schulter. Ken zuckte ein paarmal zusammen. „Gebrochen ist nichts. Sonst noch was?"

„Na ja, als wir auf Flicka nach Hause ritten – konnte ich nicht mehr regulär im Sattel sitzen; meine Schenkel taten entsetzlich weh. Ich habe dann seitlich sitzen müssen."

Rob lachte. „Das Gefühl habe ich auch schon gehabt. Das kam davon, weil du deinen Hengst geritten hast, als er die Schlangenbewegungen beim Treiben machte. Das hat dir sämtliche Muskeln gezerrt."

Robs Blicke prüften Ken eingehend, die zerrissenen, verdreckten Sachen, den eingefressenen Schmutz in den erst flüchtig gewaschenen Händen voller Risse und Abschürfungen, eine große blaue Stelle an der einen Gesichtshälfte, Blutflecken an der Innenseite des einen Hosenbeins.

„Einmal dachte ich, es wäre aus mit mir", sagte Ken.

„Wann denn?"

„Als ich von Sturmwind heruntergefallen war und die Stuten hinterherkamen."

„Kein Pferd wird auf etwas Lebendiges treten, solange es sich irgend vermeiden läßt. Und ich nehme an, daß sie auch recht auseinandergerissen waren."

„Na – so sehr nun gerade nicht . . ."

„Wenn sie Zeit genug hatten, dich zu sehen, war es sicher, daß sie springen würden."

„Das haben sie dann auch getan. Es war, als ob immerzu Licht aus- und angeknipst würde. Erst war es hell über mir und dann dunkel, wobei ich Hufe und Bauch einen Augenblick erkannte – dann wurde es wieder Licht. Aber mit Sand und Dreck haben sie mich reichlich bedacht."

„Das kann man wohl sagen. Was ist das für Blut da auf deiner Hose?" – „Das ist von Sturmwind", erwiderte Ken.

„War er stark verletzt?"

„Eine Unmenge Bisse und Risse. Ein ganz tiefer an der Flanke von der Schulter herunter, von dem das Blut hier stammt. Es war die erste Wunde überhaupt in dem ganzen Kampf. Dann kam noch die schwere an der Kehle, von der ich dir erzählt habe, aber alles das schien ihm nichts auszumachen. Er benahm sich so als wüßte er gar nicht, daß er verletzt sei."

„Vielleicht wußte er es auch nicht. Und vielleicht wußte es auch der Albino nicht, als er starb. Ich denke oft, daß Schmerzen und Tod den Pferden überhaupt nicht zum Bewußtsein kommen. Und wie war's mit deinem Freunde, dem einbeinigen Adler? Nichts von ihm zu sehen bei euerm diesmaligen Ausflug?"

„Er ist heruntergekommen. Sechs Stück kamen nachher heruntergestoßen, um den Albino aufzufressen."

„Ah! Sie werden ihm die Knochen reinputzen! Wahrlich ein echtes Begräbnis der Prärie!" Robs Miene leuchtete auf. „Ein großartiger alter Bursche! In einem Winkel meines Herzens hatte ich immer etwas für ihn übrig, auch wenn er mir einmal fast das Hirn eingeschlagen hätte!"

Ken hatte das ganz vergessen. Sein Vater zeigte ihm noch einmal die Narbe an seiner Schläfe, die ihm der Albino als Erinnerung gelassen hatte, und dies schien ihn und alles Geschehene nun nur enger mit seinem Vater zu verknüpfen.

„Welch ein prachtvolles Pferd!" sagte Rob und lehnte sich zurück. „Ken, es gibt in der Tierwelt ebensogut hervorragende Persönlichkeiten wie bei den Menschen. Der Albino war so etwas wie ein Napoleon! Oder Cäsar! In der Nähe eines solchen Wesens glaubt man sich neben einer Ladung Dynamit."

„Ja, Sir", bestätigte Ken müde. Er hatte es erfahren.

Rob machte eine leichte Handbewegung. „Nun also! Der König ist tot! Es lebe der König!"

„Du meinst Sturmwind?"

„Sturmwind. Den Rückschlag." Und das nahm beider Denken zurück zu jenem Tag vor drei Jahren, als das plumpe kleine Fohlen geboren wurde und jeder ihm verächtlich dies Wort entgegengeworfen hatte: *Rückschlag!*

„Papa . . ." – „Und?"

Ken wagte es kaum auszusprechen. „Glaubst du, daß es möglich wäre, wenn du nun eine Menge Leute mitnähmst – vielleicht zehn oder zwanzig – zu Pferde und mit Lassos – ich könnte euch den Weg ins Tal zeigen –, daß du ihn zurückholen könntest? Weil doch kaum mehr als ein Monat Zeit ist bis zum Rennen . . ."

Rob antwortete sehr ernst: „Man würde ein ganzes Kavallerieregiment dazu brauchen – und selbst das würde es nicht schaffen."

Ken schwieg. Es überraschte ihn nicht. Ja, in seinem tiefsten Innern wehrte sich sogar etwas in ihm dagegen, eine solche Expedition in sein Tal bringen zu sollen. Das Stutenrudel dann auseinandergerissen, manche getötet bei der Lassojagd, die Fohlen von ihren Müttern getrennt, gestohlen, rohes Geschrei und Flüche, Grausamkeiten, die dies abgelegene, unverletzte Tierparadies entweihen sollten – lieber wollte er sein Pferd verlieren.

Ken hob das blasse Gesicht mit dem Ausdruck einer Resignation, die mutig dem Schlimmsten ins Auge sah. „Papa", fragte er noch einmal und stockte. Denn zum hundertsten Male waren seine gequälten Gedanken zum gleichen Schluß gekommen – daß es nur noch eine einzige, ganz geringe Hoffnung gab. „Wird er nicht mehr zurückkommen, Papa?"

„Aus eigenem Antrieb?"

„Er hat es früher doch immer getan. Dies ist sein Zuhause und der Ort, zu dem es ihn immer wieder treiben müßte. Du hast das doch stets gesagt, und er hat auch so gehandelt bisher."

Robs spöttischem Lächeln war diesmal eine leichte Trauer beigemischt. „Ken! Du kennst doch Pferde! Er hat jetzt sein eigenes Rudel Stuten, nicht wahr?" – „Ja, Sir."

„Würde er sie verlassen?"

Die Frage verlangte keine Antwort. Ken war bei seinen eigenen Überlegungen selbst stets zu dem gleichen Schluß gekommen.

Sein Kopf sank ihm auf die Brust, und Rob sah, daß er am ganzen Körper zitterte. Er hatte weder bisher gebadet und sich umgezogen noch eine Nacht geschlafen oder etwas Ordentliches gegessen.

„Geh jetzt hinauf, mein Junge, bade und zieh dich um, damit du nachher tüchtig zu Abend essen kannst, denn sonst klappst du mir zusammen. Du hast ein tolles Abenteuer bestanden. Es hat nicht so geendet, wie du es dir gewünscht hättest, und ich bin ebenso enttäuscht wie du über den Verlust von Sturmwind."

„Oh, wirklich, Papa?" Ken hob den Kopf und blickte seinem Vater ins Gesicht. Irgendwie erleichterte es seinen eigenen Schmerz, daß auch sein Vater die Enttäuschung mit ihm teilte.

„Ja, natürlich. Ich habe ja mit ihm gearbeitet. Und ich war so weit gekommen, daß ich Vertrauen in ihn setzte und an seine Zukunft glaubte. Es ist ein herrliches Pferd. Außerdem hätte ich nämlich auch das Geld gut gebrauchen können . . ."

„Ich weiß!" Kens Miene war fast glücklich.

„Aber wir haben nun einmal beide kein Glück und müssen es eben hinnehmen . . ."

„Mit Seelenstärke", ergänzte Ken vielsagend mit einem Aufblitzen seiner Augen.

„Genau das. Es hat keinen Zweck, hinterherzuweinen. Eines kann ich dir aber sagen, falls dir das helfen sollte . . ." Beide waren

aufgestanden. „Ich bin verdammt stolz auf dich!" – „Auf mich?"
„Jawohl, auf dich. Mein Gott, Ken! Du hast einen Hengst geritten, als er seine Arbeit tat! Nur ein Narr wagt sich vielleicht einmal in die Nähe eines Hengstes, wenn er seine Stuten zusammentreibt – geschweige denn, daß er versuchen würde, ihn zu besteigen – oder gar drauf bleiben würde, wenn er es getan hätte!"
„Ich bin ja nicht draufgeblieben."

„Natürlich bist du – bis er dich nahezu umgebracht hatte. Du hast einen unerhörten Mut bewiesen. Du hast versucht, dein Hengstfohlen zurückzubekommen. Du hast versucht, ihn zum Gehorsam zu zwingen. Du bist auf ihn 'rauf und bist losgeritten direkt in des Teufels Rachen. Du hast etwas fertiggebracht, was ich nie getan habe – ich bin geschwollen vor Stolz wie ein Ochsenfrosch!"

Ken war überwältigt. „Selbstverständlich", fuhr Rob fort, „war das wahrscheinlich gar nicht anders zu erwarten von einem Burschen, der das Kunststück fertiggebracht hat, mal eine Null in Englisch zu kriegen! Das habe ich nämlich auch nie fertiggebracht!"

Rob ließ seine Hand auf Kens Schulter sinken und schüttelte ihn leicht. „Nun geh aber los und nimm ein heißes Bad. Und vergiß das Ganze eine Weile. Das Abendessen wird in einer Stunde fertig sein, und ich will dich ordentlich einhauen sehen! Und dann habe ich auch eine Überraschung für dich – etwas, was dir Freude machen wird. Ich will es nur zuerst mit deiner Mutter durchsprechen."

Ken lag wohlig genießend im heißen Badewasser. Alles Verkrampfte in seinen wunden Muskeln löste und entspannte sich, und der brennende Schmerz wurde aus den Kratzern und Abschürfungen herausgezogen.

Er fing an, sich um vieles glücklicher zu fühlen. Sein Hirn war erfüllt von unvergänglichen Eindrücken, die so erhaben wie Donner, Blitz und sausender Wind und für immer sein eigen waren.

Er holte sich etwas vom Badesalz seiner Mutter. Er hatte gehört, daß Salz die Schmerzen aus den Knochen ziehen solle – es stand was drauf von einem Eßlöffel voll, aber wenn man so lahm war, brauchte man wahrscheinlich eine stärkere Dosis –, er leerte die halbe Flasche duftendes Fliedersalz in die Wanne, legte sich zurück und verteilte es mit den Zehen.

Er untersuchte und zählte seine Wunden, während ihm seine Gedanken davonliefen in aufregenden Zukunftsphantasien. Sturmwind würde fortan in jenem Tal mit seinen Stuten leben, aber nach Ken sich vor Kummer verzehren, so daß er ihn ab und zu besuchen mußte, worüber Sturmwind sich dann so freute, daß er sich sogar von ihm reiten ließ – wenn auch nicht beim Zusammentreiben der Stuten.

Ihm fiel auf, daß sein Kopf auf dem Rand der Wanne lag, während er die Zehen ohne Schwierigkeiten gegen das untere Ende stemmte. Das war bestimmt etwas ganz Neues. Bisher glitschte er doch noch ziemlich unglücklich in der glatten Wanne herum. Aha! Vielleicht begann es jetzt endlich! Das berühmte Schießen!

Von nebenan hörte er die ganze Zeit die murmelnden Stimmen seiner Eltern aus dem Schlafzimmer, und das machte ihn noch glücklicher, weil sein Vater gesagt hatte, er wolle es mit Mutter durchsprechen, und es sei etwas Schönes.

Während er sich, auf der Badematte stehend, vorsichtig abtrocknete, festigte sich in ihm die Überzeugung, daß er tatsächlich größer geworden war.

Er holte sich das Jodfläschchen aus dem Apothekerschrank und behandelte sorgfältig seine sämtlichen Wunden. Er war nachher über und über voller Punkte und Striche, als er sich endlich mit glattgebürstetem Haar und erstaunlich sauberen Fingernägeln an den Abendtisch zu dem Brathuhn mit sahnigem Kartoffelbrei setzte, den nur seine Mutter so herrlich zu bereiten verstand.

Und wieder und wieder erzählte er von seinem Abenteuer, diesmal auch noch von der Rappstute, die den Sprung in die Freiheit versucht hatte. „Das war eine Schönheit, Papa. Sie erinnerte an Gipsy, nur war sie größer. Und das weiße Fohlen – genau wie Sturmwind früher. Es hatte auch so kurze Beine. Und krabbelte."

Und endlich teilte Rob seinem Jungen die bedeutungsschwere Sache mit. Daß keiner seiner Pläne geändert zu werden brauchte. Er konnte noch immer mit Charley Sargent nach Saginaw Falls reisen. Er konnte noch immer ein eigenes Rennpferd mit Charley Sargents Expreßtransport mitschicken. Es würde bei einer Meldung des Gänselandgestüts zu den Rennen bleiben. Der einzige Unterschied würde nur der sein, daß es sich um die zweijährige Stute Letzte Sekunde drehen würde statt um den dreijährigen Hengst Sturmwind.

Und als somit am 11. Oktober der große schwarze Buick über die Pässe der Wyoming-Idaho-Bergstraße rollte, saßen auf seinen Vordersitzen zwei Rennpferdbesitzer: Charley Sargent, ungewohnt feierlich angezogen in schwarzem Überzieher und Melone, und daneben Ken, der sich mindestens zehn Jahre älter als je vorkam.

## *Unterwegs zum Rennen*

Kens rasches Älterwerden hatte verschiedene Gründe. Die Hosen seines neuen Anzugs waren tatsächlich sechs Zentimeter länger als alle anderen, die er zuvor besaß. Und ein erster, noch kindlicher Filzhut lag auf seinen Knien, sorgsam gegen jede Abnutzung oder Beschädigung gehütet.

Aber der stärkste Wandel hatte in ihm selbst stattgefunden. Es war ein so merkwürdiges Gefühl, daß er in seinem eigenen Innern Umschau hielt, um ihm einen Namen zu geben. Er kam endlich zu dem Schluß, daß es Seelenstärke sein müsse. Er hatte nun doch dies echte, wahre Gefühl kennengelernt und erfahren, daß es eine

Mischung aus bitterer Enttäuschung und ungebrochenem Mut ist, die gelassene Entschlossenheit, weiterzumachen und hinzunehmen, was kommen würde. Er „heulte" nicht mehr wegen Sturmwind, nun, da das Schlimmste geschehen war.

Allerhand neue Erfahrungen ergaben sich aus diesem neuen Zustand. Wenn man um etwas heulte, so vermochte nichts einem Freude zu bereiten als eben das eine, nach dem man verlangte und das einem verweigert wurde. Wenn man aber Seelenstärke besaß, so konnte man sich nebenher noch über eine ganze Menge Dinge freuen, selbst wenn im tiefsten Herzensgrunde der Kummer ruhte. So genoß er beispielsweise diese Fahrt außerordentlich.

Wenn man im Automobil fährt, haben die meisten Menschen das Gefühl, vollauf mit etwas Wichtigem beschäftigt zu sein, so daß weder ihr eigenes Gewissen noch irgendwelche überbetriebsamen Leute nebenher noch eine andere Betätigung von ihnen verlangen können. Das ist für nervöse Menschen ein großer Trost, und da jeder heutzutage nervös ist, somit für alle und jeden. Und wenn man diese Befreiung von Pflicht und Zwang richtig genießen will, dann nimmt man schon übel. wenn einer sagt, man solle sich nach rechts wenden, um dort die Umrisse der Berge zu betrachten. Oder mal eben zur Seite rücken, ob man vielleicht auf einem Handschuh säße. Ken durfte jede Nuance des herrlichen Vergnügens ungestört auskosten. Er fühlte sich sehr erwachsen, unbeschwert und wunderbar faul.

Ken genoß auch das Beisammensein mit Charley Sargent. Der hochgewachsene Pferdenarr wirkte anders in seiner städtischen Aufmachung. Die schwarze Melone nahm seinem Gesicht etwas von seiner humorvollen Heiterkeit und verlieh ihm eher den Ausdruck schlauer Vorsicht. Doch als er zu dem neben ihm sitzenden Ken hinunterblickte, lag viel Freundlichkeit in seinen Augen.

„Wie lange glaubst du etwa auf dem Hengst gesessen zu haben, Ken?" – „Ach, ich weiß nicht – lange genug jedenfalls."

„Das kann man wohl sagen! Mein Gott! Sag mal – wie viele Stuten hatte er deiner Schätzung nach in seinem Rudel dort?"

„Ich habe nie eine Möglichkeit gehabt, sie genau zu zählen, aber es waren eine ganze Menge, ganz weitverstreut."

„Etwa dreißig?" – „Ungefähr."

„Beschreib mir doch ganz genau den Kampf, Ken, wie sie aufeinander losgegangen sind."

„Aber das habe ich Ihnen doch schon alles berichtet, Mr. Sargent."

„Macht nichts, ich möchte es noch einmal hören." Und als Ken die Bitte erfüllt hatte: „Großer Gott, was für ein Pferd!" Er stieß Ken mit dem Ellbogen in die Seite. „Und vergiß nicht, Appalachian war sein Vater!"

Er würde endlos weitergeredet und allem gelauscht haben, was mit dem Tal der Adler und dem, was dort geschehen war, zusammenhing, aber Ken wollte sich über die Rennbahn unterrichten, zu der sie fuhren, und über alles, was zum Rennbetrieb gehörte.

„Ja, siehst du Ken – die Bahn in Saginaw Falls ist eine der sportlich interessantesten, die es bei uns gibt. Du weißt ja wahrscheinlich, daß es in unserm Lande solche Bahnen gibt, wo die Millionäre sich gegenseitig das Geld abzuluchsen suchen. Dazu gehört sie."

„Wie machen sie denn das: sich das Geld abluchsen? Durch Wetten?"

„Ja – und durch den Verkauf ihrer Gäule. Jetzt hör mal gut zu, Ken – du wirst keinesfalls wetten, merk dir das!"

„Ich habe fünf Dollar", sagte Ken.

„Also dann halt sie fest. Es gibt zwei Wege, durch Rennpferde zu Geld zu kommen – oder welches zu verlieren. Erstens durch Wetten und zweitens durch Pferdezucht und Verkauf. Dies letztere ist meine Art, wenngleich auch ich gelegentlich mal einige Wetten placiere. Aber du, Ken, kannst kein solcher Rennbahnfanatiker werden – immer nur im Lande umherreisen, Pferde rennen lassen, wetten ..."

„Ich weiß, daß ich das nicht kann."

„Und selbst wenn du es könntest, würde ich es nicht gutheißen für dich, ebensowenig wie dein Vater oder deine Mutter – und wenn du auch noch so viel Geld dabei verdienen würdest."

„Ich weiß."

„Du bist der geborene Züchter und Trainer. Du hast da eine saubere Arbeit geleistet mit deinem Stutfohlen, alle Achtung. Sie steht dicht vor der Siegerklasse und ist nicht verpimpelt, sie hält jede Entfernung durch – in ihrer Klasse natürlich. Und auf jeder x-beliebigen Bahn."

Ken fühlte es heiß in sich aufsteigen, und sein Gesicht überflog eine leichte Röte, als er Charley Sargent anblickte.

„Ich werde vielleicht selbst auf sie setzen", meinte dieser, „sie ist, weiß Gott, geschwind. Sie könnte sofort an die Spitze gehen und sich nicht überholen lassen. Sie wird am 16. im Preis der jungen Stuten laufen – das wäre in fünf Tagen von heute. Da sie bereits in so ausgezeichneter Form ist, werden wir sie bis dahin nicht mehr auf Geschwindigkeit trainieren müssen, wodurch ihr Können ans Licht käme. Keiner kennt sie, und die Quote dürfte hoch sein. Ich könnte an ihr die Hotelrechnung verdienen." Er grinste Ken verschmitzt zu.

„Das klingt wie Schiebung", sagte Ken.

„Rennen ist auch Schiebung", sagte Sargent, „außer in jenen Rinderkorrals, wo eine ganze Pferdemeute gegeneinander losrennt und der Holzkopp, der am schnellsten ist, das ganze Geld einsteckt."

Ken dachte, daß ein solches Rennen eigentlich sehr viel vernünftiger sei. „Könnte ich übrigens nicht mit meinem Holzkopp im Stall schlafen statt im Hotel?"

„Du wirst da schlafen, wo ich schlafe. Und das wird nicht im Stall sein, junger Mann."

Ken saß schweigend da und überdachte all das, was sich in Kürze mit Letzter Sekunde ereignen würde. Sie war vor vier Tagen aus Sherman Hill gemeinsam mit Sargents vier Pferden abtransportiert worden. Schon jetzt befand sie sich unter der Obhut von Sargents Trainer Perry Gunston in Saginaw Falls, wo sie täglich von Tommy Pratt, Sargents Bereiter, bewegt wurde. Und am 16. Oktober würde sie also ihr allererstes Rennen laufen. Das Programm sah weitere Rennen für Zweijährige am 20. Oktober und am letzten Tage der Veranstaltung direkt nach dem großen Greenway-Rennen vor. Bei diesen drei Gelegenheiten sollte Letzte Sekunde sich beweisen können – falls sie es in sich hatte.

„Welchen Reiter glauben Sie denn für Letzte Sekunde bekommen zu können, Mr. Sargent?"

„Ich werde Dickson nehmen, wenn ich ihn kriege. Er hat schon öfters Siege für mich geritten und ist ein tüchtiger Bursche. Aber wenn ich ihn nicht haben kann, dann gibt es noch ein paar andere, die ebenso gut sind – Green – Marble . . ."

Vor Kens innerem Auge stiegen unverzüglich Bilder auf von diesen Dickson, Green und Marble. Dickson mochte er am meisten. Er sah ihn richtig vor sich, in Sargents Farben, auf Letzter Sekunde – allen voran! Jetzt zog er dem Felde davon – dem Siege zu! Und bei solchen Überlegungen setzte Ken jedesmal einen Moment der Herzschlag aus.

Sie glitten jetzt rasch in tiefere Regionen der Wetterscheide. Bisher hatte ein heftiger Sturm geweht, der die Ketten der Berge an beiden Seiten der Straße voll Schnee geblasen hatte, aus dem nur hie und da die braune Erde hervorschimmerte.

Charley Sargent fuhr mit einer Geschwindigkeit von hundertdreißig bis hundertvierzig Stundenkilometern, wie die meisten Fahrer im Westen, die große Strecken zu bewältigen haben, auf denen wenig Verkehr ist.

Nach einigen Stunden legten sie jeweils einen kurzen Aufenthalt in einer der am Wege liegenden Wirtschaften ein, und Ken, der neben Charley Sargent an der Theke saß, durchlebte dann jedesmal die gleiche Qual der Unsicherheit, was er sich bestellen sollte, während Charley im Handumdrehen schon Kaffee und Kuchen kommen ließ.

Sie fuhren in Schneestürme hinein und wieder heraus. Man konnte sie aus der Ferne schon erkennen. Die Luft wurde immer dunstiger und trüber, und auf einmal war man mitten drin im Unwetter, hatte es eingeholt, und schon war man wieder darüber hinaus.

Ringsum nichts als Berge. Sie sprangen ganz unerwartet bei einer Biegung der Straße keinen Kilometer weit vor einem auf, oder die Straße selbst senkte sich urplötzlich kilometerweit, bis zu einem Tal, das in purpurnem Dunkel am Grunde lag, während aus weiter Ferne sonnenüberstrahlte Gebirgsketten herübergrüßten, auf die blaue Dunstschatten der Wolken fielen, die im Laufe des Nachmittags verschwanden, bis der Sonnenuntergang alle Gipfel mit flammender Glut überschüttete.

Zuweilen grub sich der Wind in den Schnee ein und peitschte einen Teil davon zu einem Wirbel auf, den Ken ein ganzes Stück weit bei seinem Tanz über die Hänge verfolgte, bis er ganz wie eine Wasserhose aussah und an den federgleichen Schneewirbel erinnerte, den der Sturm vom Gipfel des Wetterberges losgerissen hatte, als er dort in den Bergen war. Und die Erinnerung daran brachte ihm eine plötzliche Leere zum Bewußtsein, die ihm einen Moment den Atem abschnürte. Sturmwind! Wo war Sturmwind wohl jetzt? Nein – denk lieber an Letzte Sekunde – denke an das kleine, muntere, liebe und folgsame Fohlen – so reizend mit seinem tanzenden Schritt und seiner überlegenen, selbstverständlichen Art, sich zu geben – denke an ihre schwebende Leichtigkeit, ihre außerordentliche Geschwindigkeit – denke zurück an den Tag, als du zum erstenmal Flicka laufen sahst – weglaufen von Banner, der sie oben auf der Sattelhöhe jagte, als sie nur eben ein Jährling mit rosigblonder Mähne und Schweif war und Banner davonfliegend ihre kleinen Hufe zeigte . . .

Letzte Sekunde war ganz und gar wie eine Neuausgabe von Flicka. Ken liebte sie mit der zarten, beschützenden Liebe einer Mutter ihrem Zweitgeborenen gegenüber, der ihr angebeteter Erstgeborener gestorben ist.

Seine Gedanken sprangen zu seiner eigenen Mutter über. Er hatte sich schon seit langem gewünscht, daß es möglich sein sollte, Seelenstärke auch für einen anderen Menschen aufzubringen. Er hätte sie für seine Mutter haben und ihr übermitteln wollen, aber das war nicht möglich. Glücklicherweise besaß sie selbst genug. Er hatte eines Abends diese Entdeckung gemacht, als er im verlassenen Speisezimmer gestanden hatte, dessen Tür zur Küche offen war. Er war nicht zu hören gewesen, weil er nur so still zum Fenster hinausblickte. Seine Mutter war nebenan mit der Bereitung des Abendessens beschäftigt, als er plötzlich etwas Seltsames von dort vernahm. Er wußte, daß sie allein war, aber dennoch sprach sie, als müsse sie jemandem ihr Leid klagen: „O Gott, werde ich nur jemals wieder jung und schlank und behende werden!“ Und dann folgte ein tiefer Seufzer. Er hatte sich rasch umgedreht und durch die Tür gespäht, so daß er sie gesenkten Hauptes gegen die Wand gelehnt erblicken konnte, die Hand mit dem Wischtuch müde herunterhängen lassend. Obgleich sie, von ihm abgewandt, nichts von seiner Anwesenheit bemerken konnte, hatte er doch ein so bedrückendes Gefühl, daß er sich sofort heimlich davonschlich und in einem Zustand scheußlicher Verwirrung bis zum Abendessen draußen herumdrückte. Er meinte, es seinem Vater erzählen zu müssen, damit ein Arzt geholt würde – irgend etwas mußte doch getan werden. Aber als er dann zu Tisch hereinkam, war seine Mutter genau wie immer, mit dem stets bereiten Lächeln für alle und der gelassenen Heiterkeit ihrer dunkelblauen Augen, dem herdgeröteten Gesicht und dem so leicht aufspringenden Lachen über jeden Scherz. Das war ihre Seelenstärke.

Nun – es würde nicht mehr lange dauern! Und dann *würde* sie wieder jung, schlank und behende sein. Er hätte so gern gewußt, wann es nun ganz genau eintreten würde. Ein paarmal war er nahe daran gewesen, sich nach dem genauen Datum zu erkundigen, sah aber jedesmal wieder davon ab, weil er befürchtete, es könne ungehörig sein.

Mochte nun Charley auch noch so schnell fahren, die ungeheure Weite dieser Landschaft eilte nicht an ihnen vorüber, sondern schien stillzustehen. Da waren die Hereford-Rinder mit den hellen Gesichtern, die auf dem spärlich bewachsenen Boden grasten. Und Pferde – alle mit dem dichten, warmen Winterfell. Hier und da auch eine dicht zusammengedrängte Herde grauer Schafe, die sich kaum vom Grau der Luft abhoben. Sie ließen Ken an die Schafe daheim denken. Vielleicht war sein Vater gerade eben in dieser Minute draußen bei ihnen, unterhielt sich mit dem mexikanischen Hirten, wann man die Böcke zu den Mutterschafen bringen sollte, um für die Frühlingslämmer zu sorgen. Manchmal nickte Ken auch kurz ein. Wachte er wieder auf, so erblickte er stets das gleiche Panorama der Berghänge und Täler, ferner Gebirgszüge, hier Schnee, dort Felsen oder kahle braune Erde und im Vordergrund immer die gleichen Pferde und hellgesichtigen Rinder.

Auf ihrer zweitägigen Fahrt in die Tiefe nach Saginaw Falls mußten sie drei Pässe überqueren. Den ersten erreichten sie während eines Schneesturms und konnten nicht weiter, weil ein entgegenkommender Lastwagen, der den Grat hatte erklimmen wollen, seitlich ins Rutschen gekommen war und die Straße auf dem höchsten Punkt nahezu versperrte. Hinter diesem Fahrzeug warteten ein gutes Dutzend anderer Wagen, die nach Osten hinauf über den Berg zu kommen suchten.

Als Sargent seinen Wagen stoppte, um zu warten, bis der Lastwagen aus dem Wege geschafft worden war, kamen bereits andere hinter ihm, die ebenfalls warten mußten und auf der verschneiten Straße ins Rutschen kamen, als sie die Bremsen anzogen. Sargent und Ken stiegen aus und schlenderten nach vorn, um einen Blick den Grat hinunterzuwerfen. Anderthalb Kilometer fast erstreckten sich die wartenden Wagen, die auf ihrer Fahrt nach Osten durch das Verkehrshindernis hier oben aufgehalten wurden. Sie standen in jeder nur denkbaren verrückten Position, sei es schief nach innen zu oder zu zweien und dreien dicht ineinander verhakt, während ihre Insassen im Schnee umherstapften und unter lauten Zurufen an ihren Wagen zogen und schoben. Männer in Hemdsärmeln und ohne Hut, damit er ihnen nicht vom Wind entführt würde, hockten auf der Erde und mühten sich, ihre Schneeketten zu entwirren und die Reifen damit zu sichern.

Um den querstehenden Lastwagen passieren zu können, mußten alle westlich fahrenden Wagen an den äußersten Rand der Bergstraße fahren, die dort halb über dem Abhang hing, sich um den Lastwagen herumquetschen – und zwar durfte dabei nicht einmal langsam gefahren werden, weil sonst die Räder plötzlich die Reibung verlieren und dann sich die Straße abwärts an allen dort verquer parkenden Wagen vorüberschlängelnd hinuntergleiten lassen konnten.

Charley kannte die Straße gut und hatte in weiser Voraussicht bereits an der letzten Tankstelle die Ketten anlegen lassen. Aber als er jetzt den Paß nehmen mußte, gab es keine Plauderei im Wagen. Ken hatte nur in sein Gesicht aufgeblickt und wagte kein einziges Wort. Ab und zu warf er einen faszinierten Blick rechts hinaus über den Klippenrand – dieser senkrechte Abfall in ein dunkles Chaos – wie ins Bodenlose!

Auf dem Grunde der Paßstraße stiegen sie wieder aus, und Ken half, die Ketten zu entfernen.

„Eigentlich sind sie schon schlimm genug ohne Schnee“, sagte Sargent, als er die Ketten im Kofferraum verstaute und sie wieder einstiegen, „diese Haarnadelkurven – jetzt hast du wohl gesehen, warum ich die Pferde lieber mit der Bahn schicke, als sie hier über das Gebirge im Lastwagen transportieren zu lassen.“

„Ich könnte mir denken“, meinte Ken, als sie nun die gerade Strecke vor sich hatten und Sargent die Geschwindigkeit wieder erhöhte, „daß zuweilen auch Wagen auf dieser Straße über den Rand geraten.“

„Wenn du die Zeitungen liest“, sagte Charley, „wirst du finden, daß das allerdings häufig genug passiert.“

Ken sah es im Geiste deutlich vor sich. Der große dunkle Gegenstand rollt – kippt – überschlägt sich mitten in der Luft – ein oder zwei winzige menschliche Gestalten fallen heraus, wie die Puppen, mit dem Kopf zuerst –, dann der Aufprall unten. Ihm wurde ganz übel.

„Oder“, fuhr Charley fort, „du wirst auch bei der Fahrt über solche Straßen häufig eine demolierte Zaunstelle sehen – falls so etwas zum Schutze aufgerichtet ist –, wo irgendein Wagen durchgebrochen ist. Oder du siehst einen geknickten Baum. Natürlich sind die Pässe nicht immer so schlimm wie der heute. Auf den ersten richtigen Schnee ist man selten rechtzeitig vorbereitet. Morgen schon werden die Schneepflüge allerhand weggeräumt haben. Das muß auch sein, sonst könnten die transkontinentalen Omnibuslinien ihren Verkehr nicht aufrechterhalten. Selbst in den schwersten Stürmen muß die Straße befahrbar gemacht werden. Wenn der Schnee nicht ganz fortgeräumt werden kann, so wird er wenigstens an der Oberfläche aufgerauht, damit Wagen mit Schneeketten keine Schwierigkeiten haben.“

Ken gedachte zärtlich des letzten Eindrucks, den er von Letzter Sekunde gehabt, als sie behaglich und sicher neben Sargents Pferden im Eilzuggüterwagen gestanden hatte, der bündelweise Heu und säckeweise Hafer mit sich führte.

„Mr. Sargent, wenn nun Letzte Sekunde sich als gutes Rennpferd erweisen würde, könnten Sie sie nicht vielleicht mit auf die Reise nehmen, wenn Sie zu den verschiedenen Rennen fahren, und halbpart mit mir laufen lassen?“

„Ken, ich besitze selber mehr als genug Pferde. Ich versuche eher zu verkaufen als zu kaufen oder sonst irgendwie noch etwas dazuzunehmen. Perry kann nämlich nur eine gewisse Anzahl Pferde betreuen, sonst müßte ich mehr Leute engagieren. Du würdest bestimmt am meisten davon haben, wenn du sie verkaufen könntest."

Ken dachte darüber nach, ob wohl irgend jemand sein Stutfohlen würde kaufen wollen. Genaugenommen erschien es ihm nicht recht wahrscheinlich, daß einer daherkommen und ihm für Letzte Sekunde einen dicken Scheck überreichen würde, den er seinem Vater mit nach Hause bringen könnte.

Es kamen noch weitere Pässe, aber sie ließen jetzt die Schneestürme hinter sich, da sie die tieferen Regionen erreicht hatten, und der letzte Paß bot einen wahrhaft grandiosen Anblick – als ob ein riesiger Granitblock, vom Blitze gespalten, weit genug auseinanderklaffte, daß sich die Straße und ein schäumender Gebirgsfluß eben noch tief unten durch das Gestein zwängen konnten.

Ken schaute scharf hin. Ganz ähnlich wie der Silberfederfluß. Es war für ihn der Silberfederfluß – und er führte seine Gedanken im Nu wieder fort von dieser Bergstraße, fort vom Rennen und zurück zu jenen anderen Bergen, dem Schluchtweg, zu seinem Tal und Sturmwind ...

„Mach jetzt lieber das Fenster zu, Ken ..." Charley griff herüber und drehte die Kurbel der Scheibe.

Ken lehnte sich auf seinem Sitz zurück, plötzlich halb krank vor Sehnsucht nach seinem Pferd.

Es wurde Abend. Sargent schaltete die Lichter ein, und der Wagen schoß durch die Dämmerung immer weiter nach Westen.

## *Sturmwind kehrt zurück*

Sturmwind hob seine Nase hoch in den Wind und nahm Witterung. Es war eine kahle Schroffe am südlichen Ausgang des Tales, die er sich zum Auslug gewählt hatte. Von hier aus konnte er die unten grasenden Stuten überwachen. Er konnte den Kopf wenden und die Bergketten hinter sich bis hinauf zu den Adlerhöhen des Wetterberges überblicken. Er konnte die Wolken sehen, die sich um die Gipfel ballten, konnte das tiefe Grollen der Riesen vernehmen, die ihr Leben äußerten durch den Fall der donnernden Lawinen, das Knacken der froststarren Bäume, und kein Vogel oder sonst ein Tier konnte sich bewegen, ohne daß seine Augen und Ohren es unfehlbar aufnahmen.

Es war ein unebener Felsgipfel, auf dem er stand, kaum genug Raum für seine Hufe bietend. Seine Hinterbeine stemmte er gespreizt ein Stück tiefer. Sein Körper war leicht gedreht. Sein Kopf mit der fliegenden weißen Mähne und den gespitzten Ohren war hochgeworfen und die dunklen, weißumringten Augen erfüllt von der wilden Schönheit der Berge und Wolken. Von seinem dunklen Halfter baumelte ein Ende ausgefranster Riemen.

Ein Stück tiefer, gehemmt durch den allzu steilen Anstieg der letzten Gipfelstrecke, stand ein kleines weißes Fohlen und blickte zu ihm auf. Ab und zu ruhte der Blick des gewaltigen Hengstes auf dem Kleinen, glitt dann weiter und wieder in die Höhe.

Eine neue Botschaft trug der Wind an diesem frühen Morgen. Es war ein schwerer Sturm im Anzug. Die Temperatur war schon tief unter dem Gefrierpunkt und sank noch immer weiter.

Die Stuten und Fohlen waren durch ihr dichtes Fell geschützt, dessen Wuchs schon im September begann. Sturmwind jedoch wurde nur von seiner inneren Hitze gewärmt. Sein Fell war seidenglänzend wie immer, nur an der Kehle und an der Flanke, wo er verwundet war, wuchsen einzelne Flecken rauher, dichter Haare.

An den Spitzen der Berge rüttelten viele Stürme, rollten die Hänge herunter und prallten gegeneinander, getragen von widerstrebenden Luftströmungen. Eine kochende Wolkenmasse schwebte nördlich über dem Tal. Ein Adler segelte ihr voran. Ab und zu vereinigten sich die Wetter und sanken wie eine weiße Decke nieder, wurden wieder auseinandergerissen und fuhren brüllend nach allen Richtungen. Nach und nach verdickte sich der Dunst und wandelte sich in Schnee, der einmal hierhin, einmal dorthin getrieben wurde.

Sturmwind bot sein mächtiges Haupt dem Wetter dar. Seine Mähne flatterte nach Westen. Der Ostwind war der stärkste und würde sich durchsetzen. *Der Ostwind.*

Erinnerungen klangen in ihm auf aus weiter Ferne, und sein scharrender Huf klirrte auf dem Felsengrund.

*Wenn die Kälte zu scharf brennt, wenn Tod im Winde droht, nimm den Weg von den Bergen herunter. Gatter stehen geöffnet. Krippen sind voller Heu. Es gibt Nahrung und Obdach und gute Behandlung für alle. Und das Kreischende, Weiße kann dir nicht dorthin folgen.*

Er machte einige ruckartige Bewegungen mit dem Kopf, dann drehte er um und suchte sich den trittsicheren Pfad hinunter, wobei sein wehender Schweif nach einer Weile über das weiße Fohlen streifte, das ihm vorsichtig folgte.

Sturmwind trieb seine Stuten zusammen und nordwärts in das Tal zurück. Als er sie zum Laufen gebracht hatte, setzte er sich an die Spitze, wo sich die Rappstute und das Schimmelfohlen dicht hinter ihm hielten. Sein Tempo war sorgfältig darauf berechnet, daß auch das kleinste Fohlen würde Schritt halten können.

Der Schnee, der bereits lag, brodelte um ihre Füße wie Meerschaum, und in dem immer stetiger wehenden Wind war ein Klang – dies unaufhörliche Brüllen –, der sich mit zunehmender Heftigkeit in ein Kreischen wandeln würde.

Sie reihten sich einzeln hintereinander auf dem Weg durch das Schlüsselloch und den Schluchtweg längs des Flusses. Ab und zu schlug Sturmwind einen Bogen, um festzustellen, ob auch keine Nachzügler zurückblieben, und die letzten ein paarmal in die Schenkel zu zwicken, damit sie sich klarmachten, daß man unterwegs war und von ihnen erwartet wurde, daß sie mitkamen.

Unten auf der weiten Ebene liefen sie dann auseinander, warfen die Hufe hoch und bissen um sich, toll von der Hitze ihres Bluts und der Erregung des langen Laufs, unter dem heftigen Wehen von Wind und Schnee.

Dem Gestüt näherten sie sich am späten Nachmittag; Sturmwind, in einem schwingenden Kurzgalopp, fand den Weg durch den weißen Dunst mit der Leichtigkeit seines unfehlbaren Instinkts. Er befand sich hier auf eigenem Grund und Boden und kannte jeden Quadratmeter seit seiner Geburt.

Als sie den Kamm der Sattelhöhe erreicht hatten, hielt er an, um sein Reich zu überblicken, und die Stuten scharten sich um ihn. Nichts war zu sehen durch das Schneetreiben, aber vor seinem inneren Auge war alles deutlich, jedes Gebäude, jeder Zaunpfosten, und als er den Hang hinuntertauchte, gestattete er sich vor lauter Freude ein paar fohlenhafte Sprünge. Mit seinen dreißig prächtigen Stuten und Fohlen hinter sich war wohl verzeihlich, daß er den Stolz eines jungen Erben zeigte, der seine Braut heimführt und der Familie vorstellen will.

Von der Sattelhöhe herunter ergossen sie sich in wildem Galopp auf die Überlandstraße – das Tor stand offen! Sturmwind nahm die scharfe Biegung, die Stuten folgten dichtauf, galoppierten über die Stallweide auf die Koppel – auch hier standen Gatter offen! Sie strömten hinein ...

Alles war hier schon voll Stuten und Fohlen. Alle die bekannten Gerüche! Jede einzelne Zuchtstute ihm so wohlig vertraut wie Muttermilch! Hafer und Heu. Die Koppel und die Ställe. Banner ...

Sturmwind wieherte und schrie hellauf aus hingerissener Freude über seine Heimkehr. Er fegte durch die Stuten hinüber zur Futterraufe und riß sich ein Maulvoll Heu heraus – Burgfelsenheu, mit dem er großgefüttert worden war. Seine Stuten drängten ihm nach, mischten sich unter die anderen, schubsten und kabbelten sich ein wenig.

Mitten auf der Koppel traf er auf Banner. Die beiden Hengste berührten einander mit den Nasen, zitternd am ganzen Körper, quiekend und halb aufgebäumt. Sie waren ganz erfüllt von der Aufregung dieses Wiedersehens mit einem alten Freunde – und etwas anderem dazu, was mit den Stuten und Fohlen zusammenhing. Sie wandten sich voneinander ab und suchten das einmal näher zu prüfen. Sturmwinds Einstellung zu den Gänseland-Stuten war die des wiedersehenfeiernden alten Bekannten, aber mit Banner lagen die Dinge anders. Diese fremden Stuten waren neu und erregend! Es waren so viele – und seine eigene Stutenzahl war höchst unvollständig. Mit bloßen zehn Zuchtstuten wird jeder Hengst, der etwas auf sich hält, nach weiteren Ausschau halten.

Die Stuten und Fohlen quirlten durcheinander zwischen Stallwänden und Futterraufen.

Banner pirschte sich an drei von Sturmwinds Stuten heran, die in einer Gruppe zusammenstanden. Sein Kopf schlängelte über dem Boden hin. Er trieb sie dorthin, wo seine eigenen Stuten standen.

Sturmwind warf den Kopf hoch über das Gedränge, in dem er an der Raufe stand, und seine blitzenden Augen erhaschten das Manöver. Er senkte das Maul, um weiterzufressen. Banner fuhr also fort, Sturmwinds Stuten, wo er eine antraf, in die Koppelecke abzudrängen und dort festzubannen.

Sturmwind ringelte sich aus dem Durcheinander der Pferdeleiber heraus. Er verfolgte Banner und wieherte herausfordernd. Als der goldrote Hengst sich umwandte und ihm gegenüberstand, stiegen beide hoch, schnappten mit dem Maul in die Luft, ließen die Hufe wieder auf die Erde fallen und verharrten zitternd.

In Sturmwind lebte seine ganz alte Liebe zu Banner, aber auch ein anderes Gefühl meldete sich und wurde mit jeder Minute stärker. Zorn, Kampflust. Ein wütendes Aufflammen aller Energie, die nach Entladung drängte, so daß sein Schweif sich steil wölbte, grunzende Laute der Empörung aus seiner Kehle stiegen und er immer wieder den schweren Körper hob und mit den Hufen fuchtelte.

Die beiden Hengste stoben geduckt aneinander vorüber und suchten diesmal einen bösartigen Biß anzubringen.

„Boß! Boß! Sturmwind ist da mit 'nem ganzen Haufen Stuten und Fohlen!"

Sturmwind kannte diese Stimme. Sie gehörte zu Hafer, Obdach und guter Behandlung.

„Schnell kommen, Boß! Alle sind durcheinander mit unsern Stuten – die Hengste gehen schon aufeinander los . . ."

Er kannte auch die andere Stimme, die von der Schlucht her Antwort rief, die tiefe, befehlende Stimme voller Zorn. Und er kannte die beiden Gesichter, die aus dem Flockentreiben auftauchten – das runde, rosige, umrahmt von grauen Zotteln, und das längliche dunkle Gesicht, wegen des scharfen Windes zu einer Grimasse verzogen, die die weißen Zähne blitzen ließ. Er kannte ihre Witterung, aber nicht diese Witterung der Bestürzung, diese Witterung grausigen Erschreckens! Nicht die Panik in der Stimme, die jetzt aufschrie: „Sofort Peitschen her, Gus! Und bring Heugabeln mit!" Kannte diese Arme nicht, die auf ihn eindroschen und ihn unter irrsinnigem Geschrei zurückschlugen. „Nimm Banners Stuten 'rüber in die andere Koppel – er wird ihnen folgen!" Selbst während er sich seitlich an dem Mann vorbeiduckte und wieder hochaufstieg, wie auch Banner sich bäumte, und beide einen krachenden Hieb gegen den Nacken des anderen führten, der wie Donner dröhnte, mußte er sich in acht nehmen, diesem Manne auszuweichen, der ihm Kopf und Gesicht mit Peitschenhieben traktierte, der sich laut schimpfend an sein Halfter hing, der auf jede Art und Weise gegen das, worauf jetzt seine Sinne gerichtet waren, anzukämpfen suchte, der all sein Gewicht und alle Kraft gegen ihn stemmte, um ihn wegzubringen, wie der andere Mann Banner wegbrachte.

Seine Gedanken ertranken in einer Welle der Verwirrung . . . Schneesturm blendete ihm den Blick . . . Gehorsam kämpfte gegen Trieb . . . Die Scheune. Sein eigener Stall, und eine Krippe voll Heu und Hafer. Wie war das geschehen? Wieso war er plötzlich hier eingeschlossen? Er liebte seinen Stall. Er tauchte das Maul in die Krippe. Dann hob er den Kopf, lauschte nach draußen, spitzte die Ohren und witterte mit seinen empfindlichen Nüstern, die sich leise blähten ... Er konnte jede einzelne seiner Stuten und Fohlen wittern. Sie waren alle da, draußen vorm Stall, fraßen an den Raufen ... Alles war in Ordnung ... Alle waren versorgt und in Sicherheit, während der Blizzard heulte und der Sturm die Scheune packte und durchrüttelte wie einen Sack leerer Erbsenhülsen ...

„Hältst du so was für möglich? Sturmwind ist durch den Schneesturm heimgekommen und hat seinen ganzen neuen Harem mitgebracht! Die alte Gewohnheit war doch zu stark in ihm!"

Rob hatte sich in dieser letzten Zeit geübt, seine Temperamentausbrüche vor Nell zu verheimlichen und ihr auch die ernstesten Dinge in einem möglichst unbefangen klingenden Ton mitzuteilen.

So wurde Nell, die gerade die Abendbrotbestecke auf den Tisch legte, einen Augenblick getäuscht und wandte freudig erstaunt den Kopf zu ihm herum.

„Sturmwind ist wieder da! Oh, Rob!"

Rob stampfte über den Fußboden der Küche hinüber zum Ausguß, um sich die Hände zu waschen, doch Nell schien das lachende Gesicht, mit dem er sie kurz über die Schulter hinweg im Vorbeigehen ansah, eher etwas von fletschender Wut als freudigem Lächeln zu zeigen. „Wo ist er denn jetzt?"

„Ich habe ihn in seinem Stall eingeschlossen."

„Ich möchte ihn begrüßen. Gleich nach dem Essen werde ich zu ihm hinübergehen." – „Das wirst du nicht tun!"

Damit hatte er sich ihr zugewandt, das Handtuch von der Stange gerissen und trocknete sich mit heftigen Bewegungen die Hände ab. Jetzt erkannte sie den wilden Ausdruck seiner Augen. Schweigend setzte sie das Essen auf den Tisch, und als Rob auf seinen Platz zuging, beugte er sich über sie, küßte sie und sagte zerknirscht: „Ich kann doch nicht zulassen, daß mein Lieb so kurz vor Torschluß noch etwas derart Tollkühnes unternimmt!"

Warum sollte das tollkühn sein, fragte sich Nell, und dann erkundigte sie sich plötzlich: „Wo ist Banner?"

Der flackernde Blick, den Rob ihr zuwarf, eröffnete ihr mit einem Schlag das Ausmaß dessen, was hier auf dem Spiele stand.

„Ich habe ihn mit seinen Stuten in die Ostkoppel bringen können und Sturmwind in seinem Stall eingeschlossen."

„Ist er – ist er da sicher?"

„Nicht allzusehr. Du kennst den alten Stall. Da sind schon manchmal Pferde ausgekommen. Flicka ging damals durchs Fenster. Sturmwind selber ist einmal durch den oberen Torflügel hinaus – hoffentlich fällt ihm das jetzt nicht ein ..." Rob verschlang hastig sein Essen. „Die beiden Stutenrudel mit den Fohlen sind in beiden Koppeln bereits durcheinandergeraten – und sie fressen mir die Haare vom Kopf – achtzig Pferdemäuler! Gus und ich werden die halbe Nacht damit zubringen müssen, sie wieder richtig zu sortieren

– müssen sie einzeln durch den Koppelgang treiben –, Banner hat nämlich bereits einige von Sturmwinds Stuten geholt und seinem Rudel zugefügt . . .“

Bestürzung überflog Nells Gesicht: „Das hat er getan? Aber Rob! Aber da könnten sie ja gegeneinandergeraten?“

„Das könnten sie und sind es auch bereits!“ Rob streckte die Hand nach dem Brot aus.

„Mein Gott, Rob! Was hast du getan?“

„Wir haben sie auseinandergepeitscht. Und zwar gerade noch rechtzeitig – ehe sie richtiggehend wild wurden. Wenig später nur, und wir hätten es nicht mehr geschafft. Einer von beiden würde jetzt bereits tot sein.“

Nell schwieg wie betäubt. Rob aß hungrig in sich hinein und ergänzte etwas ruhiger: „Und das wäre nicht Sturmwind.“

Nell sagte kein Wort darauf. Nein. Ganz bestimmt nicht dies mächtige Tier, das einen solchen Gegner wie den Albino überwunden hatte. Nein – das wäre Banner gewesen . . .

„Rob“, fragte sie nach einer Weile ruhig, „glaubst du, daß sie jetzt sicher sind?“

„Das glaube ich nicht.“ Rob schob seinen Stuhl zurück, ging zum Ofen hinüber und lehnte sich mit dem Rücken dagegen, während er seine Pfeife stopfte und anzündete.

Er paffte nervös ein paar Züge, dann zog er den Rauch tief in die Lungen ein, spürte die beruhigende Wirkung und nahm die Pfeife schließlich aus dem Mund. Die Augen nachdenklich auf den Boden heftend, konstatierte er: „Banner wird fortan überhaupt nicht mehr seines Lebens sicher sein.“

„Aber – aber . . .“ stammelte Nell. „Wir können Sturmwind doch wieder fortschicken – er wird mit seinen Stuten zurück in sein Tal gehen . . .“

„Und sie bei jedem Schneesturm hierher nach Hause bringen“, ergänzte Rob ruhig. „Er hat es sein Leben lang so gehalten und wird es auch weiterhin tun.“

Und eine ganze Weile vernahm man nichts anderes in der behaglichen Küche als das Heulen des Windes im Rauchfang und sein unvermittelt wildes Rütteln an den Fenstern.

Pauly kam unter dem Ofen vorgekrochen, dehnte sich gemächlich und hingebungsvoll, so daß man in ihrem gähnenden Schnäuzchen die rosige Zunge sich rollen sah, und setzte sich dann, um eine behagliche und höchst vollständige Katzenwäsche vorzunehmen.

„Nein“, wiederholte Rob mit einem scharfen Seufzer und blickte zur Decke empor, während er noch ein paarmal an seiner Pfeife zog, „Banner wird nie mehr außer Gefahr sein – ehe nicht Sturmwind tot oder kastriert ist.“

Da brach es über Nells Lippen: „Aber Rob – *Ken!*“ Und daraufhin wurde nun Rob doch wütend.

„Ich denke schließlich auch an Ken!“ schnauzte er. „Meinst du denn, daß ich es gerne tue? Ausgerechnet jetzt, wo der Junge sich gebessert, so viel mehr geleistet und mich stolzer auf ihn gemacht hat, als ich je in meinem Leben gewesen bin? Wenn es irgendeinen Weg gäbe, den Hengst loszuwerden – ihn Hunderte von Kilometern weit weg von hier zu schicken – ihn irgend jemandem zu übergeben. – Aber wer würde den kaufen oder auch nur als Geschenk annehmen? Er hat keinerlei Nutzen für irgend jemand."

Rob klopfte seine Pfeife aus, ließ sie in seine Tasche gleiten, stapfte quer durch die Küche zur Verandatür und begann, seine warme Überkleidung anzulegen. Wollhosen, in die Überschuhe gesteckt, Segeltuchhosen darüber, die am Knöchel zusammengebunden wurden. Lammfellgefütterter Lumberjack, ebensolche Handschuhe und eine warme, weit heruntergeschlagene schottische Mütze. Die Hand auf dem Türgriff, blieb er noch einmal stehen und blickte Nell an.

„Das klügste wäre", sagte er langsam, „wenn ich ihn erschießen und still beiseiteschaffen würde. Ken wüßte nichts anderes, als daß er nach wie vor dort oben in seinem Tal ist."

Nell gab keine Antwort und wartete darauf, daß Rob die Tür öffnen und gehen würde. Aber er ging nicht. So blickte sie schließlich auf und sah, daß sein Blick wartend auf ihr ruhte. Es lag ein ganz bestimmter Ausdruck in seinen Mienen. Er litt offensichtlich. Er war böse. Er sah sich in die Enge getrieben. Er wußte nur einen Weg heraus – und wollte ihr nicht weh tun, auf dem Umweg über Ken. Er hatte sie gefragt und erwartete ihre Antwort.

Ihr Herz tat einen schmerzhaften Sprung, und sie fühlte sich so schwach, daß sie sich niedersetzen mußte. Er meinte es ernst. Und er überließ ihr die Entscheidung. Sie barg ihr Gesicht in den Händen. Sie durfte es nicht betrachten wie eine sentimentale Frau – sie mußte es sachlich ansehen wie ein Richter. Nein, so wie jemand, der die volle Verantwortung dafür trägt und die Pflicht hat, den sichersten Ausweg für alle Beteiligten zu finden. Sie sah die Jahre vor sich, in denen Rob der steten Belastung und Ausgabe ausgesetzt sein würde, diesen wilden Stuten und Fohlen bei jedem Unwetter Nahrung und Obdach zu gewähren. Schließlich würden sie das Gefühl haben, daß ihnen das Gestüt gehörte. Sturmwind war mit seinem Instinkt hier heimatgebunden, es gab keine Möglichkeit, sein Kommen zu verhindern, außer durch ein eisern durchgeführtes Programm schlechter Behandlung, zu dem Rob nicht fähig wäre, geschweige denn Ken. Und endlich, das Schlimmste von allem: es war nur eine Frage der Zeit, daß Sturmwind Banner umbringen würde.

Eine Welle tiefen Mitleids mit Rob durchflutete sie. Welch entsetzliche Entscheidungen er immer allein zu treffen hatte! Und nun gar diese – eines der großartigsten Jungtiere zu erschießen, das sie je aufgezogen hatten!

*Hilf* ihm! *Tröste* ihn! Sie stand rasch auf und lief mit ausgestreckten Armen auf ihn zu. Ihre Miene war gefaßt, und sie vermochte ihm ermunternd zuzulächeln. „Erschieße ihn schnell, Rob, und schaff ihn beiseite, ehe irgend etwas Furchtbares geschieht. Wir werden Ken einfach kein Wort davon sagen. Und mach dir keine Vorwürfe deswegen, Rob, er hat ein herrliches Leben gehabt!"

Rob nahm sie zärtlich in die Arme, küßte sie und sah sie nachdenklich an. Es hatte ihn verwirrt. „Willst du jetzt schlafen gehen, mein Herz, und mir den Abwasch stehenlassen? Ich mache es nachher schnell, wenn ich hereinkomme."

„Ach, du wirst sicher spät fertig sein – und dann nach all der Mühe, die ihr haben werdet, beim Aussortieren der Stuten! Ich kann es ganz gut machen! Ich bin nicht müde!"

„Bitte, Nell. Mir ist es viel lieber, wenn ich dich oben im Bett beim Lesen weiß. Ist auch genug Holz und Kohle in der Vorratskiste?"

„Reichlich. Also gut, Rob, wenn es dir lieber ist, gehe ich 'rauf."

Nell ging zu Bett und nahm sich ein Buch vor, begriff aber kein einziges Wort, weil sie auf den Schuß lauerte. Schließlich schlief sie übermüdet ein, und als Rob kam, zog er sich aus und löschte das Licht, ohne daß sie davon erwachte.

Aber es war auch kein Schuß gefallen, denn Rob war noch ein anderer Ausweg eingefallen – die Möglichkeit eines Auswegs –, eine sehr schwache Möglichkeit.

Am Morgen wütete der Schneesturm immer noch. Rob stand in aller Frühe auf, sattelte Shorty und ritt hinüber zur Telegraphenstation, um sich über das Wetter und den Zustand der Straßen nach Westen zu informieren. Es war hier in der Gegend ausgerechnet am schlimmsten, aber Schneepflüge hielten die Überlandstraßen frei, und die Omnibusse verkehrten. Achtzig Kilometer nach Westen fiel kein Schnee mehr.

Er ritt heim und setzte Nell seinen Plan auseinander. Wenn er Sturmwind im Autoanhänger nach Saginaw Falls bringen würde – wenn er die Fahrt in zwei Tagen schaffen würde, dann könnten sie am 23. Oktober dort sein, einen Tag vor dem Greenway-Rennen. Es war also gerade noch Zeit genug. Und wenn Sturmwind sich bei dem Rennen in seiner guten Form zeigte, würde er doch wohl verkauft und weit fortgenommen werden – und alle könnten glücklich und zufrieden sein. Letzten Endes war er ja für diese Art von Leben trainiert worden.

„Aber der Schneesturm, Rob! Und die Straßen! Und diese schrecklichen Pässe! Ein Pferd bei solchem Wetter im Anhänger über die Wetterscheide transportieren zu wollen!"

„Achtzig Kilometer weiter ist das Wetter gut", sagte Rob, während er schon das Nötigste in einen Koffer warf. „Und Nell – unser Kleiner hat's wirklich verdient. Die schlimmste Strecke wird übrigens unser Stück Straße bis 'rüber zur Überlandstrecke sein. Die Schneeverwehungen reichen einem bis zur Hüfte."

Gus hatte unterdes den Befehl erhalten, mit Shortys Hilfe die wilden Stuten und Fohlen nachher davonzutreiben. Wenn Sturmwind nicht mehr da war, würden sie sich sowieso unsicher fühlen, vielleicht noch eine Weile in der Nähe herumlungern, aber dann, der vertrauten Ungebundenheit wiedergegeben, auf kürzestem Wege in ihr Tal zurückkehren und dort bleiben.

Sturmwind wurde in Decken gehüllt und auf den Wagenanhänger gebracht. Den Kopf hatten sie ihm so stark heruntergezogen, daß er unfähig war, einen Sprung in die Freiheit zu versuchen.

Big Joe und Tommy wurden vor einen primitiven Schneepflug gespannt, und Gus, eingemummelt wie ein Eskimo, so daß zwischen Kappe und Kragen nur ein schmales Stück seines sturmgeröteten Gesichts zu sehen war, zwang die Pferde vorwärts durch den tiefen Schnee. Auto und und Anhänger folgten dichtauf.

## *Ken muß entscheiden*

Lichter erstrahlten plötzlich im dunklen Zimmer, und Ken träumte auf einmal, daß sein Vater unter dem hellen Kronleuchter des altmodischen Hotelzimmers stand und mit Charley Sargent sprach. Sie unterhielten sich über Sturmwind. Immer wieder sagte Charley sein: „Teufel nochmal." Es schien so sehr Wirklichkeit, daß Ken sich zu sagen begann, es müsse demnach wahr sein, aber er schlief trotzdem weiter und träumte und war unfähig, sich aus dem Traum zu reißen.

Dann sagte sein Vater: „Weck ihn nicht auf!" und Ken versuchte zu sagen: „Ich bin ja wach!" und sich aufzusetzen, sank aber statt dessen nur tiefer in den Traum, der ihm auf einmal ganz entschwand, so daß er wieder in das undurchdringliche Dunkel der Nacht fiel.

Es begann kaum zu dämmern, da fuhr er plötzlich im Bett hoch. Die ganze Nacht hindurch hatte dieser Traum am Rande seines Bewußtseins gelauert – war es wirklich ein Traum gewesen? Charley Sargent schnarchte wie gewohnt leise vor sich hin im nebenstehenden Ehebett. Aber Ken war nicht überrascht, auf dem Sofa an der gegenüberliegenden Zimmerwand die Form einer schlafenden Gestalt zu entdecken. Es war sein Vater.

Ken starrte fassungslos, während Gedanken und Überlegungen sein Hirn durchrasten. Was bedeutete das? Konnte es bedeuten – war es möglich . . .

Er glitt geräuschlos aus dem Bett und begann sich anzukleiden. Man ging etwa zehn Minuten vom Hotel zu den Ställen. Ken rannte die Strecke ohne Atempause.

Als er die lange Reihe der Ställe im fahlen Morgenlicht auftauchen sah, war seine Spannung fast unerträglich. Schon als er in den Stallgang einbog, wo Sargents Pferdeboxen lagen, durchforschten seine Augen jede dunkle Lücke, begegneten dem Blick still vor sich hin brütender Pferde. Lange ehe er an die letzte Box gekommen war, hatte sich der Kopf des dort stehenden Pferdes ihm entgegengewandt. Kens tappende, hastige Tritte waren ihm ebenso vertraut wie das Quietschen des Henkels am Futtereimer vom Gänseland-Gestüt. Ein tiefgrunzendes Knurren rumpelte in der machtvollen Brust von Sturmwind, und im nächsten Augenblick flogen die Arme des Jungen um seinen Hals. Gleich darauf schwang Ken die Stalltür auf, trat in die Box und zog die Tür wieder hinter sich zu.

Sturmwind hatte Ken dazu erzogen, Abstand zu wahren. Er hatte von niemand Zärtlichkeit verlangt, außer von Nell. Jetzt aber, als Ken ihm seine Hände an beide Wangen legte, beugte sich der mächtige Hengst vornüber und ließ seinen Kopf schwer auf Kens Schulter sinken.

Ken brannten die Wangen, als er sie gegen die seidige Glätte des weißen Fells schmiegte. Seine Hände glitten über die lange Nase zwischen den weit auseinanderliegenden dunklen Augen hinauf zu der Stirnlocke, mit der er ebenso zärtlich spielte, wie er es einst bei Flicka getan hatte. Seine Lippen formten immer wieder flüsternd den Namen: „Sturmwind! Sturmwind!" und dann: „Du bist zurückgekommen!"

Ken ging um den Hengst herum, streichelte den gewölbten Nakken, schob die Mähne ordentlich auf die rechte Seite – die gewohnte Seite, auf der Sturmwind sie immer getragen hatte. Er fuhr mit Händen und Armen über die kräftigen Muskelwülste. Er war von der geheimen Entzückung und dem gleichen Staunen erfüllt, das ein Mann empfinden mag, wenn sich ihm die begehrte Frau endlich zuwendet und anvertraut. Nach jahrelangem Kampfe die Liebe dieses Pferdes gewonnen zu haben – eines solchen Pferdes!

Sturmwind warf plötzlich den Kopf hoch und hätte Ken fast umgestoßen. Es lag Zuneigung in diesem Rippenstoß – aber auch noch etwas anderes. Sturmwind wollte zur Tür hinaus. Als er sich an Ken vorbeischob, streckte er den Kopf voraus, hatte die Ohren gespitzt, und seine Augen ruhten auf der fernen Linie des Horizonts.

Seine weiten Nüstern blähten sich und sogen die frische Morgenluft ein. Sie bebten, als kämpften sie darum, noch eine andere Witterung im Winde auffangen zu können. Und plötzlich war da eine Bewegung, eine Wendung direkt zu Ken, ein Senken und Herumschwingen des Kopfes, ein krampfhaftes Zucken der Brust, das wie ein stummes Wiehern war, und den Jungen durchfuhr ein scharfer Schmerz. Wenn Sturmwind sprechen könnte, würde er es nicht deutlicher haben sagen können: „Wo sind sie alle? Wer hat sie mir fortgenommen? Du warst dort mit mir, du kennst das Tal und jene Stuten! Wir waren doch beisammen. Wo hältst du sie verborgen? Wenn wir Freunde sind, so wirst du das für mich tun – du wirst mir meine Stuten wiedergeben! An wen sonst soll ich mich denn wenden?"

Ken lehnte bekümmert an der Stallwand, und der Hengst schritt ruhelos mit schwingendem Schweif in dem engen Stallraum umher, kam an Ken vorüber, stupste ihn mit der Nase und hob dann wieder sehnsüchtig das Haupt über die niedere Stalltür, die Blicke auf den östlichen Horizont geheftet, der im ersten Licht erglänzte. Er war innerlich gespannt und bebte am ganzen Körper.

Die allmorgendliche Geschäftigkeit um die Ställe begann. Kleine Feuer wurden angefacht, und Frühstückssuppen begannen zu dampfen. Pferde wurden gefüttert und von den Stallburschen ins Freie gebracht, sie zu putzen und zu kämmen. Junge Bereiter trabten auf Ponys davon, einzelne Rennpferde zu einem ruhigen Galopp auf die Bahn geleitend.

Ken blieb nicht lange allein mit seinem Pferd. Perry Gunston und Tommy Pratt kamen, um es sich anzuschauen und ihm seinen Morgenhafer zu bringen, und gleich darauf sammelte sich auch anderes Stallpersonal um den Hengst, von dem sie gehört hatten. Sturmwind wollte den Hafer nicht anrühren. Er beroch die Körner und wandte dann den Kopf uninteressiert und gleichgültig zur Seite.

Gunston war beunruhigt. „Verweigert das Fressen?" sagte er, Ken einen fragenden Blick zuwerfend.

Ken nahm ein paar Körner auf die Hand und hielt sie Sturmwind wie eine Schale unter das weiche schwarze Maul. Sturmwind spielte mit den Körnern, pustete einige fort und schwang dann wieder, wie gelangweilt, den Kopf zur Seite und stand ruhig da – wartend.

Die Stallburschen schwatzten durcheinander. „Das kommt bloß vom Transport. Als Dusky Maid aus Denver herüberkam, hat sie eine ganze Woche lang nicht fressen wollen." „Vielleicht hat er Transportfieber bekommen." Und zu Ken: „Du wirst ihn doch nicht melden, was? Wenn er das Fressen verweigert?"

„Das heißt noch lange nicht, daß er außer Form ist", erklärte Ken ganz verachtungsvoll. „Er ist niemals außer Form. Er kann jederzeit schneller laufen als irgendein anderes Pferd, wenn er bloß will."

Gunston schlug vor, daß Ken den Hengst gleich einmal reiten solle. Er mochte vielleicht Lust zum Fressen kriegen, wenn er erst etwas Bewegung gehabt hätte. Dickson kam angelaufen, begierig, das Pferd kennenzulernen, das er am gleichen Nachmittag besteigen sollte.

„Vielleicht ist es besser, wenn Dickson ihn reitet", schlug Ken daher Gunston vor, „damit er sich an ihn schon gewöhnen kann."

Aber Gunston entschied, daß es besser sein würde, wenn Ken ihn auf diesem ersten Ritt über die Strecke nahm. Das Pferd wurde gesattelt, Ken stieg auf und lenkte es langsam auf die Bahn zu, Dickson dicht an seiner Seite und Gunston und Pratt hinterher.

Der Jockei bombardierte Ken mit Fragen. Ken antwortete sehr ruhig. Nein, er hat nichts gegen die Peitsche. Manchmal mußte man unbarmherzig auf ihn losdreschen ... Nein, er hat kein hartes Maul. Man kann ihn völlig ohne Zügeldruck lenken. Er spürt es, wohin man will ... Natürlich hat er eine Chance, zu gewinnen ... Er *kann* immer gewinnen, wenn er Lust hat, darüber besteht nicht der geringste Zweifel. Ich sagte ja schon vorhin, daß er schneller ist als jedes andere Pferd. Nur eben: wenn er Lust hat ... Na ja – wenn er nicht irgendeinen Einfall hat ... oder schlechte Laune hat ... oder an anderes denkt ...

Als er diese letzten Worte ausgesprochen hatte, suchten Kens Blicke voller Unbehagen den fernen Horizont. Dickson sah besorgt das Pferd an, Ken fuhr fort: „Manchmal startet er schlecht. Haben Sie dann keine Angst. Er fängt nämlich gern mit einem harten, stuckernden Galopp an. Das ist jedoch nicht seine eigentliche Gangart. Dann dreschen Sie nur rücksichtslos auf ihn ein. Suchen Sie ihn zu zwingen. Sorgen Sie dafür, daß er Respekt vor Ihnen bekommt. Er kann alles vor sich einholen, wenn er nur erst mal in seinen richtigen Gang verfällt."

Als Ken auf die Bahn lenkte, standen dort einige Leute gegen den Zaun gelehnt, manche mit Stoppuhren in den Händen.

Aber heute war nicht einer der Tage, da Sturmwind „schlecht startete". Die Vertrautheit der leichten Gestalt auf seinem Rücken, die sehr geliebte Stimme und die federleichte Zügelführung – Sturmwind verfiel aus einem anfänglichen Kurzgalopp ohne Stocken in seinen hervorragenden, flüssigen Renngalopp, und Perry Gunstons schmale, gespannte Augen zogen sich noch schmaler zusammen. Er warf einen Blick auf die Uhr in seiner Hand, sah Dickson an, schüttelte den Kopf und steckte die Uhr ein.

Dickson explodierte: „Gr-r-roßer Gott im Himmel! So etwas *sieht* man doch nicht! Von so was träumt man doch nur!"

„Allmächt'ger!" stieß jemand aufgeregt aus. „Der hat ja den Greenway-Preis bereits in der Tasche!"

„Sieht fast so aus, als hätte Ken sein Pferd so gut wie verkauft", murmelte Gunston.

Ein Stück weiter unten betrachtete sich der alte Mr. Greenway selbst nämlich die Morgenarbeit. Auf den schweren Knotenstock gelehnt, um sein linkes Gichtbein zu entlasten, und das eine Ohr mit dem Hörapparat, der wie ein schwarzer Ohrclip aussah, der Strecke zugeneigt, als wolle er die Pferde durch Sehen und Hören gleichzeitig beurteilen, stand er da. Eines dieser Pferde würde ihm noch heute abend gehören. Er war neugierig, welches es wohl sein würde.

Erst als Ken sich mit seinem Vater im Speisezimmer des Klubhauses zum Frühstück setzte, erfuhr er alle Einzelheiten über Sturmwinds Rückkehr. Es machte alles noch schrecklicher, als er es sich gedacht hatte. Der Hengst war nicht einfach nur heimgekommen wie früher, sondern hatte sein gesamtes Rudel Stuten und Fohlen mitgebracht – seinen kostbarsten Besitz – und ihn vertrauensvoll in die Obhut der Gänseland-Koppeln gegeben. Doch wenn nun jetzt seine und seines Vaters Pläne sich verwirklichten, würde Sturmwind seine Stuten nie im Leben wiedersehen.

Gesenkten Hauptes und die Augen auf den Teller geheftet, stocherte Ken in seinen Spiegeleiern herum.

„Wo glaubst du, daß sie hingegangen sind – die Stuten und Fohlen?" fragte er nach einer Weile.

„Zurück in ihr Tal", erwiderte Rob. „Dort ist ihre Heimat. Sie dürften sich langsam dorthin zurücktreiben lassen – und ..." Er brach ab. „Und ..." verlangte Ken zu wissen, den Blick zu ihm aufhebend.

„Ich wollte sagen", gestand Rob, „... warten dort auf Sturmwind. Sie werden selbstverständlich annehmen, daß er zurückkommen und sich um sie kümmern wird. Warum ißt du denn nicht, mein Junge?"

Ken gab sein Scheinmanöver auf, legte die Gabel hin und lehnte sich zurück. Es war eine bruchstückhafte Rede, die ihm jetzt über die Lippen brach – von Sturmwinds endlich gewonnener Zuneigung. Von seinem Vertrauen in ihn. Und wie er doch solche Sehnsucht nach seinen Stuten und seinem Tal habe, und daß er, Ken, gerade jetzt, da das Pferd ihn zum erstenmal als Freund ansah und sich hilfesuchend an ihn wandte – gerade jetzt die Rolle des Feindes ihm gegenüber spiele, weit entfernt von wahrer Freundschaft.

Rob hörte unbewegten Gesichtes zu, während er voll Genuß seinem herzhaften Frühstück zusprach, Toastscheiben mit Butter bestrich, sich noch eine Tasse heißen Kaffees einschenkte und im Zimmer umherschaute, mit halbem Ohr gleichzeitig die Geräusche des Raumes wie die Worte auffangend, die stockend über Kens Lippen kamen.

Er warf nur einen kurzen Seitenblick auf Ken, sah die umschatteten Augen, das blasse Gesicht und die eingezogenen Lippen, die ihm das wohlbekannte äußere Zeichen von Kens seelischem Kummer waren.

Schließlich erklärte er ziemlich scharf: „Drei Jahre lang hast du Himmel und Hölle in Bewegung gesetzt, um aus deinem Hengst ein Rennpferd zu machen, und nun änderst du ganz plötzlich deine Ansicht. Warum in drei Teufels Namen kannst du denn nicht bei der Stange bleiben? Warum mußt du nur immerzu so unsicher herumschwanken?"

Wenn sein Vater nur die Bilder sehen könnte, dachte Ken, die sich eines hinter dem andern durch sein Hirn schoben, würde er so etwas nicht fragen. Gerade jetzt sah er es wieder vor sich, wie Sturmwind so vertrauend seinen Kopf gegen den seinen gelehnt und all seinen Kummer und sein Verlangen in Kens Hände gelegt hatte, damit er es für ihn in Ordnung brächte.

Ken erwiderte stockend: „Ich glaube, es ist nichts weiter als das, was du selbst immer gesagt hast, Papa – was wir den Pferden damit antun, wenn wir sie zu dem zwingen, wie *wir* sie haben wollen, anstatt sie das tun zu lassen, wozu sie die Natur bestimmt hat.

Ein Blitz aus Robs scharfblauen Augen zollte Ken Anerkennung für diesen Beweis seiner Ehrlichkeit und seines Verständnisses. „Ganz gleich, Ken, wir sind in dieser Sache gebunden und können nicht zurück. Ebensowenig kann Sturmwind zurück. Es ist zu spät. Denke außerdem daran, wieviel für uns davon abhängt."

„Wieso?"

„Hast du vergessen, was alles du deiner Mutter kaufen wolltest?"

Ken zuckte zusammen.

„Du kannst mir glauben, daß wir gerade in dem Augenblick, wo uns noch dazu die Klinikkosten bevorstehen, jedes bißchen Geld brauchen werden, das uns Sturmwind verdienen könnte."

Kens Gedanken drehten und wendeten sich nach allen Richtungen auf der Suche nach einem Ausweg für Sturmwind. Letzte Sekunde war in zwei Rennen gelaufen und hatte nicht viel gezeigt, obgleich sie sich beim zweiten Rennen wenigstens beinah placiert hätte. Sie hatte noch eine Chance in dem Rennen, das nach dem Greenway-Preis am heutigen Nachmittag gelaufen wurde. Sicherlich jedoch war dies nichts, womit man im Augenblick auch nur irgendwie rechnen konnte.

„Und", fuhr Rob fort, „denke an die Dinge, die du fürs Gestüt tun wolltest. Zäune aus Holz. Schuldenlast abdecken."

„Ich weiß."

„Willst du jetzt wirklich im letzten Augenblick den Schwanz einziehen und dich drücken, nur weil Sturmwind romantische Sehnsüchte nach seinen geliebten Stuten hat?"

„Aber Papa – es ist doch nur, weil – weil – ach, weißt du, er war doch früher niemals so zu mir. Immer hat er mich so von der Seite angestarrt, machte alles mögliche, schnappte nach mir oder schlug auch mal aus. Ich mußte mich immer vor ihm in acht nehmen. Aber er ist anders jetzt. Er hat sich gefreut, mich zu sehen heute morgen – richtig *gefreut!* – Er – er ..."

„Was hat er denn getan?"

„Ach, er legte mir nur so seinen Kopf auf die Schulter und stützte sich gegen mich, wie sonst nur bei Mutter, und ganz so, als ob ich sein einziger Freund auf der weiten Welt sei – und er stieß so ein rumpelndes Grunzen aus – du kennst doch diesen Laut –, das schien ihm direkt aus dem Herzen zu kommen."

Rob blieb stumm und konnte den Blick nicht heben, um seinen Sohn anzusehen.

Endlich sagte er: „Ken, deine Treue und Anhänglichkeit ist in diesem Falle tatsächlich gespalten. Und nichts ist schmerzhafter als das. Wie auch immer du dich entscheidest, wirst du dir und einem anderen wehtun müssen. Diesen Dingen sehen sich die Menschen häufig ausgesetzt, und es wird eine lehrreiche Erfahrung für dich sein. Wirst du zu deinem ursprünglichen Plan stehen, Geld fürs Gestüt und all unsere Bedürfnisse verdienen zu wollen – auch deine eigenen, vergiß das nicht –, das Geld, das für deine Ausbildung und Howard geschaffen werden muß? Wirst du durchführen, was du begonnen hast – worauf wir alle seit drei Jahren hingearbeitet haben? Oder wirst du – nun, ich will nicht gerade sagen: dich drücken, aber doch abbringen lassen von deinem Ziel im allerletzten Moment?"

„Wäre das unrecht, Papa?"

„Du wärst nicht stark, Ken. Ich würde ein solches Vorgehen nicht bewundern können. Es wäre nicht männlich. Du wirst im Leben zuweilen einen solchen Kurs einschlagen müssen, der nun einmal richtig ist, und ihn verfolgen, selbst wenn du damit einem Unschuldigen wehtust."

Ken gab keine Antwort. Rob beendete sein Frühstück, legte Messer und Gabel nieder und schob den Teller zurück. „Wenn Dickson heute nachmittag auf dies Pferd steigt, möchte ich, daß du beiden aus vollem Herzen den Sieg wünschst."

Kens Wangen begannen zu brennen. Wenn er sich Sturmwind vorstellte, wie er mit Dickson im Sattel dahinsprengte, konnte er gar nicht anders als ihm den Sieg wünschen! Der bloße Gedanke, daß ein anderes Pferd Sturmwind schlagen könnte!

„Und bedenke auch, Ken, daß Sturmwind – mag er auch im Augenblick anderes im Kopf haben und schmollen – immerhin zum Rennpferd trainiert worden ist. Das steckt ihm jetzt im Blut. Und nach einer Weile wird dies Leben als Rennpferd dann auch sein wahres Leben werden."

Kens Blick suchte seinen Vater mit forschender Frage: „Ist das deine ehrliche Überzeugung, Papa? Genauso, wie es sein ungebundenes Leben als Wildpferd geworden wäre?"

Rob wich aus. „Nun, Ken, du weißt ja schließlich, wie ich über Pferde denke. Ich bedauere es stets, daß wir ihnen, wenn wir sie für unsere eigenen Zwecke benutzen und sie somit ein künstliches Leben führen lassen, ihr eigentliches, naturgegebenes und selbstgenügsames Leben rauben. Aber das muß nicht notwendigerweise ein *besseres* Leben sein, wenn man dabei an Wohlbefinden und Glück eines Pferdes denkt."

Das machte Ken nachdenklich. Rob wurde ungeduldig. Er rief den Kellner und bezahlte die Rechnung. Ein Blick auf Ken zeigte ihm, daß der Junge noch immer unentschieden war. Er beugte sich über den Tisch.

„Hör zu!"

Ken blickte auf. Es lag ein anderer Ton in seines Vaters Stimme und ein anderer Ausdruck auf seinem Gesicht.

„Du wirst jetzt sofort deine Entscheidung treffen, Ken, und dann dabei bleiben." – „Ich?"

„Jawohl. Sei ein Mann. Es ist dein Pferd. Wenn du ihn fortbringen willst von hier, ohne überhaupt auf der Bahn einen Versuch mit ihm zu machen – bitte, das ist ganz deine Sache!"

„Ist es das wirklich, Papa?"

„Selbstverständlich." Aber es lag etwas Hartes, Verächtliches in seinem Blick. „Entscheide dich!" Er lehnte sich zurück, zog seine Pfeife aus der Tasche und zündete sie an, woraufhin er sich in der Gegend umsah, als interessiere ihn die ganze Angelegenheit nicht länger.

Der Entschluß sprang plötzlich fix und fertig in Ken auf. Er sagte mit einem Male: „Er wird rennen. Und er wird gewinnen."

Die Worte schlugen eine Saite an in Robs Innerem, die er nicht ohne Bewegung vernahm, wenn nämlich einer seiner Jungen einen Schritt tat, der ihn immer mehr zum Manne werden ließ.

Seine Hand senkte sich auf Kens Arm und drückte ihn kurz. Die andere Hand griff schon nach seinem Hut. „Komm, mein Sohn! Laß uns gehen und dafür sorgen, daß Sturmwind einen anderen Hufbeschlag kriegt."

Sie wanderten gemeinsam zu den Ställen hinüber, und wenn es

noch irgendwie nötig gewesen war, Kens Entschluß zu festigen, so geschah dies durch eine Bemerkung seines Vaters, als sie kurz vor der Box von Sturmwind angelangt waren. „Wenn er natürlich nicht gewinnt, Ken, und wir ihn wieder mit zurücknehmen müssen, ist dir wohl klar, daß wir ihn nicht auf dem Gestüt lassen können. Wir müssen ihn um jeden Preis losschlagen – und das heißt als erstes, daß er kastriert werden muß."

Ken blieb wie angewurzelt stehen. „Aber Papa! Ich würde ihn doch fortbringen. Er käme gleich wieder zurück in sein Tal!"

„Wo er jedoch nicht bleiben würde", stellte Rob nüchtern fest, „und früher oder später käme dann die Auseinandersetzung mit Banner – und – na ja, du weißt ja, was das bedeuten würde. Du hast es ja selbst gesehen ..."

## *Letzte Sekunde macht alles gut*

Sturmwind mochte Dickson nicht und kam schon widerspenstig aus dem Stall.

Das übrige Feld war schon auf und davon auf der Dreitausendmeterstrecke, als Dickson noch immer bemüht war, die verfangene Kandare in Sturmwinds Maul wieder in die richtige Lage zu bringen und den Hengst auf die Bahn zu lenken.

Die übliche routinemäßige Erregung auf der Rennbahn, die aufflammt, einem Höhepunkt zusteuert und wieder abflaut mit jedem Rennen, ist nichts gegen die Aufregung, die hervorgerufen wird, wenn wirklich einmal etwas Unvorhergesehenes passiert; wenn Pferde – eines oder mehrere – die Dinge selbst in die Hand nehmen, alle Pläne über den Haufen werfen und ein Spiel nach eigenen Regeln aufführen. Dann sieht man eine Bewegung in den Logen, daß man meint, ein Damm sei geborsten.

So war es, als in Hialeah im Jahre 1933 zwei Rotschimmel, die seit Jahren verfeindet waren, die Ausnahme jener Regel bestätigten, daß Stuten niemals kämpfen, und ihre Jockeis herunterwarfen, um die Sache untereinander auszutragen mit Bissen, hochgezogenen Schreien und wildem Aufeinanderlosschlagen die ganze Zielgerade hinunter.

So war es, als Dinkybird aus dem Hawthorne-Stall in Jamaika stürzte, wieder hochkam, von seinem Jockei wieder bestiegen wurde und dann blindlings in der falschen Richtung weiterrannte, ohne daß er aufgehalten werden konnte.

Diese Art von Aufregung war es, die Sturmwind vom Gänseland-Gestüt den Zuschauern von Saginaw Falls am Nachmittag des 24. Oktober verursachte.

Ken, der dicht vor der Umzäunung unterhalb der Tribüne stand, bückte sich etwas und steckte den Kopf durch die Stäbe. Ihm stieg das Blut ins Gesicht, als er sah, was Sturmwind anstellte. Das

Feld war schon weit voraus; Staghorn und Bravura, die beiden möglichen Sieger, führten, fünf weitere drängten sich hinter ihnen an der Innenseite, und drei geschlagene Konkurrenten bildeten den aussichtslosen Beschluß. Sturmwind stand noch am gleichen Platz, kreiselnd und bockend. Dickson peitschte unbarmherzig auf ihn ein, und die darauf in Sturmwind aufflammende Wut explodierte schließlich wie immer, so daß er, von seinen Hemmungen befreit, dahinflog in seinem mühelos gleitenden Renngalopp.

Ken richtete sich auf und trocknete sich erleichtert den Schweiß. Aber das Feld fegte vorn bereits um die Wende. Die Tribüne versank plötzlich in atemlose Stille, als der weiße Hengst in seinem Tempo loslegte, daß man meinte, er flöge durch die Luft, vorwärtsgetrieben durch jeden seiner blitzschnellen Hufschläge, deren unglaubliche Kraft ihn dahinpreschen ließ in einer Geschwindigkeit, durch die sich die Entfernung zum übrigen Feld rapide verringerte.

Dickson ritt mit offenem Munde und dem Ausdruck stummen Staunens, und als Ken sich umblickte, sah er den gleichen Ausdruck sich auf Hunderten von Gesichtern spiegeln.

Die Pferde rasten über die Bahn.

Sturmwind hatte die Nachzügler eingeholt, passierte einen nach dem anderen auch der nächsten Gruppe, die er am Beginn der Zielgeraden bereits alle geschlagen hatte. Da erwachte die Tribüne aus ihrer Betäubung, und ein unterdrücktes Murmeln begann. Sturmwind griff nun die Führung an, war jetzt auf gleicher Höhe und dann vorbei. Da stand das Publikum in der Tribüne auf, alles schwankte durcheinander, ein Geschrei brach aus, winkende Hände, wehende Programme und Hüte.

Sturmwind wurde unsicher, stoppte und wandte seine flammenden, weißumringten Augen und scharfgespitzten Ohren nervös diesem merkwürdigen, schwankenden Berg an seiner Rechten zu. Auf Dicksons Gebrüll und das Anziehen der Kandare in seinem Maul bäumte sich der Hengst nur hoch auf. Bravura und Staghorn kamen vorübergerast und begannen die zweite Runde.

„Die Peitsche, Dickson! Drisch ihm die Seele aus dem Leib!" Kens Stimme, vor Anstrengung überkippend, erreichte Dickson aus dem Lärm der Menge. Dickson warf Ken einen hoffnungslos verzweifelten Blick zu, als Sturmwind sich wieder drehte und bockte, und mit einer Bewegung seiner leeren Rechten machte der Jockei deutlich, daß er die Peitsche verloren hatte.

Ken schloß wortlos den aufgerissenen Mund und wurde blaß. Dickson riß seine Kappe herunter und schlug sie rechts und links Sturmwind um die Ohren. Weitere Pferde überholten sie an der Innenseite. Auf einmal schoß Sturmwind vorwärts, und Ken fühlte sich ganz schwach vor Erleichterung. Seine verkrampften Finger lösten sich wieder langsam. Blutende Kratzer blieben in seinem Handteller. Aber es war alles gut – Sturmwind hatte sie einmal alle überholt, er würde es auch ein zweites Mal schaffen.

Aber Sturmwind dachte nicht daran. Allem Anschein nach wollte er nichts anderes als einen guten Platz, um allen hier zu zeigen, was er mit so einem Reiter anfangen konnte, den er nicht länger auf seinem Rücken mochte. Quer über die leere Bahn hin setzte er schwebend über das Innengeländer, galoppierte in die Mitte, sprang mit einem Satz in die Luft, verdrehte den Körper spiralenförmig, wie stählerne Kolben schlugen seine Füße auf den Boden – er ruckte noch ein paarmal, aber mehr war auch nicht nötig. Denn Dickson beschrieb bereits einen jener weiten Bogen durch die Luft, die Ken zahllose Male hatte kennenlernen müssen.

Von seinem Reiter befreit, entschloß sich Sturmwind, nun wieder am Rennen teilzunehmen. Er setzte wieder über das Geländer zurück – und der herrliche, leichte Sprung entriß dem Publikum ein Aufstöhnen –, und dann fing er an, das Feld zu überholen. Wieder wuchs das Gebrüll der Tribüne anschwellend wie ein Crescendo – bis der Schimmel die Entfernung zwischen sich und dem übrigen Feld aufgeholt hatte.

Sturmwind konnte nicht Schluß machen. Er galoppierte noch, als das Rennen vorüber, der Sieger verkündet und die übrigen Pferde bereits wieder auf dem Weg zum Sattelplatz waren. Bahnhelfer liefen auf die Strecke und suchten ihn aufzuhalten. Das ärgerte ihn. Er wich ihnen aus, segelte mit einem Schwung über das Außengeländer und ab ins Weite, während die kurzen Bügel klirrend an seine Flanken schlugen.

Als Sturmwind hinter der Weidengruppe südlich der Strecke verschwand, kämpfte Ken sich schon verzweifelt rückwärts durch die Menge, hinten zur Tribüne hinaus und um das westliche Ende der Bahn herum. Er rannte, so schnell er konnte, direkt auf die kleine weidenbestandene Mulde zu, wo Sturmwind verschwunden war.

Er fühlte in seiner Tasche nach. Die Pfeife war da. Wenn er in Hörweite des Hengstes gelangen konnte, würde er ihn mit der Pfeife zu sich rufen können. Er kämpfte sich durch dichtes Gestrüpp, kam endlich heraus und stand einen Augenblick, um das Gelände vor sich zu überblicken, das puterrote Gesicht schweißüberströmt, den wilden Haarschopf voller Blätter und Borkenstückchen.

Etwa achthundert Meter weiter stand der Hengst in aller Ruhe. Ken pfiff nach ihm, worauf er den Kopf wandte und auf seinen jungen Herrn zugetrabt kam.

Als er heran war, empfing ihn Ken mit bitteren Worten: „Du Idiot! Du hast die einzige Chance, die du auf dieser Welt noch hattest, sinnlos vertan!“

Sturmwind blieb stehen, als er etwas so weit von Beifall Entferntes aus Kens Stimme heraushörte.

„Du *hättest* es doch machen können! Spielend! Und nun hast du alles verdorben!“ Es war ein Zittern in Kens Stimme bei seinem letzten Wort, und er sagte nichts mehr, sondern bestieg das Pferd und ritt langsam zurück, außen um die Bahn auf die Ställe zu.

Dabei hörte er am Lärm von der Tribüne, daß wieder ein Rennen gelaufen wurde, und zog auf einer kleinen Erhebung die Zügel an, um sich im Sattel umzudrehen und eben noch die Pferde auf das Ziel losstürmen zu sehen – eine goldrote Fuchsstute mit hellem Schweif allen anderen um eine Länge voraus.

Letzte Sekunde! Er hatte völlig vergessen, daß sie noch rennen sollte! Und nun hatte sie gewonnen! Überströmende Freude wechselte mit dem Gefühl, daß es doch unmöglich wahr sein konnte.

Ken galoppierte Sturmwind zu den Ställen, ohne erst an den Zugängen abzusteigen, um sie zu öffnen, sondern einfach im Sprung darübersetzend. Er brachte den Hengst in den Stall, schrie einem Stallburschen zu, daß er sich um ihn kümmern solle, und rannte auf die Bahn hinüber. Er kam noch zur Zeit, um die Ansage über den Lautsprecher zu hören. „Sieger: Letzte Sekunde aus dem Gänseland-Stall. Besitzer: Kenneth McLaughlin."

Ken stand einen Moment still. So also fühlte man sich beim Sieg. Dann stürzte er vorwärts. Er wollte Letzte Sekunde mit seinen Händen berühren, um zu fühlen, ob sie noch ganz dieselbe war.

Perry Gunston führte sie auf den Sattelplatz. Man hatte ihr eine Decke übergeworfen, und eine Menge Leute standen herum. Rob McLaughlin sprach mit dem alten Mr. Greenway, rief Ken heran und sagte: „Ich möchte dich Mr. Greenway vorstellen. Das ist mein Sohn, Mr. Greenway, der Besitzer und Trainer der jungen Stute."

Als Ken ihm seine Hand entgegenstreckte, hörte er ein freudiges Aufwiehern hinter sich.

Mr. Greenway rief: „Was Sie nicht sagen! Und ich höre, daß du auch den Schimmelhengst zugeritten hast? Aber mit dem wirst du nie Glück haben, mein Junge, der ist zu unzuverlässig."

Das Wiehern wiederholte sich, und Ken drängte es, zu ihr zu gehen.

„Mr. Greenway hat eben Letzte Sekunde gekauft, Ken."

„Gekauft?"

„Ich sammle gute Pferde, mein Junge. Das ist das zweite, das ich heute erworben habe. Setz dich jetzt drauf, mein Sohn, und reite sie noch in den Stall hinüber."

Mr. Greenway hinkte auf das Fohlen zu. Rob hielt Ken am Arm zurück und zeigte ihm den Scheck. Er war ausgestellt auf den Namen Kenneth McLaughlin, und der Betrag lautete auf fünftausend Dollars.

Ken blickte zu seinem Vater auf. Rob McLaughlins weiße Zähne blitzten in einem breiten, freudigen Grinsen. „Damit wär's geschafft, Ken!" rief er aus. Aber Ken konnte nur abwechselnd seinen Vater und wieder den Scheck ansehen und war wie betäubt.

Greenway rief nach Ken: „Reite sie noch ein letztes Mal, mein Sohn."

Letzte Sekunde hatte ihm erwartungsvoll den Kopf zugewandt. Seine Füße gehorchten ihm plötzlich nur widerstrebend – *ein letztes*

*Mal!* Er streichelte ihr Gesicht. Sein Vater und Mr. Greenway standen daneben, ins Gespräch vertieft. „Gutes Mädchen", flüsterte Ken, „du hast's geschafft, Baby."

Es war sicherlich ein Wunder, wie sie das gemacht hatte. Ohne jegliche Aufregung hatte sie immer brav getan, was man ihr beigebracht hatte, war immer willig und bereit. Und sie hatte es in sich – die Schnelligkeit und das Können, als sei sie jetzt Flicka – jene Flicka mit den vier wunderbar schnellen Beinen, die sie besaß, ehe er, Ken McLaughlin, sie damals aus den Bergen holte, so daß sie lahm wurde – aber auch mit der Sanftheit und Folgsamkeit, die ihr erst aus diesem Leiden erwuchsen.

„Gutes Mädchen", flüsterte er noch einmal und legte sein Gesicht an den Kopf der zierlichen Stute, die sich sanft an ihn drängte. Dann sagte er es auf schwedisch: „Meine Flicka ..."

Perry Gunston nahm ihr die Decke ab, Ken stieg auf und ritt sie langsam in den Stall von Greenway.

„Bist du wach, Sturmwind?" kam es leise flüsternd von Ken, der die Nacht auf einer Decke in einer Ecke des Stalls verbracht hatte.

Der Hengst rührte sich nicht. Er ließ den Kopf über die obere Hälfte der Stalltür hängen. Aber sein eines Ohr hatte gezuckt, und Ken stand auf und ging zu ihm. Dicht neben seinem Nacken stützte er die Arme auf die Stalltür. Die Helligkeit draußen nahm zu. Es war fast Morgen. Ken überdachte alles, was geschehen war, und das, was jetzt geschehen sollte. Er würde mit seinem Vater und Sturmwind noch heute die Heimfahrt antreten. Dann würde Sturmwind kastriert werden – Geld war reichlich vorhanden, um Doktor Hicks eigens dafür kommen zu lassen –, und dann würde er an die Armee verkauft werden, für die Kavalleriekapelle. Da brachten sie das meiste Geld, hatte sein Vater gesagt, mehr als die Armee sonst für gewöhnlich zahlte. Er könnte ganze dreihundert Dollars bringen. Schimmel für Kavalleriekapellen waren schwer zu finden.

Ken starrte hinaus auf die Umrisse der Stallgebäude und Bäume, während er sich Sturmwind in der Kapelle mit einem Musiker auf dem Rücken vorzustellen suchte. Er hatte dergleichen schon bei Paraden gesehen. Sturmwind war groß und stämmig – vielleicht würde er die Kesselpauken tragen.

Kesselpauken! Kavalleriemusik! Die Arme des Trommlers und seine beiden Stöcke im wirbelnden Hin und Her über Sturmwinds Rücken – dröhnend drauflos auf die große Pauke –, eine Schaunummer für die Menge. Und die riesigen glitzernden Trompeten, die bunten Uniformen, der fesche Tambourmajor, das ohrenbetäubende Schmettern der Marschmusik! Sturmwind – die große Nummer – mitten darin stolz dahertrabend!

Ken dachte plötzlich daran, Sturmwind zu besteigen und mit ihm auf und davon zu gehen. Ihn irgendwo draußen einfach freizulassen. Ihn fortzuschenken ...

Als sie dabei waren, den Hengst zu verladen, fragte Ken: „Papa, ist der Grund dafür, daß du ihn kastrieren mußt, nur der, weil du ihn anders sonst nicht los wirst?"

„Kluges Kind!" sagte Rob ironisch. Dann legte er Ken die Hand auf die Schultern: „Es ist nicht des Geldes wegen, Ken – jetzt nicht mehr, obgleich auch dreihundert Dollars kein Pappenstiel sind. Aber es ist wirklich nur deswegen, weil es keine andere Möglichkeit gibt, Banner zu retten und gleichzeitig auch mich vor der Alternative, sonst an die dreißig wilde Stuten ständig in Pension nehmen zu müssen."

Noch vor acht Uhr hatten sie den Hengst wieder im Anhänger und machten sich auf den langen Heimweg.

## *Für immer im Tal der Adler*

Der Adler flog gegen den kräftigen Westwind an und stand eine Weile mit bewegungslosen Flügeln hoch über dem Tal.

Der Ostwind hatte seine Kraft verausgabt und keine Spur hinterlassen außer einigen Schneeflecken unter den Bäumen und in ein paar versteckten Mulden. Es war wieder Sommer hier – Altweibersommer, da die Zitterespen in Rot und Ocker flammten und die Baumwollpappeln goldene Blätter auf den Fluß streuten.

Der Adler sah die Stuten und Fohlen unten grasen und sah etwas Großes, Weißes durch die Klamm des Kraterwalls wandern, worauf er, seitlich schwingend, genau darüber in der Luft stehenblieb.

Ken McLaughlin führte seinen Hengst durch das Schlüsselloch. Als sie an der Schwelle des Tals herauskamen, hielten sie an. Gesattelt war das Pferd mit dem kleinen Roßhaarsattel, den Ken einst selber angefertigt hatte. Unter dem Zügel lief noch ein starker Kettenhalfter, und über den Augen hatte er eine Binde, aber dessenungeachtet wußte er, wo er sich befand, und seine Muskeln waren angespannt, und ein heftiges Schnauben entrang sich seinen Nüstern.

Er scharrte den Boden.

Mit einer Hand schnallte Ken den Gurt auf, lockerte den Sattel und ließ alles auf den Boden fallen. Das Glitzern der Sonne auf den Stahlbügeln erregte die Aufmerksamkeit des Adlers, und ein plötzliches Hochsteigen ließ seine Reaktion erkennen. Wieder breitete er seine Flügel weit aus, kreiste einmal und blieb über dem Paß.

Ken machte die Schnalle des Kinnriemens auf und sprach dabei fortwährend leise auf sein Pferd ein. „Du weißt es noch nicht, Sturmwind ... Aber dies ist unser Abschied ... Du mußt zu deinen Stuten und Fohlen zurück, für sie sorgen und das Leben eines Hengstes führen ... Du bist wahrhaftig ein Rückschlag, Sturmwind ... Du bist kein Rennpferd, wenn du auch schnell wie der Wind sein kannst, wenn du willst ... Und du bist kein Kavalleriepferd, das stolz paradiert mit einer Kesselpauke auf dem Sattel ...

Du mußt hierher zurückkehren ... Und ich muß zur Schule zurück und muß noch vieles andere tun ... Und darum – können wir beide – nicht länger zusammenbleiben."

Sturmwind grub die Hufe ungeduldig in die Erde. Ken schlang seine Arme von unten her um den Nacken des Hengstes und legte zärtlich seinen Kopf dagegen. Seine Stimme sprach weiter, während seine Finger den Zügel abnahmen, den Kettenhalfter und ganz zuletzt die Binde. „Vergiß mich nicht, Sturmwind ... Ich werde dich nie vergessen ... Niemals, Sturmwind ..."

Ken trat zurück, der Hengst war frei und wußte es. Er machte nur einen Schritt vorwärts, und sein Schweif peitschte. Sein Kopf war erhoben, die Ohren aufmerksam, die Augen überblickten das weite Tal. Es war, als zähle er jede einzelne Stute, jedes Fohlen aus dem Rudel, das drüben in etwa vierhundert Meter Entfernung graste. Aber er schien keine Eile zu haben. Sie waren ja alle sein, und keiner war mehr da, der sie ihm streitig machen wollte.

Er wandte sich zu Ken zurück, machte den Hals lang und gab dem Jungen einen freundschaftlichen Stups. Ken umarmte den Kopf des Hengstes. „Aber du mußt doch jetzt gehen, Sturmwind ... Das dort sind deine Stuten ... Ich glaube, du merkst wohl, daß es Abschiednehmen heißt ..."

Sturmwind hob den Kopf und musterte von ferne seine Stuten. Ken warf Kette und Zügel auf den Boden, und im gleichen Augenblick kam etwas lotrecht vom Himmel herunter, daß er erschrocken aufblickte. Es verhielt schon wieder und schraubte sich in die Höhe, aber der Schatten weitgespannter Flügel glitt über die Erde, und Ken sah erstaunt, daß der Hengst heftig zusammenschreckte und sich halb duckte.

„Was denn, Sturmwind!" rief er und streckte die Hand aus, um ihn zu beruhigen.

Aber dies Zurückfahren hatte nur eine Sekunde gedauert. Sturmwind richtete sich schon wieder auf, warf den Kopf zurück und schnaubte, um den verhaßten Geruch loszuwerden.

Der Adler kreiste und kam diesmal tiefer im Angriff auf sie zu, den Körper selbst zurückgenommen, die eine Klaue jedoch vorgestreckt und die riesigen Flügel nach vorn gerundet, um seine Geschwindigkeit zu bremsen. Sturmwind suchte ihn anzuspringen, bäumte sich zu voller Höhe auf und versetzte der Luft ein halbes Dutzend wütende Hufschläge.

Außer Reichweite glitt der Adler dicht über ihnen dahin, und ein paar lässige Flügelschläge brachten ihn in steiler Spirale wieder in sein Wolkenreich. Es war, als habe er nur anzeigen wollen, daß er der Wächter des Passes sei und etwas in diesem Tal zu sagen habe. Würde es Sturmwind sein, der eines Tages den Adler unter den Hufen haben und ihn zu Tode trampeln würde, oder würde der Adler einstmals niederstoßen, um die Knochen des Hengstes abzunagen?

Diese feindliche Begegnung hatte die Aufmerksamkeit der Stuten erregt. Aus dem Rudel heraus kam die Rappstute mit dem weißen Fohlen auf Sturmwind zu getrottet und hielt die Ohren fragend gespitzt. Sie wieherte. Er gab Antwort. Er verließ Ken und ging ihr entgegen mit gesenktem Kopf, der sich hierhin und dorthin bog und wendete. Sein Schweif hob sich weitgespreizt und flatterte ihm nach. Und jetzt starrten alle Stuten herüber. Sie erkannten ihn und rannten ihm entgegen.

Das kleine Fohlen war zuerst bei Sturmwind. Es schnupperte, entblößte sein Gebiß, zwickte ihn voll Zärtlichkeit, wirbelte verspielt herum und schlug mit den Hufen nach ihm. Und dies alles, während Sturmwind und die Rappstute einander selig begrüßten, inbrünstig die Köpfe mit schnobernden Nasen aneinanderpreßten und sich leicht auf die Hinterbeine hoben, um einander zu umarmen.

Nun begrüßte Sturmwind auch den Rest seines Harems. Sie umkreisten ihn aufgeregt, boxten einander zur Seite und schnappten zu vor lauter Eifersucht, weil er wieder da war. Schließlich gaben sie sich dann erneut der Hauptbeschäftigung ihres Lebens hin, dem Grasen.

Ken hatte dem allen mit einem Lächeln auf dem Gesicht zugesehen. Dann hob er sämtliches auf, was er vorhin einfach hatte auf den Boden fallenlassen, und verließ das Tal durch das Schlüsselloch, um sein Vorhaben zu Ende zu bringen. Er hatte stundenlang mit Drillbohrer und Hammer am Felsgestein um und unter dem Riesenblock gearbeitet, der das Dach über dem Schlüsselloch gebildet hatte. Er hatte sich genau ausgerechnet, wo jede Sprengladung angebracht werden mußte. Es durften ihm diesmal nicht ein einziges Versehen, keine noch so geringe falsche Überlegung unterlaufen, wie sie des öfteren bei ihm früher seine besten Absichten zunichte gemacht hatten. Die Dynamitpatronen waren in die Löcher gelegt, die Zündschnüre regelrecht miteinander verbunden.

Jetzt steckte er die Lunte an, drehte sich um und rannte davon. Er blieb erst stehen, als er den Ort erreicht hatte, wo Flicka angepflockt stand. Er schlang von unten her die Arme um ihren Nacken und preßte ihren Kopf an sich, damit sie nicht zu sehr erschrak. So wartete er auf die Explosion.

Sie kam. Die Felsblöcke neben und über dem Schlüsselloch gingen mit einem dumpfen Krachen in die Luft. Ken schien es, als ob der Grund unter seinen Füßen sich hob. Aufgeregtes Vogelgezwitscher und allerlei kleines Getier, das davonschoß. Eine Staubwolke stieg aus der Klamm auf. Und als Erde und Fels wieder zur Ruhe gekommen waren, war noch das Tal vom Echo erfüllt, das die Berge zurückwarfen. Als letztes hörte man ein tiefes Rumpeln vom Wetterberg.

Wenige Minuten später betrat Ken die Klamm, um sich anzusehen, was aus dem Schlüsselloch geworden war. Es war nicht mehr da. Genau wie er es sich ausgerechnet hatte, war mit der Sprengung der stützenden Felszacken der riesige Geschiebeblock heruntergefallen und mit ihm auch andere, die ihren Halt verloren hatten. Es gab noch ein paar Ritzen, wo eine Katze oder ein kleinerer

Hund vielleicht durchzuschlüpfen vermochten, aber für Sturmwind war der Weg auf ewig versperrt.

Ken kehrte um, rannte unterhalb des Felsenwalls zu der Stelle, wo Sturmwind mit seinen Hufen eine Wegspur zum Gipfel geschlagen hatte, und kletterte hinauf.

Die Stuten waren in sichtlicher Aufregung über die Sprengung. Sturmwind war nirgends zu entdecken. Ken legte sich der Länge nach auf die Erde und schob seinen Kopf über die Felskante, überzeugt davon, daß das Pferd dort unten sein müsse, mit den Hufen gegen die Felsen schlagend und jede Ritze untersuchend, um zu entdecken, daß es nun kein Aus- und Eingehen mehr zwischen Tal und Klamm geben würde. Jedenfalls nicht an dieser Stelle, überlegte Ken. Du würdest es vielleicht fertigbringen, alter Bursche, durch all diese Täler, Gletscher und Gebirgspässe einen Weg zu finden, aber das wären Hunderte von Meilen beschwerlichen Vorwärtsdringens – nein, ich denke doch, daß du lieber bleiben wirst . .

Und dann sah er plötzlich die gebieterischen, blitzenden Augen seines Vaters vor sich und sprach unwillkürlich zu ihm: „Ich habe es geschafft, Papa. Er wird nicht mehr zurückkommen, um dir Ungelegenheiten zu machen. Oder Banner umzubringen . . .“

Sein Vater! Es war ein warmes und glückliches Gefühl, daran zurückzudenken, wie sein Vater ihn angeblickt, zu ihm gesprochen und ihm die Hand auf die Schulter gelegt hatte, sogar ausgerechnet in dem Augenblick allgemeiner Unruhe, als er alles Nötige in den Wagen packte, um seine Mutter in die Klinik zu fahren. Und wie freundlich er gesagt hatte: „Wenn du glaubst, daß du es fertigbringst, mein Junge, dann überlasse ich das ganz dir. Ich persönlich möchte dein Pferd weder erschießen noch kastrieren müssen.“ Und wie dann seine Mutter ihn abschiednehmend umarmt und geküßt hatte und dabei gesagt: „Drück den Daumen, Kennie, weil wir uns doch eine kleine *Flicka* wünschen, nicht? Und Schatz – dir und Letzter Sekunde danke ich's, daß ich ohne die geringste Sorge wegen der vielen Ausgaben fortgehen kann – und gleich aus dem Krankenhaus noch werde ich die Bestellung auf ein ganz elegantes Morgenkleid aufgeben! Aus Samt! Mit Federbesatz!“

Sturmwind kam im Galopp unterhalb des Felswalls hervorgeschossen und stürmte auf seine Stuten zu. Ken sprang auf die Füße. Was würde er jetzt tun? Was meinte er zu dem blockierten Ausgang?

Sturmwind wandte diesem Teil des Tals den Rücken, als habe jenes Dynamit ihm gegolten. Er begann in aller Eile seine Stuten zusammenzutreiben.

Ken beobachtete es zum letzten Male – dies Hinundherrasen, den schlängelnden Kopf, das gehorsame Ducken der Stuten, wenn sie die Zähne des Hengstes an ihren Schenkeln spürten . . .

Das Tageslicht verglomm. Ken mußte schon die Augen anstrengen, um noch zu erkennen, wie jede Stute und jedes Fohlen zusammengebracht und der stürmenden Masse davonrasender Leiber, flatternder Mähnen und fliegender Hufe einverleibt wurde.

Wildes Frohlocken überkam den Jungen. Er hatte es also doch noch geschafft! Er hatte seinem Pferde die Stuten zurückgegeben! Wie er sie zusammengetrieben hatte! Wie er dies nun Tausende von Malen tun durfte – in diesem Tal unter den Schneegipfeln am Ufer des Flusses ... Dies andere Leben, das er sich für Sturmwind ausgedacht hatte – das Leben eines Rennpferdes –, wie verzweifelt hatte er dafür zum lieben Gott gebetet! Er war ganz verwirrt. Denn alle seine Gebete waren unerfüllt geblieben, alle Anstrengungen vergeblich gewesen, und dennoch – war dies nun die Antwort, dies ...

Der Kopf des Jungen flog hoch, und seine Blicke erfaßten jeden einzelnen der ragenden Gipfel.

Sie waren vom ersten schwachen Rot der untergehenden Sonne gefärbt. Drei lichtbraune Antilopen tranken am Flußufer drüben. Der Fluß selbst war smaragdgrün, türkisblau, rosenrot, und mittendrin glänzte ein großer goldener Stern. Gelbe Strahlenschäfte sandte der Sonne letzte Kraft gen Osten. Ein Sichelmond, der auf dem Rücken liegend dahintrieb, begann aufzuglühen wie eine Lampe.

Und all das für Sturmwind!

Sturmwind glitt an dem Rudel der Stuten nach vorn, das in der zunehmenden Dunkelheit nur noch ein dahineilender Schattenfleck schien, und übernahm die Führung.

Ken strengte seine Augen an, um auch noch das letzte Aufschimmern der fliehenden weißen Gestalt zu erhaschen. Dies also war nun der endgültige Abschied. Er hob die Hand und wischte die Tränen von seiner Wange; eigentlich überrascht, sie dort zu finden, denn trotz seiner Verlassenheit und dem Gefühl des bitteren Verlustes war ihm doch, als sei die Schönheit dieses Tals und die Herrlichkeit der Freiheit, die er Sturmwind geschenkt, auch in ihn ganz eingegangen.

Und nun waren sie fort.

Mit einem tiefen Atemzug sog Ken die ungeheure Weite und Leere der Welt in sich ein.

Erstaunlich unvermittelt floh der Tag aus dem Tal. Die goldenen Speere wurden zurückgezogen, die rosigen Wolken verblaßten. Schatten schienen aus der Erde aufzusteigen, und auf diesem Meer von Dunkel wandelten sich die Schneegipfel ringsum zu geisterbleichem Silber. Die gletscherblauen Hänge des Wetterberges mit ihren Streifen und Winkeln tieferen Blaus glitzerten an einigen Stellen, als seien sie mit Diamanten behangen. Sein zackiger Umriß hob sich kristallscharf gegen den smaragdgrünen Himmel ab.

Es wurde Zeit, allerhöchste Zeit für Ken, zu gehen. Flicka wartete. Wieder einmal waren es nun nur noch Flicka und er, wie es einst vor Sturmwind gewesen war, vor Letzter Sekunde. Er rannte den ausgetretenen Pfad hinunter, packte zusammen, stieg auf und ritt davon.

Der Adler verhielt am Himmel, wo das Licht des Tages noch nicht ganz verschwunden war, und beobachtete alles, was der kleine

Mensch tat. Als er fort war, ließ sich der Riesenvogel langsam zu den übereinandergetürmten Felsblöcken niedersinken, deren Form sich so verändert hatte.

Er schwebte prüfend darüber hin und bedachte den Unterschied. Schließlich schwang er sich wieder zum Himmel empor, und sein mißtönendes, einsames Kreischen: „Kark! Kark! Kark!" trieb auf den Schallwellen dahin, die das Tal durchflossen, und verhallte in der unhörbaren Brandung an den Hängen der Berge.